HEYNE <

Das Buch

Die unbeschwerten Tage sind für die gerade 18-jährige Magdalena mit einem Schlag vorbei: Nach dem Tod ihres geliebten Vaters wird sie zur Waise – und zu einer rechtelosen Frau, die der Willkür ihres Onkel Mauritz ausgeliefert ist. Dieser hat nichts Besseres zu tun, als sie um ihr Erbe, die Familienapotheke, zu betrügen. Mit nichts am Leib als ihren Kleidern und ein paar Notgroschen fasst Magdalena einen waghalsigen Plan: Sie will ihrem treulosen Verlobten Konrad hinterherreisen, der sich einem Handelszug nach Italien angeschlossen hat – nachdem er Magdalena schwängerte und eine andere Frau heiratete.

Vor dem Hintergrund des Konstanzer Konzils findet die junge Apothekerin auf gefährlichen Umwegen schließlich ihr Glück.

Die Autorin

Karla Weigand wurde 1944 in München geboren. Sie arbeitete zwanzig Jahre lang als Lehrerin, bevor sie sich dem Schreiben zuwandte. Sie lebt mit ihrem Mann in der Nähe von Freiburg.

Lieferbare Titel

Die Kammerzofe – Die Hexengräfin – Die Heilerin des Kaisers – Im Dienste der Königin – Die Hexenadvokatin

Karla Weigand

Das Erbe der Apothekerin

Roman

WILHELM HEYNE VERLAG
MÜNCHEN

MIX
Papier aus verantwortungsvollen Quellen
FSC® C014496
FSC
www.fsc.org

Verlagsgruppe Random House FSC-DEU-0100
Das für dieses Buch verwendete FSC®-zertifizierte Papier
Holmen Book Cream liefert Holmen Paper, Hallstavik, Schweden.

Originalausgabe 10/2011

Printed in Germany 2011
Umschlaggestaltung: Nele Schütz Design, München, unter Verwendung
einer Illustration von © Shutterstock
Satz: hanseatenSatz-bremen, Bremen
Druck und Bindung: GGP Media GmbH, Pößneck
ISBN: 978-3-453-40846-3

www.heyne.de

In Memoriam Rudolf Alfons Reichle,
geb. am 2. Dezember 1935 in Ravensburg,
gest. am 7. September 1999 in Staufen i. Brsg.

Gewidmet meiner Schwiegermutter Annemarie Reichle und meiner Schwägerin Ulrike Reichle, beide in Ravensburg.

PROLOG

»Es tut mir sehr leid für dich, mein Kind! Aber wir alle müssen früher oder später damit rechnen, dass unsere Eltern uns verlassen. Du hast immerhin den Trost und die Gewissheit, dass es dem lieben Gott gefallen hat, deinen Vater nicht lange leiden zu lassen: Sein Herz blieb einfach stehen.«

Magdalena vernahm die Worte der Mutter Oberin merkwürdig gedämpft, wie durch einen Wattebausch; irgendwie begriff sie das Furchtbare noch gar nicht so recht. Am 15. Februar 1414 hatte Georg Scheitlin sie ins Kloster begleitet, und zwei Monate später erfuhr sie von seinem Tod? Ihr vor Gesundheit und Kraft strotzender, lebensfroher Vater, dessen Kopf stets von Plänen und Ideen erfüllt war, sollte auf einmal tot sein? Das konnte, nein, das durfte nicht wahr sein! Sicher handelte es sich um eine Verwechslung. Der Irrtum würde sich in Kürze herausstellen und …

»Ich schlage vor, meine Tochter, dass du dich jetzt in die Kapelle begibst, um dort für die Seele deines Vaters zu beten. Die nächsten Tage bist du natürlich von allen Aufgaben im Kloster entbunden, um dich nur der inneren Einkehr und dem Gebet zu widmen – etwas, wozu du als liebende Tochter verpflichtet bist. Alle Schwestern unserer Gemeinschaft werden dich dabei nach Kräften unterstützen, und unser Pater Gebhard wird eine spezielle Totenfeier für Georg Scheitlin, den ehrenwerten Ratsherrn der Freien Reichsstadt Ravensburg, abhalten.«

Mehr denn je glaubte das junge Mädchen zu träumen. Was

redete die Oberin da? Es verstand sich doch von selbst, dass sie in den kommenden Tagen für den Dienst in der Krankenstube nicht zur Verfügung stünde: Sie musste natürlich auf dem schnellsten Wege das idyllisch am Bodensee zwischen Immenstaad und Hagnau gelegene Nonnenkloster Sankt Marien am See verlassen.

Sie hatte in ihre Heimatstadt zurückzukehren, um den Begräbnisfeierlichkeiten beizuwohnen. Immerhin war sie das einzige Kind des allseits geachteten Stadtapothekers und Ratsherrn Georg Scheitlin.

»Wo ist der Knecht meines Vaters, der Euch die traurige Botschaft brachte, Ehrwürdige Mutter? Man soll ihm sagen, dass ich mich beeile und sofort bereit sein werde, mit ihm nach Hause zu fahren oder meinetwegen auch zu reiten. Ich will keine Zeit vertrödeln, sondern rechtzeitig daheim ankommen, um alles für eine würdige Totenfeier in die Wege zu leiten.«

»Halt, mein Kind!«, wehrte die ältliche Nonne ab und ergriff den Arm der ihr anvertrauten jungen Frau. »Du musst nirgendwo hingehen. Die Bestattung deines Vaters fand bereits am 1. März in Anwesenheit sämtlicher Honoratioren von Ravensburg statt.

Dein Oheim war so liebenswürdig und hat sich um alles gekümmert, um dir die Mühe zu ersparen, mein Kind. Außerdem wollte er dich in deiner Beschaulichkeit hier im Kloster nicht stören. Wozu auch? Du hättest deinem Vater sowieso nicht mehr helfen können; ja, sogar der Abschied von ihm wäre dir verwehrt geblieben: Er war doch längst – ohne krank gewesen zu sein – im Schlaf verschieden. Außerdem: Schwierige Dinge zu regeln, versteht ein Mann allemal besser als ein schwaches, unerfahrenes, junges Weib.

Er und seine Gemahlin lassen dir ausrichten, dass es eine

höchst würdige Totenfeier war, die der herausragenden Stellung deines Vaters in hohem Maße gerecht wurde. Alle Räte der Stadt, die Vertreter der Zünfte sowie zahlreiche Bürger von Ravensburg haben dem Verblichenen die letzte Ehre erwiesen. Dir das auszurichten, bat mich dein Vormund ausdrücklich. Herr Mauritz Scheitlin ersucht dich lediglich, für die Seele seines verstorbenen Bruders aufs Innigste zu beten. Und wo – meint er – könntest du das wohl besser als bei uns im Kloster, meine Tochter?«

»So? Meint mein Herr Oheim das? Ich meine das aber ganz und gar nicht!«, entgegnete Magdalena hitzig und nicht im Geringsten bereit, sich auf den beschwichtigenden Tonfall der Nonne einzulassen. Vor Aufregung merkte sie nicht einmal, wie ihr die Tränen über ihr glühendes Gesicht liefen.

»Wie kommt der Bruder meines Vaters dazu, mich auf derart dreiste Art und Weise zu übergehen? Mit welchem Recht mischt er sich in Angelegenheiten ein, die nur mich, das einzige Kind und die alleinige Erbin Georg Scheitlins, etwas angehen?

Ich habe da so eine Vorahnung, die mir überhaupt nicht gefällt! Mein Oheim weiß, dass mein Vater zu seinen Lebzeiten nicht viel von ihm gehalten hat – und von seinem nichtsnutzigen Sohn Bertwin noch viel weniger. Schon um unserer verwaisten Apotheke willen muss ich umgehend nach Ravensburg, um dort nach dem Rechten zu sehen.«

»Der Knecht, der uns die Trauernachricht überbrachte, ist längst fortgeritten, mein Kind. Es ist der Wunsch deines Vormunds und Oheims, dass du wie geplant hier bei uns in Sankt Marien am See bleibst, Magdalena.« Zwar blieb die Stimme der Oberin ruhig, doch der Ton klang unerbittlich – was die aufgewühlte Magdalena allerdings wenig beeindruckte:

»Oheim Mauritz hat mir gar nichts zu sagen! Mein Vater

hatte die Idee, mich vor meiner Heirat mit Konrad Grießhaber im Kloster zu einer perfekten Hausfrau ausbilden zu lassen, da ich die nötige Unterweisung als Halbwaise zu Hause nicht in vollem Umfang erlangen kann. Meine liebe Großmutter ist leider zu alt, um mich darin zu unterrichten, wie man einem gediegenen Hauswesen vorzustehen hat. Unter diesen Umständen war ich mit meinem Aufenthalt im Kloster einverstanden. Ihr selbst, Ehrwürdige Mutter, habt mich in die tieferen Geheimnisse einer verständigen Haushaltsführung eingewiesen, und was ich an zusätzlichem medizinischem Wissen dank Schwester Philomena mitnehme, wird mir als Apothekerin von unendlichem Nutzen sein. Aber jetzt – verzeiht mir, Ehrwürdige Mutter – jetzt halten mich keine zehn Pferde mehr hier: Ich muss heim nach Ravensburg!«

Je leidenschaftlicher sich Magdalena hineinsteigerte, desto abweisender wurde die Miene der Klostervorsteherin.

»Und ich sage dir, meine Tochter: Du bleibst hier! Und zwar so lange, bis von deinem Oheim andere Direktiven an mich gelangen, deinen Aufenthalt in Sankt Marien betreffend. Hast du das nun endlich verstanden? Ich wünsche darüber keine Diskussion mehr, denn ich trage für dich – stellvertretend für deinen Oheim, der die Munt über dich beantragt und auch erhalten hat – die volle Verantwortung.«

Die Stimme der Ehrwürdigen Mutter war kalt und duldete keinen Widerspruch. Nach einem Blick auf das leichenblasse, gequälte Antlitz des gerade einmal achtzehnjährigen Mädchens, das soeben die schreckliche Nachricht vom Tod des geliebten Vaters erhalten hatte, wurde das Herz der älteren Klosterfrau jedoch ein wenig erweicht.

Mit sanfterer Stimme fügte sie hinzu: »Du darfst dich jetzt in die Kapelle zurückziehen und unserem Herrn Jesus und seiner gebenedeiten Mutter deinen Schmerz zu Füßen legen und für das Seelenheil deines lieben Vaters beten. Gott sei mit dir, meine Tochter.«

Wie gelähmt in Geist und Gliedern schlich Magdalena mit steifen Beinen aus der Zelle der Oberin, und wie im Traum schlug sie den Weg durch den mit uralten Grabsteinen gesäumten Kreuzgang nach der schlichten Klosterkapelle ein, vorbei am gotischen Brunnenhaus, um in Ruhe über das soeben Vernommene nachzudenken. Es war der 17. April. Und ihren Vater hatte man bereits am 1. März zur ewigen Ruhe gebettet ...

Das Herz der jungen Frau war schwer. Nicht allein die Trauer über den unersetzlichen Verlust war es, die ihr Gemüt und Sinn verdunkelte, auch das Gefühl – ja beinahe die Gewissheit –, dass ihr Oheim ein falsches Spiel mit ihr zu treiben versuchte, verdüsterte ihre Seele.

»Wenn du in Schwierigkeiten steckst, handle niemals unüberlegt und vorschnell. Beleuchte die Dinge von allen Seiten, suche nach vernünftigen Lösungen und entscheide dich erst nach reiflicher Überlegung zu einer dir tauglich erscheinenden Möglichkeit.«

Das war eine der vielen Weisheiten ihres geliebten Vaters gewesen. Seine Stimme klang ihr noch so deutlich im Ohr, als hätte sie sich erst gestern von ihm verabschiedet. Unvermittelt schluchzte Magdalena laut auf; dann betrat sie leidlich gefasst die düstere kleine Kirche.

KAPITEL 1

»ABER NATÜRLICH HELFE ich Euch, Jungfer Magdalena!«

Vor Eifer war der junge Fischer ganz rot im Gesicht. Etwas unbeholfen rang er die großen, rauen Hände, deren Nägel unregelmäßig geschnitten und deren Haut an den Fingerkuppen zum Teil aufgesprungen war. »Das bin ich Euch schuldig, Jungfer.«

Magdalena wusste, worauf der strubbelhaarige Bursche mit Namen Martin anspielte: Hatte sie doch vor einigen Wochen seinen Vater, der wie sein Sohn für die Versorgung der Nonnen mit Fischen und Krebsen verantwortlich war, von einer langwierigen und bösartigen Durchfallerkrankung geheilt. Ganz nebenbei hatte sie überdies ein lästiges Hautleiden, an dem der alte Mann seit Jahren litt, mitbehandelt.

»Du bist mir keineswegs Dank schuldig, Martin. Es ist mein Beruf, dass ich Menschen, die krank sind, zu helfen versuche. Schließlich hat mein Vater mich dies gelehrt. Ihm ist es zuzuschreiben, dass ich ein bisschen Bescheid weiß über viele alltägliche Leiden und die Art und Weise, sie zu lindern oder ganz zum Verschwinden zu bringen.«

Gegen seine chronische Diarrhöe halfen bei Martins Vater getrocknete Heidelbeeren und ein Kaltauszug aus Ruprechtskraut sowie der Saft des Gemeinen Erdrauchs gegen seine Schuppenflechte.

»Das mag schon sein, Jungfer Magdalena. Aber dass Ihr kein Geld dafür genommen habt, das war ja wohl nicht so ganz selbstverständlich, oder?« Vor Verlegenheit waren jetzt auch noch Martins Ohren rot angelaufen.

»Solange ich im Infirmarium des Klosters die Patienten behandle, geschieht es natürlich gegen Gottes Lohn. Daheim in Ravensburg, wenn ich die Apotheke meines Vaters übernommen habe, werde ich für die Pülverchen und Tränklein schon etwas verlangen. Aber bestimmt nur so viel, wie sich auch ein armer Bursche wie du leisten kann. Warum sollen nur die Reichen die Segnungen der Heilkunde erfahren dürfen? Nichts gegen gewisse begabte Handaufleger und Gesundbeter! Aber weshalb sollte sich ein weniger Wohlhabender nicht auch richtige Medizin von einer gelernten Heilerin gönnen dürfen?«

»Genau deshalb lieben Euch die Leute so«, rief der Fischer voll Begeisterung. »Allen wird es leidtun, wenn Ihr das Krankenrevier des Klosters verlasst. Schwester Philomena war einst eine wunderbare Ärztin, aber sie ist jetzt schon zu alt und schwach.

Ihr wäret ein guter Ersatz für sie. Aber ich verstehe ja, dass ein so hübsches Weib wie Ihr nicht auf Dauer ins Kloster gehen mag.«

Bei den letzten Worten hatte der junge Kerl die Augen von Magdalena abgewandt, um ihrem Blick nicht begegnen zu müssen. Womöglich hätte sie sonst noch bemerkt, dass er rettungslos in sie verliebt war …

»Danke, mein Lieber!«, lachte die junge Frau. »Aber du hast vollkommen Recht, Martin! Ich will nämlich nichts anderes als baldmöglichst heiraten. Außerdem kann ich den Betrug meines Oheims nicht einfach durchgehen lassen. Die Apotheke meines Vaters gehört von Rechts wegen mir, und ich soll nach seinem Willen auch die Leitung derselben übernehmen – obwohl ich eine Frau bin. Das war auch längst mit

Ravensburgs Stadtvätern so abgesprochen. Natürlich hatten wir alle geglaubt, dass es noch lange nicht dazu käme …

Irgendwie hat mein Oheim es geschafft, die Munt über mich zu erhalten – obwohl es niemanden in der Stadt gibt, dem nicht meines Vaters Abneigung gegen seinen Bruder bekannt wäre. Damit kann er über mich bestimmen, solange, bis ich verheiratet bin.

Und darum will er auch, dass ich möglichst lange im Kloster bleibe, so dass er freie Hand hat und in aller Ruhe die Apotheke und mein übriges Erbe an sich reißen kann. Aber da spiele ich nicht mit! Georg Scheitlin hat mir so viel beigebracht, dass ich jederzeit – selbst vor einem erlauchten Gremium, bestehend aus Doctores, Apothekern, Wundärzten und Bader-Chirurgen – auch die schwerste Prüfung bestehen kann.«

»Das glaube ich gern«, pflichtete Martin ihr bei und lud die leeren Fischkörbe und Wannen in das am Ufer vertäute Boot. Er hatte wie jeden Dienstag und Freitag die vereinbarte Menge an Aalen, Krebsen und »Kretzern«, wie man die Felchen am Bodensee nannte, für die Klosterküche angeliefert.

»Es bleibt also dabei, Jungfer?«, fragte er leise, ehe er das Seil vom Pfahl löste und selbst ins Boot sprang, nachdem er es leicht angeschoben hatte.

»Ja, Martin. Es bleibt alles wie besprochen. Gott beschütze dich.«

»Gott sei mit Euch, Jungfer.« Einen Augenblick hielt Martin inne. »Falls Ihr es Euch noch anders überlegen solltet, macht das nichts. Wenn Ihr zur vereinbarten Zeit nicht da seid, werde ich trotzdem noch eine ganze Stunde warten – falls Ihr Euch nur verspätet haben solltet.«

Deutlich war aus der Stimme des jungen Mannes die Hoffnung herauszuhören, die junge Frau möge im Kloster bleiben … Er hatte sie sehr gern – war sie doch die Einzige, mit Ausnahme der Köchin, die ihn einer Anrede für würdig erachtete. Alle anderen behandelten ihn in der Regel so, als sei er gar nicht vorhanden.

Lange blickte Magdalena dem Boot hinterher. Sie war sich sicher, dass der Fischer sein Wort halten und wie vereinbart in zwei Tagen – also am 22. April – nach Sonnenuntergang genau hier zur Stelle wäre, um sie bei Nacht bis nach Eriskirch zu rudern. Dort, im Ried, würde ein Freund Martins mit zwei Pferden warten, um ihr, die Schussen aufwärts, bis nach Ravensburg Schutz und Geleit zu geben.

Obwohl Martin versichert hatte, auch sein Freund wolle keine Entlohnung von ihr, war Magdalena froh darüber, dass sie einen kleinen Teil der ihr vom Vater überlassenen Summe nicht den Klosterarmen gespendet, sondern für sich behalten hatte.

Sie wollte nicht in der Schuld der jungen Männer stehen, die immerhin einiges für sie riskierten: Heute Morgen hatte Magdalena zu ihrem Entsetzen von der Leiterin des Konvents erfahren, dass ihr Oheim wünschte, sie als Nonne für alle Zeiten hinter Klostermauern gut aufgehoben zu wissen.

Ja, offenbar verbreitete er überall, sie sei bereits in den Orden eingetreten, beziehungsweise handele es sich nur noch um eine reine Formsache, dass sie die Gelübde ablege. Und auf Entführung einer Braut Christi oder Beihilfe zu ihrer Flucht aus der Obhut eines Klosters stand im schlimmsten Falle die Todesstrafe …

Sein Mündel wolle für ihre in die Ewigkeit eingegangenen lieben Eltern die besten Voraussetzungen schaffen, dass diese einst ins Himmelreich gelangten. Sie, Magdalena, sehe das als liebende Tochter als ihre heilige Verpflichtung an, ließ der intrigante Oheim in der Stadt Ravensburg ausstreuen.

Überdies hatte Mauritz Scheitlin dem Kloster Sankt Marien am See eine nicht zu verachtende Mitgift in Aussicht gestellt.

Er spekulierte wohl darauf, dass man auch vonseiten des Klosters Druck auf Magdalena ausüben werde: Immerhin bedurfte Sankt Marien einer Heilkundigen als Ersatz für die senil gewordene Schwester Philomena, und ein hübscher Batzen Geld war auch nicht zu verachten.

Bereits beim bloßen Gedanken an diese Impertinenz ihres Vormunds wurden Magdalenas große blaue Augen ganz schmal, und ihr hübscher Mund verzog sich verächtlich. Ungeduldig schob sie eine ihrer blonden Haarsträhnen, die sich im Frühlingswind aus ihrem weißen Kopftuch gelöst hatten, zurück. Das Fischerboot wurde derweil in der Ferne immer kleiner und kleiner, doch Magdalena hatte es noch nicht sehr eilig, den gewundenen Pfad zum Kloster einzuschlagen.

»Warte nur, Oheim, bis mein Verlobter Konrad von deinen Machenschaften erfährt!«, flüsterte sie erbittert. Sie war sich sicher, dass der reiche Kaufmannssohn und Mitinhaber der angesehenen Handelsgesellschaft Grießhaber und Vögtle, die über Niederlassungen in Italien, Frankreich, den Niederlanden und Spanien verfügte, nicht die leiseste Ahnung von dem bösen Spiel hatte, das ihr Verwandter aus purem Eigennutz mit ihr trieb.

Ihr Herz zog sich sehnsuchtsvoll zusammen, als sie an Konrad dachte. Der hochgewachsene junge Kaufmann zählte fünfundzwanzig Jahre und war damit sieben Jahre älter als sie und zudem der schönste Mann, den sie je gesehen hatte. Obwohl Magdalena ihn bereits flüchtig kannte, hatte sie ihn nie zuvor bewusst wahrgenommen – bis er kurz nach Neujahr, zusammen mit seinem Vater, in ihrem Haus in der Altstadt am Neuen Markt erschienen war, um bei ihrem Vater um sie zu werben. Magdalena traf es wie ein Blitz: Sofort hatte sie sich in Konrad verliebt.

Georg Scheitlin, ein großer, kräftiger, mitten im Leben stehender Mann, hatte sein einziges Kind keinesfalls gedrängt, obwohl er von diesem Bewerber mehr als angetan war. Die Grießhabers waren wie er selbst Mitglieder in der Großen Handelsgesellschaft Ravensburgs. Auch der Apotheker Scheitlin beteiligte sich regelmäßig an den Fahrten und Handelszügen in den Süden, um Gewürze, seltene Arzneipflanzen, Drogen, Spezereien, Duftessenzen, Sämereien und Färbemittel für Stoffe zu erwerben.

In Liebesdingen wollte er seiner Tochter jedoch freie Hand lassen. Er gehörte nicht zu den zahlreichen Vätern, die ihre Kinder zwangen, sich mit Leuten ehelich zu verbinden, die sie absolut nicht leiden konnten – nur um Einfluss und Vermögen der Familie zu vergrößern. Magdalena jedoch hatte freudig Ja gesagt, und bald darauf wurde in großem Stil die Verlobung gefeiert.

Die junge Frau seufzte und wandte sich ab von dem Gewässer, das viele noch »Kostritzer See« nannten, eine Verballhornung des Namens der Stadt Konstanz. Erst allmählich setzte sich die Bezeichnung »Bodensee« durch, ein Hinweis auf den Bodan-Rücken, einen Hügelzug am See, und auf das dort ansässige Geschlecht ähnlichen Namens.

Magdalena musste zurück ins Kloster, um die Abendandacht in der Kapelle nicht zu versäumen.

Auf dem Rückweg durchlebte sie in ihrer Fantasie noch einmal die köstlichen, leider viel zu seltenen Male, die sie mit Konrad allein hatte verbringen können. Die Tugend junger Mädchen wurde in angesehenen Familien eifersüchtiger bewacht als ein Haufen Gold; aber nach einem beiderseitigen öffentlichen Eheversprechen nahm man es im Allgemeinen nicht mehr so genau mit dem Erhalt der Jungfräulichkeit.

Ein rechtmäßig verlobter junger Mann durfte durchaus stillschweigend mit einem gewissen »Entgegenkommen« seiner Auserwählten rechnen.

Bei Magdalena und Konrad verhielt es sich nicht anders. Beide waren jung, gesund und unheimlich verliebt. In jener Nacht, ehe sie für eine gewisse Zeit ins Kloster gegangen war, hatten sie zueinander gefunden. Als Konrad und sie in ihrem Bett nebeneinander lagen, hatte das Mädchen auf einmal Angst vor dem Unbekannten bekommen, und der junge Mann musste sehr vorsichtig sein, um seine Liebste nicht zu erschrecken. Er ließ sich Zeit, war nur unendlich zärtlich …

»Meine Schönste, meine einzig Geliebte«, hatte er ihr ins Ohr geflüstert, »ich liebe dich so sehr. Nichts wünsche ich mir sehnlicher, als dich ganz als meine Frau zu besitzen.«

Da hatte sie dem sanften, doch nachdrücklichen Drängen endlich nachgegeben, die Arme um ihren Liebsten geschlungen, ihm gestattet, sich auf sie zu legen, und ihn – indem sie die Schenkel bereitwillig öffnete – in sich aufgenommen.

Und da musste es passiert sein!

Dass ihre monatliche Reinigung unterblieb, beachtete das junge Mädchen erst gar nicht sonderlich. Die Aufregung über das völlig andere Leben im Kloster, mit seinem ganz eigenen Rhythmus, mochte eine Rolle spielen, die schwere Plackerei in der Krankenstube, das stundenlange Beten in der kalten Kapelle und die Arbeit in der Klosterküche, mit nackten Füßen auf dem eisigen Steinboden.

Im nächsten Monat, als ihre Regel immer noch ausblieb, wunderte sie sich zwar, war aber noch voll naiver Sorglosigkeit. Vom ersten und einzigen Mal konnte man doch kein

Kind bekommen, oder? Außerdem fühlte sie sich gut: keine Spur von Übelkeit und Erbrechen, wie sie es von anderen Frauen, die in gesegneten Umständen waren, kannte. Im Gegenteil: Sie fühlte sich, als könne sie Bäume ausreißen.

Danach kam der Schock über den unerwarteten Tod des Vaters. Sie war fast versucht, das Ausbleiben ihrer Menses jetzt darauf zu schieben, aber dann fand sie, es sei feige und dumm zugleich, die Augen vor dem Offensichtlichen zu verschließen: Sie erwartete ganz gewiss ein Kind von Konrad!

Wie würde er reagieren, wenn sie es ihm mitteilte? Sicher mit jener sonderbaren und zugleich liebenswerten Mischung aus Freude, Verlegenheit, Stolz und einer in dieser Sache den Männern offenbar eigentümlichen Unbeholfenheit …

Von ihren bereits verheirateten Freundinnen wusste sie, dass die Herren der Schöpfung immer merkwürdig überrascht waren von der Ankündigung, in Kürze Väter zu werden. Bereits Sechsjährige wussten, dass kleine Kinder durch das »Beieinanderliegen« von Mann und Frau entstanden – dieses Wissen schien den erwachsenen Männern irgendwie abhanden gekommen zu sein.

Hatten sie es dann begriffen, taten sie so, als wäre das Zeugen von Nachwuchs eine ganz besonders schwierige und seltene Fähigkeit, über die nur ganz wenige verfügten … Magdalena musste sich das Lachen verkneifen. An einer Sache zweifelte sie allerdings nicht: Konrad wäre der glücklichste Mensch auf Gottes Erdboden – wenn er es wüsste.

Und dass sie schnellstens »unter die Haube kam«, darum würde er sich schon kümmern. Gerede würde es natürlich trotzdem geben: Die Leute, vor allem die alten Klatschbasen in der Stadt, konnten schließlich rechnen: Auch die Unbedarfteste vermochte bis neun zu zählen …

Aber das konnte ihr dann egal sein. Hauptsache, ihr Bauch

war am Tag der Hochzeit nicht schon so dick, dass jeder sehen konnte, dass sie nicht hatten warten können.

Auch als sie in ihrem tiefsten Inneren um die Schwangerschaft eigentlich schon wusste, hatte Magdalena doch noch mit so mancher Frage gerungen: Wieso fühlte sie denn nichts? Ab wann bewegte sich eigentlich das werdende Leben im Leib einer Frau?

»Ich weiß zwar eine ganze Menge über alle möglichen Wehwehchen und Krankheiten, aber von so normalen Angelegenheiten wie dem Mutterwerden habe ich keinen blassen Schimmer. Davon erzählt man einem jungfräulichen Mädchen nichts!«, dachte sie und war verstimmt. Vielleicht war sie am Ende doch nicht in anderen Umständen?

Erst das Erlebnis mit einer alten Bettlerin, die mit einer unheilbaren Magenkrankheit in der Krankenstube des Klosters lag, hatte Magdalena gestern unumstößliche Gewissheit gebracht.

Als sie sich über die schwer atmende, auf ihrem Strohsack nach Luft ringende Alte beugte und ihr etliche Tropfen eines selbst gefertigten Rindenauszugs aus Silberweide gegen die Schmerzen der Krebserkrankung in den zahnlosen Mund träufelte, sah das Bettelweib sie mit großen Augen an und sagte, nachdem sie ein paar Mal Atem geschöpft hatte, unter Kichern zu ihr:

»Liebe Schwester, vergebt mir meine Neugier! Sollte Euch etwa der Heilige Geist überschattet haben, wie es weiland der Jungfrau Maria widerfuhr? Aber vielleicht war es auch bloß einer der strammen Klosterknechte – oder gar Euer Beichtvater, hihi?«

»Woher weißt du …?«, stammelte Magdalena, der das Blut in die Wangen schoss.

»Eure Augen, Kindchen, Eure Augen sagen mir das«, murmelte die Sterbenskranke, und Magdalena war heilfroh, dass die Betten rechts und links der alten Frau leer waren. Es musste ja nicht jeder hören.

»Ich bin keine Nonne«, rechtfertigte sie sich gleich darauf hastig. »Ich bin einem ehrenwerten jungen Mann versprochen und bleibe nur bis zur Hochzeit im Kloster.«

»Ja, ja, Schätzchen«, kam es von den ausgedörrten Lippen der Bettlerin.

»Ich glaub's Euch ja. Aber es spielt eh keine Rolle: Der liebe Gott freut sich bekanntlich über jedes Kindchen.«

Magdalena war sich da zwar nicht so sicher, aber das war im Augenblick ihre geringste Sorge: Sie stellte sich unwillkürlich die übergroße Freude Georg Scheitlins vor – bis ihr sein überraschendes Hinscheiden wieder einfiel und dass noch eine ganze Weile für sie nichts mehr so sein würde wie zuvor. Bittere Tränen benetzten ihr Gesicht.

Die todkranke Alte, die wie alle Bewohner des Klosters über ihren Verlust Bescheid wusste, tröstete sie: »Die Leut' im Himmel wissen genau, was mit ihren Lieben drunten auf der Erde vorgeht«, behauptete sie fest. »Auch Euer Vater, liebe Schwester, nimmt Teil an Eurem Mutterglück.«

Als Magdalena, die inzwischen ihr Ziel erreicht hatte, die auf der Seeseite in die Klostermauer eingelassene Pforte hinter sich schloss, hörte sie schon von weitem den lieblichen Gesang der Nonnen. Die abendliche Andacht in der Kapelle hatte vor einiger Zeit begonnen, und sie hatte sich – wieder einmal – verspätet.

KAPITEL 2

»AAH!« JODOK FINSTERWALD, der Ortsvorsteher von Ravensburg, setzte den Pokal mit Rotwein ab und leckte sich genüsslich die Lippen. »Ein selten gutes Tröpfchen! Dieser Rote braucht wahrlich den Vergleich mit dem, den die Mönche vom Kloster Weingarten keltern, nicht zu scheuen. Zum Wohle, meine Herren!«

Erneut griff er nach dem geschliffenen Glas mit dem eingeätzten Motiv des Stadtwappens und dem breiten Goldrand, das nur für ihn reserviert war, erhob es und ließ den funkelnden Inhalt darin kreisen, ehe er es wieder zum Munde führte.

»Auf Euer Wohl, Schultheiß!«, rief ihm Burkhard Scheuringer, der älteste Ratsherr der Stadt, zu. Auch Karl Meusle, der sein Nuppenglas mit breitem Fuß beinahe liebevoll betrachtete, ehe er vorsichtig daran nippte, beeilte sich ebenfalls, auf die Gesundheit Herrn Jodoks zu trinken.

Eine Weile saßen die drei Herren andächtig am runden Tisch im Ratskeller, wo sich die Stadtväter der Reichsstadt nach des Tages Mühen gern zum abendlichen Umtrunk trafen. Die drei waren die Ersten; nach und nach würden an diesem Abend des 22. April auch noch andere eintreffen, »um sich den Aktenstaub aus den Kehlen zu spülen«, ehe jeder zum Nachtmahl nach Hause ging.

»Bin ja gespannt, wie sich der Mauritz als wohlbestallter Stadtapotheker anstellen wird«, begann alsbald Karl Meusle und schaute die anderen zwei direkt an. Scheuringer begann heftig zu blinzeln, sagte aber kein Wort, sondern wandte sich Jodok Finsterwald zu. Der Schultheiß war es schließlich gewesen, der sofort sein Einverständnis erteilt hatte, dass Georg Scheitlins älterer Bruder das renommierte Unternehmen in Besitz nahm. Obwohl dieser Aktion – wie die ganze Stadt wusste – der ausdrückliche Wunsch des Verstorbenen entgegenstand!

Jodok zuckte nicht mit der Wimper. »Ich weiß, dass die meisten der Stadträte eigentlich dagegen waren. Aber was bleibt uns anderes übrig? Das Mädle ist knapp achtzehn und viel zu unverständig, um das höchst verantwortungsvolle Amt eines Stadtapothekers zu übernehmen. Schließlich hat man es als solcher auch mit Giften aller Art zu tun! Und die soll man einem unmündigen Weibsbild anvertrauen? Außerdem ist die Magdalena, soweit ich weiß, in einem Kloster am Bodensee.

Und wie ihr Oheim Mauritz behauptet hat, will sie sogar für immer in den Orden eintreten. Damit hat sich die Angelegenheit sowieso erledigt. Zum Glück hat der neue Apotheker einen Sohn, der einmal sein Nachfolger werden kann.«

»Oje!« Burkhard Scheuringer lächelte spöttisch. »Ausgerechnet der Bertwin! Dieser Luftikus und Tunichtgut! Der, wenn er die Arbeit nur von weitem riecht, meilenweit davonläuft. Der soll sich mit Arzneimitteln auskennen? Von dem sagen die Ravensburger, er könne eine Apfelbaumblüte nicht von einem Gänseblümchen unterscheiden – und es schert ihn auch nicht. Der treibt sich lieber mit zweifelhaften Gestalten in der Gegend herum!«

»Die Leut' schwätzen viel, wenn der Tag lang ist.«

Finsterwald ließ sich nicht aus der Ruhe bringen, aber die zwei Männer spürten, dass ihm das Thema nicht besonders behagte.

»Sein Vater, der Mauritz, ist nicht viel besser«, fing Karl Meusle wieder an. »Was ist er denn schon? Ein armseliger, etwas dubioser Pillendreher, der früher über Land gezogen ist und Sachen aus der ›Dreckapotheke‹ verhökert hat: Krötenaugen, Mäusekot, Schlangenhäute und pulverisierte Marderzähne. Später hat er sich in Altdorf als Bader niedergelassen und den Leuten die faulen Zähne gezogen. Manch einem soll er auch die gesunden Beißer herausgerissen und einigen dabei den Kiefer gebrochen haben. Eine Medizinschule hat der, im Gegensatz zu seinem Bruder Georg, sicher nie von innen gesehen!«

»Das trifft genauso auf die Magdalena zu«, erwiderte der Schultheiß mit einer gewissen Schärfe in der Stimme. Die Diskussion ging ihm allmählich auf die Nerven. Außerdem war die Sache ja bereits entschieden.

»Das junge Frauenzimmer hat jahrelang vom eigenen Vater die beste Unterweisung erhalten, die man sich überhaupt vorstellen kann«, legte jetzt Scheuringer umgehend nach. So leicht ließ er sich nicht mundtot machen …

»Das Mädle kennt jedes Kräutlein und alle Heilpflanzen, die bei uns wachsen; außerdem weiß sie mit den ausländischen Drogen umzugehen und kennt genau ihr rechtes Mischverhältnis, um keinen Schaden anzurichten, sondern den Kranken Linderung zu verschaffen.«

»Gerade mal dreizehn ist das damals noch ganz magere, kleine Ding gewesen, als sie meinem Ältesten den ausgekugelten Oberarm fachgerecht wieder eingerenkt hat«, fügte der andere Stadtrat zu Jodoks Verdruss hinzu.

Der Schultheiß überlegte jetzt bereits ernstlich, sich für diesen Abend zu verabschieden. Da ging die Tür des Ratskellers auf, und ein großer, schwerer Mann mit schwarzem Umhang und breitkrempigem Schlapphut trat ein. Heimlich atmete Jodok Finsterwald auf. Den ehrenwerten Stadtpfarrer wusste er nämlich auf seiner Seite …

»Gott zum Gruße, Hochwürden! Was führt Euch zu uns armen Sündern?«

»Gelobt sei Jesus Christus!«, ertönte die sonore Predigerstimme von Ravensburgs oberstem Seelenhirten.

»In Ewigkeit, Amen!«, kam es unisono von den drei Stadtvätern, und der Ortsvorsteher rückte auf der Ofenbank beiseite, um dem gewichtigen, etwas bärenhaft wirkenden Geistlichen Platz zu machen. Dieser bestellte sich ebenfalls eine Karaffe vom »guten« Roten.

»Eine wunderbare Nachricht kann ich meinen Schäflein am nächsten Sonntag von der Kanzel kundtun. Aber, meine Söhne, Euch werde ich sie natürlich heute schon verraten!«

Drei Augenpaare starrten Simon Auersberg voll Spannung ins glatt rasierte Gesicht.

»Unser König Sigismund hat sich mit dem Heiligen Vater Johannes XXIII. und den beiden anderen Päpsten darauf geeinigt, auf deutschem Boden, hier ganz in der Nähe, und zwar in der Bodenseestadt Konstanz, ein allgemeines Konzil abzuhalten! Und zwar noch in diesem Jahr! Es soll der Christenheit nach jahrelanger Unsicherheit und großem Chaos endlich den ersehnten Frieden bringen.«

Triumphierend blickte der Pfarrer sich um. Die drei Zuhörer am Tisch sowie der Gastwirt, der soeben mit der Weinkaraffe herbeitrat, waren in der Tat beeindruckt. Das war allerdings eine Sensation! Nach langen Jahren bestand die Aussicht auf ein Ende des unsäglichen »Großen Schismas«, dieser schädlichen Spaltung der Kirche.

Zugleich würde man den Unsitten, die seit Jahrzehnten bei Volk und Klerus gleichermaßen eingerissen waren, dem Verlust von Anstand und Moral sowie der Aufweichung der Gebote der Sittlichkeit endlich einen Riegel vorschieben.

»Darauf trinke ich«, sagte Karl Meusle spontan und hob sein Glas. Die beiden anderen Herren und der Geistliche taten es ihm umgehend nach. Die Stadtapotheke und ihre fragwürdige Neubesetzung, beziehungsweise das Unrecht gegen die tatsächliche Erbin, Magdalena Scheitlin, gerieten angesichts dieser Neuigkeit sofort in Vergessenheit.

Seit langem stand es in der Tat sehr schlecht um die Sancta Ecclesia.

»Wie schon eine alte Fischerweisheit sagt, dass nämlich der Fisch am Kopf zu stinken anfängt, so verhält es sich auch mit Mutter Kirche: Ausgerechnet die Päpste sind es, die ihr das schlimmste Unheil zufügen«, räsonierte Karl Meusle und blickte den Stadtpfarrer dabei herausfordernd an. Finsterwald und Scheuringer murmelten zustimmend, nur der Wirt der Ratsstube hielt sich mit Kommentaren zurück, machte jedoch lange Ohren.

Der Geistliche vermochte dem Ratsherrn nicht zu widersprechen, obwohl ihm dessen Wortwahl offensichtlich nicht schmeckte.

Nach Jahrzehnten, in denen die von Gott Gesandten in ihrer Machtbesessenheit, Dekadenz und Grausamkeit den römischen Imperatoren der Antike in nichts nachstanden und mit ihren Bluttaten die Annalen der Geschichte füllten, zählte das gläubige Christenvolk im augenblicklichen Jahre des Herrn 1414 nicht »nur« zwei Heilige Väter sondern gar drei – eine Herausforderung für die Statuten der Kirche und für den Glauben jedes Einzelnen:

Nämlich Benedikt XIII. mit Sitz in Avignon, Gregor XII. in Rom und schließlich Johannes XXIII., der in Pisa regierte.

Die Freude und Genugtuung des Ravensburger Stadtpfarrers über ein allgemeines Konzil war also gut nachzuvollziehen. Auch die Stadträte sowie der Schultheiß begrüßten diese Ankündigung aufs Lebhafteste.

»Irgendeiner muss doch endlich den Saustall ausmisten«,

knurrte Scheuringer, und der Pfarrer hob jetzt doch mahnend den Zeigefinger ob dieser schwäbischdeftigen Ausdrucksweise.

»No, no«, bremste er den Übereifrigen, »nur net gar so heftig!«

»Ist doch wahr«, verteidigte sich der Ratsherr. »Ich finde es jedenfalls sehr gut, dass unser Sigismund das Schisma endlich beenden will. Dann sollen die hohen Herren aber bitteschön auch gleich die ganze Kirche reformieren.«

»Ganz recht«, sprang ihm der Schultheiß bei. »Was sich da in den letzten hundertzwanzig Jahren an Dreck angesammelt hat, muss mit eisernem Besen weggekehrt werden. Und wer soll es machen? Ein Neuanfang kann nur von Deutschland ausgehen.«

»Warum das?«, wollte Meusle wissen. Er freute sich zwar auch über die gute Neuigkeit, hätte es aber auch für gut befunden, wenn dieses Konzil in einem anderen Land stattgefunden hätte.

»Überlegt doch mal«, meldete sich der Geistliche jetzt zu Wort. »Erst aber muss ich noch einen Schluck von diesem köstlichen Roten nehmen. Ah!« Pfarrer Simon leckte sich die Lippen und rülpste diskret.

»England hat sich schändlicherweise bereits seit längerer Zeit von unserer Mutter Kirche abgewandt. Es verfolgt einen eigenen Weg und schert sich anscheinend überhaupt um keinen Papst mehr. Und unser Nachbar Frankreich hat ebenfalls begonnen, einen speziellen Weg zu einer Art Staatskirche einzuschlagen.«

»Ja, die Franzosen haben zu Anfang unseres Jahrhunderts das Bestreben der französischen Kirche nach Eigenständigkeit und weitestgehender Unabhängigkeit vom Papst, die sogenannten Gallikanischen Freiheiten verkündet, die dem

Papst nur noch einen ganz geringen Einfluss auf die französische Kirche gewähren sollen – und ihm kaum noch Einkünfte garantieren«, fiel ihm der Schultheiß ins Wort. »So bleibt der Kirche bloß noch Deutschland als Opfer für seine höchst komplizierten fiskalischen Ansprüche …«

»Was heißt hier ›Opfer‹, mein lieber Jodok?« Der Stadtpfarrer war regelrecht entsetzt. »Die Kirche hat eine Menge an Aufgaben, die sie ohne …«

»Ja, ja, Hochwürden! Das wissen wir. Aber mehr darf's nimmer werden, was die Heilige Mutter Kirche uns abverlangt. Es ärgert einen nämlich schon, wenn sich alle anderen drücken und nur wir dummen Deutschen die Melkkühe abgeben sollen. Dabei hört man bloß von unsagbarem Prunk und Pomp, in dem Kardinäle und Päpste sich gefallen.«

»Und die teure Mätressenwirtschaft erst, derer sich die frommen Herren befleißigen!«, setzte Scheuringer noch eins drauf. »Von dem Gold, das die Prälaten ihren Huren in den Arsch stecken, könnten überall Armenhäuser und Spitäler gebaut und unterhalten werden!«

Der Geistliche hüstelte und errötete leicht – vielleicht in Gedanken an seine nicht gerade unansehnliche, aber immerhin genügsame Haushälterin … Er sah ein, dass es klüger war, nicht länger auf diesem heiklen Thema zu beharren, und versuchte, die Gesprächsleitung an sich zu reißen und lieber über das kommende Konzil in Konstanz zu sprechen.

In der Tat: Alle drei Stellvertreter Christi auf Erden waren nach Konstanz geladen. Und noch einer sollte erscheinen und sich rechtfertigen vor dem erlauchten Gremium: Magister Jan Hus aus Prag.

»Weil er Angst hat, dass man ihn festnehmen und ins Gefängnis werfen könnte, hat der König ihm sein Wort gegeben, dass der böhmische Gelehrte unter seinem, König Sigismunds, persönlichen Schutz stehe.«

»Er wäre auch dumm, ohne einen Schutz- und Geleitbrief in die Höhle des Löwen zu kommen!«, grinste Jodok Finsterwald. »Er wird es sowieso nicht leicht haben, sich in einer Disputation gegen all die gelehrten geistlichen Herren zu behaupten.«

Dem Stadtpfarrer war es angenehm, dass er das Gespräch in weniger stürmische Gewässer gelenkt hatte. Über Hus und seine ketzerischen Ideen war es leichter, sich zu einigen, als die »Sünden« und Verfehlungen der Diener Gottes zu diskutieren.

KAPITEL 3

Zu Recht hatte Magdalena mit der Zuverlässigkeit des Klosterfischers Martin gerechnet. Wie vereinbart legte der junge Bursche eine Stunde nach Sonnenuntergang am 22. April mit seinem Boot am Steg des Klosters Sankt Marien am See an. Es war mondhell und sternenklar, und sie verständigten sich nur mit Handzeichen. Die Entfernung zum Kloster betrug zwar knapp zweihundert Meter, außerdem trennte eine mannshohe Mauer das Seeufer vom Klostergarten, dennoch war Vorsicht geboten: Vor allem des Nachts trug der See sogar den schwächsten Laut meilenweit über die spiegelglatte Wasseroberfläche.

Martin hatte beim Näherkommen jedes Geräusch zu vermeiden versucht und die Ruder nur noch leicht ins feuchte Element eintauchen lassen. So weit die spitzbogigen Fenster der Klostergebäude über der Mauer zu erkennen waren, sah man nirgends ein Licht brennen. Offenbar schliefen bereits sämtliche Bewohner.

Magdalena hatte sich einen Ziegenlederbeutel mit ihren Habseligkeiten um den Hals gehängt, und mit Hilfe des jungen Mannes gelangte sie mit Leichtigkeit ins Boot, wo sie sich sofort im hinteren Teil auf einer Holzbank niederließ. Es roch nach Schlick, nach Fisch und dem flüssigen Pech, womit Martin seinen Fischerkahn vor kurzem frisch kalfatert hatte.

Die jungen Leute sprachen kein Wort zur Begrüßung. Ein gegenseitiges Zunicken genügte. Magdalena erkannte im Sternenlicht, dass ein zweites Paar Ruder am Boden des Schiffleins lag.

So konnte sie später, sobald sie weiter vom Klostergrund entfernt waren, Martin beim Rudern unterstützen. Zu zweit würden sie um vieles schneller vorankommen, und je eher sie im Eriskircher Ried anlangte, desto schneller konnte sie den Ritt nach Ravensburg antreten. Blieb nur zu hoffen, dass Martins Freund Wort gehalten und die Pferde besorgt hatte …

Die Flucht aus dem Kloster war überraschend einfach gewesen. Was Magdalena allerdings gar nicht behagte, war die Tatsache, dass sie zu Lüge und Verstellung gezwungen war: Falls es ihr nämlich nicht gelungen wäre, der Mutter Oberin über ihre wahren Absichten Sand in die Augen zu streuen, hätte dies ihren Plan hoffnungslos scheitern lassen.

Äbtissin Notburga, die Ehrwürdige Mutter, hatte keinen Zweifel daran gelassen, dass sie fest entschlossen war, den Willen von Magdalenas Oheim durchzusetzen: Das junge Mädchen hatte in Sankt Marien am See zu bleiben, solange es ihrem Vormund Mauritz Scheitlin gefiel. Und das konnte bekanntlich sehr lange dauern …

Magdalena fügte sich scheinbar in ihr Schicksal. Demut und Gehorsam mimend ging sie weiterhin die restlichen

Tage ihren geistlichen Übungen und den Pflichten einer Betreuerin der Kranken und Siechen im Infirmarium des Klosters nach.

Sowohl die leidenden Nonnen als auch die Kranken von außerhalb schätzten, ja verehrten die junge Heilerin, »deren Anblick allein schon ausreichte, um einen gesund zu machen«, wie es eine Bäuerin und fünffache Mutter ausgedrückt hatte, deren Wassersucht in den Beinen sie mit einem speziellen Sud aus rotem Weinlaub und Rosskastanien, einer salzlosen Diät, einem herzstärkenden Medikament aus Weißdorn und Besenginster sowie mit gezielter Massage erfolgreich bekämpft hatte.

»Um meine Kranken, die ich so einfach im Stich lasse, tut es mir von Herzen leid«, dachte sie, auf die leisen Ruderschläge Martins achtend.

Außerdem machte sie sich Sorgen wegen Schwester Philomena, deren altersbedingte Verwirrtheit schon mehrfach Patienten zum Verhängnis hätte werden können: Die senil gewordene Nonne verwechselte gelegentlich Medizinfläschchen, irrte sich in der Dosierung der Inhaltsstoffe, vergaß hin und wieder ganz einfach die Behandlung mancher Kranker oder verabreichte den Leuten mehrmals hintereinander ihre Arznei.

Bislang hatte in solchen Fällen immer Magdalena eingegriffen, um Schlimmeres zu verhüten. Die junge Frau unterdrückte einen Seufzer, quetschte ihren Beutel, den sie bereits am Nachmittag im Krankensaal versteckt hatte, noch fester unter die Bank und lauschte auf das Rascheln im Röhricht, welches das Seeufer dicht überwucherte und allerlei Vögeln und sonstigem Getier Zuflucht bot.

Deutlich waren das Schnarren und das Flügelschlagen einer Wildgans zu hören. Gleich darauf herrschte wieder

Stille – bis auf das Froschgequake in einem nahe gelegenen kleinen Teich und das sanfte Plätschern, verursacht durch die behutsame Bewegung der Ruderblätter, die sie langsam aber stetig ihrem Bestimmungsort, dem Dorf Eriskirch, näher brachten.

Nach etwa der Hälfte der Strecke erbot sich Magdalena, zur Unterstützung des jungen Mannes die Muskelkraft ihrer Arme zur Verfügung zu stellen, und Martin nahm das Angebot – wenn auch scheinbar widerstrebend – an.

»Ich schlafe sonst vor Langeweile ein«, behauptete sie und griff resolut nach dem zweiten Ruderpaar. Sie war geschickt und kräftig, und beiden erschien es jetzt, als flögen sie förmlich über den völlig unbewegten See dahin. Es ging nicht der leiseste Windhauch, und die Oberfläche des Wassers ähnelte im fahlen Mondlicht einem polierten Spiegel, ohne das geringste Kräuseln.

»In einer Stunde spätestens wird sich das ändern«, prophezeite Martin leise, »dann kommt um diese Jahreszeit für gewöhnlich eine frische Brise auf, und der See macht Wellen. Aber dann haben wir es nicht mehr allzu weit bis zu unserem Ziel.«

Magdalena durchströmte ein warmes Gefühl der Dankbarkeit. Dieser schlichte Bursche, den sie kaum kannte, hatte ihre Sache wie selbstverständlich zu seiner eigenen gemacht. Würde man ihn erwischen, erginge es ihm übel. Die Klosterknechte – obgleich Unfreie wie er – würden ihn auf Geheiß der Ehrwürdigen Mutter gnadenlos auspeitschen und ihn danach bei Wasser und Brot in das feuchte Kerkerloch unterhalb der Krankenstation werfen. Womöglich widerführe ihm gar noch Schlimmeres …

Sie fragte sich, wie wohl der andere Kerl sein würde, der sie zu Pferd nach Hause geleiten wollte. Sie wusste nur, dass er Peter hieß, so alt wie Martin war – etwas über zwanzig – und normalerweise sein Auskommen als eigener Holzknecht eines gräflichen Herrn in den Wäldern um Eriskirch und Langenargen fand.

Unbewusst bewegte sie ihre Arme schneller, und der junge Mann passte sich umgehend ihrem Rhythmus an. Je eher er die Entlaufene im Eriskircher Ried an seinen Kameraden übergab, desto früher vermochte er selbst den Heimweg anzutreten. Immerhin musste er wie jeden Tag im ersten Morgengrauen die am vorhergehenden Abend ausgelegten Netze einziehen und kontrollieren.

Margret Scheitlin seufzte und wälzte sich unruhig auf ihrem Lager hin und her, ohne Schlaf zu finden. Sie fühlte sich überhaupt nicht mehr wohl, seit sie vom wenige Kilometer entfernten Altdorf nach Ravensburg umgezogen war in das hochherrschaftliche Anwesen ihres verstorbenen Schwagers Georg Scheitlin. Der schlichten Hausfrau und Ehefrau des Baders Mauritz war das Unrecht, das ihr Gatte seinem Mündel Magdalena anzutun im Begriffe war, durchaus bewusst.

Sie wehrte sich innerlich dagegen, obwohl ihr Mann behauptete, dies nur zum Wohle ihres gemeinsamen Sohnes Bertwin zu tun. Es widerstrebte ihr, das junge Mädchen, das doch gerade erst seinen Vater verloren hatte, derartig zu hintergehen. Wie kam Mauritz dazu, seine Nichte, die immerhin einem Bräutigam versprochen war, gegen ihren Willen ins Kloster zu verbannen?

Sie wusste Bescheid darüber, mit welcher Raffinesse er versuchte, die Leiterin des Klosters mit einer gehörigen Summe Bargeld zu bestechen sowie mit dem Versprechen, in Zukunft müsse der Konvent sich nie mehr um die Bezahlung von Kräutern, Drogen und Arzneien Sorgen machen …

Allein die Tatsache, dass er die Munt über eine zur Ehe Versprochene gefordert – und von der reichsstädtischen Administration tatsächlich erhalten hatte! –, erschreckte sie ob ihrer Dreistigkeit. Sie war sich sicher, dass Mauritz dem Stadtoberhaupt und den Richtern einiges dafür geboten hatte. Das aufrechte Gemüt der einfachen Frau fühlte sich angewidert von den Mauscheleien ihres Gatten.

»Ich gehöre nicht hierher«, hatte sie ihrem Mann gleich am ersten Tag nach der Beerdigung ihres Schwagers klargemacht, als der sich wie selbstverständlich im mit Rindsleder bezogenen und gepolsterten Lehnstuhl des verstorbenen Hausherrn in der »guten Stube« niederließ, um sich von einer Dienstmagd den Abendtrunk servieren zu lassen.

»Und du auch nicht, Mauritz«, hatte Margret, die sich zum Ärger ihres Mannes um die Gegenwart der Magd nicht bekümmerte, hinzugefügt. »Das Bier könnte ich dir, wie sonst auch immer, selber kredenzen, meinst du nicht?«

Das Mädchen, ahnend, dass schlechte Stimmung im Haus herrschte, stellte den Krug vor Mauritz auf den mit einer fein bestickten Tischdecke dekorierten Eichentisch, wünschte »Wohl bekomm's Euch, Herr« und verzog sich augenblicklich. Sie handelte damit gemäß der alten Gesindeweisheit:

»Wenn bei der Herrschaft Feuer unterm Dach ist, sollten die Dienstboten sich unsichtbar machen. Sie können ja an der Türe lauschen …«

»Ich weiß gar nicht, was du hast, Margretle«, versuchte der neue Herr des Anwesens sich dumm zu stellen. »Es geht uns doch gut hier.«

»Viel zu gut, Mauritz! Und alles auf Kosten der wahren Erbin, die du zu den Nonnen verbannen willst! Ich hatte bisher keine Hilfe im Haushalt und soll jetzt über ein gutes Dutzend Knechte und Mägde das Regiment führen. Ich kann meine Sachen selbst erledigen; ich war immer eine gute Hausfrau!«

»Natürlich, Margretle, natürlich! Aber du sollst es jetzt besser haben und mehr anschaffen, als eigenhändig tun. Immerhin gehören wir jetzt zu den Stadthonoratioren, und du bist eine Dame geworden.«

»Ha! Dass ich nicht lache! Ich und eine Dame! Das will ich gar nicht sein. Vor allem nicht, wenn ich weiß, dass unser neuer Besitz und Stand auf Bauernfängerei beruht. Hast du gar keine Angst vor Albrecht und Konrad Grießhaber? Was glaubst du, was die beiden sagen werden, wenn sie erfahren, dass du das Mädle, das ihre Schwiegertochter beziehungsweise Ehefrau hätt' werden sollen, um ihr Erbe geprellt hast? Und dass es Lüge war, als du behauptet hast, die Magdalena wolle gar nimmer heiraten? Meinst du, sie sind blöd und nehmen das so einfach hin?«

Mauritz grinste und nahm erst einmal einen kräftigen Schluck von dem süffigen Braunbier. Eine ganze Flasche eines hervorragenden Roten hatte er bereits zur Abendmahlzeit konsumiert. Den hatte die Köchin extra aus dem gut sortierten Weinkeller seines toten Bruders holen müssen. Das Bier stellte jetzt gewissermaßen seinen Schlummertrunk dar.

»Die Grießhaber'schen habe ich schon ruhiggestellt«, gab er Margret seelenruhig zur Antwort, sobald er sich mit dem Handrücken den Mund abgewischt hatte.

»So? Wie denn?« Margret schaute ihren breitbeinig und behäbig am Tisch sitzenden Mann misstrauisch an.

Mauritz winkte seine Gattin näher zu sich heran. »Ich hab' ihnen – übrigens genau wie unserem Schultheiß – weisgemacht, dass das Mädle nicht nur den Konrad nimmer ehelichen mag, sondern es sich überhaupt ganz anders überlegt hat! Und dass die Magdalena sich bloß nicht getraue, die Verlobung öffentlich zu lösen, obwohl sie keineswegs als Schülerin zu den Nonnen am Bodensee gegangen sei, sondern schon nach ganz kurzer Zeit um die endgültige Aufnahme in den Orden gebeten habe.

Sie sei inzwischen längst eine ordentliche Klosterfrau, weil – so habe ich einfach behauptet – mein Herr Bruder noch vor seinem Tod mit einer doppelt so hohen Mitgift als normalerweise üblich nachgeholfen habe. Georg habe der geliebten Tochter den Wunsch, Nonne zu werden, einfach nicht abschlagen können …«

»Das hast du getan?«

Margret Scheitlin, die ganz blass geworden war, versagte schier die Stimme.

»Schlau, was?«, brüstete sich ihr Eheherr und setzte erneut den eineinhalb Liter fassenden Bierhumpen mit zwei Händen an die Lippen.

»Magst auch einen Schluck, Gretle?«, fragte er dann gönnerhaft und schob seiner Frau den Krug hin.

»Von dir will ich gar nix mehr, Mauritz!«, rief diese und sprang von ihrem gepolsterten Stuhl auf. »Du bist nichts weiter als ein ganz schäbiger Betrüger!«

»He, he!«, knurrte der ehemalige fahrende »Wunderheiler« und Zahnbrecher, und in seinem Gesicht wetterleuchtete es gehörig.

»So darfst du mir aber nicht kommen, gell!«, schnauzte er seine bessere Hälfte an. »Sonst könnt' es glatt passieren, dass ich meine guten Manieren vergesse und dir eine Ohrfeige zuteil werden lasse! Nur damit du dich wieder dran erinnerst, dass eine Frau ihrem Mann Respekt und Demut schuldig ist.«

Margret kümmerte sich allerdings nicht mehr um Mauritz' bösartiges Gerede; sie stürmte aus der Wohnstube – wobei sie der am Schlüsselloch horchenden, neugierigen Dienstmagd einen ordentlichen Nasenstüber mit der Tür verpasste. Die aber fasste sich sofort.

»Ich wollt' bloß fragen, ob die Herrschaften noch einen Wunsch haben«, behauptete sie geistesgegenwärtig, aber Margret hörte gar nicht hin. Sie musste jetzt gut überlegen.

An ihren Sohn Bertwin konnte sie sich leider nicht wenden. Der Vierundzwanzigjährige hatte es bisher erfolgreich vermieden, sich einer vernünftigen Ausbildung zu unterziehen, und von einer geregelten Arbeit hielt er ebenso wenig.

Er war faul und leichtsinnig, lebte meist in den Tag hinein, war aber andererseits nicht anspruchsvoll, sondern genügsam und freigebig, sobald er selbst irgendetwas besaß. Von stets heiterer Gemütsart, verstand er es, sich bei Jung und Alt beliebt zu machen. Er wurde gerne eingeladen, weil er witzig und noch dazu ein ausgezeichneter Sänger war; und was er den Leuten auf seiner Fiedel vorzuspielen pflegte, konnte sich hören lassen. Seine Mutter wusste indes meist nicht, wo er sich mit seinen nicht ganz einwandfreien Kumpanen herumtrieb. So war es auch heute.

Aber eines wusste die unglückliche Margret mit Sicherheit: Ihr Sohn würde auf keinen Fall irgendwann die Apotheke samt der ganzen Verantwortung übernehmen! Und wenn er gewusst hätte, dass sein Vater seine Base so übel über den Tisch zog, wäre er, von Grund auf gutmütig wie er war, Mauritz wahrscheinlich für immer aus dem Weg gegangen.

Während der ruhelosen Margret all dies durch den Kopf ging, fasste sie den Beschluss, sofort und ohne auf den nächsten Morgen zu warten, ihre alte, schon etwas hinfällige Schwiegermutter Elise, geborene von Schmalegg aus dem Ministerialengeschlecht der Schmalegg-Winterstetten, aufzusuchen. Die alte Dame – fünfundsiebzig Jahre schon und ein wenig gehbehindert, aber geistig hellwach – bewohnte mit ihrer ebenfalls reichlich betagten Zofe Auguste und einem noch jüngeren Knecht namens Gandolf im Oberstock des Gebäudes mehrere Zimmer, welche sie so gut wie nie mehr verließ.

Voller Stolz pflegte sie jedem Besucher zu erzählen, dass einer ihrer direkten Vorfahren ein berühmter Minnesänger war: Ulrich von Winterstetten. Und dass sie den damaligen Stadtarzt Wendelin Scheitlin aus Liebe geheiratet habe, obwohl sie eine »bessere« Partie hätte machen können …

Zähneknirschend hatte sich Mauritz darein gefügt, seiner Mutter das lebenslange Wohn- und Bleiberecht in »seinem« Haus weiterhin »gnädig zu gewähren«. Auf eine entsprechend unverschämte Bemerkung ihres Ältesten hin hatte die alte Frau – die unter dem Tod ihres Lieblingssohnes Georg schrecklich litt – mit aller Schärfe angekündigt, ihr Recht sofort einzuklagen, falls Mauritz es sich einfallen ließe, sie von ihrem Grund und Boden vertreiben zu wollen.

»Das Geld zum Bau dieses schönen großen Hauses stammt immerhin aus meiner Mitgift«, hatte sie dem ungeliebten Usurpator entgegengehalten, worauf der ältere Sohn klein beigab.

Margret erklomm die mit Teppichen ausgelegte Stiege, die zu den Räumlichkeiten ihrer Schwiegermutter hinaufführte. Sie hoffte inständig, die alte Dame habe sich erst vor kurzem zur Ruhe begeben und sei noch nicht in tiefen Schlaf verfallen.

Elise würde sie trösten und ihr wieder Mut zusprechen. Margret hielt es sogar für möglich, dass sie auch Rat wüsste, wie man Magdalena helfen konnte. Das letzte Wort durfte doch noch nicht gesprochen sein in dieser traurigen Angelegenheit.

KAPITEL 4

MARTINS FREUND, DER Holzarbeiter, der die beiden Arbeitsgäule besorgt hatte – auf Reitpferde hatte er keinen Zugriff –, erwies sich als noch schweigsamer als der junge Fischer. Schüchtern wie er war, lief er bei Magdalenas Anblick knallrot an.

Selbst die nicht ganz geringe Geldsumme, die sie ihm gleich zu Anfang in die Hand drückte, um ihn gewissermaßen aufzumuntern, blieb ohne Wirkung. Er stammelte bloß einen kurzen Dank, half ihr reichlich ungeschickt auf eine der beiden Mähren und war im Übrigen stumm wie ein Stockfisch.

»Gut, dass du daran gedacht hast, für mich einen Damensattel aufzutreiben«, versuchte die junge Frau, ihn zu irgendeiner Reaktion zu bewegen.

Peter, wie der Bursche hieß, zuckte nicht einmal mit der Wimper.

»Am liebsten würde ich mich ja draufsetzen wie du; aber dazu bräuchte ich auch Hosen wie du und nicht diesen engen Kittel.«

Alle Versuche ihrerseits, auch nur die bescheidenste Unterhaltung zu beginnen, blieben ohne Erfolg. Ehe sie auf den etwas struppigen und plumpen, aber kräftigen und ausdauernden Tieren losritten, zog sich Magdalena das weiße Tuch vom Kopf, das verdächtig nach einem Nonnenschleier aussah.

Es dämmerte bereits, und sie wollte unter keinen Umständen als eine Angehörige des Klosters auffallen. Mit ihren schulterlangen, lockigen blonden Haaren würde sie jedenfalls niemand für eine Braut Christi halten, trotz des schmuck- und formlosen grauen Sacks, den sie anhatte – hoffte sie zumindest.

Wenn sie Pech hatte, wäre ihre so sorgfältig eingefädelte

Flucht zu Ende, ehe sie recht begonnen hatte. Das weitaus größere Stück des Wegs lag nämlich noch vor ihr.

Peters Schweigsamkeit hatte indes auch sein Gutes: Magdalena blieb viel Zeit zum Nachdenken. Ungestört konnte sie ihre Gedanken schweifen lassen, Gedanken, die wie von selbst immer wieder zu ihrem ungeborenen Kind und seinem Erzeuger, Konrad Grießhaber, zurückkehrten.

Sie empfand große Sehnsucht nach ihrem Bräutigam und war sich sicher, er würde sie in ihrem Schmerz über des Vaters Tod zu trösten verstehen und ihr frischen Lebensmut einflößen, den sie als künftige Mutter eines Kindes so dringend benötigte – und er würde sie erneut das Lachen lehren.

An seiner breiten Brust, in seinen starken Armen fände sie ihr neues Zuhause. Mochte sich der hinterhältige Oheim ihretwegen ruhig im väterlichen Haus breitmachen! Das Anwesen der Kaufmannsfamilie Grießhaber war mindestens ebenso prächtig …

»Aber auf die Apotheke werde ich trotzdem niemals verzichten!«, dachte sie trotzig. »Sie ist das Lebenswerk Georg Scheitlins, und ich soll sie nach Vaters Wunsch und Willen in seinem Sinne weiterführen. Und – bei Gott – das werde ich!«

Magdalena wusste sich mit Konrad darin einig: Noch am Tage der Verlobung hatte er ihr zugesichert, dass sie als seine Ehefrau die Erlaubnis habe, als Gehilfin ihres Vaters im Geschäft mitzuarbeiten und die Apotheke später einmal – nach Georgs Tod – selbstständig zu führen. Nun, dieser Tag war leider schneller gekommen als gedacht. Dennoch war sie sicher, Konrad stünde zu seinem Wort.

»Vielleicht macht mir die Stadt zur Auflage, dass ich zu Anfang einen approbierten Apotheker anstelle, solange ich noch so jung bin«, überlegte sie. Aber das machte ihr nichts aus, auch damit käme sie zurecht. Nur eines wollte sie auf keinen Fall dulden: Dass ihr unverschämter Oheim ihr das väterliche Erbe entriss – und so ganz nebenbei auch ihr Barvermögen sowie den Schmuck, den sie von ihrer längst verstorbenen Mutter geerbt hatte, einstrich …

Peter, der schweigsame Holzfäller, schien die Gegend gut zu kennen. Er mied die Dörfer und kleineren Orte, indem er schmale, oft recht unwegsame Pfade direkt am Fluss Schussen auswählte. Meist machte er auch einen großen Bogen um winzige Ansiedlungen und Einzelgehöfte. Man konnte nie wissen, welchen Menschen man begegnete. Wie leicht konnte jemand dabei sein, der Magdalena erkannte …

Die Gäule, geduldig und ausdauernd, waren daran gewöhnt, schwere Lasten zu ziehen, aber nicht gewillt, sich einer besonders schnellen Gangart zu befleißigen.

Dem jungen Mädchen war das gerade recht. Sie war sich auf einmal gar nicht sicher, ob eine Frau in ihrem Zustand überhaupt reiten durfte.

»Schon wieder etwas, wovon ich keine Ahnung habe«, dachte sie verärgert und nahm sich vor, ihre Großmutter in Ravensburg zu allen Dingen, die mit Schwangerschaft und Geburt zu tun hatten, zu befragen.

Am liebsten träumte sie von Konrad während des zunehmend anstrengender werdenden Ritts. Sie wusste zwar mit Pferden umzugehen, war auch eine leidlich gute Reiterin, aber längeres Sitzen auf einem Pferd war sie nicht gewohnt. Dazu war ihre Kleidung zudem vollkommen untauglich, und der Sattel drückte fürchterlich. In Kürze schmerzten ihre Oberschenkel und der Rücken beinahe unerträglich.

»Ich kann nicht mehr! Lass uns anhalten«, rief sie ihrem stummen Begleiter zu. Der, offenbar erleichtert, sich ebenfalls eine Pause gönnen zu dürfen, brachte seinen Gaul zum Stehen und stieg ab. Nachdem er Magdalena geholfen hatte, aus dem Sattel zu klettern, musste er sie erst einmal eine Weile an den Oberarmen festhalten; sie konnte sich nämlich nicht mehr alleine aufrechthalten.

Das brachte den jungen Kerl zur Besinnung, und wie durch ein Wunder fand er zur Gabe der flüssigen Rede zurück:

»So geht das nicht, Jungfer! Das ist mir zu gefährlich. Diese Schinderei macht Euch am Ende noch krank, und dann haben wir den Dreck! Die Viecher sind zwar gutmütig und lammfromm, aber zum längeren Reiten taugen sie nicht. Im nächsten Dorf werde ich uns einen Karren besorgen. Vor den spanne ich dann die Biester, und wir lassen uns von ihnen ziehen. Das sind sie schließlich gewohnt, und wir sind sicher, dass Ihr nicht als lahmer Krüppel in Eurer Vaterstadt eintrefft.

Ich darf Euch verraten, dass auch mein Arsch brennt wie die Hölle: Schaut Euch doch bloß das breite Kreuz dieser Ackergäule an – da kann kein vernünftig gebauter Mensch längere Zeit drauf hocken!«

Magdalena lachte Tränen und konnte es kaum fassen: »Du kannst ja sprechen, Peter! Wie ein Wasserfall! Und was du sagst, ist ausgesprochen gescheit. Da geht es mir doch gleich viel besser. Ja, so machen wir es. Ich warte hier und ruhe mich ein Weilchen aus. Die Pferde können weiden, und du bringst uns einen Wagen. Aber erst wollen wir beide uns bei einem kleinen Imbiss erholen. Komm her!«

Das Mädchen setzte sich ohne weiteres auf die Wiese und öffnete den Ziegenlederbeutel. Als der junge Mann es ihr gleichtun wollte, wurde er erneut verlegen und blieb eingeschüchtert vor ihr stehen.

»Mach schon, Peter! Hock nieder und iss mit mir.«

Magdalena verteilte an jeden einen Kanten Brot, ein Stück Ziegenkäse und einen Apfel aus der vorjährigen Ernte. Das

Obst war zwar schon ein wenig verschrumpelt, aber immer noch sehr aromatisch.

»Da, schau! In der Flasche ist sogar noch ein wenig Wasser zum Durstlöschen. Am nächsten Bach sollten wir sie wieder auffüllen.«

Beide saßen auf der sonnigen Wiese und hörten dem Summen der Bienen und dem stetigen Gräserzermalmen der Gäule zu. Fast andächtig kauten sie Käse und Brot.

»Hast du eine Ahnung, wo wir überhaupt sind?«, fragte Magdalena nach einer Weile.

»Bei Schussenreute.« Peters Antwort kam umgehend. »Das liegt ziemlich genau zwischen Eriskirch und Tettnang.«

»Du scheinst dich hier gut auszukennen«, lobte das Mädchen und reichte dem Burschen zwei große Mohrrüben. »Da, für die Pferde. Die Rüben habe ich aus der Klosterküche mitgehen lassen. Die armen Luder sollen auch was haben.«

»Das gefällt mir, dass Ihr auch für die unwissenden Tiere etwas übrig habt, Jungfer«, erwiderte der Holzarbeiter, der seine Rösser zweifelsohne schätzte.

»Ich kann mir nicht helfen, Peter: Manchmal habe ich den Eindruck, dass die Tiere gar nicht so unwissend sind, wie die Menschen glauben. Hin und wieder überraschen sie einen mit Sachen, die man ohne Verstand gar nicht zuwege bringen könnte.«

»Jetzt überrascht Ihr mich, Jungfer Magdalena! Selten, dass ich Leute treff', die so ein gutes Gespür für das Viehzeug haben.«

Peter war aufgestanden, um zu den Gäulen hinzugehen, die in der Nähe einträchtig beisammen standen und an den Grashalmen zupften.

»Na ja, immerhin sind auch sie Geschöpfe unseres Herrn«,

rief Magdalena ihm nach. Dann kam ihr ein anderer Gedanke, aber sie wartete, bis ihr Begleiter wieder zurückkehrte.

»Sag mal, Peter, wie willst du es denn anstellen, zu einem Wagen zu kommen?«

»Da gibt es zwei Möglichkeiten, Jungfer.«

»Und die wären?«

»Falls Ihr noch ein wenig Geld übrig habt, könnte ich versuchen, einen Wagen für eine gewisse Zeit auszuleihen. Und falls nicht – nun, dann werde ich eben einen umsonst ausborgen. Dazu müssten wir aber die Dunkelheit abwarten und uns bei Nacht aus dem Staub machen.«

Erneut brach Magdalena in helles Gelächter aus. »Du willst behaupten, du würdest wirklich einen Karren stehlen?«

»Selbstverständlich, Jungfer! Das mit dem Reiten war von vornherein eine Schnapsidee. Mein Freund Martin hat vermutlich gedacht, ich könnte meinem Herrn zwei seiner zahlreichen Reitpferde aus dem Stall entführen. Aber da passen die gräflichen Rossknechte viel zu gut auf, und als einfacher Holzknecht hab' ich gar keinen Zugang zum Reitstall.«

»Gott sei Dank, Peter! Die Sünde des Stehlens musst du nicht auf dich laden. Ich habe noch genügend Geld, um einen Wagen zu mieten. Hier, nimm!«

»Vergelt's Euch Gott, Jungfer. Dann mach' ich mich jetzt auf den Weg. Um Eure Frage von vorhin zu beantworten: Ich stamme aus Meckenbeuren und kenne ganz Oberschwaben wie meine Hosentasche. Und noch etwas: Um Gretel und Liese müsst Ihr Euch nicht sorgen: Die beiden laufen nicht weg!«

Damit ließ Peter Magdalena auf der von der Frühlingssonne beschienenen Lichtung zurück. Die junge Frau legte sich ins hohe, mit Wiesenblumen bestandene Gras; sie konnte erneut von ihrem wunderschönen, starken Geliebten, von Konrad, ihrem Bräutigam, träumen und von ihrem gemeinsamen Kind, von dem sie nicht einmal wusste, ob es ein Bub oder ein Mädchen sein würde …

Obwohl Magdalena natürlich keineswegs damit gerechnet hatte, von ihrem Vormund, Oheim Mauritz, mit Begeisterung empfangen zu werden, hätte sie sich dennoch niemals ein solches »Willkommen« in ihren allerschlimmsten Alpträumen ausmalen können.

Dieser Mann, der ihr eigentlich bisher stets fremd geblieben war, tobte regelrecht. Sie hatte ihn nicht sehr häufig gesehen; die Verbindung zwischen beiden Brüdern war keine enge. Dazu kam, dass auch Großmutter Elise nicht viel von ihrem Ältesten hielt.

»Ein falscher Kerl ist er, der Mauritz, und ein Faulpelz dazu. Das war schon von jeher so. Statt zu lernen und zu studieren wie sein jüngerer Bruder Georg, hat er es vorgezogen, sich in üblen Häusern herumzutreiben, zu huren und zu saufen. Kein Wunder, dass aus ihm schließlich nur ein ›Dreckapotheker‹ geworden ist, der den Leuten Pillen aus Mäusekot, Eulengewölle und Froschaugen andreht. Dazu lügt er, sobald er den Mund aufmacht. Mir tut Margret, meine rechtschaffene Schwiegertochter, aufrichtig leid.«

Diese bereits vor Jahren schon laut geäußerte Meinung Elises war nicht dazu angetan, in Magdalena irgendwelche ehrerbietigen Gefühle für den Verwandten aufkommen zu lassen.

Wozu er fähig war, hatte er ihr gegenüber bereits bewiesen, aber dass er dermaßen die Contenance verlieren konnte, hätte sie ihm doch nicht zugetraut. Die junge Frau hatte Glück, dass ihr Vormund sie nicht die Treppe hinunterwarf, als sie plötzlich vor ihm auftauchte.

»Aus meinen Augen, du Unwürdige!«, brüllte er und blies

sich dabei mordsmäßig auf. »Du willst mich wohl zum Gespött von ganz Ravensburg machen, was?«

»Aaber, wieso denn, Ooheim?« Magdalena begann im ersten Schreck zu stottern. Sie war nur froh, dass sie dank Peter, der einen ausgezeichneten, sogar gut gepolsterten Wagen ausfindig gemacht hatte, in körperlich bester Verfassung daheim angelangt war. Mit lahmem Kreuz und mit Schmerzen in jedem Knochen wäre sie jetzt nicht in der Lage, in dieser unguten Situation ihrem Onkel Paroli zu bieten.

Gleich darauf erwachte eine unbändige Wut in ihr.

Statt ängstlich zurückzuweichen, trat sie noch einen Schritt näher auf den Wüterich zu. Mit funkelnden Augen und keineswegs leise hielt Magdalena dagegen:

»Was fällt Euch ein, Oheim, Euch hier als Hausherr aufzuspielen? Mein Vater würde sich im Grabe umdrehen, wenn er wüsste, was Ihr mit mir versucht! Ihr wollt mich um mein Erbe prellen und mir die Apotheke, von der Ihr sowieso nichts versteht, stehlen! Schämen solltet Ihr Euch!«

Mauritz Scheitlin lief womöglich noch röter an, als er es sowieso schon war.

»Was war das denn? Ich glaube, ich habe mich soeben verhört! So eine Unverschämtheit muss ich mir in meinem Haus nicht bieten lassen! Na warte, wenn dich die Klosterknechte aufspüren, dann wird dir dein freches Maul schon gestopft werden! Mach, dass du verschwindest, du unseliges Geschöpf!« Drohend baute er sich vor ihr auf.

»Jawohl, ich gehe! Aber zu meinem Bräutigam Konrad! Da könnt Ihr Euch auf etwas gefasst machen, sobald er erfährt, was Ihr mit meinem Erbteil vorhabt.«

»Haha! Da wirst du dich aber wundern! Dein Herr Bräutigam wird dir was husten, haha! Jawohl, lauf nur hin zu ihm!«

Magdalena sah ein, dass sie mit diesem Mann, der sie offenbar ruinieren wollte, kein vernünftiges Wort würde reden können. Nach einem vernichtenden Blick auf den Usurpator ihres Elternhauses und ihrer Apotheke rief sie ihrem Vormund noch zu:

»Richtet Euch nur darauf ein, bald wieder dort zu sein, von wo Ihr hergekommen seid! In Altdorf nämlich, wo Ihr die Leute in Eurer gewohnten Manier mit Mäusedreck und Froschlaich kurieren könnt. In Ravensburg – zumindest in diesem Haus – werdet Ihr Euren Lebensabend mit Sicherheit nicht verbringen!«

Damit stürzte sie die Treppe hinunter ins Erdgeschoss, wo sich an der großen Eingangstür mehrere Leute vom Gesinde versammelt hatten. Ein paar trockneten sich ihre verheulten Augen, und der Knecht Gandolf, der sie vor gut zwei Monaten mit der Kutsche ins Kloster Sankt Marien am See gebracht hatte, ballte sogar beide Fäuste.

»Es tut uns allen so leid, Jungfer Magdalena! Wenn wir etwas für Euch tun können, lasst es uns wissen. Dass Herr Georg so plötzlich von dieser Erde hat gehen müssen, war ein großes Unglück für uns alle.«

»Ich danke euch, ihr guten Leute! Aber verzagt nicht, ich werde schon Rat und Hilfe schaffen!« Ein paar der Dienstboten küssten ihr die Hand, ehe Magdalena, ganz gerührt über das spontane Einvernehmen mit diesen schlichten Menschen, hocherhobenen Hauptes das Gebäude verließ, um den kurzen Weg zu Konrad Grießhaber zu nehmen, dessen behäbig-vornehmes Elternhaus sich in der Kirchgasse befand.

KAPITEL 5

MUTTER NOTBURGAS BLICKE, mit denen sie das Häuflein ihrer Klosterknechte maß, flößten den Männern größtes Unbehagen ein.

»Was soll das heißen: ›Wir haben sie nicht gefunden!‹ Das ist gar nicht möglich. ›Wer suchet, der findet‹, so steht es geschrieben. Und daraus folgt: Wer nicht findet, der hat es versäumt, ordentlich zu suchen!«

Ärgerlich schlug die Leiterin des Klosters ihre schmalen Hände zusammen.

»Was soll ich mit einem solchen Haufen untauglicher Kerle bloß anfangen? Seid ihr wirklich zu dumm, um ein junges Mädchen einzufangen, das jederzeit an seiner Klostertracht als zu uns gehörige Novizin erkennbar ist?

Die Kleider, in denen Jungfer Magdalena Scheitlin in Sankt Marien angekommen ist, liegen nach wie vor in der großen Truhe auf dem Speicher über dem Dormitorium der Schwestern. Was nur bedeuten kann, dass sie in ihrem grauen Kittel und dem weißen Schleier weggelaufen ist. Das Tuch wird sie vielleicht weggeworfen oder zumindest abgenommen haben, doch das bodenlange, schlichte Gewand mit der grauen Schürze und dem schmalen, weißen Kragen wird sie überall verraten. Aber ihr Tölpel habt sie nirgendwo gesehen!«

Der älteste der Burschen fühlte sich zur Verteidigung gedrängt.

»Ehrwürdige Mutter! Erlaubt, dass ich dazu etwas sage«, begann er demütig.

»Sprich, du Esel!«

Die übrigen Männer duckten sich unter der scharfen Stimme der Oberin wie unter dem Schlag einer Peitsche. Aber dieser Knecht ließ sich nicht einschüchtern.

»Verzeiht, Herrin! Uns trifft keine Schuld. Da wir nicht wussten, ob sich die Jungfer über Land oder übers Wasser aus dem Staub gemacht hat, mussten wir uns aufteilen. Und da keiner ihre Flucht gesehen hat, weiß auch niemand, wann genau sie abgehauen ist. Es ist gut möglich, dass sie bereits in der Nacht das Kloster verlassen hat. Als Ihr am Morgen ihre Abwesenheit bemerkt habt, war sie bestimmt längst über alle Berge.«

»Na, und?« Die Äbtissin schien jetzt wirklich böse zu sein. »Was willst du mir damit sagen, Kerl?« Sie stemmte die Arme kämpferisch in die Seiten. »Dass wir, weil die Suche ja doch nichts bringt, am besten die Hände gleich in den Schoß legen und gar nichts unternehmen sollen, oder was? Nichts als elende Faulpelze seid ihr!«

Aber auch jetzt verlor der Mann die Ruhe nicht. »Ich will damit sagen, Ehrwürdige Mutter, dass Ihr Eure schlechte Laune nicht an uns auslassen solltet. Wir tun, was wir können. Und wir werden auch weitersuchen – allerdings brauchen wir dazu die nötige Verstärkung. Ihr solltet deshalb den allzeit guten Nachbarn des Klosters, den Grafen von Pfullendorf, benachrichtigen und ihn bitten, uns Männer zur Seite zu stellen – am besten berittene –, damit wir die Verfolgung aufnehmen können. Ich schätze, die kleine Apothekerin hat den Weg nach Hause, nach Ravensburg, angetreten. Das hätte ich an ihrer Stelle wenigstens getan. Wo sollte sie sonst hin?«

»Erstens bedanke ich mich für den guten Rat, Bursche«, spöttelte die Äbtissin im grauen Habit der Franziskanerinnen. »Beachtlich, was du dir in deinem einfachen Kopf zusammengereimt hast! Zweitens war sie keine ›kleine Apothekerin‹, sondern bereits beinahe eine Mitschwester, die bei uns für den Dienst an den Kranken auserkoren war.

Das macht ihre Flucht umso verwerflicher, und jeder, der

ihr dabei geholfen hat, darf sich auf harte Strafen gefasst machen. Sie muss außerdem noch Geld gehabt haben. Das wird ihr das Verlassen unserer Gemeinschaft erleichtert, wenn nicht gar erst ermöglicht haben. Keiner tut etwas für einen anderen, ohne die Hand aufzuhalten!

Vielleicht solltet ihr noch einmal den Burschen, der uns zweimal in der Woche mit Fischen aus dem See beliefert, ernsthaft befragen.«

»Darauf könnt Ihr Gift nehmen, Ehrwürdige Mutter«, gab der Knecht seelenruhig zur Antwort. »Falls der Stoffel irgendetwas weiß, kriege ich es heraus.«

»Nun gut!« Die Oberin schien geneigt, für dieses Mal das Kriegsbeil zwischen sich und den Bediensteten zu begraben. »Jedenfalls nehme ich deinen Vorschlag, bezüglich der Helfer des Grafen, an. Ihr werdet Verstärkung bekommen. Aber jetzt fort mit euch allen.«

Mit einer leicht angewiderten Handbewegung scheuchte die Dame die bäurischen Kerle aus dem Besucherzimmer des Klosters hinaus. Kaum hatte der letzte von ihnen den Raum verlassen, befahl sie einer Schwester:

»Mach sofort die Fenster auf, Franziska! Der Gestank, den diese Geschöpfe ausdünsten, verursacht mir Schwindel und verdirbt den Appetit aufs Abendbrot.«

»Und dass sie diese falsche und renitente Kreatur innerhalb eines ganzen Tages nicht zu fassen bekommen, macht es auch nicht gerade besser«, ging ihr durch den Sinn, als die Schwester das Zimmer verlassen hatte. So groß konnte Magdalenas Vorsprung schließlich gar nicht gewesen sein.

Tief atmete sie die feuchtschwüle Luft ein, die über die Mauer, die das Klostergelände vor Überschwemmungen schützen sollte, vom See hereinströmte. Mit Gewissheit stand ein Gewitter bevor.

Die Wut der Äbtissin war noch lange nicht verraucht und richtete sich nun ganz auf Magdalena. Wie hatte sie diese kleine Schlange nur derart hintergehen und bloßstellen können! Auf einmal schien sie so fromm, sanft und nachgiebig. Alles hatte sie angeblich eingesehen, und die Tatsache, dass das Kloster sie dringend als Heilerin brauchte, schmeichelte ihr offenbar, wie Notburga angenommen hatte.

Als wahre Nichte ihres intriganten Oheims hatte sie sich indes erwiesen: An Hinterhältigkeit stand sie ihm, den die Äbtissin trotz seiner großzügigen Spenden keineswegs schätzte, in nichts nach! Fast konnte einem der Vormund schon leidtun, es mit so einem widerspenstigen Frauenzimmer zu tun zu haben.

Um die gleiche Zeit etwa betrat Magdalena den breiten Durchgang zwischen den Arkaden des Handelshauses Grießhaber und Sohn, um in den Innenhof zu gelangen. Von dort aus, so wusste sie, gelangte man über drei überdachte Außentreppen zu den oberen Geschossen und in die jeweiligen Räumlichkeiten.

Unten, in den der Kirchgasse zugewandten Geschäftsräumen und Lagerhallen, trieben sich zahlreiche Diener und Angestellte herum, aber Magdalena legte keinen Wert darauf, sich von ihnen in ihrer schlichten Nonnentracht begaffen zu lassen.

»Nicht einmal die Zeit hat er mir gelassen, mich ordentlich umzuziehen und herzurichten«, murmelte das Mädchen erbittert vor sich hin. Sie ärgerte sich jetzt, sich den Zugang zu ihrem Zimmer im Elternhaus nicht einfach erzwungen zu haben. Wie eine Verbrecherin hatte sie sich davonjagen lassen! Aber das sollte ihr Oheim eines Tages noch bitter bereuen …

Sie konnte es kaum erwarten, ihren Liebsten zu sehen und

ihm ihr Leid zu klagen. Geschwind erklomm sie die hölzernen Stufen, und wie der Blitz stand sie in Konrads Zimmer. Nach einer Magd zu läuten, war die Sache weniger Augenblicke, und kurz danach erschien ein dienstbarer Geist in der Tür, um nach dem Begehr der jungen Frau zu fragen.

»Bitte meinen Verlobten Konrad hierher! Sag ihm, ich muss ihn ganz dringend sofort sprechen«, befahl sie, und nach einem merkwürdig zweifelnden Blick verschwand das junge Ding – kaum älter als sie selbst – die Stiege hinunter.

Magdalena ließ sich auf Konrads Bett fallen, um zu verschnaufen. Sie war die ganze Strecke gerannt und dementsprechend erhitzt. Es waren bereits Schritte auf den Treppenstufen zu hören. Schwere Schritte. Männerschritte …

Magdalena sprang auf und wandte der Tür, die sich jetzt schwungvoll öffnete, ihr strahlendes Gesicht entgegen. »Konrad!«

Als sie den Eintretenden erkannte, verstummte sie enttäuscht.

»Oh! Gott zum Gruße, Schwiegervater«, murmelte sie, beinahe erschrocken darüber, dass der Mann keinerlei Anstalten machte, sie verwandtschaftlich zu umarmen. »Euch wollte ich nicht stören bei Euren wichtigen Geschäften«, fügte sie stockend hinzu.

»Ach? Dünken Euch die Geschäfte meines Sohnes Konrad etwa minderwertiger, Jungfer?« Die Miene eines der reichsten und bedeutendsten Handelsherren Ravensburgs blieb unbeweglich.

Was in Christi Namen war nur los? Weshalb verhielt der Alte sich so seltsam? Immerhin war sie mit seinem Sohn verlobt, erwartete ein Kind von ihm und würde den alten Grießhaber bald zum Großvater machen. Weshalb begrüßte er sie nicht, sondern starrte ihr nur merkwürdig teilnahmslos ins

Gesicht – so, als sei sie eine völlig Fremde, auf deren Bekanntschaft er gar keinen Wert legte?

»Das wollte ich damit nicht sagen, Schwiegervater. Aber ich denke, man kann es doch verstehen, dass es eine Braut, die nach wochenlanger Abwesenheit nach Hause kommt, danach verlangt, erst ihren Bräutigam zu begrüßen.«

Ihr Lächeln war nun ebenfalls erstorben; beinahe ängstlich starrte sie dem großen, etwas beleibten Mann ins Gesicht.

»Jungfer! Ich denke, es ist an der Zeit, einiges zu klären.«

»Wenn Ihr es sagt«, entgegnete Magdalena verzagt. Es dünkte sie seltsam, dass Albrecht Grießhaber kein einziges Mal ihren Namen aussprach – beinahe so, als kenne er ihn nicht. Auf seine Bitte hin ließ sie sich in einem Sessel nieder, während der alte Kaufmann sich nun seinerseits das Bett seines Sohnes zum Sitzplatz auserkor.

»Ihr habt die Wörter ›Braut‹ und ›Bräutigam‹ benützt, Jungfer Magdalena Scheitlin. Jedoch sind in diesem Haus solche Begriffe zurzeit nicht angebracht. Es gibt den jungen Ehemann Konrad Grießhaber, und es gibt seine Ehefrau Renata, verwitwete Feucht.«

Als Magdalena dazwischenfahren wollte, hob der Handelsherr gebieterisch die Hand. »Lasst mich ausreden, Jungfer!«

Erschrocken verstummte das junge Mädchen. Noch verstand sie nicht ganz, was sie da soeben gehört hatte. Es schien ihr gar zu ungeheuerlich! Ihr Verlobter sollte also den Bund einseitig gelöst und umgehend eine andere zur Frau genommen haben … Und ausgerechnet diese unansehnliche, vertrocknete Witwe Renata Feucht, die ihre besten Jahre längst hinter sich hatte – sollte sie denn jemals gute gehabt haben.

Sie war mindestens fünfzehn Jahre älter als Konrad, aber dafür die Erbin einer riesigen Weinhandlung, die ihren vergorenen Rebensaft bis in die Niederlande und sogar nach

Schweden verkaufte, und außerdem die Besitzerin mehrerer Weinberge in Oberschwaben und am Bodensee.

»Nachdem mein Sohn nach dem bedauerlichen Tod Eures Vaters von Eurem Oheim und Vormund erfahren musste, dass Ihr gar nicht daran denkt, jemals wieder nach Ravensburg zurückzukehren – weil Ihr, ohne dass Ihr es für nötig befandet, ihn als Euren Beinahe-Ehemann wenigstens zu befragen, vollkommen überstürzt den Schleier genommen habt –, da hat er sich entschlossen, Euch aus seinem Herzen zu reißen und eine Frau zu ehelichen, die seiner wert ist.«

Magdalena saß da wie ein Häuflein Elend. Sie war vollkommen am Boden zerstört. Was faselte der Mann denn da?

»Was habe ich? Den Schleier genommen?«, flüsterte sie nach einer Weile wie benommen.

»Nun, etwa nicht? Im Augenblick habt Ihr ihn zwar gerade abgelegt, aber seht Euch das Ordenskleid an, das Ihr tragt! Das sagt ja wohl alles. Euer Oheim hat sich bei mir beklagt, dass er dem Kloster das Dreifache dessen an Mitgift anbieten musste als für Personen Eures Standes eigentlich üblich ist. Aber da Ihr es so brandeilig hattet, für immer in den Konvent einzutreten, und das unter Umgehung der nötigen Vorbereitungsjahre, musste er für diese Sonderregelung, die Ihr Euch so inbrünstig gewünscht habt, tiefer in die Tasche greifen.

Doch aus Liebe zur Tochter seines Bruders – der ihn übrigens auf dem Sterbebett noch gebeten hat, die Munt über Euch zu übernehmen – hätte er noch viel mehr für Euch getan. So hat er es mir selbst erzählt.«

»Ja, natürlich! Wenn mein Oheim Euch das erzählt hat, dann muss es ja wohl stimmen, nicht wahr! Ich kann Euch aber beim Seelenheil meines Vaters schwören, dass ich in keinem einzigen Augenblick auch nur daran gedacht habe, für immer in ein Kloster zu gehen! Dafür liebe ich Euren

Sohn Konrad viel zu sehr. Ich habe natürlich keines der notwendigen Gelübde abgelegt. Mauritz Scheitlin hat das nur erfunden, um mich als Erbin der beträchtlichen väterlichen Hinterlassenschaft auszuschalten.«

Das Mädchen hatte mit so viel Wärme, ja Leidenschaft gesprochen, dass der ältere Mann sich der Wahrhaftigkeit ihrer Aussage nicht zu entziehen vermochte. Der Handelsherr überlegte blitzschnell. Offensichtlich hatte der alte Fuchs Mauritz Scheitlin sein Mündel um sein Recht geprellt.

Von Anfang an schien er alles fein säuberlich geplant zu haben: Um nach Belieben mit der jungen Frau umspringen zu können, war es sein vornehmliches Bestreben gewesen, die Heirat zwischen Magdalena und Konrad zu hintertreiben – was ihm auch anstandslos gelang!

Er erinnerte sich noch sehr gut, wie verbittert und enttäuscht sein Sohn Konrad gewesen war, als er vom »Verrat« seiner Braut erfahren hatte, der plötzlich eingefallen war, Nonne zu werden, statt Hausfrau und Mutter. Noch klangen ihm die Worte seines Sohnes im Ohr: »Mir ist es gleichgültig, Vater, welche Frau Ihr für mich aussuchen wollt – ob jung, ob alt: Falsch sind die Weiber ja doch alle! Nur schnell sollte es gehen.«

Die Vorbereitungen zu den geplanten Hochzeitsfeierlichkeiten waren zu diesem Zeitpunkt so gut wie erledigt, der Termin schon festgelegt und die Einladungen bereits getätigt. Bloß die Braut war abhanden gekommen …

Da hatte er, Albrecht Grießhaber, die Gelegenheit beim Schopf gepackt und für seinen Sohn um die Hand der ältlichen, spitznasigen und überhaupt wenig attraktiven, aber sehr vermögenden, kinderlosen Witwe Feucht angehalten. Und Renata hatte – ohne sich lange zu zieren – zugegriffen.

Ein hübscherer, vermögenderer und einflussreicherer

Ehemann als Konrad, der zudem auch noch so jung war, würde sich niemals mehr in ihr einsames Bett verirren! Da gab es nicht viel zu überlegen, und binnen weniger Tage wurde Hochzeit gefeiert. Wenngleich ohne den offiziellen Segen der gesamten Kirche, auch dies eine Folge der unseligen Kirchenspaltung:

Natürlich segneten die Pfarrer die Eheleute ein, natürlich wurden Kinder getauft, Messen samt Abendmahl gefeiert und auch die Sterbenden ließ man nicht ohne Beichte und Letzte Ölung den Schritt ins Jenseits gehen.

Aber alle Sakramente, die seit Jahren gespendet wurden, standen unter dem Bannfluch von jeweils zwei anderen Päpsten, welche sich zu Oberhäuptern der Mutter Kirche aufgeschwungen hatten – und dies beileibe nicht nacheinander, sondern gleichzeitig.

Und ebenso wie sich die drei »Heiligen Väter« gegenseitig nicht anerkannten, genauso taten sie dies mit den Anhängern der jeweils anderen Päpste. Kein Wunder, dass die abendländische Christenheit seit fast vierzig Jahren unter diesem unerträglichen Schisma litt …

Magdalena war indes zu bedauern; hatte ihr Vormund doch ein böses Spiel mit ihr getrieben.

Dennoch: An Konrads rechtmäßigem Ehestand war nicht zu rütteln. Im großen Ratssaal vor zahlreichen, vornehmen Zeugen war das Heiratsdokument unterschrieben und gesiegelt worden. Das Mädle hatte einfach riesiges Pech …

»Gleich nach der Hochzeit habe ich Konrad als Begleiter eines umfangreichen Warenkontingents nach Italien geschickt, wo er im Gegenzug erneut verschiedene Güter erwerben soll, die man hier nicht erhält. Seine Frau Renata begleitet ihn«, ergriff Albrecht Grießhaber wieder das Wort und bemühte sich, so bestimmt wie möglich zu klingen, wobei er scharf das totenblasse Gesicht seiner jugendlichen Besucherin beobachtete.

Keine Frage, dass ihm Magdalena als Schwiegertochter hundertmal lieber gewesen wäre. Sie war jung und gesund und hätte ihm gewiss eine ganze Schar von Enkeln geschenkt. Ob die dürre, gelblich aussehende Renata, die ihre fruchtbaren Jahre bald hinter sich hatte, überhaupt noch ein Kind zur Welt bringen würde, wusste Gott allein …

»Ach? Ich kann also kein einziges Wort mit meinem ehemaligen Verlobten wechseln?«

Abgrundtiefe Enttäuschung klang aus der müden Stimme des Mädchens. Dass Konrad sich nicht einmal in Ravensburg aufhielt, gab Magdalena den Rest. Sie zwang sich aufzustehen; sie hatte in diesem Haus nichts mehr verloren. Nichts gab es hier, was sie zu halten vermochte.

Dem Alten mitzuteilen, dass sie von seinem Sohn ein Kind erwartete, kam für sie unter diesen Umständen nicht in Betracht. Da konnte ihr der reiche Patrizier nicht helfen – und wollte es auch sicher gar nicht. Vielleicht würde er sie sogar nur auslachen: eine entlaufene Beinahe-Nonne und schwanger?

»Ich kann von Glück sagen, dass er mir, als ›liederlicher Weibsperson‹, nicht den Büttel auf den Hals hetzt«, dachte sie bitter.

Albrecht Grießhaber ließ sie auch ohne weiteres gehen – wobei er sein heimliches Bedauern gut zu verbergen wusste.

Ohne nach rechts und links zu schauen, überquerte Magdalena den Innenhof des stattlichen Anwesens, wo trotz der vorgerückten Zeit immer noch lebhaftes Getümmel herrschte. Sie mochte jetzt erst recht niemandem in die Augen sehen. Ihr war, als könne ihr jedermann die »Schande«

ansehen, als unverheiratete Frau ein Kind in sich zu tragen, das keinen Vater hatte. Zudem flossen ihr die Tränen über das Gesicht, die sie vor dem alten Grießhaber noch mühsam zurückgehalten hatte.

KAPITEL 6

DRAUSSEN IN DEN Gassen war es zu dieser Abendstunde bereits recht still. Verzweifelt überlegte Magdalena, was sie jetzt tun sollte. Automatisch schlugen ihre Füße den Weg zu ihrem Vaterhaus ein. Sicher, der Oheim hatte gedroht, sie an die Klosterknechte zu verraten, die mit Sicherheit hinter ihr her waren und nicht lange bräuchten, um sie in Ravensburg aufzuspüren. Muhme Margret könnte ihn vielleicht so weit bringen, dass er sie stillschweigend unter seinem Dach duldete, bis sie eine andere Bleibe aufgetan hatte.

Doch das war eher unwahrscheinlich, musste Magdalena sich nach kurzem Nachdenken selbst eingestehen. Die gute, aber etwas unbedarfte Frau hatte gewiss zu viel Angst vor ihrem auch vor Handgreiflichkeiten nicht zurückschreckenden Gatten … Magdalena erinnerte sich noch gut an einen abscheulichen Vorfall vor zehn Jahren.

Es war auf einem Familienfest gewesen, das die damals noch rüstige Großmutter Elise ausrichtete. So war auch Mauritz mit seinem Weib Margret, damals hochschwanger, von Altdorf herübergekommen. Aus nichtigem Anlass geriet der Oheim außer sich und verpasste seiner Frau einen Schlag ins Gesicht, der sie vom Stuhl warf. Kurz darauf hatte sie das Kind verloren. Elise hatte ihren ältesten Sohn nach dem Eklat sofort des Hauses verwiesen.

Richtig, ihre energische und kluge Großmutter war ja auch noch da! Zwar war sie alt und auch nicht mehr die Gesündeste, aber sicher wusste sie Rat für ihre Enkelin. Auf den letzten Metern vor ihrem Vaterhaus trug Magdalena den Kopf bereits wieder ein klein wenig höher. Allein der Gedanke an die beherzte alte Frau, die den Unbilden des Lebens stets mit einem gewissen Trotz entgegengetreten war, munterte sie auf.

»Oh, mein Gott! Du wagst dich tatsächlich wieder her zu uns?« Margret rang die Hände. »Komm schnell mit mir in die Webstube hinauf. Da geht Mauritz so gut wie niemals hin; für Weiberkram hat er nichts übrig, weißt du. Aber dass du so mutig bist und noch einmal kommst, hätte ich nicht gedacht!«, sprudelte es aus ihr heraus, während die Mitte Vierzigjährige vor ihrer angeheirateten Nichte her trippelte.

Kaum hatten sich beide Frauen in besagtem Raum im ersten Stockwerk niedergelassen, als die Tante einen Seufzer der Erleichterung ausstieß.

»Zum Glück hat uns keiner gesehen, der dich verraten könnte, Kind! Mindestens einer aus der Dienerschaft ist auf seiner Seite und hinterbringt ihm alles«, setzte sie zu einer Erklärung an.

»Mauritz ist im Augenblick in der Trinkstube der Großen Handelsgesellschaft von Ravensburg. Weil sich dort alle einflussreichen Kaufleute treffen, geht auch er jeden zweiten Abend da hin. An den anderen Abenden begibt er sich in den ›Esel‹, die zweitwichtigste Vereinigung der Kaufmannsgilde. Aber es ist bald ganz dunkel, und da kommt er für gewöhnlich vorher noch heim – weil er zu geizig ist, sich eine Fackel zu leisten. Um ein Haar wärst du auf der Gasse mit ihm zusammengetroffen. Nicht auszudenken!«

»Aber, ich bitte Euch, liebste Muhme! Was soll er mir

denn schon ernstlich antun? Muss ich mich wirklich vor meinem eigenen Verwandten fürchten?«

»Besser, du bist auf alles gefasst, Liebchen. Mein Gatte ist nicht nur verlogen und hinterhältig, sondern auch brutal. Ich kann ein Lied davon singen!«

Unwillkürlich hatte Magdalena bei diesen Worten, die bei beiden Frauen ungute Erinnerungen wachriefen, ihre Hände wie schützend auf ihren Leib gelegt. Margret war die unbewusste Geste nicht entgangen.

»Oh, liebe heilige Mutter!«, ächzte sie. »Auch das noch! Wann ist das denn passiert? Doch nicht etwa im Kloster?«

»Nein! Nein! Das Kleine ist von Konrad, der in der letzten Nacht, ehe ich nach Sankt Marien gefahren bin, bei mir lag. Er war doch mein Verlobter, und da dachten wir ...«

»Was alle einander versprochenen Paare denken«, vervollständigte Margret den Satz. »Du armes, armes Ding! Und jetzt musst du erfahren, dass dein Bräutigam eine andere zur Ehefrau genommen hat und dein Kindchen ohne Vater aufwachsen wird. Ach, was für ein Unglück!«

»Wusstet Ihr, dass er Renata Feucht ...?«

»Freilich, Liebes! Alle haben sich gewundert über die überstürzte Hochzeit. Aber der alte Grießhaber behauptete, du habest seinem Sohn ohne weitere Erklärung die Verlobung aufgekündigt, und daher nehme Konrad sich das Recht ...«

»Das reicht, Muhme Margret. Mehr brauche ich gar nicht zu hören. Was ich aber immer noch nicht begreife, ist, dass Konrad mir das zugetraut hat! Warum hat er mich nicht selbst gefragt? Ein kurzer Ritt nach Sankt Marien, und alles hätte sich aufgeklärt!«

Ein leiser Schwindel ergriff Magdalena bei diesen Worten, und sie musste kurz die Augen schließen.

Margret zuckte hilflos mit den mageren Schultern. An ihrem unsteten Blick erkannte Magdalena, dass die Ältere sich noch über etwas anderes sorgte.

»Sagt mir, was Euch bedrückt, Muhme. Vielleicht kann ich Euch helfen?«

Da rückte Margret damit heraus, dass sie seit einiger Zeit Unterleibsbeschwerden hatte, aber nicht wagte, sich ihrem Mann anzuvertrauen.

Magdalena riet ihr, es mit Frauenmantel, einem höchst wirksamen Tonikum, zu versuchen. Sie sagte der Tante auch, wie sie die Pflanze zu verwenden hatte, und gab ihr überdies die Empfehlung, sich zusätzlich aus den Blüten der Weißen Taubnessel einen Aufguss zu bereiten und diesen als Sitzbad zu verwenden.

Margret, überglücklich, so kompetenten Rat erhalten zu haben, bedankte sich überschwänglich. Das Unbehagen, ausgelöst durch die große Angst vor ihrem Ehemann, der jeden Augenblick das Haus betreten konnte, ließ sie jedoch bald verstummen. Und schon war es soweit.

Beide Frauen hörten, wie unten die schwere Haustür zuschlug, wie Mauritz eine Magd mit barschen Worten nach dem Verbleib seiner Frau befragte und wie sich dann polternde Tritte die Stiege herauf bewegten. Vor dem Eingang zur Webstube hielten die Schritte inne, und gleich darauf wurde die Tür aufgerissen.

»Ha! Dachte ich's mir doch, dass du die Frechheit besitzen und dich erneut hier blicken lassen würdest! War ich nicht deutlich genug, du verdorbenes Frauenzimmer? Dich unerlaubt aus der Obhut der frommen Nonnen zu stehlen und zu glauben, ein christliches Haus böte dir Unterschlupf: Das kann sich nur eine ausdenken, die jeden Anstand vermissen lässt!«

»Ich bin keine Nonne! Geht das nicht in Euren Kopf,

Oheim? Ich muss in keinem Kloster bleiben, wenn ich es nicht will, versteht Ihr? Ich bin ein freier Mensch und lasse mich nicht einsperren! Lasst Euch das gesagt sein!«

Magdalena hatte den älteren Mann regelrecht angeschrien. Sie war kurz davor, die Beherrschung zu verlieren. Mit höhnisch verzogenem Mund und aus zusammengekniffenen Augen betrachtete ihr Vormund sie.

»So? Ein freier Mensch willst du sein? Du, ein junges, dummes Frauenzimmer, über das mir die Obrigkeit die Munt übertragen hat! Ich denke, du musst dir etwas erklären lassen: Du gehst keinen einzigen Schritt irgendwohin, falls ich es dir nicht erlaube. Wenn ich will, kann ich dich einsperren wie ein Huhn im Käfig, und niemand wird sich darüber aufregen!«

»Aber, lieber Mauritz! Ich bitte Euch«, wollte Margret intervenieren, aber ein donnerndes »Schweig, Weib!« und eine drohende Handbewegung ihres Gemahls ließen die ohnehin eingeschüchterte Frau gleich wieder verstummen.

Magdalena überlegte blitzschnell. Was ihr Vormund sagte, stimmte leider. Er besaß das Recht, sie als sein Mündel hinter Schloss und Riegel zu halten, solange es ihm beliebte. Keiner würde ihr helfen, weil man sich als Außenstehender in interne Angelegenheiten einer fremden Familie nicht einmischte. Sie war ihm also völlig ausgeliefert.

Alle drei hörten jetzt Geräusche aus dem darüberliegenden Stockwerk. Es handelte sich um das rhythmische, unverwechselbare Tappen eines Gehstocks auf Holzdielen, das von der Ahnfrau der Scheitlins, von Elise, stammen musste.

Und schon war auch ihre überraschend kräftige Stimme zu vernehmen, die von oben herunterschallte: »Lena, mein Schätzchen, wo bleibst du denn? Willst du deiner Großmutter nicht endlich guten Tag sagen? Komm sofort nach oben!«

Die junge Frau atmete auf. Das war die Rettung – wenigstens im Augenblick.

»Ihr erlaubt, Oheim?« Mit spöttischem Gesichtsausdruck drückte Magdalena sich an Mauritz vorbei. »Gute Nacht, Muhme Margret!«

Und wie der Blitz sauste das Mädchen aufwärts, direkt in die ausgebreiteten Arme der alten Frau, die auf dem Treppenabsatz gewartet und wohl auch gelauscht hatte.

»Komm mit in meine Stube, Lenchen«, konnte der Hausherr gerade noch hören, ehe die Stimmen der beiden Weiber, die er am meisten hasste, im Stiegenhaus verklangen. Mauritz hielt von Frauen im allgemeinen nicht viel; die meisten – einschließlich seiner eigenen – verachtete er als minderwertig, den Männern weit unterlegen, sowohl geistig als auch moralisch.

Aber die eigene Mutter verabscheute er bereits seit seinen frühen Knabenjahren. Er spürte instinktiv, dass die kluge Frau ihn durchschaute – und alles an ihm missbilligte: seine Faulheit, seine Missgunst, seine Verschlagenheit und seine, wenn auch nur gelegentlich durchschlagende, gefährliche Aggressivität. Das hatte sie ihm schon längst zu verstehen gegeben …

Seine Nichte Magdalena schien aus dem gleichen Holz geschnitzt wie die Alte – und daher bereitete es ihm eine diebische Freude, sie als ein von sich, seinem Gutdünken und seiner Barmherzigkeit abhängiges Wesen betrachten zu dürfen.

»Verkriech dich nur bei der Alten, du dummes Luder«, knurrte er hämisch. »Ich werde jedenfalls die Obrigkeit von deiner Flucht informieren! Die Klosterknechte sollen wissen, wo sie dich abholen können!«

»Aber, Mauritz, ich bitte Euch inständig! Sie ist doch Euer Fleisch und Blut! Ihr könnt sie nicht verraten!« Die vor Aufregung im Gesicht hochrote Margret rang hilflos die Hände.

»So? Kann ich nicht? Ich muss es sogar tun! Das ist meine Pflicht als ehrenwerter Bürger und Christ. Klosterflucht ist kein einfaches Vergehen, sondern ein Verbrechen, das schwer geahndet wird. Wenn ich behilflich bin, die Entlaufene wieder einzufangen, bringt mich das zudem den Nonnen gegenüber in eine bessere Position: Vielleicht kann ich auf diese Weise die Höhe der Mitgift für Magdalena noch etwas herunterhandeln!«

»Könnt Ihr immer nur ans Geld denken, Mauritz?«, klagte Margret und verzog ihre schmalen Lippen.

»Woran denn sonst, du albernes Frauenzimmer? Außerdem ist mein Mündel selber schuld: Warum hat sie sich nicht gleich aus dem Staub gemacht? Wer hat sie geheißen, erneut hierherzukommen?«

Damit ließ der Bader Mauritz Scheitlin seine Frau einfach stehen.

Magdalena hatte sich indes in Elises bescheidener, aber gemütlicher Wohnstube in einen tiefen Lehnsessel fallen lassen. Sie zitterte am ganzen Körper und fühlte sich erst ein wenig sicherer, nachdem Elise den schweren Riegel an der Eingangstür vorgeschoben hatte. Nachdenklich musterte die alte Frau ihre verstörte Enkelin und begab sich dann wortlos an den Herd, um eigenhändig einen starken Tee aufzubrühen.

KAPITEL 7

»MEINE LIEBE, WIE fühlt Ihr Euch heute morgen?«

Besorgt beugte sich Konrad Grießhaber über seine immer noch im Bett liegende Ehefrau Renata. Sie, die im kommenden Monat Mai ihren neununddreißigsten Geburtstag feiern sollte, kränkelte seit der Abfahrt von Ravensburg. Bereits mehrfach hatte der gesamte Handelszug ihretwegen Rast machen müssen.

Zu Anfang, unmittelbar nach der Hochzeit, hatte sie ihre Leiden zu verbergen gewusst – vor allem des Nachts. Da wollte sie sich keine Blöße geben. Ihr Gemahl war temperamentvoll und immerhin vierzehn Jahre jünger. Und sie hoffte so sehr, schwanger zu werden, dass sie sich überwand und ihm jugendliches Feuer vorspielte – genau wissend, dass Konrad sie nicht wirklich liebte.

Sich in diesem Punkt irgendwelchen schönen Illusionen hinzugeben, dazu war sie zu sehr von ihrem bisherigen Leben geprägt. Aber ihr Mann sollte sie wenigstens respektieren und nicht so bald mit einer anderen betrügen. Sie war sich sicher, dass zahlreiche Frauen – jüngere und schönere als sie – ihn mit Kusshand genommen hätten, selbst ohne sein Vermögen.

Ihr Beichtvater hatte sie zwar vor dem Höllenfeuer gewarnt und ihr ausdrücklich verboten, sich dem Geschlechtsgenuss mit Lust und Leidenschaft hinzugeben: Eine ehrbare, christliche Ehefrau fügte sich lediglich den triebhaften Wünschen ihres Gemahls – ohne dieselben zu teilen oder gar anzufachen …

Aber das kirchliche Verdikt kümmerte Renata kaum. Je mehr sie Konrads Sinnlichkeit anstachelte und ihn restlos befriedigte, umso größer waren ihre Chancen, ihn für sich einzunehmen und zu halten – wenigstens für die nächsten Jahre. Und sollte sie wirklich schwanger werden, wäre ihre Position ohnehin erst einmal gefestigt.

So hatte die Witwe keine Bedenken, sich auch solcher Praktiken zu bedienen, welche von der Kirche verabscheut und – da besonders Lust spendend – natürlich verboten waren. Dazu gehörten sowohl verschiedene Stellungen beim ehelichen Geschlechtsakt, als auch gierige Küsse und gewagte Zungenspielereien an jenem Körperteil ihres Mannes, welches sie alsbald als Quelle eigener Wollust insgeheim schier anbetete …

Wenn sie ehrlich war, musste sie sich dazu keineswegs zwingen. Der jugendlich ausdauernde Körper ihres Gemahls spendete ihr außerordentliches Vergnügen, eines, das sie in ihrer ersten Ehe zu keiner Zeit gekannt hatte.

Aber irgendwie schienen ihr die Ausschweifungen im Ehebett nicht bekommen zu sein. Seit Wochen fühlte sie sich wie zerschlagen und seit Tagen konnte sie sich überhaupt nicht mehr vom Lager erheben. Ihr junger Gemahl schlief mittlerweile in einem anderen Raum, um sie nicht zu stören.

Sie hatten die Reise in den Süden unterbrechen müssen. Nachdem sie in Bregenz kaum noch aufrecht hatte gehen können – die Dienstmägde hatten hinter ihrem Rücken frech gegrinst und spöttische Bemerkungen über Leibesübungen im Ehebett gemacht, die man eben nur in jungen Jahren ertrüge und als Alte besser bleiben ließe –, war Renata in Dornbirn regelrecht zusammengebrochen.

Konrad blieb nichts anderes übrig, als in einem Gasthof bei seiner kranken Frau zu bleiben. Den Warenzug ließ er alleine weiterziehen; seiner Güter würde sich ein befreundeter Ravensburger Kaufmann annehmen, Johann Humpiß, der gleichfalls nach Italien zog.

»Wir kommen nach«, hatte Konrad versprochen, »sobald es meiner Frau wieder besser geht.«

Humpiß, ein praktisch denkender Mann, mochte nicht so recht daran glauben.

»Sagt mir lieber, was mit Euren Sachen geschehen soll, wenn Ihr nicht nachkommen könnt«, verlangte er nüchtern.

»Und, was noch viel wichtiger ist, bestimmt genau, welche Waren und wie viele wir wo für Euch aufkaufen sollen – und zu welchen Preisen!«

Konrad musste schlucken, aber er gestand sich ein, dass der andere nur vernünftig dachte. Obwohl er Johann Humpiß versicherte, auf alle Fälle den Warenzug rechtzeitig einzuholen – allein, ohne die schwerfälligen Ochsenkarren, kämen sie auf ihren Reitpferden schließlich um vieles schneller voran –, gab er seinem Freund dennoch die nötigen Anweisungen.

Im Notfall müsste er Renata entweder in Dornbirn zurücklassen oder er ließ sie doch zu seinem Vater Albrecht nach Ravensburg zurückbringen.

Aber noch hoffte er natürlich, seine ihm erst kürzlich Angetraute werde sich bald wieder erholen. Da eine Dienerin die Fenster weit geöffnet hatte, um die Morgensonne ins Schlafgemach hereinzulassen, konnte der junge Mann seine schwer atmende Frau bei unbarmherzigem Tageslicht genau betrachten.

Er bemerkte den grauen Ansatz der verschwitzten, blonden Haare und die feinen Linien, die sich ins schmale, weißgelbliche Antlitz Renatas gegraben hatten, die tieferen Runzeln um die blauen, matt blickenden Augen und um den schmalen Mund. Über dem Spitzenkragen des seidenen Nachthemdes zeichneten sich die ausgeprägten Querrillen ihres sehnigen Halses ab.

Einen Augenblick lang schob sich über das Gesicht der zu früh gealterten Frau einer flaumigen Wolke gleich das blühende, jugendfrische Antlitz Magdalenas. Mit aller Macht versuchte er, jeden Gedanken an die ungetreue Braut zu verscheuchen – vergeblich.

Sie hatte ihn zwar nicht mit einem anderen Mann, aber immerhin doch ganz eindeutig betrogen, indem sie statt seiner Jesus Christus wählte – und das, ohne ihm auch nur mit einem einzigen Wort Bescheid zu geben.

»Eine Braut Christi zu sein, dünkt ihr offenbar erstrebenswerter als ein Leben als Ehefrau Konrad Grießhabers«, dachte er zum hundertsten Male erbittert. Er konnte einfach nicht verstehen, was Magdalena zu diesem überstürzten Schritt bewogen haben mochte. Wieder und wieder hatte er sich in Gedanken ihre letzte Begegnung ins Gedächtnis gerufen. Doch er kam nicht darauf, was er falsch gemacht haben könnte. Sie hatte doch so glücklich gewirkt … Schweren Herzens schluckte Konrad seinen Kummer hinunter, atmete tief durch und widmete sich wieder voll und ganz Renata.

Da sie keine Regung zeigte, fragte er eindringlich: »Konntet Ihr wenigstens ein wenig schlafen, Liebste?«

Renata, die sich in Wahrheit jeden Tag elender fühlte, bemühte sich um ein Lächeln und streckte ihrem Gatten beide Arme entgegen, um seinen Kopf an ihre magere Brust zu drücken.

Einen winzigen Augenblick lang glaubte sie einen kaum wahrnehmbaren Widerstand zu fühlen, dann jedoch ergab sich Konrad ihren Liebkosungen.

»Sobald Ihr bei mir seid, Liebster, fühle ich mich wohl und munter.«

Sie bemühte sich, gesünder zu erscheinen, als sie es in Wahrheit war. Sie hegte einen bestimmten, bösen Verdacht, und ein Blick auf ihren rechten Arm, der aufgrund des verrutschten Ärmels sichtbar wurde, schien diesen zu bestätigen: Sie wurde von Tag zu Tag zusehends magerer. Ja, sie schwand förmlich dahin, und diese Krankheit nannte man auch bezeichnenderweise die Schwindsucht – und sie verlief tödlich, wie Renata wohl wusste.

Bemüht darum, ihrem Mann den Anblick ihres knochigen Oberarms zu ersparen, ließ sie Konrad abrupt los und versteckte vorsorglich beide Arme unter der Bettdecke.

»Ist Euch kalt, Liebste?«, fragte er, und seine Stimme klang besorgt.

»Nur ein wenig«, flüsterte sie – voll Angst, das Sprechen könne erneut einen ihrer schrecklichen Hustenanfälle auslösen. Und tatsächlich! Bereits der Gedanke daran bewirkte den nicht zu unterdrückenden Reiz in Brust und Kehle. Sie konnte gar nicht mehr aufhören, so sehr schüttelte der trockene Husten ihren Oberkörper. Die ausgezehrte Renata keuchte, schnappte jämmerlich nach Luft und hustete sich schier die Lunge aus dem Leib.

Da kam Konrad, dessen Herz vor Mitleid schier zerfloss, als er seine Frau sich so quälen sah, eine Idee. Sie hatte zwar mit Magdalena zu tun – aber dieses Mal ließ er den Gedanken uneingeschränkt zu: Er erinnerte sich daran, wie sie es einst vollbracht hatte, seinen Vater, den eine schlimme Erkältung über Wochen hinweg peinigte, zu kurieren.

Man ließ seinerzeit den Stadtmedicus kommen, aber dem fiel nichts anderes ein, als den ohnehin geschwächten Albrecht zur Ader zu lassen. Konrad hatte den Mann ausbezahlt und ihn dann höflich aus dem Haus hinauskomplimentiert. Anschließend schickte er eine Magd zum Apotheker Georg Scheitlin, um ihn um Hilfe zu ersuchen.

Georg, der selbst gerade keine Zeit hatte, schickte seine Tochter Magdalena, die damals knapp sechzehn war, zu den Grießhabers. Und was das Mädchen seinem Vater riet, hatte damals in der Tat ein kleines Wunder bewirkt:

»Ihr müsst den festsitzenden Schleim in Eurer Brust loswerden«, meinte die Kleine als Erstes, worauf Albrecht und Konrad nur müde gelächelt hatten. So schlau war auch der Stadtarzt gewesen – und das wussten sie selbst auch. Die Frage war doch: Wie sollte das gehen?

»Lasst Euch Huflattichblätter besorgen, Herr«, erklärte das Mädchen daraufhin. »Diese müssen sorgfältig gewaschen und in ganz feine Streifen geschnitten werden, so fein wie die Nudeln, die Ihr in Eure Fleischsuppe zu tun pflegt. Diese Streifen lasst Euch von Eurer Köchin unter den üblichen Salat mischen, und dann esst davon, so viel Ihr könnt.

Ihr werdet sehen, das hilft Euch, Herr!«

Ungläubig zwar, aber dennoch neugierig hatte Albrecht Grießhaber getan, wie ihm geheißen. Und siehe da! Der Schleim hatte sich gelöst – und wie!

»Ganze Betttücher voll Rotz und Schleim mussten die Mägde waschen«, pflegte der alte Grießhaber anschließend erstaunt zu verkünden. »Aber damit war der furchtbare Husten vorbei. Das gescheite Kind hat wirklich einiges von seinem klugen Vater gelernt!« Das war Konrads erste, ernst zu nehmende Berührung mit Magdalena gewesen. Seit jenem Tag waren ihm ihr energisches Wesen und ihre Anmut nicht mehr aus dem Kopf gegangen. Sie hatte damals freilich nur Augen für seinen kranken Vater und würdigte ihn kaum eines Blickes …

Rasch verdrängte der junge Mann jedes weitere Nachsinnen. Es ging jetzt ausschließlich um Renata.

»Ich glaube, wir sollten es mit etwas ganz anderem versuchen«, meinte er leichthin, als der schreckliche Anfall endlich vorbei war. »Das Zeug des hiesigen Heilers hat nichts gebracht, Liebste. Jetzt ist es Zeit für etwas, wovon ich überzeugt bin, dass es Euch bald wieder genesen lässt.«

»Dass Mauritz kein sehr guter Mensch ist, habe ich immer geahnt, aber dass er zu solch einer Bosheit fähig ist – das hätte selbst ich ihm nicht zugetraut.«

Elise Scheitlin war schlichtweg entsetzt, als die noch immer sehr aufgewühlte Magdalena ihr alles berichtete.

»Es ist bitter für eine Mutter, wenn sie sich eingestehen muss, dass eines ihrer Kinder ein absoluter Taugenichts ist. Aber ich kann die Augen nicht davor verschließen, dass mein Sohn Mauritz ein elender Lügner, Intrigant und Betrüger ist.«

Die alte Frau reckte die Arme nach oben. »Herr Gott im Himmel, warum hast du mir Georg genommen? Hättest du nicht an seiner Stelle Mauritz zu dir rufen können?«

Magdalena erschrak zutiefst. War es nicht eine große Sünde, einen derartigen Wunsch zu äußern? Andererseits wusste sie genau, dass ihr selbst dieser Gedanke mehr als einmal durch den Kopf geschossen war, als ihr die perfiden Machenschaften ihres Oheims zu Bewusstsein kamen …

»Ich sehe es dir an, mein Kind, du fragst dich, ob ich eine schlechte Mutter bin, weil ich solche Worte gebrauche, nicht wahr?«

Die Großmutter zog Magdalena an ihre Brust und strich ihr über das Haar. »Ich weiß es selbst nicht, Lenchen. Ich weiß bloß, dass ich Georg, seit er auf der Welt war, aufrichtig geliebt habe – und dich auch, mein Liebes. Mauritz hingegen war mir verdächtig, seit er als Vierjähriger ernsthaft versucht hat, seinen kleinen Bruder, der gerade ein Jahr alt war, umzubringen.

Ich habe noch nie darüber gesprochen, weil ich über einen Vierjährigen nicht den Stab brechen wollte. Aber vergessen konnte ich nie, wie ich gerade noch rechtzeitig dazukam, als Mauritz den winzigen Jörgle mit dem Gesicht in eine Schüssel voller Wasser drückte, um ihn wie eine junge

Katze zu ersäufen … Ich habe meinen Ältesten daraufhin ständig im Auge behalten, weil ich insgeheim immer damit rechnete, dass er dem Kleineren aus Eifersucht erneut Schaden zufügte.«

»Um Himmels willen, Großmutter!«

Magdalena wurde plötzlich eiskalt. Auf einmal brach sie weinend neben dem Stuhl der alten Frau zusammen. Und dann strömte es aus ihr heraus, das ganze Elend mit dem Kind, das sie von Konrad erwartete. Sie offenbarte ihre Angst vor der Armut und der Heimatlosigkeit durch den Betrug ihres Vormunds, gestand ihre Furcht vor der Gefangennahme durch die Klosterknechte, vor der Bestrafung durch die Äbtissin, der Schande …

Die alte Frau nahm ihre Enkelin daraufhin ganz fest in die Arme.

»Es ist doch wunderbar, dass du neues Leben in dir trägst, Kind. Du bist keineswegs die Einzige, die ihr Kind ohne Vater aufzieht. Immerhin bin ich auch noch da und werde dir helfen, so gut ich kann.«

Aber Magdalena blieb untröstlich.

»Mein ganzes junges Leben ist verpfuscht, Großmutter. Selbst, wenn es mir gelänge, den Schergen zu entkommen, wären ich und mein Kind dem Verderben auf der Landstraße preisgegeben. Im Grunde ist es auch gleichgültig, ob mich die Nonnen in ihrem Kerker einsperren oder mich mein Oheim im Keller gefangen hält. Wenn es ihm gefällt, kann er mich als Sünderin und Person, die Schande über die Familie gebracht hat, sogar töten. Er hat immerhin die Munt über mich.«

»Das behauptet er zumindest.« Elises Stimme klang verbittert und wütend.

»Ich habe zumindest nicht gehört, wie Georg ihn so kurz vor seinem Tod zu deinem Vormund bestimmt haben soll.

Das war erstens gar nicht möglich, weil er im Schlaf gestorben ist, und zweitens hätte er das niemals getan, weil er nichts von Mauritz hielt.

Aber das Gegenteil ist kaum zu beweisen. Schade, dass ich zu alt bin, sonst hätte ich mich darum beworben, dein Vormund zu sein – wenn du denn unbedingt einen brauchen solltest. Eines aber musst du wissen: Umbringen darf er dich auf keinen Fall! Eine solche Tat würde ihn dem Henker überantworten.«

»Was soll ich Eurer Meinung nach tun, Großmutter?«

Die vom Weinen noch leicht glänzenden Augen der jungen Frau waren voll Vertrauen auf den einzigen Menschen in diesem Hause gerichtet, von dem sie erwarten konnte, dass er ihr wohlgesinnt war. Muhme Margret mochte zwar sehr redlich sein, aber zu ernsthaftem Widerstand gegen ihren Ehemann würde sie sich niemals hinreißen lassen.

Elises Gedanken überschlugen sich indes förmlich. Keine Frage, das Mädchen musste aus dem Haus – zumindest solange Mauritz hier schaltete und waltete, wie es ihm beliebte. Und dieser Zustand würde sich vermutlich bis zu seinem Tod nicht ändern …

»Bliebest du hier, mein Liebes, würde mein Sohn dich entweder an den Büttel verraten, oder er machte sich einen Spaß daraus, dich schlimmer als eine Sklavin zu halten! Auf alle Fälle musst du das Haus verlassen«, überlegte die alte Frau laut.

»Und wohin soll ich mich wenden, Großmutter? Keiner wird mich beherbergen wollen. Entweder die Leute sind feige und wollen keinen Verdruss mit meinem Vormund, oder es ist ihnen gleichgültig – oder sie finden, dass es mir, als einem verdorbenen Frauenzimmer, nur recht geschieht. Vermutlich werde ich einfach in der Gosse landen, nachdem ich wie eine Verbrecherin bei Nacht und Nebel aus meinem Vaterhaus geflohen bin.«

»Nein! Das werde ich nicht zulassen, Magdalena. Hör zu! Ich kenne jemanden, zu dem du dich flüchten kannst. Sie ist eine unerschrockene Frau, die das Herz auf dem rechten Fleck hat und die sehr gut weiß, wie man sich als Ausgestoßene fühlt. Du kannst ihr in allem vertrauen! Ich bin ganz sicher, dass sie dir helfen wird.«

Die nächste Stunde verging damit, dass die Alte dem jungen Mädchen einiges über die Helferin, die sie für ihre Enkelin ins Auge gefasst hatte, erzählte. Dabei kamen auch einige »Familiengeheimnisse« ans Tageslicht, in die Magdalena von ihrer Großmutter eingeweiht wurde.

Einige Zeit verwandten die beiden Frauen anschließend darauf, Mauritz' Mündel mit Hilfe von Elises Zofe Auguste einer gründlichen Körperreinigung zu unterziehen und sie mit frischer Kleidung zu versorgen. Der graue Fetzen samt Schürze aus dem Kloster wanderte ins Feuer, desgleichen die primitiven Sandalen.

»Großmutter, Ihr habt mir so viel in mein Bündel gepackt, dass ich es kaum noch schleppen kann«, lachte Magdalena. Sie hatte inzwischen wieder ein wenig Mut gefasst. Es müsste doch mit dem Teufel zugehen, wenn sie es nicht schaffte, ihr Leben, das erst am Anfang stand, wieder in den Griff zu bekommen – trotz aller Widrigkeiten.

Schließlich war sie jung und gesund – und vor allem fleißig und gescheit, wie ihr selbst durchaus bewusst war. Das Apothekerhandwerk, das sie von ihrem Vater gelernt hatte, würde ihr und dem Kind schon das Auskommen sichern, notfalls auch ohne Mann. Das Einzige, was Magdalena im Augenblick fehlte, war eine gute Seele, die ihr ein wenig unter die Arme griff und ihr nicht noch zusätzlich einen Fußtritt versetzte.

Nachdem die alte Frau ihre Enkelin mehrmals an sich gedrückt, sie geküsst und mit dem Kreuzzeichen gesegnet hatte, steckte sie ihr noch einen Lederbeutel von beträchtlichem Gewicht zu.

»Ich brauche das Geld nicht mehr«, behauptete die Großmutter.

»Mein Unterhalt ist durch Einlagen bei der Ravensburger Handelsbank mehr als gesichert, und für mein Begräbnis kann meinetwegen ruhig Mauritz aufkommen – von dem Geld, das er ohnehin dir gestohlen hat.«

Der Elise treu ergebene Knecht Gandolf stand schon bereit, um die Tochter des Hauses, die sich wie eine lästige Bettlerin davonschleichen musste, in die Nacht hinaus zu begleiten. Der Mann schulterte den prall gefüllten Sack, während Magdalena die Geldkatze unter ihren Röcken verstaute.

»Pass ja auf, Gandolf, dass ihr dem Nachtwächter nicht über den Weg lauft«, flüsterte die Großmutter noch, als die beiden das hofseitig gelegene, überdachte Treppenhaus betraten; zum Glück besaßen Elises Räume zwei Ausgänge.

So gelangten sie in den Innenhof, dessen großes Hoftor des Nachts zwar verschlossen war, zu dessen Seitentür der Knecht allerdings einen Schlüssel besaß. Unbemerkt traten sie in die Dunkelheit hinaus.

Ohne sich noch einmal umzuschauen, ließ Magdalena das Haus, in dem sie einst geboren und glücklich aufgewachsen war, hinter sich.

KAPITEL 8

MAGDALENA WAR – UNGEACHTET der großmütterlichen Beschwichtigungen – außerordentlich bange vor der Begegnung mit Gertrude. Natürlich kannte sie die große, magere, vornehm erscheinende Gestalt, die stets in schwarzen, seidenen Gewändern und einer mit schwarzen Bändern verzierten Witwenhaube, mit einem Henkelkorb am Arm, durch die Straßen der Stadt Ravensburg schritt, ohne nach rechts und links zu blicken, eine Magd in angemessenem Abstand hinter sich.

Nicht wenige der Einwohner fürchteten die etwa fünfzig Jahre zählende Frau. Hinter vorgehaltener Hand flüsterte man von »geheimen Künsten«, die sie angeblich beherrsche. Wen sie nicht leiden könne, den verzaubere sie: Das lernten schon die kleinen Kinder von ihren Müttern. Dennoch pflegten die vermögenden Bürgersfrauen nach ihr zu schicken, sobald sie in Kindsnöten darniederlagen und die anderen Wehmütter mit ihrer Kunst am Ende waren.

Auch sonst holte man sich gerne bei Gertrude medizinischen Rat – vor allem, wenn es sich um Dinge heiklerer Natur handelte. Es war stadtbekannt, dass sie es vortrefflich verstand, auch Herren fortgeschrittteneren Alters auf eine Ehe mit einer um vieles jüngeren Frau »vorzubereiten« …

Selbst in scheinbar aussichtslosen Fällen gelang es ihr nicht selten, Ehepaaren zu Elternfreuden zu verhelfen – genauso wie sie es angeblich zuwege brachte, ungewollte Schwangerschaften ganz »natürlich« zu beenden. Sie galt als großartige, wenn auch etwas suspekte Heilerin, der man im Stillen Achtung zollte – mit der man aber nicht gerne gesehen werden wollte.

Mit der kirchlichen Obrigkeit stand sie sich nicht allzu gut – wen wunderte es? War sie doch eine Frau, die nach dem frühen Tod ihres Gemahls, eines habsburgisch-kaiserlichen Ministerialen, als schöne junge Witwe allein und eigenverantwortlich gelebt hatte.

Sie verwaltete geschickt ihr Vermögen, führte ein Dasein ganz nach eigenem Gutdünken (wozu auch diverse Liebschaften gehörten) und zog auch ihren unehelich empfangenen Sohn Rudolf (dessen Erzeuger sie niemals preisgab) ohne männlichen Beistand groß. Zu keiner Zeit kümmerte sie sich um das Gerede der anderen Leute.

Das alles war Magdalena lange bekannt. Was sie hingegen nicht gewusst hatte, war die verwirrende Tatsache, dass diese geheimnisvolle Frau mit ihr verwandt war: Gertrude war eine Nichte ihrer Großmutter. Sie war nämlich die einzige Tochter von Elises Schwester Magdalena, nach der sie selbst getauft worden war.

»Von meiner Schwester hast du deine Begabung als Heilerin und deine Liebe und dein Verständnis für Pflanzen und speziell für Heilkräuter geerbt – genau wie dein Vater Georg«, hatte die Großmutter erläutert.

Das junge Mädchen äußerte befremdetes Erstaunen über die Tatsache, dass man niemals zuvor über Gertrude als Verwandte gesprochen und sie auch nie zu Familienfeiern eingeladen hatte.

»Sie selbst hat es so gewollt«, erklärte Elise der Enkelin. »Nach dem Tod ihres Mannes lebte meine Nichte eine kurze Zeit bei uns im Haus. Bald jedoch zog sie um in ihr jetziges, geräumiges Domizil, ein Herrenhaus auf dem Gelände unterhalb der Ravensburg am Eingang in das engere Bachtal.«

»Ach, das kenne ich«, sagte Magdalena. »Das ist im Ölschwang, wo sich auch die Papiermühlen angesiedelt haben.«

»Ganz recht; es ist die Gegend um Rauenegg-, Mühl-, Leonhard- und Holbeinstraße. Es handelt sich um den grauen, schlichten Kasten an der Holbeinstraße, der zur Mönchsmühle der Dominikanerinnen gehörte, die die Nonnen an Friedrich Holbein verkauft haben. Der Baumeister hat sich dabei an den strengen Vorgaben der Minoritenbrüder orientiert, die bekanntlich die schmucklosen Architekturformen bevorzugten – sind sie doch wie die Franziskaner ein Bettelorden.«

Das Mädchen verkniff sich die Bemerkung, dass dieser betont sparsame Baustil eigentlich auf alle Bürgerhäuser Ravensburgs zutraf. Das Stadtbild insgesamt zeigte wenig Prunk, galt es doch nicht für schicklich, seinen Reichtum durch Protzerei nach außen hin zu demonstrieren.

Elises Knecht legte trotz der Dunkelheit, die lediglich vom Mondenschein erhellt wurde, ein beachtliches Tempo vor. Angesichts der besonderen Umstände wagte er es nicht, eine brennende Fackel zu benützen, aber er kannte die Gassen und Plätze so gut, dass er sogar mit verbundenen Augen jedes Ziel in der Stadt gefunden hätte.

Geschickt umging er die Dunghaufen und die tückischen Jauchegruben, deren Inhalt zwar zur Düngung der Allmende und der Gärten diente, von denen es aber einfach zu viele gab …

Hinderlich waren ihm eigentlich nur die streunenden Hunde und Katzen, die einem zwischen den Beinen hindurchliefen, sowie die zahlreichen Ratten und der Müll, den die Bewohner verbotenerweise aus den Fenstern warfen, obgleich der Rat der Stadt dies unter Androhung schwerer Geldbußen untersagt hatte. Um den schlimmsten Dreck wegzuspülen, öffnete man regelmäßig den Flattbach.

Zur Aufnahme des Ausgusses eines jeden Haushalts waren jeweils beide Gassenseiten zur Mitte hin abgeschrägt.

So konnten die Wassermassen des Bachs auf den Gassen dahinschießen und wenigstens einen Teil des Unrats mitreißen. Das war heute Nacht der Fall, dennoch war der Gestank grauenhaft.

Das lag an den »Wustgräben« hinter den Häusern und Gärten der Bürger, in die man alles hineinwarf, dessen man sich entledigen wollte. Nur wenn diese Gräben wirklich randvoll waren, entleerte man sie. Der Geruch, den der halb verweste Abfall verbreitete, stach scharf in Magdalenas Nase. Sie war Derartiges durch ihren Aufenthalt im Kloster am See nicht mehr gewohnt …

»Es wird Zeit, dass der Nachtwächter die Sünder wieder einmal der Obrigkeit meldet«, knurrte Gandolf, nachdem er über einen durchlöcherten Kochhafen gestolpert war. Das Ding lag mitten im Weg, anstatt im Wustgraben, wo es eigentlich hingehörte.

»Geh ein bisschen langsamer, Gandolf«, bat Magdalena flüsternd. Die junge Frau hatte zwar hervorragende Augen – auch im Dunklen –, aber sie kannte die holprigen, mit unebenen Kopfsteinen gepflasterten Gassen und deren Tücken keineswegs so gut wie der Knecht. Und dass man als werdende Mutter nicht unbedingt hinfallen sollte, davon hatte sie schon öfters gehört.

»Entschuldigt bitte, vielmals, Jungfer Magdalena«, bat der ältere Mann. »Ich hab' gar nicht mehr daran gedacht, dass ein zartes Fräulein mit mir durch die Gassen läuft.«

Obwohl der Ausdruck »zartes Fräulein« sie innerlich erheiterte, ließ das Mädchen ihn unwidersprochen stehen. Mit »Zartheit« und »Zimperlichkeit« käme sie von nun an gewiss nicht weiter – aber das brauchte sie mit Gandolf nicht zu erörtern.

Ihre Befürchtung, beim Passieren des Obertors mit der

Stadtwache aneinanderzugeraten, hatte Gandolf zerstreut: »Ich kenne zwei der Wachtposten sehr gut und werde einfach behaupten, Ihr wäret eine entfernte Base von mir.«

»Wie wird Muhme Gertrude mich wohl aufnehmen?«, überlegte Magdalena, während sie in langsamerem Tempo ihren Weg fortsetzten. Unwillkürlich tastete sie nach dem Brief, den die Großmutter ihr mitgegeben hatte. Zusammengefaltet hatte sie ihn in ihren Miederausschnitt gesteckt, um ihn nicht zu verlieren. Auf alle Fälle war sie gespannt auf die Reaktion der großen, weißhaarigen Heilerin, die sie bisher nur als unnahbare und von den meisten gefürchtete Respektsperson kannte.

Aber beinahe noch mehr interessierte sie Gertrudes Sohn, den diese Jahre nach dem Ableben ihres Gemahls empfangen und aufgezogen hatte und der jetzt ungefähr sechsundzwanzig Jahre zählte.

Er war noch nicht verheiratet und lebte nach wie vor im großen Steinhaus seiner Mutter, die allgemein in der Stadt nach ihrem verstorbenen Ehemann, einem Baron, als »Witwe von Reuchlin« bezeichnet wurde, während ihr Sohn Rudolf sich schlicht »Rolf Reichle« nannte.

»Was er tut und ob er überhaupt einer regelmäßigen Tätigkeit nachgeht, wissen die Ravensburger nicht so recht. Er soll sich aber sehr gut mit Kriegs- und Jagdwaffen auskennen. Außerdem ist der junge Mann viel unterwegs. Der Sohn ist ihnen daher ähnlich suspekt wie seine Mutter«, hatte ihr die Großmutter verraten – eine Auskunft, die nicht gerade dazu angetan war, Magdalenas Bedenken hinsichtlich des jungen Mannes zu zerstreuen.

Aber was blieb ihr anderes übrig? Sie musste zumindest versuchen, jene Verwandten dazu zu bewegen, ihr ein kleines Stück weit zu helfen. Auf irgendeine Art und Weise nach Konstanz zu gelangen, war im Augenblick ihr größter Wunsch.

Dort lebte nämlich ein weiterer entfernter Verwandter, ein Doktor der Juristerei, der ihr vielleicht Aufnahme in seinem Haushalt gewähren konnte. Zumindest so lange, bis sie ihr Kind geboren hätte.

Inzwischen wäre dann wohl auch Konrad wieder in heimischen Gefilden, und sie könnte ihm mit seinem Sohn auf dem Arm entgegentreten … Dass er bereits eine Ehefrau besaß, schob sie in ihren Gedanken erst einmal beiseite. Und dass es sich um einen Knaben handelte, den sie unter dem Herzen trug, davon war sie mittlerweile überzeugt. In ihrem tiefsten Inneren nährte sie die naive Vorstellung, dass sich das ganze Missverständnis von allein aufklären würde, sobald sie und Konrad sich nur wiedersähen. Er liebte sie doch, und es konnte, nein, es durfte einfach nicht so enden! Kämpferisch reckte Magdalena ihr Kinn empor und schritt fester aus, getrieben von dem Vorsatz, wenigstens für diese Nacht keine trüben Gedanken mehr zuzulassen.

Selbstverständlich wäre sie bereit, für Kost und Logis im Haus ihres Vetters zu arbeiten. Aber das Erreichen der großen, bedeutenden Stadt am Bodensee war wohl eher das Problem: Peter, der Holzhauer, mit seinen braven Gäulen stand ihr nun mal nicht mehr zur Verfügung …

»Jessesmaria!« Gerade noch vermochte sich die junge Frau zu fangen: Der Mond hatte sich hinter einer Wolke versteckt, und in der Dunkelheit war sie über einen größeren Holzklotz gestolpert, der mitten auf der Gasse lag.

»Gleich sind wir da«, versuchte sie der Knecht zu beruhigen, aber Magdalena war verärgert.

»Warum rennen wir denn schon wieder so, Gandolf? Wenn ich mir die Füße breche auf der buckligen Gasse, dann kann ich meine Flucht sowieso vergessen. Auf eine Minute mehr oder weniger wird es ja wohl nicht ankommen!«

»Psst!« Gandolf blieb stehen und beugte sich zu ihr hinunter. »Hört Ihr? Da kommt einer! Ich schätze, es ist bloß der Nachtwächter«, flüsterte er seiner Begleiterin ins Ohr.

»Oder es ist einer der Büttel, die mein feiner Oheim auf mich angesetzt hat.«

Der jungen Frau wurde auf einmal eiskalt vor Furcht. Beide verharrten mucksmäuschenstill dicht an eine Hauswand gedrängt und starrten angestrengt in die Richtung, aus der das Geräusch forscher Schritte zu kommen schien.

»Da vorne«, wisperte Magdalena. Und tatsächlich bog in diesem Augenblick eine große, breite Männergestalt um die Hausecke, eine brennende Fackel in der Hand, dicht gefolgt von einer hochgewachsenen Frau, deren ausladende Witwenhaube und Hebammentasche sie als Gertrude auswiesen.

Erleichtert atmete das junge Mädchen auf. Sie löste sich von der Hausmauer, in die sie vorhin vor Schreck am liebsten hineingekrochen wäre, und trat mitten auf die Gasse. Auch Gandolf wagte sich jetzt aus dem Schatten der Häuser hervor und stellte sich schützend neben Magdalena.

»Wer da?«

Die Stimme des Mannes, der die berühmteste Heilerin und Wehmutter Ravensburgs begleitete, klang tief und voll und war in der Stille der Nacht gewiss meilenweit zu vernehmen. Als sich die vier Menschen gegenüberstanden, erkannte Magdalena, dass der Fackelträger ein junger Mann war, der zudem große Ähnlichkeit mit ihrem toten Vater hatte. Zweifelsohne musste es sich um Gertrudes unehelichen Sohn Rudolf handeln …

»Ich bin Magdalena, die Tochter des verstorbenen Stadtapothekers Georg Scheitlin, und das ist Gandolf, einer unserer Knechte«, begann sie mit zittriger Stimme. »Wir sind auf dem Weg zu Euch, Muhme Gertrude. Meine Großmutter Elise schickt mich und …« Die Stimme versagte ihr.

»Dann komm mit uns, mein Kind«, gebot Gertrude ruhig, aus deren Haarknoten sich einige Strähnen gelöst hatten und unter der Haube hervorquollen. Magdalena schätzte sie auf gut fünfzig Jahre, auch wenn ihr im Fackelschein schimmerndes Haar bereits völlig weiß zu sein schien. In ihren Augen aber, die unter dichten, dunklen Brauen hervorblitzten, brannte ein jugendliches Feuer, und ihr Gesicht war nahezu faltenfrei.

»So lernst du heute nicht nur mich, sondern auch gleich deinen Vetter Rolf kennen«, vernahm Magdalena die Stimme ihrer Verwandten, deren gütiger Klang sie an die Stimme ihrer eigenen, längst auf dem Gottesacker liegenden Mutter erinnerte. Der junge Mann hingegen murmelte nur einen flüchtigen Gruß.

»Ich muss mich vor der Obrigkeit verstecken«, wagte Magdalena halblaut zu sagen. Besser, sie brachte es gleich hinter sich.

»Dann bist du bei uns genau richtig«, erwiderte Gertrude ruhig. »Nur noch ein kleines Stück und wir sind daheim.«

KAPITEL 9

Die drei liefen hinter dem Sohn der Wehmutter her, die offenbar in dieser Nacht bei einer Entbindung geholfen hatte. Im Fackelschein war es nicht schwer, den Unebenheiten in der Gasse auszuweichen, und bald darauf standen sie vor dem schlichten grauen Steinkasten, der in der Dunkelheit beinahe drohend vor ihnen aufragte.

Vetter Rolf steckte die stark rußende Pechfackel in die ringförmige eiserne Halterung neben dem Eingangstor, das über insgesamt acht marmorne Stufen zu erreichen war.

Das breite, abgeflachte Geländer der wuchtigen Steintreppe war mit rechteckigen Trögen besetzt, in denen Blumen wuchsen, deren Blätter und geschlossene Blüten Magdalena noch nie zuvor gesehen hatte – obwohl sie sich durch ihre jahrelange Mitarbeit in der Apotheke durchaus ein veritables Wissen über Kräuter und Pflanzen angeeignet hatte.

Wie von Zauberhand öffnete sich das Tor, und die vier betraten das Gebäude, dessen Inneres mehr einem Adelspalais denn einem großbürgerlichen Wohnhaus glich. Entlang der Wände brannten Kerzen in gläsernen, kugelförmigen Lampenschirmen und erhellten das Innere der riesigen, über zwei Stockwerke reichenden Diele.

Das Mädchen sah jetzt, dass eine ältere Dienerin auf die Heimkehr der Hausherrin gewartet und ihnen geöffnet hatte.

Rudolf Reichle verbeugte sich vor seiner Mutter, küsste ihre Hand, wünschte ihr und der »unbekannten Base« eine gesegnete Nachtruhe und verschwand augenblicklich irgendwo in den Tiefen des geräumigen Hauses.

»Komm nur weiter«, ermunterte Gertrude ihren späten Gast und winkte auch dem Knecht, nachdem sie ihre Haube abgenommen und sie der Dienerin samt der großen Tasche gereicht hatte. Magdalena wagte es kaum, auf dem spiegelglatt polierten, in schwarzweißem Schachbrettmuster verlegten Marmorboden fest aufzutreten.

Im hellen Lampenschein erkannte sie einen hohen Schrank mit kunstvollen Intarsien im Türblatt und einer filigranen Ornamentik im Abschluss. Das Eichenholz, aus dem er gefertigt war, schimmerte beinahe so schwarz wie Ebenholz. Im Vorbeigehen entdeckte das junge Mädchen einen großen Kamin, in dem auf einem eisernen Feuerbock ein mächtiges Stück Baumstamm darauf wartete, entzündet zu werden.

Dann fuhr sie ängstlich zusammen, aber gleich darauf musste sie lachen: Eine Ritterrüstung war es, die sie erschreckt hatte …

»Sie gehörte einem Vorfahren meines verstorbenen Mannes«, erklärte Gertrude, die den Vorfall mit einem leisen Lächeln beobachtet hatte. »Mit dem Schwert, das der Ritter in der Hand hält, hat dieser Ahnherr in einem Kreuzzug gegen die ungläubigen Türken gekämpft.«

»Oh!« Magdalena wandte sich um und warf erneut einen Blick darauf, vor allem auf die Blutrinne der tödlichen Waffe. Unwillkürlich fröstelte sie … Gleich darauf wunderte sie sich, dass die Muhme nicht die Treppe erklomm und auch im Erdgeschoss keines der zahlreichen Gemächer betrat, sondern das Gebäude durchquerte und dieses durch einen Hinterausgang wieder verließ.

»Du bist erstaunt, nicht wahr?«, stellte die Heilerin fest und schmunzelte. »Aber ich bewohne das große Haus schon längst nicht mehr. Seitdem ich keine Feste mehr gebe und keine hohen Gäste mehr empfange, genügt mir ein bescheideneres Domizil.«

Da das große Haus an einen Hang gebaut worden war, verließen sie es auf der Rückseite ebenerdig, und erst nach einer kleinen Strecke stieg ein mit Kieselsteinen ausgelegter Pfad ziemlich steil an. Er führte durch einen verwilderten Obstgarten, wie Magdalena im Schein einiger Laternen, die in den Zweigen hingen, erkennen konnte. Schließlich standen sie vor Gertrudes Heim …

»Aber das ist doch nur ein kleines Häuschen«, entfuhr es Magdalena.

»Jawohl, mein Kind! Ein windschiefes, winziges Ding ist es, worin ich mich am wohlsten fühle. Ich habe es zusammen mit meinem Sohn und einem Knecht selbst gebaut und bin mächtig stolz darauf. Ich brauche keinen Palast – den habe ich Rudolf geschenkt.

Mir genügt dieses kleine Haus mit seinen zwei Schlafräumen, der abgetrennten Küche, dem Vorratsraum für meine Heilkräuter und dem Behandlungszimmer für Kranke, die heimlich zu mir kommen, weil sie nicht gesehen werden wollen. Du musst wissen, dieses Häuschen hat noch einen anderen, geheimen Zugang, von oben durch den Wald.

Ein Abtritt und ein kleiner Raum, in dem man baden kann, vervollständigen mein Zuhause. Was will ich mehr? Im Verschlag unter der Treppe bewahre ich Dinge auf, von denen ich mich nicht trennen will, und im Speicher schlafen meine Magd und ein Knecht.«

Magdalena, die ganz verschüchtert das bescheidene Heim betreten hatte, atmete auf, sobald sie das Innere im milden Schein mehrerer Öllampen erkennen konnte. Wohl war es klein, aber sehr zweckmäßig und gefällig eingerichtet und vor allem sauber. Gertrude wurde ihr immer sympathischer …

In dem winzigen Hausflur stellte Gandolf inzwischen Magdalenas Sack mit ihren wenigen Habseligkeiten ab und verabschiedete sich von ihr. Er hoffte, ungesehen ins Scheitlin'sche Haus zurückzugelangen. »Gott sei alle Zeit mit Euch, Jungfer!«

»Ich danke dir, Gandolf. Du hast mir sehr geholfen.« Das junge Mädchen war verlegen. »Leider habe ich nichts, womit ich dich entlohnen könnte …«

»Das hat Eure edle Verwandte bereits reichlich getan«,

gab der Bursche zur Antwort, verbeugte sich vor der Hausherrin und verschwand. Als Magdalena sich bei der Muhme bedanken wollte, winkte diese jedoch ab.

»Setz dich, meine Liebe«, forderte Gertrude sie auf und ließ sich selbst seufzend auf einer gepolsterten Bank neben einem kleinen Kamin nieder. Hier flackerte sogar zu dieser späten Stunde noch ein lustiges Feuerchen – Magdalena hatte kurz zuvor eine Kirchturmuhr Mitternacht schlagen hören. Sie beobachtete, wie eine schwarzweiße Katze Gertrude auf den Schoß sprang und laut zu schnurren begann, als diese sie hinter den Ohren kraulte.

»Es ist so wunderbar friedlich bei Euch«, begann Magdalena. »Fast könnte ich mein eigenes Elend darüber vergessen.«

»Du kannst dir alles von der Seele reden, mein liebes Kind. Nichts von dem, was du mir sagst, wird diesen Raum jemals verlassen«, versprach ihre Verwandte. »Du erwähntest vorhin, du seiest auf der Flucht? Wie kann das sein?«

Magdalena erinnerte sich an den Brief der Großmutter. »Dieses Schreiben soll ich Euch noch übergeben von Frau Elise, damit Ihr einigermaßen im Bilde seid.«

Die langen schlanken Finger der Heilerin griffen nach dem gefalteten Papier, und das Mädchen musste unwillkürlich daran denken, wie geeignet diese Hände waren, um einem Kind auf die Welt zu helfen.

Eine Weile war nichts in der kleinen Wohnstube zu hören außer dem Knistern des Feuerholzes im Kamin und dem wohligen Schnurren der Katze. Nach längerer Zeit hob Gertrude ihren Kopf mit den hochgesteckten, zu zwei Zöpfen geflochtenen, silberdurchwirkten Haaren und blickte ihre junge Verwandte an.

»Du armes, armes Kind!«, sagte sie leise. »Dieser Schurke

von Oheim hat es geschafft, die Munt über dich zu erlangen, und er benützt dieses Amt, um dich zu bestehlen – nein, um dich regelrecht auszuplündern! Deine Ehe hat er erfolgreich verhindert, und um die wahre Erbin dauerhaft mundtot zu machen, versucht er zudem, dich in ein Kloster zu verbannen. Dazu ist ihm jedes Mittel recht – selbst, wenn er dir den Büttel auf den Hals hetzen muss! Schande über diesen Menschen!«

»Das ist noch nicht alles, Muhme Gertrude«, brachte Magdalena schweren Herzens heraus.

Aber die Ältere unterbrach sie: »Nenn mich ruhig Trude, das dürfen alle, die ich leiden mag, und zu dir werde ich Lena sagen, wenn du nichts dagegen hast. Und was du mir sonst noch zu sagen hast, weiß ich bereits, seit ich dich bei Licht gesehen habe. Du bist schwanger, nicht wahr?«

Das Mädchen wurde feuerrot und wusste nicht, was es sagen sollte. Dass eine erfahrene Wehmutter ihren Zustand erkannte, war gewiss kein Hexenwerk. Aber dennoch: Dass es ihr jemand so ohne weiteres ins Gesicht sagte, war wie ein Faustschlag. Ihr fiel das alte Bettelweib im Infirmarium des Klosters wieder ein. Auch sie hatte gesehen, was den meisten noch verborgen blieb …

»Begehe nur nicht den Fehler, dich dafür zu schämen, meine liebe Lena!« Gertrude schien besorgt. »Mutter zu werden ist das Schönste, das uns Weibern passieren kann. Leben zu schenken ist das größte Wunder überhaupt! Viel wunderbarer jedenfalls – und gewiss auch nützlicher – als aus Wasser Wein zu machen oder über den See Genezareth zu wandeln – wenn du mich fragst. Aber frage mich lieber nicht: Ich bin keine sehr gute Christin. Das sollte dich aber nicht weiter stören, denn ich bin durchaus gläubig – sehr sogar. Wenn auch nicht nach dem Geschmack der Pfaffen …«

Die Muhme lachte, und Magdalena konnte nicht anders, als einzustimmen, obwohl es in ihrer momentanen Lage eigentlich wenig zum Lachen gab.

»Ja, es stimmt, Trude. Konrad Grießhaber ist der Vater des Kindes, mein ehemaliger Verlobter. Sogar den Termin der Hochzeit hatten unsere Väter schon festgelegt. Aber das hilft mir jetzt auch nichts mehr; Konrad hat eine andere Frau geheiratet, und ich muss allein für meinen dicken Bauch Sorge tragen.«

»Noch ist er keineswegs dick. Und es gibt Mittel und Wege, dich von dieser Bürde zu befreien – und sogar ohne dass die Kirche von Sünde spricht … Ich schätze, du trägst das Kind erst etwa zwei Monate in dir, und es wird noch viele Wochen dauern, ehe du die ersten Bewegungen spürst. Zum jetzigen Zeitpunkt kann man wohl noch nicht von einem Menschen sprechen – obwohl es andere Kirchenleute gibt, die behaupten, Gott hauche bereits am vierzigsten Tag nach der Empfängnis dem Geschöpf die Seele ein.«

»Mag sein, Muhme.« Magdalena sah beinahe ängstlich zu der älteren Frau hinüber. »Aber für mich ist es schon jetzt ein werdender Sohn – oder eine werdende Tochter. Ich habe mir bereits das Gesicht meines Kindes vorgestellt, die Farbe seiner Haare und Augen und ob es lebhaft oder eher von stillem Wesen sein wird …«

Gertrude erhob sich und trat zu ihrer jungen Verwandten. Sanft strich sie ihr über das weich herabfallende blonde Haar, das im Feuerschein rötlich glänzte.

»Mein liebes Kind! Ich habe dir nur einen Vorschlag gemacht. Aber ich sehe, dass du dein Kleines bereits jetzt über alles liebst – und ich werde die Letzte sein, die dich dazu verleiten will, das Ungeborene in deinem Leib zu töten. Du musst nur sehr stark sein, wenn du die Pflicht auf dich nehmen und es alleine großziehen willst. Ich weiß, wovon ich rede, Lena! Anfangs werden alle über dich herfallen und dich der ›Sünde‹ wegen verdammen. Ich wünsche dir, dass du dir selbst treu bleiben kannst und den Tag niemals verfluchst, an dem du mein Angebot ausgeschlagen hast. Aber ich denke, du schaffst es.«

Gertrude kehrte zu ihrer Bank zurück und ließ sich ein wenig umständlich nieder. Forschend ruhte ihr Blick auf Magdalena, die in eine Art Trance verfallen zu sein schien.

»Ja, ich denke, du wirst all das, was übelwollende Menschen dir in den Weg legen könnten, beiseiteräumen«, ließ sich die Heilerin nach einer ganzen Weile der Stille vernehmen. »Du erscheinst mir gesund und kräftig zu sein, und du wirst dein Kind bekommen. Die Zeit, die dann vor dir liegt, wird zwar deine ganze Kraft aufzehren, und oft wirst du glauben, am Ende zu sein. Du wirst jedoch niemals aufgeben, denn du bist eine Kämpferin – so, wie ich eine gewesen bin. Die jetzigen Jahre der relativen Sicherheit und Ruhe, welche mir die weltliche Obrigkeit und die Kirche – wenn auch zähneknirschend – zugestehen, habe ich mir hart erkämpft. Dir wird es ebenso ergehen. Was hast du vor, mein Kind?«

Magdalena richtete sich kerzengerade auf, was die Katze, die mittlerweile auf ihren Schoß gehüpft war, mit einem leisen Maunzen quittierte.

»Bastet mag dich«, stellte Gertrud zufrieden fest. »Ich habe das Tierchen nach der katzenköpfigen ägyptischen Göttin der Freude und der Liebe genannt«, fügte sie erklärend hinzu und kam dann wieder auf ihre Frage zurück: »Ehe du antwortest, sollst du wissen, dass du bei mir und meinem Sohn so lange bleiben kannst, wie du willst. Und sollte es auch für immer sein: Mein Haus ist auch das deine.«

Magdalena setzte die Katze auf dem Boden ab, sprang auf,

lief zu Gertrude, warf sich zu deren Füßen nieder und legte den Kopf in ihren Schoß.

»Ich bin Euch von ganzem Herzen dankbar, Muhme! Nie hätte ich mir träumen lassen, dass ich in Ravensburg außer meiner Großmutter jemanden fände, der etwas für mich übrig hat. Aber Ihr seid so gütig, dass ich es gar nicht fassen kann! Ihr wisst, dass derjenige, der einer aus dem Kloster Entlaufenen Asyl gewährt, selbst streng bestraft werden kann. Und ich spreche nicht nur von der hohen Geldstrafe – auch die Kirchenbuße ist beachtlich. Ihr nehmt also einiges auf Euch, Trude!«

»Darüber mach dir keine Gedanken, Lena. Überleg dir nur gut, was du zu tun gedenkst.«

»Ich will Euch weder auf der Tasche liegen noch Eure Sicherheit gefährden. Eigentlich hatte ich gehofft, dass Ihr mir helfen könntet, nach Konstanz zu gelangen. Dort lebt ein Verwandter von uns und ...«

Gertrude unterbrach sie: »Du meinst Julius Zängle, den gelehrten Juristen, nicht wahr?«

»Ganz recht, an ihn dachte ich. Da er Junggeselle ist, könnte ich vielleicht in seinem Haushalt Arbeit finden, damit er mich so lange bei sich wohnen lässt, bis das Kind zur Welt gekommen ist. Danach könnte ich weitersehen.«

»Ein guter Gedanke, mein Liebes! Nur ist er leider nicht durchführbar. Herr Julius weilt derzeit in Paris, an der Universität Sorbonne, wohin er berufen wurde, um für die Studenten Vorlesungen über Rechtsfragen zu halten. Ich vermute, er wird noch einige Monate dort bleiben. Den genauen Zeitpunkt seiner Rückkehr kenne ich jedoch leider nicht. Seinen Haushalt in Konstanz hat er solange aufgelöst. Sein Haus ist verschlossen, niemand lebt darin – nicht einmal ein Knecht oder eine Magd. So hat er es mir jedenfalls geschrieben, ehe er Deutschland vor gut zwei Jahren verlassen hat. Ich weiß allerdings wirklich nicht, wann er wieder in Konstanz sein wird.«

Magdalena war zwar angenehm überrascht, dass Gertrude, die von der übrigen Familie nach ihrem »Fehltritt« mehr oder weniger geächtet wurde, zu diesem noch relativ jungen Herrn Kontakt pflegte. Gleichzeitig jedoch war sie über diese Nachricht zutiefst niedergeschlagen.

»Oh«, seufzte sie enttäuscht, »dann weiß ich nicht mehr weiter. Vetter Julius war meine einzige Hoffnung, nachdem sich Albrecht Grießhaber mir gegenüber so kalt benommen hat.«

»Er nimmt dir freilich übel, dass du seinen Sohn allem Anschein nach verschmäht hast, nachdem du zuerst die Heirat mit ihm abgesprochen hattest. Ich kann ihn irgendwie verstehen; er ist gekränkt in seinem Vaterstolz.«

»Und das vollkommen zu Unrecht! Aber das hilft mir jetzt auch nicht weiter. Ich muss gut überlegen, damit ich keinen Fehler begehe. Denn nun geht es nicht mehr nur um mich, sondern um zwei Personen, für die ich Entscheidungen zu treffen habe«, sagte Magdalena ganz ernsthaft.

Ihre Entschlossenheit ließ ihr die Muhme noch mehr gewogen sein, als sie es ohnehin bereits war.

Auf einmal glättete sich die Stirn, welche die junge Frau in längerem angestrengtem Nachdenken gerunzelt hatte. »Ich glaube, Trude, jetzt weiß ich, was ich wirklich will!«

Nachdem Gertrude gehört hatte, was ihre Verwandte plante, ließ sie sich ihren Schrecken zwar nicht anmerken, aber entsetzt war sie dennoch über Magdalenas Vorhaben. Es grenzte an Wahnsinn, sich als Schwangere den Gefahren eines solchen Unternehmens auszusetzen. Vor allem, wenn von vornherein klar war, dass es zum Scheitern verurteilt war …

»Was versprichst du dir davon, meine Liebe?«, fragte sie behutsam.

»Konrad soll mich sehen! Er soll außerdem wissen, dass ich sein Kind in mir trage, und er muss erfahren, dass ich ihn keineswegs verraten habe, sondern er mich, und zwar in dem Augenblick, als er Renata Feucht das Jawort gab – ohne die Verlobung mit mir vorher gelöst zu haben. Was wäre schon dabei gewesen, an den Bodensee zu reiten und mich im Kloster Sankt Marien aufzusuchen? Ich habe doch jedes Recht, auf ihn böse zu sein!«

»Das mag ja alles richtig sein, mein Kind. Aber Tatsache ist, dass Konrad nicht mehr frei ist! Dass er Vater eines Kindes ist, erfährt er noch früh genug, wenn er nach Hause kommt. Wieso willst du ihm, beziehungsweise dem Kaufmannszug, nach Italien hinterherreisen? In diesen unruhigen Zeiten, quer durch die Alpen? Woher willst du den Reisewagen nehmen? Denn das Reiten verbietet sich in deinem Zustand von selbst. Wer soll dich begleiten? Und wer sagt dir, dass du Konrad überhaupt einholen kannst? Vielleicht hat er längst beschlossen, den Tross der anderen Kaufleute unterwegs zu verlassen, um seiner Frau die Schönheiten der italienischen Städte zu zeigen. Es ist immerhin auch seine Hochzeitsreise … Sei mir nicht böse, mein Kind! Aber ich halte diesen Plan für äußerst abenteuerlich und nicht unbedingt für sehr gut.«

Auf keine der von Gertrude aufgeworfenen Fragen wusste Magdalena eine vernünftige Antwort. Zudem schossen ihr bei der Erwähnung der Hochzeitsreise fast wieder die Tränen in die Augen.

Angesichts der fortgeschrittenen Nachtzeit beschlossen die Frauen, erst einmal zu Bett zu gehen. Gertrude führte ihre Nichte in eines der beiden Schlafkämmerchen, wo dank der Dienerin Auguste ein bequemes Bett für sie bereitstand. »Lass dich umarmen, mein Kind, und schlafe wohl bis zum Morgen!«

»Habt vielen Dank für Eure Güte, Muhme! Der Herrgott segne Euren Schlaf!«, erwiderte das Mädchen und küsste die Ältere auf beide Wangen.

Kaum berührte Magdalenas Kopf das mit Gänsedaunen gefüllte Kissen, versank sie auch schon im tiefen süßen Schlaf der Jugend, während die Heilerin noch lange kein Auge zubekam. Gar zu ernst und aufwühlend waren die Gedanken, die in ihrem Kopf umhergeisterten.

Erinnerte sie das Ganze doch fatal an ihre eigenen jungen Jahre, als sie, seit längerem verwitwet, allein und von allen im Stich gelassen ihr Kind zur Welt brachte und es ohne Vater großzog – im Kampf gegen alle Widrigkeiten und nicht zuletzt gegen alle Versuche der geistlichen und weltlichen Obrigkeit, ihr, einer ledigen und »sündigen« Mutter, das Sorgerecht für den Sohn zu entziehen.

Sie sei moralisch verkommen, und einer solchen Person könne man kein Kind anvertrauen. Es sei nicht gewährleistet, dass sie den Knaben in »aufrichtig christlicher Gesinnung« erziehe, hieß es, und es hatte tatsächlich Bestrebungen in Ravensburg gegeben, ihr Rudolf zu entreißen und ihn in ein klösterliches Waisenhaus zu stecken …

»Jesus Christus! Was ist das nur für eine Zeit gewesen! Gekämpft habe ich wie eine Löwin um ihr Junges, um meinen Buben behalten zu können. Möge der Herr geben, dass Lena nicht ebensolches Leid erleben muss wie ich!« Mit diesem innerlichen Stoßseufzer fiel endlich auch Gertrude in einen schweren, traumlosen Schlaf.

KAPITEL 10

DAS UNVERMEIDLICHE WAR eingetroffen – und eher als befürchtet: Die Klosterknechte von Sankt Marien waren in Ravensburg angekommen, um die Flüchtige aufzuspüren und einzufangen. Bereits am Stadttor konnten die Wächter ihnen verraten, dass die gesuchte Apothekerstochter Magdalena Scheitlin am vergangenen Tag mit einem schäbigen, aber immerhin von zwei Gäulen gezogenen Wagen hier eingetroffen sei.

Jetzt stand Margret vor den vier Männern und kam sich vor wie eine Verbrecherin. Sie hatte sich, um ihrer angeheirateten Nichte einen Gefallen zu tun, aufs Lügen verlegt. Standhaft leugnete sie, die Abgängige in letzter Zeit überhaupt gesehen zu haben.

»Nein, nein! Bei meiner Seligkeit! Die Magdalena war lange nicht hier, das schwöre ich«, behauptete sie tapfer und lief dabei rot an. Auch die befragten Domestiken blieben solidarisch, stellten sich dumm und gaben vor, überhaupt nichts über die betreffende Jungfer zu wissen – außer, dass sie für einige Zeit ins Kloster gegangen sei.

Beinahe wäre auch alles gutgegangen, wenn nicht im letzten Augenblick, als die enttäuschten Knechte sich bereits zum Gehen gewandt hatten, der neue Herr des Hauses aufgetaucht wäre. Kaum hatte er erfahren, aus welchem Anlass die Männer hier waren, plusterte er sich mächtig auf.

»Wurde auch Zeit, dass endlich jemand auftaucht und das unselige Mensch wieder einfängt!«, schrie er durch den Hof in einer Lautstärke, dass man es bis auf die Gasse hinaus hören konnte. »Was sind denn das für Sitten, dass man ein junges Weibsbild, das fürs Kloster bestimmt ist, einfach so davonspazieren lässt? Schließlich habe ich für ihren Aufenthalt dort bezahlt – und nicht zu wenig.«

Sichtlich erschrocken über den unerwarteten Angriff, versuchte der Anführer der Gruppe, den Zorn des aufgebrachten Vormunds zu beschwichtigen: »Dafür können wir nichts, Herr! Sankt Marien am See ist schließlich kein Gefängnis, wo jede einzelne Insassin streng bewacht wird. Wer bei uns lebt, Herr, tut das im Allgemeinen freiwillig. Außerdem ist es keine Seltenheit, dass Nonnen das Kloster verlassen, etwa um Kranke, die nicht selbst gehen können, in den umliegenden Dörfern zu besuchen, oder weil sie in den Wäldern Heilpflanzen suchen.«

»Das mag ja sein! Aber dennoch ist es eine Schande, dass mein Mündel unbehelligt bis nach Ravensburg und zu mir gelangen konnte, ohne dass ihr sie vorher erwischt habt, ihr nutzlosen Kerle!«, wetterte Mauritz Scheitlin weiter.

»Dann war sie also doch hier?«, hakte der Sprecher des Suchtrupps sofort nach.

»Ja, natürlich! Hat mein Weib euch das nicht gesagt?«

Mit giftigem Blick wandte er sich an Margret, der man ansah, dass sie sich am liebsten in einer Bodenritze verkrochen hätte.

»Ich hab' nur gesagt, dass ich gar nichts weiß«, stammelte die Unglückliche, die sich gehörig vor der nächsten Auseinandersetzung mit ihrem Ehemann fürchtete. »Mir sagt ja keiner was«, versuchte sie wenig überzeugend sich herauszuwinden.

»Ich habe sie natürlich rausgeworfen, das unverschämte Geschöpf! Mit so einer will ich nicht gemeinsam unter einem Dach leben!«, behauptete der Hausherr großspurig. »Soll sie doch auf der Gasse verrecken, wenn sie nicht bei den Nonnen bleiben will!«

Margret bekreuzigte sich hastig, und die vier Klosterknechte taten es ihr gleich. Dieser Mann musste ja einen furchtbaren Groll gegen das junge Mädchen hegen …

»Wo könnte sie denn jetzt sein, Herr?«, erkundigte sich der wortführende Knecht ruhig. »Die Stadt hat sie zwar betreten, aber offenbar noch nicht wieder verlassen. Irgendwo muss sie also Aufnahme gefunden haben.«

»Keine Ahnung, in welchem Schuppen sie sich verkriecht! Es ist eure Aufgabe, ihr Kerle, sie aufzuspüren.«

In diesem Augenblick waren aus dem oberen Stockwerk unsichere Schritte und das Tappen eines Gehstocks zu hören.

»Mutter!«, schrie Mauritz boshaft und wandte sich halb um, »habt Ihr etwa von Magdalena etwas gehört oder gesehen?«

»Ich bin eine alte Frau, die ihre Wohnung kaum noch verlässt. Mir erzählt keiner etwas, ich weiß von gar nichts«, entgegnete die Großmutter geistesgegenwärtig, und die Klosterknechte sahen keinen Grund, ihr, einer ehrbaren Greisin, zu misstrauen.

»Viel Glück beim Suchen!«, rief Mauritz Scheitlin den Männern hämisch nach. »Hoffentlich wird das freche Luder auch ordentlich bestraft, sobald es wieder hinter Schloss und Riegel ist!«

Gleich darauf ging über Margret ein Donnerwetter ihres Mannes hernieder, das seinesgleichen suchte. Ernsthaft erwog seine Frau dieses Mal, ihn für immer zu verlassen.

Er nahm zwar Abstand davon, sie zu verprügeln, aber die Zurückhaltung war lediglich der Allgegenwärtigkeit der Dienstboten geschuldet, die sich ständig durch das große Haus bewegten, mit Sicherheit alles mitbekämen und für die Verbreitung in der Stadt sorgen würden.

Dass Männer ihre Frauen zur rechten Zeit körperlich züchtigten, wenn diese »es verdienten«, war allerdings durchaus Brauch; aber Margret galt allgemein als derart sanftes und gutes Eheweib, dass Mauritz keinesfalls mit Beifall rechnen konnte, wenn ihm die Hand ausrutschte.

Zum Ausgleich brüllte er, dass man es sicherlich noch einige Straßen weit hören konnte. Als er gar nicht mehr aufhören wollte, wurde der Lärm, den er veranstaltete, auf einmal durch ein noch viel lauteres Geräusch übertönt: Seine Mutter zeigte sich oben auf der Treppe und hieb mit einem Blechlöffel mit aller Kraft auf den Boden eines umgedrehten eisernen Topfes ein.

Das martialische Scheppern machte es unmöglich, auch nur ein Wort von den Schmähungen und Verwünschungen zu verstehen, die der selbst ernannte neue Stadtapotheker gegen sein Weib und gegen seine Nichte ausstieß.

Wutentbrannt stürmte er ins Stiegenhaus und kreischte immerfort: »Aufhören! Aufhören! Zum Teufel! Sofort Ruhe da oben!«

Aber Elise ließ sich nicht beirren und verlieh ihrem Protest weiter lautstarken Ausdruck, bis zum Schluss allen die Ohren wehtaten.

Entnervt hielt Mauritz schließlich seinen Mund, schnappte sich seinen Umhang und stürzte hinaus auf die Gasse. Dort musste er erleben, dass sich bereits ein kleiner Volksauflauf vor dem Anwesen gebildet hatte. Und was das Schlimmste war: Die Leute lachten über ihn!

So schnell er konnte, verfolgt vom Gegacker der Ravensburger Weiber und dem sonoren Gelächter der um keinen Deut vernünftigeren Mannsbilder, eilte er zum »Esel«, einer Gaststätte und gleichzeitig Versammlungsort der wichtigsten Verbindung der reichen Kaufleute und Handelsherren der Stadt, der auch sein Bruder angehört hatte.

Aber auch dort sollte er keinen Frieden finden. Die Kunde von dem seltsamen Spektakel in seinem Haus hatte ihn bereits eingeholt, ja überholt. Und der Empfang, den die Herren ihm, dem »Neureichen«, bereiteten, war keineswegs ein liebenswürdiger. Mit ätzendem Spott übergoss ihn sogleich einer aus der bedeutenden Sippe der Humpiß, und die anderen standen ihm in nichts nach. Einhellig verurteilten die Herren sein unfeines, unbeherrschtes und die Autorität seiner Ehefrau vor dem Gesinde untergrabendes Benehmen. Die Art und Weise, wie Elise sich »gewehrt« hatte, bewunderten indes ausnahmslos alle.

Mauritz blieb nur, sich den Anschein von Gelassenheit zu geben und im Stillen mit den Zähnen zu knirschen. Ja, er schaffte es sogar, mit einem schiefen Lächeln auf die Vorhaltungen der reichen Handelsherren zu reagieren.

»Meine Mutter versucht schon immer, Zwietracht zwischen meinem Weib und mir zu säen. Nun, sie ist nicht mehr die Jüngste«, unternahm er den vergeblichen Versuch abzuwiegeln. »Der Tod meines Bruders Georg hat sie zudem arg mitgenommen. Ich fürchte, mittlerweile ist sie nicht mehr ganz richtig im Kopf.«

Sein Bestreben, Elise als senil darzustellen, kam leider gar nicht gut an …

»Hört mir zu, mein Lieber!«, fuhr ihn kalt und von oben herab einer der Handelsherren an und fasste ihn dabei streng ins Auge. »Ich kenne kaum eine alte Dame, die besser bei Verstand ist als Eure Mutter. Das lasst Euch gesagt sein! Und wenn sie gezwungen ist, zu solchen Mitteln zu greifen, um Euch davon abzuhalten, wie ein Ochse, der abgestochen wird, zu brüllen, dann liegt das mit Sicherheit nicht an der sehr verehrten Frau Elise. Schade, dass Ihr insgesamt so wenig von Eurem verstorbenen Bruder habt!«

Damit ließ einer der reichsten und bedeutendsten Bürger von Ravensburg den kleinen Bader – der er in ihren Augen immer noch war und auch bleiben würde – einfach stehen, und auch alle anderen Honoratioren wandten ihm den Rücken zu. Mauritz Scheitlin, der nicht wusste, was er tun sollte – bleiben oder wieder gehen –, entschloss sich widerstrebend zu letzterem.

»Ach herrjeh! Das hätte ich beinahe vergessen!«, sagte er laut wie zu sich selbst, schlug sich mit der flachen Hand auf die Stirn, als fiele ihm gerade etwas Wichtiges ein, und machte, dass er den »Esel« verließ. Niemand achtete auf seinen Abgang.

Draußen auf der Gasse hatten sich die Spötter zum Glück verzogen; die, welche jetzt geschäftig hin- und herliefen, wussten nichts von seinem häuslichen »Theater«. Mauritz hielt es für das Beste, sich in eines der zahlreichen Wirtshäuser zu flüchten, die normalerweise kein besserer Bürger aufsuchte.

Gertrude ließ ihre junge Verwandte am nächsten Morgen lange ausschlafen. Das Mädchen schien ihr erschöpft und auf Grund der Schwangerschaft in besonderem Maße der Ruhe bedürftig. Sie selbst erhob sich jedoch gemäß ihrer Gewohnheit bereits um fünf Uhr morgens. Wie üblich ging sie hinüber ins Hauptgebäude, um mit Rudolf – ebenfalls ein Frühaufsteher – das Morgenmahl einzunehmen. Beide pflegten lange ausführliche Unterhaltungen und Diskussionen zu führen, buchstäblich »über Gott und die Welt«, vor allem über die verworrenen Zeitläufte – aber an diesem Tag stand ein ganz besonderes Thema an.

»Und Ihr meint, Mutter, die Kleine meint es ernst damit, ihrem ehemaligen Bräutigam hinterherzureisen? Was verspricht sie sich davon?«

»Ich vermute, das ist ihr selbst nicht so recht klar. Wahrscheinlich will sie ihn beschämen, wenn sie sich ihm als Schwangere präsentiert, die er im Stich gelassen hat – obwohl er nichts davon wusste.«

»Nicht gerade eine sehr vernünftige Handlungsweise, oder?« Rudolf Reichle schüttelte den Kopf, ehe er sich erneut seinem Haferbrei widmete, den er großzügig mit gebräunter Butter übergossen und ein wenig Zucker – ein äußerst kostbares Nahrungsmittel, das sich nur die Reichen leisten konnten – bestreut hatte. Dazu genehmigte er sich als Frühtrunk, wie die meisten Vornehmen, angewärmten, mit Wasser vermischten Rotwein.

Die Witwe Reuchlin nickte. »Frauen in anderen Umständen tun manchmal Dinge, die mit Logik nicht viel gemein haben. Ich denke, bei Lena wird sich das wieder legen, sobald sie entbunden hat. Das Kind will sie auf jeden Fall bekommen – obwohl ich ihr angeboten habe, sie von der Bürde der ledigen Mutterschaft zu befreien. Was sagst du zu dem Ganzen, Rolf?«

Der junge Mann hob seinen Blick vom Teller und sah nachdenklich und zugleich besorgt aus.

»Ich bewundere sie für ihren Mut, Mutter, und sie tut mir von Herzen leid: Im Stich gelassen von ihrer engsten Familie, vom Vormund um ihr Erbe betrogen, vor den Klosterschergen auf der Flucht, ohne Bräutigam – und dazu noch gesegneten Leibes! Recht viel schlimmer kann es kaum noch werden!«

Er schob sein Essgeschirr beiseite. »Ich habe einen Entschluss gefasst«, erklärte er dann ruhig. Gertrude nickte. »Das ist gut, mein Sohn. Ich denke, du tust recht daran.«

Wie meistens verstanden sich die beiden auch ohne viele Worte. Die Jahre, die sie allein, im Kampf gegen den Rest der Welt, verbrachten, hatten sie dies gelehrt.

Die Heilerin, wie immer in einem schmucklosen schwarzen Kleid, erhob sich und verkündete, sie wolle nun nach der jungen Frau sehen und sie ebenfalls zu Tisch bitten.

Für die Klosterknechte von Sankt Marien am See hatte der Tag gar nicht gut begonnen. Bei ihrer Suche nach dem entlaufenen Schützling blieben sie nach wie vor erfolglos. Angeblich hatte kein Mensch das Mädchen gesehen. Die einen kannten ihren Aufenthaltsort tatsächlich nicht, und die anderen, die wohl eine gewisse Ahnung hatten, hielten den Mund, weil sie nicht auf Seiten Mauritz Scheitlins standen.

Sie gönnten es ihm vielmehr von ganzem Herzen, dass er Verdruss hatte, denn dass er ein übles Spiel mit der verwaisten Tochter Georg Scheitlins trieb, wussten alle. So mussten die Knechte, ausgesandt, die Entflohene wie eine Verbrecherin wieder einzufangen, es sogar dulden, dass die Ravensburger Bürger sie etliche Male in die Irre schickten.

Kreuz und quer ließ man die vier Burschen durch die Stadt traben; mal im Süden, mal im Norden, mal im Osten oder Westen wollten die Leute das Mädchen gesehen haben.

Als sie sämtliche Kirchen, Pfarrhäuser, Herbergen, Spitäler und Frauenklöster abgeklappert hatten, ohne auch nur die geringste Spur von Magdalena zu finden, kam dem Anführer der Gruppe ein ausgezeichneter Gedanke: »Hört zu, Freunde! Ich glaube mittlerweile, dass die Wächter am Tor sich geirrt haben und das Mädle überhaupt nicht bis nach Ravensburg gekommen ist. Ich denke viel eher, sie hat versucht, mit einem Boot über den See zu flüchten, ist dabei gekentert, ins Wasser gefallen und ums Leben gekommen!«

»Das glaube ich auch!«, sagte der Zweite.

»Kommt mir vernünftig vor!«, stimmte der Dritte zu.

Und als der Vierte sich zu einer Bekräftigung durchgerungen hatte, schien es bereits Gewissheit: Die Jungfer Magdalena musste im »Kostritzer See« ersoffen sein. Die wenigsten Einheimischen konnten sich an den Namen »Bodensee« gewöhnen …

In seltener Einmütigkeit brachen sie ihre ergebnislose Suche ab und kehrten nach Sankt Marien zurück.

Am Stadttor hatten sie noch den Spott der Torwächter auszuhalten: »Na, ihr Helden, wo habt ihr denn jetzt eure entlaufene Klosterschwester, hä?«, »Da wird aber Freude herrschen im Konvent, wenn ihr mit leeren Händen bei der Mutter Oberin antanzt!«, »Und der Mauritz, ihr famoser Vormund, wird sofort die Mitgift vom Kloster zurückverlangen, haha!«.

Aber das war den vier Knechten, die sich die Füße wundgelaufen hatten auf dem holprigen Pflaster der Gassen, nun auch schon egal. Sollten das ruhig der jetzige Apotheker Scheitlin und die Oberin Notburga miteinander ausmachen – sie jedenfalls hatten getan, was menschenmöglich war.

KAPITEL 11

IM LICHT DES ersten Tages saßen Gertrude, Rolf und Magdalena einander gegenüber und musterten sich. Mutter und Sohn stellten bei sich fest, wie hübsch ihre junge Verwandte doch war, und Magdalena wiederum war sehr angetan vom fein geschnittenen Antlitz Gertrudes und der natürlichen Autorität, die sie ausstrahlte, sowie vom männlichen und Vertrauen erweckenden Aussehen ihres Sohnes.

»Ich bin Großmutter so dankbar, dass sie mich zu Euch geschickt hat, Trude. Ich hätte wirklich nicht gewusst, wohin ich mich hätte wenden sollen in meiner Not.«

Gertrude winkte ab. »Wir lassen niemanden im Stich, der unverschuldet ins Elend geraten ist. Und eine junge Frau, der man so übel mitspielt, schon gar nicht«, sagte sie. »Pass auf, mein Kind, mein Sohn hat dir einen Vorschlag zu machen.«

Magdalena wandte sich aufmerksam ihrem Vetter zu.

Und was sie von ihm zu hören bekam, rührte sie beinahe zu Tränen. »Base Lena, wenn es Euch recht ist, würde ich Euch gerne begleiten, wenn Ihr Euch unbedingt auf die Suche nach Eurem entlaufenen Bräutigam machen wollt.«

»Das würdet Ihr wirklich für mich tun, Vetter?«

Die junge Frau konnte ihren Ohren kaum trauen. Obgleich entschlossen, Konrad zu folgen, hatte sie in Wahrheit schreckliche Angst davor, sich mutterseelenallein auf den Weg zu machen. Die Zeiten waren gefährlich. Überall gärte und brodelte es, und allenthalben gab es Aufstände der Eidgenossen gegen die Habsburger und ihre Anhänger.

Und die schweizerischen Älpler waren nicht gerade zimperlich, wenn es darum ging, missliebige, sprich ihrem Unabhängigkeitsdrang entgegenstehende Herren samt ihren Knechten über die Klinge springen zu lassen beziehungsweise mit ihren Armbrüsten treffsicher zu »erledigen«.

Zudem führten Städte und Gemeinden, Adlige und Bürgerliche immer wieder Krieg gegeneinander, und die Straßen waren alles andere als sicher. Das räuberische und mörderische Gesindel hatte überhandgenommen – in der Hoffnung, sich durch die Maschen der löchrig gewordenen Justiz mogeln, beziehungsweise das Recht selbst in seine verbrecherischen Hände nehmen zu können.

Magdalena war blutjung, unerfahren und aufgrund ihrer Schwangerschaft besonders verletzlich. Nicht gerade die besten Voraussetzungen für eine wochenlange Reise durch die Alpen nach Italien …

Aber jetzt sah die Sache schon anders aus! Mit einem jungen, kräftigen Begleiter an ihrer Seite, der sie vor den Gefahren der feindlichen Welt beschützen würde und gewiss auch ihre Rechte gegenüber Konrad Grießhaber zu verteidigen wüsste, könnte sie ganz anders auftreten. Selbst wenn sie nicht genau hätte erklären können, worin diese »Rechte« eigentlich bestanden. Er war schließlich verheiratet …

»Aber wie könnt Ihr so einfach von Ravensburg weggehen, Vetter Rolf? Habt Ihr denn keine Arbeit?«, erkundigte sich Magdalena, nachdem sie ihre erste Rührung überwunden hatte. Sie konnte sich nicht vorstellen, dass ein junger Mann überhaupt nichts zu tun hatte. Nach bewährter schwäbischer Art war sie so erzogen worden, dass es für jeden gesunden Menschen selbstverständlich war, je nach seinen geistigen oder körperlichen Kräften tätig zu sein, solange bis – ja, bis es Gott gefiel, einen ins Paradies zu holen. An die Hölle mochte sie dabei nicht denken.

Rudolf Reichle musste lachen, und auch Gertrude verzog ihren Mund zu einem amüsierten Lächeln.

»Natürlich habe ich zu tun – sogar eine ganze Menge, liebe Base. Aber nicht nur in Ravensburg. Ich bin in vielen Städten tätig, auch im Ausland, und zwar in meinem Beruf eines Waffenschmieds, Büchsenmeisters und Kanonenbauers.« Der junge Mann hielt kurz inne, ehe er fortfuhr, wobei seine Stimme eine Nuance dunkler zu werden schien:

»Eigentlich arbeite ich in meiner Heimatstadt am wenigsten – für uneheliche Sprösslinge hat man hier nicht allzu viel übrig. Es hat lange gedauert, bis man mir die Erlaubnis gab, mich überhaupt um Aufnahme in die Zunft der Büchsenmacher zu bewerben. Über meinen Antrag haben die Meister bisher immer noch nicht entschieden.

Aber andernorts, wo man über meine Herkunft nichts

weiß oder sich nichts daraus macht, sondern nur meine Fähigkeiten schätzt, da bin ich stets willkommen, sogar in Ländern wie Italien und Spanien, die selbst in der Waffentechnik Überragendes leisten. Inzwischen hat mich immerhin das Stadtregiment zum zweiten Vorsitzenden der Ravensburger Schützengesellschaft gewählt.«

Aus Rudolf Stimme klang unverhohlener Stolz heraus.

»Und welche Art von Waffen stellt Ihr her?«

Magdalena war in diesen Dingen eher unbedarft. Von Schusswaffen und dergleichen wusste sie so gut wie nichts, da ihr Vater sie niemals zu den von der Bevölkerung so geliebten Schützenfesten mitgenommen hatte. »Das ist Männersach'«, war Georgs Meinung gewesen.

»Früher waren es hauptsächlich Armbrüste, mit deren Verbesserung ich mich beschäftigte.« Rudolf stand vom Tisch auf und spazierte im Raum auf und ab.

»Im Vergleich mit dem einfachen Bogen aus Eibenholz, den man vor Jahrhunderten schon benützt hat, ist der zusammengesetzte Bogen der Ungarn und anderer Reitervölker aus dem Osten eine geradezu unerhörte Errungenschaft. Aber auch er wird an Reichweite und Durchschlagskraft vom Mechanismus einer Armbrust weit übertroffen. Gekannt hat man die Armbrust schon in der späten Antike, ehe sie im Abendland auftauchte und sich schnell verbreitete. Die Ritter und alle anderen Adligen benützen sie allerdings nicht. Sie halten diese Waffe für unehrenhaft, weil damit der Feind aus der Ferne getötet wird und kein Kampf ›Mann gegen Mann‹ stattfindet. In den Städten jedoch schätzt man die Armbrust als Waffe zur Verteidigung der Bürger sehr. Ihre Anfertigung setzt beträchtliches handwerkliches Können voraus, und ich darf sagen, dass ich einiges zur Vervollkommnung der Armbrust beigetragen habe.«

»Ich empfinde die Haltung der Ritterschaft als äußerst unklug. Was hat denn der Kampf gegen den Feind mit Ehrenhaftigkeit zu tun? Wichtig ist doch nur die Wirksamkeit einer Waffe, oder?«, fragte Magdalena. Ihre Gastgeber waren erheitert.

»Ich finde das auch«, gab Rudolf zur Antwort. »Einen noch viel gewaltigeren Auftrieb erhielt die Schießkunst allerdings mit der Entwicklung der Feuerwaffen. Die Chinesen, ein sehr kluges Volk aus dem Fernen Osten, haben das Schießpulver entdeckt; sie benützten es aber nur, um Signale über weite Entfernungen zu geben, und für die bei ihnen so beliebten Feuerwerke. Vor gut achtzig Jahren hat man es in Mitteleuropa als Treibmittel für Geschosse in Kanonen entdeckt. Die ältesten Kanonen bestanden zu Anfang aus einem aus Holz gefertigten Rohr, um das zur Verstärkung mehrere Eisenbänder gelegt wurden. Wegen ihrer Form nannte man die neuen Kriegswaffen ›Büchsen‹, worunter man anfänglich nur Kanonen verstand. Heute nennt man die Handfeuerwaffen ebenso.«

Magdalena machte große Augen. Davon hatte sie noch nie gehört, obwohl sie Kanonen natürlich schon gesehen hatte.

»Im vorigen Jahrhundert waren die Geschütze noch so schwerfällig, dass ihre Bedienung sehr gefährlich und nur einigen wenigen Experten gestattet war«, fuhr Rudolf fort, der sichtlich ganz in seinem Metier war. »Zimmerleute und Schmiede waren die Hauptbeteiligten an der Herstellung, und so gingen aus ihren Reihen die ersten Büchsenmeister hervor. Auch ich habe als junger Kerl das Schmiedehandwerk in Tirol erlernt.«

Magdalena, die unwillkürlich einen Blick auf seine Hände warf, musste schmunzeln. »Euren Händen sieht man das aber nicht an, Vetter. Dazu sind sie viel zu edel.«

»Die schmalen Hände sind unser Familienerbe«, warf Gertrude ein. »Schau dir meine an, Kind, oder die deinen! Rolf und du, ihr könntet Goldschmiede sein.«

»Oder Geburtshelfer«, grinste Rolf, und Magdalena wurde rot. In etwas über einem halben Jahr würde sie einer Hebamme bedürfen. Gott mochte wissen, an welchem Ort sie sich dann befand …

»Eine Reise nach Italien kommt mir auf jeden Fall gar nicht so ungelegen.« Rudolf fuhr sich durch sein dichtes, dunkelbraunes Haar, das er schulterlang trug. »Man hat mir sowohl in Mailand als auch in Florenz und Venedig Angebote als Büchsenmeister gemacht. Ich habe mich noch für keinen Ort entschieden, aber ansehen könnte ich mir meine möglichen Arbeitsstätten ja vorab schon einmal. Das ließe sich gut mit Euren Anliegen verbinden, Base.«

»Das wäre einfach wunderbar«, freute sich die junge Frau. »Aber, sagt, Vetter, wird man Euch denn nicht in Ravensburg vermissen? Könnt Ihr einfach so die Stadt verlassen? Was wird die Zunft, was werden die Stadtväter dazu sagen?«

»Noch gehöre ich der Zunft ja offiziell gar nicht an. Ich diene der Stadt nur von Fall zu Fall; und im Augenblick besteht für Ravensburg keine Gefahr. Im Jahr 1377 hat der Magistrat den Büchsenmeister Hermann in städtische Dienste genommen. Der Alte ist noch so rüstig, dass er diese Aufgabe sicher noch eine Weile erfüllen kann. Er hat sich verpflichtet, für etwaige Kämpfe zur Verfügung zu stehen, und wurde dafür von allen üblichen Lasten befreit.«

Rolf hatte sich inzwischen wieder gesetzt. Seine Wangen hatten sich gerötet, und er war offensichtlich etwas erhitzt von seinen eifrigen Erklärungen.

»Aber was schwätze ich da?«, meinte er und wirkte fast beschämt. »Das alles wird Euch wenig kümmern, Base.«

»Oh doch, Vetter«, widersprach Magdalena. »Ich freue mich immer, wenn mir jemand von Dingen erzählt, von denen ich keine Ahnung habe. Mein lieber Vater hat mir unendlich viel beigebracht über das Lindern von Krankheiten, über die heilenden Kräfte, die Gott den Pflanzen verliehen hat und manchem Stein, sowie über gewisse Handgriffe, mit denen ausgekugelte Gelenke wieder eingerenkt werden können – aber über Waffen und ihren Gebrauch hat er mir nichts gesagt. Das sei nichts für eine Frau, meinte er und hielt mich sogar von den Volksfesten fern, die sich rund um das harmlose Scheibenschießen in Ravensburg entwickelt haben.«

»Ganz Unrecht hatte Euer Vater sicher nicht.« Rudolf grinste und sprach schnell weiter, ehe Magdalena protestieren konnte: »Ich bin freilich mit den Waffen groß geworden. Weil ich einem der Patrizier als treffsicherer Schütze auffiel, durfte ich manchmal an den Übungen der Armbrustschützengesellschaft teilnehmen. Allerdings lässt man die ganz jungen Burschen die Stachelbogen – das sind Waffen mit Stahlbogen zur Sehnenspannung – nicht benutzen. Die Knaben schießen mit der Eibe, das sind Bögen aus Eibenholz, eine Art Kinderarmbrust. Die könnte auch eine einigermaßen kräftige Frau benutzen.«

»Die Schießübungen finden doch immer im Stadtgraben statt, am Steilhang vor dem Tor, das weiß ich«, warf Magdalena ein, »auch wenn mich mein Vater niemals hat zuschauen lassen.«

»So ist es. Hier bietet sich ein günstiger Pfeil- und Kugelfang für diejenigen, die mit Handfeuerwaffen üben möchten. Aber sobald letztere eine noch größere Reichweite erlangen werden, muss man wohl einen anderen Ort zum Übungsschießen auswählen. Die Kuppelnau im Norden der

Stadt böte sich dafür an. Dort ist das Gelände weitläufig und gut überschaubar.«

»Die Bürger haben viel Spaß bei den Schießwettbewerben, wo es auch Gewinne für die besten Schützen gibt«, flocht Gertrude ein. »Es wird auf hölzerne Zielscheiben geschossen, deren Zentrum einem Kreis von gerade einmal vierzehn Zentimetern Durchmesser entspricht. Und der jeweilige Abstand der Schützen vom Ziel ist beachtlich.«

»Das kann ich Euch genau sagen!« Rudolf erhob sich erneut. »Beim Armbrustschützenwettbewerb beträgt der Abstand vom Ziel dreihundert Werkschuhe, bei dem mit der Hakenbüchse sechshundertsiebzig! Und ein Werkschuh hat die Länge von achtzehneinhalb Zentimetern. Das entspricht etwa meiner Handspanne.«

Beide Frauen schauten etwas ratlos drein. Rudolf lachte.

»Ich werd's Euch ausrechnen: Das bedeutet für den Armbrustschützen fünfundachtzigeinhalb Meter und für den, der mit der Büchse schießt, immerhin einhunderteinundneunzig Meter. Das ist ganz beachtlich und erfordert neben einer ruhigen Hand auch ein verdammt gutes Auge.«

Seine Mutter brachte schließlich das Gespräch wieder auf Magdalenas Bedürfnisse zurück. Es galt schließlich noch vieles zu bedenken und vorzubereiten.

»Wir werden so lange mit der Abreise warten, bis wir sicher sein können, dass die Schergen des Klosters Sankt Marien nicht mehr hinter Euch her sind, Base«, erklärte der junge Mann. »In der Zwischenzeit verbergt Ihr Euch hier bei uns, und ich werde einen geeigneten Planwagen beschaffen und mit allem Nötigen für eine wochenlange Reise durchs Gebirge ausstatten. Die Zugtiere sind kein Problem, da ich einen Handelsmann kenne, der Rösser und Maultiere aus den

Schweizer Alpen verkauft. Ich werde die letzteren nehmen, denn Maultiere sind gutmütig, genügsam und robust und für Fahrten im Gebirge geeigneter als Pferde.«

»Ihr habt Euch ja wirklich schon eine Menge Gedanken gemacht, Vetter«, wunderte sich Magdalena, war jedoch erfreut darüber.

»Es ist schließlich nicht meine erste Reise nach Italien.« Der junge Mann tat dabei sehr bescheiden – hatte er doch bereits drei Reisen nach Italien, eine davon bis nach Sizilien, hinter sich gebracht sowie zwei nach Südspanien und eine nach Frankreich. Seine beiden letzten hatten ihn bis nach Norwegen hinauf geführt.

»Wir werden Euch verschiedene Papiere besorgen«, fuhr ihr Vetter eifrig fort. »Als Magdalena Scheitlin kämt Ihr vermutlich nicht allzu weit. Solange wir uns in deutschen Landen aufhalten, werdet Ihr Euch als eine entfernte Verwandte meiner Mutter ausgeben, die aus Norwegen stammt und eines Gelübdes wegen nach Rom reisen will.«

»Herr im Himmel! Aus Norwegen? Ich kann kein Wort Norwegisch und über dieses Land weiß ich überhaupt nichts«, protestierte das junge Mädchen erschrocken.

»Dafür werdet Ihr einen guten Lehrer an mir haben.« Rudolf lachte fröhlich, und seine Augen blitzten vor Unternehmunglust. »Ihr werdet staunen, was ich Euch, Jungfer Ragnhild, Tochter des Germund aus Bergen, innerhalb weniger Tage alles beibringen kann, bis die Luft rein ist und wir von Bütteln unbehelligt losziehen können.

Wenn wir uns auf eidgenössischem Boden befinden, solltet Ihr besser Eure Tarnung noch beibehalten, aber sobald wir in Italien sind, mögt Ihr andere Papiere benützen, wenn Ihr wollt. Ihr könnt Euch dann wieder in eine deutsche Jungfer zurückverwandeln, die ihren Vetter auf einer Reise nach Italien begleitet, um zu ihrem Bräutigam zu gelangen – was ja nicht einmal gelogen ist.«

»Obwohl dieser Bräutigam inzwischen mit einer anderen verheiratet ist«, warf Magdalena bitter ein. »Und ohne auch nur eine Sekunde die Behauptungen meines Oheims anzuzweifeln!«

Darauf ging der junge Waffenschmied jedoch nicht ein und fuhr stattdessen fort:

»Ich rate Euch dazu, sicherheitshalber in Italien zwar einen deutschen, aber dennoch einen anderen Namen als Euren eigenen zu benützen.«

»Da wüsste ich schon einen geeigneten«, unterbrach Gertrude ihren Sohn. »Wie wäre es mit Katharina Burgauer? Eine Familie dieses Namens – mit den Scheitlins verwandt – sitzt seit Anfang unseres Jahrhunderts in Lindau, nachdem sie seit über hundert Jahren in Kempten und St. Gallen sesshaft war. Ich denke, damit wärest du, mein Kind, für die Oberin Notburga für alle Zeiten unauffindbar – mag sie ihre Spione auch bis nach Italien aussenden.«

Magdalenas Miene hellte sich sichtlich auf. Dank Rudolf und Gertrude zeigte sich immerhin ein Lichtstreif am Horizont. Das Wichtigste für den Augenblick schien, dass sie nicht mehr allein war und Begleitung hatte auf ihrer abenteuerlichen Fahrt nach Italien – deren Ausgang ungewiss war.

»Der nordische Name, den Ihr für mich ausgesucht habt, gefällt mir gut, Vetter Rolf. ›Ragnhild Germundstochter‹ klingt wirklich schön. Ihr werdet mir sicher einiges über die Stadt Bergen erzählen können, nicht wahr? Und mit ›Katharina Burgauer‹ kann ich ebenfalls gut leben.«

In diesem Augenblick meldete eine Magd die Ankunft eines Knechts einer der drei Papiermühlen am Flattbachkanal in der Oberen Bleiche.

»Sein Herr lässt inständig bitten, dass der Meister um Himmels willen sofort kommen möge! Im Stampfwerk ist etwas nicht in Ordnung; die Hadern verklumpen und türmen sich schon meterhoch auf.«

Rudolf stand augenblicklich auf, entschuldigte sich bei Mutter und Base und folgte der Magd nach draußen.

»Ach, mit Papiermühlen kennt Rolf sich ebenfalls aus?« Magdalena war verblüfft. Mit sichtlicher Genugtuung wandte sich Gertrude an das junge Mädchen und erwiderte:

»Mit jeder Art von Mühle, mein Kind. Aber es war durchaus nicht immer so, dass man Rolf um Hilfe bittet. Als lediger ›Bankert‹ galt er den Leuten hier weniger als nichts. Für meinen Fehltritt hat man den Jungen leiden lassen. Erst als vor etlichen Jahren der Müller von der Alten Säge gar nicht mehr weiterwusste, ließ er nach meinem Sohn schicken. Er sollte ihm das Mahlwerk reparieren. Da ging den Ravensburgern allmählich auf, wie geschickt Rolf in diesen Dingen ist, genauso wie beim Anfertigen von Kanonen und Armbrüsten. Von Fall zu Fall bedient man sich seiner, wenn die Meister nicht mehr weiterwissen. Die öffentliche Anerkennung verwehrt man ihm indes bis heute, alle sind sie feige, die sich so großspurig gebärdenden Herren, und haben Angst vor der Kirche! Nur im Notfall arbeiten zu dürfen, kränkt meinen Sohn natürlich, und er sucht sich lieber Arbeit im Ausland, wo man nicht danach fragt, wer sein Vater ist.«

Obwohl Magdalena – wie alle Bürger Ravensburgs – auch schrecklich gerne gewusst hätte, wer Rudolfs unbekannter Erzeuger eigentlich war, hätte sie es doch niemals gewagt, danach zu fragen …

KAPITEL 12

MAGDALENAS ABREISE VERZÖGERTE sich um etliche Wochen. So schnell warf Mutter Notburga die Flinte nicht ins Korn: Noch wochenlang später streiften Klosterknechte durch die Gegend und befragten jeden nach der »flüchtigen Novizin Magdalena Scheitlin«. Die Geduld der jungen Frau wurde auf eine harte Probe gestellt – befürchtete sie doch, der Vorsprung Konrads sei inzwischen viel zu groß, um ihn noch einholen zu können.

Dass diese Befürchtung gänzlich überflüssig war, erfuhr sie erst nach einer Weile. Großmutter Elise ließ ihrer Verwandten Gertrude auf Umwegen mitteilen, der Warenzug der Ravensburger Kaufmannschaft sei zwar längst über alle Berge, Konrad Grießhaber hielte sich jedoch immer noch auf schwäbischem Boden, nämlich in Dornbirn, auf.

Der Gesundheitszustand seiner Gemahlin Renata erlaube einstweilen keine Fortsetzung der Reise. Auf eine vorübergehende Besserung folgten stets Rückschläge ihres Befindens, und ihr junger Ehemann wage es nicht, ihr die Strapazen einer Weiterfahrt zuzumuten.

In der Tat stand es nicht allzu gut um Renata.

»Lasst mich hierbleiben und reitet dem Warenzug hinterher«, bat die Kranke ihren Ehemann mehrmals. Aber Konrad brachte es nicht übers Herz, seine Angetraute allein zurückzulassen. Wenn er sie auch nicht liebte, achtete er sie doch sehr und fühlte sich für die hilflose Frau verantwortlich.

Er war auch dagegen, sie von Knechten in seine Heimatstadt zurückbringen zu lassen. Nicht, dass er seinem Vater Albrecht misstraut hätte – korrekt, wie der Alte war, würde er alles für seine Schwiegertochter tun. Aber er hatte das ebenso naive wie diffuse Gefühl, solange er selbst, strotzend vor Gesundheit und jugendlicher Frische, an Renatas Seite ausharrte, hätte der Sensenmann keine Gewalt über sie …

Als Magdalena von den Verzögerungen der Reise erfuhr, atmete sie auf. Noch bestanden also gute Aussichten, ihren Geliebten rechtzeitig zu finden – auch wenn ihre Vorstellungen davon, wie ihr Zusammentreffen sich gestalten würde, nach wie vor wenig konkret waren. Renata klammerte sie dabei aus ihren Gedanken völlig aus.

An einem wunderschönen Maientag des Jahres 1414 machte sich die kleine Reisegruppe, bestehend aus Rudolf Reichle, Magdalena Scheitlin, alias Ragnhild Germundstochter, alias Katharina Burgauer, sowie zwei bärenstarken, zuverlässigen Knechten, auf den Weg.

Der Planwagen besaß einen doppelten Boden, und dieser Hohlraum war vollgeladen mit Armbrüsten, deren Reichweite und Durchschlagskraft der junge Schmied wesentlich verbessert und deren Handhabung er überdies um etliches erleichtert hatte. Außerdem führten sie Modelle von Kanonen und Feldschlangen mit, die der junge Mann den ausländischen Interessenten präsentieren wollte, sowie unverderbliche Lebensmittel, Decken und Kleidungsstücke für alle möglichen Gelegenheiten und Witterungen.

»Im Gebirge kann das Wetter jederzeit umschlagen«, warnte Rolf, und Magdalena packte die Reisetruhen voll mit warmen Unterröcken und wollenen Umschlagtüchern, obwohl die Sonne bereits jetzt tagsüber unangenehm heiß vom Himmel brannte. Auch feste Stiefel hatte der Vetter für sie besorgt.

»Mit den feinen Seidenschühchen seid Ihr auf der Reise

durch die Berge falsch beraten«, grinste er. »Nach ein paar Metern sind von den Dingern nur noch Fetzen übrig.«

Auf anderes hatte die kluge Gertrude noch gedrungen: Eine kleine Truhe voll mit Kindersachen und Windeln legte sie Magdalena ans Herz. »Was du dabei hast, Lena, musst du nicht erst mühsam erwerben. Du weißt ja nicht, an welchem Ort du niederkommen wirst, Kind. Nimm auch die zwei Packen Handtücher und die Bettlaken mit!«

Und sie nötigte der unerfahrenen werdenden Mutter mehrere Stapel feinster, weicher Schafwolltücher auf, dazu Laken aus Leinen, Kissen und Decken, eine Matratze, und jede Menge an Kräutern, Tees, heilsamen Säften und Salben und, und, und ...

Am Ende war der Wagen so vollgepackt, dass Rudolf lachend protestierte: »Nun ist es aber genug! Mehr als zwei Zugtiere plus zwei Ersatzmaultiere will ich eigentlich nicht mitnehmen. Außerdem sind wir zu viert. Wer weiß, ob wir im Gebirge immer eine geeignete Herberge finden; nicht selten werden wir im Wagen übernachten müssen. Manche Gasthäuser sind so primitiv, dass sie einer Frau in gesegneten Umständen nicht zuzumuten sind. Andere sind wahre Räuberhöhlen, wo Strolche, Halsabschneider und kriegerisch gesinnte Bergbewohner sich die Klinke in die Hand geben. Möglich, dass man uns für feindliche Habsburg-Anhänger hält und uns sogar angreift. Die Armbrüste habe ich nicht ohne Grund ganz unten unter all den Decken, Kleidern und Kindersachen verstaut! Sie sollen möglichst nicht Banditen in die Augen stechen, falls uns welche überfallen. Die Schurken würden sich die Hände reiben! Mit meinen kleinen Modellkanonen können sie dagegen nichts anfangen. Ich stelle mir vor, dass jeweils zwei Personen im Wagen übernachten – eine davon werdet immer Ihr sein, Magdalena –, während zwei

Mann außerhalb Wache halten. Fast fürchte ich auch, dass die guten Herbergen überfüllt sein werden, denn der Ansturm wegen des Konzils in Konstanz hat bereits begonnen. Eine Menge Teilnehmer machen sich schon jetzt auf den Weg, um in Konstanz die besten Quartiere zu erobern, obwohl es doch erst im November oder Dezember losgehen soll.«

Magdalena, die durch ihre Schwangerschaft noch keinerlei Beschwerden hatte, freute sich fast ein wenig angesichts des bevorstehenden Abenteuers. Sie verfügte über einen gesegneten Appetit, schlief selig wie ein Kind und war die meiste Zeit ausgesprochen optimistisch, dass sich alles zu ihrer Zufriedenheit entwickeln würde.

Als es endlich losging, war sie so froh wie seit langem nicht mehr. Auf Gertrudes Ermahnungen hörte sie nur mit halbem Ohr – was sollte ihr schon passieren?

Sie hatte ja einen ausgezeichneten Beschützer und zwei kräftige Burschen dabei, die nicht zulassen würden, dass ihr ein Leid widerfuhr. Und die Geburt ihres Kindes bereitete ihr noch wenig Kopfzerbrechen. Vielleicht war sie dann längst wieder an einem sicheren Ort – in Ravensburg zusammen mit Konrad? –, und eine erfahrene Wehmutter wie Gertrude würde sich um sie und das Kind kümmern …

Sie war jung, und das ganze Leben schien noch auf sie zu warten.

Nicht nur Magdalena stand einige Aufregung bevor, auch Doktor Julius Zängle, weitläufiger Verwandter der Scheitlins, mit fast vierzig Jahren noch Junggeselle und berühmt als juristische Koryphäe in ganz Oberschwaben, wusste bald nicht mehr, wo ihm der Kopf stand, seit er aus Paris zurück war. Tags zuvor war er erst spät in der Nacht angekommen, weswegen er an diesem Morgen länger als gewöhnlich geschlafen hatte. Um zehn hatte dann die Magd zaghaft an seine Tür geklopft und hohen Besuch angekündigt – dem er nun mit knurrendem Magen gegenübersaß. Zängle bemühte sich, den Hunger ebenso wie seine leichte Verstimmung über das unangekündigte Auftauchen seines Gastes zu ignorieren. Stattdessen signalisierte er seine Bereitschaft, an der Organisation des Konzils mitzuwirken.

»Natürlich freue ich mich darüber, dass man ausgerechnet meine Vaterstadt Konstanz der großen Würde für wert erachtet, in ihren Mauern eine so bedeutende Kirchenversammlung auf deutschem Boden abzuhalten«, beeilte er sich gerade, seinem Gesprächspartner, dem Reichserbkämmerer Konrad von Weinsberg, kundzutun. Zängle, der sich auch mit Kirchenrecht auskannte und zudem zum Rat der Bischofsstadt gehörte, rechnete sich gute Chancen aus, nicht nur vor, sondern auch während des Konzils mit wichtigen Aufgaben betraut zu werden.

Konrad von Weinsberg war bereits im Frühjahr in der Stadt am Bodensee eingetroffen, um rechtzeitig Vorsorge zu treffen für sämtliche Bedürfnisse seines königlichen Herrn und dessen Begleitung. Man schätzte, dass König Sigismund um Weihnachten herum in Konstanz einträfe. Erst wollte er noch in Aachen seine Krönung vollziehen lassen.

Er glaubte, das würde sein Ansehen – das er ohnehin genoss als derjenige, der Papst Johannes XXIII. dazu genötigt hatte, ein Konzil einzuberufen – bei der hohen Geistlichkeit und den weltlichen Herrschern noch stärken.

Alle lobten den deutschen König für die Forderung eines Konzils – außer den drei Heiligen Vätern natürlich! Die Stellvertreter Christi auf Erden sahen nämlich keineswegs so recht ein, dass man diesen im Grunde unhaltbaren Zustand nicht weiterhin beibehalten könne. In der Stadt Konstanz und ihrer Umgebung wurden Wetten darüber abgeschlossen, ob überhaupt einer der Päpste sich nach Konstanz bequemen werde …

»Ich habe allerdings keine Ahnung, warum man sich ausgerechnet für Konstanz entschieden hat«, fuhr Julius Zängle fort. »Dass man einen Ort auswählen wollte, der nicht allzu weit von Italien entfernt liegt, und dass die Stadt genügend Kapazitäten für alle Anreisenden bieten muss – das alles ist mir klar. Aber die Wahl hätte genauso gut auch auf Überlingen, Lindau, Sankt Gallen oder auf Ravensburg fallen können. Weshalb ausgerechnet Konstanz?«

»Dazu kann ich Euch Folgendes verraten, Doktor«, begann der königliche Kämmerer ein wenig umständlich und betont bedeutungsvoll. »Ich war natürlich dabei, als Seine Majestät, König Sigismund, und Papst Johannes XXIII. sich in Lodi in Norditalien über das bevorstehende Konzil berieten. Nachdem der Heilige Vater erst einmal verdaut hatte, dass das Konzil auf deutschem Boden abgehalten werden soll, bestand unter den Deutschen durchaus keine Einigkeit hinsichtlich des Ortes. Augsburg stand beispielsweise zur Auswahl, Herzog Ulrich von Teck empfahl die Abteistadt Kempten, während Graf Eberhard von Nellenburg Konstanz ins Spiel brachte. Zuerst rümpfte man die Nase, aber der Graf verwies darauf, dass die Stadt leicht mit Schiffen zu erreichen sei und sich außerdem im Frühjahr 1408 als Versammlungsort beim Friedensschluss mit den gegen den Abt von St. Gallen revoltierenden Appenzellern geradezu glänzend bewährt hatte.

Als er dann noch daran erinnerte, dass Konstanz über ausreichend gute Herbergen verfüge und damals die Teilnehmer aufs Beste mit Speisen und Getränken versorgt habe, waren alle Zweifel beseitigt. Wo wir gerade beim Thema sind: Ich darf doch auf Eure freundliche Mithilfe rechnen, lieber Doktor, wenn es darum geht, mir bei der Auswahl geeigneter Unterkünfte für die edlen Herren beizustehen? Ihr seid schließlich ein Einheimischer und …«

»Natürlich, selbstverständlich, Euer Gnaden! Mit Freuden werde ich Euch behilflich sein.«

Julius Zängle verbeugte sich beflissen – wenn auch innerlich zähneknirschend. Er wusste genau, dass man von ihm erwartete, sich mit dem Dank des Königs für seine Mühen zufriedenzugeben.

Aber dieses Mal würde er sich – anders als im Jahre 1408 – seinen Lohn von den Herbergswirten, Gasthofbetreibern, Bordellvätern, Weinschenken und Lebensmittelhändlern holen, deren Umsatz das Konzil enorm steigern würde. Er dachte da an ungefähr zwanzig Prozent Vermittlungsgebühr … So gutherzig Zängle war, so geschäftstüchtig war er gleichzeitig auch.

Schon am nächsten Tag würde er damit beginnen, für die erlauchten Gäste um die besten Quartiere zu feilschen und die Preise für Doppelzimmer und den alle zwei Wochen erfolgenden Bettwäschewechsel auszuhandeln. Dann ginge er daran, mit den Gast- und Hurenwirten die Tarife für Speisen, Getränke und »Liebesdienste« festzulegen.

Die einmal bestimmten Preise würde man dann auflisten; sie mussten in jedem Haus gut sichtbar für die Gäste ausliegen. Das ersparte lästiges Nachverhandeln – und peinliche Streitigkeiten, hervorgerufen durch Konzilteilnehmer, die sich übervorteilt fühlten.

Des Weiteren musste Zängle sich mit den örtlichen Badern, Chirurgen, Wundärzten und Apothekern auseinandersetzen. Die »Tarife« hingen gerade in diesem Gewerbe oft sehr stark vom Wohlwollen und Mitleid ab, das der Heilkundige seinem Patienten entgegenbrachte. Fremden gegenüber pflegten diese Tugenden eher schwach ausgeprägt zu sein. Er war sich beinahe sicher, dass sich auch die kirchlichen Organisatoren an ihn wenden würden – galt er doch als gut informierter und gerechter Mann, der beinahe an alle möglichen Bedürfnisse dachte und nicht duldete, dass die Gäste über Gebühr zur Kasse gebeten wurden.

Aber auch die Einheimischen konnten sicher sein, dass er ihren berechtigten Forderungen Nachdruck verliehe, wenn etwa einer der Auswärtigen versuchen sollte, sich klammheimlich, ohne zu bezahlen, davonzumachen. Zängle war auch bekannt dafür, säumigen Handwerkern gnadenlos auf den Leib zu rücken, falls diese glaubten, fällige Arbeiten verzögern zu können, oder sie schlampig ausführten und dafür noch überzogene Preise verlangten.

Die Bischofspfalz, in den letzten Jahren zwar etwas vernachlässigt, aber immerhin das geräumigste Gebäude in Konstanz, würde während des weltbewegenden kirchlichen Ereignisses als päpstlicher Palast genutzt werden.

Unverzüglich musste Julius Zängle ferner damit beginnen, Konstanzer Handwerker für die Reparaturen an Türen, Fenstern, Schlössern, Fußböden und Kaminen einzustellen. Außerdem durfte nicht vergessen werden, am Bischofspalais, an den Kirchen und an den wichtigsten städtischen Gebäuden das päpstliche Wappen anzubringen.

Aber welches? Der Jurist entschied sich für das Wappen Johannes' XXIII., des Heiligen Vaters, mit dem der König seine Verhandlungen geführt hatte und der auch zum Konzil einlud. Sollten die beiden anderen Stellvertreter Christi ebenfalls zu erscheinen geruhen – wovon allerdings die wenigsten ausgingen –, dann könnte man immer noch schnell reagieren …

»Vergesst nicht, genügend Strohballen, Heu und Hafer für die Pferde sämtlicher Herrscher des Reiches und des Auslands zu besorgen«, forderte ihn der Reichserbkämmerer Konrad von Weinsberg noch auf. Zängle nickte und unterdrückte eine patzige Bemerkung – daran musste ihn keiner erinnern, das wusste er schon selbst.

KAPITEL 13

MAGDALENAS REISE LIESS sich gut an. Niemand erkannte sie oder stellte allzu dumme Fragen. Sie hatte keinerlei Beschwerden, und das Wetter war ihnen wohlgesonnen; die Straßen waren zwar voll, aber noch nicht überfüllt – Rolf und die Knechte rechneten jedoch damit, dass sich das bald ändern würde, sobald aus allen Himmelsrichtungen die Konzilsteilnehmer herbeiströmten. Doch für den Augenblick kamen sie dank der braven und gutwilligen Zugtiere flott voran.

Die junge Frau amüsierte sich immer noch, wenn sie an die verblüfften Gesichter der Stadtwächter dachte, die ihre Reisedokumente überprüft hatten. »So, so, aus Norwegen seid Ihr, Jungfer! Und bereits seit einigen Wochen haltet Ihr Euch bei Eurer Muhme, der Witwe von Reuchlin, auf? Als Ihr ankamt, standen wohl andere als wir am Obertor Wache. Hab' gar nicht gewusst, dass Ihr so weit oben im Norden Verwandtschaft habt, Meister Rudolf. Und bis nach Rom wollt Ihr, Jungfer? Da habt Ihr aber einen weiten Weg vor Euch«, hatte der älteste der Männer gemeint und sie und ihre hervorragend gefälschten Papiere genau geprüft. »Konntet Ihr Euer Gelübde denn nicht an einem Reliquienschrein in Oslo erfüllen?«

»Wo denkt Ihr hin, guter Mann?«, hatte sie von oben herab und in einem schauderhaften Deutsch entgegnet – Vetter Rolf hatte ihr den komischen Akzent beigebracht. »Die Gebeine des heiligen Paulus sind nun einmal nur in Rom zu verehren – da kann ich nicht daheim in Norwegen hocken. Versteht Ihr das, mein Guter?«

Was blieb dem einfachen Soldaten anderes übrig? Papiere und Wagenladung schienen in Ordnung zu sein, der Waffenschmied Rudolf Reichle war ihnen wohlbekannt, und in der schmucken Person im blauweiß gestreiften Kleid, mit der weißen Spitzenschürze und der großen gefältelten Haube aus gestärktem weißen Leinen, die ihr Gesicht eng umschloss und sie um einige Jahre älter erscheinen ließ, erkannte kein Mensch Magdalena wieder.

»Na, dann betet mal schön zum heiligen Paulus, Jungfer Ragnhild Germundstochter«, rief ihr der Stadtwächter noch nach, nachdem er das Gespann durchgewinkt hatte. »Vielleicht verhilft Euch der Heilige ja auch noch zu einem Gatten – wenn er Euch überhaupt verstehen kann.«

»Unverschämter Kerl!«, schimpfte Magdalena leise.

»Das hast du ausgezeichnet gemacht, Base«, lobte sie Rolf Reichle und grinste anerkennend. Beide waren übereingekommen – im Hinblick auf ihre nahe Verwandtschaft und die Tatsache, womöglich wochenlang auf engstem Raum zusammenleben zu müssen –, die steife Art der Anrede sein zu lassen und sich zu duzen.

»Ein paar Ausdrücke auf Norwegisch werde ich dir noch beibringen. Sie sind nicht ganz so fein, aber für ein junges Weib gerade noch angemessen, wenn es sich von einem Kerl belästigt fühlt. Wenn du sie benutzt, kannst du Gift darauf nehmen, dass dir jeder abnimmt, ein echtes Kind des hohen Nordens zu sein.«

»Aber erst will ich genau wissen, was die Wörter bedeuten – ich bin nämlich eine ehrbare Jungfer«, kicherte Magdalena, die sich an Rolfs Seite mittlerweile recht wohlfühlte und, in Anbetracht der Umstände, ausgesprochen guter Dinge war.

Wenn sie geglaubt hatte, es würde immer so geruhsam weitergehen, sah sie sich allerdings bald eines Besseren belehrt. Hinter Liebenau, kurz vor Siggenweiler, erlebten sie die erste Panne. Ein Mann, der offenbar an der Fallsucht litt, war hinter einer Wegbiegung zusammengebrochen und wälzte sich in einem schrecklichen Anfall inmitten der Fahrstraße. Im letzten Augenblick vermochte Ulrich, einer der Knechte, den Wagen zum Stehen zu bringen.

»Gütiger Jesus!«, rief Rolf erschrocken aus und sprang vom Wagen herunter, kaum dass die Räder zum Stillstand kamen. »Der arme Mensch muss sofort an den Straßenrand, ehe ihn Pferde zu Tode trampeln oder Kutschenräder ihn zermalmen«, erklärte er und wies den zweiten Knecht an: »Matthis, hilf mir, den Burschen in Sicherheit zu bringen!«

Vorsichtig näherten sich die Männer dem wild um sich Schlagenden. Als das Mädchen ihnen offenbar folgen wollte, wehrte ihr Vetter vehement ab: »Du bleibst, wo du bist, Lena! Wär' ja noch schöner! Das schaffen wir grade noch allein!«

Magdalena blieb gehorsam sitzen und beobachtete den Kutscher, der die nervös gewordenen Maultiere beruhigte.

»Stell dich net so an!«, hörte sie ihren Vetter ärgerlich rufen, als der Knecht sichtlich zögerte, den Herumzappelnden bei den Beinen zu fassen. Rolf seinerseits hatte bereits die beiden Unterarme des Fallsüchtigen mit seiner rechten Hand gepackt, um die andere frei zu haben, seinen Nacken zu stützen.

»Greif ruhig fest zu«, erklärte er, um Ruhe bemüht. »Du musst bloß deinen eigenen Kopf etwas wegdrehen und aufpassen, dass dich sein Speichel nicht ins Gesicht trifft.«

Magdalena erschien das sehr vernünftig. Man wusste doch, dass ein einziges Speicheltröpfchen, das man in den Mund bekam, genügte, um selbst von der furchtbaren Krankheit befallen zu werden … Zu helfen war den Betroffenen im Sinne einer Heilung leider nicht; man konnte lediglich dafür sorgen, dass sie sich während ihres Anfalls nicht auf die Zunge bissen, und darauf achten, dass sie nicht sich selbst oder anderen wehtaten.

Die jungen Männer hoben den Fallsüchtigen auf und trugen ihn vorsichtig abseits des Fahrwegs in die Wiese. Magdalena beobachtete, wie ihr Vetter sich im Gras niederließ und den Kranken zu sich auf den Schoß zog.

Er hielt ihn dabei so eng an sich gepresst, dass er weder sich selbst noch ihn durch sein Herumschlagen mit den Armen verletzen konnte. Ununterbrochen redete Rolf leise und beruhigend auf den fremden Burschen ein, der seltsame Laute von sich gab. Seiner mit bunten Bändern verzierten Kleidung und der abseits liegenden Fiedel nach zu schließen, musste es sich um einen fahrenden Musikanten handeln.

Rolf strich ihm fortwährend über das lockige, schweißnasse Haar, während er allmählich stiller wurde und ihm nicht mehr der Schaum vor dem Mund stand. Magdalena hielt es jetzt nicht mehr auf dem Karren. Sie sprang herunter, bückte sich nach der Fiedel und lief auf die Wiese hinüber. Beim Näherkommen schien ihr Gefahr im Verzug: Die Lippen des Burschen liefen bereits bedenklich blau an.

»Halt seinen Kopf ganz fest!«, bat sie Rolf leise. »Er hat seine Zunge verschluckt, und ich muss versuchen, sie ihm aus dem Hals zu ziehen, sonst erstickt er.«

Das gewagte Unterfangen gelang erst nach mehreren Anläufen, denn der arme Mensch hielt Ober- und Unterkiefer so krampfhaft aufeinandergepresst, dass es schier unmöglich war, seinen Mund zu öffnen. Aber die Zeit drängte, denn er hatte bereits aufgehört zu atmen.

Rolf musste ihm schließlich mit Gewalt den Kiefer auseinanderdrücken, damit Magdalena nach seiner in den Rachen gerutschten Zunge fassen und sie herausziehen konnte.

»Endlich! Er atmet wieder«, sagte sie erleichtert und bemerkte erst jetzt, wie sehr ihr bleich gewordener Vetter zitterte.

Sie verstand das gut: Als sie das erste Mal erlebt hatte, wie ein Kranker in ihren Armen beinahe gestorben wäre und dann doch wieder die Augen aufschlug und um ein Glas Wasser bat, da hatte sie sich ebenfalls zwar glücklich, aber wie erschlagen gefühlt. Erst nach einer Weile war die Euphorie gekommen …

Der junge Musikant erholte sich bald darauf wieder, und sie beschlossen, ihn bis Bregenz mitzunehmen. Dann würden sich ihre Wege allerdings trennen: Der Bursche mit der Fiedel wollte nach Konstanz, und ihr Weg sollte sie weiter nach Dornbirn führen.

Ihr neuer Weggefährte, ein äußerst lustiger Geselle namens Kaspar Breunig aus der Umgebung von Ulm, revanchierte sich für ihre Hilfe mit Darbietungen von Gesang und Geigenspiel. Anfälle wie den eben erlebten erlitt er in unregelmäßigen Abständen seit seiner Kindheit, berichtete er.

»Als Gegenmittel hat mir meine Mutter auf Empfehlung des Dorfpfarrers, der mir nach einem Anfall für gewöhnlich das Evangelienbuch auf den Kopf gelegt hat, einen Kranz aus Misteln um den Hals geschlungen. Das sollte zur Abwehr dieser Krankheit, die manche als eine ›heilige‹ ansehen, dienen«, beantwortete Kaspar die Fragen Magdalenas nach seinem Leiden.

»Einen besseren Rat vermag ich Euch leider auch nicht zu geben«, sagte sie bedrückt. Zugeben zu müssen, gegen eine Krankheit machtlos zu sein, machte sie immer sehr traurig.

Zur gleichen Zeit wurde Mauritz Scheitlin, seit kurzem Stadtapotheker der Stadt Ravensburg, seines Lebens überhaupt nicht mehr froh. Zum ständigen Ärger mit Ehefrau Margret und Mutter Elise, der Sorge um den einzigen Sohn Bertwin, der in seinen Augen ein elender Herumtreiber war, und den Schwierigkeiten mit dem Kloster Sankt Marien am See kam neuerdings noch der Zwist mit Stadtpfarrer Simon Auersberg hinzu. Der Geistliche schien es sich zur Gewohnheit zu machen, ihm überraschende Besuche abzustatten und ihn dabei unverhohlen zur Rede zu stellen – so auch an diesem Tag:

»Mit welchem Recht habt Ihr Eurem Mündel verboten, das Kloster zu verlassen?«, fuhr er Mauritz gerade scharf an. »Euer Bruder wollte sie von den Schwestern nur in Hauswirtschaft unterweisen lassen, damit sie Konrad Grießhaber eine gute Hausfrau sein könne. Ich selbst hatte ihm dazu geraten. Dass sie eine Nonne werden sollte, davon war nie die Rede! Das hätte das Mädle übrigens erst mit mir, ihrem alten Beichtvater, besprechen müssen, nicht wahr! Immerhin ist ein öffentliches Eheversprechen beinah so bindend wie ein Gelöbnis vor dem Geistlichen in der Kirche. Dass Ihr der Oberin etwas vorgelogen habt, steht für mich inzwischen fest. Dass die Magdalena in ihrer Verzweiflung hier in Eurem Haus war, steht ebenfalls fest – etliche Zeugen beschwören das.

Ich frage Euch daher: Wo in Gottes Namen ist das Mädchen jetzt? Wohin habt Ihr sie geschafft? Denn dass Ihr hinter ihrem Verschwinden steckt, ist für mich eine ausgemachte Sache. Ihr wolltet ihr das Leben in ihrem eigenen Zuhause vergällen.«

Mauritz wand sich wie ein Wurm. Dass ihm der Pfaffe dermaßen auf den Leib rückte, war ihm mehr als unangenehm. Sollte der sich lieber um seine sündigen Schäfchen kümmern – oder noch besser: um seine trotz ihrer vierzig Jahre noch recht anziehende Haushälterin …

»Also, zum letzten Mal: Wo hält sich Jungfer Magdalena Scheitlin auf?« Die Stimme Auersbergs klang tief und grollend, und seine braungrauen Augen unter den buschigen Brauen blitzten gefährlich.

»Ich weiweiß es wirklich ninicht, Euer Hochwürden«, stotterte Magdalenas Vormund. Dann gewann seine Wut langsam die Oberhand: Was fiel dem Pfarrer eigentlich ein, ihn so anzufahren?

»Ich bin immerhin zum Vormund dieses undankbaren Geschöpfs bestellt, und sie hat mir zu gehorchen. Und wenn ich sag', dass sie bei den Nonnen zu bleiben hat, dann hat sie dem ohne Widerrede Folge zu leisten«, knurrte er zornig.

»Das wäre im Übrigen auch noch zu klären, wie Ihr es geschafft habt, die Munt über das junge Weib – das bereits die Verlobte Konrad Grießhabers war – zugesprochen zu bekommen. Aber darum geht es jetzt nicht! Ihr habt ihr mit Vorbedacht den Bräutigam genommen: Niemals hätte Konrad die Witwe Renata Feucht geehelicht, wenn Ihr nicht das Märchen in die Welt gesetzt hättet, seine Magdalena habe dem himmlischen Bräutigam den Vorzug gegeben! Und ich sage Euch, dafür werdet Ihr Euch zu verantworten haben! Und jetzt will ich ohne alle Ausflüchte sofort eine Antwort auf meine Frage: Wo ist Magdalena?«

Die Predigerstimme Simon Auersbergs war im Laufe seiner Ansprache immer dröhnender geworden.

»Ganz recht, Hochwürden! Diese Frage stellen wir uns auch schon lange«, ertönte die kräftige und so gar nicht greisenhafte Stimme Elises aus dem oberen Stockwerk. »Meine Schwiegertochter Margret und ich machen uns große Sorgen um das Mädle.«

Das gab Mauritz den Rest. Völlig unbeherrscht ließ er seiner Wut freien Lauf:

»Himmelherrgott! Ich weiß nicht, wo sich das Hurenmensch im Augenblick herumtreibt! Und es ist mir auch völlig egal! Ich hab' ganz andere Sorgen. Die Kunden meiden die Stadtapotheke, als hätt' ich den Aussatz, und die geldgierige Oberin weigert sich, mir die Mitgift der Lena zurückzuzahlen. Mir reicht's jetzt!«

Mauritz Scheitlin ließ den Pfarrer mitten in seiner Wohnstube stehen, rannte zur Tür und verschwand im halbdunklen Flur. Gleich darauf hörten alle im Haus sein Gepolter, als er die Stiege ins Erdgeschoss hinunterstürzte. Kurz danach fiel das große Tor in der Hofmauer krachend ins Schloss.

»Wenn sich Hochwürden zu mir alter, gehbehinderter Frau heraufbemühen möchten?«

Mit diesen Worten bat Elise den strengen, nicht sehr beliebten, aber von den meisten demütig respektierten Ravensburger Seelenhirten ins obere Geschoss in ihre Gemächer. Sie hatte ihm einiges zu sagen …

Als die kleine Reisegruppe bei Langnau die Argen überquerte, ereilte sie bereits das nächste Missgeschick. Fünf abgerissen aussehende Gestalten kamen mit ihren Pferden die Böschung heruntergeprescht, sobald sie den Wagen hörten, und lungerten demonstrativ in der Mitte der Straße herum.

»Die haben uns gerade noch gefehlt«, knurrte Rolf und verteilte an seine beiden Knechte jeweils eine Armbrust mit Bolzen. »Das Gaunerpack macht sich neuerdings breit wie die Schmeißfliegen auf dem Aas.«

»Sollen nur kommen! Wir werden sie gebührend empfangen! Gebt mir auch eine Waffe, Herr! Mit der Fiedel kann ich nicht so gut dreinschlagen!«

Das kam ganz überraschend von ihrem Mitreisenden Kaspar Breunig. Rolf Reichle betrachtete skeptisch das etwas schmalbrüstige Bürschlein mit den bunten Bändern an Hut und Wams und beschloss nach kurzer Prüfung, auch ihn zu bewaffnen.

»Sehr gut«, stellte er befriedigt fest. »Dann sind wir schon vier Kerle gegen die fünfe da vorn. Wir können jeden Kämpfer brauchen – denn diese Strolche haben sicher nichts Gutes im Sinn. Besser, wir sind auf alles vorbereitet.«

»Ach! Und was ist mit mir?«, meldete sich Magdalena keck zu Wort. »Bin ich eine morgenländische Prinzessin, die sich von ihren Sklaven beschützen lässt? Gib mir auch was zum Verteidigen, Vetter. Es muss ja keines von den ganz schweren Dingern sein.«

»Wenn du meinst, Base. Von mir aus, hier! Nimm die Knabenarmbrust – die kannst auch du spannen. Aber sei so gut, nimm die Weiberhaube ab und setz wie wir eine Ledermütze auf! Zieh auch geschwind den braunen Kittel da von mir über. Dann halten uns die Gauner für fünf bewaffnete Mannsbilder, damit steht es pari. Vielleicht schreckt sie das ab.«

Kaum war Magdalena mit ihrer »Verwandlung« fertig, flogen die ersten feindlichen Bolzen auf ihren Wagen zu.

»Verdammt!«, fluchte Ulrich, der am liebsten »Utz« genannt wurde. »Dieses Pack macht mir die Mulis scheu! Es ist zu spät, die Tiere auszuspannen und in das Wäldchen neben dem Weg zu jagen.«

Ein rascher Blick nach hinten zeigte Rolf, dass die beiden klugen Ersatzmaultiere sich dicht hinter dem Gefährt zu verstecken suchten. Für die beiden vorgespannten Maultiere sah es allerdings nicht gut aus: Es war fast sicher, dass sie einige Treffer abbekämen.

Magdalenas Vetter war hinter einer Kiste in Deckung gegangen und nahm sich in aller Seelenruhe den größten der Wegelagerer vor. Ihn, der einen mächtigen Federhut aufhatte, hielt er für den Anführer der Bande, und diesen galt es als Ersten auszuschalten. Vermutlich flohen dann die anderen.

Sirrend löste sich das tödliche Geschoss von der Sehne und suchte sich sein Ziel. Mit Erleichterung beobachteten die Reisenden, wie der vorderste der Banditen, der soeben nach einer Handfeuerwaffe gegriffen hatte, sich an die Leder gepanzerte Brust fasste, in der ein Bolzen steckte, ganz langsam aus dem Sattel seines Braunen glitt und schließlich wie ein Sack auf den Weg plumpste.

»Halleluja! Ihr habt getroffen, Herr«, jubelte der fahrende Sänger und Geigenspieler.

»Duckt Euch!« schrie Magdalena, die das Unheil nahen sah. Aber es war zu spät. Ein Armbrustbolzen der gegnerischen Seite traf Kaspar in den Hals, und er fiel um, mitten in einen Reisigkorb voller mit Stroh umwickelter Weinflaschen.

Die junge Frau kam nicht dazu, sich um den Getroffenen zu kümmern, denn die vier anderen Räuber gaben noch lange nicht auf. Drei verschossen Bolzen auf Bolzen in ihre Richtung, und ein weiterer zielte mit einer Handbüchse auf sie. Zum Glück waren letztere immer noch sehr wenig treffsicher, und auch von den Armbrustgeschossen gingen die meisten weit daneben.

Der Schuss, der Kaspar niedergestreckt hatte, musste ein dummer Zufall gewesen sein. Kurz darauf war Utz ebenfalls erfolgreich: Ein weiterer Schurke hauchte sein sündiges Leben aus.

Drei Angreifer waren jetzt noch übrig, aber keineswegs zur Kapitulation bereit. Mittlerweile war eine halbe Stunde seit Beginn des Überfalls am Ufer der Argen verstrichen. Während ihnen bisher ständig Reisende entgegengekommen waren oder Reiter sie überholt hatten, ließ sich jetzt, wo sie Hilfe so dringend hätten gebrauchen können, niemand blicken.

»Hurra! Die Jungfer hat getroffen!«, schrie auf einmal Matthis, der zweite Knecht, der ansonsten kaum seinen Mund aufbekam.

»Das nennt man Anfängerglück«, lachte Rolf und hob triumphierend die Faust, als er sah, wie jetzt endlich die übrigen zwei Strolche ihre Gäule wendeten und davonsprengten, ihre drei getroffenen Kameraden sowie deren scheuende Pferde kaltblütig zurücklassend.

Sofort warf Magdalena ihre »Kinderarmbrust« – offensichtlich doch eine tödliche Waffe und kein Spielzeug – weg und eilte zu dem verletzten Kaspar Breunig. Aber diesmal war jede Hilfe vergebens: Der fröhliche Musikant war bereits tot. Alle vier schlugen das Kreuzzeichen und beteten ein Vaterunser für ihn, der nun wirklich seine allerletzte Reise antreten musste.

»Geb's Gott, dass Kaspar jetzt im Engelschor mitsingen und fiedeln darf«, sagte Rolf, und die anderen nickten stumm. »Amen«, fügte er noch hinzu, »und jetzt lasst ihn uns begraben.«

Als die Männer die Grube am Wegesrand ausgehoben hatten, kamen auf einmal wieder Leute herbeigeströmt.

»Weiß der Himmel, wo die jetzt plötzlich alle herkommen«, brummte Matthis. »Wären sie früher dagewesen, hätten sie den Überfall vielleicht verhindern können.«

Rolf Reichle zuckte die Schultern. »Oder es hätte noch mehr Tote gegeben. Auf alle Fälle ist jetzt auch die Obrigkeit da.« Er deutete auf etliche Soldaten, welche die Farben Habsburgs trugen. »Dann können die sich um die getöteten Wegelagerer kümmern und ihre Gäule einfangen. Der Zwischenfall hat uns auch so schon eine Menge Zeit gekostet.«

Alles in allem verloren sie einen ganzen Tag. Bis sie den Vorfall wieder und wieder vor dem Hauptmann der Soldaten, dem Vogt sowie dem Burgherrn des nahegelegenen Schloss Achberg geschildert hatten, dauerte es bis in den Abend hinein.

»Ihr habt uns einen großen Gefallen getan! Dieses Diebesgesindel sucht bereits seit Jahresbeginn die Gegend heim. Sie waren aber immer so schnell wieder verschwunden, dass jede Verfolgung durch meine Knechte vergebens war. Jetzt, wo sie ihren Anführer und noch zwei Strolche durch Euch eingebüßt haben, wird der Rest hoffentlich wieder dahin zurückkehren, woher sie gekommen sind.«

Der Schlossherr fand nur Worte des Lobes über seine Gäste. Magdalena und ihr Vetter waren so frei gewesen, sein Angebot, eine Nacht unter seinem Dach zu verbringen, anzunehmen.

Sie schliefen in ordentlichen Federbetten mit guter Matratze und einem hübschen Betthimmel mit geblümten Vorhängen. Die Maultiere waren im freiherrlichen Stall bei den Pferden untergebracht worden, und die zwei Knechte Utz und Matthis nächtigten im Heu.

Da es dem Besitzer von Schloss Achberg offenbar peinlich war, dass ehrbaren Reisenden durch sein Gebiet dieses Ungemach durch Räuber zugestoßen war, ließ er sie erst ziehen, nachdem er ihnen noch eine stärkende Frühmahlzeit, bestehend aus süßem Haferbrei mit brauner Butter, Rühreiern und Speck und dazu eine warme Weinsuppe, aufgenötigt hatte. Auch die Knechte wurden gut versorgt.

Unterwegs, gut ausgeschlafen und satt gegessen, bemerkten trotzdem alle vier, wie traurig sie waren über den Verlust ihres liebenswerten Mitreisenden Kaspar.

»In den wenigen Tagen ist mir der Bursche richtig ans Herz gewachsen«, drückte es Rolf ganz im Sinne seiner Gefährten aus. Und Magdalena wurden durch den Zwischenfall erstmals die Gefahren der Reise in vollem Ausmaße bewusst. Glücklicherweise ahnte sie nichts von dem, was ihr noch bevorstand …

KAPITEL 14

ETWA ZUR GLEICHEN Zeit begann man auch in Pisa mit umfangreichen Vorbereitungen. Der Heilige Vater, Johannes XXIII., der so gar nichts an sich hatte, was man gemeinhin von einem Kirchenfürsten oder gar Stellvertreter Christi erwartete – manche behaupteten sogar, er glaube nicht einmal an Gott –, machte Anstalten, sich auf eine längere Reise zu begeben.

Er tat es mit ausgesprochenem Widerwillen und nur auf gewaltigen Druck des deutschen Königs Sigismund hin, der – zu allem Überfluss – auch römischer König war … Johannes ahnte, dass es letztlich darauf hinauslaufen sollte, dass er selbst dazu beitrüge, sich sein eigenes Grab zu schaufeln – wozu er wenig Neigung zeigte.

Seine beiden Mitpäpste, Gregor XII. in Rom und Benedikt XIII. in Avignon, waren allerdings ebenso wenig bereit, auf ihr einträgliches Amt zu verzichten. Der Pisaner Papst wusste, dass vor allem Benedikt als unbeugsam galt. Dem gefiel das verschwenderische Lotterleben in Avignon außerordentlich gut; und davon, dass der Heilige Vater nach alter Tradition eigentlich in Rom (wo allerdings Gregor sich inzwischen eingenistet hatte) zu residieren habe, hielt er weniger als nichts. Sein überhebliches Motto lautete: »Ubi papa – ibi Roma«: »Wo der Papst sich aufhält, da ist Rom.«

Johannes sortierte gerade kompromittierende Papiere aus, um sie von seinem Sekretär in den großen Kamin werfen zu lassen. Das tat er immer, wenn er sich anschickte, seine Residenz für Wochen oder Monate zu verlassen. Die Zeiten waren unruhig, und es wäre immerhin möglich, dass sich Unbefugte während seiner Abwesenheit im Palast zu schaffen machten und dabei Dinge entdeckten, von denen der Heilige Vater nicht wünschte, dass sie der breiten Öffentlichkeit bekannt würden.

Es war ihm durchaus bewusst, dass sein Ruf nicht der beste war, aber das störte ihn nicht im Mindesten. Als Baldassare Cossa aus Neapel hatte er die Protektion von Papst Bonifaz IX. genossen: Immerhin hatte dieser ihn – der sein gewaltiges Vermögen als skrupelloser Seeräuber erworben hatte – zum Kardinal ernannt.

Trotz mannigfacher Verbrechen in Bologna – wo Baldassare Cossa nur dank unglaublichster Brutalität die Macht behaupten konnte – wählte man ihn 1410 zum Gegenpapst der beiden anderen Heiligen Väter, nachdem er seinen Vorgänger Alexander V. durch Giftmord ausgeschaltet hatte.

Dass er von geistlichen Dingen nichts, dafür umso mehr von militärischen verstand, schadete seiner Position keineswegs. Papst Benedikt XIII. verließ aus Angst vor ihm zeitweilig seine Residenz in Avignon und zog sich – nahe seiner spanischen Heimat – nach Perpignan zurück …

So zuwider Johannes dieses Konstanzer Konzil auch sein mochte – obwohl er natürlich genau wie die beiden anderen Päpste heuchlerisch die Einheit der Kirche beschwor –, gab er sich doch der vagen Hoffnung hin, durch den deutschen König Rückendeckung zu erhalten.

Mit militärischen Mitteln, Bestechung, Erpressung und ergaunerten Verträgen gedachte er, allen Schwierigkeiten zum Trotz, die Oberhand zu gewinnen. Von Natur aus misstrauisch, neigte Johannes XXIII. doch durchaus hin und wieder zum Optimismus. Und in diesem Fall erschien es ihm durchaus nicht unberechtigt. Mit Sigismund, den nicht wenige bereits Kaiser titulierten, war er bei den Verhandlungen in Lodi ganz gut zurechtgekommen.

Für den Augenblick galt es, »Persönliches« zu regeln: Seine bisherige Mätresse, eine zwar schöne, temperamentvolle, aber allzu kapriziöse Edeldame aus vornehmer Mailänder Familie, hatte er, samt ihren überzogenen Ansprüchen, gründlich satt.

»Was denkt Ihr, Don Severino?«, fragte der Pontifex seinen vertrauten Secretarius – einst ein Pirat wie er selbst, aber immerhin ein geweihter Priester. »In diesem vermaledeiten Konstanz, diesem schwäbischen Provinznest, wird es doch an hübschen jungen Prostituierten nicht mangeln? Auf Donna Sofia Lucrezia werde ich doch gut und gerne verzichten können?«

»Aber gewiss, Heiligkeit«, versicherte Don Severino, der um die Streitigkeiten zwischen seinem Herrn und dessen Konkubine wusste. Energisch warf er dabei den letzten Packen kompromittierender Papiere in das lodernde Feuer im

Kamin. »Da finden wir gewiss etwas ganz Exquisites, dafür verbürge ich mich, Heiliger Vater.«

»Sehr gut!« Johannes, eher klein von Gestalt und etwas dicklich, aber mit seinen vierzig Jahren noch ein Mann im besten Alter und überdies »gesegnet« mit einem Geschlechtstrieb, der mit schöner Regelmäßigkeit täglich zwei- bis dreimal, manchmal auch öfter, nach Befriedigung verlangte, rieb sich die Hände.

»Dann könntet Ihr auch gleich so gut sein und Donna Sofia Lucrezia zu verstehen geben, dass sie nicht für die Reise nach Konstanz zu packen braucht und – dass ihre Anwesenheit bei unserer Rückkehr nach Pisa nicht mehr vonnöten sein wird.

Und tut mir noch den Gefallen, Don Severino, und besorgt mir eine hübsche Kleine für heute Nacht – mit Sofia Lucrezias Entgegenkommen werde ich, sobald Ihr mit ihr geredet habt, kaum noch rechnen können …« Er konnte sich eines schadenfrohen Lachens nicht enthalten.

»Sehr wohl, Eure Heiligkeit!« Der Sekretär verneigte sich und verließ ergeben den Saal. Es war also mal wieder so weit. Allmählich hatte er eine gewisse Übung darin, die verflossenen Geliebten seines Herrn zum Teufel zu jagen.

Obwohl: Um diese tat es ihm irgendwie leid. Sie war ein Rasseweib und außerdem klug. Möglicherweise zu klug für den Pontifex … Seine üblichen Lustweibchen, derer er sich eifrig bediente, waren allesamt träge, dumme Geschöpfe aus dubiosen Hurenhäusern, die keine großen Ansprüche stellten.

»Ich bin so glücklich, Liebste, dass es Euch wieder besser geht. Aber Ihr solltet Euch noch schonen und …«

»Es geht mir wunderbar, Konrad«, widersprach Renata ihrem Ehemann. »Wirklich, ich fühle mich so wohl wie schon seit langem nicht mehr. Wir sollten uns unbedingt sofort auf den Weg machen, um den Warenzug vielleicht doch noch einzuholen.«

»Wird Euch das nicht zu beschwerlich sein, Renata? Immerhin wart Ihr vor einigen Tagen noch bettlägerig!«

»Oh, keine Sorge! Das schaffe ich ganz gewiss«, behauptete Konrads Angetraute. Sie war fest entschlossen – und wenn sie sich aufs Pferd binden lassen müsste.

So lehnte sie es auch vehement ab, eine Kutsche zu nehmen. Falls überhaupt Aussicht bestand, die schweren Ochsengespanne noch zu erreichen, dann nur mit einem scharfem Ritt auf flinken Gäulen.

Da Renata sehr hartnäckig sein konnte und eloquent ihren Standpunkt zu vertreten wusste, gab Konrad schließlich nach. Natürlich war auch er froh, endlich aus dem elenden Dornbirn herauszukommen …

So wollte es die Ironie des Schicksals, dass Konrad Grießhaber und seine Gemahlin den Ort am selben Morgen verließen, an dem eine Stunde später Rudolf Reichle und seine Base Magdalena Scheitlin dort eintrafen. Sie beabsichtigten, etwa drei Tage in einem größeren Gasthof zu logieren.

»Länger werde ich wohl kaum brauchen, um mit meinem Bräutigam irgendwie ins Reine zu kommen«, behauptete Magdalena siegessicher. Ihrem Vetter Rolf, der sich aus gutem Grund jeden Kommentar verkniff, oblag es nun, den Wirt der Herberge geneigt zu machen, ihnen trotz der ungenauen Zeitangabe ein Zimmer zu vermieten.

»Einzelne Kammern hab ich nicht«, behauptete der Mann. »Aber es stehen immer zwei getrennte Betten drin. Und überhaupt muss ich genau wissen, wie lange Ihr zu bleiben gedenkt!« Er schien äußerst unwillig und gereizt.

»Vielleicht habt Ihr es schon bemerkt, Herr, aber der Zuzug ist im Augenblick kolossal, und ich möchte keinen Gast wegschicken müssen, weil ich für Euch das Zimmer reserviere und Ihr wollt es dann gar nicht mehr, weil …«

Um den Mann zu beschwichtigen und die Verhandlung abzukürzen, bot ihm Rolf an, auf alle Fälle für fünf Tage zu bezahlen – selbst wenn sie nach drei Tagen schon wieder abreisen sollten. »Das ist ein Wort«, freute sich der Gastwirt und war gleich viel freundlicher zu den Ankömmlingen.

Sie richteten sich also im Grünen Kranz in Dornbirn ein.

»Soweit ich es dem Wirt entlocken konnte, wohnen Konrad und seine Frau nicht in diesem Haus. Ich werde mich gleich anschließend, sobald unser Wagen in der großen Scheune untergebracht ist und die Maultiere versorgt sind, im Ort unauffällig umhören. Es sollte ein Leichtes sein, die beiden zu entdecken – so groß ist dieses Dornbirn nun wirklich nicht.«

»Ich danke dir von Herzen, Vetter.« Magdalena schlang dem jungen Mann ihre Arme um den Hals und drückte ihm einen Kuss auf die Wange. »Du bist wirklich ein Schatz – und so uneigennützig.«

»Mach mich nicht verlegen, norwegische Base.« Er löste vorsichtig ihre Arme von seinem Nacken und trat einen Schritt zurück. »Denk dran: Sei immer vorsichtig! Auch, wenn du mit Konrad sprichst!« Womöglich verriete der reiche Kaufmann sie, wenn sie ihm allzu lästig wurde … »Und hüte dich vor dieser Renata! Sie wird nicht gut auf dich zu sprechen sein. Ihr gehst du am besten ganz aus dem Weg. Und vergiss nicht, für alle Dornbirner – auch für unseren Wirt – bist du meine Verwandte Ragnhild Germundstochter aus dem hohen Norden, die nach Rom zum Grab des heiligen Paulus pilgert.«

»Ja, ja, ich weiß!«, antwortete Magdalena, und ihre Stimme klang leicht ungeduldig. »Aber für meinen Konrad bin und bleibe ich sein Lenele. Oh, wenn du ihn doch nur schon gefunden hättest!«

Rudolf wandte sich um, um ein wehmütiges Lächeln zu verbergen. »Wenn sie wüsste«, dachte er. »Von wegen uneigennützig …« Fast augenblicklich hatte er sich in das schöne Mädchen verliebt, kaum, dass er sie an jenem Morgen in seinem Haus zum ersten Mal genauer betrachtet hatte. Er wusste zwar seit Jahren, dass die Scheitlins mit Gertrude und ihm verwandt waren, aber für Magdalena hatte er sich zuvor nie interessiert. Doch jetzt war alles anders …

Der junge Mann seufzte innerlich. Und ausgerechnet ihr sollte er jetzt helfen, ihren Geliebten wiederzufinden.

Magdalena streckte sich auf einem der beiden großen Betten aus, die im Zimmer standen. Rolf hatte sie ernstlich ermahnt, als sie Anstalten machte, ihn in die Stadt zu begleiten.

»Denk an dein Kind und ruh dich aus«, hatte er in einem Ton zu ihr gesagt, der keinen Widerspruch duldete. Magdalena lächelte. Wenn sie ehrlich war, war sie ganz froh, im Gasthof bleiben zu können. Gedankenverloren legte sie beide Hände auf ihren immer noch schlanken Leib und redete besänftigend auf das Kleine ein.

»Bald werden wir deinen Vater eingeholt haben, mein Sohn!«

Sie zweifelte immer noch keinen Augenblick daran, dass sie einem männlichen Nachkommen das Leben schenken würde. Söhne zählten in Kaufmannsfamilien nun mal mehr als Töchter, und sie gedachte, in allem Konrads Wünsche zu erfüllen. Den lästigen Gedanken an Renata schob sie einmal mehr beiseite. Für die verlebte Alte würde man schon eine Lösung finden. Sollte sie doch ins Kloster gehen!

»Ja, das ist es!«, rief Magdalena unwillkürlich aus und setzte sich im Bett auf. »Das ist die Lösung! Konrad soll ihr sagen, dass sie sich freiwillig zu den Dominikanernonnen in Ravensburg zurückziehen soll. Ihre Mitgift kann sie ruhig in den Orden einbringen, meine ist mindestens ebenso hoch.« Befriedigt legte sie sich erneut nieder.

Dass ihr Konrad auch behilflich wäre, mit dem geldgierigen Mauritz Scheitlin fertigzuwerden, davon ging sie ganz selbstverständlich aus. Fast war ihr früheres Vertrauen in ihren Verlobten wieder voll und ganz hergestellt, und sie war überzeugt davon, dass er ihre Verhältnisse schon ordnen würde.

Nach einer Weile des Tagträumens über ihr zukünftiges wunderbares Leben an der Seite des Großkaufmanns Konrad Grießhaber schlief sie endlich ein.

Es dauerte nicht lange, bis Rolf herausgefunden hatte, dass Konrad (im Stillen nannte er ihn längst »Rivale«) mit seiner wieder genesenen Ehefrau die Stadt verlassen hatte. Gleich beim zweiten Anlauf hatte er das richtige Gasthaus, Zum goldenen Löwen, gefunden, wo beide etliche Wochen unfreiwillig verbracht hatten. Mittlerweile war allerdings der Tag schon weit fortgeschritten, da Rolf noch von allerlei Verrichtungen aufgehalten worden war – in der falschen Annahme, dass ja keine Eile bestünde, den vor Ort befindlichen Konrad aufzusuchen.

Der junge Schmied behauptete, hier in Dornbirn mit Grießhaber verabredet gewesen zu sein, um gemeinsam nach Italien weiterzureisen.

»Der Kaufmann war mit einem großen Warenzug nach Süden unterwegs. Der ist aber ohne ihn weitergezogen, als sein

Weib plötzlich erkrankte«, plauderte lebhaft der Löwenwirt und beugte sich dann vertraulich zu seinem Gesprächspartner hinüber: »Wir dachten erst alle, es handele sich um seine Mutter, weil die Frau um so viel älter erschien, aber er behauptete, sie wär' seine Gemahlin.«

Der Gastwirt schien ausgesprochen gesprächig zu sein, und Rolf gedachte das auszunützen. »Was fehlte ihr denn?«, erkundigte er sich und gab sich dabei den Anschein tiefer Besorgnis.

Der Mann flüsterte jetzt beinahe und rückte noch dichter an ihn heran. »Es war die Lunge! Erst dachten wir ja alle, sie stirbt. Das wär' sauschlecht für's Geschäft gewesen! Für das meinige jedenfalls. Wer mag schon in einem Wirtshaus einkehren, wo grad jemand den Löffel abgegeben hat, nicht wahr?« Er kicherte.

»Kein Medikus konnte ihr helfen. Da ist ihrem Ehemann anscheinend etwas eingefallen, was seinem Vater irgendwann geholfen hatte. Das haben sie ausprobiert, und tatsächlich! Das Zeug – irgendein Kraut – hat angeschlagen. Bald drauf war die Alte, Verzeihung, die Gattin des Handelsherrn, wieder auf dem Weg der Besserung. Heute in aller Herrgottsfrühe sind die Grießhabers weggeritten, dem Warenzug hinterher.

Aber die Route, die sie einschlagen wollten, kann ich Euch genau sagen, denn ich hab' den Herrn noch beraten, wie er den Weg abkürzen kann und wo es am gefahrlosesten ist. Es ist nämlich nimmer geheuer bei uns: Die schweizerischen Eidgenossen suchen ständig Streit mit den Habsburgischen und umgekehrt. Dauernd liefern sie sich irgendwelche Scharmützel. Und wehe dem Reisenden, der unschuldig zwischen die Fronten gerät!«

Das allerdings hörte Rolf gar nicht gerne. Er war nicht begierig darauf, zwischen den Streithähnen zermalmt zu werden. »Und noch dazu mit einer werdenden Mutter«, dachte er voll Besorgnis. Es war zum Haare-Ausraufen! Um einen einzigen Tag nur hatten sie Konrad Grießhaber verpasst. Alles nur die Schuld dieser verdammten Wegelagerer!

Nachdem der Wirt ihm noch verraten hatte, wohin Konrad und Renata ihre Pferde gewendet hatten, machte er sich wieder zurück auf den Weg in den Gasthof Zum grünen Kranz, wo Magdalena schon gespannt auf ihn wartete. Wenn er an die Enttäuschung dachte, die er ihr bereiten musste, tat ihm das Herz weh.

KAPITEL 15

DR. JULIUS ZÄNGLE stöhnte zwar zum Gotterbarmen über die viele Arbeit, war jedoch ganz in seinem Element. Insgeheim organisierte er für sein Leben gern. Je komplizierter die Anforderungen waren, desto lieber war es ihm; aber zugegeben hätte er das niemals. Er begann damit, bei den »besseren« Gastwirten Quartiere zu ordern.

»Wie viele Zimmer habt Ihr anzubieten? Das ist nicht Euer Ernst, guter Mann! Was glaubt Ihr denn, was im Winter in Konstanz los sein wird? Hier findet in Bälde nicht irgendein x-beliebiges Treffen einer frommen Bruderschaft statt, mein Lieber, sondern ein internationales Konzil, ein Treffen hoher und höchster Geistlichkeit sowie der edelsten Herren aus ganz Europa! Drei Päpste sind geladen, und zumindest einer davon wird garantiert kommen. Außerdem unser König Sigismund!«

Das bekam nach und nach jeder Wirt in Konstanz und der näheren Umgebung von ihm zu hören.

»Eine Einladung haben ferner der englische sowie der französische König erhalten, der byzantinische Kaiser, sämtliche Reichsfürsten und jede Menge Kardinäle, Erzbischöfe, Bischöfe und Äbte. Und da redet Ihr mir von läppischen zwanzig Zimmern! Die Herren bringen natürlich auch entsprechende Begleitung mit – Berater, Sekretäre, Kammerdiener, eigene Beichtväter, von den Mätressen ganz zu schweigen – und ihre kleinen Privatarmeen. Sollen wir die vielleicht jeweils auf vier oder fünf Häuser verteilen? Lasst Euch gefälligst was einfallen! Baut meinetwegen an, entrümpelt Eure Nebengebäude und Scheunen, räumt Eure Dachböden und Kellerräume aus und unterteilt sie mit Holzwänden in einzelne Kammern – und vergesst mir die Abtritte nicht! Vor allem die englischen Herrschaften reagieren da ganz empfindlich. Bei den Franzosen und Italienern kommt es nicht so drauf an – da tut's auch eine Grube und ein Donnerbalken hinterm Haus, so wie es auch bei den meisten unserer Landsleute noch üblich ist.«

Zängle musste auch darauf achten, die verschiedenen Gruppen der Franzosen tunlichst voneinander fernzuhalten. Es reichte schon, dass sie im Konstanzer Münster jeden Tag aufeinanderträfen ... Wenige Jahre zuvor hatte nämlich in Paris ein bezahlter Meuchelmörder des burgundischen Herzogs Johann Ohnefurcht den Herzog von Orléans umgebracht. Seitdem waren zwischen den Burgundern und der Orléans-Partei blutige Gemetzel an der Tagesordnung – lediglich unterbrochen durch scheinheilige, sogenannte Versöhnungstermine.

Der französische König Karl VI. würde daher wohl kaum selbst in Konstanz erscheinen, aber er hatte eine Gesandtschaft seines Hofes und der Universität Sorbonne angekündigt. Auch der junge Heinrich V. von England – erst seit 1410 auf dem Thron – blieb reserviert. Er hatte sich aber dazu entschlossen, eine englische Gesandtschaft in hochkarätiger Besetzung zum Konzil zu schicken.

Und nicht zuletzt wartete man auf den Gastgeber, König Sigismund, einen eindrucksvollen, hochgewachsenen und eleganten Mann, den manche hinter vorgehaltener Hand einen »Beau« und Blender nannten – ein Urteil, das jedoch den meisten im In- und Ausland zu weit ging. Die Nüchternheit und der Pragmatismus seines Vaters, Kaiser Karls IV., mochten ihm ja manchmal abgehen, wie auch der Sinn für das politisch Machbare. Aber ihn deshalb als »reinen Phantasten« zu bezeichnen, schoss entschieden über das Ziel hinaus.

Julius Zängle jedenfalls verteidigte den König gegen alle Kritiker. »Was wollt Ihr denn?«, fragte er etwa beim abendlichen Dämmerschoppen seinen Gesprächspartner – einen Prälaten aus der Umgebung des Konstanzer Bischofs, der gleich ihm die ehrenvolle Aufgabe hatte, zu den Organisatoren des Konzils zu gehören.

»Sigismund ist ein Herrscher mit Visionen und wird am 8. November in Aachen zum römisch-deutschen König gekrönt – damit hat er ein wichtiges Ziel erreicht auf dem Weg zum Kaiserthron. Und er ist Gastgeber eines Konzils, dessen politische Bedeutung kaum zu überbieten ist.«

Da musste sich auch der skeptische Prälat geschlagen geben.

Sooft Julius Zängle sein Haus mit dem klangvollen Namen »Zum Goldenen Bracken« an der Hauptprozessionsstraße im Zentrum der Stadt, nahe der Stifts- und Stadtpfarrkirche St. Stephan und außerdem unweit des Münsters, verließ, konnte er erkennen, wie sehr sich Konstanz für das weltbewegende Ereignis rüstete.

Es wurde repariert und restauriert, neu errichtet, an- und umgebaut, gereinigt, gefegt, ausgebessert und frisch gestrichen. Mit Wohlgefallen registrierte der Junggeselle Zängle, wie sich seine Stadt für das kommende Ereignis herausputzte.

»Wie eine geschmückte Braut, die sehnsüchtig auf die Ankunft ihres Bräutigams wartet«, dachte er – und erschrak beinahe vor seiner eigenen Gefühlsduselei. »Ich und der Gedanke an eine Braut? Das müsst' schon mit dem Teufel zugehen, wenn mir ein Weibsbild auf Dauer zur Haustür hereinkäme«, rief er sich selbst voll innerer Abwehr wieder zur Ordnung und richtete seine Gedanken lieber auf die Aufgaben des heutigen Tages: Der Bestand in den Gasthöfen an Geschirr, Gläsern und Besteck musste gezählt, erfasst und gegebenenfalls ergänzt werden. Das Gleiche galt für die Tischtücher, für Bettlaken, für Handtücher, Kissen, Zudecken und Matratzen. Genügend Met- und Weinbestände musste die Stadt vorrätig halten, aber auch ausreichend Hafer und Heu für den päpstlichen Marstall und für die Reittiere all der anderen Gäste.

Doch Zängle fürchtete, dass das Schwierigste ihm noch bevorstünde: Mit den Zünften der Bäcker und Metzger galt es, zu einer Einigung betreffs der Brot- und Fleischpreise zu gelangen. Dass von den Einheimischen stillschweigend geringere Summen für Lebensmittel verlangt wurden, nahm der Rat der Stadt gerade noch hin, aber den Gästen Wucherpreise abzuknöpfen, das ging auf keinen Fall.

Aus früheren Erfahrungen klug geworden, dachte Julius auch daran, mit den Eierfrauen und Milchbauern auf dem städtischen Markt ein ernstes Wort zu reden. »Glaubt ja nicht, wegen der Anwesenheit hoher Herrschaften wären die A…löcher eurer Hühner und die Euter eurer Kühe auf einmal vergoldet!«, würde er ihnen eintrichtern.

Das Gleiche galt für die Kerzen. Deren Erzeuger mochten

glauben, ihr Wert habe sich aufgrund der horrenden Nachfrage verzehnfacht. »Eure Bienen sind keineswegs wertvoller geworden«, würde er die Imker und Wachszieher ermahnen.

Die Aussicht auf den schnellen Reichtum ließ manchen in Versuchung geraten, allzu habgierig zu werden. Zängle würde diesem Drang mit aller Macht Einhalt gebieten.

Rolf Reichle hatte genug damit zu tun, die enttäuschte Magdalena zu trösten.

»Jetzt hör doch auf, zu weinen«, ermahnte er sie zuletzt fast streng in seiner Hilflosigkeit, als sie sich gar nicht mehr beruhigen wollte. Da sich ihm die Unglückliche an den Hals geworfen hatte, heulte sie ihm die ganze Vorderseite seines Hemdes voll.

»Ich sag' dir doch, wir sind ganz dicht an ihm dran! Er und seine Frau haben nur einen einzigen Tag Vorsprung. Da holen wir sie doch leicht bald ein.«

»Aber Konrad reitet doch!« Magdalena schniefte. »Da kommt er doch viel schneller voran als wir mit unserem Maultiergespann vor dem vollbeladenen Karren.« Wie immer ignorierte sie, dass Konrad in Begleitung Renatas war …

»Er hat eine Frau dabei, die nicht mehr die Allerjüngste und vielleicht keine so gute Reiterin ist«, rief ihr Rolf vorsichtig Konrads Begleitung in Erinnerung. »Außerdem war sie bis vor kurzem noch schwer krank. Ihre Reisegeschwindigkeit wird demnach die unsrige nicht viel übertreffen – wenn überhaupt. Also sei so lieb und beruhige dich wieder, ja?«

Wie die meisten Männer konnte er Frauen, die weinten, nicht ertragen – und eine, in die er verliebt war, schon gar nicht … Ihr Schmerz ging auch ihm ans Herz; er wollte doch, dass Lena glücklich war.

Am liebsten wäre die junge Frau sofort wieder aufgebrochen, aber es war bereits später Nachmittag. Die Knechte Utz und Matthis trieben sich sonstwo herum, und zudem hatte der junge Mann auch keine Lust, für fünf Nächte im Grünen Kranz bezahlt zu haben und dann keine einzige davon in Anspruch zu nehmen. Er kündigte also dem Wirt das Zimmer erst für den nächsten Tag.

»Na, dann will ich mal gnädig sein«, sagte der Mann großmäulig, »und nur für drei Übernachtungen das Geld von Euch kassieren!«

»Der Herrgott wird's Euch lohnen, Ihr seid in der Tat ein gütiger Mensch«, höhnte Rolf, aber der andere schien den Spott überhaupt nicht wahrzunehmen.

Als er und Lena abends in ihren mit schäbigen Baldachinen versehenen schmalen Betten lagen, konnte Rolf das Mädchen leise beten hören: »Lieber Herr Jesus, ich bitte Dich, lass mich bald meinen Liebsten finden. Ich hab' solche Sehnsucht nach ihm. Ich bin sicher, Herr, Du wirst einen Weg finden, dass wir zusammen glücklich sein können – ich, Konrad und unser kleiner Sohn. Bitte, bitte, lieber Gott und liebe heilige Maria Muttergottes, macht, dass alles wieder gut wird.«

Vetter Rolf drehte sich daraufhin mit dem Gesicht zur Wand und zog sich die Decke über den Kopf. Er wollte nichts mehr davon hören.

Renata fühlte sich besser als erwartet. Früher war sie viel und gerne geritten und hatte diese Fertigkeit keineswegs verlernt. Konrad, besorgt um seine Gattin, hatte für sie bei einem welschen Pferdehändler eine besonders lammfromme Stute ausgesucht. Das bedeutete zwar eine weitere Verzögerung, aber er zog es vor, die eben erst dem Tod von der Schippe Gesprungene nicht zu überfordern.

Bei einem Örtchen mit dem schönen Namen Morgengab, kurz vor Fraxern, machte das Ehepaar samt seinen drei Knechten Halt. Den dritten Mann, einen gelernten Seiler aus Lindenberg im Allgäu, hatte Konrad noch in Dornbirn angeworben – je mehr Leute er dabeihatte, umso besser dünkte ihn das in diesen unruhigen Zeiten.

Das verspätete Mittagsmahl nahm man in einem am Wege liegenden Gasthof ein. Die Knechte blieben draußen im Wirtsgarten, während Renata es der sengenden Sonne wegen vorzog, die schattige Kühle des Gastraums aufzusuchen. Es war zwar noch Frühling, aber der diesjährige Sommer versprach, äußerst heiß zu werden.

Konrad beobachtete seine Ehefrau genau, konnte aber keine Anzeichen einer Erschöpfung an ihr feststellen. Insgeheim atmete er auf. Der Huflattich schien gewirkt und Renata sich tatsächlich gut erholt zu haben.

Ihrem Ehemann entging jedoch nicht, dass sie lustlos in ihrem Essen herumstocherte. Ihm schmeckte der fade Eintopf, der hauptsächlich aus Rüben und Zwiebeln bestand, zwar auch nicht sonderlich, aber er hatte Hunger und würgte das zerkochte Gemüse hinunter. Seine Frau schien dagegen keinen rechten Appetit zu haben – irgendetwas musste ihr auf der Seele zu liegen.

»Was habt Ihr, meine Liebe?«, erkundigte sich Konrad und griff nach ihrer Hand, die eben den Löffel leicht angewidert neben den irdenen Teller gelegt hatte.

»Oh, nichts, Liebster, gar nichts!« Renata wirkte aufgeschreckt, beinahe wie ertappt. Ihrem Gatten fiel auf, dass sie ihn dabei nicht ansah. Und da er ein feinfühliger Mann war, wusste er, dass sie log. Irgendetwas bedrückte sie.

»Habt Vertrauen zu mir, Renata! Ich sehe doch, dass Euch irgendetwas Kummer bereitet. Was habt Ihr auf dem Herzen?«

Renata blickte auf und sah ihrem Mann direkt in die Augen. Sie gab sich einen Ruck – feige war sie nie gewesen.

»Als ich wochenlang zwischen Tod und Leben lag, hatte ich viel Zeit zum Nachdenken, Konrad. Und da habe ich mir oft die Frage gestellt, ob Ihr nicht ohne mich um Vieles besser dran wäret.«

»Was fällt Euch ein, Liebste?«, rief Konrad erschrocken aus. »Ihr wisst doch, dass ich …« Aber Renata hob abwehrend die Hand. »Ich bitte Euch, lasst mich ausreden. Ich fühle wohl, dass Ihr mich von Herzen gern habt. Aber wirklich lieben tut Ihr eine andere. Vor unserer Hochzeit habe ich Gerüchte vernommen, die wissen wollten, dass Ihr mit einem jungen Mädchen verlobt wart, dass dann jedoch ins Kloster gegangen ist. Aber Euer Herz hängt immer noch an ihr – das fühle ich. Und es stimmt mich sehr traurig.

Für mich, für die Ihr die Erfüllung meines Lebens seid, ist es sehr bitter – und für Euch, die Ihr diesem jungen Weib immer noch nachtrauert, ist es eine Katastrophe. Wir hätten niemals heiraten dürfen! Jetzt seid Ihr an eine um viele Jahre ältere Frau gebunden, während Euer Herz blutet. Irgendwann werden die freundschaftlichen Gefühle, die Ihr durchaus für mich hegen mögt, umschlagen in Bitterkeit und vielleicht sogar in Hass. Und das möchte ich nicht. Aber ich weiß nicht, wie wir die schwierige Situation lösen sollen. Am besten wäre gewesen, Ihr hättet mich einfach sterben lassen.«

Konrad war es, als hätte man ihn ins Gesicht geschlagen. Natürlich hatte Renata einerseits Recht – und die so mühsam unterdrückte Erinnerung an seine Lena überkam ihn von neuem mit aller Macht. Aber andererseits irrte sie sich gewaltig, brachte er doch Renata außer einem gewissen, zweifelsohne vorhandenen Mitleid auch eine ehrliche Zuneigung entgegen. Ihre Worte wühlten ihn zutiefst auf, und am liebsten wäre er aufgestanden und weggerannt. Aber das war mit Sicherheit keine Lösung …

»Liebste, hört mir jetzt einmal gut zu!«, sagte der junge Kaufmann schließlich und schob energisch seinen halbleeren Teller beiseite.

»Ich denke, es ist an der Zeit, dass wir uns einmal ehrlich aussprechen. Wir sollten keine Geheimnisse voreinander haben, sind wir doch vor Gott einander verbundene Eheleute, verpflichtet zu Vertrauen, Treue und ehelicher Liebe. Ich will Euch nicht verhehlen, dass ich meine Braut Lena sehr geliebt habe und maßlos enttäuscht war, als sie plötzlich der Gemeinschaft mit mir das Klosterleben vorzog. Aber es war ihr Wille, und ich hatte ihn zu respektieren – auch wenn es mir schwerfiel. Allerdings war ich auch sehr wütend und enttäuscht. Deshalb habe ich es auch unterlassen, sie im Kloster aufzusuchen und mit ihr zu reden. Alles war schon für die Hochzeit vorbereitet, und ich wusste, dass ich danach für Monate von daheim fort sein würde. Mein Vater ist nicht mehr der Jüngste und wollte mich verheiratet sehen. Ich habe es ihm überlassen, eine andere Braut für mich zu suchen. Ich selbst war noch zu verletzt … Und mein Vater Albrecht hat mir eine Frau gewählt, mit der ich vom ersten Augenblick an zufrieden war. Das müsst Ihr mir glauben, Liebste. Ich achte und verehre Euch; Ihr seid das Beste, das mir widerfahren konnte.

Und ich bereue keine Minute, dass ich Euch zur Frau genommen habe. Habt Ihr mich verstanden, Liebste? Meine damalige Braut habe ich so gut wie vergessen. Es gibt nur Euch für mich. Und ich darf Euch verraten, dass aus dem Respekt, den ich immer für Euch hegte, längst Verehrung geworden ist.«

Konrad zog die Hand seiner Frau an seine Lippen und

küsste sie – ohne sich um den dämlich glotzenden Wirt und seine Knechte zu bekümmern. »Ich wünsche mir, dass uns beiden eine recht lange, gemeinsame Ehedauer beschieden sein möge. Wer weiß, vielleicht gefällt es dem Herrn sogar, dass er uns mit Nachwuchs segnet!«

Bei seinen ehrlich klingenden Worten ging der ältlichen Frau das Herz auf. Renata strahlte geradezu. Sie war erneut fest dazu entschlossen, gerade, was das Letztere anging, ihren Teil dazu beizutragen …

Konrad, der inzwischen wieder seinen Löffel ergriffen hatte, schluckte derweil schwer an den letzten Bissen seiner Mahlzeit. Wider aller Erwartungen hatte er doch in Lena eine Frau gefunden, in die er sich aus ganzem Herzen verliebt hatte – obwohl er wusste, dass man allgemein in der Ehe nicht viel auf derartige Sentimentalitäten gab. Mit Renata nun würde er eine Ehe führen, die allein die Vernunft zusammengefügt hatte und die sich daher in nichts von all den anderen ehelichen Gemeinschaften unterschied. Eine leise Wehmut überkam Konrad – auch wenn er wusste, dass aus seinem Zusammensein mit Renata trotzdem mit den Jahren ein inniges Einvernehmen und ein ehrlicher Zusammenhalt erwachsen konnten.

KAPITEL 16

SOWOHL ROLF ALS auch Magdalena hatten in dieser Nacht im Grünen Kranz schlecht geschlafen. Der Lärm angetrunkener Gäste – gelehrter Herren der Universität Padua, wie sie anderntags erfuhren, die sich bereits jetzt zur Vorbereitung des Konzils auf den Weg nach Konstanz machten –

hatte es bis in die frühen Morgenstunden unmöglich gemacht, an Schlaf auch nur zu denken.

»Das scheinen mir gerade die Richtigen zu sein, um bei einem kirchlichen Ereignis als Vorhut zu dienen«, knurrte Rolf übellaunig den verkaterten Wirt an, als er sich im Morgengrauen in den Stall begab, um nach den Knechten und seinem Wagen zu sehen. Magdalena, die auch kaum zur Ruhe gekommen war, hatte er noch schlafen lassen.

»Wieso?«, brummte der zurück. »Gäste, die viel Wein konsumieren, sind mir lieber als die abstinenten, die bloß Wasser saufen – wie ihre Maulesel.« Das war deutlich auf den jungen Waffenschmied gemünzt. Der lachte bloß.

»Kann ich mir denken, Wirt! Aber vielleicht solltet Ihr selbst dabei nicht Euer bester Gast sein! Sonst könnte es sein, dass Ihr eines Tages aufwacht, und die Wirtschaft gehört Euch gar nimmer …«

Der Wirt warf ihm einen scheelen Blick zu. »War wohl wirklich gestern Abend ein wenig zu viel, was ich erwischt hab'«, gab er dann freimütig zu. »Ich hoffe, Ihr und Eure Begleiterin habt Euch nicht allzu sehr gestört gefühlt.«

Dazu sagte der junge Mann lieber gar nichts – was nützte es auch jetzt noch? Er zuckte mit den Achseln. »Könnten wir dann sofort das Frühmahl für vier Personen haben?« Mit diesen Worten wandte er sich ab, um im Stall nach seinen Knechten zu sehen, die einen sehr tiefen Schlaf zu haben schienen.

»He! Wo ist Matthis?«, fragte er gleich darauf Utz, der herzhaft gähnte und sich die Augen rieb.

»Wird wohl auf dem Abtritt sein, Herr«, gab dieser gleichmütig zur Antwort, ehe er erneut den Mund zu einem gewaltigen Gähnen aufriss.

»Kommt in die Gaststube zur Morgensuppe, ihr beiden.

Ich wecke jetzt meine Base auf, denn wir wollen so bald wie möglich weiterziehen.«

»Schon gut, Herr.« Auch Utz verzog sich hinter die Stallungen in Richtung der Latrinen.

Wenn es nach Magdalena gegangen wäre, hätten sie auf den morgendlichen Imbiss verzichtet, aber Rolf bestand darauf, dass »ordentlich« gegessen wurde. Der heutige Tag würde ihnen einiges abverlangen: Der Weg war angeblich kurvenreich, teilweise sehr steil, holprig und schwer zu bewältigen.

Warum der junge Mann ihn trotzdem gewählt hatte, lag an der Überlegung, bei so schlechten Straßenverhältnissen wären dort wohl auch keine Banditen unterwegs, die ihnen gefährlich werden konnten. Diese Kerle bevorzugten – wie alle Reisenden – normalerweise die bequemeren Wege und Übergänge.

Rolf war auch bereit, Umwege in Kauf zu nehmen, wenn die Route die Aussicht bot, ohne unliebsame Begegnungen voranzukommen. Er legte keinen Wert darauf, von kämpfenden Eidgenossen, sie verfolgenden habsburgischen Söldnern, Wegelagerern oder wallfahrenden Pilgergruppen aufgehalten zu werden.

Gerade letztere konnten ebenfalls recht lästig sein, wenn sie sich auf den ohnehin schmalen Wegen breitmachten und Reiter und Fuhrwerke zwangen, ihren monoton Gebete murmelnden und Psalmen singenden Mitgliedern hinterherzutrotten, weil sie nicht bereit waren, eilige Reisende vorbeizulassen.

Rolf und die junge Frau saßen bereits in der Gaststube, jeder eine Schüssel mit gezuckertem, mit flüssiger brauner Butter übergossenem Weizenbrei mit Weinbeeren und eine

Kanne Dünnbier vor sich, als Utz mit gerötetem Gesicht auftauchte. Sein Herr schaute auf.

»Was ist jetzt mit Matthis? Hat er den Dünnpfiff, oder was?«

»Herr, ich kann den Matthis nirgends finden. Auf der Latrine war er nicht und im Stall bei den Viechern hat ihn auch keiner gesehen. Ich weiß nimmer, wo ich suchen soll!«

»Wo habt ihr Burschen euch denn gestern den ganzen lieben langen Tag herumgetrieben? Ist er überhaupt mit dir zusammen heimgekommen?«, wollte Rolf, der allmählich ungnädig klang, wissen. Solange Matthis fehlte, konnten sie auch nicht losfahren. Das kostete wiederum Zeit und war mehr als ärgerlich.

»Womöglich liegt er noch bei dem Mensch, das uns gestern Abend zu sich eingeladen hat, und schläft bei ihr seinen Rausch aus«, murmelte Utz mit verlegenem Blick auf Magdalena und errötete noch mehr.

»Was? Ihr seid beide mit einer Hübschlerin mitgegangen und habt euch vollgesoffen? Ihr seid wohl nicht ganz bei Trost! Da werde ich wohl heute besser den Platz auf dem Kutschbock einnehmen«, kündigte Rolf düster an. »Aber jetzt sei so gut und verschwinde dahin, wo ihr zwei gestern Nacht gehurt und gesoffen habt, und schaff mir den Matthis her, aber schnell!«

»Das war in keinem Hurenhaus, Herr. Die Frau ist eine Magd und …«, fing der junge Kerl an, sich zu rechtfertigen, aber sein Herr unterbrach ihn: »Was schert's mich? Hoffentlich hat sich das Mitgehen für euch auch gelohnt. Euren Brummschädel habt ihr allerdings allein auszuhalten. Mir ist nur wichtig, dass wir in einer halben Stunde abfahrbereit sind.«

Utz drehte sich auf dem Absatz um und verschwand. Rolf fasste Magdalena ins Auge. Er bemerkte, dass sie sich Sorgen machte, zu spät auf der Landstraße zu sein und wiederum Zeit zu verlieren – kostbare Zeit, die verstreichen würde, ohne dass sie ihren geliebten Konrad endlich einholte.

Er fasste nach der schmalen Hand des Mädchens. Die dunklen Ringe unter ihren Augen bezeugten, welch eine schlechte Nacht auch sie hinter sich hatte – und das vermutlich nicht nur aufgrund des Krakeelens der »gelehrten Herren« bis zum Morgengrauen. Vorsichtig drückte er ihre Hand.

»Sei nicht zu ungeduldig. Ich verspreche dir, wir holen die Zeit leicht ein. Ich werde heute kutschieren und den Biestern hin und wieder die Peitsche zu schmecken geben, wenn sie gar zu gemächlich dahinzuckeln.«

Magdalena erwiderte sein ermutigendes Lächeln. »Freilich, Vetter. Du tust, was dir möglich ist, und ich danke dir dafür. Aber auf den Matthis hab' ich trotzdem eine Wut. Er weiß doch, was mir daran liegt und …«

Doch da nahm der junge Schmied seinen Knecht in Schutz. »Halt, Lena! Das Ganze ist zwar ärgerlich, und dass wir ihn jetzt suchen lassen müssen, freut mich auch nicht gerade. Aber dennoch: Den Matthis trifft keine Schuld. Woher soll er denn wissen, dass wir uns schon heute früh wieder auf den Weg machen wollen? Es war im Gegenteil die Rede davon, dass wir mindestens drei Tage lang hierbleiben. Du erinnerst dich, nicht wahr?«

Das musste seine Base freilich zugeben – aber ein klein wenig wütend war sie immer noch. Um sich abzulenken, begann sie eine Unterhaltung mit Rolf, und das Thema ihres Gesprächs drehte sich – wie bei vielen Menschen zu dieser Zeit – um das kommende Konzil. Das junge Mädchen äußerte Verwunderung darüber, dass man ausgerechnet diese an sich unbedeutende Stadt für ein so weltbewegendes Ereignis ausgewählt hatte.

»Sicher ist Konstanz reich und schön, aber es gibt doch gewiss noch reichere und vor allem wichtigere Städte«, meinte Magdalena. »Rom etwa oder Paris wären sicher besser geeignet.«

»Du übersiehst dabei, Lena, dass Konstanz eine berühmte Bischofsstadt ist, deren Bistum ganz Schwaben von der eidgenössischen Schweiz bis nördlich von Stuttgart umfasst. Im Laufe ihrer Geschichte haben Könige sie mehrmals aufgesucht, und Kaiser Friedrich Barbarossa war gleich sechsmal in der Stadt. Sein Sohn, Heinrich VI., hat Konstanz 1192 eine Urkunde ausgestellt, in der die Bürger von allen bischöflichen Steuern und Abgaben befreit wurden. Das war die Geburtsstunde der Reichsstadt Konstanz.«

»Oh!« Magdalena lächelte. »Das wird den damaligen Bischof aber nicht sehr gefreut haben.«

»Nein, tatsächlich nicht. Der Kampf zwischen Bürgerschaft und Bischof dauerte lange Zeit. Es gab dabei für die Konstanzer auch immer wieder Rückschläge. Es floss sogar Blut! In der Mitte des vorigen Jahrhunderts haben ein paar Adlige gemeinsam mit etlichen Bürgerlichen den Bischof Johann Windlok in seiner Pfalz ermordet.

Die blutigen Auseinandersetzungen dauerten an bis zum letzten und endgültigen Schiedsvertrag von 1371, der die Niederlage der Bischöfe besiegelte. Seit damals – also erst seit gut vierzig Jahren – ist Konstanz wirklich eine Reichsstadt und nur dem Kaiser untertan.«

»Aber verfügt die Stadt denn über so viel Geld, dass sie sich einen so riesigen Aufwand, wie ein allgemeines Konzil ihn mit sich bringt, überhaupt leisten kann?« Magdalena stellte damit eine Frage, die auch viele Bürger von Konstanz umtrieb.

»Die Stadt ist sehr vermögend, vor allem durch die Herstellung und den Handel mit der begehrten Leinwand«, erinnerte Rolf die junge Frau. »Als im Jahr 1380 Henggi Humpiß aus Ravensburg und Rudolf Mötteli aus Buchhorn die Große Ravensburger Handelsgesellschaft gründeten, nahmen sie gern noch den reichen Lütfried Muntprat aus Konstanz als Mitglied auf, denn der Fernhandel braucht bekanntlich Kapital, das einer allein nicht aufzubringen vermag.

Kurz danach trat mein Verwandter und zugleich dein Großvater, Mauritz Scheitlin der Erste, der Gesellschaft bei. Er erkannte rasch, dass man als Einzelner lange nicht so günstige Konditionen herausschlagen kann, wie als Mitglied in einer Gemeinschaft. Sehr früh ergaben sich Beziehungen nach Frankreich und Italien, vor allem nach Mailand, Genua und Venedig. Im Augenblick repräsentieren die Konstanzer Kaufleute die alleinige Vertretung der deutschen Handelsleute in Mailand.«

»Ach, deshalb haben die Bürger von Konstanz das große Kaufhaus für die welschen Handelsvertreter direkt am See gebaut, nicht wahr?«, warf Magdalena ein. »Ich habe davon gehört.«

»So ist es.«

»Aber heutzutage werden die Konstanzer ihr Geld auch nicht mehr nur mit dem Leinwandhandel machen, oder?«

Der Schmied fuhr sich mit der Hand durch sein schulterlanges braunes Haar, ehe er in seinen Erläuterungen fortfuhr: »Wie Ravensburg profitiert auch Konstanz vom Handel mit Leinen, Hanf, Barchent und sonstigem Baumwollgewebe aus Oberschwaben und Holland, Oberitalien und Südostfrankreich, mit Tuch aus Spanien, Italien, Brabant, Flandern und England, Samt- und Seidenstoffen aus Genua, Florenz und Mailand, Rohseide aus Spanien und Sizilien, sowie mit Kamelhaarstoffen aus dem Orient.

Aber das ist noch lange nicht alles! Dazu kommen feine Ledersorten und Pelzwerk, eine Reihe von Farbstoffen wie Indigo, Scharlach, Krapp, Waid, Bleiweiß und Zinnober; ferner Gewürze wie Safran aus Indien und Spanien, woher wir auch Zucker importieren. Reis, Datteln, Mandeln, getrocknete Weinbeeren und Anis gehören dazu, sowie Kümmel, Kapern, Zitronat, Süßigkeiten aller Art und Pfeffer, außerdem Gewürznelken von den Molukken, Zimt aus Ceylon und China, Muskatnuss und Ingwer aus Indien.«

Rolf hatte sich mehr und mehr in einen gewissen Eifer hineingeredet – der aufmerksame Blick von Magdalenas großen, tiefen Augen, die auf ihm ruhten, trug ein Übriges dazu bei. Inzwischen hatten sie auch Zuhörer bekommen. Der Wirt, der allmählich wieder nüchtern wurde, sowie etliche verschlafene Dienstboten spitzten die Ohren.

»Aber auch anderes wird gehandelt, Lebensmittel wie Orangen, Olivenöl, Thunfisch, Westfälischer Schinken, Käse aus Holland und Italien, daneben Silber, Gold, Kupfer, Zinn und Messing, Schwerter und Dolche, Messer, Ketten, Scheren, Nägel, Nadeln, Draht und Blech, Zinngeschirr, Leuchter, Schellen, Korallen, Perlen, Edelsteine und die Federn exotischer Vögel und anderes mehr – vor allem verschiedene Drogen für medizinische Zwecke.«

»Das weiß ich, mein Vater hat sich immer an den Warenzügen nach Süden beteiligt. Er verkaufte dabei fertige Heilmittel, Kräutertees, Duftseifen und Honig und importierte im Gegenzug die notwendigen Inhaltsstoffe für Medizin, Duftwässerchen, Reinigungspulver und Seifen, sowie Pfeffer und andere Gewürze, aber auch Färbemittel für Stoffe und Farben für Maler«, warf Magdalena lebhaft ein. »Ich weiß auch, dass sich die Mitglieder der Ravensburger Handelsgesellschaft mit dem Getreide- und Viehhandel nicht abgeben –

und die Konstanzer schon zweimal nicht. Angeblich wirft das zu wenig ab.«

»Da wird schon etwas dran sein, Ragnhild«, vermutete Rolf. Der Zuhörer wegen benützte er ihren Decknamen. »Inzwischen hat Konstanz etwa siebentausend Einwohner – manche behaupten, es wären bereits achttausend.«

»Und wie viele Konzilsteilnehmer erwartet man?« Magdalena war wissbegierig; immerhin schickte sie sich an, bald eine gewiefte Geschäftsfrau zu werden – die Apotheke hatte sie noch keineswegs abgeschrieben.

»Die Stadtväter rechnen mit fünfzig- bis sechzigtausend Besuchern.«

»Wie bitte?« Magdalena glaubte, sich verhört zu haben.

»Das hört sich schlimmer an, als es ist, Base Ragnhild. Alle zusammen, zur selben Zeit, fänden natürlich keinen Platz in der Stadt. Aber es reisen ja immer wieder auch Teilnehmer ab und neue kommen dazu. Man geht immerhin von einer drei- bis fünfjährigen Dauer des Konzils aus. Freilich kann es auch noch viel mehr Zeit in Anspruch nehmen.«

»Ach so! Aber jetzt verrate mir doch, wie will man das ganze Spektakel denn überhaupt finanzieren?«, insistierte Magdalena. »Da müssen doch sicher wieder die finanzkräftigen Bürger ordentlich bluten – darauf läuft es doch immer hinaus.«

Plötzlich schien Vetter Rolf in Verlegenheit zu geraten. Die Antwort war ihm offenbar unangenehm. »Na ja! Man macht es halt, wie es viele Städte seit langem handhaben, die einen wunderschönen Dom gebaut haben oder bauen wollen: Man erhebt besondere Judensteuern.«

»Ach, ist es die Möglichkeit? Im vorigen Jahrhundert hat man die Hebräer aus der ganzen Bodenseegegend vertrieben – und jetzt braucht man doch wieder ihr Geld?«

»Nicht nur vertrieben, Base Ragnhild. In Konstanz haben

sie im Jahr 1349 nicht weniger als 330 Juden verbrannt, weil man geglaubt hat, sie trügen Schuld an der Verbreitung der Pest. Die übrige jüdische Gemeinde hat man verjagt. Ein Jahr zuvor, in Ravensburg, wurden aus dem gleichen Grund gar über 1300 Juden ermordet. Aber bald danach begriffen die Stadtväter der betreffenden Gemeinden, dass sie die Kinder Israels und ihre Finanzkraft bitter nötig haben, und sie riefen die Vertriebenen wieder zurück.

Und jetzt lässt man die Konstanzer Juden für das Konzil wiederum kräftig zur Ader. Weil sie aber allein nicht genug Geld aufbringen können, haben ihre Glaubensgenossen in Schaffhausen und Zürich versprochen, einzuspringen.«

Als Rolf an der empörten Miene seiner Verwandten ablas, dass diese in Versuchung war, vor ihrem zweifelhaften Publikum eine möglicherweise unkluge Bemerkung zu machen, wandte er sich zur Ablenkung an den Wirt:

»Seid doch so gut und bringt uns noch einen Krug von diesem Morgentrunk. Außerdem wäre es sehr freundlich von Euch, Herr Wirt, wenn Ihr Eure Dienstboten dazu anhieltet, nach meinem Knecht Matthis Ausschau zu halten!«

Der Gastwirt vom Grünen Kranz verstand den Wink mit dem Zaunpfahl und scheuchte seine Leute aus der Gaststube. »Hört auf, Maulaffen feilzuhalten, und verschwindet! Ihr habt gehört, worum der Herr euch gebeten hat.«

Er selbst verdrückte sich auch, um das Gewünschte an den Tisch zu bringen.

»Also, ich weiß nicht recht«, begann Magdalena, die Rolfs »Maßnahme« schon verstanden hatte, leise. »Geld zu nehmen für kirchliche Zwecke, ausgerechnet von Leuten, die mit der Kirche gar nichts zu schaffen haben – das erscheint mir irgendwie überhaupt nicht rechtens zu sein. Was meinst du, Vetter?«

»Arg seltsam kommt es mir schon vor. Aber ich denke, man betrachtet es als Strafe dafür, dass die Hebräer so starrsinnig sind und sich nicht bekehren lassen wollen.«

Nachdenklich schwenkte die Apothekertochter den Rest des verdünnten Bieres, der sich noch in ihrem Becher befand, hin und her. »Es mag ja falsch sein, was die Juden tun. Aber irgendwie bewundere ich sie für ihre Glaubensstärke und für ihren Mut!« Magdalena beugte sich näher zu Rolf.

»Sie verhalten sich doch nicht anders als man es uns von den ersten Christen erzählt, die einst für ihren Glauben an Jesus Christus als Märtyrer gestorben sind und die heute als Heilige verehrt werden.«

»Freilich! Du hast natürlich Recht, Lena.« Rolf senkte ebenfalls seine Stimme. »Aber, bitte, lass das keinen Fremden hören – es käme mit Sicherheit nicht gut an in einer Gegend, die in den nächsten Jahren nur den reinsten Katholizismus aus jeder Mauerritze und jedem Erdloch ausdünsten wird.«

KAPITEL 17

Reichlich aufgelöst tauchte Utz nach geraumer Zeit wieder im Grünen Kranz auf. Alles Suchen blieb vergebens.

»Herr, ich weiß nimmer, wo ich noch nach dem Matthis schauen sollt'. Auch das Mädle, in dessen Kammer wir gewesen sind, ist spurlos verschwunden – so sagt jedenfalls ihre Herrin, die Witib von einem reichen Barchenthändler. Wie es ausschaut, hat sich der Matthis mit dem Mensch aus dem Staub gemacht. Gegen Mitternacht hat er mich in den Grünen Kranz vorausgeschickt; spätestens heut' früh wollte er nachkommen. Ich hab' im Wagen nachgeschaut und gesehen, dass alle seine Sachen weg sind. Und noch was, Herr! Er scheint einen Teil der versteckten Armbrüste mitgenommen zu haben, während ich in einer Scheunenecke meinen Rausch ausgeschlafen hab'.«

Das war allerdings eine höchst unliebsame Überraschung – zumal ihnen kein Mensch in Dornbirn sagen konnte, wohin das saubere Pärchen verschwunden war. Es blieb Rolf und Magdalena schließlich nichts anderes übrig, als sich ohne Matthis auf den Weg zu machen.

»Zum Glück hat der Saukerl nicht gleich alle Waffen mitgehen lassen. Er war immerhin so anständig, sich mit etwa dem zehnten Teil zu begnügen. Das reicht immer noch für eine schöne Stange Geld«, knurrte sein ehemaliger Herr, ehe er noch den »frommen« Wunsch hinzufügte: »Sooft er es verfrisst oder versäuft, möge es ihm im Hals stecken bleiben. Und falls er es einer Hure gibt, soll ihm doch gleich …«

Gerade noch vermochte er sich in Magdalenas Gegenwart zu bremsen und verschluckte, was er hatte sagen wollen.

»Amen, Herr«, entfuhr es Utz, der durch den Schreck längst wieder vollkommen nüchtern war. Nachdem er die Maultiere eingespannt hatte, drängte er Rolf, ihm doch wieder das Regiment auf dem Kutschbock zu überlassen.

»Von mir aus.« Der Waffenschmied war damit einverstanden. »Dann werde ich während der Fahrt überprüfen, was der Bursche sonst noch alles entwendet hat.«

Mauritz Scheitlin, die eigentliche Ursache für Magdalenas Unglück und ihre dadurch ausgelöste Odyssee, wurde seines Lebens indes wirklich nicht mehr froh. Jetzt hatte ihn auch noch der Ortsvorsteher Ravensburgs am Wickel.

Ausgerechnet Jodok Finsterwald – von dem er bisher angenommen hatte, er sei ihm eigentlich ganz wohlgesinnt – hatte ihn durch einen mit einer Pike bewaffneten Stadtknecht zu sich ins Rathaus »bitten lassen«.

»Mensch, Scheitlin!«, empfing der erste der Stadtväter ihn ungnädig. »Was ist denn los mit Euch? Ich sehe mit großem Missfallen, dass ich mit Euch wohl aufs falsche Pferd gesetzt habe!«

»Wiewieso?«, stotterte Mauritz überrascht. »Waren die Sachen, die ich Euch hab' schicken lassen, nicht in Ordnung?«

Mit den »Sachen« spielte er auf die nicht gerade kleine Warenmenge an, die er neulich dem Ortsvorsteher ohne Preisangabe und Rechnung durch die einzige Magd, der er vertraute, hatte überbringen lassen.

»Waren vielleicht die Schminke oder die Duftwässerchen für die Frau Gemahlin schal oder gar ranzig? Ich werde sofort andere …«

»Bemüht Euch nicht, Scheitlin!«

Finsterwald – peinlich berührt – wehrte mit beiden Händen unwillig ab. Dass der Kerl es wagte, auf so plumpe Art und Weise auf die Bestechung anzuspielen, war allerdings die Höhe! Immerhin hatte Jodok sich dieses »Entgegenkommen« des Quacksalbers redlich verdient: Er hatte ihm schließlich zur Stadtapotheke verholfen, indem er ihn zum Vormund für die rechtmäßige Erbin nicht nur vorgeschlagen, sondern gegen massiven Widerstand im Stadtrat auch durchgesetzt hatte … Und genau um diese Apotheke handelte es sich jetzt.

»Mir kommen andauernd Klagen über Euch zu Ohren, von Leuten nicht etwa aus der ärmeren Schicht sondern von angesehenen Bürgern der Stadt Ravensburg, die sich über Euch und Eure geringe bis gar nicht vorhandene Kompetenz, was Heilmittel angeht, beschweren. Außerdem sollt

Ihr unverschämte Preise verlangen. Ferner beklagen sie sich bitter über Eure höchst mäßige Bereitschaft, auf ihre Beschwerden und Leiden einzugehen. Sie haben den Eindruck, Ihr wollt ihnen nur irgendetwas andrehen, altes Zeug zumal, das Ihr loswerden wollt. Ihr bemüht Euch angeblich keineswegs um neue oder wenigstens frische Kräutermischungen – geschweige denn, dass Ihr auch nur den Hauch einer Ahnung von Drogen oder sonstigem, was man von einem Stadtapotheker gemeinhin erwarten darf, habt.«

Der derart Gescholtene hatte mehrmals versucht, Finsterwald zu unterbrechen, aber der hatte nur immer noch lauter gesprochen und am Ende brüllte er regelrecht: »Ihr seid wahrlich kein guter Ersatz für Euren Bruder – und das kann sich unsere Stadt nicht leisten!«

Auch jetzt kam Mauritz nicht zu Wort, denn gleich darauf erfolgte der nächste Angriff: »Wenn Ihr selber keine Ahnung von der Materie der Heilkunde habt, dann holt Euch schleunigst Eure Nichte her, damit sie nach dem Rechten schaut. Wo ist das Mädchen denn überhaupt? Ihr, als ihr Vormund, seid dazu verpflichtet, ihren Aufenthaltsort zu bestimmen – zumindest müsst Ihr wissen, wo das Mädle sich aufhält. Und kommt mir jetzt nicht damit, das Ihr wieder mal keinen Schimmer habt!«

Richtiggehend in Wut hatte sich das Stadtoberhaupt geredet und Mauritz Scheitlin wäre am liebsten aus dem Amtszimmer Jodok Finsterwalds geflohen. Natürlich wusste er nicht, wo das verdammte Weibsbild sich aufhielt. Magdalena war wie vom Erdboden verschluckt …

»Selbst die Klosterknechte der Oberin Notburga haben sie nicht ausfindig machen können, Schultheiß! Meine Frau hab' ich auch eindringlich befragt«, – dass Margret ein blaues Auge bei dem »Verhör« davongetragen hatte, so eindringlich wie es gewesen war, brauchte Jodok ja nicht gleich zu wissen – »und sie konnte mir trotzdem nichts sagen; selbst meine allwissende Mutter scheint dieses Mal keine Ahnung zu haben – und das will schon etwas heißen!«

»Na und? Wollt Ihr es etwa dabei belassen? Warum habt Ihr Euch nicht schon längst an die Obrigkeit gewandt? Dem Mädchen könnte doch auch etwas zugestoßen sein! Man kann fast den Eindruck kriegen, Ihr wollt überhaupt nicht, dass Magdalena gefunden wird.«

»Aber, aber, nicht doch, Herr Jodok! Natürlich will ich wissen, was mit ihr los ist! Ich mach' mir ihretwegen die allergrößten Sorgen und ...«

Finsterwald winkte ärgerlich ab. »Hört auf mit dem Theater! Ab jetzt wird die Stadt die Sache in die Hand nehmen. Und Ihr sorgt dafür, dass mir keine Klagen mehr über Euch als Apotheker zu Ohren kommen. Sonst seid Ihr die längste Zeit der medizinische Mitarbeiter und Helfer unseres Stadt- und Wundarztes, Doktor Wendelin Butzbach, gewesen!

Ihr wisst, dass der Betrieb Eures Unternehmens als ausgewiesene Stadtapotheke nur mit Genehmigung der Stadträte möglich ist. Wenn wir Euch die Lizenz entziehen, könnt Ihr wieder über Land ziehen und wie früher Eure dubiosen Mittelchen als Marktschreier verhökern.«

Letzteres klang sehr bedrohlich, und Mauritz wurden förmlich die Knie weich. Er schwor beim Leben seiner alten Mutter und beim Augenlicht seines Sohnes, dass er alles, wirklich alles tun wolle, was man von ihm erwartete.

Obwohl die Große Handelsgesellschaft Ravensburgs auf allen mitteleuropäisch relevanten Märkten und Messen vertreten war – sei es in Nördlingen, Nürnberg, Frankfurt am Main, in der Champagne, Lyon, Brügge oder Wien –, waren doch die deutschen Verbindungen nach Süden, durch die Schweiz nach Italien, am wichtigsten.

Als die Ravensburger ihr »Gelieger« – so nannte man eine Handelsniederlassung samt Warenlager – aus politischen Gründen in der Stadtrepublik Venedig immer mehr abbauten, verloren Arlberg und Reschen-Scheidegg als Alpenübergänge an Bedeutung für den Italienhandel.

Umso mehr wurden die Graubündner Pässe frequentiert. Man erreichte sie von Ravensburg aus über Lindau, dann weiter über Dornbirn, oder man fuhr von Lindau mit Fähren über den Bodensee nach Fussach, dann weiter über Feldkirch und den Luziensteig bis nach Chur.

Von da aus ging es entweder über das Oberhalbstein zum Septimer- oder durch die Via Mala zum Splügenpass und weiter nach Chiavenna. Über den Comersee erreichten die Warenzüge Como und Mailand, und weiter ging's über Pavia und Tortona nach Genua. Um ins Safrangebiet in den Abruzzen zu gelangen, benutzte man die Straßen über Perugia nach Aquila.

Damals rechnete man von Ravensburg bis nach Aquila mit einer Reisedauer von dreiundzwanzig Tagen – falls nichts dazwischenkam. Aber das war leider nicht die Regel.

»Alle großen Warenzüge werden auf den Landwegen begleitet von bis an die Zähne bewaffneten Knechten. Auf jeder Fahrt ist mit Raubüberfällen zu rechnen – genauso wie auf den Handelsrouten zu Schiff nach Spanien oder Portugal. Wobei es gleichgültig ist, ob man christlichen oder mohammedanischen Piraten in die Hände fällt. Sie sind alle gleich grausam«, erläuterte Rolf seiner Base gerade, während der Wagen durch immer hügligeres und beschwerlicheres Gelände mühsam dahinholperte.

»Das beruhigt mich jetzt aber nicht sehr.«

Magdalena reagierte ein wenig unwillig auf die Ausführungen ihres Vetters. Aber der blieb gelassen. »Meine Liebe, sag jetzt nicht, ich hätte dich nicht genügend gewarnt! Wenn es dir hilft, kann es dich vielleicht insoweit trösten, wenn ich dir verrate, dass unser Karren Räuberbanden großen Stils viel zu armselig erscheint. Wir müssen eher mit Strolchen jenes Kalibers rechnen, mit denen wir bereits Bekanntschaft gemacht haben.«

»Oh, vielen Dank! Da geht es mir doch gleich viel besser! Vor allem, weil wir jetzt auch noch einen Mann verloren haben.« Die junge Frau verzog das Gesicht. »Diesen Matthis soll der Teufel holen!«

»Ich verspreche dir, Lena, sobald ich einen geeigneten Knecht finde, stelle ich ihn als Ersatz für Matthis ein. Aber leicht ist es nicht, denn ich kenne hier keinen und muss mich auf meine Menschenkenntnis verlassen. Und die kann einen bekanntlich arg im Stich lassen.«

»Du schaffst das schon, Rolf.«

Der junge Mann warf ihr einen Seitenblick zu. Magdalena schien es ernst zu meinen mit ihrer Zuversicht, und er seufzte im Stillen. Er selbst hatte alles andere als ein gutes Gefühl bei der Sache. Am liebsten hätte er das ganze Unternehmen abgeblasen, wäre umgekehrt und hätte das Mädchen bei seiner Mutter Gertrude abgeliefert. Aber das ging jetzt wohl nicht mehr. Mit Gottes Beistand und Utzens tatkräftiger Unterstützung hoffte er, die unselige Mission zu einem halbwegs guten Ende zu bringen.

»Wie mag wohl Konrad reagieren auf den Anblick seiner einstigen Braut?«, überlegte er bang. Ein verstohlener Blick auf die kleine Rundung unter ihrer Schürze genügte: Mittlerweile sah man Magdalena die Schwangerschaft an. Der inzwischen verheiratete Kaufherr würde nicht gerade entzückt sein. Und sein Eheweib noch viel weniger.

»Glaubst du, dass wir Konrad heute einholen?«, hörte er Magdalena fragen. Auch sie machte sich neuerdings zunehmend Gedanken darüber, ob sie mit dieser Reise durch die Berge unbedingt sehr klug gehandelt hatte …

Rolf fuhr aus seinen Gedanken auf. »Was meinst du?«, erkundigte er sich ein wenig töricht. Gleich darauf fasste er sich.

»Durchaus möglich, Lena, durchaus möglich! In Altenstadt, wo wir uns ein Quartier für die Nacht suchen, könnten wir ihn meines Erachtens finden.«

Magdalenas Hoffnungen sollten sich wiederum nicht erfüllen. Allmählich verlor sie ihre naive Zuversicht. Die Route, die Rolf gewählt hatte, war schwierig, steil und holprig und verlangte Zugtieren wie Menschen viel Kraft ab – und an dieser mangelte es ihr in zunehmendem Maße.

Es war inzwischen Ende Juni, und das Kind in ihrem Leib bewegte sich bereits. Ihr Bauch wuchs, und ihre Reserven schwanden dahin. Gerade nachts, wenn sie hoffte, endlich zur Ruhe zu kommen, verhielt sich das Kleine so wild und ungebärdig, als wolle es bereits jetzt seine schützende Höhle verlassen. Am Morgen stand Magdalena dann jedes Mal todmüde auf, mit schmerzendem Rücken, schweren Beinen und schwarzen Rändern unter den blauen Augen.

»Dein Gesicht wird jeden Tag schmaler«, stellte der Schmied besorgt beim spärlichen Abendmahl im Quartier fest. »Auch deine Arme werden immer magerer. Du solltest mehr essen, meine Liebe.«

Das war leichter gesagt denn getan; der jungen Frau graute mittlerweile vor sämtlichen Speisen, die sie zu sich nahm. Mit jedem Tag, den sie Konrad hinterherfuhren und der verging, ohne ihn einzuholen, schwand ihre Zuversicht mehr dahin, ihn überhaupt jemals zu treffen, ehe sie niederkam.

Jetzt war es Rolf, der sie aufmuntern musste: »Keine Sorge, Lena! Wenn wir ihn heute nicht finden, dann bestimmt morgen.«

»Ja, ja, morgen«, erwiderte Magdalena, aber es klang sehr mutlos. Mit gesenktem Kopf stocherte sie lustlos in dem lieblos zubereiteten Eintopf herum. Die Schatten, die im flackernden Kerzenschein auf ihr Gesicht fielen, ließen dieses noch hohlwangiger erscheinen. Selbst dem nüchternen Utz – im Allgemeinen keine sehr mitfühlende Seele – ging ihr Anblick allmählich zu Herzen. Ihn dauerte die werdende Mutter, die dem Vater ihres Kindes regelrecht hinterherhechelte, ohne jede Aussicht darauf, dass der sich besonders um sie kümmern würde. Immerhin war er in Begleitung seiner rechtmäßig angetrauten Ehefrau …

Auf einmal wurde das junge Mädchen von blinder Wut erfasst. Wut auf ihr elendes Schicksal, auf ihren Vater, der einfach gestorben war und sie alleingelassen und damit der Willkür ihres Oheims ausgeliefert hatte, Wut auf die ehrwürdige Mutter, Oberin Notburga, die ihr keinerlei Verständnis entgegenbrachte.

Außerdem fühlte sie plötzlich auch großen Zorn auf Konrad in sich aufsteigen. Erst machte er ihr ein Kind und dann ließ er sie im Stich! Womöglich waren ihm die Lügen ihres Oheims gerade recht gewesen, um sich von ihr zu trennen und die reiche Alte heiraten zu können!

Wut verspürte sie aber auch auf ihre Großmutter, die sie nicht ausreichend beschützt hatte, und auf Muhme Margret, die aus Feigheit vor ihrem Mann nicht wagte, laut zu protestieren. Vor allem aber empfand sie einen ungerechten Zorn gegen Gertrude, weil diese nicht verhindert hatte, dass sie jetzt in den Schweizer Bergen festsaß, auf einem Wagen, der Armbrüste und Modelle von Kanonen transportierte, und Tag für Tag einer Illusion hinterherjagte.

Da jedoch keine dieser Personen im Augenblick greifbar war, ließ sie ihren unkontrollierten Unmut ausgerechnet an dem Menschen aus, der am allerwenigsten dafür konnte. Rolf Reichle reagierte vollkommen verdattert auf den Angriff Magdalenas, die ihm vorwarf, nur an sich und seine kostbare Warenladung zu denken.

»Du hast doch gar kein Interesse daran, dass wir Konrad finden«, fauchte sie ihn wie aus heiterem Himmel an. »Dir geht es einzig darum, dass du unbeschadet nach Italien kommst, um dein Zeug loszuwerden! Was aus mir wird, kümmert dich nicht im Geringsten!«

Sie schlug die Hände vors Gesicht und brach in Tränen aus. Es schüttelte sie geradezu, und ihre Schultern bebten, während sie vergeblich versuchte, sich mit den Fingern die Wangen zu trocknen.

»Hier, nimm!«, hörte sie ihren Begleiter nach einer Weile sagen, und automatisch griff sie nach dem Tuch, das der junge Mann ihr hinhielt. Sie wischte sich die Augen, fuhr sich damit über das Gesicht und zuletzt schnäuzte sie sich noch laut. Dabei wirkte sie nicht wie eine erwachsene Frau, sondern wie ein kleines, verlassenes Kind – und genauso fühlte sie sich auch.

Das Herz des jungen Mannes zog sich vor Kummer zusammen; am liebsten hätte er Magdalena in die Arme genommen, an sich gedrückt und ihr leise ins Ohr geflüstert, was er wirklich für sie empfand … Aber das verbot sich von selbst – und außerdem fürchtete er, sich lächerlich zu machen: Ihr Sinn war nun mal nur auf Konrad gerichtet, den Vater ihres ungeborenen Kindes.

Laut sagte er nach einer Weile: »Lena, du weißt, dass das nicht stimmt! Warum behauptest du es dann? Das kränkt mich bitter, denn ich tue wirklich mein Bestes. Hexen kann ich aber leider nicht – sonst hätte ich schon längst deinen Liebsten für dich herbeigezaubert!«

Brüsk wandte er sich ab. Sollte sie ruhig über ihr Benehmen nachdenken.

KAPITEL 18

ZU MAGDALENAS BITTERER Enttäuschung schafften sie es auch am nächsten Tag nicht, Konrad Grießhaber einzuholen. Wie in den Bergen nicht unüblich, änderte sich das Wetter dramatisch von einem Tag auf den anderen. Nach einem Gewitter, das in der Nacht mit starken Regengüssen einhergegangen war, wurde es am nächsten Morgen nicht etwa besser: Im Gegenteil, der Himmel hing schwer und bleigrau über dem Tal, und dunkle Wolken hüllten die Gipfel ein.

Als sie die Herberge verließen, war es kühl; überdies nieselte es. Rolf blickte zweifelnd zum Himmel auf. »Ich möchte nicht darauf wetten, dass es heute noch aufreißt. Was meint ihr, Utz und Betz?«, wandte er sich an seinen Knecht und zugleich an den neuen Burschen, den ihm der Herbergsvater angepriesen hatte.

Beide nickten zustimmend. Bei letzterem handelte es sich um Bernhard, genannt »Betz«, den angeblich fast siebzehnjährigen Sohn des Wirts – nach Aussagen seines Vaters fleißig und flink.

»Er stellt sich bei allem sehr geschickt an«, hatte ihn der Wirt Rolf empfohlen. »Und bezahlen müsst Ihr ihn auch nicht. Es reicht, wenn Ihr ihm genug zu essen gebt, und schlafen kann er unter dem Wagen. Achtet bloß darauf, Herr, dass Ihr ihn auf dem Rückweg wieder heil bei mir abliefert.«

»Ich schätze, der Herbergsvater will einen Esser weniger am Tisch haben«, vermutete Magdalena nach einer gründlichen Musterung des eher schmächtig und deutlich jünger als siebzehn Jahre wirkenden Burschen, und Rolf pflichtete ihr bei. Auch ihm war nicht entgangen, dass die Bewirtschafter des winzigen Gasthofs mit angeschlossener Landwirtschaft über acht Kinder verfügten, die munter herumsprangen, während ein weiteres noch im Krabbelalter war und das nächste bereits offensichtlich im Bauch der Wirtin darauf wartete, das Licht der Welt zu erblicken.

»Wie viele Kinder wird die Frau bis jetzt wohl schon geboren haben?«, hatte Magdalena am Vorabend überlegt und die Wirtin eingehend aus der Nähe betrachtet. Alt und verbraucht und unendlich müde sah sie aus. Es war kaum anzunehmen, dass jedes ihrer Kinder überlebt hatte.

Als hätte die schlichte Frau ihre Gedanken erahnt, wandte sie sich an Magdalena und fasste sie prüfend ins Auge. »Auch Ihr werdet bald Mutter sein«, sagte sie und deutete auf die Wölbung unter Lenas Schürze. »Hoffentlich habt Ihr mehr Glück als ich, junge Frau!«

»Wie meint Ihr das? Ihr habt doch neun gesunde Kinder, und das zehnte wird auch nicht mehr lang auf sich warten lassen, denk' ich. Mehr Mutterglück gibt's doch kaum!« Magdalena konnte ihr Erstaunen nicht verbergen.

»Ja, ja, Mutterglück! Von wegen! Das einundzwanzigste Mal bin ich jetzt in gesegneten Umständen, viermal hab' ich das betreffende Kind verloren. Die schwere Arbeit in der

Wirtschaft und auf dem Hof, Ihr versteht? Von den anderen, die ich auf die Welt gebracht hab', liegen sieben drüben bei der Kirche auf dem Gottesacker. Und was mit dem hier wird«, sie legte die Hand auf ihren schweren Leib, »das liegt allein in Gottes Hand. Ich bin fast vierzig, und ob ich die Geburt übersteh', weiß keiner.«

»Es wird schon alles gut werden«, versuchte Magdalena der Frau, die wegen ihres gewaltigen Leibesumfangs kaum noch zu gehen vermochte, Mut zu machen. »Ich werde für Euch und Euer Kleines beten.« Der Bauch, den die abgezehrte Wirtin vor sich her schob, erschien ihr geradezu grotesk riesig. Es mussten mindestens zwei Kinder sein, die sie in sich trug.

Insgeheim war Magdalena entsetzt. Die arme Frau, die aussah, als wäre sie Ende fünfzig, musste in jedem Jahr ihrer Ehe schwanger geworden sein. Wenn es das war, was einen nach der Hochzeit erwartete, musste jedes Mädchen verrückt sein, das sich darauf einließ …

Freilich, in Ravensburg war es auch üblich, dass arme Tagelöhnerfrauen ständig in anderen Umständen waren, während die reichen Bürgersgattinnen die Menge ihres Nachwuchses zu beschränken wussten. Armut und Unwissenheit gingen meist Hand in Hand. Dazu gesellte sich blinde und gedankenlose Kirchenhörigkeit.

Wenn es nach den Pfaffen gegangen wäre, hätte jede verheiratete Frau so ein miserables Leben wie die Herbergsmutter hier geführt: Fortwährende Schwangerschaft, alljährliches Kindbett und mit vierzig Jahren vollkommen ausgelaugt oder auf dem Friedhof.

Die »klugen« Ehefrauen hingegen waren Frauen mit Verantwortungsbewusstsein, welche die Zahl der Geburten einschränkten nach ihrem eigenen Willen, ihren Bedürfnissen und ihren finanziellen Möglichkeiten. Was allerdings bedeutete, dass sie den Mut hatten, sich stillschweigend über die Anordnungen der Kirche hinwegzusetzen.

Wie hatte Großmutter Elise einst zu ihr gesagt, als Lena sich mit zwölf Jahren anschickte, eine junge Frau zu werden? »Kind, merk dir eines: Lass niemals die Kirche – und sei's auch dein Beichtvater – in dein Ehebett hineinregieren! Keinen Priester geht an, was dort geschieht. Überhaupt haben sich nach meiner Meinung die Pfaffen aus Dingen, die nur Mann und Frau betreffen, herauszuhalten. Eigentlich dürften sie als zölibatär Lebende davon gar nichts wissen! Aber gerade das ist in der Beichte für sie am interessantesten. Ich habe mein Leben lang jedem Pfaffen die Auskunft über mein Eheleben verweigert.«

Und dann hatte die Großmutter noch hinter vorgehaltener Hand hinzugefügt: »Sollen die Kerle sich doch aufgeilen, woran sie wollen! Du aber, mein Kind, sei so klug und biete ihnen keine Möglichkeit, sich mittels deiner naiven Mitteilungssucht schmutzige Gedanken zu machen.«

Magdalena wusste auch, dass die Frauen in der Stadt zu den Hebammen gingen, um Mittel gegen eine Empfängnis zu erhalten oder um eine ungewollte Schwangerschaft zu beenden. Sie war sich sicher, dass auch Gertrude, Rolfs Mutter, eine Reihe von Kräuterextrakten und -suden kannte, die im frühen Stadium Kontraktionen der Gebärmutter und damit Fruchtabgänge auslösten.

Da gab es etwa das gefährliche Mutterkorn, die Gartenraute, das Reinfarn- und das Petersilienöl, den Wacholder und den guten alten Sadebaum. Letzterer – bezeichnenderweise auch »Mägdebaum« geheißen – war am bekanntesten und am meisten gebräuchlich. Heilkundige Frauen wussten ihn gezielt einzusetzen.

Ihr Vater hatte über diese Dinge ebenfalls Bescheid gewusst – aber seiner jungfräulichen Tochter hatte er die genaue Kenntnis darüber, vor allem über die richtige Dosierung, verwehrt.

»Ich werde mir das Wissen irgendwie aneignen müssen«, nahm sich Magdalena in diesem Augenblick vor. Sie würde das baldmöglichst tun, um Frauen wie beispielsweise der Wirtin helfen zu können; und natürlich wollte sie auch selbst davon profitieren, denn so erbärmlich stellte sie sich ihr zukünftiges Leben als Frau nicht vor …

Inzwischen war die kleine Reisegesellschaft wieder unterwegs, und Magdalena hatte gar nicht mehr auf die Witterung geachtet. Erst als Rolf ihr eine dicke Decke überwarf, um sie vor der Kälte zu schützen, bemerkte sie, wie sehr das Wetter sich verändert hatte. Mittlerweile goss es in Strömen. Wie aus Kübeln rann der Regen aus einem bleigrauen Himmel, und außerdem war es – der Jahreszeit zum Trotz – empfindlich kalt geworden.

Utz, der wie gewohnt auf dem Kutschbock saß, hatte sich ein dicht gewebtes Tuch um die Schultern gelegt und einen festen Hut mit breiter Krempe aufgesetzt. Mit starken Händen dirigierte er das Maultiergespann, das seit diesem Morgen aus vier Tieren bestand.

Der Weg war zum Teil sehr steil und bestand aus losem Geröll. Dazu kam noch die gefährliche Nässe, und die Maultiere hatten es nicht leicht, die schwere Fracht zu ziehen. Auch sie litten unter dem Dauerregen und ließen die langen Ohren traurig hängen. Kaum beschleunigten sie den Schritt, als für den Augenblick der Pfad gerade einmal eben dahinging.

Der Wirt hatte ihnen vorgeschwärmt, wie lieblich das Tal

sei, das zu durchfahren sie sich anschickten: von sanften, grünen Matten, auf denen fettes Vieh weidete, von herrlichen, dichten Eichenwäldern, in welche die Dörfler in jedem Sommer ihre Schweine bis zum Spätherbst zu treiben pflegten, und vom Fischreichtum der Bäche, die von den höheren Felsen herniederstürzten, hatte er berichtet.

Von alledem konnten die Reisenden nichts erkennen. Die dichten Regenschleier behinderten die Sicht, und zusätzlich stiegen von der warmen Erde Nebelschwaden auf, die alles, was sich in wenigen Metern Entfernung befand, nur schemenhaft erahnen ließen.

»Beim nächsten Anstieg steige ich aus, um es den armen Viechern etwas leichter zu machen«, kündigte Rolf an. »Ich werde das linke vordere Maultier führen, das wird es dem Gespann und Utz erleichtern, bei diesem Sauwetter auf dem richtigen Weg zu bleiben. Und du, Betz, wirst mir dabei helfen.«

Der Wirtssohn nickte eifrig.

»Das kann ich auch«, behauptete Magdalena sofort, aber der Schmied winkte ab. »Kommt gar nicht in Frage, Lena. Der Boden ist rutschig, und hinfallen willst du in deinem Zustand doch nicht, oder?«

Er lächelte sie an, und zum ersten Mal, seit sie zusammen reisten, kam es Magdalena in den Sinn, wie rührend besorgt der Vetter um sie war. »Schade, dass ich ihn erst so spät kennengelernt habe«, dachte sie unwillkürlich. Sofort aber verdrängte sie diesen Gedanken wieder und versuchte ungeduldig, mit ihren Augen den Nebel zu durchdringen, der den Weg, in dessen Verlauf sie doch auf Konrad zu treffen hoffte, ihrem Blick entzog.

Auf einmal war Utzens aufgeregte Stimme zu hören. Es musste sich schon um etwas Besonderes handeln, denn so leicht brachte den vierschrötigen Knecht nichts aus der Ruhe. Magdalena hatte sich wieder in die Sitzpolster sinken lassen und war kurz davor gewesen, trotz des Gerumpels leicht einzunicken, aber jetzt richtete sie sich schlagartig auf. Rolf und Betz waren aufgesprungen und rannten nach vorne.

»Was ist los?«

»Brrrr!« Vorsichtig zügelte Utz das Vierergespann. Es gab einen gewaltigen Ruck, und kurz darauf hielt der schwere Karren an. Offenbar verbarrikadierte ein Hindernis den Weg.

Um Gotteswillen! Nicht schon wieder! Magdalena glaubte, das Herz müsse ihr stehen bleiben. Den Pfad versperrten vier kräftige Männer, ausgestattet mit Lederhelmen und ledernen Wämsern sowie Lanzen, die sie auf die Maultiere richteten.

Der vierte hatte anstelle einer Lanze eine Fahne in der Hand, die er nun eifrig hin und her schwenkte. Sie zeigte ein schwarzes Kreuz, dessen vier Balken jeweils in gegabelten Enden ausliefen.

»Haltet an in Gottes und des heiligen Lazarus Namen!«, rief ihnen der mit der Fahne entgegen.

»Heilige Muttergottes! Ist etwa die Mieselsucht unter Euch?«

Rolf wurde totenbleich, ebenso Betz und sogar der unerschütterliche Utz hatte schlagartig seine frische Gesichtsfarbe verloren: Galt dieser Heilige doch als Schutzpatron der am Aussatz Erkrankten.

Die Seuche – nach dem Schwarzen Tod die schlimmste Geißel Gottes – hatte offenbar ihren Weg in dieses liebliche Tal gefunden.

»Jawohl, Herr! Dem Herrgott sei's geklagt! Den ältesten Sohn des hiesigen Grafen hat's erwischt! Gott allein weiß, wo er sich das Übel geholt hat. Jetzt eben wird er vom ganzen Dorf zur Totenmesse geleitet, die für ihn gelesen wird. Wenn Ihr wollt, mögt Ihr immerhin teilnehmen und für ihn beten.«

In diesem Augenblick tauchte eine ansehnliche Menschenmenge, singend und betend, aus dem Nebel auf und bog von rechts auf den Hauptweg ein. Vorneweg schritt ein Geistlicher im weißen Chorrock über der schwarzen Soutane, ein silbernes Kruzifix auf einer langen Stange tragend, begleitet von zwei Weihrauchfass schwenkenden Ministranten.

Hinterdrein kamen – ihrer bestickten und mit Pelz verbrämten, vornehmen Kleidung nach zu schließen – die Honoratioren der Umgebung, vermutlich die Familie des vom Aussatz Befallenen, sowie die reichsten Bauern. Ärmeres Volk schloss sich an, Knechte, Mägde und auch viele Kinder.

In weitem Abstand – aus panischer Furcht vor Ansteckung von der Gemeinde getrennt – folgte der Kranke selbst. Der junge Mann, hochgewachsen und kräftig gebaut, war in ein weißes, bodenlanges Gewand gehüllt, eine Kapuze bedeckte weitgehend sein Haar, und sein Gesicht wurde von einem schwarzen Bart umrahmt. Sein Schritt war aufrecht und federnd, nichts deutete darauf hin, dass ihn die entsetzliche Seuche heimgesucht hatte. Die Hände hielt er gefaltet, und laut ertönte seine Stimme, mit der er den etwas dünnen Gesang der Gemeinde unterstützte.

Rolf wandte sich leise an seine Verwandte. »Was ist, Lena, wollen wir ebenfalls für den armen Mann und seine Seelenstärke, mit der er sein schweres Schicksal ertragen muss, beten? Weiterfahren können wir ohnehin erst, sobald die Straße wieder freigegeben ist.«

Das Mädchen zuckte mit den Achseln. »Warum nicht? Er mag zwar ein Sünder sein, aber die Strafe, mit der der Herrgott ihn bedacht hat, ist arg grausam.«

Auch hinter dem Befallenen klaffte eine große Lücke. Erst nach etwa zwanzig Metern beschlossen mit Schwertern, Lanzen und Armbrüsten bewaffnete Männer den Elendszug.

Dass diese Prozession so martialisch bewacht wurde, geschah offiziell »zum Schutz des Kranken«. Aber Magdalena und alle anderen wussten, dass der Sinn des Ganzen folgender war: Sollte der am Aussatz Erkrankte Anstalten machen, zu fliehen, würden die Männer keinen Augenblick zögern, ihn zu töten. Und es geschähe sogar mit dem Segen der Kirche …

Unmittelbar hinter den Bewaffneten schlossen sich Rolf und seine Reisegefährten an, wobei Utz und Betz das Entsetzen ins Gesicht geschrieben stand. Ein mit einer Armbrust ausgestatteter Bursche ließ sich ein wenig zurückfallen, um die Neuankömmlinge einer eingehenden Befragung zu unterziehen.

Rolf gab Auskunft über Namen, Beruf sowie das Woher und Wohin ihrer Reise durchs Gebirge und erkundigte sich seinerseits über den armen jungen Menschen, dessen Leben nach der heiligen Messe, die anschließend für ihn gelesen würde, offiziell zu Ende war.

»Drei Ärzte haben Graf Eitelfried untersucht, als der erste Verdacht aufkam«, setzte der Mann sie ein wenig wichtigtuerisch in Kenntnis. Er trug lange hirschlederne Hosen, einen wollenen Umhang und eine eng anliegende Lederkappe.

»Der erste machte den Aderlass und die Blutprüfung, der zweite Doktor begutachtete ihn nackt vom Scheitel bis zur Sohle und der dritte unternahm die Harnschau. Alle drei fanden deutliche Anzeichen des Aussatzes an ihm. Also muss er die Gemeinschaft der Lebenden verlassen.«

Magdalena schauderte, und auch ihr Vetter sowie Utz und Betz fröstelten. »Damit ist der junge Edelmann aus der menschlichen Gemeinschaft ausgestoßen, er wird für tot erklärt und wird bis zu seinem wirklichen Ableben einzig und allein zum Umgang mit seinesgleichen verdammt. Wäre er verheiratet, gälte seine Ehe als aufgelöst. Alles, was er besitzt, fällt seiner Familie zu oder – sollte er keine haben – der Kirche«, fügte der geschwätzige Zeitgenosse hinzu. »Unser junger Graf ist zum Glück noch unverheiratet, aber seine Eltern leben noch. Kinder hat er keine.«

Letzteres war ein Segen – galt die Mieselsucht doch als eine vererbbare Krankheit.

Bald hatte die traurige Prozession – viele der Teilnehmer weinten laut – ihr Ziel, eine bescheidene Dorfkirche samt kleinem Gottesacker inmitten einiger um sie gruppierter Höfe, erreicht. Der Befallene kniete in der Mitte des Kirchenschiffs auf dem kalten Steinboden nieder – in gebührendem Abstand von Priester und Altar und den übrigen Gläubigen.

Magdalena, die sich ziemlich weit vorgewagt hatte, sah, dass der Priester, der inzwischen den weißen Chorrock abgelegt hatte und in schwarzem Gewand vor dem Altar stand, offensichtlich darauf wartete, dass die Sterbeglocke ihr Geläut einstellte, um mit der üblichen Totenmesse zu beginnen.

Sie beobachtete, wie vier vermummte und mit Handschuhen versehene Kirchendiener den Grafensohn aufhoben und auf einen vor dem Altar bereitstehenden Katafalk legten. Der »Tote« lag auf dem Rücken und hatte die Augen geschlossen. Zwischen die Finger der gefalteten Hände klemmte ihm einer der Männer ein kleines silbernes Kreuz.

Der Priester stimmte nun die Sterbegesänge an, und das Schluchzen der Gemeinde im Kirchenschiff wurde lauter. Vor allem eine verschleierte Dame – Magdalena hielt sie für die Mutter des jungen Mannes – weinte herzzerreißend.

Während der Pfarrer fortfuhr, die Totenmesse zu zelebrieren, wurde es allmählich stiller, das Weinen verebbte.

Ein Ministrant fiel Magdalena auf, der auf einen Wink des Priesters hin den Altarraum verließ und sich seitlich in die Sakristei begab. Als er zurückkehrte, trug er einen Eimer und eine kleine Schaufel bei sich und stellte beides neben dem Katafalk ab. Der Geistliche wandte sich dem scheinbar Verstorbenen zu, hob segnend die Hand über dessen Haupt und sprach dabei auf Lateinisch die Worte, welche die junge Frau schon des Öfteren bei Begräbnissen gehört hatte:

Memento homo quia es ex pulvere et in pulverem reverteris.

Dann griff der Pfarrer nach der Schaufel, fuhr damit in den Eimer und bestreute zu Magdalenas Befremden den jungen Grafen mit Erde aus dem Gefäß – ganz so, als läge er tatsächlich in einem Grab.

Anschließend näherten sich die Familienmitglieder und besten Freunde des jungen Mannes und vollzogen das gleiche Ritual. Solange das makabere Geschehen andauerte, waren erneut das Weinen der Mutter sowie das Schluchzen seiner übrigen weiblichen Verwandten zu vernehmen. Zuletzt sang die Gemeinde noch ein Lied, das seine Seele dem himmlischen Vater anempfahl; danach verließen die Trauergäste die Kirche.

Aber niemand ging nach Hause. Alle warteten vor dem Gotteshaus, dessen Haupteingang ein Kirchendiener verschloss. Nach einer Weile öffnete sich die kleine Seitentür, und allen kroch ein eisiger Schauder über den Rücken:

War doch das Geräusch der »Lazarusklapper« zu hören, womit der Aussätzige die Mitmenschen vor seinem Herannahen warnte. Alle wichen noch weiter zurück und stellten sich in einem großen Bogen vor der Eingangspforte auf.

Der aus der menschlichen Gemeinschaft Ausgestoßene hatte inzwischen das »Lazaruskleid« – einen grauen Mantel – übergestreift, bestickt mit zwei weißen Händen auf der Vorderseite des Oberteils. Dazu hatte man ihm einen großen Hut mit breiter Krempe und weißem Rand gegeben, ein Paar Handschuhe, die er ständig tragen musste, um durch seine Berührung von Gegenständen die Krankheit nicht zu verbreiten, und zum Schluss die gefürchtete Rassel, um Gesunde zu warnen.

Niemand sprach auch nur ein einziges Wort mit ihm, alle taten, als wäre er gar nicht vorhanden. Auch er selbst suchte nicht die Augen seiner Lieben. Nicht einmal seine eigene Mutter, an der er im Abstand weniger Schritte vorüberging, würdigte der Aussätzige eines Blickes – geschweige denn einer Anrede.

Die untröstliche Frau blieb ebenfalls stumm. Sie sandte ihrem verstoßenen Sohn allerdings einen Blick voll brennender Liebe hinterher. Magdalena und alle, die es sahen, wussten, dass es ihr in diesem Augenblick das Herz brach.

Dieselbe Prozession, die den Grafen singend und betend in die Kirche begleitet hatte, gab ihm nun schweigend das Geleit hinaus aus der Gemeinde.

Der Geistliche allerdings fehlte dieses Mal: Hatte er den Toten ja bereits »unter die Erde gebracht« …

Der Aussätzige wurde, wie man es nannte, »aufs freie Feld verbannt«. Die Krankheit hieß daher auch »Feldkrankheit«. Am Dorfrand kehrten die Familie, die Freunde und Bekannten um, auch die Bewaffneten, ohne ihm auf Wiedersehen zu sagen – ja, es schien, als schauten sie durch ihn hindurch: Er bewegte sich fortan außerhalb ihrer Wahrnehmung.

Wollte der Grafensohn nicht umkommen in der Wildnis, war es am klügsten, er machte sich auf nach der nächsten

Stadt. In nahezu jeder größeren gab es inzwischen vor den Stadtmauern Heime, speziell für die Aussätzigen. Sie besaßen ihre eigene Kapelle und sogar ihre eigenen Friedhöfe, denn die Erkrankten durften auch nach ihrem Tod nicht mehr in die Gemeinschaft der Ihren zurückkehren.

Magdalena liefen die Tränen in Strömen über das Gesicht. Obwohl sie den jungen Mann nicht gekannt hatte, ging ihr sein grausames Schicksal ans Herz. Das Volk war der Ansicht – und die Kirche bestärkte es darin –, die »Mieseln« seien des Herrgotts Strafe für die schwere Sünde, mit einer Frau während der Zeit ihrer Menstruation geschlechtlichen Umgang gehabt zu haben. Man glaubte, das ausgeschiedene Monatsblut sei voller Gift und stecke nicht nur den jeweiligen Partner an, sondern führe auch bei eventuell gezeugten Kindern zum Aussatz …

»Der junge Graf hätte sich halt beherrschen und sich von menstruierenden Weibern fernhalten sollen«, hörte Magdalena einen feisten, gut gekleideten Edelmann zu seinen wissend nickenden Freunden sagen. Diese Worte taten der jungen Apothekerin in der Seele weh. Zum Schaden hatte der junge Mensch heimlich noch den Spott und die Verachtung der »anständigen Christen« zu ertragen. Einen Ort zu betreten war ihm fortan nur noch erlaubt, wenn er eifrig seine Klapper benutzte und laut »Unrein!«, »Unrein!« rief.

Meistens standen diese Elendsgestalten an den Kirchentüren und bettelten um Almosen. An langen Stöcken hielten sie dabei Stoffbeutel, die unten mit einem Glöckchen versehen waren, den frommen Kirchgängern unter die Nase. Und diese ließen, zutiefst geängstigt – oft auch von ehrlichem Mitleid erfasst –, ihre milden Gaben in die Klingelbeutel fallen.

Wie Magdalena wusste, wurde der Anblick der vom Aussatz Heimgesuchten mit dem Fortschreiten der Krankheit immer entsetzlicher. Auch an Ravensburgs Stadttoren hatte sie die Ärmsten gesehen, in den verschiedensten Stadien ihres Verfalls.

Mit starrem, wildem Blick aus weit aufgerissenen Augen ohne Wimpern, einer rauen Stimme, oftmals einer verformten, eingesunkenen Nase und einem missgestalteten Mund, nebst ekelerregenden eitrigen Pusteln im Gesicht und abgefaulten Fingern und Zehen, waren sie der Alptraum eines jeden Bürgers, sobald sie sich ihm näherten und dabei unbeholfen gestikulierend um Almosen baten.

»Jeder hat Angst vor den armen Teufeln«, murmelte Rolf, als sie wieder zu ihrem abgestellten Fuhrwerk zurückkehrten.

Magdalena lachte bitter auf.

»Ja, und so wie man beschwichtigend den Tod als ›Freund Hein‹ bezeichnet, nennt man die Aussätzigen ›Gutleut‹. Mein Vater hat immer bedauert, dass er ihnen nicht helfen konnte; es gibt kein Heilmittel, obwohl manche Ärzte das unsinnigste Zeug empfehlen, darunter das Fleisch von giftigen Ottern, sowie Wein, in dem sie lebende Vipern gesotten haben.«

»Ich kenne einen noch viel schrecklicheren Aberglauben«, sagte Rolf und blickte in ihr blasses Gesicht. »In der Legende vom heiligen Sylvester erfahren wir über die Mieselsucht Kaiser Konstantins, die durch ein Bad im Blut unschuldiger Kinder geheilt werden sollte. Man glaubte zudem – und viele tun es jetzt noch, wie wir gerade gehört haben –, dass die Krankheit eine gerechte Strafe Gottes dafür ist, wenn ein Mann mit einer Frau verkehrt, die ihre Reinigung hat.«

Magdalena dachte unwillkürlich an die Worte ihres Vaters: »Während die Frau menstruiert, kann sie den Samen ihres Mannes empfangen, ohne schwanger zu werden. Es sind dies die einzigen Tage im Monat, an denen sie geschlechtlichen Umgang haben kann, ohne eine Empfängnis befürchten zu müssen. Deshalb verbietet die Kirche auch das eheliche Beisammensein zu diesem Zeitpunkt und sorgt dafür, dass allerhand Schauermärchen über das giftige Menstruationsblut verbreitet werden.«

Aber sie hatte nicht vor, mit ihrem Vetter über so intime Details des Frauenlebens zu sprechen. Sie schüttelte sich.

»Lass uns von etwas anderem sprechen«, bat sie. »Ich fürchte, ich werde heute Nacht sowieso von diesem armen Menschen träumen, dem sie gerade die Totenmesse gelesen haben.«

»Was nützt dem bedauernswerten Kerl jetzt sein adliger Stammbaum, sein ganzes Geld, sein hohes Ansehen? Verachtet, ausgestoßen und verbannt ist er, wie alle seine Leidensgenossen«, äußerte gedankenschwer der Unfreie Utz. »Da bin ich lieber Knecht, aber gesund.«

Er schwang sich auf den Sitz, um das Gespann wieder voranzutreiben. Über einen halben Tag hatten sie bereits verloren; auch heute würden sie Konrad Grießhaber kaum einholen.

KAPITEL 19

Die darauffolgende Nacht war überaus unbequem. Durch die Verzögerung mit dem Aussätzigen und aufgrund des immer noch andauernden Regenwetters, das den Weg schlüpfrig und gefährlich machte, fanden sie vor Einbruch der Dunkelheit keine Herberge. An einem einzigen Wirtshaus waren sie vor etwa einer Stunde vorbeigekommen.

»Komm mit, Lena, und schau dir den Wirt an, ob du dich ihm für eine Nacht anvertrauen willst«, forderte Rolf seine Base auf. Aber der Wirt und seine verwahrlosten Knechte machten einen so abstoßenden Eindruck auf Magdalena, dass sie heftig den Kopf schüttelte. Worauf der junge Schmied mit ihr umkehrte und erneut auf den Wagen kletterte.

»Ich glaube, es ist am besten, Vetter, wenn wir für diese Nacht unter einem Baum Zuflucht suchen und dort die dunklen Stunden abwarten«, schlug das Mädchen vor.

»Ich wollte gerade dasselbe vorschlagen, Base. Es ist bald finster, und wir sollten nicht riskieren, dass sich eines der Maultiere ein Bein bricht. Halt an, Utz! Dort drüben auf der Wiese unter der Buche werden wir Rast machen. Wir wollen hoffen, dass uns morgen besseres Reisewetter beschert ist – dann haben wir auch Aussicht, Konrad Grießhaber endlich zu treffen. Unter diesen Umständen wird auch er mit seiner noch geschwächten Ehefrau längst irgendwo Einkehr halten, um ihre Gesundheit nicht erneut zu gefährden.«

Magdalena sagte kein Wort dazu. Einerseits war sie zu müde, andererseits hatte sie allmählich die Hoffnung nahezu aufgegeben, Konrad überhaupt jemals einzuholen. Es kam ihr mittlerweile so vor, als sollte sie ihr ganzes weiteres Leben hinter ihm herlaufen, ohne ihn jemals zu erreichen. Aus tausenderlei Gründen war und blieb er ihr immer einen oder zwei Tage voraus …

Utz spannte die Maulesel aus, band ihnen jedoch die Hinterbeine zusammen, um sie am Davonlaufen zu hindern. Sie sollten im Umkreis ihrer Lagerstätte bleiben und sich am Gras, das auf der Lichtung wuchs, satt fressen. Der Wagen mitsamt seiner Ladung stand einigermaßen trocken unter dem dichten Geäst der alten Buche, und sein Eigentümer hoffte, dass sie eine leidlich ungestörte Nacht vor sich hätten.

Nachdem man etwas Brot und gedörrtes Rindfleisch verzehrt hatte – die Männer überdies »Krumme Krapfen«, Teigwürste aus Mehl, geriebenem Hartkäse und Eiern, gewürzt mit Salz und dem kostbaren Pfeffer –, hatte sich jeder noch einen halben Krug Wasser aus einem durch die Wiese mäandernden Bach gegönnt.

Als Rolf die Nachtwachen eingeteilt hatte, legte Magdalena sich auf die mit Stroh gefüllte Matratze und deckte sich gut zu. Betz verzog sich mit einem dicht gewebten Tuch unter den Wagen, und die beiden erwachsenen Männer blieben noch unter dem Baum sitzen, unterhielten sich leise und würden bis eine Stunde nach Mitternacht Wache halten. Dann wollten sie Betz wecken, damit der Junge auch seinen Anteil an dem Wachdienst verrichtete.

»Ich werde den Kleinen allerdings schon nach zwei Stunden wieder ablösen, damit er noch bis sechs Uhr schlummern kann«, kündigte der Schmied an. »Kinder brauchen ihren Schlaf. Nie im Leben glaube ich, dass unser Betz schon fast siebzehn sein soll!«

»Ich auch nicht, Herr«, stimmte Utz brummend zu. »Wenn das Bürschlein dreizehn Jährchen auf seinem schmalen Buckel hat, dann ist das viel – aber keinen Monat mehr. Da verwette ich meinen Hut!«

»Wenn ich ihn ordentlich füttere, dann wird das Bübchen schon wachsen«, prophezeite Rolf. Dann schwiegen beide Männer eine längere Zeit, und es war nur das gemächliche Gräserrupfen der Maultiere sowie das Pladdern der Regentropfen auf dem Blätterdach und auf der Plane jenes Teilstücks vom Wagen zu hören, das unter dem ausladenden Geäst der Buche keinen Platz mehr gefunden hatte.

Magdalena, deren Kind sich in ihrem Leib ausnahmsweise ziemlich ruhig verhielt, träumte in dieser Nacht lauter wirre, unzusammenhängende Szenen von Konrad, der plötzlich wie Rolf aussah und eine Schaufel in der Hand hielt.

Auf einmal war ihr Vetter verschwunden und sie stand allein in einer Kirche. Sie wartete lange auf Konrad, weil sie ihm ihr Kind, das seltsamerweise bereits geboren war, zeigen wollte. Als Nächstes erschien ein Pfaffe in schwarzer Soutane und fragte, was sie in der Kirche zu suchen habe.

»Der Vater des Kindes muss den Namen für seinen Sohn auswählen«, erklärte sie dem Geistlichen. Es war derselbe, der am Morgen die Totenmesse für den Grafensohn gehalten hatte. Letzterer schritt plötzlich auf sie zu, wobei er die Lazarusklapper vor ihrem Gesicht schwenkte.

»Geh weg!«, schrie Magdalena im Traum auf. »Du wirst mein Kind verseuchen!« Aber der Pfarrer, der plötzlich das Antlitz des Aussätzigen hatte, lachte bloß. »Unsinn! Welches Kind? Ich sehe keins.«

Magdalena blickte um sich. Und wirklich! Ihr kleiner Sohn, den sie Konrad hatte präsentieren wollen, war von dem Katafalk, auf dem sie ihn abgelegt hatte, verschwunden – ebenso wie der Geistliche. Der Mieselsüchtige aber verließ laut lachend die Kirche. Als das Portal mit einem Donnerschlag hinter ihm zuknallte, wachte sie mit einem Schrei schweißgebadet auf.

»Du Arme! Was ist mit dir? Hast du schlecht geträumt?« Die junge Frau bemerkte, dass sie aufrecht saß und Vetter Rolf sie mit seinen Armen umschlang. Neben ihrem Deckenlager hatte er eine Laterne abgestellt, die ihren milden Schein im Inneren des Wagens verströmte.

»Oh mein Gott, ja! Ich hatte meinen Sohn bereits geboren, und auf einmal war er verschwunden, obwohl ich ihn Konrad zeigen wollte. Aber auch Konrad war plötzlich fort, dafür war der Aussätzige von heute Morgen da und hat mich erschreckt!«

Dass die Person Konrads sich mit Rolf vermischt hatte, verschwieg sie allerdings …

»Beruhige dich, meine Liebe. Es war heute ein bisschen viel für dich, nicht wahr? Das Schicksal des für tot Erklärten hat dir sehr zugesetzt, das ist mir nicht entgangen. Das spricht für dein mitfühlendes Herz und deine Empfindsamkeit. Von den Trauergästen waren leider nicht alle so gut auf den jungen Mann zu sprechen. Viele von ihnen waren Pharisäer, die sich mit ihrer angeblichen eigenen Unbescholtenheit brüsteten und lieber anklagend auf ihren armen Mitbruder deuteten.«

»Du hast es ebenfalls gespürt, nicht wahr? Ach, Vetter, ich bin so froh, dass du nicht so bist! Ja, der Traum, aus dem ich gerade erwacht bin, war nicht sehr schön. Habe ich dich etwa geweckt?«

»Ist alles in Ordnung?«, hörten beide in diesem Augenblick die besorgte Stimme von Utz. Magdalena musste unwillkürlich lachen. »Jetzt fehlt bloß noch, dass auch Betz aus seinem Schlummer hochgeschreckt ist.«

Aber da konnte der Knecht sie beruhigen: »Der Kleine liegt unter dem Karren und schnarcht wie ein Bär. Kinder haben zum Glück einen guten Schlaf.«

Magdalena, die nun das Ungeborene in ihrem Schoß sich regen spürte, hoffte, dass alle wenigstens den Rest dieser Nacht noch ungestört verbringen konnten. Und morgen? Ja, morgen würde man weitersehen …

»Sechs Hände – mindestens – könnte ich derzeit brauchen«, stöhnte Dr. Julius Zängle. Allmählich drohten ihm die Aufgaben über den Kopf zu wachsen. Flink wie ein Wiesel rannte er Tag für Tag in Konstanz hin und her. Es lohnte sich meist nicht, ein Pferd zu nehmen, denn alle paar Augenblicke musste er ohnehin absteigen, um nach dem Rechten zu sehen.

Am meisten beschäftigte ihn die Beschaffung geeigneter Quartiere. Er hatte es inzwischen dahin gebracht, sich einen ungefähren Überblick über die zu erwartende Anzahl der Gäste und ihre vermutliche Verweildauer beim Konzil zu verschaffen. Freilich konnten ihm alle möglichen Umstände einen Strich durch die Rechnung machen; daher berechnete er alles Erforderliche recht großzügig. Aber er wusste auch: Der Teufel steckte immer im Detail …

Mittlerweile ging er von einem Heiligen Vater aus – nur Johannes XXIII. hatte sich bisher in der Stadt angekündigt –, ferner von drei Patriarchen, neunundzwanzig Kardinälen, dreiunddreißig Erzbischöfen sowie dreihundert Bischöfen, hinzu kämen noch die weltlichen Würdenträger.

»Allein der habsburgische Herzog von Tirol wird mit seinem Gefolge etwa sechshundert Pferde mitbringen und die entsprechende Anzahl an Stallburschen«, beklagte sich Julius bei einem der Stadtväter, der versucht hatte, die Aufgabe Zängles herunterzuspielen. »Von den Huren will ich gar nicht reden! In Scharen werden sie in Konstanz einfallen, weil sie sich glänzende Geschäfte versprechen. Ich rechne im Minimum mit achthundert Hübschlerinnen, es können aber genauso gut tausendfünfhundert werden!«

»Oh! Meint Ihr nicht, dass Ihr da etwas übertreibt?« Der Ratsherr, Simon Dammert, ein schwerreicher, etwas behäbiger Mann, der sein Vermögen mit dem Handel von Leinwand, Gewürzen und Färbemitteln gemacht hatte, schien nun doch etwas erschrocken.

»Ich fürchte, nein.« Der Jurist Zängle wischte sich mit einem Tuch den Schweiß von der Stirn. Der Tag versprach wiederum ein glühend heißer zu werden, und er fühlte bereits um neun Uhr vormittags, wie ihm der juckende Schweiß unter Hemd, Wams und Überrock über Brust und Rücken rann.

Es ging ihm wie allen anderen auch: Jedermann schwitzte und dampfte, und wo sich Menschenansammlungen bildeten, war die Luft alsbald von unangenehmem Schweißgeruch erfüllt. Die Kleider der Leute waren aus viel zu dicken Stoffen gefertigt, außerdem trug man für gewöhnlich mehrere Schichten übereinander. Das Haus des Ratsherrn, in dessen Salon sie beisammensaßen, hatte sich inzwischen auch gehörig erwärmt, da selbst die Nächte keine rechte Abkühlung mehr boten. Die Luft in dem großzügig geschnittenen Anwesen war stickig, und es war fast noch unerträglicher als draußen in der Morgensonne.

Zängle seufzte. »Diese Hitze!«

»Weiß Gott, ja!« Ratsherr Dammert ächzte ebenfalls. »Aber Ihr habt wenigstens den Vorteil, schlank zu sein. Mich wärmt meine Speckschicht doppelt. Da lob' ich mir die heidnischen Schwarzen in Afrika: Die laufen durch die Gegend, wie Gott der Herr sie geschaffen hat – ohne zu schwitzen.«

»Wahrscheinlich. Aber, im Vertrauen: Möchtet Ihr ein armer, verlorener Heide sein?« Zängle lachte. »Dann doch lieber heute unter dem bisschen Hitze leiden, als einst im ewigen Höllenfeuer schmoren, oder?« Simon Dammert nickte ergeben, ehe sie sich wieder der Unterbringung der zu erwartenden Gäste zuwandten.

»Wie ich es sehe«, gestand Julius Zängle, »wird es sich nicht vermeiden lassen, die Teilnehmer am Konzil auch auf die umliegenden Orte zu verteilen. Ich habe vorsichtshalber Räumlichkeiten bis Überlingen angemietet. Reitknechte und anderes niederes Volk werden im Stroh schlafen müssen, unter den Häusertreppen, auf Dachböden und bei den Pferden.«

Inzwischen gesellte sich ein weiterer Rat der Stadt, Dominikus Läpple, ein Meister der Steinmetzzunft, zu den beiden. »Wie man hört, Doktor, habt Ihr die Stadtknechte einem Ritter Bodman als Marschall unterstellt? Das mag in Euren Augen zwar recht und gut sein, aber es erscheint mir doch ein wenig sehr eigenmächtig, findet Ihr nicht?«

Sein Kollege und der Notar schauten ihn fragend an.

»Wie meint Ihr das?«, erkundigte sich Julius verblüfft. »Ich bin mir keiner Schuld bewusst. Herr von Bodman ist ein guter Christ und vortrefflicher Kriegsmann und versteht sein Geschäft. Die Obrigkeit hat mir den Auftrag erteilt, alles nach meinem Gutdünken zu besorgen. Somit bin ich auch allein für alles verantwortlich und muss auch meinen Kopf hinhalten, wenn etwas schiefgeht, oder?«

Der Kritiker wurde ob dieser Zurechtweisung rot. »Trotzdem! Ich bin der Meinung, Ihr hättet den Rat der Stadt zumindest vorher davon in Kenntnis setzen müssen, ehe Ihr so weitreichende Entscheidungen, die die Sicherheit der Stadt anbelangen, trefft.«

»Jetzt macht aber einen Punkt, mein Lieber!«, ereiferte sich der andere Stadtvater. »Seien wir froh, dass wir einen Mann gefunden haben, der es auf sich nimmt, diese undankbare Sisyphusarbeit zu erledigen. Ihn jetzt durch kleinliche Vorschriften behindern zu wollen, finde ich nicht gerade sehr hilfreich, Meister Dominikus.«

Simon Dammert war regelrecht in Rage geraten, und sein Gesicht zeigte bereits die Farbe von Klatschmohn.

»Wenn Ihr meint!«, gab Läpple scheinbar leichthin nach. Mit einer fahrigen Handbewegung wischte er seinen Einwand gleichsam weg. »Einen schönen Tag wünsche ich den Herren noch!« Damit machte er sich davon.

Gleich darauf bedeutete auch Dammert, er habe seinen Geschäften nachzugehen, und Zängle verabschiedete sich mit gemischten Gefühlen. Doch kaum hatte er das Haus verlassen, eilte er auch schon weiter – ein beachtliches Tagespensum galt es auch heute zu bewältigen. Mit den Fischhändlern musste er noch einen Konsens über die Preise von Felchen und Hechten erzielen.

Außerdem wollte er mit Ritter Bodman vereinbaren, dass dieser zu Beginn des Konzils eine genaue Bestandsaufnahme der einheimischen und zugereisten Huren vornahm und alle Hübschlerinnen mit den festgelegten Tarifen bekanntmachte – und mit den entsprechenden Strafen bei Zuwiderhandlung.

Das brachte ihn ganz nebenbei zu der Überzeugung, dass es zudem ratsam sei, über die Kapazität geeigneter Kerkerzellen nachzudenken …

KAPITEL 20

In Ravensburg war im Hause Scheitlin eine Art Waffenstillstand eingetreten. Davon profitierte in erster Linie Margret; sie war nicht länger die Person, an der der Hausherr seine schlechte Laune ausließ. Mauritz hatte es sich nämlich zur unguten Gewohnheit gemacht, sie mit Schlägen auf die Oberarme und in die Seite zu traktieren, wenn ihm etwas gegen den Strich ging …

Aber auch Elise Scheitlin genoss es, dass nicht mehr jeden Tag die pöbelnde Stimme ihres Sohnes in ihre Gemächer im oberen Stockwerk drang. Keine der Frauen wusste, was diesen Wandel bewirkt hatte, denn Scheitlin hielt es freilich nicht für notwendig, Ehefrau oder Mutter in Kenntnis zu setzen.

Mauritz hatte sich endlich mit der Oberin des Klosters Sankt Marien am See, in das er seine Nichte am liebsten auf Dauer verbannt hätte, geeinigt. Die Ehrwürdige Mutter Notburga hatte schweren Herzens nachgegeben und die Mitgift Magdalenas sowie ihre zurückgelassene Kleidung, ihre Bettwäsche, ihre Bücher, ihre Matratze und alles andere, was sie ins Kloster mitgebracht hatte, dem Oheim zurückerstattet.

»Was bin ich froh, dass ich mit dieser von blanker Habgier zerfressenen Nonne vom Bodensee nichts mehr zu schaffen habe«, äußerte Mauritz etlichen Bekannten gegenüber großmäulig. »Ich habe ihr gehörig eingeheizt, damit sie endlich das Geld und die Sachen Magdalenas herausrückt. Ich habe Notburga sogar mit einer Anzeige beim Bischof gedroht. Da hat sie es mit der Angst zu tun bekommen und mir freiwillig alles ausgehändigt, was ich verlangt habe. Ja, Freunde, ich kenne meine Rechte!«

Diese hatten dazu wohlweislich geschwiegen. Insgeheim nahmen sie an, dass auch die Klosterfrauen froh waren, mit dieser Sorte Mann nichts mehr zu tun zu haben.

Aber damit war die plötzliche Glückssträhne von Magdalenas Vormund noch nicht beendet. Wie es sich fügte, hatte er in einem Wirtshaus in Habacht – einem winzigen Dorf nahe dem südlich von Ravensburg gelegenen Meckenbeuren – einen wandernden Apothekergesellen getroffen.

Der hatte etliche Jahre in Italien verbracht und befand sich auf dem Heimweg in seinen Heimatflecken Mochenwangen, ein kleiner Ort nördlich von Ravensburg. Großspurig stellte sich Scheitlin dem jungen Mann als Stadtapotheker von Ravensburg vor, der möglicherweise einen Helfer beschäftigen könne, weil er selbst so viele Aufgaben und Ämter in der Stadt wahrzunehmen habe, dass er leider darüber das Geschäft des Pharmazeuten vernachlässigen müsse.

Er befragte den jungen Mann gründlich und stellte im Stillen fest, dass er ihm auf gar keinen Fall das Wasser reichen konnte. Der Bursche hatte studiert, war umfassend gebildet, und seine Kenntnisse reichten weit über das hinaus, was Scheitlin jemals über Krankheiten, Arzneien und Behandlungsmethoden gehört hatte.

Das störte Mauritz jedoch keineswegs, denn das war genau das, was er gesucht hatte. Er hatte nämlich nicht vor, sich persönlich noch einmal in die Apotheke zu stellen; der deutliche Anpfiff des Ortsvorstehers Jodok Finsterwald reichte ihm völlig. Sollte ihm nur noch ein einziger Fehler unterlaufen, dann nähme die Stadt ihm die Apotheke weg – das konnte und wollte er nicht riskieren.

Scheitlin versuchte zwar, mit seiner gewohnten Bauernschläue den anderen im Lohn zu drücken, aber Wendelin Traugott, genannt »Wenz«, war auch in dieser Sache kein Anfänger, sondern verhandelte hart und geschickt. Hatte er doch während der Unterhaltung seinerseits schnell begriffen, dass sein künftiger Arbeitgeber weniger als nichts von der Materie verstand.

Zähneknirschend sagte Magdalenas Vormund ihm schließlich alles zu, was der junge Mann verlangte. Zu einem höchst anständigen Gehalt bat er sich zu jedem Dreikönigsfest ein Paar neue Stiefel, warme Hosen und einen wollenen Überrock aus. Kaum hatte Mauritz grämlich genickt, schob Wenz umgehend noch die Forderung nach, an Ostern jeweils zwei Hemden und neue Sandalen zu erhalten.

»Und außerdem einen langen grauen Apothekerkittel.

Meiner ist mir im Laufe der Jahre zu eng geworden«, grinste er fröhlich.

Mauritz lag schon auf der Zunge: »Dann solltet Ihr halt weniger fressen!«, aber er hielt sich gerade noch zurück. Er konnte es sich einfach nicht leisten, diesen Prachtburschen wieder vom Haken zu lassen. Um sich den Anschein zu geben, er täte Wendelin Traugott einen Gefallen, behauptete er großspurig, dass er noch viele andere gute Bewerber habe und sich erst in Ravensburg würde entscheiden können.

»Aber Ihr könnt mit mir kommen und Euch meine Apotheke immerhin schon einmal ansehen«, gestattete er gnädig.

»Das ist sowieso meine Vorbedingung«, entgegnete Wenz ganz kühl. »Ich würde niemals endgültig zusagen, ohne meinen künftigen Arbeitsplatz vorher genau inspiziert zu haben. Ich muss doch erst prüfen, ob die Ausstattung meinen Vorstellungen entspricht, ob genügend Arzneivorräte vorhanden sind, wie der Nachschub geregelt ist und ob die Apothekengewichte in Ordnung sind. Und nicht zuletzt müsste die Frage meiner Unterkunft auch noch erörtert werden. Ich stelle mir zwei Kammern mit eigenem Abtritt im Obergeschoß der Apotheke vor.«

»Wieso gleich zwei?«, verlangte Scheitlin ein wenig ärgerlich zu wissen. »Für eine Person reicht doch gewiss ein Zimmer, und den Abort könnt Ihr Euch ruhig mit jemandem teilen.«

»Und was ist, wenn ich heiraten möchte?«, entgegnete der junge Mann schlagfertig. Beinahe wäre Mauritz doch noch der Kragen geplatzt, aber er hielt sich zurück. Dem Bürschchen würde er zur rechten Zeit schon noch zeigen, wer der Herr im Haus war …

Dennoch war er bei seiner Rückkehr nach Ravensburg in bester Laune, denn der Bader und ehemalige »Dreckapotheker« Scheitlin war überglücklich, die Verantwortung endlich los zu sein. Hatte er doch schon Schwierigkeiten, die Rezepte, welche die Herren Doctores Medicinae ausstellten, überhaupt zu lesen …

Zur Entzifferung dieser Verordnungen war nicht nur die Kenntnis der gebräuchlichen Medizinalgewichte sondern auch der Rezepturbezeichnungen erforderlich. Bei letzteren haperte es bei ihm ungemein. Es hatte ihn immer schon geärgert, dass seine Nichte Magdalena damit keine Schwierigkeiten hatte.

Als er noch mit dem Bauchladen voller »Gesundheitswässerchen« und obskurer Pülverchen durch die Lande zog, hatte es genügt, als Maßeinheit Löffel, halbe Löffel, Messerspitzen oder »Prisen« – die kleine Menge zwischen Daumen und Zeigefinger – zu gebrauchen.

Er wusste gerade noch, dass das Medizinalpfund – abgekürzt lb von *libra* – 360 Gramm wog und in 12 Unzen aufgeteilt wurde. Demnach wog eine Unze 30 Gramm. Wenn es ganz wenig sein sollte, war er noch imstande, eine halbe Unze, also 15 Gramm, abzumessen. Aber das war es dann auch schon.

Davon, dass die Unze acht Drachmen oder »Quäntchen« enthielt, hatte er nicht den Hauch einer Ahnung. Und gar, dass die Drachme 3,75 Gramm wog oder drei Skrupel, von denen jedes wiederum 1,25 Gramm auf die Apothekerwaage brachte, davon wusste er noch viel weniger. Und von der Tatsache, dass ein Skrupel 20 Gran enthielt und somit ein Gran 0,0625 Gramm wog, hatte er natürlich erst recht keinen blassen Schimmer – genauso wie ihm unbekannt war, dass dieses winzige Gewicht einem einzigen Pfefferkorn entsprach.

Der Umstand, dass er unlängst den Vermerk »S« des Arztes hinter der Mengenangabe eines Rezeptes übersehen hatte, weil er es überhaupt nicht verstand, sondern für einen belanglosen Krakel gehalten hatte und nach seiner üblichen Weise die Ingredienzien des Medikamentes nur »nach seinem Gefühl« abmaß, hätte den Patienten beinahe ins Jenseits befördert.

War das Heilmittel doch ein höchst gefährliches Gift, das genauestens dosiert werden musste: In diesem speziellen Fall waren sämtliche Bestandteile nur »hälftig« (S bedeutete nämlich ›semi‹, also halb) zu vermengen. Zum Glück war der Kranke noch jung und von robuster Konstitution; nur so überlebte er den fatalen Irrtum des Stadtapothekers.

Mauritz Scheitlin wurde ausgesprochen übel, sooft er daran dachte. Wie leicht hätte ihn dieser folgenschwere Fehler für den Rest seines Lebens in den Kerker bringen können – oder man hätte ihn gar um einen Kopf kürzer gemacht.

Wenz, der nach genauer Inspektion der Apotheke seinen Dienst auch sofort antrat, war für Mauritz daher eine wahre Erlösung – und für die Ravensburger ebenso, von denen manch einer in letzter Zeit schon erwogen hatte, ob es bei kleineren Leiden der Gesundheit nicht zuträglicher sei, abends einen Krug Bier mehr zu trinken, als sich mit den falsch portionierten Medikamenten zu vergiften …

Die Lage der Italienreisenden Rolf und Magdalena gestaltete sich zunehmend prekärer. Bereits mehrmals waren sie im Gebirge kampfbereiten Bauernhaufen und Söldnertruppen begegnet, die sie alles andere als liebenswürdig behandelten. In einer Reihe von Bergdörfern waren sie nicht willkommen, sondern wurden so misstrauisch beäugt, dass sie schleunigst das Weite suchten.

Auf »die Habsburgischen« waren die Einheimischen allesamt nicht gut zu sprechen, und da Rolf Reichle und sein

Trüppchen aus Ravensburg kamen, vermuteten sie in ihnen habsburgische Spitzel. Das hatte zur Folge, dass sie und ihre Wagenladung wiederholt auf das Genaueste gefilzt wurden. Und dass die Fuhre aus Waffen bestand, trug auch nicht gerade zur Besänftigung der kriegerischen Banden bei.

»Es ist direkt ein Wunder, dass uns die Kerle nicht längst alle Armbrüste abgenommen haben«, knurrte Utz gerade, nachdem sie wieder einmal eine der zahlreichen »Kontrollen« überstanden hatten, und sein Herr lachte bitter auf.

»Fast noch mehr erstaunt mich, dass sie uns bis jetzt noch nicht kurzerhand am nächsten Baum aufgeknüpft haben«, flüsterte er so leise wie möglich, um Magdalena nicht unnötig zu beunruhigen. Sie litt ohnehin schon genug. Ihr körperlicher Zustand wurde allmählich kritisch, der Weg immer schwieriger; das Wetter war launisch und wechselhaft, und vor allem die ständigen Unterbrechungen durch die feindseligen Eidgenossen machten die Reise zunehmend unerfreulich.

»Bis jetzt haben sie mir geglaubt, dass ich ein friedlicher Waffenschmied und Handelsmann bin, der mit den Italienern Geschäfte macht. Aber wer weiß, was uns das nächste Mal blüht? Dass sie unverschämte Wegezölle verlangen – davon will ich gar nicht reden. Das machen die Habsburgischen genauso. Profit werde ich dieses Mal wohl kaum einfahren.«

Von Konrad Grießhaber redete das Mädchen zu Rolfs Erstaunen schon längere Zeit nicht mehr. Fast schien es ihm, als habe sie sich den reichen Kaufherrn aus dem Kopf geschlagen. Er hätte das nur begrüßt – malte er sich in den wenigen nächtlichen Mußestunden doch längst aus, wie es wohl wäre, Lena zur Frau zu nehmen …

Davon, sie als seine norwegische Verwandte auszugeben, war er mittlerweile abgekommen. So weit entfernt von Ravensburg und vom Bodensee sah er für das Mädchen keine

Gefahr mehr. Sie waren übereingekommen, sich bei den Leuten als verheiratetes Paar vorzustellen, das zum ersten Mal Nachwuchs erwartete. Rolf wünschte immer inständiger, es verhielte sich wirklich so.

Dass sie miteinander verwandt waren, sah der Schmied nicht als unüberwindlichen Hinderungsgrund für eine eheliche Verbindung an. Das bedeutete nur, dass er um kirchlichen Dispens bitten und eine ordentliche Summe Geld entrichten müsste. Aber das täte er mit Freuden. Einstweilen begnügte er sich damit, das Thema ›Konrad‹ tunlichst zu meiden und auf irgendein Zeichen seiner Base zu hoffen.

Magdalena war häufig übel, das meiste, was sie unterwegs zu essen bekamen, vertrug sie nicht. Es lag ihr entweder wie ein Stein im Magen oder ließ sie vor Ekel würgen. Vom Stoßen und Rütteln im Wagen bekam sie Rückenschmerzen. Sie hatte es sich daher zur Gewohnheit gemacht, die meisten Wegstrecken zu Fuß zurückzulegen.

Das minderte natürlich die Geschwindigkeit, mit der sie vorankamen. Aber was sollte Rolf machen? Es war schließlich immer und überall so, dass der Schwächste einer Gruppe das Tempo aller bestimmte. Immerhin hatten sie Lenzerheide bereits hinter sich gelassen.

Die nächste Nacht bescherte ihnen eine Überraschung ganz anderer Art. Von Hirten, die sie auf dem Weg antrafen, waren sie bereits gewarnt worden, dass sich vermehrt Bären in der Gegend sehen ließen. Aber im Allgemeinen waren diese Tiere den Menschen gegenüber scheu, und so zerbrach sich der Schmied darüber auch nicht allzu sehr den Kopf. Utz und er – jeweils mit einer Armbrust und mit Äxten ausgestattet – würden mit dem räuberischen Vieh schon fertig werden.

Das Übernachten auf freiem Feld war ihnen inzwischen zur lieben Gewohnheit geworden – die Quartiere waren in der Regel winzig, überfüllt, unsagbar schmutzig, verlaust und maßlos überteuert. Das Konzil warf längst seine Schatten voraus. Als die Wachen eingeteilt waren, begaben sie sich auch diesmal wie immer zur Ruhe – froh, dass es am letzten Juliabend einmal nicht regnete.

Mitten in der Nacht erwachte Magdalena. Der Drang, sich zu erleichtern, war nicht mehr zu unterdrücken. Das größer werdende Kind drückte auf ihre Blase, und sie musste häufig austreten. Leise schälte sich die junge Frau aus ihrer Decke und stand auf. Es war ziemlich hell, und durch den Spalt in der Plane, den sie wegen der Frischluftzufuhr im Wagen offengelassen hatte, konnte sie den Vollmond hereinleuchten sehen. Das war gut, denn so musste sie kein Licht entzünden.

Sie schätzte, dass Mitternacht noch nicht vorüber war, und als sie neben dem Wagen stand, erkannte sie Betz, der zur ersten Wache eingeteilt war. Der Junge hatte entschieden darauf gedrungen, wie Rolf und Utz als vollwertiger »Mann« behandelt zu werden. Er saß unter einem Baum, mit dem Rücken an den Stamm gelehnt, und erhob sich sofort, als er Magdalena erkannte.

»Wo wollt Ihr hin, Frau Lena? Geht es Euch nicht gut?«, erkundigte sich der Vierzehnjährige, der in einer ruhigen Stunde sein wahres Alter gestanden hatte.

Magdalena hörte aus seinen Worten die Sorge um sie heraus. Sie war gerührt und winkte ab. »Nein, nein! Mir fehlt nichts, Betz. Ich muss nur geschwind noch einmal hinter den Busch – wenn du verstehst, was ich meine.«

»Oh! Aber lauft nicht zu weit weg, Frau Lena. Es ist immerhin Nacht und …«

Magdalena lachte. »Keine Angst! Mich frisst schon kein Bär! Ich bin gleich wieder zurück.«

Das fehlte noch, dass der junge Bursche etwas hörte …

Das wäre ihr schrecklich peinlich gewesen. Die erzwungene Nähe zu den drei Mannsbildern brachte ohnehin eine Art von Intimität mit sich, die sie bisher nicht gewohnt war. Obwohl die Männer nach Möglichkeit Rücksicht auf ihr Schamgefühl nahmen, bekam sie doch einiges mit.

So würde sie es beispielsweise nie verstehen, dass es Männern ohne weiteres möglich war, nebeneinander am Wegesrand zu stehen, sich zu unterhalten und dabei gemeinsam in den Straßengraben zu urinieren. Ihr war es schon peinlich gewesen, wenn zu Hause jemand vor der Tür des Abtritts stand, den sie gerade benutzte …

Magdalena entfernte sich weiter vom Wagen, den friedlich unter einem Baum beieinander stehenden Maultieren und ihren drei Begleitern, als es nötig gewesen wäre – aus einem Gefühl der Schamhaftigkeit heraus, welches sich verstärkte, je weiter ihre Schwangerschaft voranschritt.

Ihre fröhliche Unbefangenheit hatte sie längst verloren. Sobald sie nur daran dachte, dass sie ihr Kind möglicherweise mitten auf dem Weg – allein in der Gesellschaft zweier Männer und eines halbwüchsigen Knaben – zur Welt brächte, graute ihr unsäglich. Alle schlimmen Geschichten, die sie von Frauen über den entsetzlichen Vorgang der Geburt halb hinter vorgehaltener Hand gehört hatte, fielen ihr dann wieder ein.

Sie klammerte sich an einen Ausspruch ihres Vaters, der einmal – als die Weiber in seinem Apothekerladen gerade die schlimmsten Gräuel in den schillerndsten Farben darstellten – ganz ruhig gesagt hatte:

»Das Wichtigste, was eine Hebamme beherrschen muss, ist, dass sie einen kühlen Kopf bewahrt und die Kreißende beruhigt und dass sie während des Geburtsaktes Sauberkeit walten lässt. Vor allem ihre Hände, die Mutter und Kind berühren, sowie das notwendige Geschirr und die Tücher, Laken und Decken müssen absolut rein sein.

Zum Zweiten darf, wer bei einer Geburt hilft, keine Scheu davor haben, beherzt mit den Fingern in den Geburtskanal zu fassen, um das Kind zu drehen, falls es quer liegt. Alles Zögern und Zaudern verbraucht nur unnötig Zeit und kann Mutter und Kind das Leben kosten.«

Was saubere Wäsche, Kissen und Decken anlangte, hatte Trude in weiser Voraussicht vorgesorgt, und dass Rolf – sie ging wie selbstverständlich davon aus, dass er ihre »Wehmutter« sein würde – sich die Hände wusch, ehe er »zupackte«, daran zweifelte sie keinen Augenblick. Aber allein der Gedanke daran, dass ein Mann sie in dieser urweiblichen und höchst intimen Situation erleben würde, ließ ihr den Atem stocken und regelrecht den Angstschweiß austreten.

Magdalena, die erkannte, dass sie sich schon viel zu weit von den anderen entfernt hatte, blieb abrupt stehen und erstarrte zur Salzsäule, als sie ein Geräusch hinter einer Buschgruppe vernahm, in deren Schatten sie sich eigentlich hatte niederkauern wollen.

Da! Da war es wieder! Ein seltsames, lautes Schnaufen, gefolgt von einer Art tiefem Gebrumm, das sie noch niemals vorher gehört hatte, das sie jedoch umgehend mit einem Bären in Verbindung brachte. Zu allem Überfluss hörte sie nun in der Ferne die Maultiere ängstlich wiehern – so, als witterten sie ebenfalls die Gefahr.

Gütiger Jesus! Das Raubtier musste ganz in ihrer Nähe sein. Mit Sicherheit hatte es sie längst erspäht, und im nächsten Augenblick würde es sich auf sie stürzen, sie mit einem Prankenschlag niederstrecken, ihr mit seinen Krallen den Bauch aufreißen und …

»Halt!«, dachte sie und verbot sich jedes weitere Spintisieren. Auch das hatte ihr Georg Scheitlin beigebracht, als sie noch ein kleines Mädchen war: »Wenn du in Gefahr bist, mache sie nicht noch größer, indem du dir die schrecklichsten Dinge ausmalst, die geschehen könnten. Denke lieber darüber nach, was du tun kannst, um dich aus der Schlinge zu ziehen.«

Der Herzschlag der jungen Frau verlangsamte sich wieder ein wenig. Zum Glück hatte sich das Bedürfnis, Wasser zu lassen, verflüchtigt. Sie konnte sich demnach mit aller Behutsamkeit Schritt für Schritt zurückziehen. Im taunassen Gras verursachten ihre bloßen Füße kein Geräusch. Sie war froh, noch nicht in dem kleinen Wäldchen, das sie eigentlich angesteuert hatte, angekommen zu sein. Die trockenen Tannennadeln am Boden hätten womöglich geknistert und geknackt.

Zentimeterweise zog das Mädchen sich zurück, beide Hände instinktiv schützend auf ihren Leib gelegt. Es schien ihr eine Ewigkeit zu dauern, bis sie den Wagen in der Finsternis auftauchen sah. Mittlerweile hatte sich eine einzelne Wolke vor den Vollmond geschoben, und nur die Sterne erhellten das nächtliche Dunkel. Von einem Bären sah und hörte sie nichts.

Mutiger geworden, beschleunigte sie ihren Schritt. Gleich würde sie Betz sehen, der Wache hielt. Im nächsten Augenblick aber blieb ihr beinah das Herz vor Schreck stehen.

Neben dem Handelswagen erkannte sie im Mondlicht – die Wolke war inzwischen vorüber gezogen –, wie sich eine riesengroße plumpe Gestalt über den Knaben beugte, ihn mit einem Schlag seiner mächtigen Pranke niederstreckte, am Kragen packte und Anstalten machte, ihn davonzuschleppen!

Betz musste bewusstlos sein, sonst hätte er sich doch gewehrt oder zumindest um Hilfe geschrien. Ohne lange zu überlegen, erledigte das jetzt Magdalena für ihn. Ihre gellenden Schreie weckten die schlafenden Männer auf. Im nächsten Augenblick waren Rolf und Utz unter dem Wagen hervorgekrochen und standen – jeder mit einem langen Dolch in der Faust – dem Angreifer gegenüber.

Dieser hatte sich, als er die Schreie Magdalenas hörte, auf alle viere zu Boden niederfallen lassen, allerdings ohne seine Beute loszulassen. Jetzt richtete er sich erneut auf, den besinnungslosen Burschen mit sich in die Höhe reißend, und stand wie ein Riese Rolf und Utz gegenüber.

In diesem Augenblick wurde Magdalena ohnmächtig. Sie sank in den vom nächtlichen Tau feuchten Klee nieder und von da ab wusste sie nichts mehr. Ehe ihr die Sinne jedoch vollständig schwanden, wurde ihr noch schemenhaft bewusst, dass Betzens Angreifer kein Mensch, sondern tatsächlich ein Bär war. Die Bestie musste sie überholt haben und zum Wagen geschlichen sein, ohne dass sie es gemerkt hatte. Dann wurde es endgültig Nacht um sie.

KAPITEL 21

Am darauffolgenden Tag war die kleine Gruppe der Mittelpunkt eines fröhlichen Dorffests, das ihnen die überglücklichen Bewohner von Tiefencastel, am Fuß des Oberhalbsteins gelegen, ausrichteten. Das Fell des Untiers – eines ungewöhnlich großen Braunbären – hatten die Dörfler ans Tor ihres Gemeindehauses genagelt, zusammen mit dem Schädel des Viehs, dessen Maul geöffnet war und die blauschwarze Zunge und die spitzen weißen Reißzähne zeigte.

Die Ankömmlinge hatten ihnen die Haut des Bären zum Geschenk gemacht, als die Einwohner ihnen voller Aufregung davon berichteten, wie das Vieh unter ihren Schafen gewütet und die Menschen nachts auf den Höfen erschreckt hatte. Rolf und Utz hatten der Bestie mit nur zwei tiefen Dolchstichen in Herz und Lunge den Garaus gemacht. Demnach war der dichte Pelz nahezu unversehrt.

Der Ortsvorsteher von Tiefencastel klopfte beiden Männern wegen ihrer Tapferkeit anerkennend auf die Schulter.

»Es gehört allerhand Mut dazu, sich einem solchen Riesentier bis auf eine so geringe Distanz zu nähern! Ihr wollt also entlang der Julia fahren bis zum Septimer Pass und dann längs der Mera, durchs Val Bregaglia, bis zur Stadt Chiavenna nahe des Comersees und dann weiter bis nach Mailand? Da sprechen die Leute aber alle nur noch Welsch.«

»Macht nichts«, entgegnete Rolf dem Schultheiß. »Ich war häufig in Italien und habe mit den Welschen schon so oft Handel getrieben, dass mir ihre Sprache nicht fremd ist. Ich hoffe bloß, dass wir nicht noch öfters so ungute Zwischenfälle erleben.«

»Ihr hattet wirklich den besonderen Segen unseres lieben Herrn Jesus«, mischte sich jetzt der Ortsgeistliche ein. »Dass der Jüngste von Euch nicht mehr abbekommen hat, grenzt an ein Wunder!« Er deutete auf Betz, dessen Arm in einer Schlinge hing und dessen Hals ein dicker Verband zierte, wo der Bär ihn mit seinen Pranken festgehalten hatte.

»Und Ihr, junge Frau« – sein Finger zeigte auf Magdalena und ihren mittlerweile beachtlichen Leibesumfang – »dürft der Muttergottes eine extra dicke Kerze opfern, dass sie Euch und Euer Kind vor Schaden bewahrt hat.«

»Ja, man wagt es gar nicht, sich auszumalen, was alles hätte geschehen können«, gab Rolf zu und legte fürsorglich den Arm um Lena. »Ich weiß nicht, was ich getan hätte, wenn die Bestie meine Frau gerissen hätte.«

Magdalena lief ein Schauder den Rücken hinunter.

Als sie gestern Nacht aus ihrer Ohnmacht erwachte, war alles bereits vorbei gewesen. Rolf hatte sie, nachdem er zusammen mit Utz den Bären erstochen hatte, aufgehoben und behutsam in den Wagen auf ihr Deckenlager gelegt. Vorher hatte er sich allerdings vergewissert, dass ihr wirklich nichts zugestoßen war. Dann hatten sich beide Männer um Betz gekümmert, der einiges abbekommen hatte; aber auch der Junge war mehr oder minder mit leichteren Blessuren und dem bloßen Schrecken davongekommen.

Wieder einmal war alles gerade noch gut ausgegangen. Doch erneut wurde Magdalena ihre eigene Verletzlichkeit vor Augen geführt. Wie leicht hätte sie oder einer ihrer treuen Begleiter sterben können! Ganz zu schweigen von dem ungeborenen Kind … Inständig hoffte sie, dass sie nur endlich bald die Alpen durchquert hätten und in Italien ankämen. Dass sie irgendwann auch wieder nach Deutschland zurückkehren müssten, daran konnte und wollte Magdalena im Augenblick nicht denken.

Von den dankbaren Leuten reich beschenkt mit ein paar großen Kohlköpfen, geräuchertem Speck, frisch gebackenem Brot, eingesalzenen Bachforellen und würzigem Schafskäse – jeder gab, was er entbehren konnte –, zogen die Reisenden aus Ravensburg nach einem feierlichen Dankesgottesdienst schließlich von dannen. Hunderte von Segenswünschen begleiteten sie. Magdalena sprach die ehrliche Hoffnung aus, von nun an vor jeglicher Art von Misslichkeiten verschont zu bleiben.

»Vielleicht schaffen wir es ja und holen Konrad noch vor Mailand ein«, murmelte die junge Frau, doch es klang wenig überzeugt. Rolf äußerte nichts dazu.

Ungewollte Aufenthalte erlebten sie noch häufiger – Magdalenas Zustand war nicht der beste – und mittlerweile war es Mitte August. Das Wetter war zumeist eher schlecht, und in höheren Lagen wurde es nachts empfindlich kühl – was auch nicht gerade zu einer Besserung der allgemeinen Stimmung beitrug. Endlich überwanden sie glücklich den Septimer Pass, und auf der anderen Seite der Passhöhe ließ sich zum ersten Mal nach Wochen wieder die Sonne blicken.

Die Menschenmassen, die ihnen entgegenkamen, wuchsen mit jedem Tag an. Oft war auf den schmalen Pfaden fast kein Durchkommen mehr. Aus allen Richtungen strömten vornehme geistliche und weltliche Herren und auch ganz gewöhnliche Pilger nach Deutschland zum Konzil. Das bedeutete zwar erhebliche Verzögerungen, aber zugleich sank auch die Gefahr, von Banditen belästigt oder von wilden Tieren angegriffen zu werden, denn die Bestien mieden im Allgemeinen die Menschen, und die meisten Reisenden ritten überdies unter schwerer Bewachung.

»Seht doch, wie herrlich!«

Magdalena genoss vom Wagen aus gerade den überwältigenden Ausblick auf den über dreitausendeinhundert Meter hohen Piz Duan, dessen Gipfel auch im Sommer von ewigem Eis gekrönt war. In Stampa, am Flüsschen Mera gelegen, wollten sie übernachten.

»Ja, der liebe Gott hat sich hier ganz besonders angestrengt, als er die Welt erschaffen hat.« Utz wurde ganz ehrfürchtig angesichts der Majestät der umliegenden Bergwelt, und auch Rolf, dem diese Gegend freilich nicht neu war, stimmte zu: »Ganz klein fühlt man sich als Mensch, wenn man diese Pracht bestaunt.«

Betz allerdings war so überwältigt von der Schönheit der Natur, dass er einfach schwieg, den Kopf in den Nacken legte und sich nicht sattsehen konnte. Er hätte besser auf den Weg achten sollen, denn schon nach kurzer Zeit stolperte er auf dem steinigen Pfad und fiel unglücklich hin. Dabei kugelte er sich den Arm aus, der ohnehin – gequetscht von der Bärenpranke – in einer Schlinge hing.

Magdalena erbot sich, den Oberarm des Jungen wieder einzurenken, verlangte allerdings, dass Rolf ihn während der Prozedur gut festhielt. Wusste sie doch, dass ihre Handgriffe verteufelt wehtun würden. Sie wollte nicht, dass Betz eine dumme Bewegung machte und sich – oder sie – dabei verletzte.

Der Schrei des Vierzehnjährigen ging ihr durch Mark und Bein, aber sie schaffte es glücklicherweise gleich beim ersten Versuch, den Knochen wieder in seine Gelenkpfanne zurückschnappen zu lassen. Anschließend rieb sie Heilsalbe auf Schulter und Oberarm des jungen Burschen, ehe sie ihm einen neuen Verband anlegte.

»Hock dich auf den Wagen, du Unglücksrabe«, verlangte sein Herr. »Ich will nicht riskieren, dass du erneut auf die Nase fällst und dir womöglich noch ein Bein brichst.«

Zum Schein sträubte sich Betz, jedoch nur kurz. In Wahrheit liebte er es, bei der schönen »Herrin« zu sitzen. Obwohl er wusste, dass sie ein Kind von einem anderen erwartete, hielt er sie für die passende Ehefrau für Rolf Reichle. Jeden Tag betete er darum, dass sie den ehemaligen Bräutigam Lenas nicht einholten – ohne zu wissen, dass sein Herr insgeheim das Gleiche erhoffte …

Magdalena freute sich heimlich über diesen »Paladin«, der ihr jeden Wunsch von den Augen abzulesen bestrebt war. Anfangs hatten Rolf und Utz noch gutmütig gegrinst, als der Knabe anfing, die junge Frau mit selbst gepflückten Wiesenblumensträußen zu überraschen. Utz merkte jedoch bald –

obwohl sein Herr kein Wort darüber verlor –, dass es Rolf zunehmend störte, mit welch anhänglichem Hundeblick Betz die junge Frau betrachtete.

»Reiß dich zusammen, Kleiner, wenn du keinen Ärger haben willst«, riet er ihm eines Nachts, als er ihn beim Wachdienst ablöste.

»Magdalena ist weder deine Base noch deine Schwester, noch deine Liebste! Sie ist die Verlobte eines Ravensburger Kaufherrn und bald die Mutter seines Kindes und außerdem die Verwandte unseres Herrn. Also spinn dir keine Geschichten zusammen, sonst machst du Rolf womöglich wütend.«

Betz wollte protestieren, aber sein schamrot glühendes Gesicht sprach Bände, und Utz winkte lachend ab: »Lass nur, Kleiner! Ich kenn' mich aus mit so was – ich war selber auch einmal vierzehn Jahre alt. Und nun geh schlafen, es ist meine Schicht.«

Betz ließ es sich jedoch nicht nehmen, weiterhin Magdalenas Nähe zu suchen. Gelegentlich massierte er ihr die geschwollenen Füße, brachte ihr zu essen und zu trinken, schüttelte ihre Decken aus und wenn ihr heiß war, fächelte er ihr mit Zweigen frische Luft zu. Zum Dank erzählte ihm die junge Frau allerlei Geschichten, die sie selbst als kleines Mädchen von ihrer Großmutter oder von anderen Frauen in der Spinnstube gehört hatte.

»Meine Mutter hatte nie Zeit, um mir Märchen oder andere Sachen zu erzählen«, sagte Betz dann jedes Mal mit leuchtenden Augen. »Sie musste zu viel arbeiten – und dann die vielen Kinder, die sie bekommen hat! Das Einzige, was ich kenne, sind ein paar Geschichten, die der Pfarrer uns in der Sonntagsschule erzählt hat. Von der Erschaffung der Welt, vom Sündenfall, von Kain und Abel und so«, murmelte er beschämt und wartete darauf, dass Lena in ihren Erzählungen fortfuhr.

Sie zeigte ihm auch allerlei Pflanzen, die am Wegesrand wuchsen und die sich als Heilmittel gebrauchen ließen. »Die meisten der Kräuter, die unser Herrgott erschaffen hat, sind für uns Menschen zu etwas nütze, selbst die unscheinbarsten. Ja, sogar Wurzeln, Stängel, Blätter und Baumrinde kann ein geschickter Apotheker für Arzneien gebrauchen.

Du wirst es nicht glauben, Betz, selbst in manchen Steinen ist eine Kraft verborgen, die bei verschiedenen Krankheiten ihre Wirkung entfalten kann.«

»Ach, Ihr seid so klug, Frau Lena!«, seufzte der Knabe des Öfteren. »Könnte ich doch nur von Euch lernen!«

»Wenn es dir wirklich Ernst damit ist, würde ich nichts lieber tun, als an dich weiterzugeben, was ich bis jetzt an Wissen angesammelt habe. Aber ich will dir nicht verhehlen, dass ich selbst noch eine Lernende bin. Es gibt noch so unsagbar Vieles, wovon ich keine Ahnung habe. Aber gemeinsam könnten wir uns vielleicht große Kenntnisse aneignen, die es uns ermöglichten, in ferner Zukunft den kranken Menschen zu helfen.«

»Nichts würde mich glücklicher machen«, erklärte der Jüngling feierlich und zur Bekräftigung legte er eine Hand auf sein Herz. »Ich verspreche Euch, dass ich Tag und Nacht studieren werde, um Euch so bald wie möglich zur Hand gehen zu können.«

»Gut!« Magdalena glaubte ihm und versprach, ihn nach ihrer Rückkehr nach Ravensburg zur Heilerin Gertrude mitzunehmen – sollte sie die Geburt lebend überstehen, was keine Frau jemals vorher wissen konnte. »Wir beide werden uns von Gertrude unterrichten lassen und eifrig studieren«, kündigte sie an.

Als sie ihrem Vetter von diesem Plan berichtete, war er sehr davon angetan. Bedeutete es doch, dass Magdalena sich dann ständig in seiner Nähe aufhielte … Wo bliebe da noch Platz für Konrad?

Am nächsten Morgen zogen sie bereits in aller Frühe los. Die Wege waren zu dieser Stunde noch nicht so bevölkert, und die Sonne brannte nicht so brennend heiß vom Himmel. Seit zwei Tagen herrschte nahezu unerträgliche Hitze; selbst die wenig anspruchsvollen Maultiere, die sich bisher wacker geschlagen hatten, waren am Ende jeder Tagesetappe völlig erschöpft.

»Wenn wir Glück haben, könnten wir mit Gottes und aller Heiligen Hilfe zu Mittag in Chiavenna sein und gegen Abend am Comersee«, verkündete Rolf seinen Mitreisenden und erntete begeisterte Blicke. Von diesem See hatten sie von anderen Reisenden schon so viel erzählen hören.

Wunderschön sollte er sein, einfach paradiesisch! Und die Blumen, die an seinen Ufern wuchsen, fänden nicht ihresgleichen, von den unsagbar köstlich schmeckenden Fischen ganz zu schweigen.

Alle vier waren an diesem 16. August 1414 in bester Laune. Keiner von ihnen ahnte, dass für zwei von ihnen dieser Tag der letzte ihres Lebens sein sollte.

Immer noch bewegten sie sich im wilden, aber malerischen Val Bregaglia, entlang der ungestüm rauschenden Mera. Zu ihrer Linken erhob sich der mächtige Cima di Castello, der mit seiner ungeheuren Höhe die Gegend beherrschte. Ein Stück weiter im Hintergrund ragte der Monte Gruf empor, und auf ihrer rechten Seite, jenseits der Mera, konnten sie den Gipfel des Pizzo Stella ausmachen.

Ein wandernder Mönch, der allerdings in die entgegengesetzte Richtung, nach Konstanz, wollte, hatte ihnen gestern

Abend noch die Namen dieser in Stein gemeißelten »Götterthrone« verraten. Und die große Ehrfurcht, mit der der fromme Mann sie aussprach, ließ Magdalena beinahe daran zweifeln, dass dieser Klosterbruder wirklich gut katholisch war …

»Wir sind kurz vor Piuro! Das bedeutet, dass wir Chiavenna bald erreichen werden«, verkündete Utz gerade, der sich auf dem Bock kurz umdrehte, um Magdalena Bescheid zu geben. Rolf marschierte neben dem Mauleselgespann einher, und Betz kauerte neben Magdalena.

Der Junge, der sich noch im Stimmbruch befand, war nicht davon abzubringen, den »Almschrei«, eine Art Jodeln, das die Hirten in den Bergen zur Verständigung gebrauchten, zu üben. Es klang so komisch, dass Magdalena mit dem Lachen gar nicht mehr aufhören konnte. Auch Utz grinste.

Endlich meinte der junge Schmied, dass es genug sei: »Mit deinem Gekrächze verscheuchst du noch sämtliche Tiere! Alle Gämsen und Steinböcke werden die Flucht ergreifen, wenn du nicht bald aufhörst. Selbst unsere armen Mulis schauen schon ganz verstört drein.«

Der letzte Satz ließ alle vier erneut in helles Gelächter ausbrechen. Inmitten der immer mediterraner werdenden Landschaft wurde ihnen leicht ums Herz.

Seit einer Stunde etwa waren sie keiner Menschenseele mehr begegnet. Das war zwar ungewöhnlich, kam aber immer wieder einmal vor. Im Großen und Ganzen allerdings war der Zustrom nach Norden gewaltig.

»Der Mittelpunkt der Welt ist zur Zeit nicht etwa Rom, sondern Konstanz«, bemerkte Utz und grinste. »Obwohl ja, wie ich mir hab' sagen lassen, Rom auch nicht mehr das ist, was es einmal war.«

»Das kann man wohl sagen«, seufzte Rolf. »Aber wen sollte es wundern? Die heilige Stadt ist ja nicht mehr der alleinige Mittelpunkt der Christenheit! Seit es drei Päpste gibt und damit drei Orte mit jeweils einem Heiligen Stuhl, hat die Bedeutung Roms gelitten. Außerdem sollen dort inzwischen zahlreiche Räuberbanden den Ton angeben. Geb's Gott, dass das Konzil in Konstanz endlich Schluss damit macht!«

Utz kutschierte in diesem Augenblick mit aller Vorsicht durch einen engen Hohlweg, dessen schräg ansteigende Felswände, bewachsen mit undurchdringlichem Gestrüpp, steil nach oben ragten und nur einen schmalen Ausschnitt des blauen Himmels sehen ließen.

»Gleich sind wir durch«, rief Utz über die Schulter und zügelte das Leittier noch ein klein wenig, denn der Pfad war sehr uneben. »Da vorne ist schon zu sehen, dass der Weg sich wieder verbreitert.«

Er hatte es kaum ausgesprochen, da fiel das Unheil buchstäblich vom Himmel herab: Von oben aus dem dichten Gesträuch stürzten sich drei dunkel gekleidete Gestalten auf sie. Alles ging rasend schnell.

Während einer der Kerle auf dem Rücken des Leittieres landete, um die Mulis am Durchgehen zu hindern, schlug der zweite Utz mit einem kurzstieligen Beil den Schädel ein. Der dritte Wegelagerer schlitzte währenddessen Rolf mit einem Dolch die Kehle von einem Ohr zum anderen auf.

Ohne einen Laut von sich zu geben, stürzte der Schmied auf den Gebirgspfad nieder. Aus der klaffenden Wunde an seinem Hals schoss das Blut hervor und färbte sein Gesicht und die Kleidung in leuchtendem Rot. Abrupt kam das Gespann zum Stillstand.

Magdalena, die zwar einen Überfall vermutete, sich aber keinen rechten Reim auf die dumpfen Geräusche machen konnte, ahnte nicht, dass ihr Vetter und sein Knecht bereits ermordet waren. Mit einem gellenden Schrei erhob sie sich im Wagen, Betz nicht beachtend, der noch versuchte, sie festzuhalten und unter der Plane zu verbergen. Seit dem Vorfall mit dem Bären hatte sich die junge Frau angewöhnt, ein langes, scharf geschliffenes Messer ständig bei sich zu tragen, das sie nun entschlossen ergriff.

Als der Kerl, der den Schmied getötet hatte, unter der Plane des Handelswagens auftauchte, stockte Magdalena der Atem. Er grinste teuflisch. Ihren Dolch ignorierte er – hielt er doch den seinen, der noch von Rolfs Blut triefte, in der Faust.

»Holla, ein junges Weibsbild! Das kommt ja wie gerufen! He, Freunde! Hier ist was zum Stoßen!«

Nach einem groben Hieb auf den Arm ließ Magdalena das Messer fallen. Als Betz versuchte, sich schützend dazwischen zu werfen, genügte ein einziger Schlag, und der Junge flog zur Seite, zwischen die Kisten mit den Vorräten.

Der zweite Kerl, der Utz den tödlichen Beilhieb versetzt hatte, schob die Plane beiseite und schmiss den Knaben lässig vom Wagen herunter. »Hat wohl den Helden spielen wollen, die halbe Portion, was?«, lachte er dabei.

»Na, was haben wir denn da für einen Fang gemacht? Nicht übel!«, stellte auch er fest und beobachtete amüsiert, wie sein Kamerad der zu Tode erschrockenen jungen Frau die Bluse aufriss und seine blutverschmierten Finger um ihre Brüste krallte.

»Hm, lecker!«, grölte dieser und riss gleichzeitig Magdalenas Rock in Fetzen. Als sie sich zur Wehr setzen wollte, versetzte er ihr eine schallende Ohrfeige.

»Stell dich bloß nicht so an! Du bist kein keusches Jüngferchen mehr! Schamlose Hure, denkst du, wir wissen nicht, was du getrieben hast, dass dein Wanst so aufgebläht ist?«

Grinsend stieß er ihr seine Faust in den Leib. Als Magdalena panisch aufschrie, verabreichte er ihr einen weiteren Schlag – dieses Mal ins Gesicht –, der ihren Kopf zur Seite riss. Ein nochmaliger Hieb in den Bauch ließ sie stöhnend zu Boden gehen. Tränen und Blut rannen ihr über die Wangen, doch sie hatte nur einen Gedanken: »Mein Kind, mein Kind«, wimmerte sie entsetzt.

Ihr Peiniger, der inzwischen seinen Hosenlatz aufgenestelt und seinen erigierten Penis herausgeholt hatte, bückte sich und riss Magdalena an den langen Haaren hoch.

»Rolf, Rolf!«, schrie sie verzweifelt. Warum kam er denn nicht und befreite sie von diesem Untier? Im gleichen Augenblick dämmerte ihr das Entsetzliche.

»Schau her, du Hure, was ich Schönes für dich habe!«, grunzte der Wegelagerer. »Es wird dir gefallen, das schwör ich dir! Gar nicht genug wirst du davon kriegen! Und wenn ich mit dir fertig bin, nimmt dich der Ludwig her, und anschließend darf unser Simon auch noch. Was sagst du dazu?«

»He! Bist du dämlich, Mann? Nenn doch keine Namen, du Rindvieh!«, hörte Magdalena einen der Verbrecher knurren.

»Zum Teufel, ja! Hab ich ganz vergessen! Aber ich glaub, die Kleine hat jetzt andere Sorgen, als sich unsere Namen zu merken.« Damit drückte er sie grob gegen eine Kiste und drehte sie gleich darauf gewaltsam um.

»Der dicke Ranzen stört mich, Liebchen. Ich nehm' dich lieber von hinten«, brummte er und drang rücksichtslos in sie ein.

Magdalena schrie unwillkürlich auf – obwohl sie sich vorgenommen hatte, alles stillschweigend über sich ergehen zu lassen. Das nahm den Schweinekerlen einiges von ihrem Spaß – so hatte es Großmutter Elise ihr einst geraten. Außerdem würde sie sich nicht mehr wehren. Das machte die viehischen Burschen nur wütend; möglicherweise würden sie sie »danach« töten. Und das musste sie unter allen Umständen verhindern.

Nicht, weil sie so sehr an ihrem Leben hing – ahnte sie doch, dass Rolf tot und Konrad ebenfalls für sie verloren war –, aber sie musste an ihr Kind denken. Hoffentlich war dem armen Kleinen noch nichts Schlimmes widerfahren! Magdalena biss die Zähne zusammen und ignorierte den stechenden Schmerz in ihrem Unterleib.

Währenddessen war der zweite der Banditen nähergetreten. Er knüpfte seine Hose auf und begann damit, sich selbst zu stimulieren, während der dritte, der offenbar den Namen Simon trug, den Wagen nach Beute durchsuchte, wobei er Laken, Handtücher und sauberes Leinen wahllos durcheinander warf. Das meiste landete mitten auf dem staubigen Weg.

»He, ihr beiden!«

Er stieß einen anerkennenden Pfiff durch seine vordere Zahnlücke aus. »Das nenne ich Glück! Einen ganzen Karren voll mit Armbrüsten zu finden, das widerfährt einem auch nicht alle Tage!«

Als keine Reaktion der zwei anderen Banditen erfolgte, wurde er wütend.

»He, du! Lass das jetzt und hilf mir lieber, das Zeug abzuladen«, verlangte er ärgerlich von dem masturbierenden Gaffer.

»Hat nachher auch noch Zeit«, zeigte der sich sperrig und machte weiter. Aber ein drohender Blick seines Kameraden genügte; widerwillig murrend packte er seinen Schwengel ein und schloss den Hosenschlitz.

»Und du mach voran!«, rief Simon dem Vergewaltiger zu. »Am besten, du lässt das Weibsbild jetzt in Ruhe. Von dem

Geld, das wir für die Waffen kriegen, kannst du dir Huren kaufen, so viel du nur grad bewältigen kannst!«

»Aber mit der Dickbauchigen ist's grad so schön! Ah, ah! Gleich bin ich soweit!«

Der Kerl drückte Magdalenas schwangeren Leib gegen die Kiste und stieß wie rasend zu. Und obwohl sie sich geschworen hatte, keinen Laut auszustoßen, konnte sie es nicht verhindern, dass ihr ein wilder Schmerzensschrei entfuhr, als sie der Mann in seiner ungezügelten Gier, endlich zum Höhepunkt zu gelangen, hart umfasste und ihr seine sehnigen Finger in den Unterleib presste, während er mit der Rechten eine ihrer Brüste brutal zusammendrückte.

»Schluss jetzt, Balzer!«, brüllte jetzt auch Ludwig, der seinem Kumpan dessen Vergnügen offensichtlich missgönnte. »Raus mit dem Schwanz! Hilf uns endlich! Sonst kommt noch jemand und macht uns womöglich die Beute streitig. Es ist unglaublich, auf was wir da gestoßen sind!«

Endlich war der Vergewaltiger »fertig«. Er ließ von Magdalena ab, und die junge Frau sank leise wimmernd auf dem Boden des Fuhrwerks zusammen. Wie ein verwundetes Tier rollte sie sich ein und wartete darauf, dass einer der Schweinekerle ihr den Rest gab.

»Ihr seid doch zwei verdammte Idioten!«, grollte gleich darauf der Schänder. »Wo wollt ihr denn hin mit dem ganzen Zeug? Wir haben doch gar keine Möglichkeit, diesen Haufen an Armbrüsten irgendwo zu verstauen! Hört sofort damit auf, sie vom Wagen herunterzuwerfen, ihr Narren! Wir werden uns natürlich den ganzen Karren, samt Ladung und Maultieren aneignen! Stattdessen schmeißen wir das halb verreckte Mensch auf den Weg.« Er versetzte Magdalena einen verächtlichen Tritt in die Seite. »Da liegt es gut bei den zwei Leichen mitsamt dem Lausebengel, von dem ich auch keinen Mucks mehr gehört habe. Vielleicht ist er eh hinüber. Los! Los! Wir müssen den Karren wenden, unsere Klepper holen und hinten anbinden. Und dann nix wie weg von hier! Die Eidgenossen werden uns ein Vermögen dafür bezahlen.«

»Gut!«, stimmte Ludwig zu. »Aber die Leute werden den Wagen mit den Viechern womöglich erkennen, und was dann?«

»Idiot! Da vorne ist eine Abzweigung nach links, und die werden wir natürlich nehmen – weg vom Wasser. Und die auffällige Plane kannst du auch gleich herunterreißen. Dann erkennt keine Sau mehr das Gefährt. Wenn einer dumm fragt, sagen wir – wenn es sich um einen Einzelnen handelt –, dass ihn das einen Dreck angeht, und geben ihm eins aufs Maul. Und sind es mehrere, behaupten wir frech, dass der Wagen uns gehört. Also, wo ist die Schwierigkeit?«

»Du bist immer so gescheit«, lobten ihn seine Spießgesellen.

Der Bandit lachte dreckig. »Das kommt davon, dass ich mir durchs Ficken mein Hirn immer frei halte zum Denken!«

KAPITEL 22

MAGDALENA WAR SICH sicher: Allein der Tatsache, dass die Kerle die reiche Beute erspäht hatten, hatte sie es zu verdanken, dass nicht alle drei wie wilde Tiere über sie hergefallen waren.

Stöhnend versuchte sie, sich im Hohlweg aufzurichten. Die Brutalitäten hatten ihr Schmerzen und blaue Flecken am ganzen Körper, abgeschürfte Haut im Gesicht und an

Armen und Beinen, mehrere geprellte Rippen und ein verstauchtes Handgelenk eingetragen. Aber was ihr das Herz nahezu stillstehen ließ, waren die kurz danach einsetzenden Blutungen aus ihrem Unterleib.

Magdalena – obgleich noch unerfahren im Gebären – wusste, dass dies die ersten Anzeichen einer Fehlgeburt sein konnten. Ohne jede Hilfe, allein auf einem Gebirgspfad, bar jeder medizinischen Versorgung, würde das ihren eigenen und ihres Kindes Tod bedeuten. Der Beutel mit den Medikamenten und Heilpflanzen, ihre saubere Wäsche, ein Teil der Laken und Decken und die Lebensmittelvorräte waren auf dem Fuhrwerk geblieben, das die Männer geraubt hatten.

»Lasst mir wenigstens eins von den Maultieren«, hatte sie die Schwerverbrecher noch angefleht, aber vergebens.

»Über kurz oder lang wird schon einer vorbeikommen. Der wird dich zwar vermutlich, so wie du ausschaust, als Lumpenbündel liegenlassen. Aber vielleicht hilft er dir ja auch – nachdem er dich vorher noch ordentlich hergenommen hat«, hatte ihr Peiniger unter dröhnendem Lachen entgegnet.

Ihn würde sie sich besonders gut merken. »Wenn ich durch die Schuld dieses Schweins mein Kleines verliere, wird er mir das büßen!«, dachte sie. Beim Namen Christi schwor sie sich, die verkommenen Gesichter der Schurken niemals zu vergessen, ebenso wenig, wie sie hießen: Ludwig, Simon und Balzer.

Letzterer war derjenige, der ihr so brutal Gewalt angetan hatte: Trotz ihrer Qualen hatte sie genau aufgepasst, ob nicht doch noch einer der Verbrecher den Namen dieses Ungeheuers aussprach – und so war es in der Tat gewesen.

Falls ihr die Mutter Gottes beistand und sie den Überfall überleben sollte, wusste sie, was sie zu tun hätte: Irgendwann würde sie die drei, oder wenigstens einen oder zwei von ihnen, irgendwo wiedertreffen – und dann würde sie sie zur Rechenschaft ziehen – und zwar auf ihre Weise!

Nach einer Weile, die Magdalena wie eine Ewigkeit vorkam, obwohl erst einige Minuten verstrichen sein mochten, seit das Fuhrwerk mit den Angreifern davongefahren war, kam Betz mühsam zu ihr herübergekrochen. Hilfesuchend griff er nach ihrer Hand.

»Frau Lena! Was sollen wir nur tun?«, stammelte er verstört. Eines seiner Augen war vollkommen zugeschwollen von dem Faustschlag, der ihn mitten ins Gesicht getroffen hatte, und einen Arm konnte er gar nicht mehr bewegen. Auch ihn hatten die Männer wie Abfall auf dem Weg liegen lassen.

»Wir haben nichts mehr, Betz«, rang sich Magdalena unter größter Anstrengung zu einer Antwort durch. »Nur unser Leben haben sie uns gelassen, sowie die Kleider, die wir am Leib tragen. Wobei ich bei mir nur noch von Fetzen sprechen kann.« Automatisch raffte sie dabei die Überreste ihrer Bluse zusammen.

Obgleich jede Bewegung sie entsetzlich schmerzte, zwang sie sich, nach den Verletzungen des Knaben zu sehen. Auch er hatte Abschürfungen, schmerzhafte Prellungen sowie vermutlich ein gebrochenes Bein davongetragen. Als Betz sich übergeben musste, wusste sie, dass er auch an einer Gehirnerschütterung litt.

Die junge Frau brachte es erst jetzt fertig, nach Rolf zu sehen. Vor Furcht zitternd legte sie die kurze Distanz zu ihm zurück und bückte sich zu dem am Boden Hingestreckten. Unbeweglich und stumm lag er da, das selbst im Tod noch attraktive Gesicht mit weit aufgerissenen Augen gen Himmel gerichtet. Auf seiner aufgerissenen Kehle saßen bereits summende Schmeißfliegen und labten sich an dem dunkelroten Blutfluss.

Dieser Anblick ließ sie in haltloses Schluchzen ausbrechen, obwohl sie sich vorgenommen hatte, um des Knaben willen einigermaßen Ruhe zu bewahren.

In einigen Metern Abstand lag auch Utz, seltsam verdreht, ein Bein angezogen und mit weit ausgestreckten Armen auf dem Gesicht liegend; auch er war für immer verstummt. Um seinen Kopf hatte sich gleichfalls eine riesige Blutlache gebildet, die einem Schwarm von Mücken zur Nahrung diente. Magdalena spürte, wie ihr ein bitterer Geschmack den Gaumen hochstieg, und sie musste ein Würgen unterdrücken. Sie stolperte zurück, weg von Utz.

Erst langsam wurde ihr die gesamte Tragweite dessen bewusst, was ihr und ihren Begleitern widerfahren war. Wie konnten sie und Betz überleben? Ohne alles? Überdies überkamen sie plötzlich krampfartige Schmerzen in Rücken und Unterleib, die so stark waren, dass Magdalena in sich zusammensank.

»Ich bekomme Wehen«, sagte sie ausdruckslos, nachdem sie sich die Tränen abgewischt hatte. »Wir müssen Hilfe herbeirufen.«

Kraftlos kroch sie ganz nah an ihren toten Vetter heran und bettete seinen Kopf in ihren Schoß. Behutsam schloss sie mit einer blutbefleckten Hand seine blauen Augen, dann küsste sie ihn auf den Mund, zum ersten und zugleich letzten Mal.

Betz beobachtete, wie Magdalena Rolfs Oberkörper an ihre Brust drückte und ihn zärtlich wie eine Mutter ihr Kind hin und her wiegte, dabei ein ihm unbekanntes Lied summend. Der Knabe wagte nicht, sie zu stören – spürte er doch, dass dies ein ganz besonderer Augenblick war.

»Oh, Rolf«, dachte die junge Frau, »du hast es immer so gut mit mir gemeint! Du hast es ganz gewiss nicht verdient, so jung und auf solche Art zu sterben. Längst ist mir aufgegangen, dass du mich geliebt hast; nur aus Rücksicht auf meine Liebe zu Konrad hast du geschwiegen. Wer weiß, was aus uns noch geworden wäre?«

Erst nach einer ganzen Weile, als eine neue Welle des Schmerzes über Magdalena hinwegspülte und sie ihren Gesang abrupt beendete, wagte Betz es, sich zu ihr zu schleppen und sie mit seiner unverletzten Hand sachte am Arm zu berühren.

»Frau Lena«, wisperte er, »soll ich laut um Hilfe schreien?«

»Ja, Betz, mach das«, gab sie ebenso leise zur Antwort. »Vielleicht haben wir ja Glück, und es hört uns jemand.« Erschrocken presste sie dann ihre Lippen zusammen. In ihrer jetzigen Lage das Wort »Glück« überhaupt in den Mund zu nehmen, erschien ihr mit einem Mal ungeheuer vermessen.

»Zu Hilfe, zu Hilfe! Überfall! So helft uns doch!«, erschallte gleich darauf die pubertär kippende Stimme des Jungen, die sich an den steilen Wänden des Hohlwegs brach.

»Wo bleiben die Leute bloß? Vorher sind uns doch andauernd ganze Scharen von Menschen begegnet!«, fragte er sie erschöpft und verzog dabei das Gesicht vor Schmerzen, ehe er erneut um Hilfe rief. Auch Betz bedurfte dringend ärztlicher Versorgung.

Kurz darauf tauchten wie durch ein Wunder vier Mönche auf ihren Eseln auf. Sie waren auf dem Rückweg aus Mailand in ihr Kloster, das in der Nähe auf einer Anhöhe lag.

Die barmherzigen Brüder zügelten abrupt ihre Reittiere, als sie den Hohlweg erreichten. Mit wenigen Blicken hatten sie die Erfordernisse der Situation erkannt und nahmen sich unverzüglich der schwerverletzten jungen Frau und des verwundeten Jungen an: Nach einer flüchtigen Untersuchung, einer minimalen Erstversorgung und der Verabreichung von Wasser hievten sie die beiden auf zwei der Esel und erboten sich, sie zum Monastero di San Francesco zu bringen, einer kleinen Abtei kurz hinter dem Örtchen Castasegna, in einem Seitental unterhalb des majestätischen Pizzo Stella gelegen.

»Im Kloster wird sich unser Bruder Medicus Eurer annehmen, Donna«, versprach der älteste der Ordensbrüder, ein weißhaariger Franziskanermönch mit väterlich gütigem Gesicht. »Dort könnt Ihr uns dann berichten, was Euch widerfahren ist und wer Euch so übel zugerichtet hat.«

Zwei der Männer in den dunkelbraunen Kutten unternahmen es stillschweigend, die beiden Leichen auf ihre Tiere zu heben. »Wenn Ihr einverstanden seid, werden wir die zwei Getöteten nicht hier am Wegesrand, sondern auf unserem Klosterfriedhof zur ewigen Ruhe betten«, wandte sich einer von ihnen an die völlig entkräftete Magdalena, der inzwischen alles Blut aus dem Gesicht gewichen war und die nur noch stumm nickte. Auf der kurzen Strecke zur Abtei wurde sie mehrere Male fast bewusstlos und konnte sich nur noch mit äußerster Mühe im Sattel halten.

Bereits über einen Monat befanden sich Magdalena und Betz nun schon in der Obhut der freundlichen Mönche. Die grauenvolle Begebenheit in dem unseligen Hohlweg hatte höchstens zwanzig Minuten gedauert, dennoch erschien es der jungen Frau, als wäre es eine Ewigkeit gewesen.

Ihr ganzes Leben hatte sich seitdem schlagartig verändert. Vor allem sie selbst war nicht mehr das gleiche unbeschwerte Mädchen, das bisher nur an das Gute in den Menschen geglaubt hatte – wenn auch mit gewissen Abstrichen, wenn sie an ihren hinterhältigen Oheim dachte.

Aber selbst Mauritz Scheitlin war ein Ehrenmann, verglichen mit den drei skrupellosen Mördern, Räubern und Vergewaltigern.

Trotz aller Mühe, die Bruder Johannes, der Medicus, sich mit dem »Frühchen« gegeben hatte: Der Kleine war noch nicht lebensfähig gewesen.

»Der Herrgott hat es sich offensichtlich anders überlegt mit deinem Sohn«, hatte der Vater Prior versucht, Magdalena zu trösten. »In Seiner Weisheit und Güte befand Er es für besser, ihm das schwere Erdenleben zu ersparen, und hat ihn lieber gleich zu sich in den Himmel geholt.«

Magdalena lag es auf der Zunge, die provokante Frage zu stellen, wieso es von Gottes Weisheit und Güte zeugen sollte, wenn Er eine Frau erst an den Rand des Todes bringen musste, weil Er ihr Ungeborenes sterben lassen wollte. Und weshalb Er es nicht gleich zu Anfang verhindert hatte, dass sie überhaupt schwanger geworden war, wenn Er doch angeblich wusste, was geschehen würde …

Sie wollte jedoch die frommen Männer nicht kränken und so schwieg sie lieber. Aber die Zweifel an des Herrgotts Güte, seiner Allwissenheit und Barmherzigkeit sollten sie nun insgeheim ihr Leben lang begleiten.

Drei Wochen lang schwebte sie zwischen Tod und Leben. Was es dem Heilkundigen der klösterlichen Gemeinschaft so unsagbar erschwerte, sie schneller gesunden zu lassen, war ihre unbeschreibliche Gleichgültigkeit gegen alles und jeden. Die junge Frau schien sich selbst aufgegeben zu haben und verweigerte am Anfang sogar die Mahlzeiten, obwohl diese doch zur Wiederherstellung ihrer Kräfte so wichtig waren.

Erst seit ungefähr eineinhalb Wochen ging es mit Magdalena körperlich rapide aufwärts – ihr starker junger Körper war auch ohne ihr Zutun genesen –, aber ihr Gemüt war nach wie vor verdüstert.

»Wozu bin ich denn überhaupt noch am Leben, Frater Medicus? Seht Ihr etwa einen besonderen Sinn darin?«, wollte sie von Bruder Johannes wissen, und ihre Stimme war von Trotz erfüllt.

Diese Frage stellte sie dem noch jungen Mönch nicht zum ersten Mal. Die beiden saßen auf einem kleinen Felssporn in Rufweite des Klosters, mit atemberaubender Aussicht nach Süden. Weit unten, zu ihren Füßen im Tal, lag die Stadt Chiavenna mit ihren zahlreichen Kirchtürmen, und ganz weit weg glaubte Magdalena die glitzernde Wasserfläche des Comersees zu erspähen.

Sie erhob den Blick zum seidigblauen Septemberhimmel und zu den kreischenden Bergdohlen, die ihre Kreise immer enger um sie und Frater Johannes zogen.

»Welche Frage, Donna Lena!«, ereiferte sich der Medicus. »Seid froh und dankbar, dass Ihr Euch wieder so gut erholt habt! Ihr seid sogar so weit wiederhergestellt, dass Ihr mir bei der Pflege der Kranken dankenswerterweise zur Hand gehen könnt. Ihr seid stark, jung und gesund, und das ganze Leben liegt noch vor Euch!«

»Dank Euch, Frater! Natürlich weiß ich, wie viel ich Euch zu verdanken habe. Ohne Euch und Eure kundige Hilfe wäre ich wohl elend verblutet. Gott lohne Euch Eure Mühe, Bruder Johannes.«

»So meinte ich es nicht, Donna«, wehrte der junge Mann ab. »Nicht mir sollt Ihr danken, sondern unserem göttlichen Herrn und Vater! Ich weiß, welch harte Prüfung Euch der Herr auferlegt hat, als Er Euren Vetter Rudolf Reichle sterben ließ – aber bedenkt, dass der Knabe Betz noch lebt. Und für diesen Jungen tragt Ihr jetzt die Verantwortung. Statt Eures Verwandten seid Ihr nun seine Herrin. Ihr habt gleichsam an seines Vaters Stelle die Munt über ihn, solange der Knabe sich bei Euch befindet.«

»Das ist wahr«, erwiderte Magdalena leise. »Nur um seinetwillen will ich bald wieder ganz gesund sein, um mich um sein Wohl zu kümmern – wenn ich auch noch nicht weiß, wie das gehen soll. Die Räuber haben mir nichts gelassen – außer den Fetzen, die ich nach dem Überfall am Leibe trug.«

»Wenn Ihr bereit seid, das Kloster und seine Obhut zu verlassen, werdet Ihr und Betz vom Vater Prior Gewänder aus den Spenden der Reichen aus den umliegenden Dörfern erhalten, damit Ihr Euch sehen lassen könnt. Alles, was Ihr für den Anfang zum Leben braucht, wird man Euch geben, Donna, dafür verbürge ich mich. Ihr müsst nur sagen, wann Ihr bereit sein werdet. Aber fühlt Euch keinesfalls gedrängt; Ihr müsst Euch tatsächlich imstande fühlen, Euer Leben wieder selbst in die Hand zu nehmen. Habt Ihr Euch schon überlegt, was Ihr in Zukunft tun wollt, Donna Lena?«

In den zahlreichen Stunden und endlos langen Nächten, die Bruder Johannes an ihrem Lager im Infirmarium, der Krankenstation des Klosters, gewacht hatte, öffnete ihm die junge Frau Stück für Stück ihr Herz und ließ ihn teilhaben an ihrem Unglück:

Angefangen von der verbotenen Liebesnacht mit Konrad und ihren Folgen, vom Tod des Vaters, dem Aufenthalt im Kloster und den Machenschaften ihres Oheims, der ihr das Erbe vorenthielt, bis zu der Tatsache, dass ihr Bräutigam sich von ihr verraten fühlte und eine andere zur Frau genommen hatte. Auch, dass sie dabei gewesen war, sich kurz vor seinem Tod in Rolf, ihren gut aussehenden, allzeit hilfsbereiten Vetter, zu verlieben, hatte sie in einem Anfall von Ehrlichkeit dem aufmerksam zuhörenden Medicus nicht verschwiegen.

»Vor dem Überfall war ich mir noch sicher, dass ich Konrad finden muss, um ihm von unserem Kind zu berichten«, setzte Magdalena nach einer längeren Pause zu einer Antwort auf Johannes' Frage an. »Über seine Ehefrau habe ich mir gar keine Gedanken gemacht. Etwas, das ich heute nicht mehr verstehen kann, Frater. Wie sehr hätte ich Frau Renata damit gekränkt! Sie trug doch am allerwenigsten Schuld an allem. Aber das wollte ich damals nicht sehen.«

»Ihr vermochtet es nicht«, korrigierte der Mönch sie sanft. »Aber nun seht Ihr zu Recht keinen Sinn mehr darin, diesem Mann, der einer anderen angehört, hinterherzulaufen. Wenn ich Euch recht verstanden habe, Donna Magdalena, dann wollt Ihr nicht mehr in Euer Elternhaus zurück, weil Ihr wohl nicht zu Unrecht die Befürchtung hegt, dass Euer Oheim Euch mehr oder weniger als Sklavin hielte. Eigenständig wollt Ihr sein und Euch allein durch die Fährnisse des Lebens kämpfen, indem Ihr Euch den Reichen wie den Armen als Heilerin andient. Kein schlechter Gedanke! Obwohl ich sagen muss, dass die meisten Menschen Euch sagen werden, dass sich ein freies unbeaufsichtigtes Leben für ein Weib, zumal für ein so junges, nicht geziemt. Ihr werdet es nicht leicht haben.«

»Ich bin mir der Widerstände durchaus bewusst, Frater. Ich bin bereits durch eine harte Schule gegangen und habe meine sorglose Vertrauensseligkeit verloren. Die Umstände haben mich reifen lassen – weit über meine geringen Lebensjahre und meinen Stand als wohlbehütete Tochter eines wohlhabenden Bürgers hinaus. Allerdings verhehle ich Euch nicht, Frater, dass mir zuweilen angst und bange wird vor den Gefahren, die auf mich lauern mögen. Es wird viel eigene Kraft und Gottes Hilfe und Beistand nötig sein, damit ich mein Leben werde meistern können. Dazu kommt die Verantwortung für Betz, einen vierzehn Jahre alten Knaben, der sich gleichfalls der Heilkunde verschreiben will. Einfach wird es wahrlich nicht sein, denn ich kenne kaum jemanden, an den ich mich wenden könnte. Doch in Konstanz lebt ein

Vetter meines Vaters, der möglicherweise ein gutes Wort für mich einlegen und mir behilflich sein könnte, eine Bleibe zu finden. Aber ich habe ihn noch nie gesehen und weiß gar nicht, was für ein Mensch er ist.«

»Das werden wir gewiss ganz schnell herausgefunden haben, Donna!«

Der Mönch blickte sie dabei nicht an, sondern beobachtete angelegentlich die Dohlen, die sie um Futter anbettelten.

»Wie meint Ihr das, Frater?« Magdalena war freudig erschrocken, wagte aber nicht, an ihr Glück zu glauben. Vorsichtig wandte sie dem jungen Mann ihr Gesicht zu. Verlegen blickten jetzt die dunkelbraunen Augen des noch jungen Klosterbruders in ihre blauen. Bruder Johannes räusperte sich verlegen.

»Nun ja! Unser Vater Prior zeigt ebenfalls großes Interesse am kommenden Konzil. Da er selbst das Kloster nicht für längere Zeit verlassen kann, sendet er mich und noch zwei Mitbrüder – Frater Jakobus und Frater Andreas – in die Konzilsstadt. Dort befindet sich eine Niederlassung unseres Ordens. Wir drei sollen von Anfang bis Ende des Konzils dort verweilen, alles genau beobachten und regelmäßig Botschaft in unser Kloster senden.

Uns Mönchen liegt viel daran, endlich zu wissen, welchem Heiligen Vater wir eigentlich Respekt und Gehorsam schulden und was es mit den nötigen Reformen der Kirche auf sich hat. Kurz und gut: Was liegt also näher, als dass Ihr und Betz uns begleitet? Ich könnte in Konstanz ein wachsames Auge auf Euch haben, Euch manche Türen öffnen und überhaupt darauf achten, dass Ihr in der Stadt eingeführt werdet, dass man Vertrauen zu Euch fasst und Ihr genügend Zulauf von Patienten erhaltet, um gut davon leben zu können. Betz wird schon von selbst älter und klüger werden; und mit der Zeit kann er Euer Beschützer sein, wenn ich längst wieder hier in meinem Kloster sein werde. Nun, was meint Ihr dazu?«

Magdalena kamen die Tränen, so glücklich war sie auf einmal. Das war die Lösung! Natürlich traute sie es sich zu, für sich selbst und für den jungen Betz zu sorgen. Sie hatte nur Bedenken wegen der Anfangsschwierigkeiten gehabt. Aber jetzt, mit Bruder Johannes' Hilfe und Beistand, würde sie es spielend schaffen. Eine tiefe, warme Zuversicht durchströmte sie, ein Gefühl, das sie schon fast vergessen hatte.

Spontan erhob sich die junge Frau und fiel dem Mönch zu Füßen. Dankbar küsste sie seine Hand, ehe der junge Mann sie ihr errötend entzog.

»Nicht doch, Donna! Was tut Ihr? Nicht mir habt Ihr zu danken, sondern dem Vater Prior! Eigentlich war es seine Idee, Euch nach Konstanz mitzunehmen.«

»Durch Euch habe ich nicht nur meine Gesundheit wiedererlangt, sondern erneut den Glauben an den lieben Gott gefunden, Frater! Dafür werde ich Euch mein Leben lang dankbar sein. Dafür – und dass Ihr mir so viel beigebracht habt, während der letzten Zeit, die ich Euch im Infirmarium helfen durfte.«

Magdalena erhob sich von den Knien und nahm erneut neben Bruder Johannes Platz.

»Alle Mitbrüder waren erleichtert, dass Ihr bereit wart, mir und Frater Anselmus zu helfen während der Schlimmen Seuche, welche die Gegend vom Berner Oberland über die Rhône bis zu uns herüber heimgesucht hat«, erklärte der Ordensbruder mit einem sanften Lächeln. »Wie hätten wir es schaffen sollen, alle, die an schwerem Erbrechen, Durchfall, Fieber, Kopf- und Gliederschmerzen litten, zu versorgen? Ohne Euch wären wir ziemlich hilflos gewesen. Auch Euer kleiner Schützling hat sich willig und geschickt angestellt. Der Knabe bringt die besten Voraussetzungen mit, um einst ein guter Apotheker oder Medicus – oder gar der Physicus eines hohen weltlichen oder geistlichen Herrn – zu werden. Vor allem, wenn es ihm gelänge, in Salerno Medizin zu studieren.«

»Wann wollen wir die Reise nach Konstanz antreten, Frater?« Magdalena dachte ans Nächstliegende, und die Freude darüber, endlich eine zukunftsweisende Entscheidung in Angriff nehmen zu können, blitzte aus ihren großen Augen. Fast klang sie unbeabsichtigt ein wenig ungeduldig.

Der Medicus lachte.

»Wir wollen nichts überstürzen, Donna. Aber ich verspreche Euch, dass es sehr bald sein wird. Ihr dürft Betz schon darauf vorbereiten. Allerdings solltet Ihr vorher einen unserer Klosterknechte zu seinem Vater schicken, mit der Bitte, Euch den Knaben zur Ausbildung zu überlassen. Erwähntet Ihr nicht, dass seine Eltern lediglich für ein Jahr auf ihren Sohn verzichten wollten?«

»Oh! Ja, natürlich! Mein Vetter Rudolf versprach dem Wirt, ihm seinen Sprössling wieder heil und gesund abzuliefern, wenn wir uns auf dem Rückweg von Italien nach Deutschland befänden. Ich werde den Mann fragen lassen, ob er mir Betz weiterhin anvertrauen will.«

»Tut das recht bald, Donna«, sagte der Mönch freundlich und erhob sich, um ins Kloster zurückzukehren. Magdalena jedoch blieb noch eine Weile auf dem Felsen in der spätsommerlichen Nachmittagssonne sitzen. Sie genoss die wärmenden Strahlen auf ihrer Haut und merkte zu ihrer eigenen Überraschung, dass sie doch mehr an ihrem Leben hing, als sie gedacht hatte – auch wenn es nie wieder so wie früher sein würde.

»Wenn ich heute Abend an Rolfs Grab stehe, werde ich ihm sagen, dass ich mit dem Jungen bald nach Schwaben zurückkehre«, nahm sie sich vor. Sie war sich sicher, dass ihr Verwandter – wo immer er jetzt auch sein mochte – ihre Entscheidung begrüßen würde. Mittlerweile war es ihr zur lieben Gewohnheit geworden, jeden Tag mit ihrem toten Vetter auf dem kleinen Klosterfriedhof Zwiesprache zu halten über Dinge, die sie oder Betz betrafen.

»In Konstanz werde ich dein Grab und das meines Kindes schmerzlich vermissen, du Lieber«, dachte sie am Abend traurig und legte gewohnheitsmäßig einen Zweig mit einer Heckenrose auf dem noch frischen Erdhaufen nieder. Im letzten Dämmerlicht hing sie noch der Erinnerung an den jungen Schmied nach, ehe sie mit Einbruch der Dunkelheit ins Gästehaus des Klosters zurückkehrte. Nach ihrer Genesung war sie dorthin umgezogen – kein gesundes weibliches Wesen durfte sich innerhalb der Mönchsabtei aufhalten.

KAPITEL 23

Je näher der Aufbruch nach Deutschland rückte, umso mehr verschlechterte sich die Stimmung von Papst Johannes XXIII.

»Weshalb habe ich nicht darauf beharrt, dass diese ehrwürdige Versammlung in Italien stattfinden muss?«, fragte er sich und seinen Sekretär beinahe jeden Tag verdrießlich. Don Severino schüttelte dann jedes Mal den Kopf und meinte ungerührt: »Eure Heiligkeit wissen genau, dass der sture Sigismund sich niemals darauf eingelassen hätte. Dem Herrscher liegt nun einmal daran, das deutsche Reich aufzuwerten. Und was wäre dazu besser geeignet als ein allgemeines Konzil? Aber, Heiligkeit, macht Euch keine Sorgen! Wie es aussieht, wird außer Euch keiner der zwei Möchtegern-Päpste in Konstanz auftauchen!« Der Prälat lächelte überlegen. »Ihr wisst, was das bedeutet, Heiliger Vater?«

»Nein. Was denn?«, fragte Baldassare Cossa unwirsch. Er hasste es ohnehin zu reisen. Und nun gar zu den griesgrämigen Tedeschi, ins nasskalte unfreundliche Deutschland! Normalerweise hätte er niemals auch nur in Erwägung gezogen, seinen Fuß auf deutschen Boden zu setzen.

»Nun«, begann Don Severino umständlich und ordnete erst einmal die Falten seiner schwarzen Seidensoutane.

»Macht es um Christi willen nicht gar so spannend, mein Lieber.« Johannes XXIII. schien bereits wieder aufs Äußerste genervt – sein ungeduldiger Tonfall verriet es.

»Das liegt doch klar auf der Hand, Heiligkeit! Wer nicht anwesend ist, kann auch nicht gehört werden. Und wer nicht gehört wird, dessen Argumente werden auch nicht vernommen. Also: Eure beiden Mitpäpste werden keinerlei Unterstützung auf dem Konzil finden. Ihr seid der einzige Kandidat, und demnach wird man auch Euch als den allein gültig gewählten Papst anerkennen! Damit ist das unselige Schisma beendet, und kein Hahn wird mehr nach Benedikt XIII. oder nach Gregor XII. krähen. Nach Beendigung des Konzils wird es nur noch einen Heiligen Vater geben: Johannes XXIII.«

»Euer Wort in Gottes Ohr, Don Severino.«

Für den Augenblick schien sein Herr besänftigt, und der Sekretär atmete auf. Überhaupt ließ sich manches einfacher an, als er befürchtet hatte: Wahrhaft gegraut hatte es ihm vor der unerfreulichen Auseinandersetzung mit des Papstes letzter Mätresse. Die Dame bewies jedoch Haltung – wenigstens nach außen hin. In ihrem Inneren mochte es anders aussehen; Severino war beinahe sicher, dass Donna Sofia Lucrezia ihrem untreuen Liebhaber die Hölle wünschte.

Aber Hauptsache sie machte kein unnötiges Theater, sondern verschwand genauso diskret aus dem Leben des Heiligen Vaters, wie sie aus dem Palast des einstigen Seeräubers auszog. Don Severino beauftragte zwei besonders vertrauenswürdige Diener damit, der so schnöde abgefertigten Mätresse beim Packen behilflich zu sein. In Wahrheit hatten sie Order, Sorge dafür zu tragen, dass die Dame nicht mehr mitgehen ließ, als sie einst bei ihrem Einzug mitgebracht hatte …

Die Abreise Magdalenas verzögerte sich um Wochen: Unversehens war der Oktober angebrochen, und sie war noch immer im Kloster. Bei den Bewohnern von Castasegna waren nämlich merkwürdige Fälle von Besessenheit aufgetreten. Die davon Befallenen zeigten Symptome der Tanzwut. Die Kirche sah im Allgemeinen in diesen »Tänzen« – merkwürdigen Verrenkungen, Drehungen und Schüttelkrämpfen – eine Sünde. Hatte doch schon der heilige Augustinus den Christen Tänze bei Kulthandlungen als heidnisches Beiwerk verboten …

Bruder Johannes wusste, dass dieses unheimliche Übel, auch »Veitstanz« genannt, seit dem 13. Jahrhundert den Charakter einer Volksplage angenommen hatte, während es in den vorhergehenden Jahrhunderten nur jeweils einzelne Individuen befallen hatte.

»Jetzt verhält es sich so, dass ein unter Veitstanz Leidender eine ganze Gemeinde ansteckt und zum Schluss alle miteinander seine grotesken Bewegungen nachahmen und so lange tanzen, bis sie vor Erschöpfung umfallen. Manche treiben den Unfug sogar bis zum Tod. Unser Vater Prior hält dieses Tanzen nach wie vor für ein Zeichen teuflischer Besessenheit; aber es gibt auch andere Ansichten. Manche sagen, diese Tobsucht habe keineswegs sündhaften Charakter, sondern zeige im Gegenteil mystische Versenkung in die göttliche Liebe.«

»Und was glaubt Ihr, Frater Johannes?«, erkundigte sich Magdalena neugierig. Der junge Mönch schien ein wenig verlegen. Scheu blickte er sich um.

»Nun ja! Ich muss dabei immer an die Stelle im Alten Testament denken, wo uns von König David berichtet wird, der vor der heiligen Bundeslade getanzt hat. Er war gewiss weder krank noch vom Teufel besessen …« Unwillkürlich hatte der Medicus seine Stimme gesenkt.

»Merkwürdig ist allerdings, dass zur Zeit der Schlimmen Seuche in der Mitte des vorigen Jahrhunderts zahlreiche Menschen von der Tanzwut befallen wurden. Aus der deutschen Stadt Limburg ist uns aus dem Jahre 1374 eine absonderliche Begebenheit bekanntgeworden: Am Rhein und an der Mosel fingen Leute an zu tanzen und zu rasen. Männer, Frauen und Kinder tanzten stundenlang auf Straßen und Plätzen so lange im Kreis herum, bis eine Ekstase sie erfasste und sie in ihren Visionen den Himmel offen wähnten. Sie tanzten weiter, bis Schaum aus ihren Mündern trat und sie ohnmächtig oder gar tot zu Boden sanken. Nachdem es wiederholt zu derartigen Ausbrüchen gekommen ist, war man bestrebt, Reliquien des heiligen Veit zu erlangen, der als Schutzpatron der Tanzwütigen gilt. König Sigismunds Vater, Kaiser Karl IV., ließ für die Gebeine des 1355 nach Prag verbrachten sizilianischen Heiligen Vitus eigens den Sankt-Veits-Dom errichten.«

»In meiner Heimatstadt Ravensburg gibt es auf einem nach dem heiligen Veit benannten Hügel eine Kapelle, in der sich alljährlich eine große Schar von Heilung suchenden Tänzern zu versammeln pflegt. Der Zulauf ist bisher ungebrochen«, konnte auch Magdalena zum selben Thema etwas beisteuern. »Aber unser Stadtpfarrer sagte immer, er vermute, dass sich auch zahlreiche vagabundierende Veitstänzer, also gemeine Schwindler, darunter befänden, die den Zwang zu tanzen nur vortäuschten, um schnöde Bettelei zu betreiben.«

»So etwas Ähnliches kennen wir leider auch. Weiter unten, im Süden von Italien, glauben die Leute, wenn sie von einer Spinne namens Tarantula gebissen werden, dass ihr Gift sie zwinge, wild herumzuhopsen. Wenn einer damit anfängt, machen die Umstehenden mit, und nach einer Weile tanzt das gesamte Dorf – obwohl nur einer den Stich abbekommen hat.«

Magdalena mutmaßte von Anfang an, dass auch in Castasegna die allgemeine Tobsucht wohl kaum auf eine Seuche und auch nicht auf das Wirken des Teufels zurückzuführen wäre. Fast verärgert darüber, dass dieser Zwischenfall ihre Rückreise nach Konstanz erneut verzögerte, sah sie sich die Befallenen erst einmal genauer an.

Sie ließ sich weder von dem wilden Herumfuchteln ihrer Arme, dem ziellosen Schlenkern ihrer Beine oder dem beängstigenden Verdrehen ihrer Augäpfel beeindrucken. Stattdessen suchte sie den Klosterschmied in seiner Werkstatt auf und bat ihn um einen besonderen Gefallen.

Dieser, ein bärenstarker Mann aus dem Wallis, der die Pferde und Maulesel des Klosters und der umliegenden Bauern beschlug, grinste breit. Er begriff augenblicklich, was Donna Lena vorhatte.

Kurz darauf tauchten sie und der mächtige Schmiedemeister, der Lederschurz, Lederhandschuhe und eine Kappe trug, bei den »Tanzenden« auf, wobei letzterer auf einer Steinplatte ein Stück rot glühendes Eisen präsentierte. Einen kurzen wilden Schrei musste er dabei ausstoßen, um überhaupt die Aufmerksamkeit der Leute zu erregen.

»Seht her, Ihr Tänzer!«, rief Magdalena laut. »Wenn euer Zucken und Drehen nicht aufhört, muss euch leider der Bruder Schmied hier mit diesem glühenden Eisen ein Kreuz auf den Schenkel drücken. Das wird euch dann – im Namen von Sankt Vitus – zuverlässig helfen!«

Es war unglaublich, wie schnell diese Ankündigung wirkte. Wie der Blitz hörte alles Hopsen und Taumeln auf. Alle – bis auf den tatsächlich Kranken – setzten sich mehr oder weniger erschöpft auf den Boden und behaupteten, urplötzlich durch die Gnade des heiligen Vitus »geheilt« zu sein von dem zwanghaften Wirbeln. Die schreckliche Angst davor, mit dem Brenneisen gebrandmarkt zu werden, hatte dieses »Wunder« bei denen bewirkt, die sich aus einer Massenhysterie heraus der Tobsucht hingegeben hatten. Den einzigen wahrhaft an der Tanzwut Leidenden unterzog der Prior einem Exorzismus, und seitdem war auch er ruhig geworden und ging wieder brav seiner Arbeit als Korbflechter in Castasegna nach.

Die Ordensbrüder waren Magdalena für ihr beherztes und kluges Eingreifen mehr als dankbar.

Und dann, an einem klaren, kühlen Herbstmorgen, war es endlich soweit: Der Prior wandte sich nach der Andacht an Bruder Johannes, die beiden anderen Mönche, die dem Konzil beiwohnen sollten, sowie an Magdalena und verkündete: »Ich denke, in ein, zwei Tagen könntet Ihr Euch gemeinsam mit Betz nach Konstanz auf den Weg machen. Gelobt sei der Herr!«

Segnend hob er die Hand über den Scheitel Magdalenas

und entfernte sich dann mit seinem Anhang in Richtung Refektorium.

»In Ewigkeit, hochwürdiger Vater«, flüsterte Magdalena hinter seinem Rücken. Am liebsten hätte sie laut aufgejauchzt. Sofort machte sie sich auf die Suche nach Betz. Längst war ein Schreiben seines Vaters im Kloster eingetroffen, das der jungen Frau erlaubte, ihn als Helfer und Apothekerlehrling bei sich zu behalten, solange sie seiner bedurfte.

Der Bursche würde außer sich sein vor Freude, wurden ihm doch die eintönigen Tage im Kloster allmählich etwas lang.

Einzig eine Sache fiel Magdalena schwer aufs Gemüt: Es hieß nun wohl endgültig Abschied zu nehmen von dem Fleckchen Erde auf dem kleinen Gottesacker, wo ihr viel zu früh geborener Sohn, ihr geliebter Vetter Rolf und sein treuer Knecht Utz ihre letzten Ruhestätten gefunden hatten.

Nie mehr würde sie sich neben den kleinen Grabhügel ins Gras setzen können, um ihrem Vetter – der ihr gewiss ein guter Ehemann und dem Kind ein ebenso guter Vater geworden wäre – alles zu erzählen, was ihr das Herz beschwerte. Sie nahm sich fest vor, auch fortan den so schmerzlich Vermissten jeden Tag eine frische Rose zu bringen. Wenn sie sie schon nicht mehr auf das Grab legen konnte, dann musste eben der Altar einer Kapelle oder Kirche als Ersatz dienen. Und in ihrem Herzen und in ihren Erinnerungen würden sie ohnehin immer bei ihr sein, ganz egal, wo ihre sterblichen Überreste nun lagen.

Magdalena beschloss, noch rasch zum Friedhof zu gehen, ehe sie Betz aufsuchte.

KAPITEL 24

In den Bergen war die Jahreszeit – immerhin brach bereits das letzte Drittel des Monats Oktober an – bereits winterlich. Auf dem Reschenpass und dem Arlberg lag eine zwanzig Zentimeter dicke Schneeschicht – sehr zum Missvergnügen von Papst Johannes. Er war Neapolitaner und hasste den Winter und die Kälte.

Dementsprechend war auch die Laune Seiner Heiligkeit. Aber Don Severino behielt seinen Gleichmut: »Ihr tut beinahe so, Heiliger Vater, als hätte es der heilige Petrus – nur um Euch zu ärgern – extra schneien lassen«, lächelte er.

»Wer weiß?«, knurrte der Papst. Er traute es dem alten Apostel durchaus zu … Verstimmt bestieg er den Tragsessel nach einer kurzen Rast am Christbergsattel in Vorarlberg, um sich von den beiden bärenstarken Knechten weitertransportieren zu lassen. Eine Kutsche zu benutzen, war leider nicht möglich. Zum Glück hatte vor einiger Zeit wenigstens der dichte Schneefall aufgehört.

Einer der zwei päpstlichen Lakaien passte nicht auf, er hatte wohl eine Unebenheit am Boden übersehen. Er stolperte, und sein Kamerad konnte die Last alleine nicht auffangen. So geschah es, dass die Sänfte samt Heiligem Vater umkippte: Papst Johannes lag mit dem Gesicht im Schneematsch. Seine Pelzmütze hatte er verloren.

»Ihr vermaledeiten Idioten!«, brüllte der so unsanft auf felsigem Untergrund Gelandete. Noch war die Schneedecke nicht so dick, dass sie den Aufprall des massigen Körpers abzufedern vermochte. »Die Haut sollte man euch Affen abziehen!«

Erschrocken und besorgt über den unerhörten Vorfall eilten die geistlichen Herren seines Gefolges und seine übrigen Höflinge herbei. »Heiliger Vater, um Jesu Christi willen, was ist mit Euch? Wie konnte das geschehen? Habt Ihr Euch verletzt?«, riefen sie aufgeregt durcheinander.

Einige konnten sich allerdings das Lachen kaum verkneifen: Als er versuchte, sich auf dem rutschigen Boden umzudrehen, landete er auf dem Rücken. Dabei verrutschte sein langes Wollgewand, und er reckte jetzt seine dicken, in gestrickten Strümpfen steckenden Beine strampelnd gen Himmel.

Sein Gefolge, das – innerlich beinahe vor Gelächter berstend – die groteske Szene beobachtete, konnte anschließend guten Gewissens beschwören, dass Seine Heiligkeit keine Unterhosen trug …

»Braucht Ihr Hilfe, Heiliger Vater?«, traute sich schließlich einer zu fragen. Woraufhin das Gesicht des dreiundzwanzigsten Johannes dunkelrot vor Wut anlief. Wollte sich der Kerl etwa über ihn lustig machen?

»Aber keineswegs, mein Guter! Wo denkt Ihr hin? Ich liege hier im Namen des Teufels, und es gefällt mir ausgezeichnet so!«, brüllte er wutschnaubend.

»Gottverdammte Idioten!«, hörten ihn schließlich jene murmeln, die sich endlich ein Herz fassten und zupackten, um den Papst aus seiner misslichen Lage zu befreien. Der Lakai, dessen Knöchel verrenkt war, wurde umgehend durch einen anderen Burschen ersetzt, einen, der keine »zwei linken Füße« besaß, wie Don Severino seinem Herrn versicherte. Anschließend ging die Reise ohne Zwischenfälle weiter.

Über Feldkirch erreichten Papst Johannes und sein Gefolge schließlich Rheineck. Dort bestiegen sie ein Schiff, um sich über den See befördern zu lassen. In Kreuzlingen – übrigens bei strahlend warmem Herbstwetter – ging Seine Heiligkeit am Abend des 27. Oktober 1414 an Land. Der Vorfall mit der Sänfte war bereits vergessen. Johannes' Laune verbesserte sich noch weiter, als man ihm berichtete, dass die beiden anderen Anwärter auf den Stuhl Petri bislang tatsächlich fehlten und auch niemand wirklich mit ihrem Kommen rechnete.

Der nächste Tag, der 28. Oktober, war ein Sonntag. Es herrschte immer noch wunderbares Wetter, und der Einzug des Papstes in Konstanz gestaltete sich unvergleichlich feierlich. Der Heilige Vater ritt in einem bestickten weißen Seidengewand auf einem prächtig aufgezäumten und mit einer rotgoldenen Satteldecke versehenen Schimmel in die Konzilsstadt ein. Über ihm hielten vier nebenher reitende, ehrenwerte Konstanzer Bürger einen Baldachin aus goldenem Tuch, und hinter ihm schritten neun Kardinäle in silberdurchwirkten Roben und reich bestickten Mitren.

Otto von Hachberg, der Konstanzer Bischof, in dessen Palast der Papst Quartier nehmen würde, begrüßte den pompösen päpstlichen Zug am Kreuzlinger Tor; die Herren vom Domkapitel, die Mitglieder der Stiftskapitel von Sankt Stephan, Sankt Jakob und Sankt Paul sowie der Klerus der Stadt taten es ihm gleich.

Hachberg war keineswegs erfreut über diese »Beschlagnahmung« seiner Gemächer, denn er liebte seine Bequemlichkeit. Aber da sein Haus das vornehmste der Stadt war, musste er es wohl oder übel dem hochrangigsten Gast während der gesamten Dauer des Konzils zur Verfügung stellen.

Für die Bewohner von Konstanz war es ein unvergessliches Schauspiel. Sie standen am Rand des Weges, den der Papst und seine Begleitung nahmen, und staunten, teilten einander laut ihre Beobachtungen mit, schwenkten Tücher und Fähnchen und schrien mit Begeisterung: »Vivat Papa!«

Einer der eifrigsten Jubler war Doktor Julius Zängle. Der Notar, der von den letzten Wochen ziemlich erschöpft war, hoffte, dass alles störungsfrei abliefe, dass man ihm keine

Vorwürfe machen konnte und dass das ganze Spektakel überhaupt zu einem guten Ende fände.

»Ich hab' getan, was ich konnte. Der Herr ist mein Zeuge, dass ich mich bemüht habe, nichts zu übersehen«, dachte er und versuchte, innerlich zur Ruhe zu kommen. Aber als kluger Mensch wusste Zängle auch, dass – wie immer – der Teufel im Detail steckte.

Etwa zur gleichen Zeit machte sich auch das kleine Grüppchen, bestehend aus den drei Franziskanern, Magdalena und Betz, endlich auf den Weg in die Konzilstadt. Magdalena hatte am Ende schon gar nicht mehr daran glauben wollen, dass sie vor Einbruch des Winters noch aufbrächen. Als es dann losging, fühlte sie sich schlagartig besser als all die Wochen zuvor. Körperlich hatte sie sich längst erholt, während ihre inneren Wunden freilich noch eine ganze Weile länger brauchen würden, um zu verheilen. Doch die tägliche Bewegung in der frischen, klaren Herbstluft tat ihr wohl, und so mancher Wind, der, je näher sie den Bergen kamen, bereits den Geruch des Winters in sich trug, trieb ihr die Sorgen aus dem Kopf.

Zu Anfang kamen sie zügig voran. Die Route war längst nicht mehr so verstopft mit Wagenkolonnen und berittenen oder zu Fuß marschierenden Pilgern wie auf ihrer Hinreise. Als sie das Gebirge hinter sich ließen, waren die Wege wieder schneefrei, und sie waren guten Mutes, Konstanz bald zu erreichen.

Die Missgeschicke begannen bei Urnäsch. Einer der Fratres, Andreas, vertrat sich den Knöchel und konnte kaum noch auftreten. Umschläge mit essigsaurer Tonerde ließen die monströse und schmerzhafte Schwellung allerdings bald wieder abklingen.

Als Nächstes schaffte es Betz, sich kurz nach Gossau von einem der zahlreichen Dorfköter beißen zu lassen. Die Wunde war zwar nicht sehr tief, aber dennoch nicht ungefährlich: Wusste man doch nicht, ob das Tier nicht vielleicht von der »Wut« befallen war, was den grässlichen Tod des Jungen bedeutet hätte. Frater Jakobus schlug den beißfreudigen Köter ohne weitere Umstände tot.

»Schaum hatte das Vieh zwar keines vor dem Maul, aber man weiß ja nie. Besser, wir gehen kein Risiko ein.«

Diese Meinung teilten alle, auch die junge Apothekerin. Alle wussten auch, was nun folgen würde. Sogar Betz – obwohl dem Jungen aus Furcht vor der ihn jetzt erwartenden schmerzhaften Prozedur fast die Sinne schwanden.

Dem Medicus Frater Johannes blieb nichts anderes übrig, als seine Mitbrüder zu bitten, Betz gewaltsam festzuhalten, während er mit einem glühenden Messer daranginge, die Wunde an seiner linken Wade auszubrennen und auszuschneiden.

»Um es dir leichter zu machen, trink diesen Mohnsaft«, empfahl Magdalena dem vor Angst schlotternden Burschen und hielt ihm einen Becher mit dem bitteren Gebräu an die Lippen. »Er wird dich weitgehend betäuben.«

Der Eingriff war immer noch barbarisch genug, und die Ordensbrüder hatten alle Hände voll damit zu tun, den wie rasend um sich Schlagenden ruhigzustellen. Es war jedoch die einzige Möglichkeit, um die »tolle Wut«, an der manche wilde Tiere litten, nicht in Betzens Körper gelangen zu lassen.

Dass sich Frater Johannes damit einer Gesetzesübertretung schuldig machte – Geistlichen und Mönchen war es eigentlich verboten, als Chirurgen tätig zu werden –, darüber verlor niemand ein Wort. Falls der Franziskaner sich geweigert hätte, wäre Magdalena an der Reihe gewesen, obwohl auch sie den Eingriff offiziell nicht hätte vornehmen dürfen, da sie kein Wundarzt oder Barbier war. Aber hier stand womöglich das Leben eines jungen Burschen auf dem Spiel. Alle waren stillschweigend der Ansicht, der Herrgott würde diese »Gesetzesübertretung« schon verzeihen.

Dank der betäubenden Wirkung des Mohnsaftes und der geübten Handgriffe von Frater Johannes überstand Betz den Eingriff gut und humpelte die nächste Zeit mit einem dicken Verband ums Bein herum – was ihrer Reisegeschwindigkeit alles andere als zuträglich war.

Als wäre das noch nicht genug, wurde ihnen zwei Tage später aus dem Stall einer Herberge zwischen Sitterdorf und Erlen einer ihrer Packesel gestohlen. Als sie am Morgen aufbrechen wollten, schrie Bruder Andreas entsetzt auf: »Alle Heiligen! Mein Carlito ist weg!«

Es handelte sich dabei ausgerechnet um das Tier, das sie zum Transport ihrer Essensvorräte und der Ersatzkleidung ausgewählt hatten.

»Ein Glück, dass wir nicht mehr weit von Konstanz entfernt sind«, tröstete Magdalena die betrübten Fratres. Bruder Johannes eröffnete daraufhin seinen Mitreisenden, dass er noch etwas Geld besitze, das der Abt ihm vor Beginn des Abenteuers anvertraut habe – allerdings mit der Maßgabe, »dieses Geld nur im äußersten Notfalle zu verwenden«. Ansonsten sollten sie sich mit dem begnügen, was sie an Vorräten mitgenommen hatten.

Allfällige Übernachtungsgebühren beschlossen sie am besten dadurch einzusparen, indem sie den Wirten versprachen, für sie und ihre Familien zu beten.

Magdalena äußerte sich nicht dazu. Schließlich hatte sie als wohlbehütete Bürgerstochter niemals zuvor an irgendetwas Mangel gelitten. Dass sie gezwungen war, unter freiem Himmel oder in zweifelhaften Herbergen zu übernachten, war ebenso neu für sie wie die Erfahrung des Hungers, den sie gerade auf dieser Rückreise nach Deutschland zum ersten Mal in ihrem Leben kennenlernte. Die Vorräte der Brüder waren auch schon vor dem Verlust Carlitos bescheiden, und nicht selten verzichtete die junge Frau zugunsten des heranwachsenden Betz auf ihren Anteil an Brot, indem sie vorgab, bereits satt zu sein.

Noch ein weiteres – zum Glück allerletztes – Ungemach sollte die kleine Reisegesellschaft an einem Tag ereilen, der so windig war, dass die starken Böen zahlreiche Bäume im Nu entlaubten und bereits einen Vorgeschmack auf den Winter gaben.

Die ein Stück auf ihrem Esel vorausreitende Magdalena – mit ihrem bodenlangen Umhang mit Kapuze nicht als Frau erkenntlich – zügelte ihr Grautier Kasimir und wartete ungeduldig darauf, dass die anderen zu ihr aufschlossen. Aufgeregt deutete sie in der Allee, in der sie sich gerade befanden, ein Stück nach vorn.

»Da, seht doch! Das scheint mir Kampfgetümmel zu sein!« Deutlich war in dem Gewimmel einer Schar von Berittenen das Geklirr von Waffen zu hören.

»Sieht ganz so aus, ja! Herr im Himmel, auch das noch!«, murrte Frater Johannes. »Anscheinend geraten sich mal wieder die Eidgenössischen mit den Habsburgischen in die Haare! Trotz des Verbots aller kriegerischen Handlungen im weiten Umkreis der Konzilstadt!«

Die Gruppe beratschlagte, was zu tun sei. Sie beschlossen umzukehren und ein Stück zurückzureiten, um auf einem anderen Weg die Richtung nach Konstanz einzuschlagen. Keiner wollte jetzt, so kurz vor dem Ende ihrer Reise, noch ein unnötiges Risiko eingehen, am wenigsten Betz und

Magdalena. Schon einmal hatten sie sich schließlich fast am Ziel, am Comer See, gewähnt, und dann …

Magdalena schluckte gewaltsam die bittere Erinnerung und die Tränen, die in ihr aufstiegen, hinunter und wandte sich an die Männer: »Lasst uns den Weg über Birwinken und Langwil nach Kreuzlingen nehmen. Das ist gleichsam das Vorzimmer von Konstanz, das dürfte kaum ein Umweg sein.«

Die Fratres waren damit einverstanden und Betz sowieso. Keiner kannte sich so gut in der Gegend aus wie die junge Frau aus Oberschwaben.

Ohne zu wissen, dass auch Seine Heiligkeit diesen Weg in die Konzilstadt genommen hatte, trafen sie eine gute Woche nach Papst Johannes XXIII. in Konstanz ein.

KAPITEL 25

Neblig grau und feuchtkalt brach der Morgen des 05. November 1414 an. Die Konstanzer hofften, dass sich im Laufe des Tages die Sonne doch noch Bahn bräche, denn heute sollte ein ganz besonderes Ereignis stattfinden: Die feierliche Eröffnung des Konzils im Münster der herausgeputzten Bodenseestadt stand an.

Was gab es da nicht alles zu bestaunen! Die »große Welt« war zu Gast in der Bischofsstadt – zumindest ein kleiner Teil davon. Noch waren längst nicht alle Teilnehmer eingetroffen, denn der Winter stand unmittelbar bevor, und vielen war das Reisen zu beschwerlich. Die Verhandlungen kamen daher auch noch nicht in Gang.

Jener Morgen war auch für Magdalena persönlich ein schicksalsträchtiger, denn mit zitternder Hand klopfte sie an die Tür ihres Verwandten Julius Zängle, kaum dass die Uhr acht geschlagen hatte. Das Herz schlug ihr bis zum Hals, denn sie wagte sich nicht auszumalen, wie jener Mann, den sie ja gar nicht kannte, ihr Ansinnen wohl aufnähme. Als sich im Türrahmen endlich Julius Zängle zeigte, der, obgleich bereits in vollem Ornat, dennoch leicht desorientiert und verschlafen wirkte, atmete Magdalena vor Erleichterung auf: Instinktiv erkannte sie, dass der Notar nicht die geringste Ähnlichkeit mit dem gewalttätigen, verschlagenen Mauritz Scheitlin zu haben schien, im Gegenteil: Aus einem feinsinnigen Gesicht musterten sie warme, vertrauenerweckende Augen, auch wenn ihr Verwandter im Augenblick ein wenig verwirrt dreinschaute.

Nach dem ersten kurzen Erschrecken angesichts eines Franziskanermönches mit einer jungen Frau, die Zängle noch nie zuvor gesehen hatte, gewann er aber rasch seine Fassung wieder und verlor diese auch nicht, als er mit dem Ansinnen konfrontiert wurde, der Fremden für eine gewisse Zeit Obdach zu gewähren. Mit raschem Blick erkannte er, dass Magdalena Scheitlin eine durch und durch rechtschaffene Person war.

Der Versicherungen des Ordensbruders, der sich äußerst beredt für Magdalena einsetzte und sich überdies für ihre Ehrbarkeit, ihren Fleiß und ihr Geschick, Kranke zu behandeln und Arzneien zuzubereiten, verbürgte, hätte es da gar nicht mehr bedurft. Kurzentschlossen ließ sich Zängle, der sonst eher ein rechter Umstandskrämer war, auf das »Wagnis« ein und nahm die junge Frau bei sich auf. Freilich spielte in seine Entscheidung auch mit hinein, dass es schließlich der Anstand gebot, Verwandten zu helfen – mochte der Grad der Verwandtschaft auch noch so entfernt sein.

»Wenn Ihr auch noch kochen könnt, Frau Magdalena, dann sollt Ihr in meinem bescheidenen Heim herzlich willkommen sein!«, bemerkte er launig, während er seine frierenden Besucher in den bereits beheizten Salon bat.

»Die faden Gerichte, die meine Haushälterin meistens zubereitet, bin ich allmählich leid. Und ständig will ich auch nichts ins Wirtshaus gehen – das verleitet nur dazu, mehr zu trinken, als man eigentlich möchte.«

»Gott lohne Euch Eure Güte, Oheim! Ich habe tatsächlich ein wenig Ahnung von der Kunst der Speisenzubereitung – was nicht so schwer ist, wenn man sich mit den Würzkräutern auskennt. Und das sollte mir als Apothekerin nicht allzu schwer fallen«, entgegnete Magdalena, die sich inzwischen neugierig in dem großzügigen Wohnraum umsah, dem unverkennbar die Spuren eines Junggesellendaseins anhafteten, auch wenn alles sehr ordentlich wirkte.

Julius vernahm's mit größtem Wohlwollen. »Was Eure Berufsausübung anbelangt, könnte ich ...«, begann er, aber Frater Johannes winkte ab.

»Macht Euch darüber keine Gedanken, Herr. Eure Verwandte kann in unserem Konstanzer Kloster als Erste Gehilfin von Bruder Gregor, dem Apotheker, arbeiten. Der Frater, der dieses Amt bis jetzt versehen hat, ist leider vor kurzem an einem Schlagfluss verstorben. Von Frater Gregor kann Eure Verwandte noch viel lernen – und über einen Mangel an Patienten wird sie sich auch nicht zu beklagen haben.«

»Oh, ich weiß!« Zängle lachte. »Die halbe Stadt pilgert jetzt zu Euch Franziskanern, sobald sie ein Wehwehchen plagt. Die barmherzigen Brüder dort helfen jedem und gelten als ungemein geschickt im Kurieren der unterschiedlichsten Krankheiten. Ihr habt großes Glück, Frau Magdalena.«

Der Ansicht war auch Magdalena, der die Augen vor

Dankbarkeit feucht wurden, als sie zu dem Frater, der sie so sicher über die Alpen geleitet hatte, und zu ihrem Verwandten hinübersah.

Um die Zeit nicht völlig ungenützt verstreichen zu lassen, beschäftigte sich in den ersten Wochen zunächst einmal eine Theologenkongregation mit den Problemen der Sitzungsvorbereitung und der eigentlichen Konzilsorganisation. Dazu musste eine große Zahl von Ämtern besetzt werden – selbst die Stimmenauszähler wurden umständlich gewählt.

Man einigte sich darauf, nach Nationen abzustimmen, was bei manchen Irritationen auslöste. Julius Zängle, der erfahrene Jurist, fand das Ganze nicht so erstaunlich.

»Im Grunde ist das doch nichts Neues, man hat das schon bei früheren Kirchenversammlungen so gemacht, deshalb verstehe ich die Aufregung von manchen Teilnehmern nicht so ganz«, ließ er bei einem frühabendlichen Schoppen Wein verlauten.

Sein Gesprächspartner, der Stadtabgeordnete Dominikus Läpple, ereiferte sich dagegen über Gebühr. Wie viele andere vertrat er die Meinung, man müsse nach Köpfen abstimmen. Dieser Abstimmungsmodus hätte allerdings die Italiener eindeutig bevorzugt, da sie traditionell die meisten Abgeordneten schickten.

Die englische Nation, genannt »Anglicana«, bestand aus Engländern und Schotten – worüber die Schotten sich ärgerten, bevorzugten sie doch einen anderen Papstkandidaten als die Engländer.

Auch die »Nation Gallica« war in sich gespalten – was angesichts der blutigen Kämpfe zwischen den Anhängern von Burgund einerseits und von Orléans und Armagnac andererseits nur verständlich war. Den Vertretern der Pariser Universität Sorbonne maß man besondere Bedeutung zu, doch die würden erst später eintreffen.

Die »Nation Germanica« wiederum bestand aus Deutschen, aus Skandinaviern, Polen, Litauern, Böhmen, Ungarn und Kroaten und war demnach ein buntes Völkergemisch.

»Es ist vorgesehen, dass die einzelnen Nationen jeweils unter sich über die Punkte beraten und anschließend das Ergebnis ihrer Beratung vor der endgültigen Abstimmung vortragen«, erklärte der Jurist Zängle eifrig und nahm einen maßvollen Schluck des leicht herben Weißweines.

»Da werden die Italiener aber wenig begeistert sein«, spöttelte der Ratsherr Läpple. »Ich habe jedenfalls schon gehört, dass Papst Johannes heftig gegen diese Verfahrensweise protestiert hat.«

»Seine Heiligkeit argwöhnt wohl, dass er seine Ziele nicht so leicht wird durchsetzen können, wie er sich das möglicherweise erhofft hat«, lautete die Vermutung eines anderen. Zängle zuckte die Achseln.

Man schrieb inzwischen den 16. November 1414, und die erste öffentliche Sitzung hatte endlich stattgefunden. Alle Konzilsteilnehmer – auch die nicht direkt beteiligten Beobachter, wie etwa die drei Franziskanermönche Johannes, Jakobus und Andreas, mit denen Magdalena und Betz nach Konstanz gekommen waren – konnten erkennen, dass die Laune Seiner Heiligkeit nicht die allerbeste war.

Johannes XXIII. ahnte wohl, dass er sich von der Idee, ohne ernsthaften Widerstand als einziger Papst aus diesem Konzil hervorzugehen, verabschieden musste. Zur Eröffnung der Gesprächsrunde im Münster durfte jeder Teilnehmer frank und frei seine Meinung vertreten – und die Herren taten das auch. Der Papst zog sich diplomatisch aus der

Affäre, indem er diese Redefreiheit »gnädig erlaubte«. Ja, der Heilige Vater bekräftigte sogar huldvoll die Ansicht nicht weniger Redner, dass man – falls nötig – auch ihn selbst der Kritik unterziehen dürfe …

Daraufhin warfen sich viele der im Münster Anwesenden bedeutungsvolle Blicke zu. Die Begleiter von Papst Johannes zeigten jedoch besorgte Mienen.

Julius Zängle beendete, nachdem er seinen Krug zügig geleert hatte, rasch das Gespräch und verließ mit einer gewissen Erleichterung das Wirtshaus. Er war hungrig und müde und freute sich auf das Abendbrot. Der eiserne Junggeselle hatte sich sehr schnell an die Anwesenheit seiner Verwandten Magdalena gewöhnt.

Diese lebte jetzt seit beinahe zwei Wochen bei ihm. Er zog es vor, von ihr mit »Vetter« tituliert zu werden. »Als Oheim käme ich mir uralt vor«, hatte er gesagt und dabei verlegen gelacht. Aber die junge Frau bemerkte, dass ihm viel daran lag, vor ihr nicht als alter Mann dazustehen. Beide kamen sehr gut miteinander aus. Ja, der etwas eigenwillige Hagestolz war regelrecht aufgetaut in der Gegenwart des jungen Mädchens, das schon so viel Trauriges in seinem kurzen Leben durchgemacht hatte.

Der unvermutete Tod ihres Vaters, der Verlust ihres Kindes sowie das tragische Ende ihres Vetters Rolf gingen ihm sehr ans Herz. Fast wunderte er sich darüber, wie sehr, denn da er seit langem allein lebte, war er es nicht gewohnt, persönlichen Anteil am Schicksal anderer zu nehmen.

»Rudolf Reichle ist auch mein Verwandter gewesen«, sagte er leise. Nach einem üppigen Abendessen, das dem Notar ausgesprochen gut geschmeckt hatte, saßen sie noch im Salon beisammen. »Ich habe ihn kein einziges Mal gesehen, und Gertrude, seine Mutter, nur ein- oder zweimal. Es ist eigentlich traurig, dass wir so nahe beieinander wohnen und uns doch ganz aus den Augen verloren haben.«

»Konstanz und Ravensburg sind in der Tat nicht so schrecklich weit voneinander entfernt«, gab Magdalena zur Antwort. »Und doch haben auch wir beide uns vorher nie persönlich gesehen. Obwohl ich eine Zeit lang in einem Kloster am Bodensee gelebt habe: In Sankt Marien am See zwischen Immenstaad und Hagnau.«

»Was, ist das wahr?« Freudig erregt neigte Zängle sich zu Magdalena hinüber.

»In diesem Nonnenkonvent hat auch meine verstorbene Mutter einst als junges Mädchen vor ihrer Heirat ein halbes Jahr verbracht!«

Angeregt unterhielten sich die beiden und merkten gar nicht, wie die Zeit verging. Schließlich kam Zängle auf den ersten Tag des Konzils zu sprechen und wurde nicht müde, seine Eindrücke wiederzugeben.

»Es sind noch längst nicht alle Teilnehmer eingetroffen«, monierte er. »Es fehlen die Franzosen und es fehlen auch die Spanier, die eine eigene Nation bilden werden. Und vor allem: Der eigentliche Gastgeber des Konzils, König Sigismund, ist noch gar nicht hier.«

Magdalena kommentierte all dies mit wissbegierigen Fragen, die den Notar in seinem Erzähleifer nur noch mehr beflügelten. Erst als der Nachtwächter am Haus Zum Goldenen Bracken in der Prozessionsstraße vorbeiging und die Zeit in seinem typischen Singsang verkündete – es war mittlerweile elf Uhr –, beschlossen sie, sich zur Nachtruhe zu begeben. Julius musste den kommenden Tag in aller Herrgottsfrühe wieder nach dem Rechten sehen. Die ersten vereinzelten Klagen und Beschwerden betreffs der Unterkünfte waren ihm bereits zu Ohren gekommen. Er würde versuchen, die Mängel zu beseitigen.

Magdalena hingegen würde wieder kurz nach dem Morgengrauen ihren Platz in der wunderbaren Klosterapotheke einnehmen, beziehungsweise in dem herrlich würzig duftenden Kräuterkämmerchen daneben, wo die Heilpflanzen aufbewahrt und getrocknet, die Arzneien zubereitet, die Salben gerührt und die Tees gemischt und abgewogen wurden. Die Apotheke war mindestens so gut ausgestattet wie die ihres Vaters, wie Magdalena gleich am ersten Tag mit Kennerblick erkannt hatte. Sie hatte sich inmitten der Extrakte, der Kräuter, der kleinen Waagen und der Tiegel sofort zu Hause gefühlt und sich unverzüglich ans Werk gemacht. Ihre Geschicklichkeit und ihr zupackendes, jedoch nie aufdringliches Wesen überzeugte alle, und schon bald vertraute man ihr auch schwierigere Rezepturen an. Die tägliche Arbeit tat Magdalena sehr gut und schien ihr ein Stück weit ihr altes Leben zurückzugeben – jenes, als ihr Vater noch lebte und sie ihm assistierte und von ihm lernte.

»Ich wünsche Euch eine gesegnete Nachtruhe, Vetter Julius«, flüsterte die junge Frau dem um gut zwanzig Jahre älteren Mann zu, als sie mit einem Leuchter in der Hand die Wohnstube verließ, um ihre Kammer im oberen Stockwerk des behäbigen Bürgerhauses aufzusuchen. Sie sprach deshalb so leise, weil sie weder die Haushälterin Berta noch Betz aufwecken wollte, der in einem Verschlag unter der Küchentreppe zu nächtigen pflegte.

Auch Julius dämpfte seine Stimme: »Schlaft wohl, liebe Base. Die heilige Jungfrau möge Euch beschützen. Und habt noch einmal Dank für Euren himmlischen Rinderbraten mit der göttlichen Rotweinsoße und den köstlichen Teigknödeln«, fügte er hinzu und verdrehte dabei genüsslich die Augen. »Seid doch so gut und übernehmt öfters das Regiment am Herd. Berta meint es zwar gut, aber an Eure Kochkünste kommt sie bei weitem nicht heran.«

Er griff nun ebenfalls nach einem Kerzenständer, um sich in den kleinen Raum neben seiner Kanzlei im Erdgeschoß zurückzuziehen. Das bescheidene Zimmer genügte ihm als Schlafraum vollkommen. Das große Schlafgemach in der ersten Etage – gedacht für ein Ehepaar – hatte er noch nie benützt.

Zwei Tage später, am 18. November 1414, traf eine der faszinierendsten Persönlichkeiten der Kirchenversammlung ein: Pierre d'Ailly.

Im Jahr 1389 zum Kanzler der Universität Paris ernannt, war er zugleich der Beichtvater Kaiser Karls IV. gewesen. Seit dem Frühjahr 1414 war er Kardinal und damit wahlberechtigt bei der Papstwahl und auch selbst wählbar. Bekanntheit hatte er aber vor allem als Geograph erlangt: Er vertrat die spektakuläre Auffassung, Indien müsse von Spanien aus binnen einiger Tage mit dem Schiff erreichbar sein. Alle waren der Ansicht, man dürfe gespannt sein, was dieser große Mann in Konstanz zu sagen habe.

Für Julius Zängle jedoch bedeuteten die nächsten Tage zunächst einmal eine Menge Ärger. Papst Gregor XII. – einer der drei Schismatiker und beinahe neunzig Jahre alt – hatte inzwischen kundgetan, dass er selbst die Reise nach Deutschland nicht antreten, aber statt seiner eine Delegation hochrangiger Geistlicher entsenden wolle. Zudem ließ er durchblicken, sich einer gemeinsamen Abdankung aller drei Päpste nicht in den Weg zu stellen.

Die Herren Papst Gregors kamen und wollten ihr in Konstanz vorbereitetes Quartier beziehen, jedoch nicht, ehe das

Wappen Papst Gregors XII. an dem Wohnhaus angebracht wäre …

Für Johannes XXIII. bedeutete das eine immense Provokation. Wutentbrannt rissen seine Anhänger das Wappenschild des Gegners herunter; es kam zu lautstarken Auseinandersetzungen und Beleidigungen mitten auf der Straße.

»Viel hätte nicht gefehlt, und die geistlichen Herren wären sich an die Gurgel gegangen«, berichtete Julius seiner Base am gleichen Abend. »Aber dann zogen sie es doch vor, ihren Unmut an mir auszulassen. Die einen warfen mir vor, ich würde die Eigenmächtigkeit der Anhänger Papst Gregors unterstützen, und die anderen taten so, als hätte ich sie bewusst herabsetzen wollen, weil ich nicht selbst die Anbringung des Wappens angeordnet hatte. Aber am meisten ärgerte mich Dominikus Läpple, der sofort die Gelegenheit ergriff und versuchte, mich bei Seiner Eminenz, Otto von Hachberg, unmöglich zu machen. Zum Glück steht der hohe Herr auf meiner Seite und nahm mich vor der unqualifizierten Kritik Läpples in Schutz.«

Der ansonsten so energiegeladene Zängle wirkte zutiefst erschöpft, und Magdalena legte ihm tröstend eine Hand auf die Schulter, ehe sie meinte:

»Ich befürchte beinahe, Vetter, dass Ihr Euch noch auf einiges gefasst machen dürft, solange das Konzil andauert.«

»Diese Sorge teile ich leider auch, Lena. Das Konzil hat gerade erst begonnen, und schon geht es los mit den Unstimmigkeiten. Gut, dass ich starke Nerven und einen breiten Buckel habe.«

Zängle bemühte sich zu lächeln, aber es wurde eher eine Grimasse daraus.

»Wie sind die Herren denn jetzt verblieben?«, erkundigte sich Magdalena neugierig. Es befremdete sie, dass hochgelehrte Männer, die schlichteren Gemütern sogar als »heilig« galten, sich auch nicht viel anders aufführten als raufende Lausbuben oder streitsüchtige Bauern auf der Kirchweih.

»Die Auseinandersetzung ist noch keineswegs beendet, aber die Beteiligten haben die endgültige Entscheidung erst einmal vertagt. Die Herren werden vermutlich auf eine Erleuchtung durch den Heiligen Geist warten. Wobei ich sagen muss, dass der Heilige Geist genügend anderes – und Wichtigeres – auf dem Konzil zu tun hätte, als sich um so läppischen Kinderkram zu kümmern.« Die letzten Worte Zängles klangen fast ein wenig verbittert; sein Enthusiasmus im Vorfeld wich buchstäblich Tag für Tag der Ernüchterung und der Enttäuschung darüber, dass viele seiner so penibel ausgeklügelten Pläne zum Ablauf der Großveranstaltung in der Realität fehlschlugen.

»Ja, ja, die liebe Eitelkeit«, bemerkte Magdalena trocken, und als ihr gesetzeskundiger Vetter lachte, stimmte auch die junge Frau mit ein. Gleich darauf wurde sie wieder ernst, da auch ihr eine Sache nicht aus dem Kopf wollte:

»Auf dem Weg zu den Franziskanern bin ich heute einem jungen Ding – fast einem Kind noch – begegnet. Die Kleine, die ich auf zwölf, höchstens dreizehn Jahre schätze, lief geschwind vor mir her; beladen war sie mit etwa einem halben Dutzend Weidenkörben, die sie, ineinandergestellt, auf dem Kopf balancierte. Ich denke, das Mädchen ist die Tochter eines Korbflechters und war auf dem Weg zum Markt, wo es die Ware verkaufen sollte.

Was mich aber zutiefst betroffen machte, war die ungenügende und zerschlissene Kleidung des Kindes: Für diese Jahreszeit viel zu dünn! Außerdem trug die Kleine nicht einmal Schuhe. Und das, obwohl es in der Nacht schon Frost hat und auf den Berggipfeln längst Schnee liegt. Leider war das Mädchen so schnell verschwunden, dass ich es nicht einholen konnte. Wisst Ihr vielleicht, um wen es sich handeln könnte, Vetter?«

»So, wie Ihr mir das Kind beschreibt, kann es sich eigentlich nur um Mariechen handeln. Sein Vater, ein fleißiger Korbflechter, ist im vergangenen Winter gestorben, und die Mutter Barbara muss alleine sechs Kinder großziehen, von denen Mariechen das zweitälteste ist. Die ganze Familie übt das Flechthandwerk aus und lebt mehr schlecht als recht davon. Sogar der kleinste Bub mit vier Jahren hilft eifrig mit. Nur Mariechens fünfzehnjähriger Bruder Klaus ist ein Tunichtgut, der sich mit zweifelhaften Kameraden herumtreibt, auf die schiefe Bahn geraten ist und der Mutter viel Kummer macht.

Der Stadtbüttel hat ihn nicht nur einmal – völlig betrunken – in Gewahrsam genommen. Barbara macht das sehr unglücklich, aber sie hat resigniert. Das Korbflechten bringt nicht viel ein, und man munkelt, dass das immer noch recht ansehnliche ›Bärbeli‹ auch noch anderes verhökert, als nur Weidenkörbe – wenn Ihr versteht.«

So viel an Lebenserfahrung besaß Magdalena bereits, dass sie ganz genau begriff, worauf Julius anspielte. Unwillkürlich wurde sie von der Sorge gepackt, auch Mariechen könne auf die Idee kommen, »schnelles Geld auf leichte Art« verdienen zu wollen. Spontan beschloss sie, sich des armen Kindes anzunehmen.

KAPITEL 26

Für diesen Tag, den 27. November, hatte Magdalena sich etwas Besonderes vorgenommen, das ihr schon seit einiger Zeit am Herzen lag. Es handelte sich zwar nur um eine Kleinigkeit, aber sie war stets bestrebt, mit allen in Frieden und Eintracht zu leben.

So hatte sie wohl bemerkt, dass Julius' Haushälterin sich durch ihre Anwesenheit gestört fühlte. Und dass der Herr Base Lenas Mahlzeiten über den grünen Klee lobte, gefiel ihr überhaupt nicht. Zunehmend missmutiger schlurfte Berta durchs Haus, gab mürrische Antworten, klapperte besonders laut mit Töpfen und Kannen und ließ beizeiten die Türen zuknallen.

Magdalena fasste sich ein Herz und ging tapfer auf die brummige ältere Frau zu. »Ich weiß, dass Ihr Euch über meine Anwesenheit im Haus meines Verwandten ärgert, Berta. Aber ich kann Euch versichern, dass ich keineswegs daran denke, Euch Euren Platz hier streitig zu machen. Die Stätte meines Wirkens ist in der Apotheke der Franziskanermönche – und so wird es auch bleiben. Ich könnte niemals Eure Arbeiten übernehmen; dazu seid Ihr viel zu erfahren und geschickt in sämtlichen Bereichen eines gutbürgerlichen Haushalts.«

»Ja? Wirklich? Meint Ihr das im Ernst?« Verlegen und geschmeichelt zugleich begann Berta beinahe zu stottern. »Ich habe schon befürchtet, der Herr könnte mich vielleicht fortschicken, weil er doch jetzt Euch hat und …«

»Davon kann überhaupt keine Rede sein, Berta! Mein Vetter wäre ein ausgemachter Narr, wenn er sich selbst der ausgezeichneten Dienste einer Frau wie Euch berauben würde. Nein, nein! Macht Euch bloß keine Gedanken mehr darüber.«

Die Haushälterin atmete befreit auf. Ihr derbes, aber gutmütiges Gesicht strahlte förmlich.

»Eine winzig kleine Bitte hätte ich allerdings an Euch, Berta.« Magdalena gedachte das Eisen zu schmieden, solange es heiß war.

»Alles, was Ihr nur wollt, Frau Lena«, beeilte sich die Ältere zu versichern.

»Erlaubt mir, hin und wieder in die Küche zu gehen und das Abendessen für Herrn Julius zuzubereiten. Das wünscht er sich doch so sehr – und mir würde es dann auch leichter fallen, seine Gastfreundschaft in Anspruch zu nehmen. Mein Vetter weigert sich nämlich, sich von mir etwas bezahlen zu lassen.«

»Das wäre ja auch noch schöner«, ereiferte sich Berta sogleich. »Vom eigenen Fleisch und Blut Geld für Quartier und Verpflegung zu verlangen. Nein! So etwas macht unser Herr nicht. Aber Ihr tut recht daran, ihm gelegentlich durch eine ganz besondere Mahlzeit Euren Dank auszudrücken. Freilich könnt Ihr jederzeit über Küche, Keller und alle Vorräte frei verfügen.«

Magdalena atmete erleichtert auf: Dieses Hindernis war klug umschifft. Vermutlich hätte sich sonst auf Dauer das häusliche Zusammensein mit Berta problematisch gestaltet. Fraglos war die junge Apothekerin in den letzten Monaten erwachsen geworden. Das Unglück, das ihr widerfahren war, hatte sie innerlich reifen lassen. Auch hatte sie sich endgültig von sämtlichen kindischen Träumen verabschiedet – wozu auch die Hoffnung gehörte, Konrad trotz seiner Heirat wieder für sich zu gewinnen … Zwar musste Magdalena hin und wieder noch immer mit Wehmut an die wenigen glücklichen Tage, die ihr an Konrads Seite vergönnt waren, zurückdenken. Doch jene Zeit schien ihr auf einmal so weit weg, wie aus einem anderen Leben. Manchmal, in stillen Nachtstunden, klammerte sie sich an die Erinnerung und hätte alles darum gegeben, wieder die alte, unbeschwerte Magdalena zu sein, die voll Gottvertrauen jeden neuen Tag anbrechen sah. Wenn dann aber die ersten, kühlen Lichtstrahlen den Morgen ankündigten, wusste sie, dass sie sich verändert hatte und dass sich das Rad der Zeit nun einmal nicht zurückdrehen ließ.

Als die junge Apothekerin auf die Straße hinaustrat – Betz hatte sie heute wegen der Unterredung mit der Haushälterin ins Kloster vorausgeschickt –, blickte sie sich erst einmal um.

Es war schon erstaunlich, wie sehr die Menschenmengen, die sich auf den Konstanzer Gassen und Plätzen herumtrieben, in kürzester Zeit angewachsen waren! Das eher beschauliche Städtchen hatte sich in wenigen Wochen in eine Weltstadt verwandelt.

Die Besucher kamen aus aller Herren Länder: Das zeigten ihre ungewöhnlichen Gewandmoden, die verschiedenen Haar- und Barttrachten und nicht zuletzt ihre unterschiedlichen Sprachen. Magdalena hatte es schon erlebt, dass sie auf der relativ kurzen Wegstrecke von der Prozessionsgasse bis zum Franziskanerkloster in der Nähe des Kreuzlinger Tores kein einziges Wort verstand, das gesprochen wurde.

Endlich rührte sich einmal etwas in ihrer verschlafenen Heimat. Die junge Frau genoss den Trubel, auch wenn er bedeutete, dass sie die doppelte Zeit für alle Besorgungen, die sie tätigte, einkalkulieren musste; in den schmalen Gassen war oft kein Durchkommen mehr. Dann hieß es, weite Umwege machen.

Am schlimmsten waren die Neuankömmlinge, die nicht genau wussten, wohin sie sich wenden sollten, um ihr Quartier zu erreichen. Hilflos standen oftmals ganze Karawanen von Mauleseln und Pferden, von Sänften, Kutschen und Berittenen auf der Straße. Die Fremden rangen die Hände und gestikulierten wild, wobei stets ein Teil nach Norden oder Osten, der andere nach Süden oder Westen zeigte. Danach folgte meistens ratloses Achselzucken, begleitet von mühsamem Radebrechen auf Deutsch bei dem verzweifelten Unterfangen, sich mit den Einheimischen zu verständigen. Manche, vor allem die Geistlichen, versuchten ihr Glück auch auf Latein.

Magdalena wusste von Julius, dass er das vorausgesehen hatte und eine ganze Schar von »Wegweisern« ausgebildet hatte. Sie standen an den strategisch wichtigen Punkten der Stadt verteilt und sollten verhindern, dass die Ausländer in die Irre gingen.

Leider klappte das, wie so vieles andere, nur in der Theorie ausgezeichnet – in der Praxis war es meistens so, dass sich begegnende oder kreuzende Gruppen gegenseitig behinderten und die Straßen erst recht verstopften. Die mangelhaften Sprachkenntnisse der einheimischen »Betreuer« blieben auch weit hinter den Idealvorstellungen des Notars zurück …

Es sollte sogar schon vorgekommen sein, dass die »falschen« Konzilsteilnehmer sich in einem Haus eingerichtet hatten, dies jedoch erst bemerkten, als feststand, dass die Zahl der Betten nicht ausreichte, oder als schließlich die »richtigen« Gäste anrückten.

Dann machten sie sich erneut auf die Suche nach ihrem Quartier, alles verbunden mit viel Geschrei, Gelächter und Schelten – aber vor allem mit lebhaftem Gestikulieren, falls es sich um Besucher aus dem südlichen Ausland handelte.

Magdalena fand es insgeheim herrlich – auch wenn sie das ihrem Vetter Julius niemals verraten hätte, wenn der wieder einmal mit zerquältem Gesicht nach Hause kam, da seine minutiösen Planungen an einer Sache gescheitert waren: der Unberechenbarkeit der Menschen. Das war Leben! Da bewegte sich etwas, das bewahrte vor Eintönigkeit und Langeweile.

In der Klosterapotheke wie überall, wo man sich auf Heilmittel spezialisiert hatte, wusste man oft nicht mehr, wo einem der Kopf stand: Die Patienten hatten sich um ein Vielfaches vermehrt. Die meisten wurden von kleineren Malaisen geplagt, sei es ein verdorbener Magen durch die ungewohnte Kost, oder ein Brummschädel, verursacht durch zu exzessiven Weingenuss. Nicht wenige der gelehrten – und geistlichen! – Herren ließen sich in der Fremde gehen und schlugen gehörig über die Stränge.

Als Magdalena sich gerade wieder durch eine ziellos mäandernde Menschentraube gekämpft hatte, fiel ihr Blick auf eine Gruppe junger Frauen, denen man ihr Gewerbe schon von weitem ansah: Gelbe Kleider mit großzügigem Halsausschnitt trugen sie – das war Vorschrift für Hübschlerinnen, um sie von den ehrbaren Frauen unterscheiden zu können. Außerdem benahmen sie sich sehr auffällig, indem sie überlaut miteinander redeten und immer wieder in kreischendes Gelächter ausbrachen.

Sie begannen sogar regelrecht zu johlen, weil, wie Magdalena genau beobachtete, ein jüngerer Herr eines der Mädchen in den Hintern gekniffen hatte.

»Die armen Dinger sind wahrlich nicht zu beneiden«, dachte sie. »Mögen sie sich auch heiter gebärden, ich glaube nicht, dass irgendeine von ihnen sehr glücklich ist. Nun, glücklich bin ich freilich auch nicht – wie könnte ich das? Man hat mir mein Kind getötet, mein Vetter Rolf ist ermordet worden und mein Bräutigam auf ewig für mich verloren.«

Doch jetzt, bei Tageslicht, machte sie der Gedanke an Konrad eher wütend denn traurig. Sie würde einfach nie begreifen, weshalb er sofort den Beteuerungen ihres Oheims geglaubt hatte – und nicht erst sein Herz befragte, ob sie zu solch einem »Verrat« an ihrer Liebe überhaupt fähig wäre.

An seiner Stelle hätte sie auf jeden Fall nicht gleich aus gekränkter Eitelkeit nach einem anderen Partner Ausschau gehalten. Magdalena konnte nicht umhin, sich der Frage zu stellen, der sie so lange ausgewichen war: War es womöglich gar nicht so weit her gewesen mit seiner Liebe? Als ihr die Tränen in die Augen schießen wollten, musste sie jedoch erkennen, dass sie für diese Frage noch immer nicht bereit war. In einem Anfall von kindischem Trotz schoss es ihr durch den Kopf:

»Ach, wäre ich doch niemals ins Kloster gegangen, sondern sofort Konrads Frau geworden, dann lebte unser gemeinsamer Sohn noch!« Sie seufzte tief, rief sich dann aber sofort zur Ordnung. Immerhin konnte sie zufrieden sein: Dank barmherziger Samariter hatte sie überlebt, war wieder gesund, und ihr Verwandter Julius hatte sie freundlich aufgenommen. Sie verrichtete eine sinnvolle Arbeit, musste weder hungern noch auf der Straße schlafen und war nicht auf die Almosen liebeskranker Narren angewiesen. Alles in allem ging es ihr doch sehr gut.

Beherzt setzte sie ihren Weg ins Kloster fort und stürzte sich unerschrocken ins Getümmel, um möglichst rasch durch das Menschengewirr hindurchzugelangen. Inzwischen würde man sie wohl schon vermissen, überlegte sie und drängelte sich ungeduldig durch eine Gruppe von Gaffern.

Einige schimpften ihr hinterher, andere kannten sie und riefen ihr einen freundlichen Gruß nach. Im Laufe der wenigen Wochen hatte sie sich in der Stadt bereits einen gewissen Ruf als Heilkundige erworben. Plötzlich blieb ihr beinahe das Herz stehen, glaubte sie doch in der Menge einen Mann zu erkennen, von dem sie am liebsten nie mehr in ihrem ganzen Leben etwas gehört oder gesehen hätte.

Verwirrt kniff sie die Augen zusammen, und als sie sie erneut öffnete, war die Gestalt verschwunden. Trotz angestrengten Starrens auf denselben Fleck, an dem sie Mauritz Scheitlin gesehen zu haben glaubte, waren da nur Fremde, von ihrem Oheim keine Spur. Nachdenklich und mit einem Mal bedrückt setzte Magdalena ihren Weg fort.

Am 7. Dezember 1414 eilte Julius Zängle schon bei frühmorgendlicher Dunkelheit ins Münster. Gerüchte über heftige Konfrontationen hatten sich am vergangenen Tag in der Stadt verbreitet, und er befürchtete, es könne womöglich zu handgreiflichen Auseinandersetzungen kommen.

»Ich will persönlich ein Auge auf das Ganze haben und zumindest zu verhindern suchen, dass ausgerechnet die ärgsten Streithähne nebeneinander Platz nehmen«, verriet er Magdalena, die kurz nach ihm das Haus verlassen würde.

»Ich beneide Euch nicht darum.« Die junge Frau schüttelte den Kopf. »Was ich im Kloster so aufschnappe über das Benehmen mancher Teilnehmer ist eine Schande. Frater Johannes und seine Mitbrüder gehen jeden Tag ins Münster und sind oft regelrecht entsetzt über die Wortwahl, derer sich die hohe Geistlichkeit bedient.«

Ihr Vetter seufzte und unterdrückte eine entsprechende Bemerkung. Irgendwie war ihm das Ganze peinlich, und er wollte nicht näher darauf eingehen. Er verabschiedete sich schnell und eilte durch die Gassen, um Ritter Bodman in seinen Bemühungen, Ruhe in der Stadt und besonders im Münster zu gewährleisten, zu unterstützen.

An einem der nächsten Tage machte Magdalena auf ihrem Weg zum Kloster dieselbe traurige Beobachtung, die sie schon einmal so betroffen gestimmt hatte. Sie verließ Sankt Stephan, wo sie getreu ihrem Versprechen jeden Tag auf dem Marienaltar in einer Seitenkapelle eine Rose in Gedenken an die so früh Verstorbenen niederlegte, als sie vor sich auf der Gasse Mariechen, die Korbflechtertochter, vorüberhuschen sah. Trotz des kalten Windes und des eisigen Bodens trug sie ein viel zu kurzes und dünnes Kittelchen und war barfuß.

»Heilige Mutter Gottes«, dachte die Apothekerin mitleidig, »das arme Geschöpf wird sich den Tod holen in dieser armseligen Bekleidung!« Unwillkürlich beschleunigte sie ihre Schritte, um das Mädchen einzuholen, aber die Gasse war bereits mit Passanten überfüllt, und sie befürchtete, die Kleine erneut aus den Augen zu verlieren. Sie beschloss, lauthals den Namen des Kindes zu rufen.

Als Mariechen die weibliche Stimme hörte, blieb sie stehen und drehte sich um, dabei mit beiden Händen die schwankende Last aus Körben auf ihrem Kopf festhaltend. Suchend blickte sie sich um. Magdalena trat auf sie zu und blickte in große erschrockene Augen in einem mageren Kindergesicht, das zu beiden Seiten von dünnen blonden Zöpfen eingerahmt wurde.

»Ich bin Mariechen«, sagte das Kind leise. »Und wer seid Ihr, Jungfer?«

»Du musst dich vor mir nicht fürchten, meine Liebe.« Magdalena war bestrebt, der Kleinen ja keine Angst einzujagen. »Du bist mir schon neulich aufgefallen, weil du so fleißig bist. Deine Mutter ist gewiss sehr stolz auf dich, Mariechen. Ich bin die Apothekerin, die bei den Franziskanerbrüdern arbeitet.«

»Ach, jetzt erkenne ich Euch!« Das Mädchen lächelte scheu. Magdalena entging nicht, dass es dabei abwechselnd nur auf einem Bein stand, weil vermutlich die Kälte, die vom Boden aufstieg, für zwei Fußsohlen auf längere Zeit unerträglich gewesen wäre.

»Man nennt Euch doch ›Die Rose von Konstanz‹. Was kann ich für Euch tun, Jungfer?«

Magdalena schluckte und verstummte für einen Augenblick. Von ihrem neuen »Namen« hatte sie bisher noch nichts gehört und im ersten Moment wusste sie auch nicht so recht, wie sie das Gehörte bewerten sollte.

»Du darfst Magdalena zu mir sagen, Mariechen«, beeilte sie sich gleich darauf, die entstandene Pause zu beenden. »Ich wollte dich fragen, ob du vielleicht auch für mich hin und wieder etwas erledigen könntest? Nichts Schwieriges, nur Botengänge kreuz und quer durch die Stadt. Hin und wieder könntest du mich auch außerhalb der Stadtmauern beim Kräutersammeln begleiten. Na, was sagst du dazu? Ich würde dich natürlich dafür bezahlen, mein Kind.«

»Oh! Das mache ich gerne! Da wird die Mutter sich aber freuen! Wir haben nicht viel. Und eine Familie mit sieben Personen braucht eine ganze Menge.« Das Mädchen setzte eine altkluge Miene auf.

»Wir werden es so machen, Mariechen: Verkauf erst einmal deine Körbe auf dem Markt, dann gehst du heim und sprichst mit deiner Mutter. Wenn sie einverstanden ist, komm anschließend zur Apotheke der Klosterbrüder. Dort besprechen wir alles Weitere!«

Ehe Magdalena sich's versah, hatte die Kleine nach ihrer Hand gegriffen, sie an ihre Lippen geführt und einen Kuss darauf gedrückt. »Ich bin Euch ja so dankbar, Jungfer Magdalena! Ihr sollt mit mir zufrieden sein.«

Die junge Frau atmete auf. Mit Widerständen von Seiten Barbaras rechnete sie nicht. »Als Erstes werde ich der armen Kleinen Schuhe besorgen und warme Winterkleidung«, nahm sie sich vor.

Die Nation »Italica« – allerdings ohne Venedig – sorgte an diesem Tag für einen wahren Paukenschlag. Kurz und bündig stellte sie nämlich den Antrag, das Konzil schon nach der ersten Sitzung zu beenden, Johannes XXIII. als einzigen Papst anzuerkennen und gegen die »falschen Heiligen Väter« Gregor XII. und Benedikt XIII. gewaltsam vorzugehen.

Wie von der Tarantel gestochen fuhr Kardinal d'Ailly in die Höhe und schrie: »Das ist allerschlimmste Ketzerei!« Seine Stimme überschlug sich beinahe, als er dagegen wetterte, dass irgendjemand auch nur den Gedanken ins Auge fassen könne, das Konzil abzuschließen, noch ehe überhaupt alle Teilnehmer eingetroffen seien.

Leidenschaftlich propagierte er erneut sein – und Kardinal Fillastres – Konzept, dass das Konzil über den drei Päpsten stehe. D'Ailly machte dabei deutlich, dass auch ein Papst nicht gegen einen Glaubensirrtum gefeit sei, ja, er formulierte zum ersten Mal den Gedanken des »papstlosen Konzils«.

Das war mächtiger Zündstoff, und nicht nur Zängles, nein, aller Augen richteten sich bei diesen häretisch klingenden Worten auf den einzigen anwesenden Stellvertreter Christi. Der Miene Johannes' XXIII. war anzusehen, dass Seine Heiligkeit ernsthaft befürchtete, sein ohnehin bescheidener Einfluss auf das Konzil möge ihm völlig entgleiten.

Der Vormittag war noch nicht vorüber, da vertagten sich die Teilnehmer bereits wieder. D'Aillys provokante Rede musste erst einmal verdaut werden. Hektisch unternahmen seine Gegner den Versuch, schnellstens Gegenargumente zu sammeln.

Papst Johannes fühlte sich indes regelrecht krank. Nicht einmal die ausgezeichnete Mittagsmahlzeit, die man ihm im Hachberg'schen Palais vorsetzte, vermochte ihn aufzuheitern. Obwohl er sich den mit Speckstreifen gespickten Rehschlegel mit der leckeren Rotweinsoße, den in Schmalz ausgebackenen Mehlklößchen und dem in viel Butter geschwenkten Kohlgemüse selbst ausgesucht hatte und der Leibkoch von Bischof Otto von Hachberg und seine Küchenbrigade ihr Bestes gegeben hatten, stocherte Seine Heiligkeit nur im Essen herum.

Sogar die Nachspeise – ein köstliches Sorbet aus Pflaumeneis mit Zimtgebäck und viel geschlagener Sahne – fand seine Zustimmung nicht; dafür griff er umso häufiger nach dem Weinpokal. Bereits zum vierten Mal musste der Diener diesen bis zum Rand füllen.

Besorgt erkundigte sich Don Severino nach dem Befinden seines Herrn.

»Ich glaube, ich bin krank. Irgendetwas liegt mir schwer im Magen. Wer weiß, womit mich diese Idioten hier vergiftet haben«, kam es grämlich, wenn auch nicht gerade leise, aus dem Munde des Heiligen Vaters. Der Diener, der gerade begann abzudecken, wurde blass. Beinahe ließ er die Schüssel mit Schlagrahm fallen. Und der Küchenmeister, der in diesem Augenblick in der Tür zum Speisesaal auftauchte, um sich zu erkundigen, wie dem hohen Gast sein Essen gemundet habe, wäre am liebsten im Erdboden versunken. Kreidebleich stand der Ärmste da und wusste nicht, was er sagen sollte.

»Er kann gleich wieder gehen«, kam ihm Don Severino zuvor und vollführte mit der Hand eine verscheuchende Geste. »Das Essen war zwar gut, aber Seine Heiligkeit hat heute keinen Appetit.«

Schnell wie der Blitz machte der Koch sich davon. Das fehlte noch, dass man ihm vorwarf, dem Papst Gift ins Essen gestreut zu haben! Dann könnte er sich gleich aufhängen …

»Vielleicht sollten Eure Heiligkeit das Ruhelager aufsuchen. Es ist gewiss nur eine kleine Unpässlichkeit, die Euch zu schaffen macht. Sicher ist es die Aufregung von heute morgen im Münster. Dieser unverschämte Kerl von der Pariser Universität trägt die Schuld an Eurem Missbehagen. Ich werde veranlassen, dass man Euch umgehend mehrere Wärmflaschen macht und einen Magen-Tee zubereitet, Heiliger Vater.«

»Sì sì, Ihr habt vermutlich Recht, Don Severino. Obwohl ich mir nicht ganz sicher bin, ob nicht doch vergiftetes Zeug …«

Der Sekretär, der seinen hypochondrisch veranlagten Herrn genau kannte, wehrte mit beiden Händen ab. »Nein, nein, Eure Heiligkeit! Ihr selbst habt den Vorkoster beobachtet, und auch ich habe von den Speisen gegessen, und mir fehlt gar nichts. Es ist gewiss nur eine kleine Magenverstimmung, womöglich verursacht durch das nasskalte Wetter hier in Deutschland.«

»Das ist gut möglich«, ging Johannes sofort darauf ein. Die schreckliche Witterung nördlich der Alpen war ein Thema, das ihn immer von neuem aufregte. »Ich war ja vehement dagegen, dass dieses Konzil ausgerechnet hier abgehalten wird. Aber Sigismund hat es ja so gewollt.«

Der ehemalige Pirat schmollte wie ein kleiner verzogener Junge, aber der Sekretär war froh, seinen unberechenbaren Herrn abgelenkt zu haben. Er sorgte dafür, dass Signor Baldassare Cossa – insgeheim nannte er ihn immer noch bei seinem richtigen Namen –, der sich in der Tat wie ein Schwerkranker gebärdete, schleunigst zu Bett geleitet wurde.

Danach verdonnerte er die Dienerschaft und alle Herren der päpstlichen Delegation, die an dem Essen teilgenommen hatten, zu absolutem Stillschweigen über die Befindlichkeit des Papstes.

»Vor allem keine Erwähnung dieses Unwortes: Gift! Es gäbe ein homerisches Gelächter, wenn es an die Öffentlichkeit dränge – und sich dann herausstellte, dass unseren hohen Herrn nur ein paar Winde plagten! Diese Art von Aufsehen können wir nicht brauchen. Lächerlichkeit pflegt tödlich zu sein.«

KAPITEL 27

JOHANNES XXIII. LANGWEILTE sich unsäglich. Er musste schließlich einsehen, dass ihm nicht allzu viel fehlen konnte. Ein bisschen flau war ihm im Bauch, und der Kopf tat ihm ebenfalls ein wenig weh. Aber das war es dann auch schon. Immerhin fühlte er eine starke innere Unruhe. Da kam ihm der rettende Gedanke, was möglicherweise sein Unbehagen ausgelöst haben konnte – neben d'Aillys Frechheiten selbstverständlich:

»Ich bin schon viel zu lange abstinent gewesen!« Wie Schuppen fiel es ihm von den Augen. Natürlich! Seit er seine letzte Mätresse, Donna Sofia Lucrezia, davongejagt hatte, war er mit keiner Frau mehr »so richtig« zusammen gewesen.

Das kleine Bauernmädel, das man ihm auf der Reise ins Bett gesteckt hatte, zählte nicht wirklich. Hübsch war die Kleine ja gewesen, aber viel zu unerfahren. Er hasste es, wenn er erst alles umständlich erklären musste ... Er bedurfte dringend weiblicher Gesellschaft! Umgehend machte der Papst sich bemerkbar, indem er an der Klingelschnur neben seinem Kopfkissen zog.

Es erschien allerdings nicht Don Severino – leider, denn ihm wäre das folgende Missgeschick gewiss nicht unterlaufen. Er kannte Baldassare Cossa schließlich in und auswendig, vor allem dessen zahlreiche Laster.

Johannes' neuer Leibdiener Massimo – der vorige war vor den Launen dieses Herrn davongelaufen – tauchte beflissen auf. Devot näherte sich der Domestik der pompösen Bettstatt. Er hörte den hohen Herrn seufzen und stöhnen.

Der Ärmste litt offenbar große Pein …

»Was kann ich für Eure Heiligkeit tun?«, erkundigte sich Massimo besorgt und beugte sich über das Lager des sich unruhig herumwälzenden Papstes.

»Schafft mir rasch ein Weib herbei! Aber ein junges, hübsches. Und eines, das sich darauf versteht, mit den Bedürfnissen eines notleidenden Mannes fertigzuwerden!«, vernahm der Diener den ziemlich barsch klingenden Befehl. »Keines von den vierschrötigen deutschen Frauenzimmern, die nach Schweiß und Herdrauch stinken, sondern ein zierliches, sauber gewaschenes, dessen lieblicher Anblick mir Appetit macht, haha!«

»Jawohl! Sogleich! Selbstverständlich, Eure Heiligkeit! Euer Appetit muss angeregt werden. Umgehend werde ich Befehl geben, eine solche Frau in der Stadt zu finden und pronto, pronto hierherzubringen, Heiliger Vater.«

»Das sollte ja wohl keine allzu großen Schwierigkeiten bereiten, oder? Von dieser Sorte wird es doch sogar bei den fischblütigen Deutschen genügend geben, meine ich«, hörte Massimo den Papst unter der Decke hervor knurren.

»Natürlich, Eure Heiligkeit! Sofort!« Rückwärts stolpernd verließ der Diener das prunkvolle Gemach, das normalerweise dem Bischof von Konstanz als Schlafstätte und Arbeitszimmer diente.

Massimo beschloss, sich persönlich auf die Suche nach einer geeigneten Frau zu machen. Er beriet sich auch nicht erst lange mit Don Severino. Denn er traute es sich wahrlich auch alleine zu, eine heilkundige Person ausfindig zu machen, die dem Papst Linderung zu schaffen vermochte. Er würde sich einfach in der Stadt durchfragen nach einer bekannten Medica oder einer Apothekerin.

Kurz wunderte sich der Domestik, dass sich im Gefolge des Heiligen Vaters kein Arzt befand. Dann erinnerte er sich daran, dass er die Dienerschaft hatte sagen hören, Papst Johannes sei fast noch niemals krank oder auch nur unpässlich gewesen.

»Trotz seines nicht gerade gesundheitsfördernden, sondern eher unmäßigen Lebenswandels und ungeachtet seiner Leibesfülle scheint Seine Heiligkeit ein wahrer Ausbund an Wohlbefinden zu sein«, dachte Massimo ein klein wenig neidisch, während er auf der Gasse nach wenigen Schritten auf einen entgegenkommenden Franziskanermönch zuhielt.

»Frommer Bruder, auf ein Wort!«, redete er diesen an und stellte sich ihm in den Weg. »Könntet Ihr mir wohl eine Frau empfehlen, die in der Heilkunst bewandert ist?«

»Um welches Leiden handelt es sich denn? Muss etwa ein gebrochenes Bein eingerenkt werden? Das ist für eine schwache Frau oft zu schwer«, erklärte der Klosterbruder. Wie der Zufall es wollte, handelte es sich um Bruder Gregor, den Apotheker des Franziskanerklosters.

»Nein, nein! Es ist wohl eher eine Verstimmung des Magens oder eine Sache der Gedärme. Und der Patient klagt auch über Kopfschmerzen. Genau weiß ich es aber nicht.«

»Warum soll es unbedingt eine Frau sein, die Ihr sucht?«

Misstrauisch beäugte Frater Gregor den Burschen, der, seiner herausgeputzten Kleidung nach zu urteilen, der Diener eines schwerreichen Mannes sein musste. »Ich selbst bin Apotheker unseres Klosters und könnte Euch genauso gut behilflich sein.«

»Nichts für ungut, Frater! Aber mein Herr, der Bischof, hat ausdrücklich nach einer weiblichen Person verlangt, die ihm durch ihr sanftes Wesen, gepaart mit medizinischem Sachverstand, sowie mit zarter Hand und lieblichen Worten helfen soll.«

Massimo befand es für besser, nicht den Namen des Papstes zu erwähnen. Das gäbe womöglich dummes Gerede in der Stadt. Und eine Lüge war es ja keineswegs: Jeder Papst war zugleich der Bischof von Rom.

»Oh! Ein Bischof ist der Patient! Das ist natürlich etwas anderes! Selbstverständlich kann ich Euch helfen. Kommt mit mir ins Kloster, es ist nicht weit. Bei uns arbeitet ein junges Mädchen, eine ganz hervorragende Kräuterfrau und Heilerin. Ich werde sie bitten, Euch zu begleiten. Wo ist Euer Herr denn im Augenblick untergebracht?«

Letzteres war eine Fangfrage: Wenn der geschniegelte Bursche wirklich der Diener eines Kirchenfürsten war, musste sein Herr in einem der vornehmeren Gebäude residieren. Massimo bestand den Test, indem er auf gut Glück den Namen eines Hauses nannte, von dem er genau wusste, dass es im Moment von einem hohen französischen Kirchenmann bewohnt wurde.

Betz war ausnahmsweise früher nach Hause gekommen. Er hatte einen Auftrag Bruder Gregors erledigt und dachte nicht daran, am frühen Abend noch einmal in die Klosterapotheke zurückzukehren. Für heute hatte er genug getan – fand er.

Frater Gregor bedurfte des Öfteren der Unterstützung des

Knaben, der außer flinken Beinen auch ein helles Köpfchen hatte. Meist musste Betz Arzneien ausliefern oder das Geld dafür eintreiben – Laufarbeit, die dem Bruder Apotheker selbst zu mühsam und die außerdem nicht von jener Art war, die unbedingt seine persönliche Anwesenheit erforderte.

Der Junge war bemerkenswert geschickt und verstand es in der Regel, die säumige Kundschaft zum Bezahlen zu animieren; und da er lesen gelernt hatte, war es auch noch nie vorgekommen, dass er Medikamente verwechselt hatte. Insgesamt hatte er sich in Konstanz gut eingelebt – sowohl in der Klosterapotheke als auch im Hause des Notars. Die Gegenwart Magdalenas, die er noch immer innig verehrte, war ihm eine tägliche Freude und fast schon Lohn genug für seine Arbeit.

Betz traf das Haus völlig leer an. Dass Magdalena noch nicht da war, war indes nicht verwunderlich, war sie doch in der Klosterapotheke immer noch mit der Zubereitung einer bestimmten Salbe beschäftigt, nach der auf einmal eine ungewöhnliche Nachfrage bestand und die ein Kunde gestern in auffallend großer Menge bestellt hatte.

Der Mann hatte ein wenig merkwürdig ausgesehen. Betz war sich nicht sicher, ob er – seiner protzigen Kleidung ungeachtet – wirklich als seriös einzustufen war. Ihm schien es eher so, als habe der etwa Fünfzigjährige das, was man landläufig ein »Galgenvogelgesicht« nannte … Die Jahre im Wirtshaus hatten Betz eine gute Menschenkenntnis gelehrt. Der Kunde hatte jedoch im Voraus bezahlt.

Angeblich hatten seine »Täubchen« Bedarf an dieser Salbe, welche – vorbeugend angewandt – Hautreizungen verhindern sollte, in Wahrheit jedoch eines der Mittel war, das Huren verwendeten, um eine Empfängnis unwahrscheinlich zu machen.

Magdalena kannte den Mann auch nicht, aber einer der Apothekergehilfen, ein Klosterbruder, der sich oft in seiner Eigenschaft als Seelenhirte in jenem Stadtviertel aufhielt, in dem die Armen und Ausgestoßenen in elenden Hütten und Verschlägen hausten und in dem auch Verbrecher Zuflucht suchten und die käufliche Liebe blühte, wusste genau über ihn Bescheid.

»Das war der Hurenwirt Hannes Schwertle. Der Kerl ist sehr vermögend. Und durch das Konzil wird er noch reicher werden, kann er doch jetzt eine große Schar von Hübschlerinnen ausbeuten. Nicht alle Weibsbilder, die von auswärts nach Konstanz geströmt sind, dürfen auf eigene Faust auf Kundenfang gehen. Einen großen Teil von ihnen hat Schwertle in seinem Bordell aufgenommen. Dafür muss er in den Stadtsäckel kräftig Steuern von dem eingenommenen Hurengeld einzahlen.«

Betz hatte genau gesehen, dass Lena errötete, als sie den Mönch so ungeniert reden hörte. Das Thema verletzte ohne Zweifel ihr weibliches Schamgefühl …

Um des Jungen willen wäre es ihr in der Tat lieber gewesen, der Frater hätte sich in seinen Äußerungen etwas mehr zurückgehalten. Vielleicht hatte sie auch Angst, das Gerede könnte ihn womöglich auf dumme Gedanken bringen: Er war schließlich erst vierzehn Jahre alt. Bei der Erinnerung daran musste Betz unwillkürlich grinsen. Auch im Bezug auf diese menschliche Eigenart hatte er bereits in seiner Kindheit in der Herberge seiner Eltern mehr mitbekommen als die behütete Magdalena wohl ahnen mochte.

Auch der Hausherr hatte sich noch nicht eingefunden, obwohl es zu dieser Jahreszeit draußen auf der Gasse längst dunkel war. Was Betz aber am meisten verwunderte: Sogar

Berta, die Haushälterin, glänzte durch Abwesenheit; in der Küche war es kalt und finster.

In diesem Augenblick hörte Betz die Abendglocke der Sankt-Stephans-Kirche schlagen und erschrak, nachdem er ihre Schläge mitgezählt hatte. Es war eine ganze Stunde früher, als er geglaubt hatte. Er überlegte gerade, ob er nicht doch noch an seinen Arbeitsplatz im Kloster zurückkehren sollte, da hörte er ein energisches Pochen am Haustor. Wer mochte das wohl sein? Rasch lief er ans Tor, um nachzusehen.

»Zum Teufel, warum dauert das denn so lange, bis man mir endlich aufmacht?«, fuhr ihn eine männliche Gestalt an, die Betz noch nie gesehen hatte und deren Stimme ihm völlig unbekannt war.

»Guten Abend, der Herr! Wer seid Ihr denn, wenn ich fragen darf?« Auch der Tonfall des Jungen war nicht gerade der allerfreundlichste.

»Ich wüsste nicht, was dich das angeht, Rotznase! Zu deinem Herrn will ich. Und zwar schnell.«

»He, he! Immer langsam, ja? Ich kenne Euch nicht. Deshalb müsst Ihr auch vorerst draußen bleiben, wenn Ihr Euch weigert, mir Euren Namen zu nennen. Doktor Julius Zängle ist nicht daheim, und Fremde darf ich nicht ins Haus lassen.« Nach allem, was Betz schon erlebt hatte, ließ er sich nicht so leicht einschüchtern.

»Ist ja schon gut!«, knurrte der abendliche Überraschungsgast. »Meine Güte! Muss mein Verwandter ein Hasenfuß sein, dass er tatsächlich Angst hat, ein Bösewicht könnte die Beschaulichkeit seines trauten Heims stören!«, spöttelte er.

»Ach, Ihr seid verwandt mit Doktor Zängle? Das ist freilich etwas anderes! Aber Euren Namen wüsste ich trotzdem gerne, denn, wie gesagt …«

»Ich bin der Stadtapotheker von Ravensburg, Mauritz Scheitlin, und der Rechtsgelehrte Julius ist mein Vetter, wenn's beliebt!« Der abendliche Besucher setzte eine noch arrogantere Miene auf.

»Dann heiße ich Euch im Namen meines Herrn willkommen. Tretet ein, Herr Scheitlin!«

Betz ärgerte sich zwar immer noch über den hochfahrenden Mann, aber wenn's denn ein Verwandter vom Doktor war …

»Wurde aber auch Zeit! Da draußen auf der Gasse erfriert man ja regelrecht.«

Betz wusste nicht so recht, wohin mit dem Fremden. Aber den Vetter des Notars glaubte er in der Wohnstube unterbringen zu dürfen. »Nehmt hier drinnen Platz, Herr Scheitlin. Ich werde Euch Wein bringen, wenn Ihr wollt.«

»Natürlich will ich! Und zwar den besten, den Julius hat, nicht wahr! Und was zu essen wär' auch nicht schlecht!«

In diesem Augenblick fiel Betz siedendheiß ein, woher ihm der Name dieses unangenehmen Menschen bekannt war: Es handelte sich um keinen anderen als um Lenas hinterhältigen Oheim! Ihm hatte sie ihr ganzes Unglück, das unversehens über sie hereingebrochen war, zu verdanken. Es war zwar nicht so, dass die junge Frau ihm viel über ihren Ravensburger Vormund erzählt hätte, aber er hatte doch unwillkürlich eine ganze Menge davon mitbekommen, sooft Magdalena dem Schmiedemeister Reichle während der Fahrt durchs Gebirge ihr Leid geklagt hatte.

Was wollte dieser Kerl bloß bei Julius Zängle? Betz war sofort alarmiert. Das konnte nur Ärger bedeuten und neues Ungemach für Magdalena. Ihm wurde äußerst unbehaglich zumute, und er hoffte inständig, der Notar käme bald nach Hause. Zängle in seiner ruhigen, überlegten Art wüsste sicher, was zu tun war.

Als der junge Bursche mit einem Krug in den Keller hinabstieg, um Wein für den ungebetenen Gast zu holen, nahm er sich vor, den minderwertigsten abzufüllen, den, welchen Berta für gewöhnlich benutzte, um säuerliche Soßen für Ragouts und Wildgerichte zuzubereiten.

»Pah! Was ist das denn für ein fürchterliches Gesöff?«

Verärgert und angewidert spie Mauritz den Schluck Wein, den er eben zu sich genommen hatte, auf den von der Haushälterin liebevoll mit Bienenwachs polierten Ahornboden.

Instinktiv zuckte Betz zusammen. Dieser helle Fußboden im Empfangssalon Julius Zängles war der Augapfel Bertas. Es war ihr persönlicher Ehrgeiz, ihn so lange zu bearbeiten, bis er wie ein Spiegel glänzte. Bestimmt verursachte der Rotwein Flecken. »Und den hellen Knüpfteppich aus Persien hat das Ferkel auch noch bespieen«, dachte der Junge erbittert. »Berta wird sich freuen!«

»Ich versteh' nichts von Weinen«, tat er scheinheilig. »Und Ihr wolltet ja nicht warten, bis der Hausherr Euch – wie es üblich ist – den Trunk kredenzt.«

Letzteres konnte er sich einfach nicht verkneifen.

»Jetzt bin ich wohl auch noch selber schuld, dass du mir so einen Sauerampfer angeboten hast, was? Du bist ein ausgemachter Tölpel und ein Flegel dazu! Ich werde mich über dich bei meinem Verwandten beschweren!«

»Worüber möchte sich denn der Herr beklagen?«, ertönte da die müde Stimme des Notars, der in der Diele seinen Umhang ablegte. Er war reichlich geschafft von seinem Tagwerk, das sich ständig schwieriger zu gestalten schien. Gar nicht mehr fertig wurde Zängle mit den Schlichtungsversuchen bei den allgegenwärtigen Querelen der Konzilsteilnehmer.

Nicht wenige der Herren vertrugen keinen Widerspruch und waren zornig, wenn man ihrer Argumentation nicht folgte. Viele nahmen Niederlagen bei theologischen Disputationen persönlich und wurden dementsprechend wütend. Da sie gegenüber ihren Kollegen Gleichmut vortäuschen mussten, ließen sie ihren Zorn an Personen aus, die mit der Organisation und nicht mit den Themen und Inhalten des Konzils befasst waren. Was nichts anderes bedeutete, als dass Zängle für die Herren Akademiker den bei den Bauern auf ihren derben Volksfesten so beliebten »Watschenmann« abgeben sollte.

Allmählich reichte es dem gutmütigen Notar. Heute war er zum ersten Mal »aufsässig« geworden und hatte sich gewehrt gegen die unqualifizierten Angriffe, welche ausgerechnet von der Begleitung des Heiligen Vaters kamen – der er bis jetzt sowieso schon am weitesten entgegengekommen war.

»Glauben Erlaucht wirklich, dass wir Bürger von Konstanz alles umsonst abgeben können?«, hatte er süffisant den adligen Herrn aus Italien gefragt, der sich bei ihm über die »unverschämten« Gasthauspreise beschwert hatte. »Vielleicht hätten Erlaucht besser daheim in Italien Kassensturz machen sollen, ehe Euer Gnaden sich auf die Reise nach Deutschland gemacht haben?«

Der andere war puterrot angelaufen über die Frechheit dieses Tedesco, der nicht einmal den windigsten Adelstitel vorweisen konnte. Was wollte dieser Kerl damit andeuten? Etwa, dass er – immerhin ein Conte aus alter Familie – kein Geld hatte?

»Erlaucht haben aber durchaus die Möglichkeit, einfachere Speisehäuser in der Stadt aufzusuchen, wo das Essen wohlfeiler zu haben ist«, hatte Julius – gönnerhaft Verständnis mimend – hinzugefügt.

Das empfand wiederum der Piemonteser Graf, einer der Kammerherren Seiner Heiligkeit, als den Gipfel der Frechheit.

»Ich bin es durchaus nicht gewohnt, mit niederem Volk zu speisen«, schnappte er zurück.

»Gute Küche ist auch in Eurer Heimat nicht umsonst zu haben, gnädiger Herr«, konterte Zängle unerschrocken. Es folgten weitere Beleidigungen und alberne Unterstellungen des Conte. Der Notar war jedoch so geladen, dass er sich nichts gefallen ließ und sozusagen als »Sieger« des Rededuells vom Platz ging.

Aber alles in allem war das Ganze sehr unerfreulich; zudem gab es an diesem Tag mehrere ähnlich unerquickliche Vorkommnisse, und er war rechtschaffen müde und eigentlich nur noch erleichtert, endlich daheim zu sein. Aber kaum betrat er sein Haus, hörte er schon bis auf den Hausflur hinaus das polternde Organ eines fremden Mannes, sowie die hellere, aufgeregte Stimme Betzens.

Gerade heute Abend war ihm nicht nach Besuch zumute – und nach einem, der sich laut mit einem dienstbaren Geist stritt, schon gar nicht.

»Oh, lieber Vetter! Lass dich umarmen!«

Scheitlin erhob sich geschwind und stürzte auf Zängle zu. Obwohl sein Gegenüber ihn verständnislos musterte, machte er Anstalten, seinen Worten die Tat folgen zu lassen. Geschickt wich Zängle aus.

»Ich bin hier der Hausherr, Doktor Julius Zängle ist mein Name. Und mit wem habe ich die Ehre?«

Der Gast ließ ein gekünsteltes Lachen hören. »Aber, mein lieber Vetter! Du wirst mich, deinen Verwandten Mauritz, Stadtapotheker von Ravensburg, Bruder des verstorbenen Georg, doch noch kennen! Es ist zwar lange her, seit …«

»Ach? Ihr seid also Mauritz Scheitlin? Der Mann, der als Oheim meiner Base Magdalena die Pflicht hat, alles zu tun, um dem Mädchen sein Erbteil zu sichern! So, so! Von Euch habe ich schon vieles gehört – und nicht allzu viel Gutes, muss ich leider sagen.«

Mauritz hatte keineswegs überhört, dass der andere nicht gewillt war, sich mit ihm zu duzen.

»Da habt Ihr Falsches vernommen, mein lieber Verwandter! Ich, als der vom Rat der Stadt Ravensburg bestellte Vormund der Maid, habe mein Möglichstes getan, um dem Kind ein sorgenfreies Leben zu ermöglichen. Das könnt Ihr mir unbesehen glauben!«

Zängle hörte, wie Betz tief Luft holte.

»Du darfst uns allein lassen, mein lieber Junge. Was wir uns zu sagen haben, wird am besten unter vier Augen verhandelt.«

Kalt musterte er sein vierschrötiges Gegenüber. Betz verzog sich augenblicklich. Er ahnte, was jetzt kam, und nahm sich vor, an der Tür zur Wohnstube zu lauschen. Womöglich bedurfte sein Herr seiner Hilfe; dieser Scheitlin sah aus, als würde er auch vor körperlichen Angriffen nicht zurückschrecken …

KAPITEL 28

AUS DEM MITHÖREN wurde jedoch nichts. Berta kehrte aus der Kirche zurück, wo sie die Abendandacht besucht hatte, und entdeckte den Spion an der Salontür. Unmissverständlich winkte sie Betz mit dem Finger, ihr umgehend in die Küche zu folgen.

»Schämst du dich eigentlich gar nicht?« Sie war regelrecht erzürnt über den jungen Burschen. »Das hätte ich dir wahrlich nicht zugetraut, dass du heimlich unseren Herrn ausforschen willst!«

»Aber, nein, Frau Berta! So ist es doch gar nicht! Wer, glaubt Ihr wohl, ist gerade bei Herrn Julius in der Stube?«

Die resolute Haushälterin, nicht gewillt, Rätsel zu raten, hatte bald heraus, um wen es sich bei dem Besucher handelte.

»Nicht möglich! Dieser schlechte Mensch wagt es, hierher zu kommen? Na, dem wird unser Herr hoffentlich die Meinung sagen! Diesem Betrüger hat Frau Lena es zu verdanken, dass sie für fremde Leute als Hilfskraft arbeiten muss, anstatt in ihrer eigenen Apotheke zu stehen! Ihr Oheim hat sie schlichtweg betrogen. Sein verstorbener Bruder würde sich im Grabe umdrehen, erführe er von dieser Schandtat. Dazu hat er doch tatsächlich versucht, sie im Kloster einzusperren, damit er alle Freiheiten hat, über ihr übriges Erbe zu verfügen. Über ihr schönes Haus in Ravensburg zum Beispiel.«

»Ihr wisst aber gut Bescheid, Frau Berta«, wunderte sich Betz.

»Frau Lena und ich sind sehr gute Freundinnen«, erwiderte die Haushälterin kurz angebunden, und der Junge unterdrückte ein Grinsen. Er erinnerte sich noch gut jüngst vergangener Zeiten, zu denen das noch ganz anders gewesen war …

Die ältere Frau und der junge Bursche hingen einen Augenblick ihren Gedanken nach. Was mochte der Mensch bloß wollen? Betz kam eine erschreckende Idee:

»Er wird doch nicht etwa verlangen, dass Lena mit ihm nach Ravensburg zurückkehrt?«

Berta winkte ab. »Das würde Herr Julius niemals zulassen. Er ist Jurist und kennt sich mit den Gesetzen aus. Er wusste genau, was er tat, als er seiner Base Unterschlupf gewährte. Von einem kleinen Dreckapotheker – denn mehr ist der Scheitlin nie gewesen – lässt sich unser Herr nichts vorschreiben. Im Gegenteil! Dieser Erbschleicher kann sich darauf gefasst machen, dass Doktor Zängle jetzt ganz andere Saiten aufzieht.«

Das hoffte der Junge von ganzem Herzen. Denn ohne sein großes Vorbild, seine innig verehrte Lena, käme er sich hilflos und verloren vor.

»Wenn man nur wüsste, was die beiden besprechen«, murmelte er bedrückt. Da hatte Berta eine Idee.

»Ich gehe einfach in die Stube und frage den Herrn ganz unbefangen, ob ich das Nachtmahl anrichten soll. Dann nütze ich die Gelegenheit und verweile ein bisschen im Zimmer, indem ich vorgebe, etliche Dinge geraderücken zu müssen. Möglich, dass ich dabei etwas aufschnappe.«

Betz' Miene erhellte sich sichtlich. »Das ist sehr gut, liebe Frau Berta. Mich hat der Herr nämlich aus dem Zimmer geschickt.«

Als die ältere Frau kurz darauf in die Küche zurückkehrte, schüttelte sie den Kopf mit der feinen schwarzen Samthaube, die sie noch vom Kirchgang her aufhatte.

»Nein, zu essen soll ich nichts machen. Ihm sei der Appetit gründlich vergangen, hat Herr Julius gesagt. Das spricht doch Bände! Der Scheitlin wollte gleich protestieren – wahrscheinlich knurrt ihm der Magen. Aber unser Herr will ihn offenbar nicht bewirten. Das spricht dafür, dass sie sich bös in der Wolle haben, denn der Doktor ist normalerweise sehr freigiebig und lässt keinen hungrig von seinem Tisch aufstehen.«

»Recht so«, freute sich Betz. »Den Kerl auch noch füttern, das wäre das Letzte!«, brummte er, und Berta musste schmunzeln.

Dann fiel ihr etwas ein: »Wir müssen Acht geben, wenn Frau Lena nach Hause kommt. Nicht, dass sie mit ihrem Oheim zusammentrifft! Das fände ich gar nicht gut. Du solltest dich in der Nähe des Eingangs aufhalten, sie abfangen und gleich zu mir in die Küche bringen. Ich werde trotzdem eine Kleinigkeit zu essen herrichten. Ewig wird dieser ungeliebte Vetter ja nicht bleiben, und ihr jungen Leute seid gewiss hungrig wie die Wölfe.«

Das hörte der halbwüchsige Lehrjunge gerne. In der Tat, als Heranwachsender hätte er zu jeder Tages- und Nachtzeit Unmengen vertilgen und trotzdem spindeldürr bleiben können. Obwohl er im Hause Zängle sowie bei den Franziskanern genug zu essen bekam, hatte er immerzu Appetit.

Sein Wachtposten in der Diele, den er sofort einnahm, hatte den Vorteil, dass er erneut sein Ohr ans Schlüsselloch der Wohnstubentür legen konnte; es genügte, die Haustür im Auge zu behalten. Er konnte Magdalena gar nicht verpassen.

Aber es wollte ihm einfach nicht gelingen, auch nur einen einzigen zusammenhängenden Satz zu verstehen. Das war ärgerlich. Aber viel schlimmer war die Tatsache, dass die junge Apothekerin nicht nach Hause kam. Als eine halbe Stunde vergangen war, kam Berta aus ihrer Küche zu ihm und nahm den halb verhungerten Betz mit sich.

»Es hat keinen Sinn, stundenlang im zugigen Hausflur zu warten, Junge. Wahrscheinlich haben die Fratres sie zu einem Kranken geschickt, um ihm seine Medizin zu bringen. Je nachdem, wo dieser Jemand wohnt, kann das noch eine Weile dauern. Komm mit in die Küche und iss etwas!«

»Aber es ist bereits stockdunkel!«, wandte der Junge zaghaft ein.

»Na und? Die Ordensbrüder geben ihr immer eine Begleitung mit, mach dir also keine Sorgen. Aber du kannst schon einmal mit dem Abendessen anfangen.«

Das ließ sich Betz nicht zweimal sagen.

Beide verharrten die nächste halbe Stunde nahezu schweigend in der verrußten Küche. Berta zupfte Kräuter, die sie nach Magdalenas Angaben auf einem Holzbrett zum Trocknen auslegte, und der Junge starrte auf die blank gescheuerten Kupferpfannen und -töpfe, die an einer Holzstange über dem gemauerten Herd hingen. Als ihm das zu langweilig wurde, zählte er zwanghaft wohl an die hundert Mal die auf Wandborden aufgereihten und bemalten Steingutteller und -becher. Aus Nervosität verzählte er sich aber immer wieder und musste erneut von vorne beginnen. Gegessen hatte er inzwischen, aber lange nicht so viel wie üblich. Sogar den Birnenmost lehnte er ab, nur einen Becher Wasser wollte er haben, denn seine Kehle war trocken vor Aufregung.

Die Stimmung war gedrückt. Allmählich machte auch Berta sich Sorgen. Wo blieb das Mädchen nur? Selbst als Betz davon erzählte, wie er dem Vormund absichtlich den saueren Wein angeboten hatte, den sie zum Essigmachen im Keller aufbewahrten, und wie dieser ihn angeekelt ausspuckte, erntete er von der älteren Frau nur ein mattes Lächeln.

Dann aber kam der Haushälterin, die an ihren gepflegten Fußboden dachte, ein Geistesblitz: »Das muss ich sofort in Ordnung bringen, sonst ist das Holz für immer ruiniert – behaupte ich einfach. Das ist die Gelegenheit, etwas von ihrem Gespräch aufzuschnappen.«

Geschwind griff sie nach einem Eimer, füllte ihn aus einem in der Ecke stehenden Wasserfass, dessen Inhalt sie jeden Morgen mit mehreren Kannen vom öffentlichen Brunnen in der Gasse holte, gab aus einer Flasche milde Seifenlauge hinein, schnappte sich einen Wischlappen und marschierte beherzt in Richtung Wohnstube.

Aus dem Lauschen wurde jedoch wiederum nichts. In der nur durch einen Kienspan erhellten Diele konnte sie gerade noch miterleben, wie Herr Mauritz »verabschiedet« wurde.

»Ihr braucht Euch nicht mehr hierher zu bemühen,

Scheitlin. Ich würde Euch auch nicht raten, meiner Base weiter nachzuspüren. Was ihr Erbe anbelangt, werden wir uns vor Gericht sehen. Glaubt ja nicht, dass Ihr mit Euren Vorstellungen durchkommt! Das Mädchen steht unter meinem Schutz, merkt Euch das.«

»Hört, hört! Unter Eurem Schutz steht das freche Ding also, das einfach, ohne mir, Ihrem Vormund, Bescheid zu sagen, verschwunden ist. Sogar die Nonnen von Sankt Marien am See haben sie lange Zeit von ihren Klosterknechten suchen lassen, weil sie unerlaubt den Konvent verlassen hat. Wo treibt sie sich denn eigentlich heute Abend herum? Ein sauberes Früchtchen ist sie, fürwahr! Unter Euren Schutz habt Ihr sie also genommen! Mir scheint eher, es wäre Eure Bettdecke gewesen, Vetter!«

»Verlasst sofort mein Haus. Ihr seid ein Schwein – in jeder Beziehung. Dazu ein Lügner, ein Betrüger und ein Dieb!«

»Das verbitte ich mir! Was fällt Euch windigem Rechtsverdreher überhaupt ein, mich derart zu beleidigen? Das geht gegen meine Ehre!«, brüllte Scheitlin so laut, dass Berta sich unwillkürlich duckte.

Aber Julius Zängle ließ sich nicht beeindrucken. »Darüber werden zu gegebener Zeit die Richter entscheiden«, sagte er kalt und wies ihn mit ausgestreckter Hand aus dem Haus.

»Einen Augenblick«, ließ sich Berta da vernehmen. »Ich werde dem Herrn behilflich sein, auch ja den richtigen Weg zu finden.« Sie riss die schwere Haustüre aus dunkel gebeizten Eichenbohlen auf, und Mauritz Scheitlin blieb nichts anderes übrig, als über die Schwelle zu treten.

Ehe das Tor hinter ihm zufiel, griff die Haushälterin rasch nach ihrem Eimer und sandte ihm einen Schwall Seifenwasser hinterher. An dem überdeutlich vernehmbaren Wutschrei war zu erkennen, dass sie ihn tatsächlich getroffen hatte.

»Ach, das wollte ich eigentlich gar nicht, Herr Julius«, behauptete sie scheinheilig und drehte den Schlüssel im Schloss energisch um. »Die Seifenbrühe brauche ich doch, um die Schweinerei wegzuputzen, die Euer Gast hinterlassen hat.«

Der Notar kommentierte dies nicht, aber der Blick den er seiner Haushälterin zuwarf, konnte fast als anerkennend gelten.

Allmählich machten sich alle drei Sorgen um Magdalena. Es ging mittlerweile auf Mitternacht zu, und dass sie nicht längst daheim war, erschien ihnen sehr bedenklich.

»Wenn Lena bei einem Kranken aufgehalten wird – gelegentlich hält sie auch Sterbenden die Hand –, hat sie bisher immer einen Weg gefunden, uns eine Nachricht zukommen zu lassen«, bemerkte Julius. »Dass wir heute gar nichts von ihr hören, macht mich unruhig.«

»Vor allem, weil sich seit Beginn des Konzils auch allerhand Gesindel auf den Gassen herumtreibt«, pflichtete Berta ihm bei. »Das stadteigene Geschmeiß habt Ihr zwar aus Konstanz verjagen lassen, Herr Julius – dennoch gab es erst neulich zwei Tote bei einer Schlägerei auf der Straße. Ich bin zwar eigentlich überzeugt, dass wir uns unnötig den Kopf zerbrechen, denn Eure Verwandte weiß sich gewiss zu wehren – schließlich hat sie immer einen Dolch bei sich –, aber trotzdem: So spät bei Nacht sollte kein junges Weibsbild mehr aushäusig sein.«

»Ich will geschwind zum Kloster der Franziskaner laufen«, bot Betz sich an. »Die Brüder können mir zumindest sagen, wohin sie Frau Magdalena geschickt haben. Dann werde ich dorthin gehen und sie abholen. So hat sie doch auf jeden Fall anständigen, männlichen Begleitschutz«, meinte er, und seine Wangen glühten vor Eifer.

Die Erwachsenen mussten insgeheim schmunzeln. Der wackere Jüngling fühlte sich schon ganz als vollwertiger »Kerl«, und sie taten nichts, ihm diese Vorstellung zu nehmen.

»Ja, das ist ein guter Gedanke, mach das!«, ermunterte ihn der Hausherr. »Wenn du und Lena in einer halben Stunde noch nicht zurück seid, werde ich allerdings die Stadtwache verständigen. Es mag vielleicht übertrieben sein, aber das Ganze ist mir dann doch zu riskant. Falls jedoch die Mönche nicht Bescheid wissen sollten über Magdalenas Verbleib, komm sofort heim, dann werde ich umgehend Alarm schlagen!«

»Das mache ich, Herr!« Und fort war der Junge.

»Ich bleibe ebenfalls auf«, kündigte Berta an und unterdrückte ein Gähnen. Sie war immerhin bereits seit fünf Uhr morgens auf den Beinen. »Auf alle Fälle werde ich den Topf mit der inzwischen kalten Bohnensuppe erneut aufs Herdfeuer stellen. Wenn Eure Base nach Hause kommt, wird sie gewiss Hunger haben.«

Bruder Gregor, der Klosterapotheker, war höchst erstaunt, als der schwer schnaufende junge Bursche, der den ganzen Weg gerannt war, plötzlich vor ihm stand. Der Mönch war zu später Stunde noch damit beschäftigt, verschiedene Teesorten abzuwiegen und in kleine Stoffsäckchen einzufüllen.

»Was machst du denn um diese Zeit noch hier, Betz?«, fragte er. »Hast du etwas vergessen?«

»Nein, nein, Frater Gregor! Frau Magdalena ist noch nicht nach Hause gekommen, und mein Herr, Doktor Zängle, macht sich allmählich große Sorgen um sie. So lange ist sie noch nie ausgeblieben!«, keuchte er.

»Hm! Das ist in der Tat seltsam.« Auch der Frater sah nun besorgt drein. »Ich kann mir nicht vorstellen, dass das Leiden, womit dieser ausländische Bischof zu kämpfen hat, von derartiger Schwere ist, dass er um diese nachtschlafende Zeit noch der Hilfe und Betreuung unserer Apothekerin bedarf. Sehr eigenartig.«

»Ach? Ein Bischof ist der Patient, zu dem Frau Lena gegangen ist? Das habe ich nicht gewusst. Na, dann wird ja wohl alles seine Ordnung haben.« Betz atmete sichtlich auf. »Dann kann ich ja beruhigt …«

Da fiel dem Jungen der sorgenvolle Gesichtsausdruck des Klosterbruders auf.

»Stimmt etwas nicht?«, fragte er bang.

Frater Gregor bemühte sich um eine gelassene Miene. Es widerstrebte ihm sichtlich, vor dem ahnungslosen Jugendlichen über den schlechten Ruf gerade hoher und höchster Kirchenmänner zu sprechen. So galt beispielsweise der allerhöchste, Papst Johannes XXIII., unter Kundigen nicht nur als brutaler Seeräuber und skrupelloser Halsabschneider, sondern auch als mehrfacher Mörder und als äußerst hemmungslos im Verschleiß von Frauen …

Wenn eine junge Frau so leichtsinnig war, sich in seine unmittelbare Nähe zu begeben – oder sie das Pech hatte, ihm nicht ausweichen zu können –, musste sie damit rechnen, »bei Gefallen« in seinem Bett zu landen.

Ob sie das ebenfalls wollte oder nicht, danach fragte Seine Heiligkeit nicht lange. Er erwartete, dass die Betreffende sich geschmeichelt fühlte, seine Aufmerksamkeit erregt zu haben. Leider war Baldassare Cossa nicht der Einzige mit dieser Einstellung.

Das alles vor Betz auszubreiten, war dem Frater peinlich; zumal er gar nicht sicher wusste, ob Magdalena tatsächlich in solch eine fatale Situation geraten war. Eigentlich schwer vorstellbar! Aber sobald er sich die merkwürdige Ausdrucksweise des bischöflichen Domestiken ins Gedächtnis rief, erschien ihm zumindest ein gewisser Verdacht nicht ganz unbegründet zu sein.

Kurz entschlossen räumte Frater Gregor die Teesäckchen und die Ingredienzien seiner Salbenproduktion beiseite. Jetzt gab es Wichtigeres zu tun.

»Komm, Junge«, forderte er Betz auf. »Lass uns zum Palast dieses Bischofs gehen und nach Magdalena sehen. Möglicherweise ist die Unpässlichkeit dieses hohen Herrn doch ernsterer Natur als gedacht, und man ist vielleicht froh, wenn wir ebenfalls unsere Hilfe anbieten.«

Gregor äußerte das, um seinen Lehrjungen, der ihm beängstigend blass vorkam, zu beruhigen; er selbst glaubte kein Wort davon. Wäre dieser italienische Kirchenfürst tatsächlich ernsthaft erkrankt, hätte man wohl die Hilfe eines renommierten Arztes in Anspruch genommen und würde sich nicht auf die Heilkunst einer jungen und unerfahrenen Apothekerin verlassen.

Beide machten sich eilends auf zum Haus des angeblichen Bischofs.

KAPITEL 29

Der Leibdiener Massimo hatte Magdalena auf dem Weg zum Bischofspalais über die Beschwerden Seiner Heiligkeit aufgeklärt. Ihr gegenüber hatte er betreffs der Person des Kranken nicht mehr länger hinter dem Berg gehalten.

»Schon während des Mahles fühlte der Heilige Vater sich nicht mehr wohl. Er musste sich umgehend niederlegen«, redete er beflissen auf sie ein und ließ damit in ihr den Verdacht aufkeimen, ein Bestandteil der Nahrung sei nicht mehr frisch gewesen.

Den Gedanken, es könne Gift im Spiel sein, schob sie rasch beiseite – trotz der Unbeliebtheit dieses Stellvertreters Jesu Christi. In Konstanz pfiffen es allmählich die Spatzen von den Dächern, dass Johannes XXIII. kaum Aussichten hatte, von den Konzilsvätern als alleiniger Papst anerkannt zu werden. Vermutlich gab es in der Stadt mehr als einen, der ihn gern im Himmel – beziehungsweise noch lieber »beim Teufel« gewusst hätte …

»Falls es sich nur um eine Magenverstimmung handeln sollte, werde ich dem Heiligen Vater leicht helfen können. Aber sollte es sich um etwas Ernsteres handeln, will ich nicht die Verantwortung alleine tragen, dann müsst Ihr unbedingt einen Medicus zu Rate ziehen«, versuchte Magdalena ihrem Begleiter zu erklären. In der zupackenden und nüchternen Art, die sie sich neuerdings mehr und mehr zugelegt hatte, hielt sie sich nicht lange damit auf, über die Bedeutung der Tatsache nachzudenken, dass sie sich anschickte, einen der drei Päpste persönlich kennenzulernen.

Massimo winkte ab. »So schlimm ist es wohl nicht«, wiegelte er ab. »Seine Heiligkeit ist ein kerngesunder Mann, der noch nie eines Arztes bedurft hat – mit Ausnahme eines Chirurgen, der ihm zwei Zähne gezogen hat.«

Obwohl vom Äußeren her eher unscheinbar, war der Glanz im Inneren der bischöflichen Residenz bemerkenswert. Die Menschen aus Magdalenas Bekanntenkreis lebten in bequemen und wohlausgestatteten Bürgerhäusern, aber so pompöse Anwesen kannte sie bis dato nicht. Das vornehmste Gebäude, das die junge Frau bisher von innen gesehen hatte, war die Villa ihrer Muhme Gertrude.

Hier jedoch stieß sie auf Schritt und Tritt auf vergoldete oder bunt bemalte Skulpturen von Heiligen, die auf Truhen, Tischen oder Treppenabsätzen standen. Die Wände waren bedeckt mit riesigen Spiegeln in Silberrahmen und mit Gemälden, die auf Goldgrund Episoden aus der Heiligen Schrift wiedergaben oder Maria mit dem Kinde sowie verschiedene Märtyrer darstellten.

Die bis zum oberen Stockwerk reichende Eingangshalle wurde von hohen Säulen gestützt, deren Kanneluren man mit Blattgold überzogen hatte; die doppelt mannshohen und überbreiten Türen waren mit vergoldeten Schnitzereien versehen.

Gerne hätte Magdalena vor jedem Gemälde verweilt, um die Feinheit der Pinselstriche zu bewundern, aber Ser Massimo drängte sie weiter, die breite Marmortreppe hinauf. Als sie in einen geräumigen Flur einbogen, trat ihnen ein Geistlicher in schwarzer Seidenrobe in den Weg.

»Wen bringt Ihr uns denn da, Messer Massimo?«, wollte Don Severino wissen und musterte die junge Frau mit recht unziemlicher Neugier. Die Inspektion schien zwar günstig auszufallen, aber offenbar war er sich über Sinn und Zweck dieses Besuches noch nicht recht im Klaren.

Die Person war noch jung und sehr anziehend, schien aber – ihrem ruhigen und verständigen Gehabe und ihrer in gedeckten Farben gehaltenen Kleidung nach – ein ehrbares Gewerbe auszuüben. Was wollte sie also hier?

»Seine Heiligkeit hat mich ausgesandt, in der Stadt eine Heilkundige zu finden, die ihm wieder auf die Beine helfen soll. Der Heilige Vater hat extra nach einer jungen, hübschen Frau verlangt, die ihn mit sanfter Stimme zu trösten weiß und mit kundiger Hand von seinem Leiden kuriert. Da habe ich diese Jungfer im Kloster der Franziskaner gefunden, wo sie als Apothekerin tätig ist«, verkündete Massimo wichtigtuerisch.

»Seid unbesorgt, Herr«, versuchte Magdalena beherzt, Don Severinos Skepsis zu begegnen. »Ich übe diesen Beruf schon längere Zeit aus. Mein Vater war Stadtapotheker in einer schwäbischen Reichsstadt und hat mich persönlich unterrichtet. Außerdem lernte ich noch eine Menge von Bruder Gregor.«

»So, so!« verbiss sich der Sekretär des Papstes das Lachen. Er kannte schließlich seinen Herrn und wusste genau, nach welcher Art Weibsbild dieser gierte … Gleichzeitig war er verärgert, dass Johannes nicht, wie üblich, ihn, seinen persönlichen Secretarius und Vertrauten, mit dieser delikaten Mission betraut hatte.

Dabei fiel ihm ein, dass er selbst es gewesen war, der dem Papst womöglich das Gefühl vermittelt hatte, für einen wehleidigen Hypochonder gehalten zu werden. Das nahm der Heilige Vater ihm anscheinend übel.

»Aber dieser Tölpel Massimo hätte mich zumindest informieren müssen, ehe er sich einfach auf eigene Faust auf die Suche machte«, dachte Don Severino beleidigt. Er beschloss, sich um diese Angelegenheit überhaupt nicht zu kümmern. Sollte der naive Diener, der die Situation offenbar gründlich missverstanden hatte, schauen, wie er mit Johannes zurande käme!

Das Frauenzimmer machte ihm nämlich keineswegs den Eindruck, dass es auch bereit wäre, nebenbei die Dienste einer Hübschlerin anzubieten. Das schöne Mädchen in der bürgerlichen Tracht schien in der Tat nur eine Heilkundige zu sein und keine, die einem Fremden – und sei er auch der Papst – für Geld zu Willen wäre. Er gönnte Massimo den Reinfall; Papst Johannes würde toben, sobald er den Irrtum bemerkte …

Seine Heiligkeit war in der Zwischenzeit sehr ungeduldig geworden. Wo blieb der Kerl denn nur? War er möglicherweise zu dämlich, um ihm eine Hure zu besorgen? Er bedauerte es längst, nicht Severino mit dieser Aufgabe betraut zu haben. Der hatte bekanntlich »ein gutes Händchen« für heikle Angelegenheiten.

Sein Sekretär kannte seinen Geschmack, achtete auf Sauberkeit und Gesundheit der Betreffenden und fand auch jedes Mal die Richtige – egal ob billiges Straßenmädchen oder anspruchsvolle Adelsdame. Daher durfte er auch, sobald sein Herr genug von der jeweiligen Gespielin hatte, mit ihr machen, was er wollte …

Als der Heilige Vater endlich eine weibliche Stimme vor seiner Schlafzimmertür hörte, setzte er sich erwartungsvoll im Bett auf. Da schien es endlich zu sein, das ersehnte weibliche Wesen, das ihn von seinem Unwohlsein befreien würde. Ihre Stimme klang ihm angenehm in den Ohren und schien einer kultivierten Person zu gehören. Anscheinend war sein Leibdiener doch recht geschickt.

Massimo klopfte zaghaft an die Tür. Sobald er das polternde »Nur herein!« seines Herrn hörte, öffnete er sie einen Spalt weit und ließ die junge Frau hindurchschlüpfen.

Er selbst quetschte sich hinter Magdalena in den durch bodenlange Vorhänge verdunkelten Vorraum, der nur durch fünf in einem Silberleuchter brennende Kerzen spärlich erhellt wurde, und blieb abwartend im Eingang stehen. Die Apothekerin schritt indessen beherzt auf ihren vermeintlichen Patienten zu.

Allzu siech schien der Papst nicht zu sein, registrierte Magdalena erleichtert und fasste ihn näher ins Auge. Für einen angeblich Kranken blickte er sie recht munter an.

»Massimo, mein Lieber, Ihr könnt Euch nun zurückziehen. Aber bleibt in der Nähe, falls ich oder die Donna noch einen Wunsch haben sollten. Fürs Erste wird der Wein hier genügen und der kleine Imbiss. Wir werden uns selbst bedienen.«

Auch seine Stimme klang fest und klar. Seine Heiligkeit deutete lässig mit einer Hand, an welcher der Fischerring prangte, auf das Tischchen neben seinem Bett. In einem Kühler stand eine Flasche mit seinem Lieblingswein, eine Platte mit köstlichen Leckereien war daneben angerichtet. Mit der anderen Hand scheuchte er Massimo aus dem Zimmer.

In der Tat, im Augenblick gab es nichts für den Leibdiener zu tun. Einer der Domestiken hatte bereits im riesigen Marmorkamin ein hell loderndes Feuer entzündet. Die Temperatur im Raum war eindeutig viel zu hoch, aber Massimo wusste, dass der Heilige Vater überhitzte Gemächer schätzte – vor allem, wenn er weibliche Gesellschaft hatte. »Das fördert ihre Bereitschaft, sich nackt auszuziehen«, behauptete er.

»Sehr wohl, Eure Heiligkeit«, murmelte Massimo devot und schlüpfte geräuschlos aus dem Schlafzimmer. Auf dem Stuhl davor würde er stundenlang – vermutlich die ganze Nacht bis in den hellen Morgen hinein – ausharren und auf Abruf bereit sein, falls Johannes einen Wunsch äußern sollte.

»Na, mein hübsches Kind«, begann Baldassare Cossa sein übliches, wenig einfallsreiches Liebesgeplänkel, »traut Euch nur näher heran, ich pflege nicht zu beißen, haha.«

Letzteres war vollkommen überflüssig, und Magdalena schmunzelte. »Wie sollte ich Euch sonst helfen können, Heiliger Vater? Freilich muss ich Euch nahekommen, sogar sehr nahe – wofür ich Euch übrigens gleich um Verzeihung bitte. Aber ich muss Euch erst untersuchen, ehe ich sagen kann, welche Arznei in Eurem Fall angebracht erscheint. Vorsorglich habe ich eine gewisse Auswahl an Medikamenten mitgebracht.«

Sie deutete auf den Weidenkorb, den sie neben dem Bett abgestellt hatte.

»Arznei, Medizin! Haha! Das ist ja eine ganz neue Sache, die Ihr Euch habt einfallen lassen, meine Schöne! Gefällt mir, gefällt mir! Sehr löblich, dass Ihr mir helfen wollt! Wenn ich Euch so ansehe, glaube ich sofort, dass es Euch gelingen wird. Ihr seid nicht nur verteufelt hübsch, sondern auch wirklich einfallsreich, Kindchen. Natürlich müsst Ihr mir auf den Leib rücken – sehr eng sogar. Hauteng sozusagen, haha!«

Magdalena bückte sich nach ihrem Korb und entnahm ihm einen Spatel.

»Würdet Ihr Euren Mund bitte weit öffnen, Eure Heiligkeit?«, fragte sie ruhig, ohne auf das alberne Geschwätz einzugehen. Verblüfft tat Johannes, was sie verlangte. Diese Art von »Liebesspiel« musste eine teutonische Variante sein.

»Nun, Eure Mandeln sind in Ordnung, die Zunge ebenfalls; nur Euer Rachen erscheint mir ein wenig gerötet«, stellte sie fest. Vielleicht litt der Papst an Fieber und sprach deswegen so wirres Zeug? Prüfend legte sie ihm ihre kühle Hand auf die Stirn. Die Temperatur schien ein bisschen erhöht, aber keineswegs besorgniserregend.

Der Heilige Vater kicherte entzückt. »Oh, was habt Ihr für sanfte Händchen! Es wird mir ein ganz besonderes Vergnügen sein, diese liebreichen Fingerchen noch auf ganz anderen Stellen meines Körpers zu fühlen! Molto bene! Ist dieses Spielchen Eurer eigenen Phantasie entsprungen, Liebchen, oder der Eures Bordellwirts?«, erkundigte er sich dann, wobei er die seidene Bettdecke zurückschlug und zur Seite rückte, um ihr Platz zu machen.

»Setzt Euch jetzt zu mir, Kindchen.«

Er griff nach ihrem Arm, um sie zu sich niederzuziehen, stieß jedoch auf unerwarteten Widerstand. Mit einem Ruck befreite sich Magdalena von der zupackenden Hand.

»Danke, Eure Heiligkeit! Ich bin Euch nahe genug, um mir ein Bild von Eurem Zustand zu machen. Lasst mich jetzt Euren Puls fühlen. Ich denke, Ihr habt doch Fieber! Was sollte sonst das wirre Gerede von einem Bordellwirt bedeuten? Frater Gregor, der Apotheker der Franziskaner, schickt mich.«

Die junge Frau griff energisch nach seinem Handgelenk. Der verblüffte »Kranke« ließ es zwar geschehen, wehrte aber zugleich ab: »Falls mein Herzschlag zu schnell sein sollte, liegt das daran, dass Ihr mich so erregt, mein Liebchen. Endlich einmal eine Hure mit Phantasie! Und das in Deutschland! Ich bin entzückt!«

Magdalena war vollkommen konsterniert. Die Lage, in der sie sich seit ihrem Eintreffen im päpstlichen Schlafgemach befand, ähnelte einer grotesken Mischung aus fatalem Irrtum und lächerlichen Zumutungen, kurz gesagt: einer derben Verwechslungskomödie.

»Was sagt Ihr da, Heiliger Vater? Ich bin doch keine Hure! Was fällt Euch ein? Wollt Ihr mich kränken?«, entgegnete sie empört und ohne alle Furcht vor dem Umstand, dass es sich bei ihrem Gegenüber um den Papst handelte.

Johannes XXIII. hatte jetzt genug von dem Versteckspiel. Mit harter Hand langte er zu und zog Magdalena mit Schwung neben sich aufs Bett.

»So, meine Kleine, jetzt lassen wir aber die Spielchen und gehen zum Wesentlichen über, ja?« Er fasste nach ihrem Busen. Magdalena versuchte zwar sich zu wehren, aber der Papst hielt sie mit eiserner Faust fest, damit sie ihm nicht mehr entschlüpfte. »Als Erstes wollen wir diesen ulkigen Kopfputz ablegen«, verlangte er. »Er erinnert mich direkt an die Tracht neapolitanischer Wehmütter, haha.«

Ehe die Apothekerin sich's versah, lag ihre weiße, penibel gefältelte Leinenhaube in einer Ecke. Als Nächstes zerrte der liebestolle Kirchenfürst an ihrem Brusttuch, das bei dieser rohen Behandlung zerrissen wurde. Magdalena war wie erstarrt und derart überrumpelt, dass sie anfangs fast keinen Widerstand leistete.

Dann jedoch erinnerte sie diese Situation fatal an jene, die ihr Kind das Leben gekostet hatte, und sie überlegte verzweifelt, wie sie sich dem Übergriff am schnellsten entziehen könnte.

Um Hilfe zu rufen, erschien ihr nicht sehr dienlich. Die Domestiken Baldassare Cossas waren mit Sicherheit darauf geeicht, auf »Ziererei« unwilliger Frauen nicht zu reagieren. Auf diese Kerle konnte sie nicht zählen.

»Ich muss genau überlegen, was ich tue«, dachte sie und versuchte, ihre Panik zu unterdrücken. Sie hatte sich geschworen, dass sie es keinem Mann mehr gestatten würde, sich ihr gegen ihren Willen aufzudrängen. Und diesem Heiligen Vater, der offenbar glaubte, leichtes Spiel mit ihr zu haben, schon gar nicht! Sie war mittlerweile überzeugt, dass er sie absichtlich in die Falle hatte tappen lassen.

Damit tat sie Johannes zwar Unrecht, aber das änderte nichts an der fatalen Lage, in der sie sich befand. Der Papst schien in seine ehemalige Profession eines Piraten zurückgefunden zu haben und sie als rechtmäßige Beute, die ihm zustand, zu betrachten.

Ihr Rock war bereits an der Längsnaht aufgerissen, und Cossas Hand hatte ihren Weg zwischen ihre Beine gefunden, trotz ihrer heftigen Gegenwehr.

»Du hast wunderbare Schenkel, mein Täubchen«, schnaufte Seine Heiligkeit erregt und grabschte mit der anderen Hand nach ihrer Rechten, um diese an sein erigiertes Glied zu führen. »Fühl nur, was du bei mir ausgelöst hast, Schätzchen. Fass ihn an, meinen strammen Liebespfeil, der dich jetzt gleich durchbohren wird.«

Magdalena gab ihren Widerstand scheinbar auf und das wiederum bestätigte Johannes XXIII. in seiner fälschlichen Annahme, sie wehre sich nur halbherzig. In Wahrheit tastete sein Opfer nach dem Dolch, den sie stets auf der linken Seite in einer tiefen Tasche ihres langen Rocks zu tragen pflegte.

Die Schwierigkeit bestand allerdings darin, dass sie dummerweise auf der linken Körperseite lag und infolgedessen mit ihrem eigenen Gewicht den Zugriff auf die Waffe erschwerte. Sie musste versuchen, ihren Körper etwas zu drehen, um an den Messergriff zu gelangen.

Der Papst in seinem Liebestaumel dachte allerdings, sie wolle ihm ihren Unterleib darbieten. Er wollte sich gerade daran machen, in sie einzudringen, als ihn ein unangenehmer Druck in der Speckschicht unterhalb seines Nabels augenblicklich davon abhielt.

Der Druck entwickelte sich gleich darauf zu einem Schmerz, und als alter Seeräuber, Raufbold und Messerstecher wusste er genau, welchem Gegenstand er diese Missempfindung verdankte. Sein Penis schrumpfte umgehend, und er sah sich genötigt, die Frau aus seiner Umklammerung zu entlassen.

»Was soll das, du dreckige Hure?«, keuchte er wütend, als er auf seinen wohlgenährten Bauch hinunterschielte und die scharf geschliffene Messerklinge im Kerzenschein funkeln sah, deren Spitze sich bereits ins Fleisch gedrückt hatte, ohne jedoch die Haut zu durchstoßen. Noch nicht.

»Ich bin keineswegs eine Hübschlerin, sondern eine ehrenwerte Apothekerin, die man im guten Glauben in Euer Schlafgemach geführt hat, dass sie Euch Heilung von einer leichten Übelkeit bringen solle. Diese bewusste Irreführung empfinde ich als unverschämte Beleidigung, Eure Heiligkeit. Und zum Dolch habe ich nur deshalb gegriffen, weil Ihr mich – trotz meiner Gegenwehr – nicht losgelassen, sondern mich zu Euch ins Bett gezerrt und mir die Kleider zerrissen habt. Nehmt bitte Eure Hände von mir, entschuldigt Euch und lasst mir durch Eure Dienerschaft ein anständiges Gewand bringen, ja? Wenn Ihr mir das bei Eurer Seligkeit versprecht, will ich die Waffe weglegen, Heiliger Vater. Wenn nicht, muss ich Euch leider den Dolch in die Gedärme bohren – oder, noch besser: Ich befreie Euch für alle Zeiten von diesen unheiligen Gelüsten und schneide Euch gleich das Gemächt ab.«

Magdalena befleißigte sich ganz bewusst einer ungeheuer kaltschnäuzigen Ausdrucksweise – und traf damit genau den Nerv des Papstes. Auf diese Sprache verstand sich Seine Heiligkeit.

»Nein! Um Jesu Christi willen! Jungfer, ich bitte Euch demütig um Vergebung. Es war alles ein Riesenirrtum meinerseits, und mein Diener Massimo ist ein Esel. Ich habe ihm den delikaten Auftrag erteilt, mir ein Freudenmädchen zu suchen, aber er hat es wohl missverstanden und eine Heilerin gebracht. Verzeiht mir bitte, ich flehe Euch an. Ich will versuchen, es wiedergutzumachen, Jungfer. Ihr sollt nicht von mir gehen mit diesem schlechten Eindruck, den Ihr zweifellos gewonnen haben müsst.«

»Ich glaube Euch, Heiliger Vater. Und ich vergebe Euch.«

Magdalena zog den Dolch zurück und erhob sich vom Bett, ohne dass Johannes XXIII. auch nur den geringsten Versuch unternahm, sie daran zu hindern. Im Gegenteil! Er beeilte sich, mit der Gänsedaunendecke seine Blöße zu bedecken. Es war ihm nun schrecklich peinlich, dass er in Erwartung kommender Liebesfreuden bereits sein Nachthemd abgelegt hatte.

Als er die junge Frau mit den zerfetzten Überresten ihres Gewands vor seinem Prunklager stehen sah, wies er sie auf einen Überwurf hin, der am Fußende des Bettes lag.

»Nehmt solange meinen Morgenmantel, Jungfer, um Euch zu bedecken, während wir eine Kleinigkeit zu uns nehmen und einen Schluck zur Beruhigung unserer Nerven konsumieren. Es wäre doch schade um die guten Sachen, wenn sie verkämen, oder?«

Magdalena, die erkannte, dass ihr »Patient« wieder ganz vernünftig war und offenbar seinen peinlichen Lapsus bereute, beäugte die Platte mit den köstlichen Häppchen und verspürte plötzlich heftig nagenden Hunger. Und von dem Wein konnte sie ebenfalls ein Gläschen vertragen, denn erst jetzt bemerkte sie, dass sie vor Aufregung zitterte. Ohne sich im Augenblick bewusst damit auseinanderzusetzen, ahnte sie tief in ihrem Inneren, dass das soeben Geschehene ungemein wichtig für sie war, auch was die Verarbeitung der Vergangenheit anging: Diesmal war es ihr gelungen, ihren Angreifer abzuwehren und ihre Würde und Unversehrtheit zu verteidigen.

Nach ein paar Bissen fühlte sie sich tatsächlich besser, und so kam es, dass nach kurzer Zeit die schwäbische Apothekerin im seidenen, orientalisch gemusterten Morgenmantel und der neapolitanische Papst – jetzt wieder züchtig im alles verhüllenden Nachtgewand – einträchtig auf dem Bett beieinander saßen, schmausten und dem ausgezeichneten Rebensaft zusprachen, während sie sich dabei über alles Mögliche unterhielten – und sich im Übrigen recht gut verstanden.

Massimo, der vor der Türe lauschte, hörte sogar hin und

wieder Gelächter durch die dicken Holzbohlen dringen. Das beruhigte ihn ungemein – hatte er doch wegen des vor einer ganzen Weile vernommenen Gerangels und diverser Wutschreie schon überlegt, ob der Heilige Vater womöglich seines Beistandes bedürfe.

Aber nun schien alles in Ordnung zu sein. Der Leibdiener atmete befreit auf. Insgeheim rechnete er sich sogar eine Belohnung durch seinen Herrn aus. Hatte er ihm doch offenbar mit der Wahl dieses Frauenzimmers einen nicht geringen Dienst erwiesen.

KAPITEL 30

DIE SUCHE FRATER Gregors und seines Lehrjungen Betz nach Magdalena gestaltete sich indes wenig erfolgreich. Hatte Massimo doch eine falsche Angabe, den Aufenthaltsort seines Herrn betreffend, gemacht …

»Wie die Idioten stehen wir da«, knurrte der ältliche Klosterbruder, als nicht nur die Dienerschaft, sondern auch ihr Herr, ein durchaus freundlicher französischer Gelehrter und Kardinal, der in dem von Massimo benannten Anwesen untergebracht war, ihnen glaubhaft versicherte, zu keiner Zeit krank gewesen zu sein und schon gar nicht nach einer Heilerin geschickt zu haben.

»Dieser Lackaffe hat mich demnach angelogen.« Frater Gregor ballte die Fäuste und stampfte zornig mit dem Fuß auf. »Lass uns in Ruhe überlegen«, murmelte er dann, sich um Gelassenheit bemühend.

»Dazu fällt mir zweierlei ein«, fing der Junge an, und der Bruder bedeutete ihm, fortzufahren.

»Nun, das Erste, was ich dazu sagen kann, ist, dass es als schlechtes Zeichen gelten muss, wenn der Kerl es für nötig befand, betreffs der Adresse zu lügen. Das bedeutet nichts Gutes für unsere Frau Lena. Womöglich wird sie irgendwo gegen ihren Willen festgehalten. Meine zweite Überlegung ist, dass dieser Herr, der angeblich eine Apothekerin benötigt, in Konstanz einen denkbar schlechten Ruf haben muss. Würde sein Diener sonst lügen, was seinen Aufenthaltsort anbelangt?«

»Jesus Christus! Ich fürchte fast, du könntest Recht haben, Betz! Wo sollen wir denn bloß suchen, in aller Heiligen Namen?« Der Bruder Apotheker war jetzt ernsthaft besorgt.

»Wir sollten zuerst zu meinem Herrn nach Hause laufen und ihm Bescheid geben. Herr Julius wollte im Falle meines Misserfolgs die Stadtwache informieren.«

Frater Gregor seufzte schwer. »Das, mein lieber Junge, werden wir wohl tun müssen.«

Beide bogen schweren Herzens in die Gasse ein, die zu Doktor Zängles Haus führte.

Massimo hatte für seinen Herrn doch noch einen kleinen Auftrag zu erledigen: Ein recht vergnügter Johannes hieß ihn – weit nach Mitternacht –, umgehend ein »ordentliches« Frauengewand herbeizuschaffen.

»Jetzt? Um diese Zeit, Eure Heiligkeit?«, fragte Massimo ein wenig dümmlich und blickte dabei verständnislos auf die Schalen und Platten mit den spärlichen Überresten der Mahlzeit, die auf dem Fußboden neben dem Bett auf den Abtransport warteten. Auch dass die Weinflasche geleert war, entging ihm nicht. Von der jungen Frau hingegen war nichts zu sehen. Er vermutete sie hinter dem Wandschirm in der Nähe der Balkontür.

»Wo Ihr das Kleid hernehmt, mein Guter, ist mir herzlich

gleichgültig«, rief Johannes dem konsternierten Leibdiener hinterher.

Nun, Massimo mochte zwar naiv und ein wenig langsam im Denken sein, aber ganz auf den Kopf gefallen war er keineswegs. Schnurstracks eilte er ins Ankleidezimmer von Bischof Hachberg.

»Es müsste doch mit dem Teufel zugehen, wenn sich da nicht das Gewand eines Frauenzimmers finden ließe«, murmelte er vor sich hin. Nach seiner Überzeugung hatte jeder der hohen Geistlichen mindestens eine Konkubine; und die meist verheirateten Frauen pflegten im Allgemeinen ihre schönen Gewänder im Hause ihres Geliebten aufzubewahren.

Als Magdalena hinter dem Wandschirm hervortrat, angetan mit dem eleganten Kleid einer vornehmen Dame, staunte der Papst über ihre Verwandlung. »Madre santissima! Dieses Gewand kleidet Euch ganz vorzüglich, Cara«, schmunzelte er voll Anerkennung. »Ihr solltet in Zukunft nur solche Gewänder tragen – bloß Eure abscheuliche Haube will nicht recht dazu passen. Ihr solltet Euer herrliches goldenes Haar nicht verstecken.«

Die junge Frau musste lachen.

»Aber Heiligkeit! Ich bin eine Bürgerstochter und nicht von Adel. Ich verdiene meinen Lebensunterhalt mit meiner Hände Arbeit. Da schickt sich solche Pracht nicht. Und die Haube, auf die Ihr anspielt, ist ein Abzeichen meiner Zugehörigkeit zur Gilde der Apotheker. Ich darf mich glücklich schätzen, trotz meiner Jugend – und als Frau – dieser ehrenwerten Zunft anzugehören. Sie ist gewissermaßen ein Vorrecht meines Standes. Morgen in aller Frühe werde ich Euch das ausgeliehene Gewand zurückbringen lassen; meines lässt sich flicken, da lediglich die Nähte aufgeplatzt sind.«

Wieder war Johannes XXIII. erstaunt über die vernünftige Art und Weise, mit der dieses blutjunge Geschöpf seine Lebensumstände betrachtete – und entsprechend handelte. »Ein anziehendes Weib mit Charakter und Gehirn – was für eine Seltenheit«, dachte er. Ihm gefiel das Mädchen. Er hatte in seinem bisherigen Leben noch nicht viele ihrer Sorte kennengelernt. Meist waren es bisher – mit Ausnahme der Schönheit – gerade nicht scharfer Verstand und Charakterstärke, sondern eher die gegenteiligen Attribute gewesen, die ihn an weiblichen Wesen fesselten.

»Ich hoffe doch, dass ich Euch noch öfters sehen werde, solange ich in diesem grässlichen Konstanz ausharren muss, mein liebes Kind«, hörte Magdalena das Kirchenoberhaupt in väterlichem Ton sagen.

»Wünscht es Euch lieber nicht, Heiliger Vater«, entgegnete sie schlagfertig. »Es würde ja bedeuten, dass Ihr krank seid. Und das möge der Liebe Gott verhüten!«

»Amen, Amen.«

Papst Johannes seufzte bedauernd. Er wunderte sich selbst, dass er so gar keine Scheu dabei empfunden hatte, seine Sorgen über den Verlauf des Konzils einer vollkommen fremden Person gegenüber auszubreiten.

Nachdem das peinliche Missverständnis aufgeklärt war und die Heilkundige nicht wie eine scheinheilige Hysterikerin reagiert hatte, sondern seine Entschuldigung annahm und sogar mit ihm speiste, hatte er, der sonst seinen Mitmenschen voll Misstrauen begegnete, Zutrauen zu ihr gefasst und ihr Dinge verraten, die er nicht einmal Don Severino so ohne weiteres anvertraute.

»Ihr müsst wirklich schon gehen?«, fragte er jetzt enttäuscht und gähnte dabei ungeniert.

»Ich bin schon viel zu lange bei Euch geblieben, Eure Heiligkeit. Mein Verwandter, der Notar Zängle, wird mich längst vermissen. Hoffentlich macht er sich keine Sorgen über meinen Verbleib.«

»Zängle gehört zu Eurer Familie? Doktor Julius Zängle?«, fragte der Heilige Vater verblüfft. Magdalena bejahte. »Er ist mein Vetter.«

Der Papst lachte schallend. »Wie man mir berichtete, hat dieser Mann heute – oder besser gesagt gestern – einen meiner Herren zur Ordnung gerufen! Und zwar auf eine Art und Weise, die dem Conte, der üblicherweise nicht auf den Mund gefallen ist, glatt die Sprache verschlug. Ich habe es ihm gegönnt! Der Graf ist ein wenig zu hoffärtig.«

Der Heilige Vater betätigte unterdessen den Klingelzug, und beinahe sofort erschien Massimo.

»Eure Heiligkeit befehlen?«, sprudelte es beflissen aus ihm hervor.

»Sorge mir persönlich dafür, mein Sohn, dass diese tugendhafte junge Frau ungefährdet nach Hause gelangt. Bringe sie zum Anwesen des ehrenwerten Notars Doktor Julius Zängle.«

»Zängle sagtet Ihr, Eure Heiligkeit? Das ist doch jener unverschämte Mensch, der gestern …«

»Genau diesen Namen nannte ich, mein Sohn. Bei diesem braven Mann lieferst du die liebenswürdige und äußerst kompetente Apothekerin ab. Vergiss nicht, ihren Arzneikorb mitzunehmen.« Johannes deutete auf den in einer Ecke stehenden Behälter aus Weidengeflecht.

»Und merke dir das Haus des Notars, damit du – falls ich erneut unpässlich werden sollte – die junge Heilerin dort abholen und zu mir bringen kannst.«

»Tagsüber findet man mich in der Apotheke des Franziskanerklosters.« Magdalena lag daran, diesen Punkt klarzustellen. Der Notar Zängle war bekanntermaßen beileibe kein Anhänger Johannes' XXIII., und die Vorstellung, er könnte bei ihr eine nähere Verbindung zu dem ehemaligen Seeräuber Cossa vermuten, behagte ihr gar nicht. Sie machte sich bereits jetzt Gedanken darüber, wie sie ihren langen nächtlichen Aufenthalt in Otto von Hachbergs Palais plausibel erklären sollte.

Dass Seine Heiligkeit sie anfangs für eine »Venusdienerin« gehalten hatte, würde sie jedenfalls verschweigen, nahm sie sich auf dem Heimweg vor. Es erschien ihr nicht schicklich, darüber auch nur ein Wort zu verlieren – zumal der Papst sich ja sehr deutlich dafür entschuldigt hatte.

Kaum hatten sie und Massimo, der stumm neben ihr her schritt und artig ihren Korb schleppte, einige der wie ausgestorben scheinenden Straßen hinter sich gelassen, schickten sie sich an, den ebenfalls still im Mondlicht liegenden Oberen Marktplatz zu überqueren, als sie in einer Gasse weiter vorne laute männliche Stimmen und Waffengeklirr vernahmen. Der Leibdiener des Heiligen Vaters blieb sofort stehen und blickte sich ängstlich nach einem Fluchtweg um.

Magdalena wandte sich erstaunt nach dem hasenfüßigen Domestiken um.

»Wo bleibt Ihr denn, Messer?«, fragte sie. »Ihr werdet Euch doch nicht vor der Konstanzer Stadtwache fürchten? Sie ist doch zum Schutz der Leute da, die spät in der Nacht noch unterwegs sein müssen – so wie wir beide.«

»Ich und Angst? Aber keine Spur, Donna Magdalena! Mir ist nur ein Steinchen in meinen rechten Schuh gelangt und das drückt beim Gehen und daher …«

»Ja, schon gut, Messer Massimo.« Die Apothekerin lächelte wissend. »Ich glaube Euch ja, dass Ihr sehr tapfer seid. Wie könntet Ihr sonst der Leibdiener eines Herrn sein, der Baldassare heißt und am liebsten hört, wenn ihn seine Freunde Baldo nennen, was ›kühn‹ bedeutet, nicht wahr?«

Vor ihrem inneren Auge erschien Papst Johannes, der ihr während des gemeinsamen Imbisses allerlei Persönliches anvertraute. Weitschweifig und, wie ihr schien, sogar ein wenig wehmütig hatte Seine Heiligkeit aus der Kindheit und Jugend geplaudert. Dass er aus Neapel stamme, sich als Knabe mit Vorliebe auf der Insel Ischia aufgehalten und dort im Frühjahr und Herbst dem Fangen von Singvögeln gefrönt habe, berichtete er; auch dass sein Vater, der den Titel eines Barons innehatte, über ansehnlichen Grundbesitz verfügte und er selbst mit seinen Brüdern zur See gefahren sei …

Magdalena hatte schon von Vetter Julius davon gehört und wusste, dass dies eine arg beschönigende Umschreibung für die Piraterie war, derer sich »Baldo« Cossa jahrelang mit Erfolg befleißigte. Irgendwann hatte er genug Beute beisammen und beschloss, an Land zu bleiben und ein Söldnerheer anzuwerben zum Zwecke des Überfalls der freien Stadt Bologna.

Aus Johannes' Mund hörte sich dies freilich ein wenig anders an:

»Ich habe die Stadt Bologna nicht für mich erobert, sondern dem damaligen Papst Bonifaz IX. zu Füßen gelegt«, hatte er seinem weiblichen Gast verkündet und dabei in scheinheiliger Demut die Augen gesenkt – seine einstige Schandtat dreist als Akt der Frömmigkeit hinstellend.

»Und der Heilige Vater zeigte sich dankbar und großzügig: Er ernannte mich zum päpstlichen Kämmerer und zum Kardinal.« Dass er, Cossa, zum damaligen Zeitpunkt nicht einmal die Weihe zum Priester erhalten hatte, unterschlug er geflissentlich.

Magdalena war zwar durch Doktor Zängle hinreichend

aufgeklärt, hielt es jedoch für ratsam, ihr Wissen für sich zu behalten. Hohe Herrschaften schätzten es nicht, beim Flunkern ertappt zu werden … Sie erinnerte sich nur allzu gut an Zängles Ausführungen:

Unter Cossas Ägide erblühte das beliebte Ablass- und Pfründengeschäft zu ungeahnter Größe. Die päpstlichen Kassen füllten sich und die seines Kämmerers nicht minder. Der zu hoher kirchlicher Stellung aufgestiegene Seeräuber residierte in Bologna als »blutiger Despot, rücksichtsloser Dieb und schamloser Lüstling«, wie es Vetter Julius ausgedrückt hatte.

Magdalena konnte das kaum glauben, als sie sich den ziemlich kleinen, schwammigen Mann mit dem feisten Gesicht im Nachthemd, mit der Schlafmütze auf dem Kopf, erneut ins Gedächtnis rief. Natürlich war er ihr gegenüber reichlich unverschämt gewesen – aber man musste ihm wohl den Irrtum zugute halten.

Dick und gemütlich sah der Heilige Vater aus, so als vermöge er kein Wässerchen zu trüben. Das einstige gewiss scharf gezeichnete Schurkengesicht mit dem einschüchternden Raubvogelblick war im Laufe der Jahre der Physiognomie eines gütigen Großvaters gewichen.

Die abfälligen Äußerungen ihres Vetters, die im deutlichen Gegensatz zu diesem friedfertigen Erscheinungsbild standen, klangen ihr noch in den Ohren:

»Dieser Mann hat sich in Bologna die Hände selbst kaum schmutzig gemacht. Um die Schandtaten zu erledigen, benützte er mittellose Verbrecher. Mit List und Geld hat Cossa etwa auf dem Konzil von Pisa durchgesetzt, dass ein Minoritenbruder zum Papst gewählt wurde, der sich Alexander V. nannte und sein williges Werkzeug war.

Nach einem Jahr war er seiner überdrüssig und ließ ihn

samt seinem Leibarzt aus dem Weg räumen. Man sagt, dass er es nur mittels Bestechung und Androhung von Gewalt erreichte, zu Alexanders Nachfolger gewählt zu werden. Sein Bestreben ist es, in Konstanz zum alleinigen Heiligen Vater ernannt zu werden – was Gott, der Allmächtige, in Seiner Güte und Weisheit verhindern möge.«

So wie Julius Zängle wussten viele über den unwürdigen Lebenslauf dieses »Unheiligen Vaters« Bescheid, und in den Gassen der Konzilsstadt sowie in Speisehäusern, Schänken und Bordellen munkelte man noch viel Schlimmeres über ihn, wobei man auch keineswegs vor Übertreibungen und Unterstellungen zurückschreckte. Selbst in der Klosterapotheke hörte die junge Frau jeden Tag hinter vorgehaltener Hand wüste Geschichten über Seine Heiligkeit.

Laut äußerte jedoch niemand sein Missfallen. Johannes war schließlich Papst, offiziell ein hochgeehrter Gast, und dazu ließen er sowie seine gesamte Entourage eine große Menge Geld in die Kassen fließen. Wer wollte es sich schon mit dem Nachfolger Petri und Stellvertreter Christi verderben? Die geschäftstüchtigen Konstanzer Bürger und Kaufleute gewiss nicht.

Dergestalt in Gedanken verloren hatte Magdalena an der Seite ihres Begleiters ihren Weg durch die schwach vom Mondschein erhellte Nacht fortgesetzt und nicht weiter auf die Umgebung geachtet, bis sie plötzlich vor sich eine Bewegung wahrnahm.

»Gütiger Himmel!«, murmelte sie betroffen. »Da vorne kommt mein Vetter Julius. Er hat mich offenbar vermisst und die Stadtwache alarmiert. Und Bruder Gregor, der Klosterapotheker der Franziskaner, und unser Lehrjunge sind auch bei ihnen!«

Das wiederum gefiel Massimo überhaupt nicht. Aber so sehr er sich auch Meilen weit wegwünschte, er sah keine Möglichkeit, den vier Konstanzer Stadtsoldaten und dem Verwandten der jungen Frau auszuweichen. Er fasste sich daher ein Herz und marschierte geradewegs auf den Trupp zu.

»Gestatten die Herren: Don Massimo d'Alberini, Leibdiener Seiner Heiligkeit, Papst Johannes XXIII. Ich begleite Donna Magdalena nach Hause, welche liebenswürdigerweise unserem Heiligen Vater ihre Heilkünste zur Verfügung gestellt hat, damit selbige unter meinem Schutz ungefährdet in ihr Heim gelange«, blies er sich vor den Männern gehörig auf.

»Ich darf Euch die Jungfer nun heil übergeben, Dottore?«, wandte er sich dann an den Notar, der sich durch seine Kleidung von den mit Spießen bewaffneten und geharnischten Wachsoldaten und dem Frater in seiner schlichten Kutte deutlich abhob. Betz zählte in Massimos Augen sowieso nicht … Ihm drückte er ohne ein Wort den schweren Arzneimittelkorb in die Hand.

»Ist das so, Jungfer?«, erkundigte sich der Hauptmann der Stadtwache. Die junge Frau konnte bloß nicken, denn Vetter Julius überfiel sie umgehend mit leisem, aber deutlichem Vorwurf. Warum hatte sie denn nicht durch einen Boten daheim Bescheid gegeben? Selbst Berta habe sich große Sorgen um sie gemacht. Sie sei sogar aufgeblieben, um ihr das Abendessen aufzuwärmen.

Auch von Frater Gregor erfolgte unmissverständlicher Tadel: Er sei äußerst besorgt gewesen, habe man im Kloster doch nicht gewusst, in welchem Haus man ihrer Hilfe bedurfte, da Ser Massimo d'Alberini sich sehr ungenau ausgedrückt habe.

Gregors vorwurfsvoller Blick streifte den herausgeputzten

Massimo. Verlegen stammelte Magdalena daraufhin etwas, das einer Entschuldigung ähnelte.

Es war Winter und kurz vor Weihnachten, bereits sehr spät und daher entsprechend kalt und unfreundlich auf der Gasse. In Kürze löste sich die Gruppe auf. Die Stadtwache zog ab, Frater Gregor eilte in sein Kloster, Zängle, Betz und Magdalena sahen ebenfalls zu, dass sie in die Wärme kamen, und Massimo, der bereits erbärmlich fror, rannte zurück ins Bischofspalais, als gälte es sein Leben.

Dabei hielt er seine Pechfackel so ungeschickt, dass die gebauschten Ärmel seines Wamses um ein Haar Feuer fingen. Erschrocken ließ er die Fackel fallen, und die Flamme erlosch in einer Wasserpfütze, war doch spätabends noch ein kurzer Eisregen niedergegangen. Glücklicherweise waren die feinen Kristalle nicht gefroren, aber in den holprigen Gassen war jede Vertiefung mit eisigem Wasser gefüllt. Da beinahe Vollmond herrschte, vermochte Massimo heimzufinden, ohne sich im Finstern die Beine zu brechen. Seine eleganten Pantoffeln aus rotem Saffianleder waren allerdings rettungslos verdorben.

KAPITEL 31

In den kommenden Tagen bekam Magdalena ihren Vetter Julius so gut wie gar nicht mehr zu Gesicht. Wenn sie am frühen Morgen das Haus mit Betz verließ, um ins Kloster der Franziskaner zu eilen, war der Notar – von den kirchlichen Stellen mittlerweile hochgeschätzter Organisator und nicht selten Schlichter bei Streitigkeiten – längst in Konstanz oder Umgebung unterwegs, um nach dem Rechten zu sehen.

Wenn die Apothekerin und ihr Gehilfe am Abend rechtschaffen müde zu Hause eintrafen, konnten sie die Rückkunft des Hausherrn nur noch selten abwarten. Meist wurde es Mitternacht, und oft übernachtete Julius sogar auswärts. Als Berta sich bitter darüber beklagte, war es die junge Frau, die sie sanft aber deutlich zurechtwies.

»Bedenkt, meine Gute, es handelt sich derzeit um die wichtigste und größte geistlich-weltliche Zusammenkunft, die unser Land je erlebte. Man zählt beinah siebzigtausend Fremde, darunter eintausend Fürsten, von denen neununddreißig Herzöge sind und fünfundachtzig Kardinäle und Erzbischöfe. Dazu kommen zweihundertachtunddreißig Bischöfe sowie haufenweise andere Priester, Edle, Reisige, Krämer, Musikanten, Gaukler und – nicht zu vergessen – an die tausend zugezogene Mannsräuschlein.« So nannte man die Stundenliebchen …

»Sobald der König mit seiner Begleitung endlich eintrifft, wird sich die Zahl der Dirnen noch deutlich erhöhen«, fuhr Magdalena in ihren Ausführungen eifrig fort.

»Doktor Zängles Aufmerksamkeit richtet sich auch auf die täglichen Unfälle, die Reibereien, die nicht selten in heftigen Streit und sogar Raufereien ausarten, auf die plötzlich ausbrechenden Gassenhändel, für die meist gar kein Grund ersichtlich ist – und auf die eigenartigerweise sich mehrenden Selbsttötungen. Nicht wenige scheint der See zu verlocken, ihrem Leben ein Ende zu machen. Das verstehe, wer will! Da muss mein Verwandter zur Stelle sein, versteht Ihr, liebe Berta?«

»Ja, ja! Ihr mögt ja Recht haben, Frau Lena! Aber ich sage trotzdem, dass es nicht gut ist, wenn der Hausherr sich daheim gar nimmer blicken lässt.« Berta ließ sich nicht beirren und behielt für dieses Mal das letzte Wort.

Mariechen hatte wie jeden Morgen auf Magdalena vor der Haustür gewartet, um sie zum Kloster zu begleiten. Auf dem Weg dorthin erklärte ihr ihre Lehrmeisterin die Aufgaben, die sie für das blitzgescheite Mädchen vorgesehen hatte. Den Verkauf der Korbwaren übernahm inzwischen ihre jüngere Schwester Bärbi oder die Mutter selbst.

Magdalena war erstaunt, wie geschickt das Kind sich anstellte. Obwohl des Lesens unkundig, hatte es noch nie eine Arznei verwechselt oder einem Kranken das falsche Mittel gebracht. Auch beim Sammeln von Pilzen – die es auch im Winter gab – und beim Sortieren der getrockneten Heilkräuter war ihr Mariechen eine große Hilfe.

Das Mädchen selbst war überglücklich über die warmen Kleider und die Schuhe, welche die gütige Apothekerin ihr zum Geschenk machte. Ein ums andere Mal küsste sie ihrer Wohltäterin die Hand.

Um die Kleine nicht zu beschämen, behauptete Magdalena einfach: »Deine Sachen sind ja ganz in Ordnung, Mariechen, aber wenn du mit mir in den Wald oder ins Moor gehst, brauchst du eben eine besondere Ausrüstung.«

Das Geld, das sie dem Mädchen jedes Mal in die Hand drückte, leistete einen willkommenen Beitrag zur kargen Familienkasse.

Auf ihrem eiligen Weg zur Klosterapotheke lauschte Magdalena heute nur mit halbem Ohr dem eifrigen Geplapper Mariechens, denn etwas anderes wollte ihr nicht aus dem Sinn: die beschämende Behandlung des böhmischen Magisters Hus. Frater Johannes, der jeden Vorgang fleißig dokumentierte, hatte ihr schon vor Wochen von dem frommen Eiferer und tschechischen Patrioten Jan Hus erzählt, der Rektor der Prager Universität war und sich vor den Konzilsvätern für seine ketzerisch klingenden Ansichten verantworten sollte.

»Erst wollte er gar nicht kommen – aus Angst, als unliebsamer Kritiker und Kirchenfeind verhaftet zu werden. Darum hat ihm Sigismund sein königliches Wort darauf gegeben, dass niemand Hand an ihn legen werde. Frei und unbesorgt dürfe Jan Hus seine Meinung vertreten, mit den übrigen Teilnehmern des Konzils diskutieren und danach wieder seines Weges ziehen, ohne den Büttel fürchten zu müssen.«

»So? Dann scheint mir, ist des Königs Wort nicht allzu viel wert!«

Magdalena war dies einfach so herausgerutscht. Ohne sich eventuelle Konsequenzen zu überlegen, sprach sie aus, was nicht wenige dachten.

»Psst! Sprecht leise, Donna Lena, um Christi willen! Auch hier im Kloster könnte es einige geben, die Euch mit Freuden als eine Anhängerin dieses Hus anschwärzen würden! Es gibt immerhin etliche Brüder im Konvent, die es nicht gerne sehen, dass ein Weib – ein junges, hübsches zumal – bei uns beschäftigt ist. Das schickt sich nicht, meinen sie. Wie leicht könnte es sein, dass man auch Euch in Haft nimmt, so wie diesen Unglücklichen.«

Bereits am 3. November, also noch vor der offiziellen Eröffnung des Konzils, war Jan Hus in Konstanz eingeritten. Begleitet wurde er von mehreren vom König bestellten Schutzherren, darunter die Barone Johann von Chlum und Wenzel von Duba. Leider war sein kluger Rechtsberater, Doktor Jesenitz, nicht darunter: Er war exkommuniziert und durfte sich außerhalb Prags nicht blicken lassen.

Hus nahm Quartier bei einer ehrenhaften Witwe, bei Fida Pfister in der Sankt Paulsgasse, nahe beim Schnetztor. Dort verbrachte er nichts Böses ahnend die ersten drei Wochen. Ja in einigen Kirchen der Stadt durfte er sogar predigen –

und er nahm weiß Gott kein Blatt vor den Mund, wenn es darum ging, die Zustände in der Kirche anzuprangern.

Viele wurden dadurch erst mit der Nase auf die wunden Punkte gestoßen, und das bewirkte Unruhe in der Stadt. Seine Schutzherren suchten Johannes XXIII. auf, aber der beruhigte sie:

»Seid unbesorgt, dem Magister wird kein Haar gekrümmt – selbst wenn er meinen eigenen Bruder umgebracht hätte, haha! Den Bann setze ich vorläufig außer Kraft.«

Der Papst ließ sogar durchblicken, die Affäre Hus in aller Stille am Rande des Konzils bereinigen zu wollen. Der Rektor dürfe seine Ansichten, die man selbstverständlich verwerfen würde, ruhig vertreten. Sollte er sich nicht bekehren lassen wollen, werde man ihn eben ohne großes Aufsehen nach Prag zurückschicken.

Hus selbst sah überhaupt keinen Grund, misstrauisch zu sein. Er ahnte nicht, dass die bereits anwesenden Kardinäle – die französischen im Besonderen – anderes im Sinn hatten: Der böhmische Universitätsrektor wurde überraschend verhaftet und in den Kerker des Dominikanerklosters auf der vor der Stadt gelegenen Insel gebracht. Es handelte sich um ein enges, stinkendes Loch, unmittelbar über einer offenen Latrine gelegen.

Schutzherr Baron von Chlum tobte vor Wut. Er fühlte sich von Papst Johannes auf den Arm genommen. Jetzt konnte nur noch der König helfen! Ein reitender Bote jagte nach Speyer, wo sich der Herrscher im Augenblick aufhielt. Der König erlitt angeblich einen regelrechten Tobsuchtsanfall und schwor bei allen Heiligen, Hus umgehend zu befreien – und wenn er selbst dessen Kerkertüre aufbrechen müsse …

Der allgemeinen Aufregung nach zu urteilen sowie der erneut einsetzenden Beflissenheit, alles noch prächtiger herauszuputzen, konnte jetzt der Zeitpunkt, zu dem der König seinen Einzug in die Konzilsstadt hielte, nicht mehr fern sein.

Auch Magdalena war unfähig, sich der beinahe fiebrigen Atmosphäre zu entziehen: Alles wartete auf Sigismund von Luxemburgs Ankunft in Konstanz.

Langsam vervollständigte sich auch die Teilnehmerzahl der zum Konzil Geladenen. Zehn Tage vor Weihnachten 1414 trafen die Vertreter der Pariser Universität Sorbonne ein, sowie das Gros der französischen Erzbischöfe und Bischöfe.

Und dann, endlich, genau am Heiligen Abend, kam der lang Ersehnte, begleitet von seiner schönen Gemahlin, Königin Barbara, seinem Schwiegervater Graf von Cilli, der Königin Elisabeth von Bosnien, dem Kurfürsten Ludwig von Sachsen und der Herzogin Anna von Württemberg.

Nicht nur die Konstanzer verrenkten sich schier die Hälse nach dem in Aachen frisch gesalbten Herrscher: Alle wollten den sechsundvierzigjährigen Monarchen, der als einer der schönsten Männer Europas galt, bei seinem Einzug sehen. Die Menschenmenge stand Kopf an Kopf, und besonders die Frauen seufzten sehnsüchtig bei seinem Anblick:

Dichtes blondes, von grauen Strähnen durchzogenes Haar und ein ebensolcher Bart umrahmten ein schmales Gesicht mit leicht verträumt dreinblickenden Augen – manche nannten seinen Blick auch melancholisch –, einer langen, gebogenen Nase und einem Mund mit vollen roten Lippen, der beim Lächeln auffallend kleine weiße Zähne zeigte. Das Bild wurde durch die schlanke, hochgewachsene und doch breitschultrige Statur abgerundet, kurz: ein Mann zum Träumen.

Magdalena, die trotz des Festtages noch zu einigen Kranken in den Elendsvierteln unterwegs war, und auf ihrem Weg in den Menschenauflauf hineingeriet, stockte fast der Atem, als der König so nah an ihr vorbeiritt, dass sie den Saum seines Mantels hätte berühren können.

Das zweite Spektakel des Tages bestand in der großen Abendmesse im Münster, zu der die Konzilsteilnehmer sowie das königliche Paar erwartet wurden. Die Menschen standen Spalier, viele klatschten Beifall oder schrien laut: »Vivat Rex!« und »Hoch lebe König Sigismund!« sowie »Vivat Regina!«

Barbara von Steiermark, eine berühmte Schönheit, galt als ebenso untreu wie ihr attraktiver Gemahl es war. Dieser dachte jedoch gar nicht daran, sie zu verstoßen. Von Kirchenmännern auf sein diesbezügliches Recht hingewiesen, sagte er angeblich: »Wer anderen Hörner aufsetzt, muss auch bereit sein, selbst gehörnt zu werden.«

Dass die hohe Dame allerdings eine Ungläubige war, die sich in kleinem Kreise über das Christentum lustig machte, das Leben nach dem Tod einen »dummen Traum« nannte und sich über Geschichten von fastenden und büßenden Jungfrauen bloß amüsierte – davon wussten nur wenige. Und diejenigen, die es wussten, verbreiteten ihr Wissen nur hinter vorgehaltener Hand. In den Klöstern war es allerdings ein offenes Geheimnis.

Die illustren Gäste erschienen hoch zu Pferde, um gut gesehen zu werden – und um gehörigen Abstand vom Pöbel zu bewahren. Außerdem vermochte auf diese Weise ein jeder mit seinem Reittier aus edler Zucht anzugeben; alle hatten ihre Knechte angewiesen, dieses Mal auf den Schmuck der Gäule besondere Sorgfalt zu verwenden.

Das Zaumzeug aus vergoldetem Silber blinkte im Fackelschein, und so manche mit Goldfäden bestickte, seidene Satteldecke hatte mehr gekostet als etwa ein Schuster samt Familie an Jahreseinkommen erreichte.

Magdalena, die einen Arm um die magere Schulter Mariechens gelegt hatte, stand mit Berta und Betz zusammen auf dem Münsterplatz, um die Ankunft des Königs abzuwarten. Dabei fiel ihr wieder einmal auf, wie kleinwüchsig Mariechen war. Armselige Lebensumstände, Mangel an Nahrung und ein Zuviel an körperlicher Arbeit bewirkten, dass das Mädchen in seiner körperlichen Entwicklung zurückgeblieben war. Zum Glück traf dies auf ihre geistigen Fähigkeiten nicht zu. Magdalena erschien die Korbflechtertochter vielmehr weit über ihre Jahre hinaus gereift. Was der jungen Frau allerdings zu denken gab, war die beständige Melancholie des Mädchens. Selbst wenn sie lachte, stand eine seltsame Traurigkeit in ihren Augen. Sorgen machte der Apothekerin auch das ständige Hüsteln der Kleinen, das allen Arzneien standhielt.

Mariechen hatte darum gebettelt, mit Magdalena zu dem Ereignis am heutigen Weihnachtsabend gehen zu dürfen. Die übrige Familie war erkältet und blieb zu Hause – mit Ausnahme von ihrem Bruder Klaus, der sich weiß Gott wo herumtrieb.

Der schier endlose Zug der Noblen, der hohen Geistlichkeit sowie der Ratsherren der Stadt war mittlerweile in den ehrwürdigen Mauern des Münsters verschwunden. Die Pferde der Herrschaften wurden von Knechten am Zügel gehalten und draußen herumgeführt, damit sie sich nicht erkälteten, bis diese ganz besondere Messe vorüber war. Den freien Platz im hinteren Teil der Kirche durften jetzt die einfachen Bürger und – in der Nähe des Eingangsportals – sogar ein paar der Stadtarmen einnehmen, während die Edlen vorne, in der Nähe des Altars, auf gepolsterten Stühlen saßen.

Magdalena, die Ausschau nach ihrem Vetter hielt, konnte ihn inmitten der Stadtväter erkennen, neben Dominikus Läpple und Simon Dammert. Ganz in der Nähe entdeckte sie zu ihrem Erstaunen auch Hannes Schwertle, den Hurenwirt von Konstanz.

»Geld stinkt bekanntlich nicht«, dachte sie ironisch, »auch nicht in Konstanz.«

Ganz vorne, unmittelbar beim Hochaltar, zur Rechten des Heiligen Vaters, saßen König Sigismund und die beiden Königinnen – eine davon war seine Gemahlin Barbara, die andere Elisabeth von Bosnien.

Die Weihnachtsliturgie zog sich stundenlang hin, und Magdalena verfiel ins Träumen. Ihr kurzes Leben überdachte sie und war nicht zum ersten Male erstaunt über die Fülle der Ereignisse, die es ihr bereits beschert hatte. Vor ihrem geistigen Auge tauchte als Erster ihr geliebter Vater auf; geschwind sprach sie leise ein Gebet für seine arme Seele, die sich hoffentlich bereits im Himmel befand. Auch die Mutter, an die sie nahezu keine Erinnerung mehr hatte, schloss sie in ihre Fürbitten ein. Als Nächster erschien ihr unweigerlich Konrad, der untreue Bräutigam, dem es wohl an Liebe und Vertrauen zu ihr gemangelt hatte. Doch alle Enttäuschung und alle Wut waren nun einmal vergebens – was geschehen war, konnte Magdalena nicht mehr rückgängig machen.

Voll Wehmut stieg das Bild jenes stillen Klosterfriedhofes in den Bergen aus den Tiefen ihrer Erinnerung empor, jener Ort, wo ihr unschuldiges Kind an der Seite von Rolf Reichle und Utz, dem treuen Knecht, ruhte. Die Mörder sollten ihrer gerechten Strafe nicht entgehen, schwor sie sich erneut.

Mochten die Geistlichen ruhig von der christlichen Pflicht zur Vergebung reden, sie würde niemals vergessen! Die Untat an ihr und den anderen durfte nicht ungesühnt bleiben.

Der Gedanke an Rolf ließ ihr die Augen feucht werden. Am Ende der Reise hätten sie bestimmt zusammengefunden, davon war Magdalena mittlerweile überzeugt. Ihrem Sohn wäre er ein guter Vater gewesen und sie selbst hätte er mit der Zeit Konrad vergessen lassen.

Hastig wischte sie die Tränen weg. Das Fest von Christi Geburt war schließlich kein Trauertag.

Auch für ihren Vetter Julius murmelte sie ein inniges Gebet; er brauchte viel Kraft in seinem schweren Amt. Danach versuchte sie wieder, der feierlichen Messe zu folgen, die Otto von Hachberg zusammen mit zwei anderen Bischöfen zelebrierte.

Ein rascher Blick nach vorne zeigte ihr, dass der Heilige Vater fortwährend auf seine im Schoß gefalteten Hände starrte und dabei keine Miene verzog, während König Sigismund sichtlich mit dem Schlaf kämpfte. Die holde Frau Barbara saß da wie eine Marmorstatue. Magdalena unterdrückte ein Gähnen und verlagerte das Gewicht ihres Körpers auf das linke Bein. Das lange Stehen in der kalten Kirche strengte sie zunehmend an. Auch die anderen Kirchgänger wurden allmählich unruhig. Leider war das Münster so voll, dass ein Herumschlendern von Seitenkapelle zu Seitenkapelle nicht möglich war.

Aus noch einem anderen Grund lag über diesem Weihnachtsabend für Magdalena ein dunkler Schatten. Vor einigen Tagen hatte ein Bote aus Ravensburg die Nachricht vom Ableben ihrer Großmutter Elise Scheitlin überbracht. Margret, ihre Schwiegertochter, hatte die Botschaft veranlasst – ihr Ehemann Mauritz hätte keinen Finger gerührt.

»Froh wird er sein, dieses Ungeheuer! Er hat seine Mutter nie wirklich geliebt – so wie er überhaupt keinen anderen Menschen von Herzen gern hat, außer sich selbst«, dachte die junge Frau verbittert. Mochte sie deswegen ruhig eine schlechte Christin sein – mit ihrer Apotheke wünschte sie ihm jedenfalls kein Glück!

Doch ihre stets unerschrockene Großmutter hatte es fürwahr verdient, bei den Engeln zu sitzen. Magdalena wurde schlagartig bewusst, dass sie nun außer Julius und Gertrude keine Verwandtschaft mehr besaß – zumindest keine, auf die sie zählen konnte, denn die verschüchterte Margret, die sie zudem kaum kannte, bedurfte wohl eher selbst der Hilfe.

Sie fühlte sich beobachtet, und ein rascher Seitenblick zeigte ihr, dass Mariechen sie erstaunt betrachtete. Um das Kind nicht noch mehr zu verunsichern, zwang Magdalena sich zu einem Lächeln, das die Kleine schüchtern erwiderte.

Mittlerweile war die Luft im Münster zum Schneiden. Der Duft verbrennenden Weihrauchs, der Geruch schmelzenden Kerzenwachses und das Odeur kostbarer Parfüme erfüllten den riesigen Raum, aber ebenso der penetrante Gestank menschlicher Ausdünstungen, nicht gewaschener und ungenügend gelüfteter Kleidung.

Jubelnder Gesang und Posaunenklänge brandeten auf einmal auf im weiten, hoch gewölbten Kirchenschiff. Das bedeutete, dass die Messe sich dem Ende zuneigte. Wie gerädert erhoben sich die noblen Teilnehmer von ihren Stühlen. Sie wirkten auf einmal alle wieder munter.

Rasch leerte sich das Gotteshaus. Selbst die neugierigsten Gaffer hatten es jetzt eilig, in ihr mehr oder weniger warmes Zuhause oder in ein Gasthaus zu Speis' und Trank zu gelangen.

König Sigismund und sein intimster Kreis wandten sich zu

ihrem Quartier im Haus Zur Leiter bei der Kirche Sankt Stephan. Magdalena und Mariechen warteten auf dem Münsterplatz auf Berta. Die ältere Frau war nicht mehr so flink; man hatte sie beim Verlassen der Kirche abgedrängt, nur Betz war standhaft an ihrer Seite geblieben.

»Man muss ein wachsames Auge haben auf Taschendiebe.« Er lachte. »Zusammen mit Dirnen und Gauklern bilden sie ein ganzes Heer.«

»Da hast du Recht, mein Junge«, gab die Haushälterin zur Antwort und fasste prüfend in ihre Rocktasche. »Bettlern gebe ich gerne ein Almosen, für gemeine Diebe habe ich jedoch keinen Pfennig übrig.«

Mariechen ging mit ihnen, um das weihnachtliche Festessen zu genießen, das Berta noch vor dem Kirchgang weitgehend vorbereitet hatte. Anschließend würde das Mädchen, da es schon sehr spät war, im Gemach der Apothekerin auf einem Strohsack nächtigen.

Das Gefolge all dieser illustren Gäste war erwartungsgemäß zahlreich, und es war kein Wunder, dass Julius Zängle nicht nur sein eigenes Bett in den nächsten Tagen überhaupt nicht mehr sah, sondern dass der ohnehin recht schmale Jurist zusätzlich einige Pfunde an Gewicht verlor und die Anzahl seiner grauen Haare sprunghaft anstieg. Das Weihnachtsfest im Hause Zängle beschränkte sich weitgehend auf besagtes Mahl in der Heiligen Nacht und ein opulentes Mittagessen am ersten Feiertag. Danach brach Zängle schon wieder auf und ward für längere Zeit nicht mehr gesehen. Magdalena, die ohnehin Angst davor hatte, in Gedenken an vergangene Weihnachtsfeiern unnötig rührselig zu werden, war beinahe froh über die hektische Betriebsamkeit, die den Rest des Jahres geschwind verfliegen ließ.

KAPITEL 32

Der eingekerkerte Jan Hus erwartete sich voll banger Ungeduld alles von der Ankunft des Herrschers – sollte der König doch sein Versprechen in die Waagschale werfen, damit man ihn wieder freiließe.

Und noch einer versprach sich viel vom Erscheinen Sigismunds: Seine Heiligkeit, Johannes XXIII. Der eiskalte Wind, der ihm täglich unangenehmer ins Gesicht blies, vermehrte seine Verdrießlichkeit. Die Freunde dieses verfluchten Kardinals d'Ailly sowie die Anhänger seiner beiden Gegenpäpste setzten ihm immer mehr zu. Er bedurfte dringend königlicher Rückendeckung.

Der Papst fühlte sich schlecht wie nie; er stellte sich zum wiederholten Male die Frage, warum er so dumm gewesen war, sich von Sigismund vor einen Karren spannen zu lassen, dessen Räder mittlerweile so festgefahren waren, dass er sich ernsthaft überlegte, ob es nicht besser für ihn sei, einfach heimlich aus Konstanz zu verschwinden.

Diese Überlegungen teilte er nicht nur seinem Sekretär und Vertrauten Don Severino sondern auch Magdalena mit. Beinahe täglich musste die Apothekerin den Weg ins Palais Hachberg antreten, um sich die endlosen Lamenti Baldassare Cossas anzuhören.

Was seinen Gesundheitszustand anging, log er nicht einmal: Sein Magen war tatsächlich nicht in Ordnung. Er litt häufig an Koliken und Übelkeit, die zu Erbrechen und Appetitlosigkeit führten. Neuerdings kamen noch starke Blähungen und Durchfälle dazu – alles in allem ein Zustand, der ihn schwer belastete, nicht selten ganz außer Gefecht setzte und welcher – ganz nebenbei gesagt – geeignet war, ihn bei seinen zahlreichen Kontrahenten lächerlich zu machen.

»Ein Heiliger Vater, der ständig donnernd furzt und mitten in der hitzigsten Debatte mit zusammengekniffenen Arschbacken aus dem Münster rennen muss, um mit Mühe und Not den nächsten Abtritt zu erreichen – das ist so recht eine Situation, die meine Feinde lieben«, beklagte er sich bitter – in gewohnt derber Sprache – bei Magdalena.

»Keine Sorge, Eure Heiligkeit.« Die junge Frau, die sich ein Lächeln verkneifen musste, versuchte, ihm Mut zu machen. »Gegen die lästigen Winde und gegen den Durchfall kann ich Euch gute Medikamente verabreichen, die prompt ihre Wirkung entfalten werden.«

Sie bückte sich nach ihrem Weidenkorb und suchte das Entsprechende, nämlich zerstoßene Fenchel- und Korianderfrüchte, sowie Nelkenwurz und Thymiankraut.

»Aber gegen die Übelkeit und die Neigung zum Erbrechen sowie die Magenkrämpfe anzukämpfen – das wird schwieriger sein. Da gibt es verschiedene Ursachen, und wir werden einiges ausprobieren müssen, ehe wir die richtige Medizin gefunden haben. Leider muss ich Euch ein wenig Geduld abverlangen. Doch ich kann Euch versprechen, Heiliger Vater, dass wir auch diese Sache in den Griff bekommen werden. Allerdings müsst Ihr Euch genau an meine Anweisungen halten.«

»Oh! Ihr seid ja richtig streng zu mir, Donna Magdalena! Das gefällt mir. Von einer schönen Frau lasse ich mir das gerne gefallen.« Bei diesen Worten warf der Papst ihr wieder einmal einen Blick zu, den er vermutlich für unwiderstehlich hielt. Magdalena grinste unwillkürlich. Der alte Schwerenöter konnte es wohl nicht lassen …

Ohne sich von seinen Protesten beirren zu lassen, erließ sie ein striktes Verbot all jener Speisen, die er über alles schätzte. Vorbei war es mit Sahnesoßen und fettem Gänsebraten, knusprige Schweinehaxen und süße Schmalzkringel waren ab sofort tabu, und vom vergorenen »Traubensaft«, den er literweise zu konsumieren pflegte, durfte er sich gleichfalls weitgehend verabschieden. Allenfalls ein kleines Gläschen »zur Beförderung der Nachtruhe« gestattete sie ihm. Der Patient zeigte sich alles andere als begeistert von diesem Rezept, das in seinen Augen einer Rosskur gleichkam.

Magdalenas Besuche bei Papst Johannes blieben im Kloster nicht unbemerkt. Es erlangten auch jene Brüder davon Kenntnis, die von Anfang an Widerstand gegen die Anwesenheit und gar Mitarbeit einer Frau geleistet hatten. Ihr größter Gegner war Frater Malachias, ein kompromissloser Eiferer und absoluter Feind alles Weiblichen.

Im Laufe der vergangenen Wochen scharte er eine kleine Gruppe von Gleichgesinnten um sich, die auf mancherlei Art versuchten, die junge Apothekerin in Verruf zu bringen, indem sie allerlei abträgliche Gerüchte über sie verbreiteten. Diese reichten vom Vorwurf der Inkompetenz bis zum Verdacht eines liederlichen Lebenswandels.

»Was wisst Ihr denn eigentlich über dieses Frauenzimmer, ehrwürdiger Vater Prior?«, fragte Malachias seinen Vorgesetzten. »Sie schneite einfach so bei uns herein! Außer, dass unsere Brüder sie unter dubiosen Umständen auf einem Gebirgspfad aufgeklaubt haben, zusammen mit einem blutjungen Burschen, ist Euch doch nichts über sie bekannt. Was für ein Leben mag sie bis dahin wohl geführt haben?« Geringschätzig verzog Malachias seinen Mund. »Was hatte sie an diesem abgelegenen Ort – ohne Begleitung einer verständigen und für sie verantwortlichen Person – überhaupt zu suchen? Ich habe da Gerüchte über sie gehört, die mich ernsthaft an ihrer Ehrbarkeit zweifeln lassen.«

»Das müsst Ihr mir genauer erklären, Bruder.« Der Prior erschrak nun doch ein wenig.

»So viel mir und einigen Mitbrüdern zu Ohren kam, wohnt das junge Weib ganz unschicklich mit einem angeblichen Vetter unter einem Dach. Weiß der Himmel, was die beiden miteinander treiben!«

Pech für den Intrigenspinner – und Glück für Magdalena – war, dass Frater Gregor, der den Prior wegen eines zweifelhaften Krankheitsfalles aufsuchen wollte, die letzten Sätze mitgehört hatte. Worauf er sich umgehend in das Gespräch einmischte und sehr temperamentvoll seine Autorität als tadelloser Mönch und gelehrter Heilkundiger in die Waagschale warf.

Zuletzt schlich der böswillige Ehrabschneider kleinlaut aus dem Gemach des Klosteroberen – überdies verdonnert zu einer harten Buße wegen Verleumdung einer Unschuldigen und Verhetzung einiger seiner Mitbrüder. Die nächsten Wochen würde Malachias bei Wasser und Brot im Klosterkerker und stundenlangen nächtlichen Gebeten in der eiskalten Kapelle verbringen.

Leider brachte ihn das nicht zur Einsicht, sondern verstärkte im Gegenteil seinen Groll gegen Magdalena Scheitlin. Tag und Nacht sann der missgünstige Frater nun darüber nach, wie er es anstellen konnte, das verhasste Frauenzimmer in eine Falle tappen zu lassen. Magdalena freilich ahnte nichts von alldem. Das neue Jahr begann so arbeitsreich und turbulent, wie das alte zu Ende gegangen war, und sie hatte kaum einmal Gelegenheit, über irgendetwas länger nachzudenken – ein Umstand, der ihr nicht so unlieb war. Konrad kam ihr selten in den Sinn. Manchmal nur wachte sie mitten in der Nacht mit tränennassem Gesicht auf, und wenn sie sich dann mühsam der verschwommenen Bilder ihrer

Träume zu erinnern suchte, tauchte bisweilen sein Antlitz vor ihr auf. Doch bereits am Morgen wusste sie dann schon kaum noch, ob sie wirklich im Schlaf geweint oder auch das nur geträumt hatte.

Der »Fall Jan Hus« widerstrebte König Sigismund maßlos. Sein Zornesausbruch in Speyer war nur gespielt. Wie ernst er sein dem böhmischen Reformator gegebenes Wort nahm, wurde deutlich, als er acht Tage nach seinem Eintreffen, am 1. Januar 1415, die Genehmigung für den Prozess und die Order erteilte, Hus weiter in Gefangenschaft zu halten. Als einzige Vergünstigung wurde dem Magister ein etwas weniger grauenhaftes Quartier zugestanden. Der Rektor der Universität Prag litt mittlerweile an Gallensteinen und Erbrechen. Man schickte schließlich einen Medicus zu ihm.

Das Rezept, das er ausstellte, landete bei den Franziskanern, und so kam es, dass Magdalena mit der Zubereitung beauftragt wurde. Sie hatte schon so viel über den berühmten Mann aus Prag gehört, dass sie aus Mitleid und gleichzeitig aus Neugier beschloss, ihm an Betzens Stelle die Arznei persönlich zu bringen.

Das Ganze hatte auch den praktischen Hintergrund, dass Betz in der nächsten Zeit überhaupt nicht in der Lage sein würde, Botengänge irgendwelcher Art zu erledigen. Aus rätselhaftem Anlass – über den er allerdings eisernes Stillschweigen bewahrte – wurde er eines Abends von mehreren jungen Männern wüst verprügelt. Mit Müh und Not schleppte er sich nach Hause, wobei er mehr kroch, als lief. Julius Zängle, der ihm ob der späten Stunde persönlich die Tür öffnete, war entsetzt.

»Wie ist das denn geschehen? Hast du Händel gesucht

oder sind andere daran schuld? Du siehst aus, als seiest du unter ein Pferdefuhrwerk geraten!«

Betz, der mehr schlecht als recht ins Haus stolperte, murmelte bloß Unverständliches mit vor Schmerz verzerrtem, blutverschmiertem Gesicht; vor allem seine Nase hatte ordentlich was abbekommen. Auch Magdalena, die mit einem Buch noch in der Stube saß und herbeigelaufen kam, erschrak, als sie den Jungen sah.

»Komm mit, ich werde dich gleich versorgen.«

Sie stützte ihn beim Treppensteigen auf dem Weg hinauf in ihr Stübchen. Dort musste er sich auf ihr Bett setzen, und sie half ihm dabei, die Jacke, sein Wams und das wollene Hemd über den Kopf zu ziehen. Als sein offenbar gebrochenes Nasenbein dabei berührt wurde, schrie er leise auf.

»Herr im Himmel!«, entfuhr es ihr, als sie die zahlreichen Blutergüsse auf Brust und Rücken sah und eine angebrochene Rippe ertastete. Auf ihr eindringliches Befragen, wo genau sich die Prügelei ereignet hatte, murmelte er ziemlich kleinlaut den Namen einer Gasse im Stadtteil Stadelhofen, in der Nähe des Emmishofener Tores – nicht gerade eine sehr »ehrenhafte« Gegend.

Magdalena war bereits versucht, ihn ernsthaft zu tadeln. Das »Was zum Teufel hattest du da zu suchen?« blieb ihr jedoch im Halse stecken, nachdem sie ihn sich genauer angeschaut hatte. Für sie war er bisher nur ein Kind gewesen, ein unreifer Bub – und doch war er in Wahrheit unversehens ein junger Mann geworden. Ein ausgewachsener Bursche mit Bedürfnissen, wie sie all seine Altersgenossen zu plagen schienen … Die Adligen wussten das und verheirateten ihre Söhne oft schon mit fünfzehn oder sechzehn.

Die Bauern ließen sich in der Regel mehr Zeit mit dem Hochzeitmachen – dafür hatten sie den Brauch der sogenannten Probiernächte eingeführt. Mancher probierte jahrelang, ehe er sich für ein Mädchen entschied – sehr zum Missfallen der Gemeindepriester.

Die Apothekerin wählte aus ihrem reichhaltigen Sortiment eine Arnikasalbe gegen Prellungen, Quetschungen und Blutergüsse aus; eine dicke Schicht davon trug sie unter dem straffen Verband auf seinem Oberkörper auf, nachdem sie ihn gründlich gewaschen hatte. Eine andere Heilsalbe, hergestellt aus Ringelblumen und gut gegen Hautabschürfungen, war geeignet, seinem lädierten Gesicht Linderung zu verschaffen. Das gebrochene Nasenbein musste allerdings von selbst zusammenwachsen.

Magdalena fühlte sich auf einmal unwohl, allein in einem Raum mit dem halbnackten Jüngling, der – allem Anschein nach – seine ersten Erfahrungen mit dem weiblichen Geschlecht bereits hinter sich hatte. Vor Verlegenheit wurde sie plötzlich rot, als sie seinen muskulösen Brustkorb bandagierte, und hoffte, er möge ihre Verwirrung nicht bemerken.

Sie beeilte sich mit dem Verarzten und vermied es, ihrem Patienten in die Augen zu schauen. Auch an den kräftigen Oberarmen und an den Fingerknöcheln hatte Betz Blessuren davongetragen. Unter seinen abgebrochenen Fingernägeln bemerkte sie Hautfetzen. Anscheinend hatte er sich wie ein Wilder gegen die drei Unbekannten gewehrt, die ihn – angeblich – grundlos angegriffen hatten. Bei aller Professionalität, die Magdalena zugute kam, war in dem kleinen Zimmer eine seltsame Spannung zu verspüren, die auch den jungen Burschen nicht kalt zu lassen schien.

So räusperte sich Betz verlegen, als die junge Frau, mit Blick auf die Blutflecken an seiner Hose, besorgt fragte, ob er etwa auch Wunden am Oberschenkel abbekommen habe.

»Nein, nein!« wehrte er hastig ab. »Es ist nichts weiter,

Frau Lena.« Er errötete. »Es sind bloß Abschürfungen, die ich mir zugezogen habe, als die Kerle mich auf die Gasse warfen. Die kann ich selber verbinden.«

»Wie du meinst.« Aber sie glaubte ihm nicht recht – dafür bluteten die Wunden zu stark. Sie beschloss, ihm reichlich Verbandsmaterial mitzugeben, dazu die Ermahnung, die Wunden mit sauberem, abgekochtem Wasser auszuwaschen.

Als sie ihre Medikamente zusammenpackte, überließ sie ihm ein langes Stück Leinenbinde und Salbe in einem Tiegel. Alles andere verstaute sie in einer Truhe. Dann kramte sie erneut in ihrem Weidenkorb und holte ein Fläschchen hervor.

»Da sind Tropfen aus dem Extrakt der Weidenrinde«, erklärte sie mit abgewandtem Blick, hatte sich Betz doch immer noch nicht vollständig angekleidet. Das Spiel seiner gut ausgebildeten Muskeln an den Oberarmen zog sie an – und stieß sie zugleich ab. Am liebsten hätte sie seinen Bizeps gefühlt und andererseits war sie enttäuscht darüber, dass ihr Schützling anscheinend über Nacht aufgehört hatte, ein Kind zu sein.

»Dieses Mittel ist gut gegen die Schmerzen. Nimm jeweils zwanzig Tropfen auf einen Löffel und schlucke sie auf einmal – auch wenn sie gallenbitter sind. Sie werden dir helfen und dir erlauben, zu schlafen. Wenn eine Dosis nicht genügt, nimm ruhig noch eine zweite und wenn nötig, eine dritte; sie werden dir nicht schaden. Und jetzt: Gute Nacht!«

Der Apothekerlehrling, der sich inzwischen mit Mühe sein Hemd über den dicken Verband gestreift hatte – er würde ihn mindestens drei Wochen lang tragen müssen –, schnappte sich Wams, Jacke und Verbandszeug und wandte sich zur Tür, um seinen Verschlag neben der Treppe, nahe dem Eingangstor, aufzusuchen.

»Ich danke Euch, Frau Lena«, sagte er leise. »Ich weiß, dass ich Euch enttäuscht habe und es tut mir sehr leid. Ich verspreche Euch, dass so etwas nicht mehr vorkommen wird.« Behutsam zog er die Tür hinter sich zu.

Magdalena schoss augenblicklich das Blut in den Kopf. »Er hat bemerkt, welche Gedanken mir in den Sinn gekommen sind! Und ich habe richtig gelegen mit meinem Verdacht: Er ist tatsächlich bei einer Hure gewesen, ist mit anderen Freiern in Streit geraten und wurde gnadenlos verprügelt!«

Im nächsten Moment befiel sie heftiger Ärger über sein Verhalten – und auch eine gewisse Scham darüber, dass ihr das Kopfzerbrechen bereitete. Er hatte keineswegs übersehen, dass sie über seine erwachte Männlichkeit Bescheid wusste und verdächtig sensibel darauf reagierte. Nach einer Weile erst gewann ihre ruhige und überlegte Wesensart wieder die Oberhand.

»Was soll's? Wir lebten bisher beide einträchtig unter demselben Dach und arbeiten zusammen im Kloster – und so wird es auch bleiben. Unsere beiderseitige Verlegenheit werden wir am leichtesten überwinden, wenn wir sie einfach ignorieren und so tun, als wäre nichts Besonderes gewesen. In Wahrheit ist es ja auch nichts Weltbewegendes, wenn ein junger Bursche zu einer Hübschlerin geht. Dafür sind die Frauenzimmer schließlich da! Vielleicht wäre es allerdings besser für Betz – und für mich auch –, ihn nicht mehr wie einen Knaben oder Knecht zu duzen.«

Am Vorabend ihres Ganges zu dem berühmt-berüchtigten Reformator war Magdalena entsprechend aufgeregt und befragte nach dem Nachtmahl eingehend ihren Vetter Julius, der ausnahmsweise wieder einmal einen Abend unter seinem eigenen Dach verbrachte, nach den Hintergründen.

»Was die Kardinäle bei Hus so besonders wütend macht, ist dessen stures Festhalten an den Thesen von Marsilius und Wyclif«, wusste Julius, der sich behaglich in seinem Lieblingssessel vor dem knisternden Kamin niedergelassen hatte.

»Verzeiht, Vetter, ich habe von den beiden Männern, die Ihr erwähntet, noch nie etwas gehört«, entschuldigte sich die junge Frau. Ihr Verwandter schmunzelte.

»Das kann ich ändern, wenn es dich interessiert, meine liebe Base. Obwohl beide längst tot sind, haben ihre Lehren indirekt große Wirkung auf dieses Konzil.«

Ehe er mit seiner Unterweisung begann, ließ er sich von Magdalena einen Pokal seines besten florentinischen Rotweins einschenken. Andächtig sog er dessen blumigfrischen Duft ein, ehe er den ersten Schluck versuchte. Entzückt verdrehte der Notar die Augen. Welch ein Genuss!

»Marsilius wurde um 1275 in Padua, in Oberitalien, geboren«, fuhr er schließlich fort. »Zeitweilig war er Rektor an der Universität von Paris und schrieb im Jahr 1324 die einflussreichste politische Abhandlung seiner Zeit: *Defensor Pacis*, das bedeutet *Verteidiger des Friedens*. Es war eine volle Breitseite gegen das Papsttum.«

»Oh!«, verwunderte sich die junge Apothekerin. »Wieso kann ein aufrechter Christ gegen den Papst sein? Unser Herr Jesus selbst hat Petrus als seinen Felsen bezeichnet, auf dem er seine Kirche aufbauen wolle. Was wir heute bemängeln, ist doch allein die Tatsache, dass wir gleich drei Heilige Väter zur selben Zeit verehren sollen.«

»Marsilius meinte, vom Apostel Petrus auf die päpstliche Oberherrschaft zu schließen, sei ein geschichtlicher Irrtum. Petrus habe in Wahrheit nicht mehr Autorität besessen als die übrigen Apostel. Zum Beweis führte er an, in den ersten drei nachchristlichen Jahrhunderten sei die Autorität der römischen Bischöfe nicht größer gewesen, als die der Bischöfe anderer Hauptstädte. Bei den ersten Konzilien hätte nicht der Papst, sondern der Kaiser den Vorsitz geführt – etwas, das übrigens auch König Sigismund wieder anstrebt.«

Erneut griff Julius Zängle nach dem Weinpokal, um seine Kehle zu befeuchten.

»Der zweite, der enormen Einfluss auf Jan Hus ausübt und dessen Ansichten das Konzil meiner Meinung nach noch stark beschäftigen werden, ist John Wyclif, geboren 1320 im englischen Yorkshire. Er lehrte Theologie in Oxford. Seine Erkenntnisse konnte er jahrelang ungehindert verbreiten, dank eines mächtigen Protektors, Herzog John of Gaunt, der die Regentschaft stellvertretend für den späteren englischen König Richard II. innehatte. Dazu kam die antiklerikale Stimmung im englischen Parlament und in gewissen Kreisen der Oberschicht. Wyclifs Lehre war folgende: Gott ist unser alleroberster Herr, ihm allein schulden wir direkte Gefolgschaft. Daher steht auch jeder Mensch zu Gott in einer direkten Beziehung, er benötigt keinen Vermittler. Der Anspruch von Kirche und Geistlichkeit, ein solcher Mittler zu sein, ist demzufolge abwegig, denn: Jeder Christ ist ein Priester und benötigt keine Weihe. Christus hat zudem weder seinen Aposteln noch ihren Nachfolgern weltliche Güter zugedacht. Kirche und Geistliche, die irdisches Gut ansammeln, leben in Sünde und können deshalb die Sakramente nicht wirksam erteilen. Daher forderte Wyclif als dringendste Reform von Kirche und Priesterschaft, den weltlichen Gütern zu entsagen.«

»Wenn Magister Hus ins gleiche Horn stößt, wird das schwere Auseinandersetzungen geben, befürchte ich.« Magdalena schüttelte zweifelnd den Kopf. »Jedes Kloster, jeder Pfaffe ist darauf bedacht, die eigene Macht zu vergrößern.

Alle trachten nach immer mehr Reichtum und Einfluss. Selbst unser frommer Stadtpfarrer von Ravensburg, Hochwürden Simon Auersberg, strebt danach, sein Vermögen stetig zu vergrößern.«

»Ja, mein liebes Kind«, sagte der Notar nachdenklich, »wenn Jan Hus nicht aufhört, die Thesen dieses Wyclif zu verteidigen, sehe ich schwarz für ihn und seine leibliche Unversehrtheit.«

»Ich soll morgen Vormittag die Arzneien, die ich bereits gestern für ihn zubereitet habe, in sein Gefängnis bringen. Betz mit seinen Blessuren ist ja noch beurlaubt.«

»Was hat heute eigentlich Frater Gregor dazu geäußert? Wollte er nicht wissen, wie es dazu kam?«, wechselte der Notar den Gegenstand des Gesprächs.

»Ich habe einfach behauptet, ein betrunkener Fuhrmann habe ihn überrollt. Die Fratres bedauern Betz und wünschen ihm baldige Genesung.«

»Du sagst ›behauptet‹? Du hast demnach kaltblütig gelogen?« Julius Zängle war verwundert. In aller Regel sagte Magdalena die Wahrheit – auch wenn diese manchmal unangenehm war.

»Hätte ich den frommen Brüdern etwa auf die Nase binden sollen, dass unser frühreifes Jüngelchen sich vor einem Bordell mit irgendwelchen Kerlen wegen einer Hübschlerin geprügelt hat?«, fragte sie trocken.

»Oha! Das wusste ich ja gar nicht! Hat Betz dir das etwa freiwillig verraten?«

Magdalena musste lachen, ehe sie erwiderte: »Sozusagen ja, Vetter! Oder glaubt Ihr vielleicht, ich hätte Betz erst gefoltert? Er schien mir bereits genügend zerschlagen.«

»Das nächste Mal wird der Bengel sich wohl besser vorsehen.«

Zu ihrem Erstaunen war damit für Zängle das Ganze erledigt. Wieder einmal fiel ihr auf, dass bei Mädchen und jungen Männern mit zweierlei Maß gemessen wurde. Wofür man eine junge Frau als Hure beschimpft hätte, das befand man bei den Kerlen offenbar als normal …

Magdalena, die mit einem Mal merkte, wie müde sie bereits war, unterdrückte ein Gähnen und wollte sich bereits erheben, um sich zurückzuziehen, als ihr noch etwas einfiel: »Sagt Vetter, was ist eigentlich mit diesem Wyclif geschehen?«

»Im Jahr 1381 kam es zu einem Volksaufstand, dessen Anführer jedoch nicht Wyclif war, sondern ein Priester, John Ball aus Kent. In zahlreichen Grafschaften wurden Klöster geplündert, Gefängnisse geöffnet und Steuerakten verbrannt. Zuletzt tötete man sogar den Erzbischof. Dem erst vierzehnjährigen König Richard II. war es zu verdanken, dass der Aufstand schließlich eingedämmt werden konnte. Der entschiedenste Gegner Wyclifs wurde nun der Erzbischof, und der Adel stellte sich gegen seine extremen Forderungen. So zog er sich in seine Pfarrei zurück, wo man ihn offenbar in Ruhe ließ. Ende Dezember 1384 ist er gestorben.«

Eine Weile war es still in der Wohnstube. Magdalena, die ihren Kopf in die Hand gestützt hatte, hob den Blick. Erleichtert atmete sie auf.

»Ich befürchtete schon, man hätte ihn umgebracht. Aber was ist mit Euch, Vetter? Ihr seht so traurig aus. Hängt das etwa mit diesem englischen Reformator zusammen?«

Julius Zängle seufzte. »Der Hass der Kirche auf diesen frommen Mann lodert immer noch so mächtig wie zu seinen Lebzeiten. Hör nur, meine Liebe, was am heutigen Tag als Beschluss des Konzils verabschiedet wurde: Auf dem Friedhof zu Lutterworth, wo Wyclif seine letzte Ruhe gefunden hat, will man jetzt seine Gebeine ausgraben, um sie wie Abfall in den nächsten Fluss zu werfen.«

Magdalena war wie erstarrt. Als der Notar sich erhob, seinen schweren Umhang um sich schlang und seine Pelzmütze aufsetzte, reagierte sie überhaupt nicht. Selbst als er leise die Stubentür hinter sich schloss, um das Haus spätabends noch einmal zu verlassen, vermochte sie immer noch kein Glied zu rühren. Zu erwidern gab es darauf wohl nichts mehr …

KAPITEL 33

DER WEG ZU dem berühmten Jan Hus führte über einen engen Holzsteg, genannt Predigerbrücke, der den einzigen Zugang zum Dominikanerkloster auf der Insel bildete – was es eventuellen Anhängern des Reformators sehr erschweren würde, ihn zu befreien.

Als Magdalena den Gelehrten zum ersten Mal erblickte in seinem armseligen, eiskalten Kämmerchen mit der schäbigen und spartanischen Einrichtung, die gerade mal aus einem schmalen Bett mit einer viel zu dünnen Decke bestand sowie aus einem Betschemel, erschrak sie zutiefst.

»Der Magister wird sich den Tod holen in diesem zugigen Verlies«, entfuhr es ihr unwillig, indem sie sich dem sie begleitenden Dominikanermönch zuwandte. Dieser sah sie nur eiskalt an.

»Es steht Euch nicht zu, darüber zu befinden, Jungfer. Dieser Mann ist unser Gefangener und kein willkommener Gast, für den man große Umstände macht.«

»Wieso ist er überhaupt eingesperrt?«, stellte sie sich unwissend. »Soweit ich weiß, hat ihm der König freies Geleit zugesichert und keineswegs einen Aufenthalt in diesem elenden Rattenloch.«

Der Dominikaner war indes nicht gewillt, mit ihr zu diskutieren.

»Kümmert Euch um den Mann und schweigt!«, befahl er knapp und wandte ihr unhöflich den Rücken zu. »Und beeilt Euch gefälligst, damit ich wieder zurück ins Refektorium kann.«

»Aber gewiss doch, Pater! Ihr könntet Euch sonst womöglich einen Schnupfen in diesem Eisloch holen.« Wenn der Mönch glaubte, sie so leicht mundtot machen zu können, hatte er sich getäuscht.

Jan Hus hatte den Streit interessiert verfolgt; jetzt winkte er jedoch ab.

»Macht Euch keine Sorgen um mich, junge Frau«, bat er die Apothekerin mit heiserer Stimme. »Ich werde nicht mehr lange hier ausharren müssen! Sobald Seine Majestät, der König, in Konstanz eintrifft und von meinem Schicksal erfährt, wird er mich umgehend befreien. Das Ganze kann nur ein Irrtum sein!«

Offenbar wusste er noch gar nichts von des Königs Ankunft. Magdalena hielt es für besser, dem Magister seine letzte Hoffnung nicht zu zerstören. Und wer wusste schon, was die Zukunft bringen würde? Womöglich überlegte es sich König Sigismund ja doch noch.

»Auf jeden Fall müsst Ihr Euren Oberkörper entblößen, damit ich an Eurer Brust und Eurem Rücken horchen kann, ob nicht bereits Eure Lungen angegriffen sind«, forderte sie den Reformator beherzt auf.

Der fromme Mann zögerte. Ganz offensichtlich genierte er sich, vor einem Frauenzimmer – noch dazu einem so jungen – sein Hemd abzulegen. Aber der Dominikaner befahl ihm barsch, sich freizumachen, während er mit unwilligem Gesichtsausdruck seine klammen Finger anhauchte. Trotz seiner wollenen Kutte schien er bereits nach kurzem Aufenthalt in diesem Kerker jämmerlich zu frieren.

Magdalena, die ihr Ohr auf die magere Brust und danach auf den abgezehrten Rücken des Magisters legte, um seinen Atemzügen zu lauschen, erschrak. Die Geräusche, die aus dem Brustkorb, aus dem die Rippen hervorstanden, drangen, beunruhigten sie sehr. Das Rasseln bei jedem Atemzug hörte sich genau so an wie jenes, das ihr einst ihr Vater bei einem alten Mann vorgeführt hatte, der bald darauf an der Schwindsucht verstorben war.

»Ich befürchte, Herr Magister, dass Ihr Euch bereits eine Lungenentzündung zugezogen habt. Kein Wunder, bei dieser so außerordentlich komfortablen Unterbringung!«

Letzteres war an den Mönch gerichtet, der eine gleichgültige Miene zur Schau trug. »Gebt dem Gefangenen die entsprechende Arznei – und dann macht Euch wieder davon, Jungfer«, sagte er kurz angebunden.

»Das werde ich natürlich tun – aber ich werde nicht eher gehen, bis ich nicht mit eigenen Augen gesehen habe, wie Ihr wenigstens so viel christliche Barmherzigkeit geübt und dem armen Mann eine warme Decke und ein Kopfkissen gebracht habt. Außerdem braucht der Patient heißen Tee zum Auflösen des Arzneipulvers sowie eine kräftige Fleischsuppe, um ihn wieder etwas zu Kräften kommen zu lassen. Oder wollt Ihr, dass er Euch wegstirbt? Dann allerdings hätte ich mir den Weg hierher sparen können! Und übrigens: Für gewöhnlich werde ich ›Frau Magdalena‹ genannt, ehrwürdiger Vater!«

Angesichts von Magdalenas Temperament hielt der Mönch es offenbar für besser, dies unkommentiert zu lassen und stattdessen in Kürze die Anweisungen der jungen Frau zu erfüllen. Angewidert warf er Kissen und Wolldecke auf das Lager des Kranken. Ein junger Laienbruder folgte ihm gleich darauf mit einer Kanne Tee und einem Topf voll heißer Rinderbrühe, deren würziger Duft sich im Nu in dem winzigen Kämmerchen ausbreitete.

»War's das jetzt endlich, Frau Magdalena?«, fragte der Dominikaner süffisant.

Diese schob dem Magister fürsorglich das Kissen unter den Kopf und deckte ihn, der längst wieder erschöpft auf der schmalen Pritsche lag, mit den beiden Decken zu; ja, sie stopfte die Ränder der wollenen Tücher rund um seinen ausgemergelten Körper sorgfältig fest, damit der kalte Luftzug, der allenthalben durch die Ritzen der Wände drang, ihn nicht berühren sollte. Noch einmal schärfte sie dem Kranken ein, wie er die Arznei zu nehmen habe, auch die Schlaftropfen, die sie ihm daließ.

»Und jetzt: Gott befohlen, Doktor Hus!«, verabschiedete sie sich dann mit betonter Zuversicht – die sie keineswegs empfand. Was sie stattdessen fühlte, war unbändiger Zorn. Welch gemeine Hinterhältigkeit! Es würde sie nicht weiter verwundern, wenn sie den Magister nur retten sollte, damit man ihn später als Ketzer verurteilen konnte …

Jedes Kind wusste inzwischen, welch entsetzliche Strafe einen standhaften Häretiker erwartete.

KAPITEL 34

BEDAUERLICHERWEISE BEGANN KÖNIG Sigismund seinen Konstanzer Aufenthalt gleich mit mehreren bösen Entgleisungen. Dass er sich um den widerrechtlich eingesperrten

Jan Hus nicht kümmerte – trotz gegenteiliger Beteuerungen – war eine Sache, die aber nur einige wenige vor Zorn kochen ließ.

Aber wirklichen Staub wirbelte der Monarch dadurch auf, dass er den Gesandten von Herzog Filippo Maria Visconti von Mailand in den Kerker werfen ließ. Damit wurde zum zweiten Mal das feierlich zugesagte freie Geleit verletzt.

Nun war allerdings der Mailänder Herzog ein Mann von Macht und großem Einfluss, und ungeachtet seiner Feindschaft mit dem König unterstützten ihn – beziehungsweise seinen Gesandten – die meisten Teilnehmer des Konzils.

Es hagelte wütende Proteste, und dem Herrscher blieb nichts anderes übrig, als klein beizugeben. »Leute mit Verstand« raunten hinter vorgehaltener Hand, dass sich Sigismund diese Blamage leicht hätte ersparen können. Schwerer wog allerdings die hämische Feststellung, dass seinem Vater selig – Kaiser Karl IV. – so etwas nie passiert wäre.

Die Stadt und ihre Bewohner kamen nicht zur Ruhe: Am 8. Januar traf mit großem Pomp die spanische Delegation ein, mit Vertretern des Königreichs Aragon und Papst Benedikts XIII.

Vier Tage später konferierte Sigismund mit den Gesandten Papst Gregors und mit Kardinal Dominici, der in Vertretung Papst Benedikts erschien und vom Herzog von Bayern begleitet wurde. Der König fühlte sich in seiner Position gestärkt; augenscheinlich besaß er die Autorität über alle drei Päpste.

Endlich kam Bewegung in die bis dahin schleppenden Verhandlungen: Die Kardinäle und Gelehrten Guillaume Fillastre und Pierre d'Ailly forderten energisch, alle drei Päpste sollten endlich abdanken und den Weg freimachen für eine erneute Papstwahl. Die Zeichen standen auf Sturm, und die Hoffnungen auf ein baldiges Ende des Konzils zerschlugen sich rasch. Der Vorschlag der Kardinäle d'Ailly und Fillastre wurde von der englischen, der französischen und der deutschen Nation diskutiert und schließlich akzeptiert.

»Es gibt keinen anderen Weg aus dem Dilemma«, hieß es allenthalben. Nun galt es, auch die Italiener davon zu überzeugen. Der Bischof von Toulon nahm es auf sich, den heiklen Vorschlag der italienischen Nation zu unterbreiten. Schließlich stimmte diese ebenfalls zu – wenn auch nur zögernd.

Das machte den deutschen Erzbischof Johann von Mainz – einen glühenden Anhänger Johannes' XXIII. – so wütend, dass er unter Protest aus Konstanz abreiste. Aber das änderte nichts: Die Stimmung war endgültig gekippt; der König und die Kardinäle Fillastre und d'Ailly hatten das alleinige Sagen, Johannes war isoliert.

»Ach, Ihr seid tatsächlich schon zu Hause, Herr? Um diese Zeit habe ich noch nicht mit Euch gerechnet«, jammerte Berta. »Ihr müsst mit dem Essen noch warten!«

»Macht Euch nur keine Gedanken, ich bin nicht hungrig. Aber seht, was ich mitgebracht habe!« Die Haushälterin warf einen kurzen Blick auf das Blatt Papier, das ihr Julius Zängle hinhielt, dann zuckte sie mit den Achseln. »Ihr wisst doch, Herr, dass ich nicht lesen kann.«

»Jesus, freilich! Entschuldigt bitte! Aber da kommen ja auch schon Betz und Lena. Kommt her und schaut Euch das an!«

Der junge Bursche und Magdalena begrüßten artig den Hausherrn, ehe sie sich einträchtig über das Schriftstück beugten, das Julius Zängle auf dem Tisch in der Küche ausgebreitet hatte – direkt neben die vier ausgenomme Täubchen, die zum Füllen vorbereitet waren. Berta, der e ungeheuer peinlich war, dass der Notar sie sozusagen in der Küche überrascht hatte, wuselte indes mit hochrotem Kopf umher und bemühte sich, die Vögel in Windeseile in den Ofen zu bekommen.

Man schrieb mittlerweile den 20. Februar, ein Sonntag, der Tag des Herrn, und da durfte der Speiseplan schon ein wenig üppiger ausfallen – obgleich sich für Zängle und seine Dauergäste Magdalena und Betz der Sonntag ansonsten kaum von den übrigen Tagen der Woche unterschied: Sie hatten eine Dauergenehmigung vom Konstanzer Bischof erhalten, die es ihnen gestattete, »aus besonderem Anlass während der Dauer des Konzils die vorgeschriebene Sonntagsruhe zu missachten«, was nichts anderes hieß, als dass sie arbeiten mussten …

»Oh je! Das ist ja furchtbar!«, entfuhr es Magdalena. Sie war beim Lesen die Schnellere und hatte den schrecklichen Sinn des Ganzen viel eher erfasst als Betz, der zwar des Lesens mächtig war, aber länger brauchte, ehe er den Text Wort für Wort entziffert hatte.

»Mein Gott! Welche Schande, wenn es stimmt!«, rief auch er nach einer Weile aus.

»Kann mir vielleicht jemand verraten, worum es sich dreht?«, ließ sich Berta schüchtern aus dem Hintergrund vernehmen.

»Das ist eine Schmähschrift gegen Papst Johannes! Und zwar eine von der allerschlimmsten Sorte.« Magdalena bekreuzigte sich unwillkürlich.

»Die Stadt ist voll mit diesen Pamphleten. Man beschuldigt darin den Heiligen Vater ganz schlimmer Verbrechen und fordert seinen sofortigen Rücktritt. Es ist im Übrigen

e. Es gab bereits vor etlichen Tagen die ersten
uldigungen gegen Johannes XXIII.«

wiegte besorgt sein Haupt, das jeden Tag ein
aare mehr zeigte.

»Am schwersten wiegen dabei die Anschuldigung wegen des Giftmordes an Papst Alexander V., den er angeblich begangen hat, um selbst Papst zu werden, und die Behauptung, er habe mit der Frau seines Bruders Ehebruch begangen. Und die Tatsache, dass ihm seine Feinde vorwerfen, er leugne die Auferstehung der Toten und das ewige Leben, wird ihm schließlich den Rest geben.«

»Wobei die Anmerkung interessant ist, dass die Auferstehungsgeschichte ohnehin kein Neapolitaner für wahr hält«, bemerkte Magdalena, die das Pamphlet zum zweiten Male durchlas. »Jetzt ist mir auch klar, weshalb der Heilige Vater sich so krank fühlt. Er scheint zu ahnen, dass große Schwierigkeiten auf ihn zukommen werden. Bereits für morgen in aller Frühe bin ich wieder zu Seiner Heiligkeit bestellt. Mittlerweile kenne ich jeden Stein auf dem Weg zu ihm.«

»Habt Ihr Euch meinen Vorschlag überlegt, Donna Magdalena? Mein Angebot steht immer noch! Als meine ärztliche Betreuerin hättet Ihr ein angenehmeres und sorgenfreieres Leben als im Hause Eures Verwandten. Als meine ständige Begleiterin könntet Ihr die Welt sehen. Ich werde Konstanz nämlich so bald wie möglich verlassen«, fügte Seine Heiligkeit flüsternd hinzu und beugte sich vertraulich zu Magdalena, die ihm gerade den Puls fühlte.

»Aber das müsst Ihr für Euch behalten! Falls meine Feinde davon Wind bekämen, dass ich mich mit Abreiseplänen beschäftige, würden sie mich streng bewachen, um das zu vereiteln.«

»Aber Heiligkeit! Warum wollt Ihr denn die Flucht ergreifen? Noch ist doch gar nichts entschieden. Die Teilnehmer beraten immer noch, und Ihr habt durchaus nicht nur Gegner! Seid Ihr hingegen nicht mehr da, werden Eure Feinde auf jeden Fall triumphieren!«

Magdalena konnte die Feigheit des ehemaligen Piraten nicht verstehen. Warum wehrte er sich denn nicht? Stimmten womöglich die perfiden Vorwürfe, die inzwischen die Spatzen von den Dächern der Stadt pfiffen?

»Und was Euren gütigen Vorschlag betrifft, Heiliger Vater, muss ich Euch leider sagen, dass ich in Konstanz bleiben werde. Das Leben bei meinem Vetter Julius ist ein sehr angenehmes. Mehr Reichtum und Ansehen brauche ich nicht und als schlichtes Bürgermädchen bin ich den herrschaftlichen Pomp auch gar nicht gewohnt. Dazu habe ich die Verantwortung für einen Lehrjungen übernommen. Ich stehe bei seinem Vater im Wort, mich um den jungen Burschen zu kümmern, bis er ein fertiger Apotheker ist. Und Bruder Gregor, der Klosterapotheker, rechnet mit mir und meiner Hilfe bei der Krankenversorgung. Sie alle darf ich nicht enttäuschen, Heiligkeit.«

In Wahrheit wusste die junge Frau genau, dass ihr ein Leben als Mätresse des Papstes bevorstünde – und darauf legte sie absolut keinen Wert.

»Ich verstehe! Nur mich, den Papst, dürft Ihr schwer enttäuschen, indem Ihr mir meinen Herzenswunsch versagt! Eure Weigerung trifft mich mitten ins Herz und könnte Euch eines Tages noch bitter reuen, Carissima.«

Obwohl der Heilige Vater bei seinen letzten Worten schelmisch lächelte, klangen sie wie eine deutliche Drohung. Doch Magdalena ließ sich nicht beeindrucken: Der Stern Johannes' XXIII. war unaufhaltsam im Sinken begriffen.

traf die französische Gesandtschaft ohne
… Karl VI. wurde von immer wiederkehren-
des Wahnsinns geplagt und war nicht reisefä-
…den Geistlichen richteten sich aller Augen beson-
Jean Gerson, den berühmten derzeitigen Kanzler
…riser Sorbonne, einen Schüler d'Aillys. Wie von sei-
Lehrer erwartete man auch von ihm eine bedeutende
…lle auf dem Konzil.

Die Unruhe in der Stadt war inzwischen auch für jeden Bürger fühlbar. Einerseits war ungeklärt, wie sich nach dem Eintreffen der französischen Delegation die Machtverhältnisse innerhalb der »Gallicana« verändern würden. Und zum anderen wusste niemand, wohin das Konzil steuerte. Es war die Forderung laut geworden, König Sigismund mit unbeschränkter Vollmacht als Stellvertreter von Papst Johannes zu einem Treffen mit einem der Gegenpäpste, Benedikt XIII., zu entsenden. Achtete man Johannes schon so wenig, dass er eines »Beschützers« oder – deutlicher gesagt – eines »Aufsehers« bedurfte?

Zu allem Übel waren mittlerweile die Quartiersverhältnisse in der Stadt nahezu untragbar geworden. Das hatte zur Folge, dass Magdalena zu ihrem Leidwesen ihren Vetter in den nächsten Wochen so gut wie gar nicht mehr zu Gesicht bekam. Eingespannt wie ein Sklave rannte Julius Zängle von einem Ende der Stadt zum anderen, um Streitigkeiten zu schlichten, enttäuschte und wütende Gäste zu besänftigen und neue Quartiere zu besorgen – für viel Geld und noch mehr gute Worte.

Die Suche nach angemessenen Unterbringungsmöglichkeiten verlangte Julius Zängle einen immer weiteren Aktionsradius ab. Selbst Nonnenklöster, wie etwa Sankt Marien am See, bezog er mittlerweile in seine Kalkulation mit ein. Die frommen Frauen besaßen immerhin ein Gästehaus und konnten für geistliche Herren durchaus aufs Angenehmste sorgen.

Aber beinahe noch wichtiger war die Beschaffung von Wachsoldaten, die für Ruhe und Ordnung sorgten. Ritter Bodmann mit seinen paar Mannen war inzwischen heillos überfordert, und mit der Konstanzer Stadtwache allein wäre sowieso das pure Chaos ausgebrochen.

Das sah inzwischen sogar Dominikus Läpple ein; der Ratsherr war auf einmal zum eifrigsten Bewunderer Doktor Zängles geworden. Die Stadtväter bewilligten ohne langes Zögern, wenn auch zähneknirschend, neue Gelder zur Anwerbung Bewaffneter. Es geschah schließlich auch zum Schutz der eigenen Frauen und Töchter.

Inzwischen gab es vier Bordelle und fünf Badestuben in Konstanz nebst einer ganzen Schar ambulanter Huren; und immer noch schien nicht genügend willige Weiblichkeit für die liebesbedürftigen Herren vorhanden zu sein …

Was Magdalena plötzlich großes Unbehagen bereitete, war der eisige Wind, der ihr auf einmal in der Klosterapotheke ins Gesicht blies. Einer der Brüder, der mit ihr zusammen als Pharmazeut für die Herstellung, die Aufbewahrung und den Verkauf von Drogen, Salben, Tees, Kräutern und vielem anderen zuständig war, behandelte sie – offensichtlich aufgestachelt von Frater Malachias – zunehmend feindseliger.

»Er sucht förmlich nach Fehlern, die er hofft, mir nachweisen zu können. Ich weiß bald nicht mehr, was ich machen soll, Betz«, beklagte sich Magdalena bei ihrem Schützling.

»Da wird er sich gewiss schwer tun, der Miesepeter.« Betz nahm die Sache nicht recht ernst. Aber die junge Frau hegte einen gewichtigen Verdacht.

»Das allein ist es nicht. Ich glaube Beweise dafür zu haben, dass er sogar die Arzneien, die ich für Kranke zubereite und für Euch ins Kräuterkämmerlein stelle, damit Ihr sie später ausliefern könnt, manipuliert, indem er sie durch andere ersetzt oder durch unpassende Zutaten verfälscht.«

»Teufel nochmal! Das wäre ja direkt gemeingefährlich!«, rief Betz aus. »Es könnte den Leuten schaden und Euch Euren guten Ruf kosten.«

»Das will er ja gerade!«, jammerte Magdalena. »Aber das ist beileibe nicht das Schlimmste! Was geschähe mit mir, wenn einer der Patienten stürbe, der nachweislich von mir eine andere Medizin erhält als jene, die der Medicus ihm verschrieben hat?«

Der junge Bursche, dem nun die ganze Tragweite der Sache aufging, fluchte; dann versprach er, von jetzt an dem hinterhältigen Malachias und dem Bruder in der Apotheke, der sich offenbar zu seinem Handlanger machte, ganz genau auf die Finger zu sehen.

»Und wehe, ich erwische ihn bei unverantwortlichen Machenschaften, dann schlage ich ihm auf seine dreckigen Pfoten, so dass er lange Zeit keinen Destillierkolben und keine Ampulle mehr anfassen kann. Verlasst Euch drauf, Frau Lena!«

Unwillkürlich wurde der jungen Apothekerin warm ums Herz angesichts des Eifers ihres treuen Lehrlings. Aber sie hätte die Sache doch gerne mit ihrem erfahrenen Vetter Julius besprochen. Der jedoch steckte bis zum Hals in eigenen Problemen. Und ohne einen hundertprozentigen Beweis wollte sie Malachias nicht bei Frater Gregor anschwärzen.

König Sigismund unterliefen unterdessen noch zwei weitere Missgriffe. Möglicherweise waren Gerüchte einer vorzeitigen Abreise Seiner Heiligkeit Johannes zu ihm gedrungen.

Am 13. März ließ er jedenfalls sämtliche Stadttore von Konstanz sperren. Das sorgte natürlich für gewaltigen Unmut. Einheimische und Fremde stauten sich wütend vor den Toren und protestierten aufs Heftigste.

»Geht man so mit Gästen um, denen man freies Geleit zugesichert hat?«, tönte es aus den Reihen der Aufgebrachten. »Seit wann ist Konstanz ein Gefängnis?«

Auch Johannes XXIII. protestierte umgehend. Es erfolgte eine heftige Auseinandersetzung mit Sigismund, der – wieder einmal – nachgeben und die Schließung der Stadttore widerrufen musste.

Am Morgen des 19. März ritt der König – ohne sich vorher anzumelden – zusammen mit Deutschen und Engländern ins Dominikanerkloster, wo die Franzosen sich berieten. Selbstherrlich verlangte Sigismund von den Mitgliedern der konsternierten Gallicana, die müßige Diskussion zu beenden und stattdessen die Beschlüsse der beiden anderen Nationen anzunehmen.

»Was Wunder, dass die Gallicana entrüstet ablehnte! Es kam zu einem regelrechten Aufstand der temperamentvollen Franzosen.«

Julius Zängle war zwar rechtschaffen müde, als er sich wieder einmal in seinem eigenen Hause blicken ließ, aber diese Neuigkeit konnte er nicht für sich behalten.

»Ich kann mir schon denken, was dann geschehen ist.« Inzwischen kannte Magdalena den Verhaltenskodex der hohen Herren etwas genauer. »König Sigismund musste zum wiederholten Male zurückstecken, nicht wahr?«

»Sogar entschuldigen ließ er sich bei der französischen Delegation durch einen seiner königlichen Räte.«

»Dessen Rat hätte Seine Majestät wohl besser vorher eingeholt«, entgegnete die junge Frau trocken. »Der König untergräbt durch derart unbedachte Aktionen seine Reputation.«

»Genau so ist es, meine Liebe. Das anfängliche Misstrauen vieler hoher Herren gegen König Sigismund wird dadurch nicht geringer. Seine Wunschrolle als Lenker des Konzils könnte ernsthaft in Gefahr sein. Aber nun zu etwas anderem, liebe Base. Du kennst doch Betz viel besser und länger als ich. Ich fürchte, ich vermag es einfach nicht, ihm diesen Schlag zu versetzen.«

»Das Schicksal meint es nicht gerade sehr gut mit dem armen Betz. Ich weiß, wie sehr er an ihr hing. Aber ihn davon in Kenntnis zu setzen, ist eigentlich Eure Aufgabe als Hausherr.« Magdalena versuchte, das an sie gestellte Ansinnen doch noch abzuwenden, aber ihr Vetter sträubte sich beharrlich.

»Eine Frau ist im Allgemeinen gefühlsbetonter und kann in so einem Fall leichter die richtigen Worte finden«, versuchte es Zängle von neuem und sah seine Cousine beinahe flehend an.

»Gut, Julius, ich will das schwere Amt übernehmen und ihm die traurige Nachricht überbringen«, gab Magdalena schließlich seufzend nach und zog fröstelnd die Wolldecke über ihre Beine. Trotz des prasselnden Kaminfeuers war ihr plötzlich kühl.

Ein Bote hatte heute eine Todesnachricht hinterlassen, welche die Mutter des jungen Mannes betraf. Sie war bei der Geburt ihres letzten Kindes gestorben.

»Eigentlich ist diese Niederkunft doch schon längst vorüber.«

Im Geiste sah Magdalena die ausgemergelte und erschöpfte Ehefrau des Gastwirts vor sich, wie jene sich mühsam über den Hof schleppte, die mageren Hände stützend um den monströs angeschwollenen Leib gelegt. Die Geburt stand damals unmittelbar bevor, und das unglückliche Weib war von Todesahnungen erfüllt gewesen. Magdalena hatte noch versucht, ihr diese auszureden …

»Als ich vom welschen Franziskanerkloster aus seinem Vater Botschaft bringen ließ, dass mein Vetter Rudolf tot und ich nun die Aufsicht über Betz zu übernehmen bereit sei, hat der Wirt in seiner Antwort den Tod seiner Frau mit keinem Wort erwähnt. Warum er ihn wohl verschwiegen hat?«

»Vielleicht wollte er es seinem Sohn, der gerade den Überfall schwer verletzt überstanden hatte, nicht noch schwerer machen? Er wird geglaubt haben, dass er die Nachricht vom Tod der Mutter zu einem späteren Zeitpunkt leichter verkraftet.«

Die junge Frau nickte nachdenklich.

»Ja, das könnte möglich sein. So viel Feingefühl hätte ich dem derben Mann gar nicht zugetraut! Wie er wohl alleine mit seiner Kinderschar zurechtkommt?«

Magdalena graute vor der Heimkunft ihres Schutzbefohlenen. Dann dachte sie daran, dass sie ihm – den sie seit seiner Schlägerei vor dem Hurenhaus auch nicht mehr duzte – versprochen hatte, seine Ärmel zu verlängern. Sie griff nach ihrem Flickkorb.

Betz war in letzter Zeit so stark gewachsen, dass ihm sämtliche Jacken- und Hemdsärmel viel zu kurz waren. Für neue Hosen und ein neues Wams hatte sich freundlicherweise Julius zuständig erklärt; ein Schneider sollte sie ihm anpassen.

Während sie Stich für Stich die Kleider des Jungen ausbesserte, eine Arbeit, die sehr beruhigend auf sie wirkte, wollte ihr eine andere Sache nicht aus dem Kopf:

Erneut war Papst Johannes auf seinen »Herzenswunsch« zu sprechen gekommen, sie als seine persönliche Heilerin mitzunehmen. Und als ahne er ihre Bedenken, von ihm als Geliebte beansprucht zu werden, schwor er ihr hoch und heilig, nichts Unehrenhaftes im Sinn zu haben. Eine Anstellung als Leibapothekerin eines so hochgestellten Herrn bedeutete einen ungeheuren Aufstieg auf der sozialen Leiter. Die meisten Frauen hätten bedenkenlos zugegriffen. Außerdem würde sie sich auf diese Weise von den boshaften Versuchen des Frater Malachias, sie in Misskredit zu bringen, befreien können.

Magdalena hatte Baldassare Cossa und seinen Charakter ziemlich gut kennengelernt. Er war überspannt, launisch, aufbrausend, maßlos und unverschämt, gleichzeitig bisweilen hinterhältig, feige und verschlagen. Seine Diener fürchteten ihn. Nur auf seinen Vorteil bedacht, war er sicher bereit, über Leichen zu gehen. Und dennoch! Er besaß auch eine andere Seite. Sie hatte ihn als nachdenklich, bescheiden, ja, demütig erlebt. Er kannte das Gefühl der Dankbarkeit – und er besaß Humor! Mehr als einmal hatte Magdalena bei ihm sogar Anzeichen einer gewissen Kindlichkeit entdeckt, die der alte Seeräuber sich anscheinend noch bewahrt hatte.

»Wer weiß, was er als Knabe alles erleben musste?«, dachte sie und sah ihn vor sich, leidend und schwach. Längst vermochte er bei den üblichen Fressereien und Saufgelagen nicht mehr recht mitzuhalten. Seine Leber und sein Magen waren in der Tat angegriffen und bedurften der Schonung. Dass er nicht ständig über die Stränge schlug und sich damit selbst schadete, führte der Papst nur auf ihren Einfluss zurück. Aber hin und wieder konnte er einfach nicht anders, als sich gehenzulassen.

»Ihr müsst einfach mit mir kommen und bei mir bleiben! Ich brauche Euch für meine Gesundheit! Ohne Euer einfühlsames Zureden und Eure strengen Ermahnungen werde ich schnell alle guten Vorsätze über Bord werfen und bald sterben«, hatte er ihr erst neulich anvertraut.

Das mochte zwar maßlos übertrieben sein – der Papst war insgesamt noch immer von robuster Natur, und seine Leiden mochten vor allem auf die Aufregung zurückzuführen sein –, aber ein Quäntchen Wahrheit lag mit Sicherheit darin.

Die junge Frau wusste, dass ihr die Entscheidung niemand abnehmen konnte. Selbst mit Julius konnte sie sich in dieser Angelegenheit nicht besprechen, die wahrscheinliche Reaktion des besonnenen Mannes, der wahrlich kein Freund des Heiligen Vaters war, sah sie fast vor sich: Bestimmt wäre er entgeistert und enttäuscht, dass sie so etwas überhaupt nur in Erwägung zog.

Seufzend ließ Magdalena ihre Flickarbeit sinken. Wie kam sie auch dazu, tatsächlich zu überlegen, den Vorschlag des Papstes anzunehmen? Eine solche Stellung passte nicht zu ihr und außerdem: Sie hatte sich einst geschworen, nie mehr der Spielball männlicher Launen und Gelüste zu sein – und damit war der Fall wohl entschieden. Vermutlich war sie in letzter Zeit nur ein wenig müde und erschöpft durch die dauernden Angriffe, denen sie sich in der Klosterapotheke ausgesetzt sah. Zwar wurden ihre Kräuterpräparate offenbar nicht mehr verunreinigt, seit Betz ein strenges Auge auf den vermeintlichen »Giftmischer« hatte, doch die Verleumdung ihrer Kompetenz und die Sticheleien hatten nicht aufgehört.

Bisher hatte Magdalena davon Abstand genommen, sich bei Frater Gregor zu beschweren. Aber über kurz oder lang würde sie zu diesem Mittel greifen müssen.

KAPITEL 35

Die Ereignisse der letzten Wochen hatten Johannes XXIII. klargemacht, wie gefährdet seine Lage war. Er beschloss, sich über vorderösterreichisches Gebiet und über den Rhein ins wunderschöne Avignon zu begeben.

Der wie eine Festung angelegte Papstpalast war derzeit verwaist: Benedikt XIII. hatte die Stadt längst verlassen und war nach Perpignan, nahe seiner spanischen Heimat, umgezogen. Dorthin, nach Avignon, würde Johannes die ihm ergebenen Kardinäle und etliche der unentschlossenen übrigen Teilnehmer einladen, um dann das Konzil in seinem Sinne fortzuführen.

Darin bestärkte ihn auch Herzog Friedrich IV. von Österreich, genannt »Friedel mit der leeren Tasche«, mit dem er sich während seiner Reise angefreundet und den er zu seinem Generalkapitän ernannt hatte. Beide Herren planten Vorbereitung und Durchführung der Aktion ganz im Geheimen und äußerst sorgfältig.

Das glaubten sie zumindest. Aber das brisante Geheimnis blieb keineswegs unentdeckt, sondern wurde an König Sigismund verraten. Der Herrscher unternahm daher zu Johannes' Entsetzen, der mitten in den Fluchtvorbereitungen steckte, einen unangekündigten »Freundschaftsbesuch« bei Seiner Heiligkeit.

Magdalena, die sich zu dem Zeitpunkt gerade im Gemach Seiner Heiligkeit aufhielt, um ihm vor seiner Abreise noch gute Ratschläge wegen seiner angegriffenen Verdauung zu erteilen, erschrak, als sie der steinernen Miene des Königs gewahr wurde.

Baldassare Cossa, der gerade noch Zeit gefunden hatte, sich samt Seidengewand und Pantoffeln ins Bett zu legen und sich krank zu stellen, wies empört jeden Verdacht, er habe vor, sich unrühmlich aus dem Staub zu machen, als böswillige Unterstellung zurück.

Sigismund gab vor, den Beteuerungen des Heiligen Vaters Glauben zu schenken. Die Apothekerin jedoch, die, mit einer Arzneiflasche in der Hand, am Bett des Papstes saß, ließ sich nicht täuschen. Sie tat zwar, was sie konnte, und bestätigte glaubhaft und wortreich den schlechten Zustand ihres Patienten.

Aber kaum fühlte der König sich unbeobachtet, verfinsterte sich sein scheinbar besorgter Gesichtsausdruck, und seine Augen unter den weißblonden Brauen funkelten grimmig. Mit scheinheiligen Genesungswünschen zog Sigismund schließlich von dannen. Der Papst hatte mittlerweile unter den Daunendecken Blut und Wasser geschwitzt …

Magdalena rechnete es ihm hoch an, dass er keinen Augenblick daran dachte, sie des Verrates zu bezichtigen. Im Gegenteil! Noch einmal versuchte der Papst, sie vom angenehmen sorgenfreien Leben in seiner unmittelbaren Nähe zu überzeugen. Vergeblich. Sie hatte ihre Entscheidung gefällt.

Am nächsten Tag – es war der 20. März 1415 – hielt Herzog Friedrich IV. zur Ablenkung aller Zweifler ein Turnier ab, gab dann aber bekannt, wegen einer ernsten Bedrohung durch die Burgunder müsse er leider ins Elsass reiten, um nach dem Rechten zu sehen. Gegen Abend besuchte er mit auffällig großem Gefolge den »kranken« Papst, um sich von ihm zu verabschieden. Das Gewühl von Reitern, Knechten und Pferden ermöglichte es unterdessen Johannes' Bediensteten, mit der päpstlichen Geldkassette unauffällig die Stadt zu verlassen.

Erst gegen Mitternacht trat Herzog Friedrich wieder aus dem Hachberg'schen Palais nach draußen. Wie üblich folgte dem Zug eine Menge von Gaffern. Trotz der späten Stunde tummelten sich neugierige Zuschauer auf den Gassen.

Unter den herzoglichen Knappen befand sich auch ein mittelgroßer, dicker, bereits älterer Neapolitaner. Einzig Magdalena, die sich in der Nähe des Kreuzlinger Tores aufhielt, um ihrem hochgestellten Patienten ein stummes Lebewohl nachzusenden, erkannte in ihm Papst Johannes.

Als er, das Reittier des Herzogs am Zügel führend, ganz dicht an ihr vorübermarschierte, zwinkerte er ihr zu – und nicht einmal heimlich. Er nutzte die Gelegenheit, sich demonstrativ vor ihr zu verbeugen, wobei er seine Kappe in narrenhafter Manier vom Kopf riss und bewundernd »Bella Donna!« ausrief. Die Umstehenden lachten und klatschten, während Magdalena vor Schreck schier in Ohnmacht fiel.

Aber schon war der Zug an ihr vorüber, und in gestrecktem Galopp verließ die Kavalkade durch das Kreuzlinger Tor die Stadt. In Steckborn bestiegen die Herren mehrere Boote und ließen sich in die ehemalige Reichsstadt Schaffhausen rudern. Sie war inzwischen vom Reich an Habsburg verpfändet worden und somit im Besitz von »Friedel mit der leeren Tasche«.

Der Papst war für den Augenblick in Sicherheit. Sobald die junge Frau davon erfuhr, wagte sie es, erleichtert aufzuatmen. Der Heilige Vater war doch ein Teufelskerl! Obwohl sie sich mittlerweile über seinen Charakter keinen Illusionen mehr hingab, gönnte sie ihm das Gelingen der Flucht. Seine Verhaftung hätte ihr wehgetan: Wusste sie doch, wie man mit Gefangenen umzuspringen pflegte …

Als Nächstes verfasste Cossa Briefe an die Konzilsteilnehmer, um seine »Abreise« zu rechtfertigen und um sämtliche Kardinäle zu sich zu beordern. Zumindest hoffte er, bei denen, die er selbst ernannt hatte, Erfolg zu haben.

Diese aufregenden Ereignisse hatten bei manchen Bürgern einen anderen Mann nahezu aus dem Gedächtnis getilgt: Jan Hus, der immer noch im Kerker saß und darauf wartete, sich endlich vor dem Konzil zu jenen Themen äußern zu dürfen, die ihm am Herzen lagen.

Ganz anders war es bei den Konzilsteilnehmern; Theologen und Juristen beschäftigten sich tagtäglich mit ihm. Männer, die durch Gelehrsamkeit, Sachverstand und einschlägige Erfahrungen mit Häresie vertraut waren, ja, die sich womöglich bereits als Ankläger oder Gutachter bei Ketzerverfolgungen ihre Meriten erworben hatten, bildeten das Gros der Beteiligten.

»Dass bei manch einem auch handfeste materielle Interessen im Hintergrund stehen, will ich gar nicht verschweigen.«

Gegenüber seiner Verwandten nahm Julius Zängle kein Blatt mehr vor den Mund. Er schätzte nicht nur Magdalenas Aufgewecktheit und ihren gesunden Menschenverstand, sondern ebenso ihre Loyalität. Dass sie nichts auf die Gassen hinaustrug, was innerhalb seines Hauses besprochen wurde, davon konnte er mittlerweile bedenkenlos ausgehen.

»Das solltet Ihr mir näher erklären, Vetter«, bat die junge Frau. Wie in letzter Zeit leider so selten saß man nach dem Nachtmahl noch zu einem guten Gläschen Wein in der Stube beisammen.

»Wer hätte denn einen eventuellen Nutzen von des Magisters Anerkennung beziehungsweise seiner Verurteilung?«

»Neben der theologischen Auseinandersetzung findet zugleich ein Kampf um die begehrten Lehrstühle an der Hochschule und um die Pfarr- und Predigerstellen in der Hauptstadt Prag statt. Für Hussens Anhänger oder Gegner ist der Ausgang des Verfahrens von großer Bedeutung. Manch einer, der bisher den streitbaren Mann unterstützt hat, überlegt sich wohl schon, ob ein Wechsel zur Gegenseite für das eigene Fortkommen nicht förderlicher sei.«

»Ach ja? Die frommen Herren halten also ihre eigenen Interessen für wichtiger als die theologische Wahrheit?«

»Was heißt schon Wahrheit, mein liebes Kind? Als Jurist weiß ich, dass es stets mehrere Auslegungen davon gibt – je nach Betrachtungsweise. Wie viele sogenannte Wahrheiten hat man – auch in der Kirche – doch nach einigen Jahren wieder revidiert und muss jetzt genau das Gegenteil dessen für wahr halten, wozu man in früheren Zeiten verpflichtet war?«

Nachdenklich musterte Magdalena ihren Vetter, der gerade in seinen Weinkrug blickte und die letzten Tropfen darin herumschwenkte.

Der böhmische Reformator litt seit einiger Zeit an einem schweren Gallensteinleiden, seine Lungenerkrankung hatte sich indes gebessert. Etliche Male musste Magdalena ihn nun aufsuchen, um ihm Arzneien gegen die schmerzhaften Koliken und sein häufiges Erbrechen zu verabreichen. Sein jetziges Gefängnis bei den Dominikanern entsprach einigermaßen »normalem Standard«.

Was immerhin bedeutete, dass er nicht mehr Zugluft und Frost ausgesetzt war, ein Bett mit Strohsack hatte und genügend zu essen bekam. Die Haft sollte den Ketzer zwar zermürben – aber sterben sollte er auf keinen Fall, ehe sein Verfahren nicht beendet war. Einen Märtyrer aus ihm zu machen, war keineswegs im Sinne seiner Feinde.

Sein Kampf gegen die kirchliche Hierarchie bedrohte den Ämter- und Pfründenschacher und rief den stärksten Widerstand aller Begünstigten hervor: Man musste den Mann mundtot machen. Ein Unterfangen, das nicht leicht war, denn der Begriff der Häresie war dehnbar. Gerade an den Universitäten wurde immer wieder recht frei diskutiert, und so manch einer hätte sich plötzlich im Verdacht gesehen, als Ketzer zu gelten, wenn ihm ein Gegner einen aus dem Zusammenhang gerissenen Ausspruch vorgehalten hätte.

Der wichtigste Schutzherr des Reformators, Baron Chlum, pochte mit Vehemenz auf das vom König zugesagte freie Geleit. Er tat dies jedoch ohne jegliche Sensibilität und mit einer solchen Penetranz, dass er Hus damit mehr schadete als nützte.

Dass Baldassare Cossas Abreise derweil die Gemüter erregte, verschaffte Jan Hus eine kurze Verschnaufpause. In Konstanz war auf die Nachricht von der Papstflucht ein völliges Chaos ausgebrochen. Nicht wenige vertraten die Meinung, ein Konzil ohne geistliche Führung wäre gar keines; seine Fortsetzung sei somit hinfällig. Etliche bereiteten schon ihre Abreise vor.

Das war keineswegs im Sinne Sigismunds. Es bedurfte jedoch des nachdrücklichen Einsatzes seiner ganzen Autorität, um den Fortbestand des Konzils unter seinem Schutz zu sichern. Hinter vorgehaltener Hand begann sich gar das Gerücht zu verbreiten, der König selbst habe die Flucht des Papstes begünstigt …

Der Kanzler der Sorbonne, Jean Gerson, packte sofort die Gelegenheit beim Schopf und betonte noch einmal deutlich den klaren Vorrang des Konzils gegenüber jedem Papst.

Johannes XXIII. schrieb derweil lange Briefe an Kardinäle und Fürsten, in denen er seine Tat und seinen Standpunkt zu rechtfertigen suchte.

Hatten bisher die Gefolgsleute Johannes' XXIII. dem Notar Zängle und anderen das Leben durch ihre ständigen Beschwerden und Klagen schwergemacht, so waren es neuerdings Herren aus dem Gefolge des Königs, deren Renitenz Zängle zu schaffen machte.

Erschöpft nach einem wieder einmal sehr langen Tag gab er sich in seiner warmen Wohnstube dem Genuss eines köstlichen, von Magdalena zubereiteten, heißen Apfelpunsches hin. Vor allem abends war es immer noch bitter kalt; der Frühling wollte dieses Jahr einfach nicht kommen. Wortreich schilderte Zängle seine alltäglichen Ärgernisse der aufmerksam lauschenden Magdalena, die fast schon zu seiner liebsten Gesprächspartnerin avanciert war. Die Beschwerden der hohen Herren drehten sich meist um die immer gleichen Themen: dass die Hübschlerinnen zu viel Geld für ihre Dienste und dass die Gastwirte unverschämt hohe Preise für Speisen und Getränke verlangten.

»Das Schlimmste dabei ist«, monierte der Notar, »dass bei den Klagen immer mein Name fällt – so, als könne ich etwas dafür, wenn die Leute über ihre Verhältnisse leben. Es wird in Konstanz keiner gezwungen, etwas zu konsumieren, was er sich nicht leisten kann.

Ist es etwa meine Schuld, wenn der König die Gehälter seiner Herren nicht pünktlich ausbezahlt? Und wer zwingt sie, sich in Hurenhäusern herumzutreiben und teuren Wein zu trinken?«

»Da muss ich Euch beipflichten, Vetter.« Magdalena schmunzelte. »Aber vielleicht gereicht es Euch zum Trost, Julius, dass sich die Betreffenden nicht nur über Konstanz, sondern fast noch mehr über die Stadt Überlingen auf der anderen Seeseite beklagen?«

»So? In der Tat ein kleiner Trost. Ich jedenfalls tue, was

ich kann, und Ritter Bodmann und seine Stadtknechte sorgen, so gut es geht, für Ordnung. Erst gestern habe ich den Fischern einen strengen Verweis erteilt, weil sie versuchten, ihre beliebten Felchen viel zu teuer zu verkaufen.«

Ende April wurde Magdalena von Frater Gregor zu einem italienischen Herrn, einem noch jungen Geistlichen aus Florenz, geschickt, der im Haus Zum Grauen Wolf logierte.

»Der edle Herr leidet an Appetitlosigkeit und Bauchkrämpfen. Den leidvollen Ausführungen seiner Dienerschaft entnehme ich, dass er sich ärger als ein kleines Kind aufführt, welches von Winden geplagt wird. Vielleicht solltet Ihr ihm Fencheltee vorbeibringen und ihm einen warmen Leibwickel anlegen.«

Der Bruder Apotheker schien nicht sehr besorgt, was den Gesundheitszustand des Italieners betraf. »Ich vermute, der Monsignore hat es übertrieben mit dem Genuss von Wildenten und heimischem Rebensaft. Ach ja! Ein Abführmittel aus Sennesblättern wäre gewiss auch nicht verkehrt.«

»Gut, Frater Gregor. Das trifft sich ausgezeichnet mit meinem Vorhaben, noch bei Mariechens Mutter vorbeizuschauen. Die Frau hat sich offenbar am Arm eine Brandverletzung zugezogen, weil sie mit dem Herdfeuer unvorsichtig umgegangen ist.«

Als Magdalena im Grauen Wolf, der Herberge des Geistlichen, eintraf und sich den Erkrankten ansah, erschrak sie. Dieses schweißüberströmte, graugelbe, vor Schmerz verzerrte Gesicht gehörte mit Sicherheit keinem, der sich lediglich durch Völlerei den Magen verdorben hatte. Stöhnend und beinahe ohne Bewusstsein lag der Mann aus Florenz in seinem prunkvollen Bett. Mit Mühe konnte er der Apothekerin, die man umgehend in sein Gemach geführt hatte, die Stelle an seinem Körper zeigen, an welcher der ganz besondere Schmerz ihn quälte. Dann verlor der Geistliche vollends das Bewusstsein.

Magdalena tastete den etwas angeschwollenen Unterleib ab und als sie ihre Finger unterhalb des Nabels seitlich rechts aufsetzte, stöhnte der Kranke trotz seiner Ohnmacht auf.

»Um Himmelswillen, das bedeutet nichts Gutes«, dachte die junge Frau verzagt. Sie wusste, dass dort der Sitz des sogenannten Blinddarms war, eines kleinen wurmartigen Darmfortsatzes, der zu nichts nütze war, jedoch zu Entzündungen neigte.

Sie wusste außerdem: Falls diese Entzündung, die im Volksmund die »Seitenkrankheit« hieß, nicht von selbst zurückging, sondern zu eitern begann, war der Patient unweigerlich verloren. Der sich vermehrende Eiter ließ den Blinddarm platzen und ergoss sich in die Bauchhöhle, wo er eine Verunreinigung und Wundbrand im Körper – und damit einen elenden Tod – verursachte.

»So tut doch endlich etwas, Jungfer Apothekerin!«

Magdalena erwachte aus ihrer Erstarrung und musterte erschrocken den Mann im schwarzen Talar, der auf einmal neben ihr stand.

»Meine Tees und Salben sind hier vergebens«, flüsterte sie, um den Patienten nicht zu wecken. Am besten, er verweilte in seiner Ohnmacht – dann spürte er wenigstens nichts von den entsetzlichen Schmerzen, die ein Blinddarmdurchbruch verursachte.

»Was wollt Ihr damit sagen, Jungfer? Wenn Ihr unfähig seid, meinem Herrn zu helfen, dann schafft uns wenigstens einen Medicus herbei, der mehr von diesen Dingen versteht! Und zwar schnell, wenn's beliebt!«

Die Stimme des noch jungen Kaplans klang zornig und besorgt zugleich. Magdalena straffte sich und sah dem Mann – offenbar der Sekretär des Monsignore – offen ins Gesicht.

»Ich verstehe immerhin so viel von dieser Erkrankung, dass ich Euch sagen kann, dass kein Arzt – und auch kein Chirurg oder Bader – Eurem Herrn helfen kann. Dazu müsste man den Leib des Monsignore öffnen und den vereiterten Blinddarm entfernen. Das bedeutet einen Eingriff, den kein Arzt wagen wird. Aber selbstverständlich werde ich einen Medicus holen! Vielleicht – und beinahe hoffe ich es – irre ich mich, und Euer Herr leidet an etwas gänzlich anderem. Ich bin in Kürze wieder da und bringe Euch Doktor Schwälble mit.«

Damit drehte Magdalena sich um, verließ das Schlafgemach und eilte die Treppe hinab, hinaus auf die Straße, um den Genannten in der Seestraße zu alarmieren. Schwälble besaß in Konstanz einen ausgezeichneten Ruf und arbeitete bestens mit der Apotheke der Franziskaner zusammen.

»Lieber Herrgott, lass den Doktor zu Hause sein! Und gib, Heilige Muttergottes, dass ich mich täusche und es doch nicht das ist, wofür ich es halte«, betete sie halblaut vor sich hin, ohne sich um die erstaunten Mienen der Passanten zu kümmern, welche die stadtbekannte Apothekerin noch nie so gesehen hatten: Einerseits aufgeregt und andererseits wie erstarrt und unter Schock. Und Selbstgespräche führte sie im Allgemeinen auch keine …

»Die Verantwortung meines Berufes verlangt, dass ich mich absichere, wenn ich Zweifel habe, Doktor Schwälble. Bitte kommt mit mir und seht Euch den Patienten an! Womöglich befinde ich mich im Irrtum und dem Mann könnte doch geholfen werden. Ich würde mir ein diesbezügliches Versäumnis nie verzeihen!«

»Das ist sehr löblich von Euch, Jungfer Magdalena«, gab der Arzt zur Antwort, packte seine Tasche und lief der jungen Frau hinterher. Schnaufend und ordentlich schwitzend kam Schwälble, der mit der Apothekerin kaum Schritt zu halten vermochte, beim Grauen Wolf an. Bereits beim Erklimmen der Stiege hörten sie das qualvolle Jammern des Kranken.

Der Monsignore hatte sein Bewusstsein längst wiedererlangt und litt unsägliche Schmerzen. Die Untersuchung des Doktors war äußerst kurz. Die Sachlage war eindeutig. »Sorgt dafür, dass der Patient noch beichtet und die Sterbesakramente empfängt«, empfahl Schwälble dem fassungslosen Sekretär und den drei Dienern des Geistlichen. »Da ist jede ärztliche Kunst vergebens. Die Apothekerin hatte leider Recht.«

»Ist denn wirklich gar keine Rettung mehr möglich?« Der Kaplan schien untröstlich. Schwälble und Magdalena schüttelten traurig die Köpfe.

»Wir werden ihm ein Medikament verabreichen, das seine Schmerzen dämpft. Nach der Beichte soll Frau Magdalena das wiederholen. So wird der Patient einschlafen und dabei in den Tod hinüberdämmern. Es tut mir leid, aber mehr kann niemand mehr für ihn tun.«

Solche Momente waren es, die Magdalena schier verzweifeln ließen. Warum war es den Ärzten nicht möglich, auch im Körperinneren der Patienten nach dem Rechten zu sehen? Bereits ihr Vater hatte ihr von im Ausland versuchten Eingriffen berichtet; die allermeisten waren schiefgegangen. Die Operierten bekamen hohes Fieber, fielen ins Delirium und starben unter großen Qualen.

»Herrgott! Bei so vielen Leiden hast du uns Erleuchtung geschenkt, wie sie zu kurieren sind! Weshalb gibst du uns nicht endlich das Wissen, wie wir operieren können – ohne die Kranken umzubringen?« Diese bittere Frage schoss Magdalena durch den Kopf, während sie dem Sterbenden sanft ein wenig Mohnsaft einflößte und seine Hand hielt, bis diese langsam kalt wurde und schließlich aus ihrer glitt.

Auf dem Heimweg weinte Magdalena.

KAPITEL 36

HUSSENS ERSTES GROSSES Verhör fand am 5. Juni 1415 statt – im Franziskanerkloster, in das er verlegt worden war und in dem er mittlerweile eine verriegelte Mönchszelle bewohnte. Der Theologe schien durch die sechsmonatige strenge Gefangenschaft, die karge Nahrung und das zeitweilige Anketten geistig keineswegs gebrochen – nur sein Gesundheitszustand war nach wie vor schlecht, obwohl sich hin und wieder ein Medicus seiner angenommen hatte.

Eigentlich wollte man sofort über ihn zu Gericht sitzen. Aber sein Schutzherr, Baron von Chlum, setzte es durch, dass der König zugestand, den Magister erst einmal anzuhören. Das war keineswegs selbstverständlich – genauso wenig wie ein Verteidiger. Zudem wurde die Sitte, persönliche Feinde eines Beschuldigten nicht als Zeugen zuzulassen, ständig unterlaufen. Das Ärgste war, wie Magdalenas Vetter kopfschüttelnd monierte, dass eine Gruppe von Prälaten, die vermutlich noch nie eine Zeile von Wyclif oder Hus gelesen hatten, durch wüste Zwischenrufe der Vernehmung Sinn und Würde raubten.

Als Julius Zängle sich während der Mittagspause kurz mit Magdalena traf, verlieh er seinem Erstaunen Ausdruck, dass er bisher eigentlich geglaubt habe, die Teilnehmer einer Gerichtsverhandlung würden eine gewisse Disziplin wahren.

Beim nächsten Verhör am Nachmittag desselben Tages war auch der König – in theologischen Fragen keineswegs ungeschult – anwesend. Das hatte zumindest den Vorteil, dass die aufgehetzte Meute sich einigermaßen zügelte. Das Verhör blieb allerdings weitgehend in endlosen Debatten über die Auslegung bestimmter Lehrsätze stecken. Für Hus wurde es erst gefährlich, als man ihm nachweisen wollte, er sei keineswegs freiwillig nach Konstanz gekommen.

Dem widersprach der Reformator heftig:

»Ich bin sehr wohl aus freien Stücken gekommen! Hätte ich nicht kommen wollen, so gibt es viele mächtige Herren in Böhmen, in deren Burgen ich mich hätte verbergen können.«

Chlum in seiner Unbedachtheit bestätigte das aufs Lebhafteste: »Viele große Herren mit mächtigen Trutzburgen hätten Jan Hus in Schutz genommen – auch gegen den Willen der Könige Sigismund und Wenzel!«

Das roch nun allzu sehr nach Insubordination und Aufruhr. Spätestens in diesem Augenblick stand das Schicksal des frommen Magisters aus Prag mehr oder weniger auf Messers Schneide.

Sigismund seinerseits betonte, einem Ketzer habe er freilich kein freies Geleit zusichern dürfen und einen Häretiker wolle er auch nicht verteidigen. Hus reagierte geistesgegenwärtig.

»Erlauchter Fürst! Ihr wisst, dass ich aus freiem Willen hierher kam. Und nicht etwa, um verstockt auf meinen Thesen zu beharren, sondern um mich belehren zu lassen und mich dann zu korrigieren, falls ich mich vielleicht geirrt haben sollte.«

Am 7. und 8. Juni setzte man die wenig ergiebigen Verhöre fort. Danach wurde der Gefangene jedes Mal in seine Zelle zurückgebracht, wo bereits die heilkundige Magdalena mit einer Arznei gegen sein Gallensteinleiden bereit stand. Sie verabreichte ihm Auszüge aus Mariendistel, Schafgarbe und Löwenzahn sowie einen Saft aus Benediktenkraut und Roter Bete.

Bei diesen Gelegenheiten konnte Magdalena auch endlich wieder einmal ein längeres Gespräch mit Bruder Johannes führen. Der junge Mönch und Medicus, ein aufmerksamer Beobachter des Konzils, litt nicht nur unter großem Heimweh nach seinem Konvent in den welschen Bergen, sondern auch an der Unmöglichkeit, mit »Donna Maddalena« Unterhaltungen zu führen, wann immer er wolle.

Mit Wehmut gedachte der Franziskanermönch der wundervollen Wanderungen in den Bergen, die er einst mit der jungen Frau unternommen hatte.

Ihr war es nicht möglich, ihn im Kloster in seiner Zelle aufzusuchen, und er sah keine Chance, sich, ohne Verdacht zu erregen, längere Zeit in der Apotheke, die eindeutig nicht zu seinem Aufgabenbereich gehörte, aufzuhalten. Von gemeinsamen Spaziergängen ganz abgesehen …

Die junge Frau mochte Bruder Johannes sehr – hatte der Frater ihr doch nach ihrem schweren Schicksalsschlag wieder herausgeholfen aus dem Tal der Tränen. Dennoch war sie fast schon erleichtert darüber, mit dem attraktiven Franziskaner nahezu keinen Kontakt mehr zu haben.

Zu gefährlich könnte er ihr werden mit seinen Glutaugen

und der sanften Stimme … Und das wäre eine Katastrophe! Nein, sie wollte nicht die Schuld daran tragen, dass er seinen Gelübden untreu würde. An eine gemeinsame Zukunft war ohnehin nicht zu denken: Als Liebespaar wären sie Ausgestoßene und müssten aus der Stadt fliehen – und was sollte dann aus ihnen werden? Zwar war es nicht selten, dass Geistliche eine Geliebte hatten, doch offiziell wurde dies keineswegs geduldet – und eine Möglichkeit der Legitimierung einer derartigen Beziehung gab es erst recht nicht.

Zudem ahnte Magdalena, dass der Mönch, sobald der erste Liebesrausch verflogen wäre, voll Ernüchterung ihr die Schuld daran gäbe, dass er sein Gelübde gebrochen hätte. Womöglich würde er sie dann als Verführerin hassen … Von solch unglücklich endenden Liebesgeschichten hatte sie nicht nur eine gehört. Und nicht zuletzt war Magdalena noch lange nicht bereit, sich wieder auf einen Mann einzulassen. Im Augenblick war ihr Leben auch so schon aufregend genug – und Konrad geisterte weiterhin durch ihre Träume, auch wenn sie sich dies nie eingestanden hätte.

Die Causa Jan Hus nahm indes ihren schrecklichen Fortgang: Zum Eklat kam es, als die These des Magisters verlesen wurde, wonach ein Papst, Bischof oder Prälat, der in Todsünde lebe, kein Papst, Bischof oder Prälat sei.

Der König wurde sofort herbeigeholt, denn Hus sollte dies auf der Stelle widerrufen. Der Böhme sah Sigismund jedoch unerschrocken in die Augen und sagte: »Auch ein König, der in Todsünde lebt, ist vor Gott kein König.«

In dem Saal, in dem normalerweise ständig ein gewisser Lärmpegel herrschte, breitete sich lähmende Stille aus. Man hätte eine Stecknadel fallen hören. Der Herrscher zuckte mit keiner Wimper, aber er und alle anderen hatten die Anspielung genau verstanden.

Es war kein Geheimnis, dass Sigismund und Königin Barbara keine besonders glückliche Ehe, die überdies kinderlos geblieben war, führten. Der König betrog seine Gemahlin ständig – so wie sie ihn. Zudem war er ein notorischer Bordellbesucher. Weil die jeweiligen Stadtväter das wussten, schenkten sie für gewöhnlich dem Monarchen, wenn sie ihn günstig stimmen wollten, einen oder gar mehrere Tage in besonders ausgewählten Hurenhäusern, wo ausnehmend hübsche Venusdienerinnen seine Wünsche erfüllten.

Auch die heilige Konzilsstadt Konstanz machte dabei keine Ausnahme: Insgesamt drei Tage – und Nächte – spendierten die Räte der Stadt Sigismund und seinen Begleitern. Hannes Schwertle, der Hurenwirt, erwarb sich dabei nachweislich das ganz besondere Wohlwollen des Herrschers …

Dass Hus ausgerechnet darauf anspielte – vor Zeugen und in einem Kloster noch dazu –, das ging entschieden zu weit. Aber Sigismund war ein aalglatter Diplomat und ließ sich nichts anmerken.

»Johannes Hus! Lasst Euch gesagt sein: Kein Mensch lebt ohne Sünde.«

Des Herrschers Stimme klang emotionslos, und der Blick seiner blauen Augen war eisig. Es gelang ihm in diesem heiklen Augenblick, die Würde eines Monarchen zu wahren. Aber insgeheim war vermutlich die Entscheidung gefallen: Hus würde ins Feuer gehen.

Die Entwicklung des Prozesses ging Magdalena näher als sie es erwartet hätte. Doch die regelmäßigen Besuche bei dem kranken, doch innerlich unbeugsamen Reformator, der sich standhaft weigerte, seine Thesen zu widerrufen, beeindruckten sie – und nahmen sie für Hus ein, auch wenn sie nicht ganz begreifen konnte, warum er für seinen Starrsinn bereit war, sein Leben zu opfern.

Es nahte der letzte Akt dieses Dramas, mit großem Pomp inszeniert, um alle Beteiligten und vor allem die Zuschauer zu beeindrucken. Als Bühne wählte man das Münster, das bis auf den letzten Platz besetzt war. Sigismund saß in vollem Ornat auf einem Thronsessel, neben sich den Pfalzgrafen mit dem Reichsapfel, Friedrich von Hohenzollern mit dem königlichen Zepter, den bayerischen Herzog mit der Krone und einen ungarischen Magnaten mit dem Reichsschwert.

Das Schlussurteil verlas der Bischof von Concordia. Es beinhaltete die Verdammung der hussitischen Artikel sowie die Anordnung, Hussens sämtliche Schriften zu verbrennen und diejenigen der Häresie anzuklagen, die seinen Lehren anhingen.

Man degradierte den Magister in aller Öffentlichkeit, indem man ihn des Kreuzes, das er um den Hals trug, und seiner priesterlichen Gewänder beraubte, ihm das Haupthaar schor und ihn in ein graues Büßergewand hüllte. Zum Schluss setzte man ihm einen papierenen Hut auf, auf dem zwei rote Teufel und das Wort »Erzketzer« aufgemalt waren.

Dann verkündete der Bischof laut: »Das Heilige Konzil hat Johannes Hus aller geistlichen Würden und Rechte beraubt. Wir übergeben ihn damit dem weltlichen Gericht.«

Der König selbst sagte kein Wort. Aber der Pfalzgraf rief Hans Hagen, den Vogt von Konstanz, herbei und befahl ihm: »Übernehmt nun den Häretiker! Er ist nach des Königs und meinem Befehl zu verbrennen.«

Ritter Bodman und die Stadtsoldaten führten daraufhin den Magister hinaus und brachten ihn auf eine Wiese jenseits der Stadtmauer, wo die öffentlichen Hinrichtungen stattfanden. Die hochwürdigen Prälaten und die erlauchten weltlichen Würdenträger ersparten sich das grausige Finale. Stattdessen war das Volk zugegen, Männer, Weiber und selbst Kinder hatten sich in großen Mengen eingefunden.

Auch Bernhard und Magdalena sowie Doktor Julius Zängle waren darunter. Aber sie waren nicht von Genugtuung erfüllt, sondern trugen Trauer und Wut im Herzen. Für die meisten Gaffer jedoch war eine Verbrennung ein herrliches Schauspiel; es herrschte, wie bei solchen Anlässen üblich, regelrechte Volksfeststimmung.

Der Henker band Hus an einen Pfahl, um ihn herum wurden Holz, Reisig und Stroh aufgeschichtet. »Zündet den Teufel an!«, schrien etliche inmitten der erregten Menge, während von anderen zu hören war: »Ja, lasst den Ketzer endlich schmoren!«

Hus richtete sein Gesicht gen Himmel und betete laut und andächtig, wobei er seinen Geist in Gottes Hände befahl. Julius Zängle war von dieser unerschütterlichen Frömmigkeit so stark beeindruckt, dass er laut nach einem Beichtvater für den Verurteilten verlangte.

Magdalena blieb beinahe das Herz stehen vor Furcht, als sie miterlebte, wie ihr Vetter sich unerschrocken an einen feisten Pfaffen wandte, der nahebei in seidenem Gewand auf seinem Pferd saß.

Der Priester lehnte es jedoch kühl ab, dem Todgeweihten die Beichte abzunehmen: »Es handelt sich schließlich um einen Ketzer!«, wehrte er mit allen Anzeichen frommer Empörung dieses Ansinnen ab.

Eine allerletzte Formalität stand noch aus. Aber schon galoppierte der Reichsmarschall von Pappenheim heran. Soldaten mussten ihm erst gewaltsam den Weg freimachen, so dicht stand die Menge um den Scheiterhaufen herum. Der Marschall überbrachte des Königs letzte Aufforderung zum Widerruf. Hus weigerte sich erwartungsgemäß, worauf Pappenheim die Hand hob und der Nachrichter die lodernde Fackel an das Reisig hielt.

»Der Schwere der Häresie und seiner Verstocktheit wegen«, wurde dem Reformator die Gnade verwehrt, vom Henker vor dem Verbrennen erdrosselt zu werden.

Jan Hus sang bis zuletzt geistliche Lieder. Solange sein Atem reichte, konnten die Zuschauer hören, wie er den Herrn Jesus Christus bat, er möge sich seiner erbarmen. Magdalena vermochte schließlich nicht mehr, ihre Tränen zurückzuhalten, sollten die Umstehenden doch denken, was sie wollten! Nach einer Weile schlugen Hus die prasselnden Flammen ins Gesicht. Das Feuer loderte mächtig, denn um das Ganze zu beschleunigen – und damit dem Verurteilten noch längere Qualen zu ersparen – hatte der Henker flüssiges Pech auf das Holz geschüttet.

Magdalena stockte vor Entsetzen fast der Atem, als sie sah, wie der Reformator, dessen Körper bereits völlig hinter der Feuersbrunst verschwand, sein Haupt ruckartig hin- und herbewegte –, als mache er einen letzten verzweifelten Versuch, seine Haut zu retten. Seine immer schwächer werdenden Schmerzensschreie wurden schließlich vom Prasseln des Feuers übertönt und vom Rauch erstickt.

Allmählich entfernten sich die Zuschauer vom Ort des grausigen Geschehens, denn ein äußerst ekelerregender Gestank begann sich zu verbreiten.

»Es riecht nicht nur nach verbranntem Fleisch, sondern auch nach Aas«, murmelte Zängle und verzog angewidert das Gesicht. Magdalena nickte. »Anscheinend haben sie unter dem Scheiterhaufen ein totes Tier vergraben, um dem Volk zu suggerieren, es sei Hus, der die Ausdünstungen der Hölle verbreitet.«

Als endlich der Leichnam verkohlt war, luden die Henkersknechte die irdischen Überreste des Reformators auf einen Schubkarren, fuhren damit zum Rheinufer und versenkten sie im Fluss.

Von diesen Männern wurde später auch verbreitet, ein Kardinal habe ein verendetes Maultier an der Hinrichtungsstätte vergraben lassen – aus genau dem Grund, den Magdalena bereits vermutet hatte: Durch die Hitze des brennenden Reisighaufens platzte das Erdreich auf, und der Verwesungsgestank wurde freigesetzt.

Die Bilder jenes Tages gingen Magdalena nicht mehr aus dem Kopf, und eine Zeit lang schreckte sie nachts aus schweren Träumen auf, in denen sie das schmerzverzerrte Gesicht des sterbenden Jan Hus vor sich sah, umrahmt von einem Flammenkranz. Erst nach und nach wich das Grauen in ihrer Erinnerung jenen Augenblicken, in denen sie ihn in seiner Zelle versorgt und ihn als aufrechten und unerschrockenen Kämpfer kennengelernt hatte.

In Konstanz bestand inzwischen Einigkeit darüber, dass das Konzil auch ohne Papst nicht aufgelöst sei. Solange so viele Aufgaben noch ihrer Lösung harrten, dürfe zudem kein weiterer Teilnehmer mehr die Stadt verlassen. Damit stellte sich das Konzil eindeutig gegen den geflohenen Johannes XXIII., der inzwischen rechtskräftig verurteilt worden war. Man schaffte einen Goldschmied herbei, der das päpstliche Siegel und den kostbaren Fischerring zerbrach. Am 3. Juni 1415 wurde Baldassare Cossa in das befestigte Schloss Gottlieben verbracht, wo er – welch eine Ironie des Schicksals – im selben Kerker einsaß wie vor ihm Magister Hus.

Von »Baldo« ginge fortan keine Gefahr mehr aus. Magdalena, die mit einigem Entsetzen den Prozess gegen ihn und sein täglich länger werdendes Strafregister verfolgt hatte, musste dennoch auch immer daran denken, wie großzügig er sich ihr gegenüber erwiesen und welch inspirierende und interessante Gespräche sie mit ihm geführt hatte. Das, was in den Chroniken stand, war doch immer nur ein Teil der Wahrheit, dachte sie nicht zum ersten Mal.

Die Einwohner von Konstanz und Umgebung nahmen den Entschluss, das Konzil weiter tagen zu lassen, überwiegend mit großer Genugtuung auf. Die Menschenmassen, die sich in den engen Gassen drängten, ließen doch jede Menge Geld in den Händen geschäftstüchtiger Bürger. Jeder kleine Lastenträger, jede schlichte Putzmagd, jeder Botenjunge und alle Weinkellnerinnen besaßen die Möglichkeit, sich ein Zubrot zu verdienen, und auch der Stadtkämmerer freute sich über den reichen Geldsegen, der in seine Kasse floss.

Ein Nachbar Zängles, ein äußerst geschäftstüchtiger Bürger, verkaufte gar die Dienste seiner Ehefrau an Kanzleiangestellte des Königs. Sie verdiente dabei fünfhundert Dukaten, von denen der Ehemann sich ein weiteres Haus in Konstanz kaufte.

Über die beinahe täglich erfolgenden Pöbeleien und Schlägereien, sogar über einige tödlich verlaufende Messerstechereien sah nicht nur der Stadtvogt Hans Hagen großzügig hinweg; nach jeweils kurzer Untersuchung des Falles wurde der Mantel des Schweigens darüber gebreitet: Das Gefängnis der Stadt reichte ohnehin nicht aus, alle ausländischen Kriminellen aufzunehmen.

KAPITEL 37

DIE NÄCHSTEN WOCHEN brachten für Magdalena und Bernhard in der Apotheke so viel Arbeit mit sich, dass sie meist erst nach Mitternacht todmüde nach Hause wankten und sofort auf ihr Lager fielen, um dieses bereits beim ersten Hahnenschrei erneut zu verlassen.

Eine Seuche hatte sich in Konstanz ausgebreitet, die mit Leibschmerzen, quälenden Blähungen und schwerem, wässrigem Durchfall einherging. Bruder Gregor, der selbst zu den Erkrankten gehörte, musste das Bett in seiner Zelle hüten. Schweren Herzens überließ er Magdalena das Regiment in »seiner« Apotheke.

Sie hielt Bernhard und die anderen Helfer dazu an, Kümmel, Koriander und Fenchel in großen Mengen im Mörser zu zerstoßen. Diese Mischung vermengten sie mit zerriebenen Pfefferminzblättern und Tausendgüldenkraut. Die Kräuterextrakte, in hochprozentigem Alkohol angesetzt, sollte von den von Blähungen und Bauchschmerzen Befallenen vor jeder Mahlzeit eingenommen werden, wobei Magdalena jeweils dreißig Tropfen des Elixiers empfahl, um dem peinlichen Übel abzuhelfen.

Für den weitaus gefährlicheren Durchfall hatte sie noch andere Mittel parat.

»Wiegt jeweils zehn Gramm Blutwurz ab, dazu die gleiche Menge an Ruprechtskraut, Nelkenwurz, Eichenrinde und Thymiankraut, zerkleinert alles und vermischt es gut miteinander«, befahl sie ihrem Lehrling, und Bernhard machte sich mit Feuereifer daran. Diese Menge der als Tee zu konsumierenden Arznei entsprach der verordneten Dosis pro Patient, und die Vorräte sollten wieder für einige Tage und einige Kranke reichen.

Die Patienten mussten außerdem viel Wasser zu sich nehmen, um den gefährlichen Flüssigkeitsverlust auszugleichen, ein Hinweis, den Magdalena ihnen stets mit auf den Weg gab.

»Dann müsste jeder Befallene eigentlich bald eine deutliche Besserung verspüren«, erklärte sie ihren Mitarbeitern im Hinterzimmer der Apotheke. »Zum Glück geht mit der Krankheit kein hohes Fieber einher.«

»Und wie sollen die Leute diesen Tee zubereiten?«, verlangte Frater Albert, ein noch ganz junger Ordensbruder, zu wissen. Er hatte gerade erst begonnen, sich mit Arzneimittelkunde zu beschäftigen.

Da aber konnte ihm Bernhard, der schon eine Menge gelernt hatte, Auskunft erteilen: »Man muss einen gestrichenen Suppenlöffel voll in einen kleinen Topf tun und mit einem Viertelliter Wasser kurz erhitzen – nicht kochen! –, das Ganze dann etwa fünf Vaterunser lang ziehen lassen und hernach abseihen. Dann soll man den Tee trinken, sobald er nicht mehr allzu heiß ist.«

Der Jüngling schielte nach Magdalena und als er sah, dass sie zufrieden nickte, war er sehr stolz.

»Was macht eigentlich Diarrhöe so gefährlich?«, wollte der junge Klosterbruder wissen. »Wenn einem der Körper mal so richtig durchgeputzt wird, kann das doch nicht schaden, oder?«

Magdalena lachte.

»Der Mensch ist keine schmutzige Stube, Frater Albert, deren Fußboden immer mal wieder mit viel Seifenlauge gereinigt werden muss«, sagte sie. »Beim Durchfall verliert der Körper zu viel Flüssigkeit, zu viel an guten Säften, die er dringend braucht. Wenn dieser Zustand zu lange andauert, macht ihn das schlapp und hinfällig. Das kann bis zum Tod durch Herzschwäche führen, der Patient trocknet richtiggehend aus. Daher sollten Menschen mit diesem Leiden sehr viel trinken.«

Die Seuche breitete sich rasch rings um den Bodensee aus und griff bald auf das Hinterland über. Wie Zängle erfuhr, traf sie die Bewohner der Stadt Ravensburg ganz besonders hart. Zeitweilig kam das öffentliche Leben dort fast völlig zum Erliegen, weil die Betroffenen sich entweder keuchend auf ihren Lagern wälzten oder halbe Tage stöhnend auf dem Abtritt verbrachten. In Konstanz mussten die Konzilsverhandlungen im Münster für eine Woche unterbrochen werden.

»Das ständige Entweichen stinkender Darmwinde macht eine Konferenz an diesem heiligen Ort unmöglich«, erklärte der Notar ganz ernsthaft, aber Berta und auch Magdalena verbissen sich nur schwer das Lachen und platzten erst los, als Bernhard noch seinen Senf dazugab:

»Stellt euch vor, rings um euch herum donnerndes Gefurze! Wie soll da einer noch einen vernünftigen Gedanken formulieren? Kaum meldet sich eine dieser theologischen Koryphäen zu Wort, muss er nach einem Satz wieder aufhören, die Backen zusammenkneifen und machen, dass er hinaus auf den Abtritt kommt.«

»Wo dann bestimmt schon ein anderer sitzt und stöhnt«, fügte Berta kichernd hinzu, die dank Lenas Heiltränklein keinerlei Beschwerden hatte.

»Ja, das kam tatsächlich dauernd vor«, bestätigte grinsend der Notar. Auch er konnte sich der allgemeinen Heiterkeit nicht mehr entziehen. »Vor den drei Aborten standen bisweilen Schlangen edler, gelehrter Herrschaften, die sich ächzend den Bauch hielten und dabei inständig hofften, sich nicht die Hosen vollzumachen.«

Jetzt lachten alle vier schallend. Allein die Vorstellung war zu komisch – obwohl die Krankheit an sich für die Betroffenen keineswegs lustig war.

»Wird nicht mehr lange dauern und die Eidgenossen trifft's auch«, unkte Bernhard, und niemand widersprach; solche Seuchen schienen mit dem Wind zu fliegen.

»Das übliche dumme Geschwätz von der Brunnenvergiftung durch die Juden unterbleibt dieses Mal wenigstens, weil die Hebräer von der Krankheit genauso stark betroffen sind wie die Christen«, stellte Magdalena mit Befriedigung fest.

Was ihr die nächsten Tage zunehmend Sorgen bereitete, war, dass ihre Behandlung bei Frater Gregor so gar nicht anzuschlagen schien. Im Gegenteil, es ging dem Apotheker immer schlechter. Magdalena war hin und her gerissen. Sie glaubte ein geeignetes Mittel zu kennen, dass auch in schwereren Fällen zu helfen vermochte.

Das Problem war, dass bisher – außer ihr selbst – noch niemand dieses Mittel mit Erfolg angewendet hatte. Auch sie hatte die Seuche nicht verschont, aber bereits am nächsten Tag war sie, dank ihres Wundermittels, soweit wiederhergestellt, dass sie in der Apotheke ihren Pflichten nachgehen konnte, und am übernächsten Tag war sie vollkommen gesund.

Sie wagte es schließlich, sich Betz anzuvertrauen: »Hört zu, Betz, ich kenne ein Heilmittel, das bisher noch niemand ausprobiert hat. Meint Ihr, ich sollte es bei Frater Gregor zur Anwendung bringen?«

Die jungen Leute diskutierten eingehend die Vor-, aber auch die möglichen Nachteile.

Als es Frater Gregor am selben Tag noch schlechter ging, beschloss Magdalena kurzerhand, einen Versuch zu wagen.

Sie war sich sicher, dass es dem Ordensbruder ebenso wie zuvor ihr selbst helfen würde. Das Einzige, was ihr etwas Sorge bereitete, war die Tatsache, dass ihr Frater Malachias nicht von der Seite wich. So als ahne er, dass sie etwas Ungewöhnliches vorhatte.

»Was ist das?«, fragte der missgünstige Rivale scheinbar interessiert, während er beobachtete, wie Magdalena kleinere Bröckchen von rötlichweißer und messinggelber Färbung in einem Mörser zerstampfte und zu feinem Pulver zerrieb.

»Das ist ein Mineral, das in Wittichen im Schwarzwald abgebaut wird. Ich habe es kürzlich von einem fahrenden Händler erworben.«

»Seid Ihr schon so tief gesunken, dass Ihr auf derlei unwirksames Zeug zurückgreifen müsst?«, erkundigte sich der Frater mit ätzendem Spott.

»Beruhigt Euch, Frater Malachias«, entgegnete Magdalena, mühsam ihre Ruhe bewahrend, während sie den Stößel weiter im Mörser bewegte.

»Schon mein verstorbener Vater, der anerkannte Stadtapotheker von Ravensburg, kannte dieses Zeug, wie Ihr es nennt. Es heißt Bismutum, das bedeutet ›in sumpfigen Bergwiesen geschürft‹, und hilft gegen entzündete Wunden. Wenn Ihr einen eitrigen Fingernagel habt, hilft ein Umschlag mit diesem Pulver, und Ihr seid das Übel los. Allerdings ist das Bismutum ungeheuer giftig. Ein Zuviel davon ist absolut tödlich. Wie immer kommt es auf die richtige Dosis an.« Die letzten Sätze waren Magdalena, die wie immer ganz in ihrem Element war, wenn sie über Heilpflanzen deklamierte, herausgerutscht ohne nachzudenken. Ein verstohlener Blick auf Malachias ließ sie ahnen, dass dies womöglich alles andere als klug war.

Und tatsächlich kam sogleich die misstrauische Nachfrage: »So so. Und was wollt Ihr jetzt damit?«

»Mich hatte die Seuche auch erwischt, und ich habe es mit Bismutum probiert – und siehe da! Mir fehlt nichts mehr«, beeilte Magdalena sich zu erklären, wobei sie in ihre Worte so viel Überzeugungskraft wie möglich legte. »Jetzt denke ich, es ist an der Zeit, auch Frater Gregor an der Entdeckung teilhaben zu lassen, ehe er noch schwächer wird und uns womöglich wegstirbt.«

Sie hatte kaum ausgesprochen, da war Malachias auch schon weg. Eilends trommelte er die Brüder des Konvents zusammen. Das heißt die wenigen, die ihre Zelle überhaupt noch verlassen konnten. Vor Leibschmerzen zusammengekrümmt schleppte sich auch der Prior ins Refektorium.

»Ungeheuerliches habe ich Euch zu vermelden, ehrwürdiger Vater Prior und meine lieben Brüder!«, plusterte der Intrigant sich auf. »Unsere famose Apothekerin schickt sich an, Frater Gregor zu vergiften!«

Seine Worte wirkten, als hätte er ihnen den Boden unter den Füßen weggezogen. Alle schrien wild durcheinander. Das war doch nicht möglich! Was war bloß in die junge Frau gefahren? Als einigermaßen Ruhe eingekehrt war, bat der Prior mit schwacher Stimme um Aufklärung.

»Ich habe mit meinen eigenen Augen gesehen, wie das Weib den Rock gehoben und ein Säckchen aus den Gewandfalten hervorgeholt hat, gefüllt mit merkwürdigen gelben Bröckchen einer Substanz, die nur Gift sein kann!«, erzählte Malachias mit donnernder Stimme, wobei seine Augen fanatisch glitzerten. »Diese tat sie in einen Mörser und zerrieb sie zu feinem Staub. Von mir über ihr befremdliches Tun befragt, behauptete sie frech, das sei ein neues Wundermittel, das sie an Bruder Gregor auszuprobieren wünsche. Es würde ihm sicher helfen, von der Seuche zu genesen. Wenn Ihr mich fragt, handelt es sich bei diesem Pulver jedoch um ein gefährliches Gift, welches sie Bismutum nennt. Ich habe noch nie davon gehört. Ihr etwa?«

Der Prior und die übrigen Fratres verneinten dies. Ein Heilmittel dieses Namens war ihnen völlig unbekannt.

»Das heißt aber nicht, dass es nicht andernorts ein anerkanntes Arzneimittel sein kann«, versuchte ein Bruder, die junge Frau in Schutz zu nehmen. Malachias wies ihn umgehend zurecht:

»Entschuldigt, Frater! Aber davon versteht Ihr nun wirklich nichts! Ihr seid ein Buchmaler, aber kein Heilkundiger. Wenn dieses Zeug tatsächlich auch nur von geringstem medizinischem Wert wäre, wüssten wir davon, das könnt Ihr mir ruhig glauben! Nicht umsonst genießt unser Kloster weit und breit den besten Ruf, was die Krankenheilung angeht.«

Die Fratres nickten. Das stimmte allerdings.

»Und falls das Mittel doch wirkt und unseren Frater Gregor wieder auf die Beine bringt?«, wagte ein anderer einen weiteren Einwand. »Dann wäre doch bewiesen, dass Frau Magdalena keine Giftmischerin ist! Und unser Kloster besäße in Zukunft eine unfehlbare Medizin gegen ähnliche Erkrankungen.«

Auch der Prior schien geneigt, sich diese Meinung zu eigen zu machen. Was allen klar war, war die Tatsache, dass Frater Gregor inzwischen so schwach und hinfällig schien, dass er ohne Hilfe – mochte sie auch noch so exotisch erscheinen – sehr wahrscheinlich dem Tod geweiht war.

»Dann handelt es sich bei Bismutum um ein Medikament des Teufels – und diese angebliche Apothekerin ist eine HEXE!«

Regelrecht hysterisch schleuderte Bruder Malachias das letzte Wort in den Raum. Die Mönche erstarrten und wagten kaum zu atmen. Keiner sprach ein Wort. Auch dem Prior verschlug es bei dieser schweren Anschuldigung die Sprache.

In diesem Augenblick öffnete sich die Türe des Refektoriums, und unter mehrmaligem Verbeugen tauchte der junge, vielversprechende Apothekersgehilfe Betz auf.

»Verzeiht mein Eindringen, Vater Prior! Ich komme im Auftrag von …«

»Du siehst doch, dass wir Wichtiges zu besprechen haben, Junge! Komm später wieder!« Malachias versuchte, den Burschen aus dem Refektorium zu scheuchen, der sich aber keineswegs einschüchtern ließ.

»Ich bitte um Vergebung, Frater! Aber mein Auftrag lautet, eine Frage an den ehrwürdigen Vater Prior zu richten«, rief er laut und drängte sich an Malachias vorbei, der versuchte, ihm den Zugang zu verwehren.

»Was gibt es denn, Betz?«, erkundigte sich der Prior freundlich. Er konnte den fleißigen und verständigen Lehrling der Pharmazie gut leiden. »Wie lautet deine Frage?«

»Frau Magdalena schickt mich zu Euch«, begann Betz, woraufhin Malachias sofort aufschrie: »Was? Diese, diese … Welche Dreistigkeit!«

Der Prior hob die Hand und sandte einen unwilligen Blick zu Frater Malachias.

Betz achtete indes gar nicht auf den missgünstigen Klosterbruder. Dass der von Magdalena nichts hielt, wusste er zur Genüge.

»Die Jungfer Apothekerin hat Kunde von einem neuen Arzneimittel. Es stammt …«

Malachias lachte laut. »Bestimmt von einem heidnischen Medizinmann aus dem fernen Afrika oder sonst einer gottverlassenen Gegend!«

Der Leiter des Konvents wurde jetzt ernsthaft unwillig.

»Seid so gut und haltet Euch zurück, Bruder. Wenn Ihr nichts dagegen habt, möchte ich jetzt gerne hören, was Frau Magdalena mir ausrichten lässt.« Worauf sich der Zurechtgewiesene beleidigt in eine Ecke zurückzog.

»Das Mittel namens Bismutum stammt aus Deutschland. Es ist ein Mineral und wird in Sachsen gewonnen und neuerdings im Schwarzwald in Wittichen«, erklärte Betz. »Von einem reisenden Heilmittelhändler hat Frau Magdalena es erworben. Der bestätigte, dass es gute Dienste leiste bei offenen und nässenden Wunden sowie bei Eiterbildung. Sie möchte es nun bei Frater Gregor ausprobieren – sie hat die Hoffnung, es könnte auch bei innerlichen Malaisen hilfreich sein.«

Um einen möglichen Einwand Frater Malachias' auszuschließen, fügte er sofort hinzu: »Frater Gregor selbst bittet im Übrigen darum, dass der Versuch gewagt werde! Aber Frau Magdalena möchte ohne Eure ausdrückliche Genehmigung nichts Derartiges unternehmen, Ehrwürdiger Vater!«

»Aber sie hat bereits alles vorbereitet, ja?«, wollte der Prior wissen.

»Ja, Herr! Sie wartet nur auf Euer Placet – ohne das wagt sie den Versuch auf keinen Fall! Sie legt auch Wert auf die Feststellung, dass sie weder Euch noch Frater Gregor die Zusicherung einer tatsächlichen Heilung geben kann.«

»Das ehrt sie«, befand der Prior. »Dass die junge Frau um Erlaubnis für ihr Tun bittet, überzeugt mich von ihrem guten Willen und ihrer Ehrenhaftigkeit. Eine Giftmischerin oder gar Hexe würde kaum so handeln. Soll sie es denn in Gottes Namen wagen! Ihr aber«, er wandte sich an die Brüder des Konvents, »geht in die Kapelle und betet für ein gutes Gelingen! Der Herr segne Euch.«

»Amen.«

Die Mönche – unter ihnen auch Malachias – taten, wie ihnen geheißen. Der Leiter des Klosters jedoch machte sich eilends auf zur Zelle des Apothekers. Er wollte sich Magdalenas Versuch nicht entgehen lassen.

Bereits einige Stunden nach Verabreichung einer winzigen Dosis des schwefelgelben Pulvers zeigten sich erste Anzeichen einer heilsamen Wirkung. Der Zwang zu erbrechen und die Übelkeit ließen deutlich nach.

Ja, Bruder Gregor verspürte sogar so etwas wie Appetit. Natürlich erhielt er vorsorglich nur dünnen, leicht gesalzenen Haferschleim. Als er diesen, genau wie den schwach aufgebrühten schwarzen Tee, bei sich behielt, waren alle im Kloster überzeugt davon, dass sich ihr Mitbruder auf dem Wege der Besserung befand.

»Sogar der Drang, mich ständig zu entleeren – auch wenn längst nur noch Wasser kommt – ist verschwunden«, freute sich Gregor, der bereits ein wenig Farbe im Gesicht zeigte und eine Weile im Bett aufrecht sitzen konnte.

»Der Herrgott will mich offensichtlich doch noch nicht.«

Die Stimme des Fraters klang noch ein bisschen schwach, aber er schmunzelte. Magdalena, die über Stunden an Gregors Krankenlager, das viele schon für sein Totenbett hielten, ausgeharrt hatte, war überglücklich.

»Jetzt werde ich sofort anfangen, dieses Bismutum-Pulver auch für die übrigen von der Seuche befallenen Brüder herzustellen. Was bei Euch so vortrefflich angeschlagen hat, wird auch andere Kranke heilen.« Die Erleichterung stand auch ihr ins Gesicht geschrieben. Vorsichtig umfasste sie die noch etwas zittrige und kühle Hand des Ordensbruders.

»Ja, tut das, meine Liebe«, ermunterte Gregor sie. »Ihr

habt da etwas Neues gewagt – und Ihr wart erfolgreich damit. Viele an Magen- und Darmproblemen Leidende werden in Zukunft davon profitieren.«

KAPITEL 38

WÄHREND DIE MENSCHEN in Konstanz der Apothekerin des Franziskanerklosters von Herzen dankbar waren, ging ihr Vetter Julius Zängle nicht gerade angenehmen Zeiten entgegen. Zu den üblichen Beschwerden über schlechte Quartiere und zu hohe Preise gesellten sich jetzt die Klagen über zu wenige und vollkommen unzureichende Abtritte, Senkgruben und »Geheime Gemächer«.

Da aller Unrat nach alter Gewohnheit ohnehin in den See geleitet wurde, waren neuerdings die Ufer desselben bedeckt von einer stinkenden braunen Brühe, die einen breiten Schmutzrand bildete. Der verunreinigte Boden reichte etwa zehn Meter weit ins Land hinein. Die Fischer hatte der Notar Zängle bereits streng angewiesen, ja keine Reusen am Rande des Sees anzubringen.

Eines Tages verlor der sonst so ruhige und geduldige Mann die Nerven, als ihn ein Graf aus der Gefolgschaft König Sigismunds vor dem Münster mit einem gereimten Spruch vor den versammelten Herren lächerlich zu machen versuchte.

»Himmelherrgott noch mal! Mich stört der bestialische Gestank in den Häusern und Gassen genauso! Aber soll ich jetzt vielleicht auch noch schnell neue Scheißhäuser aus dem Boden stampfen?«, rief Zängle wütend aus und wurde dann knallrot, als die Zuhörer in schallendes Gelächter ausbrachen. Selbst König Sigismund verzog seinen kleinen, sinnlichen Mund mit den purpurfarbenen Lippen zu einem amüsierten Grinsen.

»Mein lieber Graf, treibt es mit Eurer Kritik nicht zu weit! Der Doktor Zängle könnte sonst ungnädig werden und fürderhin seine Mitarbeit beim Konzil verweigern. Und das könnte uns allen übel bekommen«, rügte er leise den spottlustigen Edelmann. Aber der Herrscher lächelte dabei und bezeugte damit, dass der Betreffende hoch in seiner königlichen Gunst stand.

Wie dem Übel beizukommen wäre, dafür hatten der Schultheiß und der Rat der Stadt zu sorgen. Julius Zängle war durchaus bereit, mit Ratschlägen zu einer vernünftigen Lösung beizutragen.

So unversehens wie die Seuche gekommen war, verschwand sie auch wieder. Etlichen hatte sie das Leben gekostet, vor allem Alten, anderweitig Kranken und vielen kleinen Kindern. Magdalena atmete auf – und ahnte freilich nicht, dass ihr Ungemach von einer ganz anderen Seite drohte: Malachias hatte die Demütigung, die er durch sie erfahren hatte, nicht vergessen. Im Geheimen scharte er seine Anhänger um sich, um zu einem letzten, vernichtenden Schlag gegen die ihm so verhasste junge Frau auszuholen.

Die Apothekerin indes machte sich eher Sorgen um Betz, der ihr gegenüber in letzter Zeit ein geradezu abweisendes Benehmen zeigte – ganz entgegen seines sonst so freundlichen und aufgeschlossenen Wesens. Der junge Bursche hatte freilich eine Beobachtung gemacht, die ihm überhaupt nicht schmeckte: Seine angebetete Lena hatte freundliche Blicke mit einem jungen Herrn gewechselt, der, wie es Betz schien, immer öfter in der Klosterapotheke auftauchte, um

Arzneien für sein Gesinde zu erstehen, von dem offenbar immer irgendjemand krank war …

Er würde diesen Kerl in Zukunft im Auge behalten, sollte dieser sich weiterhin in Magdalenas Nähe aufhalten, nahm Betz sich vor. Und wehe, er taugte nichts! Für »seine Herrin« war nur der Beste gerade gut genug. Eigentlich war er ja selbst in sie verliebt, war aber so einsichtig, sich keinerlei falschen Hoffnungen hinzugeben.

»Erstens bin ich zu jung für sie«, dachte er trübsinnig. »Sie ist mit neunzehn Jahren eine junge Frau, und ich bin in ihren Augen gewiss nur ein unreifer Bub. Des Weiteren stammt sie aus einem gutbürgerlichen, angesehenen und wohlhabenden Haus, während meine Familie arm ist und immer arm und bedeutungslos bleiben wird.«

Nein, für Magdalena kam Betz als Ehemann leider nicht in Frage. Aber aufpassen, dass sie nicht an den Falschen geriete, das konnte er allerdings. Und dieser geschniegelte Lackaffe war ihm alles andere als geheuer.

Magdalena selbst wäre nie darauf gekommen, dass der junge Mann, der neuerdings so oft in der Apotheke auftauchte, Betzens Eifersucht erregte. Zwar war ihr aufgefallen, dass der Stammkunde offenbar ein Auge auf sie geworfen hatte, doch es interessierte sie nicht. Sie war längst noch nicht wieder so weit, dass sie einem Mann ihr Vertrauen geschenkt hätte.

Wie gewohnt ging sie Tag für Tag ihrer verantwortungsvollen Arbeit nach, sammelte unter Mithilfe von Mariechen Heilkräuter in den Wäldern und auf den Wiesen der Umgebung – und vermied im Übrigen unliebsame Erinnerungen und Gedanken. Das Leben »allein« war indes leichter zu bewerkstelligen, als sie befürchtet hatte.

»Ich werde wohl als alte Jungfer sterben«, ging es ihr bisweilen abends vor dem Einschlafen durch den Kopf. Allmählich verlor dieser Gedanke für sie seinen Schrecken.

Es war schließlich besser, allein zu bleiben, als den Erstbesten zu nehmen, der womöglich gar nicht zu ihr passte und ihr nur neues Leid zufügen würde.

Ein Stück weit hatte sie mit ihrer Vergangenheit sogar schon Frieden geschlossen. Nur hin und wieder ergriff sie noch die blanke Wut, sobald sie an den Betrug ihres Vormunds dachte. Sie glaubte auch nicht mehr daran, dass Julius es schaffen könnte, ihr zu ihrem Recht zu verhelfen. Nicht, dass er es nicht wollte, aber er war mit anderen Dingen beschäftigt, und mittlerweile war zu viel Zeit verflossen. Möglicherweise war ihr Anspruch sogar schon verjährt.

Als sie den Menschen während der Seuche geholfen und wohl so manchen vor Schlimmerem bewahrt hatte, war erneut der Groll in ihr hochgestiegen: Mit Fug und Recht sollte sie in ihrer eigenen Apotheke stehen und für ihre eigenen Kunden sorgen. Die Anspannung und die Sorge um die Kranken wichen im Nachhinein dem Zorn über die Ungerechtigkeit des Lebens, der tagelang ihr Gemüt verdüsterte. Doch inzwischen hatte sie auch diesen überwunden und schien mehr und mehr einen gewissen inneren Gleichmut zu erreichen. Ihre Arbeit und das, was sie bei ihren gelegentlichen Besuchen in den Elendsvierteln sah, taten ein Übriges dazu, sich immer wieder vor Augen zu halten, dass sie trotz allem noch Glück gehabt hatte.

Etwas ganz anderes bereitete ihr allerdings zunehmend Kopfzerbrechen: Nach dem Ende der Seuche war ihr, der »Rose von Konstanz«, allenthalben große Verehrung entgegengebracht worden, beinahe jedermann sang ihr Lob. Seit einigen Tagen war aber eine merkliche Veränderung im Verhalten der Leute eingetreten. Es kam ihr beinahe so vor, als würde man sie meiden. Männer und Frauen, die sie als Patienten kannte, schlugen auf offener Straße die Augen nieder, um sie nicht grüßen zu müssen. Andere sahen ihr dreist ins Gesicht und beantworteten entweder ihren Gruß nicht oder erwiderten ihn betont kühl.

Magdalena fragte sich, ob sie ihren Einbildungen erlag und möglicherweise in letzter Zeit ein wenig zu viel gearbeitet hatte. Tatsächlich wollte ihr kein Grund einfallen, der einen derartigen Stimmungswandel ihrer Patienten gerechtfertigt hätte.

KAPITEL 39

Todmüde kehrte Magdalena an einem drückendheißen Abend nach Hause zurück. Trotz ihrer Erschöpfung hatte sie es sich nicht nehmen lassen, zuvor in der Sankt-Stephans-Kirche wie üblich auf dem Altar der Seitenkapelle eine Rose zu Füßen der Mutter Gottes niederzulegen.

Gewohnheitsmäßig verrichtete sie vor der Statue der Madonna ihre Gebete für ihr verstorbenes Kind und für Gertrudes Sohn.

Man schrieb inzwischen die zweite Juliwoche des Jahres 1415, und seit dem Vormonat wechselten sich Tage voll glühender Hitze ab mit solchen, an denen sich schwere abendliche Gewitter mit heftigen Regenschauern entluden, die das Wasser teilweise knöchel- bis kniehoch in den Gassen stehen ließen.

Danach pflegte eine für die Jahreszeit viel zu kühle und

windige Witterung nachzufolgen, bis sich erneut über dem Kostritzer See – wie der Bodensee von den Anwohnern immer noch genannt wurde – schwüle Gewitterfronten aufbauten. Die riesige Wasserfläche lag da wie Blei, und des Morgens stiegen dichte Nebelschwaden auf, die bereits an den Herbst gemahnten. Auf die Gemüter der Menschen wirkte sich dieser Sommer in vielerlei Hinsicht nachteilig aus.

Viele fühlten sich schlapp und melancholisch, wohingegen andere von seltsamer Unrast und einer geradezu übersteigerten Lebenslust erfüllt waren. Weinschenken und Bordelle konnten sich über mangelnde Umsätze jedenfalls nicht beklagen. Aber auch Bader, Chirurgen und Apotheker hatten keine Verschnaufspause, wie Magdalena derzeit schmerzhaft am eigenen Leibe erfahren musste.

Erschöpft ließ sie sich in der Küche neben Bertas Anrichte auf einen Hocker fallen.

»Während die Bader haufenweise gebrochene oder verrenkte Gliedmaßen zu schienen und einzurenken haben, müssen wir Pillendreher mit Salben, Wundpflastern und Schmerzmitteln gegen Hautabschürfungen und blaue Flecken zu Felde ziehen. Es ist nicht zu glauben, wie aggressiv und streitlustig manche werden, sobald sie ein Glas Wein oder Bier zu viel intus haben«, klagte Magdalena der Haushälterin ihr Leid.

Diese kniff die Augen zusammen und betrachtete die junge Frau im Schein der trüben Talglampe. Die voluminöse weiße Haube, die Magdalena trug, machte sie älter und ließ sie zugleich würdiger aussehen. Zusammen mit dem bodenlangen schwarzen Kleid mit dem in zahlreiche Falten gelegten Rock konnte man sie beinahe für eine Nonne halten – ein Umstand, der ihr die Arbeit in der Klosterapotheke sicher erleichterte.

Hochgewachsen, schlank und von feinen Gesichtszügen, in denen große, wache Augen dominierten, bot sie den Anblick einer schönen jungen Dame aus adligem Geblüt. Sie hatte so gar nichts von der eher bodenständigen Lieblichkeit eines schwäbischen Bürgermädchens an sich. Was die Haushälterin nicht wissen konnte: Je älter Magdalena wurde, desto mehr ähnelte sie ihrer verstorbenen Großmutter Elise, einer geborenen von Schmalegg-Winterstetten.

»Kein Wunder, dass die Leute ihr den Namen ›Rose von Konstanz‹ verliehen haben«, dachte Berta. Er passte nicht nur deswegen zu ihr, weil sie jeden Tag in Sankt Stephan eine Rose niederlegte. Vor allem glich sie selbst dieser schönen Blume: Zart und zugleich widerstandsfähig wie eine Heckenrose, wunderschön und dennoch nicht eitel, sanft und freundlich, aber auch durchsetzungsfähig – und hin und wieder stachlig wie ihr dornenreiches Ebenbild.

»Aber was beklage ich mich?«, fragte Magdalena gleich darauf und lächelte die ältere Frau an. »Kann ich Euch vielleicht bei der Zubereitung des Abendbrots helfen?«

Berta lehnte dankend ab: »Nein, nein! Ruht Euch aus, meine Liebe! Ich bin sowieso gleich fertig.«

In diesem Augenblick platzte Julius in die Küche. Das kam so gut wie niemals vor. Dieser Raum war allein Bertas Reich, höchstens Magdalena und Betz hatten noch Zutritt; doch der Notar hielt sich normalerweise fern.

»Ah! Gut, dass ich dich hier finde, Lena! Komm mit mir, wir haben etwas überaus Wichtiges zu besprechen.«

Der sonst so ruhige und besonnene Vetter erschien der jungen Frau ungewöhnlich aufgeregt. Magdalena beschlich ein ungutes Gefühl. Was konnte jetzt schon wieder passiert sein? War womöglich ihr Vormund Mauritz erneut in Konstanz aufgetaucht? Vielleicht versuchte er jetzt mit Gewalt, sie nach Ravensburg heimzuholen, um sie für immer unter seiner Kontrolle zu haben?

In seinem Schlafgemach angelangt, das ihm zugleich als Arbeitszimmer diente, wie zahlreiche mit Folianten und Papieren vollgestopfte Regale und das Schreibpult bezeugten, bat der Notar seine Verwandte ungewöhnlich förmlich, an einem kleinen Tisch Platz zu nehmen. Das Gefühl drohender Gefahr verstärkte sich in Magdalenas Innerem. Als sie ihm gegenübersaß, blickte sie ihm fest in die Augen.

»Ich spüre, dass es etwas sehr Ernstes ist, was wir zu bereden haben, Vetter. Schone mich nicht und sprich frei weg.«

Zängle holte tief Atem, dann begann er: »Es ist möglich, Lena, dass du von heute auf morgen von hier verschwinden musst! Dir droht ernstliche Gefahr, und wir müssen uns schnellstens einen Ort überlegen, an dem du Zuflucht suchen kannst, sollte es dazu kommen, dass man dir wegen Hexerei den Prozess machen will.«

Magdalena wich sämtliche Farbe aus dem Gesicht. Leichenblass stammelte sie nur: »Was … wie bitte? Wie kommst du darauf, Vetter? Das ist doch wohl ein Scherz!«

»Leider nein, Lena. Du musst im Kloster einen Feind haben, der dich seit längerem bei den Mönchen und in der Stadt als Zauberin, die Hexenkünste anwendet, verleumdet.«

»Das kann nur Bruder Malachias sein!«, entfuhr es der jungen Apothekerin. »Er steckt voller Missgunst und versuchte schon vor einiger Zeit, mich beim Prior und bei Frater Gregor missliebig zu machen. Allerdings wurde er vom Prior streng zurechtgewiesen und sogar bestraft.«

»Offenbar hat ihn das nur noch wütender gemacht. Denn

hinterrücks muss er böse Gerüchte über dich ausgestreut haben – auch was deinen Lebenswandel anlangt, den du angeblich vor deiner Ankunft in Konstanz geführt hast.«

»Als ob der gemeine Mensch darüber etwas wüsste!« Magdalena lief vor Zorn rot an. »Ich habe mir nichts vorzuwerfen! Das schwöre ich, Julius! Und was den Vorwurf der Hexerei angeht, so kann ich nur sagen, dass …«

»Halt, meine Liebe! Du brauchst dich vor mir nicht zu verteidigen und erst recht nicht zu rechtfertigen. Ich weiß, dass alles Lug und Trug ist und nur dem Zwecke dient, dich unschädlich zu machen. Warum hasst dich dieser Frater eigentlich so?«

»Er verabscheut Frauen überhaupt! Und dass ich in der Klosterapotheke mit den Brüdern zusammenarbeite, ist ihm seit langem ein Dorn im Auge. Wenn es nach ihm ginge, sollten sich alle weiblichen Wesen – die er allesamt als sündig, verlogen, den Männern schädlich und als maßlos dumm erachtet – überhaupt nicht auf die Straße wagen!

Dass eine Frau in der Öffentlichkeit eine Rolle spielt, erscheint ihm als grobe Verletzung der göttlichen Ordnung. Er neidet mir meine Popularität. Am meisten aber hat ihn erbittert, dass der Prior mir erlaubte, den Bismutum-Versuch an Frater Gregor vorzunehmen.«

»Als dieser Versuch dann noch glückte und du auch andere Kranke damit heilen konntest, war das Maß für ihn anscheinend voll. Er behauptet, dass du das nur mit Hilfe des Teufels geschafft haben kannst: Gregor war doch schon so gut wie tot.«

»Oh, Julius! Was soll ich nur machen?« Verzweifelt rang Magdalena die Hände. »Hätte ich doch nur die Finger von diesem Mineral gelassen! Dabei ist es ähnlich in seiner Wirkung wie der grüne Malachit, den jeder Quacksalber als Brechmittel gegen Koliken verordnet. Da spricht kein Mensch von Hexenwerk! Nach Ravensburg kann ich auf jeden Fall nicht; Mauritz würde mich sofort und mit Freuden den Schergen ausliefern. Dann wäre er mich endgültig los und damit die Sorge, dass ich ihm irgendwann die Apotheke streitig mache.«

»Beruhige dich, Lena!«, unterbrach sie sanft ihr Vetter. »Wir finden eine Lösung, das verspreche ich dir! Lass uns jetzt überlegen, wo du am besten aufgehoben wärest, bis der Sturm sich gelegt hat.«

In Wahrheit hatte Julius Zängle bereits einen Plan, seine Base vor einer drohenden Festnahme zu beschützen. Zum Glück besaß er Verbindungen zu einflussreichen Personen, denen er früher aus der Patsche geholfen hatte und die ihm noch einen Gefallen schuldeten. Ihnen verdankte er auch die frühzeitige Warnung.

Es war nicht schwer für ihn, Magdalena von seiner Idee zu überzeugen. Nicht einmal Betz und Berta erfuhren, wo die Apothekerin sich wirklich aufhielt, die noch in derselben Nacht das Haus verließ. Bei den Franziskanern ließ Zängle glaubhaft verbreiten, seine Base habe sich umgehend zu einer entfernt verwandten und plötzlich schwer erkrankten Muhme im Markgräfler Land, südlich von Freiburg, begeben müssen, um die alte Dame zu pflegen.

Anschließend ging der Notar sofort daran, Magdalenas Gegner – neben Malachias gab es noch andere – aufzuspüren und sie ihrerseits anzuklagen, eine Unschuldige böswillig zu verleumden. Er drängte darauf, diese Personen umgehend in Haft zu nehmen, wo er sie aufs Schärfste verhörte. Sollten sie an ihren Lügen festhalten, drohte er ihnen empfindliche juristische Konsequenzen an. Er hatte sich vorsorglich über »die Leichen in ihren Kellern« informiert – und erreichte damit in Kürze, dass alle kleinlaut gestanden, nur auf Verlangen des Franziskaners Malachias so gehandelt zu haben. Keiner von ihnen wollte es riskieren, dass die Justiz sich mit seinen Angelegenheiten allzu genau befasste …

»Er hat mir mit dem ewigen Höllenfeuer gedroht, wenn ich nicht sage, was er will«, offenbarte ein reicher Kaufherr, dessen Tochter Magdalena vor kurzem von einem eitrigen Ausschlag im Gesicht – verursacht durch einen Insektenstich – geheilt hatte.

Übrigens genau mit dem angeblichen »Teufelspulver« Bismutum, das sich – in stärkster Verdünnung mit Alkohol als Kompresse verwendet – als wahres Allheilmittel gegen nässende Wunden erwies.

»Wie konntet Ihr, ein normalerweise vernünftiger, gebildeter und dummem Aberglauben abholder Mensch, glauben, dass meine Verwandte unerlaubte Mittel verwendet?«, stellte Zängle den kleinlauten Kaufmann wegen seiner Falschaussage zur Rede. »Sie versteht eben – im Unterschied zu manch anderem sogenannten Heilkundigen – ihr Handwerk. Dieses Mineral, genannt Bismutum oder kurz Bismut oder auch Wismut, das man inzwischen an vielen Stellen in Deutschland und anderswo abbaut, ist genauso ein Geschenk des lieben Gottes wie es beispielsweise das Steinsalz ist, das jedes Lebewesen benötigt, oder der lilafarbige Amethyst, ein Glücksbringer, der seinen Träger unter anderem vor Zauberei, Heimweh und Trunkenheit schützt.«

Die lächerliche Anschuldigung gegen Magdalena fiel wie ein Kartenhaus in sich zusammen, bevor auch nur ein lautes Wort über eine Anklage der Apothekerin gefallen war.

Der einzige, der am Ende schlecht dastand, war Frater Malachias, der stur dabei blieb, die junge Frau verstünde sich auf Hexenkünste. Der Prior der Franziskaner zwang ihn zu einer öffentlichen Entschuldigung bei Magdalena – in Anwesenheit von vier angesehenen Zeugen – und ließ ihn in ein anderes Kloster nach München versetzen. In Konstanz wollte er ihn nicht mehr sehen.

»Wo seid Ihr denn die ganzen zwei Wochen über gewesen? Jetzt könnt Ihr es mir doch verraten«, insistierte Betz, der vor lauter Freude seine Zurückhaltung vergaß und seine verehrte Lena in die Arme schloss und kräftig drückte. Diese war überaus gerührt und überspielte ihre Verlegenheit mit einem kleinen Lachen.

»Ganz in Eurer Nähe, Betz! Ich habe Konstanz keinen einzigen Augenblick lang verlassen. Meinem Vetter dünkte dies das Beste: Sich bei Gefahr in der Höhle des Löwen zu verstecken, ist das Klügste, was man tun kann. Da vermutet dich der Feind nicht. Er hatte recht damit.«

Magdalena konnte eigentlich zufrieden sein. Ihr Ruf erstrahlte wieder makellos wie eh und je, ihr Feind Malachias war fort – und dennoch gab der Vorfall ihr sehr zu denken. Wie leicht geriet man in ein schiefes Licht und wie einfach war es Neidern, einem etwas anzuhängen, besonders, wenn man eine alleinstehende und aus diesem Grund nicht sehr einflussreiche Frau war. Ehe man es sich versah, hatte man eine Anklage am Hals und wurde der Hexerei bezichtigt.

In Zukunft würde sie bei der Krankenbehandlung noch wachsamer sein müssen. Sie würde sich in jedem auch nur geringfügig heikel erscheinenden Fall absichern, und zwar durch Hinzuziehung einer kirchlich anerkannten Autorität.

»Lasst Euch das auch geraten sein, Betz!«, empfahl sie besorgt dem Apothekersgehilfen, als sie ihm ihre Gedanken mitteilte. »Auch Ihr habt sicherlich keine Lust, mit einem

Bein im Gefängnis zu stehen – oder gar Schlimmeres in Aussicht zu haben.«

»Weiß Gott nicht, Frau Lena! Die Scheiterhaufen brennen schnell in Konstanz.« Der junge Bursche schüttelte sich und drückte noch einmal ganz fest Lenas Hand, ehe er zu seiner Arbeit zurückkehrte.

Magdalena war nur erleichtert, dass sie noch einmal mit dem Schrecken davongekommen war. Als sie abends zu einem Feierabendbier mit ihrem Vetter beisammensaß, gestand dieser ihr, dass er sich doch größere Sorgen gemacht hatte, als er es ihr je gestanden hätte. Mit ernstem Gesichtsausdruck legte auch er ihr ans Herz, künftig mit äußerster Umsicht vorzugehen, sollte sie jemals wieder einen schwer therapierbaren Fall haben. Die Apothekerin willigte natürlich ein – auch wenn sie sich insgeheim ein wenig ärgerte, wie rechtelos sie als Frau doch war, und dass man ihrem Onkel, dem Kurpfuscher Mauritz Scheitlin, nicht längst den Prozess machte, obwohl er durch sein Unwissen bereits Patienten geschädigt hatte.

Das erste Mal seit längerer Zeit musste Magdalena wieder an Gertrude denken, von der sie so viel gelernt hatte, nicht zuletzt, dass man auch ohne einen Mann an seiner Seite zurechtkam. Sie war sich sicher, dass die starke und tatkräftige Frau wie immer alle Hände voll zu tun hatte. Und so war es in der Tat: Während in Konstanz und andernorts die Bürger sich längst von der merkwürdigen Seuche erholt hatten, kam das öffentliche Leben in Ravensburg nur sehr langsam wieder in Schwung. Hier hatte die Krankheit einen schwereren Verlauf genommen als sonst irgendwo. Auch die üblichen Mittel hatten nicht gut gewirkt.

Einige Stadtväter hatten beinahe ihr Leben gelassen; Jodok Finsterwald, der Schultheiß der Stadt, hatte vor Schwäche lange im Bett gelegen, er begann erst allmählich, wieder zu Kräften zu kommen. Dabei half ihm dieses Mal nicht der vor Jahren vom Rat bestellte und bezahlte Stadtmedicus, Doktor Wendelin Butzbach: Der Arzt lag selbst halbtot darnieder.

Dass die meisten erkrankten Ravensburger überhaupt mit dem Leben davonkamen, hatten sie allein Gertrude zu verdanken. Einer Frau, die sie seit Jahrzehnten mit Misstrauen beäugt und weitgehend aus ihrer Gemeinschaft ausgeschlossen hatten. Längst als ausgezeichnete Wehmutter bekannt, machte sie sich während der höchst ansteckenden Krankheit sogar den Männern unentbehrlich. Beinahe Tag und Nacht sah man die imposante Gestalt der weißhaarigen alten Dame durch die Stadt wandeln, begleitet von einem Diener, der ihr die schwere Arzneitasche hinterhertrug.

Von Mauritz Scheitlin, Magdalenas Onkel, hatten seitdem fast alle Bürger Ravensburgs eine denkbar schlechte Meinung: War der Mann, der sich das Amt des Stadtapothekers anmaßte, doch seit Ausbruch der Seuche nicht mehr gesehen worden …

Aber beileibe nicht, weil er selbst bettlägerig geworden wäre. Feige und ängstlich verkroch er sich im Haus seines verstorbenen Bruders und überließ seinem jungen »Gehilfen«, Wendelin Traugott, genannt »Wenz«, die Bereitstellung, Zubereitung, Portionierung und Auslieferung der von Gertrude georderten Heilpflanzen: Eibisch, Bärlauch, Kamille, Süßholz, Blutwurz, Heidelbeere, Anis, Wermut und Eichenrinde, um nur die wichtigsten zu nennen.

Den älteren Patienten verabreichte Gertrude zur Stärkung des Herzens zusätzlich Weißdornpräparate, Misteltropfen sowie Arnika und Herzgespann. Gegen die Seuche selbst wandte sie ein mittlerweile etwas in Vergessenheit geratenes Mittel an:

Eine Amethystdruse wurde dabei zehn Vaterunser lang über einen Topf mit kochendem Wasser gehängt. Dann tauchte sie den Edelstein ins sprudelnde Wasser, das anschließend, abgekühlt, von dem Kranken getrunken werden musste. Das sollte gegen den schlimmen Durchfall helfen.

Allein ihrer sowie des jungen Apothekers Umsicht war es zuzuschreiben, dass insgesamt nur ein Dutzend ihrer Behandelten starben; darunter zwei ohnehin schwächliche Kleinkinder und drei uralte Frauen von über achtzig Jahren, sowie ein Mann, der zwar erst vierzig Lenze zählte, aber in der Stadt als haltloser Säufer bekannt war. Sein Herz hatte die Strapazen nicht mehr verkraftet.

Die Bürger der Stadt betrachteten »die Baronin« auf einmal mit ganz anderen Augen. Nur ein paar Missgünstige – die das Glück gehabt hatten, von dem Übel verschont zu bleiben – versuchten, ihren Ruf zu untergraben, indem sie Gerüchte von »Hexerei« und »Zaubertränken« verbreiteten.

Jeden Einzelnen machte der Ortsvorsteher Finsterwald – noch von seinem Krankenbett aus – energisch mundtot. Schützenhilfe erhielt er dabei vom hochwürdigen Simon Auersberg, dem angesehenen Pfarrherrn der Stadt:

»Wer sich noch einmal untersteht, der ehrsamen, frommen Witwe, der edlen Baronin von Reuchlin, Böswilliges zu unterstellen, der kriegt es mit mir zu tun«, drohte der Geistliche und schob gleich die schockierende Ankündigung hinterher, er »werde persönlich jeden Einzelnen, der den Ruf der Dame zu schädigen trachte, von den heiligen Sakramenten ausschließen«.

Das zeigte Wirkung, und das dumme Geschwätz verstummte im Nu. Gertrude wurde auf einmal auf der Straße von Leuten gegrüßt, die sie bisher »übersehen« oder ihr gar den Rücken zugewandt hatten. Nun war ihr Lob in aller Munde. Mit Hochachtung sprach man plötzlich von ihrer vorbildlichen Haltung, die sie angesichts des Verlustes ihres einzigen Sohnes gezeigt hatte.

Ja, die Ravensburger wagten es sogar, auch Worte der Anerkennung für den verstorbenen jungen Schmied, den »Bastard«, zu äußern. Wie vielen hatte er doch selbstlos geholfen. Gerade den reichen Mühlenbetreibern, die jedes Mal heimlich zu ihm hatten schicken lassen, wenn sie selbst mit ihrem Latein am Ende waren! Man redete offen darüber, was für ein grandioser Waffenschmied, Armbrusthersteller und Kanonenbauer er doch gewesen war.

Die Zunft der Schmiede, die ihm, dem »Kind der Sünde«, bis zuletzt die Zugehörigkeit zu ihrer Gemeinschaft versagt hatte, sowie die Gilde der Armbrustschützen erwogen jetzt ernsthaft, seinen Leichnam aus dem Kloster in den Bergen zurückzuholen und ihn in heimischer Erde zu bestatten, zum Dank für Gertrudes aufopferungsvolle Sorge um die Bürger Ravensburgs.

Die Hebamme, mit dem überraschenden Angebot konfrontiert, erbat sich Zeit, um es zu überdenken. Es klang in der Tat verlockend.

»Ich hätte mein einziges Kind immer in meiner Nähe«, dachte sie, ungeheuer aufgewühlt durch die Aussicht, irgendwann mit ihrem Sohn vereint im Grab zu liegen. Seufzend erhob sich die alte Frau aus einem Sessel in der Wohnstube ihres Häuschens hinter der Villa. Aus einer Truhe holte sie den herzzerreißenden Brief hervor, den das junge Mädchen ihr damals aus dem Kloster hatte zukommen lassen.

Als sie die Zeilen, die vom gewaltsamen Tod ihres Sohnes Rudolf und der Schändung Magdalenas berichteten, zum wohl hundertsten Male las, schwammen dennoch ihre Augen sogleich wieder in Tränen.

»Du Arme!«, flüsterte sie. »Deinen Liebsten hast du an eine andere Frau verloren, und dein Vetter, der vielleicht dein Herz erobert hätte, wurde dir durch Mörderhand gewaltsam entrissen. Nicht einmal deinen Sohn hat Gott, der Herr, dir gelassen! Da war ich immerhin vom Glück ein wenig mehr begünstigt: Beinahe dreißig Jahre lang durfte ich Mutter sein.«

Gertrude wischte sich die tränenblinden Augen.

Wie oft war sie verbittert, wenn sie Rudolfs Enttäuschung darüber wahrnahm, dass die Bürger seiner Heimatstadt ihn nicht anerkennen wollten. Ihr Sohn musste erst sterben, damit sie ihm den Respekt zollten, der ihm gebührte. Und auch nur, weil Gertrude sie von der schweren Krankheit geheilt hatte, die an anderen Orten so manches Opfer forderte.

Energisch wischte die alte Frau die Tränenspuren von ihren Wangen. Nur selten erlaubte sie sich so deutliche Zeichen von Schwäche. Gleich morgen würde sie mit dem Vorstand der Schmiedezunft sprechen. Rudolf sollte ruhig weiterhin in der Erde ruhen, die nun einmal seine letzte Heimat geworden war. Ein spätes Almosen hatte sie nicht nötig.

KAPITEL 40

DENKT EUCH NUR, wer bei unserem Herrn in der Stube sitzt!«, platzte Berta heraus und konnte ein verschmitztes Lächeln nicht unterdrücken. Eben war Magdalena aus der Klosterapotheke heimgekehrt. Seufzend ließ sie sich bei der Haushälterin in der Küche nieder.

»Keine Ahnung. Vielleicht der Papst?«

Auch die junge Apothekerin lachte jetzt unbekümmert.

»Dann wäre nur noch zu klären, welcher von den zwei übrig gebliebenen Heiligen Vätern meinem Vetter die Ehre erweist.«

Beide Frauen prusteten los.

Da fiel Magdalenas Blick auf Betz, der sich in eine dunkle Ecke der Küche verdrückt hatte und lustlos an einem Apfel kaute.

»Ach, Ihr seid auch schon zu Hause, Betz? Dann hat der Auftrag, den Euch Bruder Gregor erteilt hat, nicht allzu lange gedauert. Ihr solltet doch Arznei nach Gottlieben zu Papst Johannes bringen. Wie geht es ihm?«

Der Bursche brummte Unverständliches vor sich hin.

»Ich kann Euch schlecht verstehen, wenn Ihr so nuschelt. Sagt, was macht Seine Heiligkeit?«, erkundigte sich die junge Frau.

»Er sagte, er hätte gegen die Alpträume, unter denen er neuerdings leidet, das Mittel angewendet, das Ihr ihm schon früher verraten habt, nämlich nachts einen geschliffenen Amethyst unter das Kopfkissen zu legen. Er behauptet, dass es ihm hilft.«

»Das freut mich. Aber verratet mir doch: Habt Ihr schlechte Laune?«, fragte Magdalena, die sich über seine grämliche Miene wunderte, ahnungslos. Das erheiterte wiederum die Haushälterin.

»Es hängt mit dem Besuch zusammen«, erklärte sie flüsternd an die junge Frau gewandt und verdrehte dabei vielsagend die Augen.

»Ach ja? Nun sagt schon, wer ist es denn?« Allmählich wurde die junge Frau wirklich neugierig.

»Nehmt erst einmal Eure Klosterfrauenhaube ab – das ist das mindeste, was Ihr tun könnt, um Euch auf die Schnelle etwas gefälliger herzurichten; Euer Haar ist so wunderschön.

Um noch in ein hübscheres Gewand zu schlüpfen, ist vermutlich zu wenig Zeit. Herr Julius hat nämlich verlangt, dass Ihr sofort zu ihm in die Wohnstube kommen sollt, sobald Ihr daheim seid. Und er hat Euer Kommen bestimmt gehört.«

»Ihr macht es aber spannend. Verratet mir doch endlich, wer dieser ominöse Gast ist!« Magdalena nahm ihre Kopfbedeckung ab und legte sie auf den Tisch. Eine wahre Flut von lockigem, blondem Haar ergoss sich über ihre Schultern. Betz stockte der Atem. Wunderschön sah sie aus …

Berta schüttelte den Kopf.

»Nein, nein, mein liebes Kind.« Die ältere Frau schob sich eine Strähne ihrer grau gewordenen Haare unter das Kopftuch, das sie stets auf besondere Art geschlungen und im Nacken verknotet Jahr und Tag zu tragen pflegte. »Das wird Herr Julius schon selber tun.«

Betz war es schließlich, der nicht mehr an sich halten konnte: »Na, wer wird es denn schon sein? Natürlich dieser geschniegelte Laffe, der Euch immer so liebreiche Blicke zuwirft. Er scheint sich eine ganze Menge einzubilden und …«

Da aber unterbrach ihn die Haushälterin energisch: »Betz! Lasst Euch ja nicht einfallen, über einen geschätzten Gast unseres Herrn herzuziehen! Das ziemt sich nicht. Und Ihr, Frau Lena«, sie wandte sich an die heftig errötende Magdalena, »Ihr solltet jetzt gehen und den Ankömmling endlich willkommen heißen.«

Mit Herzklopfen machte sich Magdalena auf den Weg in die »gute Stube«, das Besucherzimmer mit dem gemauerten, mit bemalten und glasierten Kacheln verzierten Ofen aus den Niederlanden, wohin der Hausherr gern gesehene Gäste einzuladen pflegte. Natürlich wusste sie nach Betzens Bemerkung sofort, um wen es sich handelte.

Kürzlich hatten sie das erste Mal ein paar Worte unter vier Augen wechseln können: Als der elegant und geschmackvoll gekleidete junge Mann mal wieder in der Klosterapotheke aufgetaucht war und unter einem Vorwand das Gespräch mit ihr gesucht hatte.

Aber die Intimität dauerte nicht lange. Sie war abrupt zu Ende gegangen, als Bruder Gregor aus dem Nebenzimmer trat, wo er Frater Albert in eine neue Methodik der Salbenherstellung einwies. Auch in Klöstern war man gegen das Laster der Neugierde keineswegs gefeit – das hatte Magdalena schon einige Male erlebt.

»Was mag wohl Herrn Albrecht von Meinrad zu meinem Vetter Julius führen?«, überlegte die junge Frau. Sie bekam plötzlich weiche Knie – und das rührte keineswegs von den Mühen eines langen Tages im Laboratorium der Franziskaner her und auch nicht von der abendlichen Hitze dieses außergewöhnlich brütenden Julitages.

Als sie den geräumigen, mit geöltem Lindenholz getäfelten Raum betrat, dessen lange Fensterfront mit hellgrünen Butzenscheiben, samt gefälligem Erker, auf die Prozessionsgasse hinausging, leuchteten die grünbraunen Augen des Besuchers auf. Höflich erhob er sich, um sie zu begrüßen.

Die jungen Menschen mochten sich im Stillen amüsieren, als Julius Zängle sich beeilte, sie einander vorzustellen. Wie die gute Sitte es für junge, unverheiratete Frauen vorschrieb, hielt Magdalena die Augen gesenkt, als Albrecht von Meinrad ihre Hand ergriff und leicht drückte.

»Gott zum Gruße, Jungfer! Euer Verwandter – und auch mein entfernter Vetter – war so liebenswürdig, mich in seinem Haus zu empfangen. Und dafür bin ich ihm umso dankbarer, als ich die Freude und das Vergnügen habe, Euch, Jungfer Magdalena, als Mitglied meiner Familie begrüßen zu dürfen! Ich erkenne mit Vergnügen, dass ich schon bei einigen Gelegenheiten das Glück hatte, Eure reizende Base in den Gassen der Stadt zu treffen, ohne jedoch von unserer verwandtschaftlichen Verbindung zu wissen.«

»Ach? Ihr kennt Euch bereits?« Der Notar war verblüfft. »Na, so ein Zufall. Aber Ihr seid doch erst seit kurzem in Konstanz, Vetter?«

»Genaugenommen bereits seit der Ankunft König Sigismunds. Ich gehöre nämlich zu seiner Begleitung«, verkündete der junge Mann mit berechtigtem Stolz. »Vor einiger Zeit habe ich mir von Seiner Majestät Urlaub erbeten, um eine Verwandte, Frau Gertrude von Reuchlin, in Ravensburg aufzusuchen. Zuletzt habe ich sie gesehen, als ich ein kleiner Knabe war. Die Ärmste trauert um ihren ermordeten Sohn. Da ich ihm angeblich ähnlich sehe, empfing sie mich äußerst liebenswürdig und wollte mich gar nicht mehr gehen lassen. So blieb ich über etliche Wochen bei ihr. In dieser Zeit hat mir Muhme Gertrude von Euch, Jungfer Magdalena, und Eurem traurigen Schicksal berichtet. Auch, dass Ihr in Konstanz bei unserem Vetter Julius wohnt und eine Heilkundige seid, die man in der ganzen Stadt kennt und schätzt. Sogar einen ehrenvollen Namen hat man Euch verliehen, Base: ›Rose von Konstanz‹ nennen Euch die Leute respektvoll.«

»Oh! Ihr seid zu liebenswürdig, Herr von Meinrad. Das kommt nur, weil ich in der berühmten Apotheke der Franziskaner arbeite – und das ist ungewöhnlich für eine Frau.«

»Ihr solltet Euer Licht nicht unter den Scheffel stellen, liebe Base«, widersprach Albrecht höflich. »Selbst in der Umgebung des Königs hört man Euer Lob singen.«

Alle drei setzten sich an den mit einer bestickten Leinendecke geschmückten Tisch. Einen Augenblick herrschte Stille, bis Zängle sich räusperte. Ihm entging nicht, dass die

Luft im Raum – beinahe wie vor einem Gewitter – aufgeladen schien, seit das schöne Mädchen eingetreten war.

»Albrecht hat wohl Feuer gefangen«, schoss es ihm durch den Kopf. Im ersten Moment ärgerte er sich. Beide waren noch so jung, und er selbst kam sich mit einem Mal uralt vor – zumindest in Anbetracht eines so jungen Geschöpfes wie Magdalena.

Gleich darauf siegte jedoch sein Sinn für Realität. Man musste ohnehin erst abwarten; oft kam es ganz anders, als ursprünglich gedacht. Die Zeit würde zeigen, ob aus einer Schwärmerei sich tatsächlich Liebe entwickelte. Dann schlug er als Ältester beherzt vor, dass alle drei sich duzen sollten: »Unter Verwandten ist das so üblich.«

Um keine Verlegenheit aufkommen zu lassen, griff der Hausherr sogleich nach der Tischglocke, das übliche Zeichen, dass Berta das Abendessen auftragen durfte. Betz würde heute Abend das Amt des Mundschenks übernehmen. Der Bursche hatte sich zu einem regelrechten Experten in Sachen Wein und Branntwein entwickelt.

Letzteren destillierte er selbst mit dem dafür verantwortlichen Klosterbruder im Keller der Franziskaner. Magdalena hoffte nur, dass ihr Zögling den Gast nicht länger mit finsteren Blicken bedachte.

An Gesprächsthemen mangelte es den dreien wahrlich nicht. Die junge Frau war vor allem daran interessiert, zu erfahren, wie Muhme Trude Rolfs Tod verkraftete. Aber auch von Mauritz Scheitlin, ihrem Vormund, war die Rede und wie feige er sich während der Zeit der Seuche gezeigt hatte.

»Die Ravensburger sagen, dein Oheim überlässt die ganze Arbeit in der Stadtapotheke seinem Gehilfen, Wenz Traugott. Und er tue gut daran, denn sein eigenes Wissen sei mehr als bescheiden. Ja, sie behaupten, er sei nicht einmal fähig, Kamille von Johanniskraut zu unterscheiden. Viele Bürger sind der Meinung, es sei ein Unrecht gewesen, ihn als Nachfolger seines Bruders im Amt des Stadtapothekers zu etablieren.«

Magdalena und vor allem der Rechtsgelehrte Julius hörten das mit Befriedigung. »Sobald das Konzil zu einem Ende gekommen ist und man meiner Dienste nicht mehr bedarf, werde ich mich ernsthaft um diese Angelegenheit kümmern und dir zu deinem Recht verhelfen, mein Kind«, kündigte der Notar an.

»Um deine berechtigten Ansprüche vorsorglich geltend zu machen, habe ich im Übrigen schon längst einen Schriftsatz verfasst und ihn an den ehrenwerten Stadtrat von Ravensburg gesandt. Jodok Finsterwald, der Schultheiß, hat den Eingang des Schreibens auch bestätigt – desgleichen der oberste Geistliche der Stadt, Hochwürden Auersberg.«

»Und was steht in diesem Schriftsatz?«, erkundigte sich die junge Frau lebhaft und sah ihren Vetter dankbar an – und fast ein wenig beschämt, da sie vor kurzem ja noch daran gezweifelt hatte, dass er jemals die Zeit fände, sich um ihre Angelegenheiten zu kümmern.

»Dass dein Vormund Mauritz in der Zeit, die du noch brauchst, um dir all das Wissen anzueignen, über das ein guter Pharmazeut verfügen muss, die Apotheke für dich, als dein Stellvertreter, nach Treu und Glauben führen darf. Wenn es Not tue, auch mit der Hilfe eines anderen Heilkräuterkundigen. Auch, dass er solange in deinem Haus in Ravensburg wohnen darf, bis du selbst dich in deiner Heimatstadt niederzulassen wünschst. Und damit er kein dummes Zeug schwätzen kann, habe ich noch ganz besonders herausgestrichen, dass du im hiesigen Kloster der Franziskaner in Konstanz deine Studien betreibst – und bessere Lehrmeister gibt es vermutlich in ganz Oberschwaben nicht!«

»Vetter Julius, du bist ein Schatz«, jubelte die junge Frau und küsste den höchst verlegenen Notar spontan auf die Wange.

Dann erwiesen sie Bertas Küchenkünsten die Ehre: Es gab eine Suppe aus gesottenen Täubchen mit winzigen Teigplätzchen und Eierflocken als Einlage und danach abgebräunte Kälberfüße mit pikantem Gemüseauflauf sowie als krönenden Abschluss des festlichen Mahls einen feinen Apfelkuchen, dessen fruchtigen Belag die Haushälterin stundenlang in Pflaumenlikör eingelegt hatte.

»Zu meiner großen Freude hat die gute Berta dank dir, Lena, einiges an kulinarischem Raffinement dazu gelernt«, lobte Zängle und wischte sich die Lippen mit einem Tuch ab – eine vom Adel übernommene Errungenschaft.

»Lasst uns noch einmal ein Vivat auf unseren so unverhofft aufgetauchten Verwandten ausrufen«, schlug er dann vor, und alle drei ließen ihre Gläser aneinanderklingen.

Albrecht von Meinrad nützte die günstige Gelegenheit, um endlich zum eigentlichen Grund seines Besuchs zu kommen.

»Muhme Gertrude von Reuchlin bittet darum, dass du sie möglichst bald aufsuchen mögest, Base Magdalena. Aufgrund ihres fortgeschrittenen Alters legt sie Wert darauf, dass du nicht allzu lange zögerst, ihr diese Freude zu machen. Sie hat mich gebeten, dein Begleiter und Beschützer auf der Reise nach Ravensburg zu sein.«

Ehe die freudig überraschte Magdalena dazu etwas sagen konnte, war es Julius, der vorsichtige Bedenken anmeldete: »Was wird aber Frater Gregor dazu sagen, wenn du erneut deinen Arbeitsplatz für längere Zeit verlassen solltest, Lena?«

»Ich denke, die ehrwürdigen Fratres werden sich dem

Wunsch einer alten Dame, ihre einzige Verwandte zu sehen, nicht entgegenstellen. Zumal ihre Abwesenheit ja nur von kurzer Dauer wäre«, erwiderte Albrecht schnell.

»Das glaube ich auch.« Magdalena nickte. Sie dachte an ein anderes mögliches Hindernis: »Aber wie steht es mit dir, Vetter? Wird der König dir ein weiteres Mal Urlaub gewähren?«

»Das habe ich mit Seiner Majestät schon besprochen; Sigismund ist ein sehr gnädiger und großzügiger Herrscher. In Kürze gedenkt der König, Benedikt XIII. aufzusuchen, um ihn zur Abdankung zu überreden. Dazu bedarf er meiner Begleitung nicht.«

»Das mag schon sein«, versuchte Zängle die jungen Leute zu bremsen. »Aber ihr beide allein auf dieser Reise? Das geht auf keinen Fall! Das wäre in höchstem Maße unschicklich und gäbe Gerede.«

Albrecht beeilte sich, den besorgten Hausherrn zu beruhigen:

»Selbstverständlich würden wir mit einer Eskorte reiten. Das empfiehlt sich schon der gestiegenen Risiken wegen: Beinahe täglich verüben Strauchdiebe Überfälle auf Reisende. Falls du auf sie verzichten könntest, Vetter Julius, wäre es auch nicht schlecht, Berta als Anstandsdame mitzunehmen!«

Die Haushälterin hatte während dieses Gesprächs die Ohren gespitzt – wie sie sich überhaupt den ganzen Abend über unter verschiedenen Vorwänden in der Wohnstube aufhielt, um sich ja nichts von dem Gesagten entgehen zu lassen. Ein hoffnungsvolles Leuchten ging über ihr Gesicht: Nur allzu gerne wollte sie das junge Mädchen begleiten! Unauffällig versuchte sie, die Miene ihres Herrn zu ergründen.

Julius Zängle überlegte. Er selbst hielt sich derzeit nicht allzu oft daheim zum Essen auf. Seine Mahlzeiten konnte er genauso gut in einem der zahlreichen Speisehäuser zu sich nehmen. »Das hätte den Vorteil, dass ich gleichzeitig Güte und Preis des Angebotenen persönlich überprüfen könnte«, dachte er.

Und zum Saubermachen des Hauses würde er sich einfach eine der zahlreichen Putzhilfen holen, die neuerdings die Konstanzer Haushalte geradezu überschwemmten.

»Meinetwegen, Frau Berta«, brummte er, halb zur Haushälterin gewandt, die hinter ihm in Habacht-Stellung stand. »Begleitet meine Base nach Ravensburg und sorgt gut für sie. Und du, meine Liebe«, er wandte sich an Magdalena, »grüß mir Frau Gertrude, die liebste Verwandte meiner verstorbenen Mutter.«

Alle – mit Ausnahme von Betz – gingen an diesem Abend mehr oder weniger frohgemut zu Bett.

Julius fand sich wohl oder übel damit ab, dass Albrecht von Meinrad vermutlich eher nach Magdalenas Geschmack war als er mit seinen vierzig Lenzen. Freilich hätte er sich nie eingestanden, dass so etwas wie Eifersucht sein Herz beschlich. Dann aber ging ihm auch durch den Kopf, dass das Alleinsein seine Vorteile hatte: Der lästigen Pflicht, »häuslicher« zu werden, war er nun wohl ein für alle Mal entbunden. Denn er erwartete eher weniger, in seinem Alter noch eine heiratswillige Frau zu finden.

Berta freute sich darauf, endlich einmal aus Konstanz herauszukommen und anderes zu tun zu haben, als immer nur zu putzen, zu waschen und zu kochen.

Und Magdalena sah mit Vergnügen einem längeren Beisammensein mit ihrem attraktiven Vetter Albrecht entgegen, dem sie wider Erwarten ein gewisses Interesse entgegenbrachte – und das war eindeutig nicht nur verwandtschaftlicher Natur. Es stimmte: Er sah tatsächlich dem verstorbenen

Rolf Reichle ein wenig ähnlich … Dazu fieberte sie einer Begegnung mit ihrer Muhme entgegen. Sie hatte ihr so vieles zu erzählen und hoffte andererseits darauf, von der klugen Hebamme und Heilerin noch einiges zu lernen.

Möglicherweise ergab sich auch die Gelegenheit, ihrem Oheim Mauritz gegenüberzutreten. Die Angst vor ihm hatte sie inzwischen verloren – außerdem wäre sie dieses Mal gut bewacht!

Und dann waren da noch die Gräber ihrer früh verstorbenen Mutter und ihres Vaters sowie von Großmutter Elise. Für sie alle wollte sie beten und bei Pfarrer Simon Messen für ihre armen Seelen bestellen.

Und, wer weiß? Vielleicht traf sie sogar auf Konrad, ihren ehemaligen Bräutigam? Ein wenig bange vor einer Konfrontation mit ihm war ihr zwar schon, aber es war mittlerweile so viel Zeit vergangen, dass sie sicher war, ihm ohne Groll und Streit begegnen zu können.

»Von unserem Kind werde ich ihm lieber nichts sagen«, nahm sie sich vor. »Dafür werde ich ihm nachträglich zu seiner Heirat mit Renata Feucht alles Gute wünschen.«

Dass in Wahrheit ihre Gefühle nicht ganz so geordnet waren, wie sie selbst es sich gern vorgemacht hätte, und dass sie sich in Wirklichkeit von einer Begegnung mit Konrad noch etwas ganz anderes als nur eine Versöhnung erhoffte, davor verschloss sie buchstäblich die Augen, indem sie endlich in den wohlverdienten Schlaf hinüberglitt.

Albrecht von Meinrad, der in dieser Nacht für seine Verhältnisse ungewöhnlich spät ins Quartier des Königs zurückkehrte, musste seinen Freunden genauestens Rede und Antwort stehen.

»Eigentlich gehört Ihr doch zu den eher soliden Burschen, die sich früh zu Bett begeben«, frotzelte einer aus Sigismunds Begleitung gutmütig. »Also, sagt schon, Herr Albrecht: Wie heißt die Schöne?«

Albrecht lachte bloß.

Als sie weiter in ihn drangen, ließ er sich dazu herab, ihnen ihren Beinamen »Rose von Konstanz« zu verraten. Er konnte es zwar kaum glauben, aber diese Bezeichnung war allen geläufig.

Fast war er sich sicher, dass bereits am nächsten Morgen in der Stadt ein freches Liedchen irgendeines Witzbolds die Runde machen würde. Einerseits ärgerte er sich darüber, so viel preisgegeben zu haben, andererseits machte es ihn stolz und glücklich.

Er freute sich unbändig auf die nächsten paar Wochen, die ihn auf enge Tuchfühlung brächten mit dieser ungewöhnlich schönen und klugen Base, von deren Existenz er so lange gar nichts gewusst hatte.

Der einzige, der voll Groll sein Lager aufsuchte, war Betz. Ihn hatte keiner gefragt, ob er Frau Lena begleiten und beschützen wollte! Er durfte weiter bei den Mönchen Teesäckchen abfüllen, Kräuter zerstampfen und mischen, Pflanzensäfte destillieren und kreuz und quer in der Stadt herumlaufen, um die Kunden zu beliefern.

»Verdammt!« Wütend schlug er mit der Faust auf sein hartes, mit klumpigen Entenfedern gefülltes Kopfkissen. Er würde es morgen endlich gegen ein Polster austauschen, das mit weicher Schafwolle ausgestopft war.

»Warum darf ich nicht mit, sondern dieser herausgeputzte Kerl?«, fragte er sich zum hundertsten Male. »Freilich! Er gehört zu des Königs Mannen! Und wer bin ich? Der armselige Sprössling eines elenden Hüttenwirts in den Alpen.«

Dann sprach der Bursche wie üblich sein Nachtgebet, das er heute jedoch mit dem wenig frommen Nachsatz versah: »Herr Albrecht! Nehmt Euch ja in Acht und behandelt mir Frau Lena gut! Sonst soll Euch der Teufel holen – und ich werd' ihm helfen dabei. Und das schwör' ich bei Gott, dem Allmächtigen!«

KAPITEL 41

MAGDALENA HATTE KEINE Mühe, Frater Gregor von der Wichtigkeit ihres Besuchs bei Gertrude zu überzeugen. Der ältere Mönch war ihr noch immer von Herzen dankbar, dass sie es gewagt hatte, ihn auf unkonventionelle Art und Weise zu heilen.

»Natürlich müsst Ihr Eure Verwandte aufsuchen, mein Kind. Diese Kleine, Mariechen, die Euch so tapfer hilft, obwohl sie oft vor lauter Husten kaum noch Luft bekommt, wird gewiss versuchen, Euch würdig zu vertreten.«

Der ältliche Apotheker lächelte dabei und unterbrach die Tätigkeit, die ihm am meisten am Herzen lag: die Erstellung eines umfassenden Kräuterbuches, in dem er alle in deutschen Landen vorkommenden Heilpflanzen samt ihrer Wirkung auf den menschlichen Organismus darstellen wollte. Der erste Teil des geplanten Werks war beinahe schon fertiggestellt. Es fehlten nur noch ein paar Illustrationen, zu denen ihm jedoch Magdalena bereits die genauen Vorlagen geliefert hatte. Sie hatte großen Spaß daran, nach der Natur zu zeichnen. Bruder Gregor konnte ohne Korrekturen die von ihr mit Tusche angefertigten Pflanzenzeichnungen übernehmen, in dem er sie einfach abpauste.

»Beim zweiten Teil Eures Werkes helfe ich Euch wiederum sehr gerne«, versprach Magdalena, indem sie dem Ordensbruder über die Schulter blickte und voll Bewunderung die eben vollendete Seite begutachtete. In der Fortsetzung des umfangreichen Werkes wollte der in Medizin und Heilkunde ausgebildete Franziskaner die Heilkräfte der übrigen europäischen Kräuter und Pflanzen vorstellen. Der rege Handel mit Italien, Spanien, Frankreich, England und den Niederlanden machte das möglich. Ja, nicht wenige der Kaufherren lieferten getrocknete Gewächse an, die von ganz weit her kamen: aus Russland und Arabien etwa oder gar aus Indien und China.

Für den dritten Teil seines Werkes hatte Frater Gregor sich vorgenommen, verschiedene Mineralien sowie die Rinden und Wurzeln unterschiedlicher Gewächse aufs Genaueste hinsichtlich ihrer Wirkung zu untersuchen. Das Schwierigste dabei war das Festlegen der genauen Dosis. »Fast alles taugt als Arznei«, pflegte schon Magdalenas Vater zu predigen. »Allein die Dosis entscheidet dabei über Heilmittel oder Gift.«

Die junge Apothekerin verabschiedete sich und ergriff gleichzeitig die Gelegenheit, dem Mönch, der sie gegen die Vorwürfe Frater Malachias' in Schutz genommen und ihr auch sonst in vielerlei Hinsicht sehr geholfen hatte, noch einmal zu danken.

»In drei oder spätestens vier Wochen stehe ich Euch wieder zur Verfügung, Frater Gregor. «

Die starken, mehrmals am Tage auftretenden, bedrohlichen Gewitter – es war Hochsommer – gestalteten den Ritt vom Bodensee nach Ravensburg nicht gerade angenehm. Immer wieder waren die Reisenden gezwungen, Pausen einzulegen, um Unterschlupf zu suchen vor sintflutartigen Regenfällen und furchterregenden Blitzeinschlägen.

»Schau da vorne, Vetter«, rief Magdalena ihrem Verwandten, der unmittelbar neben ihr ritt, zu. »Auch in diesen Kirchturm hat der Blitz eingeschlagen, und den Dachstuhl hat der Sturm abgedeckt. Überall liegen Ziegelsteinbrocken und Holzschindeln herum!«

»Das ist schon das zweite Gotteshaus, das dem Unwetter zum Opfer gefallen ist, neben dem halben Dutzend an Wohnhäusern, die bis auf die Grundmauern niedergebrannt sind«, stellte Albrecht von Meinrad fest. »So extrem starke Gewitter wie heuer sind zum Glück selten.«

Von Staad aus hatten sie auf Booten mit den Pferden übergesetzt auf die andere Seeseite. Als sie sich dem Kloster Sankt Marien am See näherten, überkam Magdalena einen Augenblick lang das dringende Bedürfnis, die Schwestern aufzusuchen, die etliche Monate lang ihre Gefährtinnen gewesen waren, unter ihnen Schwester Philomena, die uralte heilkundige Nonne. Was wohl aus dem jungen Fischer Martin, ihrem selbstlosen Fluchthelfer, geworden war? Und aus seinem Freund Peter, dem Holzknecht des Grafen? Sie betete darum, dass man beiden jungen Männern nichts hatte nachweisen können …

Während sie nur einen Steinwurf weit vom Eingangstor entfernt vorüberritten, stellte Magdalena sich vor, sie würde tatsächlich die Mauern des Klosters betreten. Die Oberin würde sicherlich vor Wut schäumen nach all den Misslichkeiten, die sie durch Magdalenas Verschwinden erlitten hatte. Und ob die anderen Schwestern sich wirklich über ihren Besuch freuen würden? Wer sagte ihr zudem, dass die alte Schwester Philomena überhaupt noch lebte? Die Seuche hatte bestimmt auch hier ihre Opfer gefordert. Nein, besser, man ließ die Vergangenheit ruhen. Entschlossen trieb Magdalena ihr Pferd mit den Hacken zu einer schnelleren Gangart an.

Im Vorbeireiten entdeckte sie, dass auch der Nonnenkonvent unter den Unwettern schwer gelitten hatte. Die Krone einer riesigen Eiche, deren mächtigen Stamm ein Blitzeinschlag gespalten hatte, war aufs Dach der Klosterbibliothek gestürzt, hatte es eingedrückt und den Dachstuhl schwer beschädigt. Zudem musste ein Brand ausgebrochen sein, die Hausmauer war verrußt, und die nackten Dachbalken ragten verkohlt gen Himmel.

Die junge Frau musste an die sorgsam gehüteten, wunderschönen Buchexemplare denken, meistens Neue und Alte Testamente, Stundenbücher oder andere heilige Schriften, allesamt von den Reichenauer Mönchen in wahrhaft künstlerischer Manier ausgestaltet in Goldschrift und mit farbenprächtigen Illustrationen.

Vermutlich war ein Teil davon ein Raub der Flammen geworden, oder die eindringenden Wassermassen hatten sie zerstört. Welch unersetzlicher Verlust!

»Sankt Georgen müssten wir eigentlich erreichen können«, unterbrach Albrecht ihre Gedanken und blickte dabei aber zweifelnd auf Berta, die sich kaum noch auf ihrem Gaul zu halten vermochte. Der starke Wind machte ihr zu schaffen, außerdem war sie nicht mehr die Jüngste. Um nicht doch noch daheimgelassen zu werden, hatte die Haushälterin behauptet, in ihrer Jugend als älteste von vier Bauerntöchtern »eine ausgezeichnete Reiterin« gewesen zu sein. Dass sie mit Pferden in der Tat gut umzugehen vermochte, war nicht zu leugnen, aber die Praxis im Reiten fehlte der ältlichen, korpulenten Frau. Nicht ganz so schlimm, aber ähnlich verhielt es sich mit Magdalena. Auch sie schien erschöpft und hielt sich nur noch krampfhaft im Sattel aufrecht.

Da der Regen gerade einmal aufgehört hatte, fasste Albrecht von Meinrad einen Entschluss. Er gab seinem Pferd die Sporen, trieb es an die Spitze des kleinen Trupps und hob alsbald die Hand.

»Halt!«

Verwundert zügelte der kleine Trupp seine Reittiere.

»Wir halten kurz an, vertreten uns die Beine und nutzen den Aufenthalt, indem wir einiges ändern!«, verkündete ihr Anführer.

Als das Kommando zum Weiterritt erfolgte, saß Magdalena hinter Albrecht auf seinem Braunen und Berta hinter einem der Soldaten. Die Pferde der beiden Frauen wurden jetzt an einer ledernen Leine mitgeführt.

Das hatte gleich mehrere Vorteile. Die Frauen brauchten sich nicht mehr aufs Lenken ihrer Tiere zu konzentrieren, sondern konnten sich an ihrem Vordermann festklammern – etwas, das vor allem Albrecht sehr genoss. Von ihm aus hätte die Reise mit seiner bildschönen Verwandten – so dicht an seinen Rücken gepresst – ewig andauern können … Und von vorne waren die Frauen durch die breiten Rücken der Männer vor Wind und Regen geschützt. Somit kamen sie alle um einiges schneller voran.

Das gute Einvernehmen zwischen Magdalena und Albrecht erlitt schon bald einen empfindlichen Rückschlag: So angetan der junge Mann nämlich von seiner Base war, schwebte ihm freilich nur ein lockeres, unverbindliches Liebesgeplänkel vor, das ihn zu nichts verpflichtete. Niemals würde er eine Frau niedrigeren Standes heiraten.

Das konnte er etwaigen aus einer derartigen Mesalliance hervorgehenden Kindern nicht antun: Sie würden den Adelstitel verlieren und in den bürgerlichen Stand absinken.

In Ravensburg angekommen, begann er Magdalena eindeutige Avancen zu machen – die unweigerlich zu einem für ihn unangenehmen Missverständnis führten, denn Magdalena war ganz offensichtlich der Meinung, Albrecht habe ernsthafte Absichten.

»Das musst du doch verstehen, Lenchen«, brachte er mit treuherzigem Augenaufschlag vor, als er der jungen Frau nicht die Ehe, sondern ein »zwar sündhaftes, aber höchst vergnügliches Verhältnis« schmackhaft zu machen versuchte.

»Ich liebe dich rasend, du Süße, aber heiraten kann ich nur eine Dame aus dem Adelsstand.«

Dabei versuchte er, die junge Frau in die Arme zu nehmen und zu küssen. Aber Magdalena wich ihm geschickt aus.

»Wenn er mich erst küsst, bin ich verloren«, dachte sie. Zu groß war ihre Sehnsucht danach, einmal wieder von einem Mann im Arm gehalten zu werden. Und Albrecht war wirklich überaus attraktiv …

Energisch dankte sie ihm stattdessen für seine Ehrlichkeit, machte dem adelsstolzen Vetter aber ebenso unmissverständlich klar, dass er für sie unter diesen Umständen als Mann nicht infrage kam.

»Das wirst du doch begreifen, mein Lieber: Für eine unverbindliche Tändelei bin ich mir zu schade. Du musst wissen, auch wir Bürgermädchen haben unseren Stolz! Ich wünsche mir einen Ehemann, der zu mir steht; außerdem will ich Kinder von ihm, die in einer ordentlichen Familie aufwachsen, und keine Bastarde.«

Albrecht machte zwar gute Miene zum bösen Spiel, aber das vorher so gute Verhältnis der beiden litt doch beträchtlich unter dieser Klarstellung; ihre bisherige Vertrautheit wich einer spürbaren Kälte. Magdalena und Albrecht waren schließlich sogar beide erleichtert, als der Aufenthalt in

Ravensburg sich seinem Ende zuneigte. Sogar das freudige Wiedersehen mit ihrer Muhme war Magdalena durch den Vorfall ein wenig verleidet.

Gertrude indes blieben die Spannungen zwischen den jungen Leuten nicht verborgen. Die Hebamme versuchte, ihre Verwandte zu trösten und für den jungen Mann um Verständnis zu werben. Die Gesetze waren nun einmal so …

Aber Magdalena schüttelte den Kopf. »Es gibt auch Beispiele dafür, dass ein Edelmann sich darüber hinwegsetzen kann. Gerade Ihr selbst, Muhme Trude, seid ein solches! Ihr wart aus bürgerlichem Stande, und der Baron von Reuchlin hat Euch dennoch zu seinem angetrauten Weib gemacht.«

»Das ist richtig, Lena. Aber mein Sohn Rudolf hätte sich auch im Falle einer ehelichen Empfängnis niemals zum Adelsstand rechnen dürfen; er nannte sich daher schlicht ›Reichle‹, in Abwandlung meines Namens. Auch ich bin in Wahrheit nicht ›Baronin von Reuchlin‹, sondern heiße nur Gertrude Reuchlin. Die Bewohner Ravensburgs haben mir den Titel ursprünglich nur als Spottnamen angehängt. Es war Zufall, dass es dabei geblieben ist.«

Aber Magdalena blieb eisern: »Die Zuneigung meines so unerwartet aufgetauchten Vetters ist eben keine wahre Liebe, sondern nur ein Strohfeuer; und ich denke nicht im Traum daran, ihm dabei zu helfen, es zu löschen – und mir selbst damit zu schaden.«

Gertrude nickte verständnisvoll.

»Ich denke, mein Kind, du tust gut daran! Wie leicht kann man sich dabei verbrennen! Aber ich habe irgendwie das Gefühl, dass es dir auch nicht so besonders schwerfällt, Albrechts Werben um deine Gunst abzuweisen. Er gefällt dir zwar sehr, denn er ist ein ausnehmend hübscher und liebenswürdiger Mann. Ich nehme an, du schwärmst ein wenig für ihn. Aber du liebst ihn nicht wirklich! Wären deine Gefühle für ihn stärker, würdest du nämlich keinen Augenblick zögern, dich ihm in die Arme zu werfen – egal, ob er dich anschließend zur Frau nimmt oder nicht.«

Darauf blieb Magdalena die Antwort schuldig. Gertrude, deren Lebenserfahrung bereits an Weisheit grenzte, hatte sicherlich Recht. Würde sie nicht tatsächlich alles dafür opfern, wenn sie ihren Konrad noch einmal …? Entschlossen verbat sich Magdalena jeden weiteren Gedanke daran. Es blieb dabei: Besser ein Leben allein als mit einem Mann, der einen nicht liebte.

KAPITEL 42

MAGDALENAS EMPFINDUNGEN WAREN zwiespältig. Natürlich hatte sie sich auf das Wiedersehen mit ihrer Geburtsstadt Ravensburg gefreut, und in der Gegenwart Muhme Gertrudes fühlte sie sich wie immer sehr wohl. Die alte Hebamme betrachtete die so viel Jüngere als die Tochter, die sie nie gehabt hatte und jetzt, nach dem Tod des einzigen Sohnes, um so mehr vermisste. Die beiden verstanden sich prächtig – vielleicht viel besser, als es der Fall gewesen wäre, wenn sie tatsächlich Mutter und Tochter wären.

Nach langer Abwesenheit war Magdalena zurückgekehrt an die Stätte ihrer Kindheit und frühen Jugend. Jeder Platz, jede Hausecke, ja, beinahe jeder Pflasterstein waren mit Erinnerungen verbunden, die meisten davon erfreulicher Natur. Ihr Unglück hatte ja erst mit Georg Scheitlins unerwartetem Ableben begonnen; an die Mutter erinnerte sie sich nicht mehr.

Ehemalige Freundinnen – alle längst »unter der Haube« – suchte sie reihum auf und wurde von allen wohlwollend aufgenommen. Beim Hervorkramen längst vergessener Kinderstreiche hatten sie viel zu lachen. Magdalena genoss die unbeschwerten Stunden mit ihren Altersgenossinnen. Problematisch wurde es nur, sobald die jungen Frauen ihr stolz ihre kleinen Kinder vorführten. Aber sie hatte im Laufe der letzten, nicht immer einfachen Monate genügend Disziplin erworben, um auch diese Hürde zu nehmen. Sie gönnte jeder Einzelnen von ihnen ihr Mutterglück – hoffte sie insgeheim doch immer noch, irgendwann einmal selbst zu den Gesegneten zu gehören.

Was ihr große Genugtuung verschaffte, war die Tatsache, dass es Oheim Mauritz nicht gelungen war, ihren Ruf zu schädigen: Alle Einwohner der Stadt Ravensburg wussten inzwischen, dass er durch eine gemeine Lüge die Hochzeit seines Mündels hintertrieben hatte. Die den Ton angebenden Mitglieder der Großen Ravensburger Handelsgesellschaft verachteten ihn dementsprechend. Im Gasthaus Zum Esel ließ er sich jedenfalls nie mehr blicken …

Natürlich besuchte die junge Frau auch ihre Apotheke. Vorsichtshalber näherte sie sich langsam von der anderen Seite der Gasse her und kontrollierte erst einmal, ob ihr verhasster Onkel nicht in der Apotheke war – was allerdings eher als unwahrscheinlich gelten durfte, zeigte er sich dort doch kaum noch.

Was Magdalena über Wenz Traugott, den kompetenten Stellvertreter ihres Vormunds herausfand, gefiel ihr ausnehmend gut.

»Ich danke Euch sehr, dass Ihr das Arzneimittelgeschäft für mich so vortrefflich besorgt, Herr Wendelin!«, wandte sie sich direkt an ihn, sobald sie eingetreten war.

»Es soll Euer Schaden nicht sein, denn irgendwann werde ich zurückkehren und mein Eigentum in Besitz nehmen. Ich denke, dass ich Euch behalten werde! Wie ich hörte, ist die Ausweitung des Geschäfts und die Vergrößerung des Kundenstamms nur Euch zu verdanken, während sich mein Oheim überhaupt nicht darum kümmert. Vielleicht ist das auch besser so!«

Zu Letzterem äußerte sich der kluge junge Apotheker lieber nicht. Aber an seinem zufriedenen Gesicht konnte sie ablesen, dass er mit ihr als Herrin um einiges lieber zusammenarbeiten würde als mit dem ahnungslosen einstigen Dreckapotheker.

Der Besuch im Hause Grießhaber, wo sie auch dieses Mal nur Konrads Vater Albrecht antraf, verlief im Vergleich zum letzten Mal ganz anders. Lange hatte Magdalena mit sich gerungen, ob sie diesen schweren Gang überhaupt auf sich nehmen sollte. Dann aber befürchtete sie, dass sich ihr Aufenthalt in Ravensburg inzwischen herumgesprochen haben könnte – und sie wollte auf keinen Fall den Eindruck erwecken, als ob es ihr an Mut fehlte, den Grießhabers einen Anstandsbesuch abzustatten. Das Herz klopfte ihr dennoch gewaltig, und fast war sie erleichtert, dass Konrad abwesend war.

Der alte Kaufmann war sehr angetan von der einnehmenden Erscheinung und dem selbstbewussten Auftreten seiner schönen Beinahe-Schwiegertochter.

»Mein Sohn Konrad befindet sich leider wieder einmal auf einer Geschäftsreise«, bedauerte er. »Er ist auch dieses Mal zusammen mit seiner Ehefrau Renata aufgebrochen. Sie werden mit dem Handelszug Mailand wohl schon erreicht haben.«

Er fügte die Hoffnung hinzu, die Fahrt möge dieses Mal ohne Erkrankung Renatas verlaufen. »Das hat uns damals viel Zeit gekostet – und auch unseren Geschäften Abbruch getan; obwohl unser Freund Humpiß sein Möglichstes tat, um Schaden von unserem Haus abzuwenden. Aber es versteht sich von selbst, dass nur der Eigentümer seine Ware zu den besten Konditionen los wird und beim Einkauf die günstigsten Preise herauszuschlagen in der Lage ist.«

Magdalena äußerte ihre Anteilnahme – und merkte zu ihrer eigenen nicht geringen Verblüffung, dass sogar ihre Nachfrage nach Renatas Gesundheit durchaus ehrlich gemeint war.

Albrecht Grießhaber musterte sie einen Augenblick lang erstaunt, ehe er antwortete: »Meine Schwiegertochter hat sich gut erholt. Die Ehe mit meinem Sohn scheint ihr nicht schlecht zu bekommen – nur leider will sich immer noch kein Nachwuchs einstellen.«

Der ältere Mann schüttelte traurig sein Haupt mit dem grauen Haarschopf. Seine Besucherin war sich bewusst, wie dringend ein Handelsunternehmen wie das Grießhaber'sche auf einen männlichen Nachkommen angewiesen war. Wer sollte einst das Unternehmen mit seinen weltweiten Verflechtungen übernehmen, falls Konrad tatsächlich der letzte in der Geschlechterreihe sein sollte?

Ihr lag bereits auf der Zunge, laut die Ursache bei dem zu suchen, der ihr im Augenblick gegenübersaß: Immerhin hatte er, Albrecht Grießhaber, seinem Sohn eine Gefährtin ausgewählt, die bereits die besten Jahre ihres Frauenlebens hinter sich hatte. Die fruchtbare Zeit war nun einmal begrenzt …

Aber Magdalena war ja in bester Absicht hergekommen und zeigte sich daher bestrebt, das heikle Thema zu wechseln. Sie fragte stattdessen ausführlich nach den Lieferungen von Heilpflanzen und Würzkräutern, von feinen Ölen und Duftstoffen, sowie von Wurzeln und Steinen, denen man Arzneikräfte zuschrieb.

Darüber ließ der alte Kaufherr sich gerne und weitschweifig aus. Er schalt dabei deutlich ihren Oheim Mauritz, der am liebsten überhaupt nichts in Auftrag gegeben hätte.

»Nach der Meinung dieses Ignoranten sind das alles Dinge, die ein anständiger Apotheker gar nicht braucht. Nach seinem Dafürhalten reichen Mäusekot, Uhugewölle und gerade noch Kamillentee als Heilmittel; und mehr als heimischen Veilchenduft braucht eine anständige Dame seiner Ansicht nach auch nicht. Nur seinem Stellvertreter, dem energischen und verständigen Wendelin Traugott, ist es zuzuschreiben, wenn Konrad dieses Mal auch eine kleine Lieferung für die Scheitlin'sche Apotheke aus Italien mitbringt.«

Magdalena war empört über so viel Unverstand, befürchtete sie doch, ihr Vormund könnte das blühende Unternehmen, welches ihr Vater aufgebaut hatte, in Kürze ruinieren. »Am Ende schafft er es noch, dass Ravensburgs Ratsherren ihm die Stadtapotheke wegnehmen und einem anderen, Fähigeren übergeben!«

»Das wird nicht geschehen«, beruhigte sie Albrecht Grießhaber sofort. »Jodok Finsterwald, unser Schultheiß, hat Eurem Oheim neulich das Versprechen abgenommen, sich in die Arbeit Traugotts nicht mehr einzumischen. Nur noch dem Namen nach fungiert Euer Vormund als vorläufiger Eigentümer – bis die rechtmäßige Erbin eintrifft. Und das seid doch wohl Ihr, Jungfer Magdalena.«

Magdalena fiel ein Stein vom Herzen, als sie das hörte. Sie beabsichtigte, in den nächsten Tagen Oheim Mauritz, der sich in ihrem Geburtshaus breitgemacht hatte, aufzusuchen.

»Wie die Made im Speck lebt er in deinem Eigentum«, wusste sie von Muhme Trude, die den dummdreisten Verwandten regelrecht verabscheute. Magdalena, die nach dem, was sie soeben vernommen hatte, den Vormund nicht mehr fürchtete, nahm sich vor, ihm ordentlich die Meinung zu sagen.

Als sie wenige Tage später ihr Vorhaben in die Tat umsetzte und in ihrem Elternhaus eintraf, war Mauritz Scheitlin wieder einmal unterwegs in einer der verrufenen Kneipen am Rande der Altstadt. In den gehobenen Gasthäusern war er nicht mehr gern gesehen; seine Standesgenossen hatten ihn das etliche Male schmerzlich fühlen lassen.

Obwohl Magdalenas Oheim stur wie ein Maulesel sein konnte, wenn es sich um seine Person und den ihm seiner Meinung nach zustehenden Respekt handelte, hatte er die dauernden Sticheleien und massiven Anfeindungen auf Dauer nicht mehr ertragen.

Das Zuhause allerdings war ihm zunehmend verleidet durch das beständige Geflenne seiner Ehefrau und die Leichenbittermiene der Hausangestellten, die Elises Tod noch keineswegs überwunden hatten. Seit sie fehlte, bemerkten Margret und das Gesinde erst richtig, wie sehr die alte Frau sie vor dem Haustyrannen beschützt hatte.

»Wann kommt Euer Ehemann nach Hause?«, erkundigte sich Magdalena nach der herzlichen Begrüßung durch Muhme Margret. Die verhärmte Frau winkte ab. Innerhalb der Zeit, die verstrichen war, seit die Apothekerin sie zum letzten Mal gesehen hatte, war sie beträchtlich gealtert.

»Das weiß keiner«, murmelte sie und blickte beschämt zu Boden. »Manchmal bleibt er sogar die ganze Nacht über weg. Ich frage nicht danach, wo Mauritz sich herumtreibt –

mir ist es letztlich gleichgültig. Nicht selten prügelt er sich auch mit dubiosen Gestalten und liegt dann tagelang halbtot daheim im Bett und schikaniert alle Hausbewohner.«

»Ihr habt es wahrlich nicht leicht!«

Magdalena nahm die vor Kummer erschreckend abgemagerte Frau spontan in den Arm und strich ihr über den Rücken, dabei ihre hervorstehenden Rippen fühlend.

»Ihr müsst ordentlich essen, Muhme!«, forderte sie die andere energisch auf. »Ihr dürft Euch nicht so ohne weiteres aufgeben! Wer weiß, vielleicht seid Ihr eher Witwe als gedacht? Vor allem, wenn Euer Gemahl sich mit so finsteren Elementen einlässt! Dann könnt Ihr immer noch versuchen, Euch ein eigenes Leben aufzubauen – eines, das Euch gefällt und mehr Euren Wünschen entspricht.«

Margret fuhr leicht zusammen. Wie kalt die junge Frau das aussprach! Ein Blick in Magdalenas Augen zeigte ihr jedoch zweierlei: Verachtung für Mauritz, aber auch unendliches Mitleid mit ihr und ihrer würdelosen Situation.

Sie seufzte schwer. »Mittlerweile ist mir jeglicher Appetit vergangen.«

Ihre Stimme klang nicht einmal kläglich, eher hoffnungslos. Für ihren geschätzten Gast ließ sie jedoch die Leibmagd sogleich allerlei gute Dinge herbeiholen.

»Mauritz wird mich zwar schelten für die Verschwendung, aber ich schere mich nicht darum.«

Margret versuchte, bei diesen Worten so gleichgültig wie möglich zu klingen; aber Magdalena spürte deutlich ihre Angst vor der Strafe, die ihr Ungehorsam nach sich zöge.

Sie würde auf jeden Fall Mauritz' Eintreffen abwarten und ihm nach allen Regeln der Kunst den Kopf waschen. Und er sollte es ja nicht wagen, ausfallend zu werden oder Hand an seine Frau – oder gar an sein »Mündel« – zu legen!

Albrecht von Meinrad – trotz seiner maßlosen Enttäuschung über Magdalenas Standhaftigkeit, die er im Stillen eine herbe Abfuhr nannte – hatte sich sofort bereiterklärt, sich nach einer gewissen Zeit, die sie unter dem Dach ihres Oheims verbrachte, beim Hausherrn melden zu lassen, um sich bei ihm offiziell als entfernter Vetter vorzustellen. In Wahrheit würde er sich auf diese Weise des Wohlbefindens seiner Base versichern. Irgendwie bewunderte er auch ihren Mut: Dem skrupellosen Vormund war schließlich alles zuzutrauen! Er sollte ruhig wissen, dass Magdalena keineswegs starken männlichen Schutzes entbehrte.

»Die drei Bewaffneten, die stets bei mir sind, werden das Ihrige dazu beitragen, den feigen Patron einzuschüchtern, sollte es nötig sein«, versprach Albrecht. »Und sollte er dir auch nur ein einziges Haar krümmen, Lena, soll er mich kennenlernen – Verwandter hin oder her!«

Die junge Frau rechnete Albrecht dieses ritterliche Gebaren hoch an. Obwohl sie sich nicht hatte erweichen lassen, war er bereit, für sie in die Bresche zu springen.

»Er ist doch ein feiner Kerl«, dachte Magdalena. »Irgendein Edelfräulein wird einmal recht glücklich mit ihm werden …«

Mauritz' Ehefrau freute sich indes ungemein über den zusätzlichen Gast. Sie bekam sehr selten Besuch. So saßen nun drei Personen um den Esstisch in der Stube und ließen es sich wohl sein. Die treue Berta, über deren Begleitung Magdalena sehr froh gewesen wäre, ließ sich an diesem Abend entschuldigen. Sie genoss die interessante Gesellschaft Gertrudes und ließ sich von ihr schmackhafte Kochrezepte verraten.

Es müsste doch mit dem Teufel zugehen, wenn sie es nicht schaffen sollte, ihren Herrn, den Notar Zängle, wenigstens kulinarisch auf Dauer zufriedenzustellen … Dass sie ihn als Frau nicht im Geringsten interessierte, wusste sie seit langem.

»Wahrscheinlich bin ich ihm jetzt mit meinen beinahe fünfzig Jahren zu alt«, vermutete sie. Immerhin betrug der Altersunterschied fast acht Jahre. Wenn Herr Julius jedoch nur mit dem kleinen Finger gewinkt hätte, wäre die biedere Frau zu allem Möglichen bereit gewesen – aber eben dieser ganz spezielle Wink war während der gesamten Zeit, immerhin fünfzehn Jahre, die sie nun schon bei ihm diente, niemals erfolgt.

Margret ließ sich sogar dazu bewegen, in so munterer Gesellschaft wenigstens ein paar Bissen zu sich zu nehmen. Etwas, das die um die Gesundheit ihrer Tante ernsthaft besorgte Apothekerin mit Genugtuung erfüllte. Der Wein, ein ausgezeichneter Tropfen, der noch aus dem Vorrat Georg Scheitlins stammte, lockerte sogar ein klein wenig die Zunge der eingeschüchterten Frau, die in aller Regel nichts zu lachen hatte.

Man sprach von früheren Zeiten, als Magdalenas Vater noch lebte, und Frau Elise, die Großmutter, als rüstige Patronin das Regiment im Haushalt innehatte, nachdem Georgs Frau so früh verstorben war. Gute und vor allem friedliche Zeiten waren es gewesen …

Dann platzte Mauritz in die fröhliche Runde. Als er wütend die Stubentür aufriss und sein giftiger Blick die verabscheute Nichte traf – ein Spion aus der Dienerschaft hatte ihn sofort beim Betreten des Hauses mit der Neuigkeit konfrontiert, wer sich unter seinem Dach aufhielt –, ging er sofort dazu über, sie anzubrüllen und zu versuchen, sie aus dem Haus zu scheuchen.

»Verdammt! Du wagst es, du … du Geschöpf, dich in meinem ehrenwerten Haus sehen zu lassen! Verschwinde auf der Stelle, ehe ich mich vergesse und anschließend den Büttel rufen lasse!«

Drohend näherte er sich dem Tisch, um seiner Aufforderung wenn nötig handgreiflich nachzuhelfen, als er aus dem Augenwinkel heraus den noblen Fremden entdeckte. Mauritz erstarrte regelrecht.

Inzwischen war Albrecht von Meinrad seelenruhig aufgestanden und pflanzte sich breitbeinig vor dem wütenden Hausherrn auf.

»Danke vielmals für Euren herzlichen Empfang, Vetter! Gestattet, dass ich mich Euch vorstelle? Albrecht von Meinrad mein Name, angeheirateter Großneffe Eurer verehrten Muhme Gertrude, Blutsverwandter ihres verstorbenen Gemahls, des Herrn von Reuchlin. Derzeit bin ich Kammerherr Seiner Majestät, König Sigismunds, und auf Urlaub, um meine Verwandtschaft aufzusuchen. Ich muss gestehen, Vetter Mauritz, dass ich mit einer so unliebenswürdigen Begrüßung keinesfalls gerechnet habe! Ist das bei Euch so üblich?«

»A-aber, nei-nein!« Margrets Ehemann begann zu stottern. »Meine Worte galten doch nicht Euch, mein Lieber!«

»Ich kann hier niemanden erkennen, auf den sich Euer Gepolter sonst bezogen haben könnte.« Die Stimme des Edelmanns klang kalt. »Eure liebenswerte Hausfrau Margret oder Euer bezauberndes Geschwisterkind, Jungfer Magdalena, genannt die Rose von Konstanz, die sich trotz ihrer Jugend bereits einen Namen als Heilkundige gemacht hat, könnt Ihr ja wohl schlecht gemeint haben! Meine Base war übrigens – und darauf kann sie wahrlich stolz sein – sogar die medizinische Betreuerin Seiner Heiligkeit, Papst Johannes XXIII.! Viele andere hohe Herren ziehen sie seitdem zurate. Euer Fluchen kann demnach nur mir gegolten haben!«

Mauritz Scheitlin war totenblass geworden während der wortgewandten Ausführungen seines Gastes. Man sah ihm an, dass er sich im Augenblick wenigstens ein Dutzend Klafter tief unter die Erde wünschte: Er, der doch so darauf achtete, Höhergestellten Honig ums Maul zu schmieren, beherbergte einen adligen Herrn aus dem unmittelbaren Umkreis des Königs bei sich und hatte sich dermaßen im Ton vergriffen!

Alles die Schuld seines vermaledeiten Mündels! Nur Ärger bereitete ihm das verfluchte Frauenzimmer … Dass dieses Weibsbild es in der Zwischenzeit zu hohem Ansehen gebracht haben sollte, machte ihn erst recht wütend.

»Ha! Alles nur ein riesengroßes Missverständnis!«, rief er dann, zu seiner gewohnten Dreistigkeit zurückfindend, und lachte gekünstelt.

»Eine dumme Verwechslung! Verzeiht, Herr! Meine Augen sind nicht mehr so gut! Natürlich seid gerade Ihr mir jederzeit hochwillkommen, Vetter Albrecht. Ich erinnere mich noch sehr wohl Eures Vaters und Eurer Mutter! Aber Ihr wart damals noch ein Säugling, haha!« Scheitlin versuchte, seinen Gast zu umarmen.

Das wusste Albrecht allerdings geschickt zu verhindern, und Mauritz gab vor, die Brüskierung gar nicht bemerkt zu haben.

»Und dich heiße ich natürlich auch willkommen, Magdalena!«, presste Scheitlin hervor, der inzwischen einen hochroten Kopf hatte. Um die Peinlichkeit der Situation zu überspielen, bemühte er sich, den guten Gastgeber zu mimen.

»Setzt Euch, lieber Vetter, so setzt Euch doch wieder! Verzeiht, dass ich nicht da war, um Euch gebührend zu empfangen!«

Mit scheelem Blick begutachtete er die Überreste der

Mahlzeit. Na, die Herrschaften schienen ja hervorragend getafelt zu haben. Und alles von seinem Geld! Da er sicher sein konnte, dass alle bereits satt waren, konnte er es riskieren, sie zu weiterem Verzehr zu animieren.

»Frau«, wandte er sich herrisch an Margret, die, durch die Anwesenheit ihres Gatten eingeschüchtert, kaum den Blick von der Tischplatte zu heben wagte.

»Was bist du doch für eine jämmerliche Hausfrau! Sei so gut und lass unseren Gästen noch von dem vorzüglichen, mit Wacholderbeeren über Buchenholz geräucherten Wildschweinschinken auftragen! Und vielleicht mag noch jemand etwas von der trefflichen kalten Flusskrebsterrine mit Zitronensülze? Für mich aber bitte nichts mehr! Ich habe schon gespeist.«

Erschrocken sprang Margret auf, aber Magdalena und auch Albrecht winkten ab.

»Um Himmelswillen, Muhme! Du bist eine hervorragende Gastgeberin und hast uns so wohlversorgt mit Speis und Trank, dass wir beim besten Willen nichts mehr zu uns nehmen können.« Magdalena war es eine Genugtuung, die arme Frau vor ihrem missgünstigen Gatten zu loben.

Albrecht stieß ins gleiche Horn. Aber, um den Geizhals Mauritz recht zu ärgern, sagte er: »Das Einzige, worauf ich noch Lust verspüre, wären noch ein oder zwei Fläschchen von diesem ausgezeichneten Roten! Wir müssen doch miteinander auf gute Gesundheit anstoßen, nicht wahr, Vetter?«

Worauf die junge Frau mit Unschuldsmiene zustimmte: »Ja, Albrecht, dieser Wein ist wirklich ein Gedicht! Er stammt auch noch von meinem Vater Georg, Gott hab ihn selig, einem wahren Kenner und Genießer.«

Wie sie an der essigsauren Miene ihres Vormunds sehen konnte, hatte ihn der Seitenhieb getroffen. Um sich vor dem adligen Verwandten, der augenscheinlich so hoch in der Gunst des Königs stand, keine Blöße zu geben, erbot sich der Hausherr, selbst in den Keller hinunterzusteigen, um Nachschub zu holen.

Um zu verhindern, dass Mauritz behauptete, gerade diesen feinen Tropfen nicht mehr vorrätig zu haben, und womöglich versuchte, sie mit einem minderwertigen Trunk abzuspeisen, forderte Magdalena Albrecht scheinheilig auf, seinen Verwandten zu begleiten.

»Dann kannst du meinem Oheim helfen, gleich mehrere Flaschen nach oben zu schaffen – damit der Ärmste nicht so oft in den Keller laufen muss!«

Als Scheitlin ihr heimlich einen giftigen Blick zuwarf, sah er offenen Spott in ihren großen blauen Augen aufblitzen.

Der weitere Abend gestaltete sich für Mauritz alles andere als angenehm. Magdalena tat, als wäre ihr Oheim überhaupt nicht vorhanden. Sie würdigte ihn keines Blickes und noch weniger einer Anrede. Die Unterhaltung fand – wie bereits den ganzen Abend über – überwiegend zwischen Magdalena, Albrecht und Margret statt. Wenn man Mauritz Scheitlin einbezog, dann nur, um ihn zu brüskieren und zu provozieren.

Das hörte sich dann beispielsweise so an: »Sagt mir doch, Verwandter, habt Ihr Euren tüchtigen Pillendreher, Wendelin Traugott, bereits eingeweiht in die Tatsache, dass er bald mit einer Frau, nämlich mit seiner Herrin Magdalena, zusammenarbeiten wird?«

Mauritz fiel die Kinnlade herunter. »Wiwieso?«, stammelte er entgeistert.

»Ach? Jetzt sagt bloß, Vetter, Schultheiß Finsterwald und der Stadtpfarrer Auersberg haben es versäumt, Euch darüber zu informieren, dass Ihr das Amt des Stadtapothekers nur stellvertretend für Euer Mündel innehabt – so lange, bis sie ihre Studien beim berühmten Klosterapotheker Frater Gregor in Konstanz beendet hat. In nicht allzu ferner Zukunft wird es so weit sein.«

»Na, dann wollen wir doch abwarten, was sich bis dahin ergibt«, wehrte Scheitlin heftig grimassierend ab. Der letzte Teil des Satzes war kaum noch zu verstehen, da er sich vor Wut und Entsetzen an seinem Wein verschluckte.

Als Magdalena und Albrecht endlich aufbrachen, geschah dies mit ehrlichen Dankesworten und einer herzlichen Umarmung für Margret und reichlich dürren Abschiedsfloskeln für den Oheim.

Zu ihrem eigenen Erstaunen erkannte Magdalena vor dem Einschlafen, als sie ihren denkwürdigen Besuch noch einmal Revue passieren ließ, dass der Oheim keine Macht mehr über sie besaß, da sie aufgehört hatte, ihn zu fürchten. Zumindest ein Gespenst ihrer Vergangenheit schien fürs Erste besiegt, und mit einem Seufzer der Erleichterung gab sich Magdalena dem Schlaf hin.

Am nächsten Tag machten sie sich auf den Rückweg nach Konstanz, und Magdalena freute sich fast ein wenig, war ihr die Stadt doch ein Stück weit zur zweiten Heimat geworden. Gleichzeitig bedauerte sie den erneuten Abschied von Gertrude – und auch die väterliche Apotheke verließ sie nur schweren Herzens – und in der Hoffnung, sie bald als rechtmäßige Eigentümerin erneut betreten zu können.

KAPITEL 43

In Konstanz herrschte, trotz der Anwesenheit so vieler gelehrter und edler Personen, keineswegs Frieden. Das Erste, was Magdalena nach ihrer Heimkehr von Vetter Julius zu hören bekam, waren Klagen über heftige Schlägereien, welche sich die ungarischen Reiter König Sigismunds gegenseitig lieferten.

»Das allein wäre ja nicht so schlimm, aber dass dabei in schöner Regelmäßigkeit das gesamte Mobiliar in den Gasthöfen und Herbergen zerschlagen wird und die Gläser in den Schenken zu Bruch gehen – das steht auf einem anderen Blatt.«

»Wenn die Kerle den Schaden, den sie anrichten, auch brav bezahlen, geht es ja noch«, war Magdalenas Meinung dazu.

»Gerade daran hapert es aber zur Zeit! Die Männer behaupten anderntags einfach, sie könnten sich an nichts mehr erinnern«, ereiferte sich der überarbeitete Zängle.

»Den Vogel hat jedoch Herzog Heinrich von Bayern abgeschossen, als er in der Katzgasse, in der Nähe des Münsters, seinen Vetter Ludwig überfiel und ihm eine Tracht Prügel verabreichte.« Der Notar schüttelte den Kopf. »Es ist eine Schande, wie die vornehmen Herren sich manchmal aufführen. Sie wollen Vorbilder fürs gemeine Volk sein und gebärden sich genauso schlimm wie Betrunkene auf einer Dorfkirchweih.«

Trotz seiner Sorgen über einen einigermaßen friedlichen Verlauf des Konzils war dem Notar die Freude über Magdalenas Rückkehr anzumerken. Der ältliche Hagestolz hatte sie tatsächlich vermisst; über sein Gesicht lief ein Strahlen, als die junge Frau ihn freundschaftlich umarmte und auf beide Wangen küsste.

Bertas Anblick entlockte ihm ebenfalls ein breites Lächeln. Er freute sich sichtlich, dass nun wieder eine gewisse Ordnung in seinen leicht verschlampten Junggesellenhaushalt einzog.

Dagegen reagierte Betz ungewöhnlich ängstlich. Der junge Bursche hegte ernsthafte Befürchtungen, wie nahe sich »seine« Lena und das »herausgeputzte Herrchen« inzwischen wohl gekommen sein mochten. Magdalena ahnte die Seelenqualen ihres Schützlings, und in einer ruhigen Minute zog sie ihn auf die Seite und sprach ganz offen mit ihm.

»Betz, mein Lieber, falls Ihr etwa geglaubt haben solltet, zwischen Albrecht von Meinrad und mir bahne sich etwas an, habt Ihr Euch getäuscht. Wir sind Verwandte – und sonst gar nichts. Und das wird auch so bleiben.«

Falls die junge Apothekerin noch Zweifel über Betzens Gemütszustand gehabt haben sollte, waren diese endgültig beseitigt, als sie nach dem Geständnis seinen Gesichtsausdruck sah. Noch immer war er ihr treu ergeben und ertrug den Gedanken nicht, sie an einen anderen zu verlieren – auch wenn klar war, dass er als Partner selbstverständlich nie in Betracht käme …

Der Mainzer Kurfürst – immer noch ein treuer Anhänger des entmachteten Johannes XXIII. – versuchte etliche Male, wenn auch vergeblich, den Gefangenen zu befreien. Magdalena machte sich indes ihre ganz eigenen Gedanken über die unnachgiebige Haltung der Gegner dieses Papstes.

»Ich habe den Verdacht«, ließ sie ihren Verwandten Julius wissen, »man verflucht die Person Johannes' XXIII. stellvertretend für sämtliche Verfehlungen der Kirche seit Jahrhunderten. Man lässt ihn als willkommenes Opfer büßen für alle Versäumnisse, Irrwege und Verbrechen, die sich seit langer

Zeit in der Kurie und der Kirche ganz allgemein zugetragen haben. Wobei ich keineswegs vergesse, dass Signor Baldassare selbst ein Gutteil dazu beigetragen hat, dass viele Gläubige in aller Welt den Respekt vor der Kirche verloren haben. Ohne Zweifel hat Johannes versagt.«

Trotzdem fand Magdalena die Tatsache traurig, dass der ehemalige Papst von allen im Stich gelassen wurde. Im Gefolge des Gestürzten, der höhnisch nur noch als »der feiste Welsche« bezeichnet wurde, hatte es einst weder an Leibdienern noch an Sekretären, Köchen, Hofnarren und Anhängern aller Art gefehlt.

Jeder von ihnen suchte sich sogleich eine neue Anstellung bei einem anderen hohen Herrn. Von einem Beispiel dieses Opportunismus konnte Magdalena sich bald darauf persönlich überzeugen.

Bald nach ihrer Rückkehr wurde sie ins Haus eines italienischen Prälaten, eines berühmten Konzilsherrn, gerufen, da dieser sich den Magen verdorben und bei den Franziskanern ausdrücklich nach Jungfer Magdalena gefragt hatte. Als sie mit ihrem mittlerweile stadtbekannten, mit Arzneien gefüllten Weidenkorb bei dem hochgestellten Patienten eintraf, begegnete ihr im Hausflur Don Severino, Cossas ehemaliger Sekretär.

Nachdem die junge Frau nur einige wenige Worte mit dem hochmütigen Italiener gewechselt hatte, wusste sie, dass dieser nicht gewillt war, an seinem ehemaligen Herrn auch nur ein einziges gutes Haar zu lassen.

Angewidert setzte sie ihren Weg ins Schlafgemach des erkrankten Kardinals fort. Dass Johannes' ehemalige Vertraute, die nicht schlecht bei ihm gelebt hatten, ihn jetzt nachträglich mit Schmutz bewarfen, hatte ihr bereits Vetter Julius berichtet.

»*Vae victis*!«, pflegte er dazu zu sagen, »wehe den Besiegten«. Eine Wahrheit über die mangelnde Moral der Menschen, die nicht nur bei den alten Römern galt.

»Was wohl aus seinem eitlen Leibdiener Massimo geworden ist?«, überlegte die junge Frau. Vermutlich hatte auch er längst einen neuen Herrn gefunden, den er nun mit schlüpfrigen Details aus Cossas bizarrem Lebenslauf erheiterte.

Während Magdalena mit viel Energie ihren arbeitsreichen Alltag bewältigte und sich ein täglich größer werdendes Wissen in der Apotheke erwarb, neigte sich auch dieses Jahr langsam seinem Ende zu. Gelegentlich dachte sie in letzter Zeit wieder über Männer und das Heiraten nach. Es war, als habe der anziehende und forsche Albrecht von Meinrad sie wieder daran erinnert, dass sie eine Frau war – eine Frau mit gewissen Bedürfnissen. In ihrem Alter drohte sie fast schon Gefahr zu laufen, als alte Jungfer zu enden, die Mädchen heirateten normalerweise wesentlich früher.

Dabei lebte sie ja keineswegs vergraben zu Hause in der Küche oder in der Nähstube, sondern stand sozusagen mitten im Leben. Tagtäglich hatte sie mit vielen Menschen zu tun, in der Hauptsache sogar mit Männern. Aber die meisten waren entweder Mönche oder verheiratete Bürger und Edelleute.

Die wenigen Ledigen gefielen ihr entweder nicht oder sie waren – soweit es sich um Gäste des Konzils handelte – nur auf ein unverbindliches Abenteuer aus, und dafür war Magdalena sich zu schade. Aus demselben Grund hatte sie ja auch Albrecht von Meinrad zurückgewiesen.

Und die wenigen Männer, die noch übrigblieben und die sie bisher in Konstanz kennengelernt hatte? Zu alt, zu jung, zu dumm, zu herrisch, zu angeberisch, zu kriecherisch – oder zu sehr verliebt. Nicht etwa in sie, sondern in den Alkohol! Und das war etwas, was Magdalena überhaupt nicht ertrug. Beinahe tagtäglich wurden sie und die Franziskanerbrüder mit den tragischen Folgen der Alkoholsucht konfrontiert.

Sei es, dass die Männer – im Rausch enthemmt – entweder übereinander herfielen und sich gegenseitig halbtot prügelten oder handgreiflich gegen ihre Ehefrauen und Kinder wurden. Oder aber, dass sie in weinseliger Euphorie Haus und Hof verspielten. Andere starben jung, nachdem sie ihre Leber durch den exzessiven Alkoholgenuss ruiniert hatten. Das wollte die junge Frau sich gerne ersparen.

In letzter Zeit musste sie wieder öfter an Konrad Grießhaber denken; der Besuch bei seinem Vater hatte bei Magdalena erneut an alte Erinnerungen gerührt. Was wäre gewesen, wenn …

»Ein müßiges Gedankenspiel«, schalt sie sich jedes Mal selbst und zwang sich sofort, die Empfindungen zu ignorieren. Vermutlich würde sie unverheiratet bleiben. Doch sie hätte immerhin ihr Auskommen als Apothekerin und wäre nicht darauf angewiesen, von einem Ehemann ausgehalten zu werden.

Eigentlich hatte sie es inzwischen weit gebracht: Sie war angesehen in der Stadt, denn viele verdankten ihr Gesundheit und Wohlbefinden. Selbst wenn Julius Zängle sie einmal nicht mehr beherbergen würde, müsste sie ihr Haupt nicht auf Stroh betten oder am Hungertuch nagen: Ihre Einnahmen konnten sich durchaus sehen lassen, denn die Klosterbrüder teilten ihr äußerst gerecht ihren Lohn zu.

Längst vergessen waren die Existenzängste, die sie anfangs vor allem nachts beschlichen hatten. Mit gutem Gewissen konnte sie mit Stolz von sich behaupten, dass eine starke und selbstbewusste Frau aus ihr geworden war – wenn sie sich diese Stärke auch durch Kummer und Leid erkauft hatte.

Etwas anderes ließ ihr jedoch schon bald das Herz schwer werden: Der Gesundheitszustand ihres Schützlings Mariechen, die bereits den ganzen Sommer hindurch einen hässlichen Husten gehabt hatte, verschlechterte sich beinahe täglich. Magdalena war mit ihrem Wissen am Ende und ahnte, dass es wohl schon bald zum Schlimmsten käme.

Dann war es soweit, dass die Kleine nicht mehr zur Arbeit erschien, und als Magdalena sie zu Hause aufsuchte, war sie schon so schwach, dass man sie füttern musste. Das Schlucken bereitete ihr große Schwierigkeiten. Die meiste Zeit schlief sie ohnehin und schreckte nur dann und wann aus ihrem fiebrigen Dämmerzustand auf. Erstaunlich lange kämpfte sie gegen den Tod an, doch dann schienen die jugendlichen Kräfte endgültig aufgezehrt. Ihre Mutter Barbara schickte eines kühlen Abends ihren Ältesten, Klaus, zu Magdalena, um sie darum zu bitten, noch einmal in die bescheidene Hütte der Korbflechterleute zu kommen.

»Es wird das letzte Mal sein, dass wir Euch bitten müssen, soll ich von der Mutter ausrichten«, nuschelte Klaus, wobei er der jungen Frau nicht ins Gesicht schaute.

»Aber falls Ihr Wichtigeres vorhaben solltet, macht es auch nix.«

Krampfhaft hielt der Bursche den Blick gesenkt. Ob aus Verlegenheit oder weil er seinen Widerwillen nicht erkennen lassen wollte, war nicht ersichtlich. Die Apothekerin vermutete letzteres: Klaus empfand die schwere Krankheit der Schwester schon lange als lästig. Hatte sie ihn doch, als Mariechens Gesundheitszustand erstmals zu ernster Sorge Anlass bot, eiskalt sagen hören: »Entweder sie steht auf und schafft, oder sie soll liegen bleiben und krepieren.«

»Natürlich komme ich mit zu deiner armen Schwester.« Magdalena sprach ruhig und sehr bestimmt. »Ich habe Mariechen versprochen, dass ich in ihrer letzten Stunde bei ihr sein werde und ihr die Hand halte, so lange, bis sie ins Himmelreich eingegangen ist.«

Und so war es denn auch: Magdalena hielt dem armen Mädchen, dem nur ein so kurzes und hartes Leben beschert war, bis zur letzten Minute die Hand, deren Druck immer schwächer wurde. Als Marie schließlich mit zuckenden Augenlidern den Kopf zur Seite sinken ließ und noch einmal tief ausatmete, ehe sie für immer still dalag, rannen Magdalena die Tränen über die Wangen. Sie gab sich keine Mühe, sie wegzuwischen. Nie würde sie sich daran gewöhnen, dass einem Menschen ab einem gewissen Zeitpunkt trotz all der Arzneien einfach nicht mehr zu helfen war.

Barbara in ihrer Schlichtheit konnte es gar nicht fassen. Ihr mütterlicher Schmerz über den Tod Mariechens wich beinahe zurück vor dem bemerkenswerten Erlebnis, dass sowohl »die Rose von Konstanz« als auch der landauf, landab berühmte Doktor Zängle ihrer Tochter die letzte Ehre bei der Totenmesse und der anschließenden Beerdigung erwiesen.

Die anderen Trauergäste waren arme Leute ihres eigenen Schlages: notleidende Tagelöhner, kleine Handwerker, Bettler und viele verschämte Arme, die aus Alters- oder Gesundheitsgründen kaum das Nötigste für sich und ihre Familien herbeizuschaffen vermochten. Im Kreise dieser Trauergemeinde fielen Magdalena und Julius auf wie bunte Pfauen unter einer Schar von Krähen. Die einfache Korbflechterin platzte schier vor Stolz und vergaß für eine Weile sogar das Weinen. Die Tränen flossen erst wieder reichlich, als der Geistliche am Grab so schöne und tröstende Worte fand.

Dass der Notar Zängle dem Pfarrer dafür eine hübsche Summe gespendet hatte, brauchte die bedauernswerte Frau ja nicht zu wissen … Auf alle Fälle tat das Geld seine erhoffte Wirkung: Alle, die um die bescheidene Grabstelle herumstanden, waren von der Predigt höchst angetan.

Sogar für ein recht ordentliches Totenmahl war einiges getan worden. Magdalena selbst, Änneli, die Magd, die Julius vor einiger Zeit zur Verstärkung seines Haushalts eingestellt hatte, und Berta hatten für die Verpflegung der Freunde, Bekannten und Verwandten der soeben zu Grabe Getragenen gesorgt. Keiner, der die Wohnung der Armenhäuslerin Barbara betrat, um ihr sein Beileid auszusprechen, musste ohne Speis und Trank abziehen. Der Tisch in der winzigen Stube der schäbigen Hütte bog sich beinahe unter der Last der Schüsseln mit Braten, Soße und Gemüse sowie der Platten mit Kuchen und der Schalen mit Obst und Kompott. Wer wollte, konnte Wein oder Bier trinken, so viel er vertrug.

Der Leichenschmaus für ein so junges Menschenkind war stets ein tieftrauriger Anlass, aber immerhin ließen viele die Kleine hochleben und wünschten ihrer armen Seele eine alsbaldige Himmelfahrt. Magdalenas scharfen Augen entging nicht, dass sich Klaus, der Älteste der Geschwisterschar, still und heimlich aus dem Staub machte – aber erst, nachdem er bei Tisch ordentlich zugelangt hatte.

Der allgemeine Wunsch nach Frieden und geordneten Verhältnissen in der Stadt sollte sich nicht so bald erfüllen. Im Gegenteil, Hader und Gezänk nahmen zu und breiteten sich weiter aus. Als Nächstes gerieten die Kastilier mit den Aragonesern in Streit – mit dem Ergebnis, dass die kastilische Delegation die Stadt ohne kaiserliche Erlaubnis verließ. Sigismund schickte den Abtrünnigen umgehend Soldaten hinterher und ließ die Spanier gewaltsam zurückbringen.

»Die Präsenz kaiserlichen Wachpersonals in den Gassen ist unübersehbar. Überall stehen bis an die Zähne bewaffnete Soldaten. Unser Konstanz wird derzeit strenger bewacht als ein Gefängnis!«, beschwerte sich Berta, als sie vom Einkaufen auf dem Markt zurückkam. »Sogar zur Seeseite hin ist alles abgeriegelt.«

»Erregt Euch nicht, meine Gute!«, wiegelte der Hausherr ab. »Natürlich muss Sigismund das so handhaben, sonst stünde er bald alleine da! Konstanz muss aufs Genaueste überwacht werden, damit niemand abreist, der keine Ermächtigung dazu hat. Wer soll denn sonst einen neuen Papst wählen?«

Tags darauf waren auch Magdalena und Betz von den rigorosen Maßnahmen betroffen, als sie von der Arbeit in der Klosterapotheke heimkehrten.

»Schaut, Magdalena, da vorne ist alles abgesperrt«, rief der junge Apotheker aufgeregt, als sie in eine schmale Gasse einbogen. Es dämmerte bereits, und beide mussten die Augen zusammenkneifen, um im Halbdunkel Genaueres erkennen zu können.

»Was ist denn da los, um Christi willen?«

»Scheint so, dass am Ende der Gasse keinerlei Durchkommen mehr ist«, meinte Magdalena beunruhigt, die müde war und eigentlich nur auf dem schnellsten Weg zum Abendessen kommen wollte. Dieser Massenauflauf so spät am Tag war mehr als ungewöhnlich.

»Himmel noch mal! Frau Lena, kommt rasch! Seht nur,

die vielen Leute rennen genau auf uns zu! Machen wir, dass wir von hier verschwinden.«

Gesagt, getan. Die beiden kehrten um, um der in ihre Richtung strömenden Menschenmenge auszuweichen. Kaum waren sie in eine abzweigende Gasse abgebogen, erging es ihnen allerdings genauso: Auch dieser Weg war von unzähligen Menschen blockiert. Hauptsächlich waren es Männer, aber es befanden sich auch einige Frauen darunter.

»Hierher, Frau Lena!«

Betz fasste nach Magdalenas Hand und zerrte sie in einen schmalen Durchgang zwischen zwei Häusern, der üblicherweise der Entsorgung von allerlei Unrat diente. Beide rümpften unwillkürlich die Nase, aber in der Eile gab es kein anderes Versteck. Vorsichtig lugten sie hinaus auf das Geschehen in der Gasse.

»Herrje! Diese Leute werden ja von kaiserlichen Soldaten verfolgt! Was können die wohl verbrochen haben?«

Magdalena wurde beinahe übel bei dem Gedanken, selbst zu einer Gejagten zu werden. Das Ganze wirkte mehr als bedrohlich. »Lasst uns in Ruhe abwarten, Bernhard, ja?«, bat sie kleinlaut. Dass sie in etwas Weiches getreten war, von dem sie gar nicht wissen wollte, worum es sich dabei handelte, versuchte sie zu ignorieren.

Der junge Bursche, dem selbst alles andere als wohl zumute war, stimmte sofort zu. »Freilich, Frau Lena! Wir haben ja Zeit. Hier sieht uns wenigstens keiner; hier bleiben wir, bis sich alles wieder beruhigt hat und wir unbehelligt heimgehen können.«

Später, in der Sicherheit des Wohnhauses, konnte Julius Zängle den Sachverhalt aufklären.

»Das waren Menschen, denen die Verhältnisse in unserer

Stadt nicht mehr gefallen. Sie versammelten sich zum Protest auf dem Münsterplatz, um sich bei den Konzilsherren über sich häufende Übergriffe durch Fremde zu beschweren. Von den Wachen verjagt, bewegte sich der Menschenstrom, der immer mehr anwuchs, in Richtung des Wohnsitzes von Kaiser Sigismund und anderer hoher Würdenträger. Da erging der kaiserliche Befehl, die Störenfriede einzufangen und in Haft zu nehmen. Im Kerker können sie sich jetzt überlegen, ob ihr Tun angemessen war.«

»Diese weitere Ungerechtigkeit wird nicht gerade zu Sigismunds ohnehin geringer Beliebtheit beitragen.« Betz unterstrich seine geringschätzige Bemerkung mit einem abfälligen Achselzucken.

Magdalena bedachte ihren Vetter mit einem prüfenden Seitenblick. Es war ihr bekannt, dass der Notar es nicht besonders schätzte, wenn am Kaiser so deutlich Kritik geübt wurde. Zu ihrem Erstaunen nickte Doktor Zängle nun jedoch bedächtig und sorgenvoll.

»Ich bin auch der Meinung, dass die Bürger mit ihrem Protest im Recht sind. Viele sind außerdem über Sigismund verärgert, weil er nur an sein Vergnügen denkt und überall Schulden hinterlässt. Unser Herrscher ignoriert einfach die schlichte Tatsache, dass für erbrachte Leistungen auch das entsprechende Entgelt fällig ist. Schneider, Sattler, Pferdehändler, Küfer, Weinstubenbesitzer, Gastwirte, Bootsbauer, Stellmacher, Schmiede, Schuhmacher und Plattner leben schließlich alle von ihrer Hände Arbeit. Ich kann froh sein, dass ich von der Stadt Konstanz den Lohn für meine Dienste erhalte – und nicht die Ehre habe, umsonst für Sigismund tätig sein zu dürfen.«

Das entlockte Magdalena ein Lächeln. »Das wäre in der Tat schlecht für dich, Vetter, weil du doch so sehr mit den

Angelegenheiten des Konzils beschäftigt bist, dass dir gar keine Zeit für Klienten mehr bleibt. Wovon solltest du also leben?«

»Wie wahr, Base Lena. Mein nächster Prozess, den ich nach Beendigung des Konzils führen werde, wird vermutlich der gegen deinen Vormund sein. Wenn es nur schon so weit wäre!«

Julius Zängle seufzte. Natürlich liebte er seine Tätigkeit für das Konzil – hatte sie ihn bisher doch nicht nur viel Anstrengung und Ärger gekostet, sondern ihm auch eine Menge an Anerkennung und Ehre eingetragen. Dennoch hoffte er jetzt auf ein baldiges Ende des Konzils. Wie es allerdings aussah, würde das für die nächste Zeit ein frommer Wunsch bleiben.

Kurz darauf konnte Sigismund wieder einmal seinen Jähzorn nicht bezähmen, und es drohte eine weitere Eskalation: Vollkommen unüberlegt drohte er den Kardinälen, sie allesamt verhaften zu lassen – eine in höchstem Maße unkluge Äußerung, die umgehend dem Vorwurf Nahrung gab, der Kaiser beabsichtige, die Verhandlungen zu stören und in seinem Sinne zu beeinflussen. Es erhob sich ein Riesengeschrei unter den empörten Kirchenfürsten.

Sigismund, zu der Einsicht gedrängt, wieder einmal vollkommen überzogen reagiert zu haben, suchte sein Heil darin, dass er für eine Weile untertauchte. Mochten sich die erregten Gemüter erst einmal beruhigen. Allerdings war er so aufgebracht, dass er seiner Umgebung bereits das völlige Scheitern dieses Konzils prophezeite.

Sein Heil suchte er bei den Schweizern und hielt sich etliche Wochen bei ihnen auf. Er wollte sich gut mit ihnen stellen; die Älpler hatten sich mittlerweile einigen Respekt verschafft. Der Kaiser zeigte sich wohlwollend, gestand ihnen einige Vergünstigungen zu – die ihn selbst nichts kosteten – und erhielt dafür zum Dank mehrere Pokale, bis zum Rand gefüllt mit Dukaten.

Diese Art des Volkes, ihm seine Ergebenheit zu beweisen, war ihm ohnehin die liebste. Schließlich erinnerte er sich daran, dass er doch die Hauptperson des Konzils sein wollte, und kehrte wieder zurück nach Konstanz.

KAPITEL 44

FAST UNMERKLICH WAR in der Zwischenzeit das Jahr 1415 zu Ende gegangen und das Jahr 1416 angebrochen. Es war nicht weniger ereignisreich als das vorhergehende, doch Magdalena hatte so viel zu tun, dass sie manchmal nicht mehr wusste, wo ihr der Kopf stand. Die Tage zerrannen ihr gleichsam unter den Händen, und als sie im Dezember 1416 im Hause Zängle in der Heiligen Nacht zu einem feierlichen Mahl beisammensaßen, da war ihr für einen Augenblick so, als sei das letzte Weihnachtsfest doch erst gestern gewesen – oder allerhöchstens vor einer Woche. Und ehe sie sich's versah, war das Jahr 1417 angebrochen und auch schon wieder halb vergangen, ohne dass Magdalena auch nur einmal zur Ruhe gekommen wäre.

Das Konzil gestaltete sich auch nach Sigismunds Rückkehr nicht harmonischer als zuvor, die üblichen Unstimmigkeiten flammten sofort wieder auf.

Die »Reformer« – im Sinne Sigismunds – stellten ihre Bemühungen noch immer nicht ein, sondern drängten nach wie vor auf eine Erneuerung der Kirche. Das war den meisten Kardinälen freilich äußerst unbequem. Scheinheilig hielten sie dagegen, einem künftigen Papst dürften sie schließlich keine Vorschriften machen.

»Weil die Reformer aber gar keine Ruhe geben wollen – und ganz nebenbei gesagt, auch die besseren Argumente vorweisen können –, hat man sich heute im Münster auf die Einsetzung einer Sonderkommission geeinigt. Das Konzil soll künftig alle fünf, später alle sieben und danach alle zehn Jahre abgehalten werden und wichtige theologische und kirchenrechtliche Fragen verhandeln«, gab Julius Zängle am Abend eines anstrengenden Tages den neuesten Stand der Dinge wieder.

Magdalena sah, wie erschöpft ihr Verwandter war, und sie beschloss, ihm heute einen ganz besonderen Trank zuzubereiten. Damit Julius wieder einmal eine Nacht ungestört durchschlafen könnte, würde sie ihm gegen nervliche Überreizung eine Mischung aus Baldrianwurzel, Lavendelblüten und Hopfendolden aufbrühen.

Da sie vermutete, dass auch sein Gemüt einer Ermunterung bedürfe, würde sie der Mixtur noch jeweils einen kleinen Löffel Johanniskraut und Melissenblätter hinzufügen. Außerdem würde sie Änneli bitten, ihrem Herrn ein Amulett aus Amethyst unter das Kopfkissen zu legen – gegen schlechte Träume und für einen erholsamen Schlaf.

»Du darfst dir das alles nicht so zu Herzen nehmen, Vetter!«, ermahnte sie Julius behutsam. »Wir brauchen dich noch lange. Es ist niemandem gedient, wenn du für die Sache der Kirche deinen körperlichen Verschleiß riskierst. Morgen werde ich dir in der Klosterapotheke einen besonders wirksamen Herzwein ansetzen.«

Betz, der Zeuge dieses Gesprächs war, stellte sich flugs in Positur: »Es handelt sich um die berühmte Einhundertzehngramm-Formel, nicht wahr? Den Herzwein kann auch ich zubereiten.«

Auf Magdalenas fragenden Blick hin deklamierte er: »20, 30, 5, 25, 20, 10. Und alles in einen Liter!«

Magdalena lachte schallend. »Sehr gut aufgepasst, Lehrling Betz! Damit hättet Ihr die Prüfung zum Apotheker mit Auszeichnung bestanden!«

Betz grinste bis über beide Ohren.

»Dürfte ich vielleicht auch erfahren, worum es sich handelt?«, warf der Notar ein und schmunzelte. Es gefiel ihm, wenn die jungen Leute Spaß hatten und fröhlich waren – aber er wollte gerne auch selbst mitlachen.

»Es handelt sich um Gewichtsangaben der Inhaltsstoffe für einen besonders stärkenden Herzwein, den ich dir soeben verordnet habe, Julius.« Magdalena hob die Hand und zählte an den Fingern auf: »20 g Weißdornfrüchte, 30 g Weißdornblüten, 5 g Arnikablüten, 25 g Herzgespannkraut, 20 g Mistelkraut und 10 g Baldrianwurzel. Macht zusammen 110 Gramm, die man in einem Liter guten Weines für eine Woche ansetzt.

Die Mixtur wird täglich umgerührt und geschüttelt, damit sie sich gut vermischt. Nach acht Tagen presst man sie sorgfältig durch ein Leinentuch, so dass der Wein beinahe wieder klar erscheint. Und dann wirst du von diesem Stärkungsmittel morgens und abends ein kleines Gläschen voll jeweils nach dem Essen zu dir nehmen.«

»Ihr werdet sehen, Herr, wie wohl Ihr Euch dann wieder fühlen werdet. Um zehn Jahre jünger – mindestens!«, redete Betz eifrig auf den Hausherrn ein.

»Aber sicher doch«, lachte der Notar. »Wie Herkules! Bäume werde ich ausreißen können. Aber Spaß beiseite! Etwas, was meine Pumpe wieder ein wenig antreibt, kann ich sicher gut gebrauchen. Und selbst wenn's nicht hilft – schaden wird es mir auf gar keinen Fall.«

Im Stillen freute es ihn ungemein, dass »die Rose von Konstanz« nicht nur für die zahlreichen Kranken in der Stadt ein Herz hatte, sondern offenbar auch auf ihn, Julius Zängle, ihr besorgtes Auge richtete.

Die deutsche Nation raffte sich noch einmal auf und verfasste eine Protestnote: Wichtiger als die Papstwahl sei doch der ganz allgemein verkommene Zustand der Kirche!

Allenthalben nur Bestechlichkeit, Vetternwirtschaft und Käuflichkeit der Ämter. Ob ein Kandidat überhaupt geeignet sei für seine Aufgabe, interessiere niemanden – Hauptsache, er könne dafür bezahlen! Ja, nicht selten war ein Amtsinhaber nicht einmal ein geweihter Priester. Von den zahlreichen Geistlichen, die im Konkubinat lebten, ganz zu schweigen …

Aber es war alles umsonst. Die Kardinäle ignorierten die Einwände und widmeten sich allein der Wahl ihres Oberhaupts. Dazu bedurfte es zuerst einmal einer Wahlordnung. Bereits darüber brach neuer heftiger Streit aus, diesmal zwischen dem Kardinalskollegium einerseits und den Konzilsnationen andererseits. Erfolg und Sinn der ganzen Zusammenkunft standen täglich infrage, und es sah nicht so aus, als käme Julius Zängle in nächster Zeit zur Ruhe. Tatsächlich fühlte er sich gesundheitlich angeschlagen und er war Magdalena ausgesprochen dankbar für all die Tees und Mixturen, die sie ihm täglich verabreichte und von denen er sich tatsächlich nach einer Weile etwas besser fühlte.

Am Abend des 25. Oktober 1417 warteten der Notar, Betz, Berta und die Magd Änneli am Abendbrottisch wieder einmal vergeblich auf Magdalena. Betz wusste zwar, dass sie zu einem hohen Kirchenmann gerufen worden war und dass es lange dauern konnte; aber allmählich machte man sich doch Gedanken über ihren Verbleib. Es trieb sich eine Menge Gesindel in den Straßen herum, sobald es dunkel wurde.

Zängle bat daher die sechzehnjährige Änneli, auf der Straße im Umkreis des Hauses Ausschau nach Magdalena zu halten.

Im Schein einer Laterne marschierte Änneli fröstelnd in der Prozessionsgasse auf und ab. Gegen die abendliche Kühle hatte sich das Mädchen zwar einen dicken Schal um Kopf und Schultern geschlungen und gegen die vom Boden aufsteigende Kälte stampfte sie immer wieder mit den in Holzpantinen steckenden Füßen auf. Dennoch fror die Magd.

Ein Trupp feuchtfröhlicher Burschen auf der Suche nach einer weiteren Weinstube bog in die Prozessionsgasse ein. Sie begannen zu grölen, als sie das junge Ding entdeckten. »He, komm mit uns, Kleine! Wir zahlen dir auch den Wein, wenn du lieb zu uns bist!«

Da stand auf einmal Betz neben ihr, und die jungen Kerle ließen sie in Ruhe, weil sie ihn für ihren Begleiter hielten.

»Und? Noch immer nichts?«

Änneli, froh darüber, von den Männern nicht mehr belästigt zu werden, unterbrach ihre Wanderung.

»Das Fräulein kommt noch immer nicht«, nuschelte sie und im trüben Lampenlicht sah der Bursche, dass das Mädchen erbärmlich zitterte.

»Gib mir das Licht und geh ins Haus, Änneli«, sagte Betz. »Du frierst ja gottjämmerlich. Ich werde zum Kloster gehen, nach Frau Lena Ausschau halten und ihr heimleuchten. Du aber, sei so gut, und brüh einen starken Kamillentee für die junge Herrin auf. Der wird ihr guttun bei dieser Kälte – und dir im Übrigen auch.«

»Oh! Vielen Dank auch!«

Änneli knickste und überließ erleichtert dem jungen Burschen die Lampe, ehe sie sich umwandte und ins Haus schlüpfte. »Der Betz ist ein feiner Kerl«, dachte sie. »Wenn er mich bloß einmal genauer anschauen wollte! Soo schlecht sehe ich doch nun wirklich nicht aus!«

Seit sie ihn das erste Mal gesehen hatte, war Änneli unsterblich in Betz verliebt. Bisher blieben ihre Gefühle jedoch leider unerwidert.

Am späteren Nachmittag war ein stattlicher Mann in vornehmer Reitkleidung bei den Franziskanern erschienen. Er stellte sich als Sekretär eines italienischen Kardinals vor und bat in recht gutem Deutsch für seinen Herrn, Kardinal Don Emilio Sabattini, um die Hilfe »der berühmten Rose von Konstanz, Donna Maddalena«.

So etwas war im Kloster längst alltäglich. Es verging kaum eine Woche, ohne dass ausdrücklich die Dienste der schönen Apothekerin verlangt wurden. Der Sekretär, etwa Mitte vierzig, machte einen sehr guten Eindruck; der Blick seiner großen braunen Augen in einem schmalen Gesicht schien offen und ehrlich. Für Frater Gregor bestand nicht der geringste Grund, an seinen Worten zu zweifeln.

Der Mann – er stellte sich vor als Ernesto Cavallo – versicherte, die junge Frau im Anschluss an die Behandlung (es sollte sich um ein aufgebrochenes Geschwür im Nacken des Kardinals handeln) wieder nach Konstanz zu bringen. Der Patient warte in einem Haus ein klein wenig außerhalb der Stadt. Magdalena selbst stellte keine weiteren Fragen, längst war sie Hausbesuche gewohnt und hoffte nur, noch vor Einbruch der Dunkelheit wieder zurück zu sein.

»Wohin bringt Ihr mich denn, in Jesu Christi Namen? So weit von Konstanz entfernt kann Euer Herr doch gar nicht wohnen!«

Magdalena, die hinter dem Reiter auf dessen Pferd saß und sich an dem Umhang des Mannes festhielt, war noch keineswegs beunruhigt, sondern lediglich neugierig, wohin die Reise wohl führen mochte. Über Wollmatingen waren sie längst hinaus und ritten nun am Rande des Rieds entlang in Richtung Oberdorf.

»Wir sind gleich da, Jungfer.«

Ser Ernesto wandte sich zu ihr um; er war bemüht, die junge Frau nicht zu ängstigen. »In der Stadt selbst hat mein Herr leider keine angemessene Unterkunft mehr gefunden. Aber so ist es ohnehin viel besser! Seine Eminenz ist nämlich sehr freiheitsliebend, und die Enge innerhalb der Stadtmauern kann sehr bedrückend sein. Da nimmt er lieber den täglichen Ritt ins Konstanzer Münster auf sich.«

In Magdalenas Ohren klang das nicht unvernünftig. Die Stadt war in der Tat brechend voll. Überall auf den Gassen und Plätzen hielten sich zu jeder Tageszeit Menschenmassen auf, die wild schrien, lachten und gestikulierten. Dazwischen versuchten immer wieder Reiter mit ihren Tieren voranzukommen, Händler schoben fluchend Karren oder lenkten Eselsgespanne durch die Menge, während herrschaftliche Diener die Sänften mit kirchlichen und weltlichen Würdenträgern möglichst schnell von einem Ort der Stadt zu einem anderen zu transportieren suchten. Auch Magdalena wünschte sich so manches Mal nur noch hinaus aus der Stadt.

Sie genoss das ungebremste Dahinfliegen auf dem kräftigen Pferd und schmiegte sich vertrauensvoll an ihren Führer. Dass die Sonne bereits im Begriff war, unterzugehen, focht sie keineswegs an, hatte der Sekretär doch versprochen, sie wieder zurückzubringen.

Ihr Patient schien an einem Furunkel zu leiden, das sich von selbst geöffnet hatte. Das klang zwar unangenehm, aber nicht allzu bedrohlich. Da war sie schon mit Schlimmerem konfrontiert worden. Das Wichtigste bei offenen Wunden – und das hatte ihr Vater ihr noch beigebracht – war absolute Sauberkeit.

In ihrem Korb befand sich daher immer ein Bündel peinlich reiner Wundauflagen und frisch gewaschener und aufgerollter Leinenbinden. Und mit der Auswahl an geeigneten Salben konnte sie sogar mit den meisten klösterlichen Infirmarien konkurrieren.

Dass ein ausländischer Kardinal nach ihr verlangte, wunderte sie keineswegs. Im Laufe weniger Monate hatte sich ihr Ruf in der Bodenseegegend verbreitet als der einer gewissenhaften, kompetenten und vor allem verschwiegenen Heilerin.

Gerade Letzteres war ungeheuer wichtig bei einer Klientel, die überwiegend aus hohen und höchsten geistlichen und weltlichen Herren bestand. Ihre Tätigkeit für Johannes XXIII. hatte ebenfalls dazu beigetragen, dass man ihr bedingungslos vertraute – war sie doch zu keiner Zeit der Versuchung erlegen, sich über ihren ebenso prominenten wie charakterlich zweifelhaften Patienten in irgendeiner Weise abfällig zu äußern.

Selbst als man ihr beträchtliche Summen anbot, um intime Details über den »feisten Welschen« zu erfahren, hatte Magdalena eisern geschwiegen.

Zudem galt es immer, sich keinesfalls die Missgunst von Ärzten, Chirurgen und anderen Heilern zuzuziehen – wie leicht zog sie sonst die Gefahr der üblen Nachrede auf sich, mit all ihren Konsequenzen, bis hin zu einer Anklage wegen Hexerei. Nicht selten lehnte sie daher heikle Behandlungen ab, indem sie vorgab, dafür nicht genügend ausgebildet zu sein. Denn manche Leiden durfte sie den strengen Regeln der Zunft entsprechend überhaupt nicht kurieren. Alles, was etwa mit Schneiden oder Einrenken zu tun hatte, war Aufgabe von Chirurgen oder Badern – einer Gruppe von Heilern, die ihre Pfründen mit Zähnen und Klauen zu verteidigen pflegten.

Nur in Ausnahmefällen verstieß sie dagegen, wenn zum Beispiel unverzügliches Handeln vonnöten war und sie damit dem Betreffenden weiteres Leiden ersparte. Allerdings war sie sich dabei immer bewusst, wie groß die Gefahr war, mit einem Bein bereits im Kerker zu stehen …

Magdalena hoffte inständig, dass der heutige Fall sich nicht als einer von denen entpuppte, der ihre zunftrechtlichen Kompetenzen überschritt. Aber da das Geschwür des Kardinals offenbar bereits von selbst aufgegangen war, musste sie aller Voraussicht nach nicht zum Messer greifen.

Außerdem hatte ja Frater Gregor, der verantwortliche Medicus und Apotheker des Franziskanerklosters, sie persönlich zu diesem Patienten geschickt. Demnach trug er auch die Verantwortung.

KAPITEL 45

Endlich hatten sie ihren Zielort erreicht, ein imposantes herrschaftliches Gehöft mitten auf einer Lichtung im jetzt nahezu kahlen Buchenwald, etwa auf der Höhe von Litzelstetten. Der gepflasterte Weg, der zum Eingang des im unteren Stockwerk gemauerten, im oberen Teil in Fachwerk errichteten Wohnhauses führte, wurde auf beiden Seiten durch Pechfackeln erleuchtet, die in den Erdboden gerammt waren. Etliche Knechte und Diener machten sich noch im Hof zu schaffen.

Offenbar hatte man bereits nach ihnen Ausschau gehalten. Einer der Burschen lief herbei, um Ser Ernestos Gaul in Verwahrung zu nehmen, nachdem dieser Magdalena galant vom Pferd gehoben hatte.

»Reib ihn ja gut trocken, Enrico!«, befahl er dem Knecht. »Und dann gib ihm noch ein paar Hand voll Hafer. Der Gaul hat's verdient.«

Er tätschelte den Hals seines Pferdes, ehe er den am Sattelknopf festgezurrten Weidenkorb löste und ihn der jungen Frau reichte. Ein Wink galt dem jungen Burschen, und der führte das Tier zu den neben dem Wohnhaus befindlichen Stallungen.

»Die Leute wirken so seltsam aufgeregt«, stellte die Apothekerin verwundert fest. »Die Betriebsamkeit, die hier auf dem Gutshof herrscht, scheint mir zu dieser vorgerückten Stunde recht ungewöhnlich. Normalerweise ist um die Zeit des abendlichen Gebetsläutens bereits überall Ruhe eingekehrt.«

»Hoffentlich ist das kein schlechtes Zeichen«, murmelte der Sekretär. »Wollt Ihr mir nun bitte folgen, Donna Maddalena?«

Was Magdalena kurz darauf in einem der Schlafzimmer des vornehm und bequem zugleich eingerichteten Hauses, das eher einem Schloss denn einem großbäuerlichen Anwesen glich, entdeckte, schockierte sie so, dass sie sich setzen musste. Sie rang nach Worten.

»Gott im Himmel! Was ist nur mit diesen armen Menschen passiert?«, fragte sie schließlich fassungslos.

Auf dem breiten Prunkbett unter einem scharlachroten Baldachin lagen nebeneinander zwei leichenblasse Männer, beide etwa fünfunddreißig bis vierzig Jahre alt. Sie waren nahezu identisch gekleidet, mit schwarzen seidenen Kniehosen und ehemals weißen Hemden mit Spitzen an Kragen und Manschetten.

Was ihren Anblick so befremdlich machte, war die Tatsache, dass sowohl Hemden wie Hosen der beiden zerrissen und mit Blut getränkt waren. Blutverschmiert zeigten sich auch ihre Gesichter, die schulterlangen Haare, die Hände und selbst Brust und Beine schienen aus zahlreichen klaffenden Wunden Ströme von Blut verloren zu haben.

Die Matratze jedenfalls, auf die man die Verletzten gebettet hatte, war getränkt mit dem roten Lebenssaft. In der abgestandenen Luft im Raum dominierte penetrant ein kupfriger Geruch.

»Wer ist das überhaupt?«, fragte Magdalena schaudernd und unterdrückte ein Würgen.

»Der linke Herr ist Seine Eminenz, Kardinal Sabattini«, erklärte im Hintergrund ein Diener, den die junge Frau erst jetzt bemerkte. »Und der daneben ist sein Rivale, Don Federigo Hidalgo, Domherr aus Salamanca.«

»Sein Rivale? Wie ist denn das zu verstehen? Dass auf dem Konzil erbitterte Meinungskämpfe ausgetragen werden, scheint ja an der Tagesordnung zu sein – davon berichtet mir zumindest mein Vetter, Doktor Zängle, immer. Aber dass die hohen Herren gar mit dem Schwert oder mit einem Dolch aufeinander losgehen?«

»Wie Ihr seht, Jungfer, kommt auch das vor.« Ser Ernesto klang etwas ungeduldig und wies auf die Schwerverletzten:

»Wenn Ihr dann die Güte hättet und Euch um sie kümmern wolltet?«

Entschlossen erhob sich Magdalena. »Ich werde mein Möglichstes tun, sie am Leben zu erhalten. Ob es mir gelingt, liegt jedoch allein in Gottes Hand! Beide haben enorm viel Blut verloren. Dass sie bewusstlos sind, wird mir allerdings die Behandlung erleichtern.«

Magdalena fühlte nach dem Puls der Herren und schüttelte dann zweifelnd den Kopf. »Sie haben noch Leben in sich. Aber das Flämmchen ist winzig – und ich vermag nicht zu versprechen, ob ich es erneut zum Auflodern bringen kann. Ihr solltet lieber beten«, wandte sie sich an Ser Ernesto.

»Und Ihr«, bezog sie den wie angewachsen neben dem Bett stehenden Diener in ihre Anweisungen mit ein, »Ihr könnt mir mehrere Kübel sauberes, abgekochtes Wasser bringen. Die Wunden müssen sorgfältig ausgewaschen und von verkrustetem Blut gesäubert werden. Ich muss wissen, wie tief die Verletzungen sind. Wahrscheinlich werde ich sie nähen müssen. Was eigentlich die Aufgabe eines Baders wäre – aber ich kann es auch machen, sofern Ihr mich ausdrücklich dazu auffordert.«

Letzteres galt wiederum dem Sekretär, der sich beeilte, der Frau, die »nur« Apothekerin war, den Auftrag zu erteilen. »Sollten Euch später die Zünfte Schwierigkeiten machen, könnt Ihr auf mich zählen«, versprach er ihr. »Aber von uns wird niemand etwas erfahren.«

Der Leibdiener, ein jüngerer Mann namens Daniele, war in die Küche hinuntergeeilt, von wo sie hörten, wie er die Mägde herumscheuchte; sie mussten erst in Kannen das nötige Wasser aus dem Brunnen im Hof herbeiholen.

»Das hätten die faulen Dinger schon längst erledigen können«, schalt Magdalena. »So viel Verstand könnte man auch von schlichten Dienstboten erwarten.«

Zu ihrem Erstaunen ergriff Ser Ernesto die Partei des Küchenpersonals: »Man hat den Leuten gar nicht gesagt, wie schlecht es um ihren Herrn und den anderen Kombattanten steht. Je weniger die Domestiken wissen, umso besser. Gerede ist das Letzte, was mein Herr gebrauchen kann.«

Magdalena unterdrückte eine passende Bemerkung. »Ihr könnt mir inzwischen helfen, die Verletzten zu entkleiden.« Die Apothekerin, die sich mit der Sachlage inzwischen hinreichend vertraut gemacht hatte, sprach in ruhigem und beherrschtem Ton, und der Sekretär tat, wie ihm geheißen. Er half ihr, die Männer vorsichtig umzudrehen und sie behutsam aus den blutigen Kleiderfetzen herauszuschälen, wobei es nicht ausblieb, dass er sein eigenes Gewand beschmutzte.

Die beiden Kirchenmänner, die sich ganz offensichtlich mit Degen duelliert hatten – ein seit langem geächtetes Delikt und von Kaiser Sigismund für die Dauer des Konzils noch einmal ausdrücklich verboten und unter schwere Strafe gestellt –, lagen nun einträchtig nackt Seite an Seite. Die Wundränder der zahlreichen Schnitt- und Stichverletzungen klafften zum Teil weit auseinander. Gott sei Dank hatte der Blutfluss inzwischen fast aufgehört.

»Um der Schamhaftigkeit Genüge zu tun, sollte ich vielleicht für den Kardinal und den Domherrn so etwas wie einen Lendenschurz herbeischaffen«, schlug Ser Ernesto beinahe schüchtern vor. Auch er schien entsetzt über das wahre Ausmaß der Verletzungen.

Magdalena, die inzwischen ihrem Medizinkorb sauberes Verbandsmaterial entnahm und nach Nähgarn und Nadeln kramte, hob den Kopf und blickte den Mann ein wenig verständnislos an.

»Glaubt mir, ich habe während verschiedener Gelegenheiten schon etliche Männer nackt gesehen – aber wenn Ihr meint, dass sich die zwei Herren, falls sie während der Behandlung aus ihrer Ohnmacht erwachen sollten, mit Hosen wohler fühlen – dann tut das nur.«

Sie wandte sich erneut ab und ihrem Korb mit den Salben und Tinkturen zu.

Die Duellanten waren – von ihren Wunden abgesehen – in einer ausgezeichneten körperlichen Verfassung. Sie hatten allem Anschein nach niemals Mangel an Nahrung gelitten und schienen ihre Körper mit Reiten und Fechten in bester Form gehalten zu haben. Beide waren schlank und ziemlich muskulös – bei hohen Kirchenmännern nicht unbedingt die Norm.

»Das Einzige, was eine Heilung verhindern könnte, ist der enorm hohe Blutverlust«, erklärte sie dem mit leichten, kurzen Hosen über dem Arm zurückkehrenden Sekretär. »Natürlich weiß ich noch nicht, ob nicht vielleicht wichtige Organe durch die Stiche mit den Waffen getroffen wurden oder ob nicht Schläge auf den Kopf sich womöglich als tödlich erweisen könnten. Das sehe ich erst, wenn ich das viele Blut abgewaschen habe. Wo bleibt denn bloß das warme Wasser?«

»Wenn Ihr das Bedecken der Herren übernehmen wollt, werde ich in der Küche nachsehen«, bot der Sekretär an und übergab der jungen Frau die seidenen Unterhosen.

»Ja, tut das, Messer! Ich will inzwischen dafür sorgen, dass die hochwürdigen Herren so weit bekleidet sind, dass niemand daran Anstoß nehmen kann, wenn ich als Frau sie anfasse.«

Sie war gerade damit fertig, Don Emilio Sabattinis und Don Federigo Hidalgos Blöße zu bedecken, als Ser Ernesto und der Diener Daniele mit je zwei Eimern heißen Wassers die Treppe heraufkeuchten.

Magdalena deutete auf eine Waschschüssel, die neben dem Bett auf einem Tischchen samt Wasserkrug parat stand. »Wenn Ihr so gut wäret und diese Schüssel und den Krug mit Wasser füllt, dann könnte ich beginnen, die Herren zu waschen.«

Die beiden Bediensteten taten wie ihnen geheißen. Magdalena begann ihr Werk, indem sie erst ihre eigenen Hände sorgfältig wusch und sodann einen weichen Lappen ins Nass tauchte und behutsam anfing, das zerschlagene Gesicht des Kardinals zu reinigen. Mit aller Vorsicht entfernte sie die braunen Verkrustungen an Stirn, Nase und Wangen.

»Schaut her, auch am Kinn hat Seine Eminenz ordentlich etwas abbekommen. Aber das sieht mir eher nach Faustschlägen aus. Die hochwürdigen Herren scheinen sich ja wie betrunkene Bauern geprügelt zu haben! Darf man fragen, worum es bei der handfesten Auseinandersetzung überhaupt ging?«

Beide Männer sahen sich betreten an und schwiegen. Keiner wollte offenbar so recht mit der Sprache heraus.

»Ich gehe wohl nicht fehl in der Annahme, dass es sich dabei nicht um theologische Probleme gehandelt hat?« Magdalena dachte nicht daran, so schnell aufzugeben. Das hier roch geradezu nach einer ganz anderen Art von Auseinandersetzung …

Ser Ernesto räusperte sich schließlich. »Nun ja! Es verhielt sich folgendermaßen.« Er stockte erneut.

Dem Leibdiener dauerte das offenbar zu lange; er übernahm das Erklären: »Es ging um eine Dame.« Daniele flüsterte beinahe. »Die hohen Herren lieben sie beide, und die Dame selbst kann sich nicht entscheiden, wem von ihnen sie ihre Gunst schenken soll.

Da glaubten mein Herr, der Kardinal, und sein Kontrahent, der Domherr, es sei das Beste, mannhaft um die begehrte Schöne zu kämpfen. Dem Gewinner dieses Duells sollte die Dame als Siegespreis angehören.«

»Gütiger Himmel! Was für eine romantische Idee! Aber leider auch eine äußerst lebensgefährliche. Ich kann nicht garantieren, dass Euer Herr oder der andere mit dem Leben davonkommen werden – von möglichen bleibenden Gesundheitsschäden einmal ganz abgesehen.«

»Ich bitte Euch nur, Donna, tut, was Ihr könnt. Alles andere liegt in der Hand Gottes.«

Der Sekretär bekreuzigte sich, und der Diener tat es ihm gleich. Fasziniert sahen sie zu, wie Magdalena die Verwundeten wusch, wobei diese das eine oder andere Stöhnen hören ließen. Immerhin ein Zeichen, dass sie noch lebten.

»Seht, Don Ernesto, dieser Schnitt am Oberarm des Kardinals geht beinahe bis auf den Knochen und muss unbedingt genäht werden. Seid so gut, und haltet Euren Herrn gut fest, wenn ich so weit bin. Falls er aus seiner Bewusstlosigkeit aufwachen sollte, wird er wie ein Wilder um sich schlagen! Und Ihr«, sie wandte sich an den Diener, »seid so freundlich und leert den Eimer mit der blutigen Brühe unten im Hof aus.«

»Jawohl, Donna, das mache ich. Gut, dass es finster ist, und man nicht mehr sieht, was es ist, was ich da hinter dem Stall auskippe! Ser Ernesto hat vorsichtshalber die Knechte vom Hof in ihre Quartiere geschickt. Die Leute wissen zwar nichts Genaues, aber dass etwas Ungewöhnliches vor sich geht, ahnen sie sehr wohl. Vor den neugierigen Domestiken kann man nichts verborgen halten.«

Beherzt griff er nach dem Kübel mit dem Blutwasser. Magdalena musste ein Schmunzeln unterdrücken. Daniele redete gerade so, als zählte er selbst sich nicht zur Dienerschaft. Sie wandte sich erneut den Verletzten zu.

»Nach der Riesenbeule zu schließen, die Euer Herr auf der Stirn hat, könnte es sich bei ihm um eine Erschütterung des Gehirns handeln. Nicht ungefährlich!«

Die junge Frau fing nun an, den Gegner des Kardinals vom Blut zu säubern. »Herrje! Der da schaut auch nicht viel besser aus! Und er hat eine gefährliche Wunde am Kopf: Es fehlen Haut und Haare, man sieht bis auf den Schädelknochen!«

Ernesto Cavallo wurde verdächtig blass im Gesicht und nahm erneut seine Zuflucht zum Gebet, was auch den Vorteil hatte, dass er auf den Betstuhl in der Ecke des Gemachs niedersinken konnte.

Als der Diener zurückkehrte, bat Magdalena ihn, ihr zu helfen, die beiden schweren Körper umzudrehen. Angeekelt blickte sie auf die mit Blut getränkte Matratze und das rot durchnässte Leintuch.

»So hat das keinen Sinn«, sagte sie. »Auf dieser besudelten Unterlage werden die Herren immer wieder von ihrem eigenen Blut beschmutzt. Das Bettzeug muss komplett gewechselt werden. Irgendwo in diesem Haus wird es doch noch eine saubere Matratze oder wenigstens zwei frische Strohsäcke und ein reines Bettlaken geben, die wir den Verwundeten unterlegen können.«

Wie der Wind sauste Daniele davon und kehrte gleich darauf mit dem Verlangten zurück.

»Matratzen gab es zwar keine mehr, Jungfer. Aber diese prall gefüllten Strohsäcke und die zwei Kissen habe ich in dem Zimmer nebenan gefunden. Und hier ist noch ein frisch gewaschenes Bettlaken.«

Beim anschließenden Umbetten der zwei wie tot Daliegenden half auch Ser Ernesto mit. Die geistlichen Herren waren groß und schwer, und Magdalena taten bereits die

Arme weh. Noch einmal erläuterte sie dem Secretarius des Kardinals die verschiedenen Verletzungen ihrer Patienten.

»Wen soll ich zuerst nähen und mit Wund- und Heilsalbe behandeln? Euren Herrn oder seinen Gegner?«, erkundigte sie sich anschließend. »Nach der dunklen Verfärbung auf seinem Bauch zu schließen, scheint der Domherr einen ordentlichen Faustschlag in die Leber oder Milz erhalten zu haben. Falls eines dieser Organe gerissen sein sollte, könnte das allerdings seinen Tod durch innerliches Verbluten bedeuten.«

»Jesus Maria! Das wäre ja entsetzlich. Eine absolute Katastrophe! Das würde ja bedeuten, dass mein Herr ein Mörder wäre! Dann wäre es gleich besser für ihn, er stürbe ebenfalls.« Der Sekretär schlug hastig das Kreuzzeichen.

»Wir wollen den Teufel nicht an die Wand malen, nicht wahr? Ich sagte, es könnte vielleicht so sein, muss es aber nicht.« Allmählich verlor Magdalena die Nerven. Die Situation war ernst, und der aufgeregte, nicht sehr patente Sekretär machte es nicht gerade besser.

»Der Spanier hat keinen Schwabbelbauch, sondern harte Muskeln, wie man unschwer sehen kann. Eigentlich sollten diese seine inneren Organe vor einem Schlag hinreichend schützen.«

»Euer Wort in Gottes Ohr, Donna Maddalena!« Ser Ernesto faltete erneut die Hände, dieses Mal die Gebetsformeln sogar halblaut rezitierend.

Soweit die Apothekerin das Lateinische verstehen konnte, erflehte der Sekretär nicht nur inständig Gottes Hilfe zur Genesung der beiden Raufbolde, sondern – sollte es zum Schlimmsten kommen – betete er zugleich für ihr Seelenheil. Ernesto Cavallo schien ein Mann zu sein, der sich gerne nach allen Seiten hin absicherte.

Nach gut zwei Stunden konnte Magdalena sich endlich ein wenig ausruhen. Aufatmend nahm sie Platz neben dem Prunkmöbel, das den immer noch bewusstlosen Patienten als Bettstatt diente – obwohl es mit Sicherheit viel besser als Liebeslager für ein sich leidenschaftlich umarmendes Paar geeignet war und gewiss ursprünglich für diesen Zweck angefertigt wurde. Das war unschwer an den Schnitzereien auf dem Rahmen und dem Kopfteil des Bettes zu erkennen, wo die junge Frau Darstellungen der griechischen Liebesgöttin Aphrodite im neckischen Getändel mit jungen Helden ausmachte.

Das gesamte Schlafzimmer mit den vielen Kissen, den großen Spiegeln in vergoldeten Rahmen, den galanten Wandmalereien und den zahlreichen Blumenvasen schien eine einzige sinnliche Liebesgrotte zu sein, wie geschaffen für sorglose Bequemlichkeit, verliebtes Tändeln, erotisches Verlangen, beglückende Erfüllung und herrlich entspannenden Schlaf – danach.

Auch Magdalena sehnte sich nach der anstrengenden Behandlung nach Schlaf. Aber das würde wohl noch warten müssen.

Dass die Männer, deren Gesichter zahlreiche Pflaster zierten – des Domherrn Kopf schmückte außerdem ein Turban aus weißen Binden –, nach dem Vernähen der Schnitte immer noch regungslos dalagen, beunruhigte die junge Frau nicht.

Beide waren während ihrer Arbeit mit Nadel und Faden aus der Ohnmacht aufgewacht, hatten geschrien wie am Spieß, wild um sich geschlagen und versucht, sich loszureißen. Sekretär und Diener hatten sie jedoch eisern festgehalten, während ihnen Magdalena einen Trank aus zerstoßenen Mohnsamen einflößte, der die Duellanten rasch weiterschlummern ließ.

Ihre einzige Sorge dabei war, die Dosis für das Betäubungsmittel zu hoch gewählt zu haben. Aber sie verließ sich darauf, dass keiner der zwei an einer Herzschwäche litt. Für diesen Fall hatte sie auf dem Tischchen neben dem Bett ein Fläschchen mit Arnikatropfen bereitgestellt. Äußerlich hatten sich diese als Wundheilmittel sehr bewährt bei Quetschungen und Blutergüssen, regten aber – innerlich eingenommen – auch die Herztätigkeit an.

Sollten die Herren trotzdem Anzeichen von nachlassender Vitalität zeigen, würde sie außerdem mit Maiglöckchenauszügen nachhelfen – und im schlimmsten Fall mit Rotem Fingerhut, der selbst bei schwerster Herzschwäche half. Allerdings auch wieder nur in der richtigen Dosierung, sonst bedeutete diese Pflanze den unweigerlichen Tod. Als Magdalena daran dachte, lief ihr ein eiskalter Schauder über den Rücken. Rasch schob sie den schrecklichen Gedanken beiseite.

Die Geistlichen bedurften zum Glück dieser Unterstützung nicht – wobei sich zeigte, dass der Kardinal über die robustere Konstitution verfügte. Der Domherr schien durch den Hieb auf den Kopf stärker beeinträchtigt zu sein. Wie sich das später auf seinen geistigen Zustand auswirken würde, konnte niemand vorhersagen.

»Verrückt müssen beide schon vor dem Duell gewesen sein«, dachte Magdalena respektlos. Sonst hätten sie es schließlich gar nicht so weit kommen lassen. Falls die Obrigkeit davon erfuhr, würden die Herren eine gewaltige Strafe aufgebrummt bekommen.

Ihr Blick glitt über den ruhig im Bett liegenden Kardinal, dessen Gesicht unter den vielen Wundpflastern kaum auszumachen war. Und so ein Mensch war nun also befugt, an der Wahl zum nächsten Papst teilzunehmen – womöglich würde er gar selbst dazu ernannt! Ob die Kirche mit solchen Männern jemals aus ihrer Krise herausfinden konnte?

Aber das sollte ihre Sorge nicht sein. Ihre Aufgabe war es, die Duellanten dem Tod noch einmal zu entreißen. Sie hatte das Ihrige dazu beigetragen – aber über den Berg waren beide noch keineswegs. Sie mussten in der nächsten Zeit versuchen, durch spezielle Nahrung die Menge verlorenen Blutes zu ergänzen. Magdalena würde den Leibdiener und den Sekretär des Kardinals entsprechend instruieren.

Was sie erstaunte, war die Tatsache, dass noch niemand aufgetaucht war, der den verschwundenen Domherrn aus Salamanca vermisste. Der Kampf der Rivalen hatte anscheinend an einem Ort stattgefunden, den nur ganz wenige kannten, und der Zeitpunkt war mit Sicherheit so gewählt worden, dass die Abwesenheit des Spaniers zunächst nicht weiter auffiel.

Magdalena verkniff sich jede Frage danach; sie wollte auf keinen Fall unangemessene Neugier an den Tag legen. Ihre Meinung über die bewaffnete Auseinandersetzung wegen eines Frauenzimmers – und mochte dieses noch so begehrenswert sein – hatte sie ohnehin bereits deutlich zum Ausdruck gebracht.

Zu ihrer Verwunderung hatten ihr weder der Sekretär noch der Leibdiener widersprochen. Ohne, dass sie sich danach erkundigte, war Ser Ernesto sogar mit dem Namen der betreffenden Dame herausgerückt. Es handelte sich um eine junge, steinreiche Witwe aus angesehenem schwäbischem Adelshause.

Die Apothekerin hatte nur noch einen Wunsch: Sie wollte heim und sich richtig ausschlafen. Aber daraus wurde wohl vorerst nichts. Als Verantwortliche für die nun friedlich nebeneinander Schlummernden musste sie wohl oder übel die Nacht über an ihrem Bett Wache halten und jede Regung der Herren beobachten, um sofort eingreifen zu können, falls sich Anzeichen von Komplikationen zeigen sollten.

Zum Glück hatte sie dieses Mal im Franziskanerkloster dafür gesorgt, dass man über ihren Aufenthaltsort Bescheid wusste. Allzu gut erinnerte sie sich noch an die Aufregung, die sie seinerzeit verursacht hatte, als sie zu Papst Johannes gerufen wurde: Sogar die Stadtwache hatte ihr Vetter damals alarmiert …

Dass er sich auch dieses Mal Sorgen um sie machte und sowohl Änneli als auch Betz dazu anhielt, nach ihr Ausschau zu halten, konnte die junge Frau freilich nicht ahnen. Die Hausgemeinschaft verbrachte noch so manch bange Stunde, ehe ein Bote aus dem Kloster ihnen endlich Bescheid gab und sie sich beruhigt zur Ruhe begeben konnten.

Magdalena blieb insgesamt eine ganze Woche auf dem Gutshof; rund um die Uhr versorgte sie die beiden Geistlichen, die sich überraschend schnell erholten. Da die Herren viel Zeit mit Schlafen verbrachten, hatte sie auch seit langem wieder einmal eine Menge Muße um nachzudenken.

Sie überdachte ihr bisheriges und – soweit vorhersehbar – auch ihr zukünftiges Leben. So wie es sich jetzt darstellte, würde sie ihr Lebtag lang für sich selbst sorgen müssen. Als wohlbehütete und gut situierte Bürgerstochter war ihr das wahrlich nicht an der Wiege gesungen worden. All ihre Jugendfreundinnen waren durch wohlhabende Ehemänner gut abgesichert und brauchten sich keine Gedanken darüber zu machen, wo das Geld für Unterkunft, Essen und Kleidung herkam.

Vor kurzem hatte sie bei Julius darauf gedrungen, ihm wenigstens eine kleine Entschädigung für den Unterhalt bezahlen zu dürfen.

»Ich komme mir sonst vor wie ein Parasit«, hatte sie dem Notar klarzumachen versucht. Er verstand es zwar nicht, gab aber am Ende nach und erlaubte ihr, ihm jeden Monat eine kleine Summe zu überreichen. Fast verspürte Magdalena dabei einen gewissen Triumph: Was sie früher wohl nie in Betracht gezogen hatte, war zur Realität geworden: Wie ein Mann verdiente sie ihr eigenes Geld und beglich ihre Rechnungen selbst.

Angst vor dem, was noch auf sie zukommen mochte, hatte sie keine mehr; das war nur im ersten halben Jahr nach ihrem großen Unglück so gewesen und dann wieder, als Frater Malachias gegen sie intrigiert hatte. Lediglich ein immerwährendes Gefühl der Wut auf Mauritz Scheitlin, dem sie all dies verdankte, kroch immer wieder in ihr hoch, so oft sie daran dachte. Ob sich das je ändern würde?

Als der spanische Geistliche im Schlaf laut aufseufzte, schreckte sie hoch. Aber er drehte sich zur Seite und schlief ruhig weiter.

Um das verlorene Blut zu ersetzen, hatte sie ihren Patienten den Verzehr von roher Kalbsleber verordnet – eine Speise, die beide aus tiefster Seele verabscheuten, aber brav und mit Todesverachtung hinunterwürgten, um nicht den Unwillen ihrer »Medica« zu erregen.

Die Kopfwunde des Spaniers, die Magdalena anfangs Kummer bereitete, heilte ebenfalls gut, ebenso die zahlreichen anderen Blessuren. Allerdings waren die hohen Herren für ihr Leben gezeichnet: Die Narben der Schnitt- und Platzwunden in ihren Gesichtern würden wohl mit den Jahren verblassen, aber immer sichtbar bleiben.

Was nicht nur die Apothekerin erstaunte, war, dass die vorher so grimmigen Kontrahenten sich auf einmal glänzend vertrugen. Ja, als man dem Domherrn anbot, in ein eigenes Zimmer umzuziehen, protestierten alle beide: Sie zogen es vor, friedlich in einem Bett zu liegen.

Das war an sich nichts Ungewöhnliches, viele Edelleute hielten es bei guten Freunden so, dass sie des Nachts beieinanderlagen. Die Betten waren in aller Regel breit genug. Wurde jemand von einem Höherrangigen eingeladen, mit ihm die Schlafstatt zu teilen, galt dies als große Auszeichnung.

Aber dass ausgerechnet diese zwei rabiaten Kampfhähne einträchtig nebeneinander liegen wollten, verwunderte Magdalena, die ihr Erstaunen nicht verbarg, doch sehr.

Auch Ser Ernesto konnte sich auf die plötzlich ausbrechende Sympathie seines Herrn zu dem Spanier keinen rechten Reim machen.

»Womöglich glauben die Herren, auf diese Weise eventuellen abträglichen Gerüchten das Wasser abgraben zu können. Wer sie so friedfertig nebeneinander schnarchen sieht, wird kaum vermuten, dass sie sich noch vor kurzem am liebsten gegenseitig umgebracht hätten«, vermutete er schließlich und wandte sich mit einem Achselzucken wichtigeren Themen zu.

KAPITEL 46

»DIE SUCHE NACH der charismatischen Persönlichkeit, geeignet, das festgefahrene Schiff des Konzils wieder flottzumachen, scheint beendet!«

Frohen Herzens konnte Julius Zängle diese Freudenbotschaft in seinem Haus verkünden. Das Heil schien in diesem Falle aus der Stadt Ulm zu kommen, wo sich der Bischof von Winchester aufhielt, Henry Beaufort. Er befand sich im Augenblick auf einer Pilgerreise ins Heilige Land und legte in der schwäbischen Stadt eine kurze Pause ein.

Er war beileibe kein gewöhnlicher englischer Pilgrim, sondern Angehöriger eines vornehmen alten Adelsgeschlechts. Bischof Henry war der uneheliche Sohn John of Gaunts, des Onkels des englischen Königs, Heinrichs V. Der Vater des Bischofs war damit ausgerechnet jener Mann, der so lange den Ketzer Wyclif unter seinen Schutz gestellt hatte. Aber das wurde in den Berichten über ihn diskret unterschlagen.

Die englische Nation flehte den Bischof förmlich an, seine Pilgerfahrt zu unterbrechen und nach Konstanz zu reisen, erhoffte man sich doch gerade von ihm Einsichten für das weitere Vorgehen.

Bischof Henry Beaufort ließ sich nicht lange bitten; er erschien im schlichten härenen Pilgergewand mit Stab und Umhängetasche und in einfachen Sandalen.

»Wer ihn so durch die Gassen eilen sieht, vermutet keineswegs seine edle Herkunft und seinen Reichtum«, bemerkte Betz, nachdem der fromme Mann auch dem Franziskanerkloster einen Besuch abgestattet hatte. Gleich den Fratres schien der junge Bursche von dessen Ausstrahlung höchst beeindruckt zu sein.

»Mit wem man es zu tun hat, wird einem erst bewusst, sobald dieser Bischof den Mund aufmacht: Ohne Umschweife spricht er aus, was richtig und was falsch ist. Er ist kein Mann der großen Worte, aber was er sagt, hat Gewicht. Überdies formuliert er seine Sätze so, dass jedermann sie verstehen kann.«

Diese Meinung teilte auch Zängle, der Henry Beaufort

im Münster erlebte: »Er hielt heute während der Messe die Predigt, wobei er alle Anwesenden streng zur Einigkeit ermahnte. Die Zeit von Hader und Zank sei vorbei, alle müssten jetzt an einem Strang ziehen, wenn das Konzil nicht scheitern solle. Und das hielte er für die größte Schmach und Schande für jeden Beteiligten, ein wahres Armutszeugnis für die Kirche und zugleich ein abstoßendes Schauspiel für alle Gläubigen.«

»Endlich ist einer da, der zu sagen wagt, was vermutlich viele denken, aber zu schwach oder zu feige sind, um es durchzusetzen«, warf Magdalena ein.

»Bei der nachfolgenden lebhaften Debatte der Teilnehmer verhandelte Beaufort mit großem Geschick und bemerkenswerter Zähigkeit«, fuhr Zängle in seiner Berichterstattung fort. »Seine Eloquenz und sein wacher Geist machten es Gegnern wie Zauderern reichlich schwer, Argumente zu finden. Sämtliche Einwände entlarvte er als faule Ausreden.

Als einige Uneinsichtige hartnäckig auf ihren Standpunkten verharrten, drohte er ihnen unverhohlen mit dem Zorn der gesamten Christenheit: Sollte dieses Konzil ohne einigermaßen befriedigendes Ergebnis zu Ende gehen, liege ein Auseinanderbrechen der Kirche durchaus im Bereich des Möglichen … Und in der Tat: Bischof Henry Beauforts Anregungen wurden von den geistlichen Herren aufgegriffen, seine Vorschläge anstandslos akzeptiert: Die in einer Sonderkommissionen erstellte Liste der Reformpunkte blieb bestehen und muss dem nächsten Heiligen Vater nach seiner Inthronisation vorgelegt werden. Etwas Sensationelles hat sich außerdem bei der Wahlordnung ergeben: Die Zahl der Kardinäle wird für die Zukunft auf vierundzwanzig begrenzt, und nur bei dieser Papstwahl sollen ausnahmsweise zu diesen Kardinälen je sechs Prälaten aus den fünf Konzilsnationen hinzukommen. Im Ganzen werden also demnächst vierundzwanzig Kardinäle und dreißig andere hohe Geistliche den Stellvertreter Petri wählen.«

»Das könnte spannend werden«, überlegte Magdalena. »Obwohl ich mir nicht recht vorstellen kann, wie man es schaffen will, im Münster die Papstwahl mit so vielen Personen abzuhalten.«

»Das geht auf gar keinen Fall«, winkte der Notar ab. »Man hat mich daher beauftragt, möglichst schnell in Konstanz einen geeigneten Ort für das Konklave zu finden.«

»Und welchen, Vetter? Ich sehe da, ehrlich gesagt, große Schwierigkeiten. Entweder sind die Häuser zu klein; und wenn die Größe stimmt, sind die Gebäude alle bis unters Dach mit Konzilsteilnehmern belegt. Wo willst du da ein geeignetes Haus hernehmen?«

»Ich habe da bereits eines im Auge! Es entspricht, was Lage und Größe angeht, durchaus den Anforderungen, ist noch nicht alt und muss daher nicht erst aufwändig restauriert werden. Zudem ist es nicht bewohnt.«

»Oh! Da bin ich aber gespannt, Vetter Julius. Ein großes, relativ neues Haus, das derzeit leersteht? Wo soll dieses Wunder sein?«

»Unten am Konstanzer Hafen, es ist das Kaufhaus für die Welschen aus Mailand.«

»Aha! Und du glaubst, dieses Warenlager ist geeignet?« Magdalena klang skeptisch.

»Natürlich muss man es ein bisschen umbauen. Aber das ist leicht möglich, indem man das obere Geschoss mit Brettern in kleine Einzelräume unterteilt. Die Konzilsväter sollen ja während der Zeit des Konklaves nicht in Palästen logieren, sondern sich mit der Wahl beeilen. Und das geschieht am ehesten, wenn sie es nicht allzu komfortabel haben!«

Zängle schmunzelte, und auch Magdalena war erheitert.

»Herr, Ihr seid einfach genial«, lobte Betz den Notar, und auch die junge Frau musste ehrlich einräumen, dass dieser Vorschlag der beste sei – ja, eigentlich der einzig mögliche. Ein neues Gebäude zu errichten dauerte zu lange und wäre auch zu kostspielig.

Selbst die von einigen Teilnehmern vorgetragene Möglichkeit, an einen anderen Ort auszuweichen, erwiese sich nicht als praktikabel, denn der gesamte Umkreis von Konstanz war bereits übervölkert. Es gab sonst keine freien Häuser mehr.

In fieberhafter Hast machte man sich an die Vorbereitungen. Julius Zängle war erneut bis an die Grenzen seiner Leistungsfähigkeit eingespannt, und die Stunden, die er daheim verbrachte, waren rar.

Wie er vorgeschlagen hatte, baute man den Oberstock des welschen Kaufhauses durch eingezogene Holzwände in insgesamt vierundfünfzig kleine Einzelgemächer um, die sparsam möbliert wurden: Ein Bett, ein Betstuhl, ein Hocker nebst einer kleinen Truhe und ein Kruzifix an der Wand mussten genügen.

Von Vorteil erwies es sich, dass das Gebäude keine direkten Nachbarn besaß, sondern allein am Hafen stand. So war es nicht schwer, das Haus in weitem Umkreis streng abzugrenzen. Wachtposten mit Schwert und Spieß würden es Tag und Nacht mit großen Hunden umkreisen und jeden dingfest machen, der sich unerlaubt dem »Konzil« – wie die Konstanzer es schon bald ganz selbstverständlich nannten – näherte.

Zängle war tagelang damit beschäftigt, Aufseher aus dem Kreis adliger und weltlicher Herren der fünf beteiligten Konzilsnationen zu ernennen. Jeder wollte zu diesem Ehrenamt berufen werden, und die Auswahl bedurfte eines ganz besonderen Fingerspitzengefühls, um ja niemanden zu kränken.

»Derzeit würde mein Vetter Julius am liebsten mit einer Tarnkappe durch die Stadt laufen, damit ihn nicht auf Schritt und Tritt Leute verfolgen, denen er eine Absage erteilen musste. Wie er das macht, ihnen beizubringen, dass ausgerechnet sie nicht für das Amt eines Aufsehers geeignet sind – das ist eine diplomatische Meisterleistung«, schrieb Magdalena an Gertrude nach Ravensburg. Sie war ungeheuer stolz auf ihren Verwandten.

Bis ins Kleinste legte Zängle die Aufgaben eines jeden fest, der irgendwie mit dem Konklave und der Papstwahl zu tun hatte. Eine Gruppe von Ärzten wurde beispielsweise verpflichtet, strengstens darauf zu achten, dass kein Gift ins »Konzil« eingeschleust würde. Ferner wurde jeder einzelne Brotlaib, jeder Kuchen zerschnitten, um sicherzustellen, dass keine geheime Nachricht darin verborgen sei; jede Weinflasche wurde gegen das Licht gehalten, um zu prüfen, ob sich nicht noch anderes in dem Behältnis befände.

Freilich war es unmöglich, das Konklave völlig zu isolieren. Julius Zängle gab sich in dieser Hinsicht keinerlei Illusionen hin, Gespräche würden trotz allem stattfinden – und sei es nur auf der Latrine …

Kardinal Emilio Sabattini und sein einstiger Kontrahent und jetziger Busenfreund Federigo Hidalgo befanden sich inzwischen auf dem Wege der Besserung. Wie vereinbart hatte Ernesto die Apothekerin am neunten Tage nach dem Zweikampf – der offiziell als unglücklicher Jagdunfall ausgegeben wurde – wieder im Kloster der Franziskaner abgeliefert, wo Frater Gregor sie bereits sehnlichst erwartete.

»Die Arbeit wächst uns schier über den Kopf«, beschwerte er sich. »Es hat den Anschein, als seien die meisten Herren, die sich im Konklave zusammenfinden müssen, auf einmal von der gleichen seltsamen Krankheit ergriffen.«

»Wie äußert sich diese denn?«

Magdalena wusste immer gerne im Voraus, womit sie es zu tun bekäme. So lauschte sie geduldig, als der heilkundige Mönch die zahlreichen Symptome aufzählte, von denen die Betreffenden befallen waren: Kopfweh, Bauchschmerzen, Magendrücken, Appetitlosigkeit, Brennen in der Speiseröhre, Brechreiz und Durchfall.

Als sie sicher war, dass dieses Leiden nur diejenigen befiel, die auserwählt waren, im Konklave mit den Kardinälen gleichberechtigt den künftigen Papst zu küren, war für die junge Frau der Fall klar. Es war mitnichten eine Seuche, die da auf die gesamte Bevölkerung lauerte; es schienen vielmehr die schwachen Nerven der außerordentlich am Konklave Beteiligten zu sein, die diese Beschwerden verursachten.

»Ich denke, mit Kamillentee, einigen Pfefferminzblättern, etwas Wermutkraut und zerstoßenen Fenchelfrüchten werden wir der Krankheit leicht Herr werden. Gegen die verständlichen Ängste der Herren, ja nicht den Falschen zu wählen, empfehle ich Baldrianwurzel und ein wenig Johanniskraut. Das hebt die Stimmung, und damit sollten die Beschwerden eigentlich behoben sein«, erklärte sie beherzt und ohne zu zögern.

Bruder Gregor und die anderen Fratres in der Klosterapotheke schienen einen Augenblick lang verblüfft. Dann lachte Gregor und stimmte Magdalena zu:

»Sicher habt Ihr Recht, Frau Lena. Nur die Aufregung der großen Verantwortung wegen wird es sein, die den Herren so schwer im Magen liegt.«

Der Apotheker ordnete an, einen beträchtlichen Vorrat der benötigten Ingredienzien für die einzelnen Tees abzufüllen und bereitzustellen. Es war mit weiteren Patienten zu rechnen …

An einem der nächsten Tage hatte Magdalena einen Auftrag ganz besonderer Art zu erfüllen. Mit einem derartigen Anliegen war bisher noch nie jemand an sie herangetreten. Es begann damit, dass am Vormittag des 4. November eine vornehm in Schwarz gekleidete, tiefverschleierte Dame mit pelzgesäumtem Wollumhang in der Klosterapotheke auftauchte.

Betz eilte beflissen auf die offenbar edle Frau zu und fragte, womit er ihr gefällig sein könne. Aber die Dame antwortete ihm darauf nicht, sondern verlangte ziemlich herrisch nach der in der ganzen Stadt bekannten Apothekerin, »dieser Rose von Konstanz«. Nur ihr allein wolle sie ihr Anliegen unterbreiten.

Auch als Betz ihr mitteilen musste, dass Magdalena im Augenblick nicht zur Verfügung stünde, da sie gerade einen Krankenbesuch unternahm, und ihr anbot, stattdessen Frater Gregor, zu rufen, lehnte die Dame kategorisch ab.

»Dann warte ich eben«, verkündete sie barsch. »Irgendwann wird sie ja wohl zurückkehren.«

Schweigend nahm die Unbekannte dann Platz auf einem von Betz eilfertig herbeigeschleppten Stuhl und harrte der Dinge.

Magdalena war nicht sehr verwundert, als die Frau auf sie zutrat, kaum dass sie fast eine Stunde später von ihrem Krankenbesuch zurückgekommen war. Es war schließlich nicht das erste Mal, dass Frauen mit ganz speziellen Anliegen sich an sie wandten.

»Was fehlt Euch, Madame?«, erkundigte sie sich leise, insgeheim damit rechnend, mit der Nennung einer etwas zweifelhaften Erkrankung konfrontiert zu werden, wie sie das Gewerbe der Unzucht bisweilen mit sich brachte.

Wobei sie nicht unbedingt unterstellte, dass die Dame selbst die Profession der käuflichen Liebe ausübte: Nicht selten waren es die untreuen Ehemänner, die ihr Vergnügen bei Dirnen gesucht hatten und hernach ihre ahnungslosen Gattinnen infizierten ...

»Es geht um meine Nichte«, erklärte die Verschleierte. »Sie fühlt sich sehr geschwächt und sie will nicht mehr aufstehen. Ich erwarte, dass Ihr mit mir kommt und sie Euch anseht. Ihr werdet reichlich entlohnt werden.«

»Natürlich tue ich das«, gab Magdalena ihr Einverständnis. »Aber ich muss wissen, womit ich in etwa zu rechnen habe. Es macht einen gewaltigen Unterschied, ob jemand eine Gallenkolik hat oder entzündete Mandeln.«

Da die Frau in Schwarz sich nicht äußerte, fuhr Magdalena fort: »Ich frage nicht aus reiner Neugierde, sondern weil ich mich in der Auswahl meiner Heilmittel danach richten muss. Ich kann schlecht auf Verdacht den gesamten Arzneimittelvorrat der Klosterapotheke mitschleppen.«

Das schien der verschleierten Dame immerhin einzuleuchten.

»Meine Nichte leidet unter einer typischen Sache, die nur Frauen betreffen kann«, murmelte sie etwas unwillig. »Ich muss Euch darauf hinweisen, dass uns an absoluter Geheimhaltung gelegen ist.«

»Aha! Sie ist demnach schwanger«, äußerte Magdalena ihre Vermutung unverblümt.

»Nein, nein!«, widersprach die Dame lebhaft. »Das ist meine Nichte mit Sicherheit nicht.«

»Auch gut! Darf ich wissen, wie alt Eure Verwandte ist?«

»Weshalb ist das wichtig für Euch?« Die Stimme hinter dem Schleier klang reichlich ungnädig. Ehe Magdalena erneut zu einer Erklärung ansetzen konnte, gab die Unbekannte, wenn auch widerwillig, Auskunft:

»Die junge Dame zählt siebzehn Jahre. Zufrieden?«

»Ja, gehen wir also«, sagte die Apothekerin, nachdem sie sich von der seltsamen Frau vor Bernhard und einem Frater bestätigen ließ, dass dieser Auftrag spätestens nach einer Stunde erledigt sei.

KAPITEL 47

Magdalena war sehr angetan vom Äußeren des Hauses, zu dem die verschleierte Dame sie führte. Nicht allzu weit vom Münster entfernt und in Nachbarschaft zu anderen vornehmen Gebäuden lag es behäbig da im spätherbstlichen Sonnenschein. Die in lebhaftem Ocker gehaltenen Mauern wurden durch die in sattem Braun gestrichenen Fensterläden, Fensterbänke und Türen ergänzt.

Das ansehnliche Bauwerk verfügte über viele Fenster mit grünen, in Blei gefassten Butzenscheiben, über einen reich verzierten Erker mit einem spitzen Türmchen, sowie einen Balkon über dem breiten Eingangsportal, das man über eine Treppe von acht Stufen erreichte.

Die Apothekerin wusste, wer in diesem Haus wohnte, und gegen ihren Willen bekam sie einen Anflug von Herzklopfen. Der Herr dieses Anwesens gehörte immerhin zu den reichsten Patriziern ganz Oberschwabens.

»Bei der Behandlung seines einzigen und sehr verwöhnten Töchterchens darf mir ja nicht der allerkleinste Fehler unterlaufen, sonst kann ich in Konstanz mein Bündel schnüren«, dachte sie beklommen. Betont beherzt folgte sie ihrer Führerin.

Bald darauf stand sie im Schlafzimmer der Tochter des Hauses. Ein wenig blass schien ihr das Fräulein zu sein – wahrscheinlich handelte es sich nur um Menstruationsbeschwerden, wie viele junge Mädchen sie plagten. Die resolute ehemalige Amme des Fräuleins legte endlich den dichten Schleier ab und präsentierte dabei ein derbes Gesicht mit zahlreichen Furchen. Als sie Magdalena das heikle Anliegen endlich eröffnete, war die im ersten Augenblick sprachlos.

Um Zeit zu gewinnen, besah sie sich die jugendliche Patientin genauer. Wie ein sanfter Engel wirkte das kindliche Geschöpf – aber so engelhaft rein konnte es wohl kaum gewesen sein …

»Ich bin froh, dass Ihr nicht das Ansinnen an mich richtet, die Leibesfrucht der jungen Dame abzutöten. Das hätte ich glatt verweigert – selbst, wenn es erst vor ein oder zwei Monaten geschehen wäre. Ich bin keine Hebamme und verstehe mich auf derlei Behandlungen nicht«, fand Magdalena schließlich ihre Sprache wieder.

»Aber auch das, was Ihr von mir verlangt, bringt mich nicht wenig in Verlegenheit. Ich habe das noch nie gemacht. Und obwohl ich weiß, wie man es bewerkstelligen kann, habe ich keine Ahnung, wie es um die genaue Dosierung bestellt ist. Es kann gut sein, dass ich mich irre und die ganze Prozedur vergebens ist. Infolgedessen stellt Euch lieber gleich darauf ein, dass die Kur möglicherweise wiederholt werden muss.«

»Ihr macht es also?«

Das zarte junge Mädchen, lieblich anzusehen mit seinen blonden, seidigen Locken und einem züchtigen Nachtgewand mit Spitzenkragen, blickte zu Magdalena aus großen, blauen Unschuldsaugen auf, in denen jedoch ein gewisser Schalk, aber auch eine eiserne Entschlossenheit aufblitzten.

»Warum nicht? Ich muss gestehen, dass mich die Sache reizt. Eigentlich handelt es sich ja um einen Betrug an Eurem Bräutigam. Aber den habe nicht ich zu verantworten, sondern Ihr.«

In Wahrheit war der Gedanke, mitzuhelfen, einen Mann zu beschwindeln – der glaubte, nur ein unberührtes weibliches Wesen sei es wert, die Seine zu werden –, für die Apothekerin durchaus faszinierend. Ein schlechtes Gewissen hatte sie keineswegs. Dem Herrn entstand schließlich keinerlei Schaden, und seiner Eitelkeit wurde obendrein Genüge getan. Solange nichts nach außen drang, wären alle zufrieden. Von sich aus wäre Magdalena allerdings nie auf einen derartigen Gedanken gekommen …

»Nun, wer weiß?«, überlegte sie mit Galgenhumor. »Vielleicht muss ich selbst irgendwann von dieser Methode Gebrauch machen? Schließlich bin auch ich keine virgo intacta mehr.«

Was von ihr verlangt wurde, war jener in jedem Bordell bekannte Kniff, der es den Hurenwirten erlaubte, »Jungfrauen« ein Dutzend Mal und noch öfter an Kunden zu verkaufen.

»Ich muss allerdings noch die wichtigsten Zutaten zu dem in Eurem Fall gebräuchlichen Absud besorgen: Alaun und Terpentin. Ich komme morgen um die gleiche Zeit wieder, wenn es Euch beliebt. Und dann, mein liebes Kind, werdet Ihr Euch wieder in die keusche Jungfrau zurückverwandeln, die Euer zukünftiger Gemahl erwartet.«

Sie zwinkerte dem jungen Ding im Bett zu. Das Fräulein kicherte; es klang erleichtert und ein bisschen schadenfroh.

Als Magdalena sich anschickte, das Zimmer des reichen Mädchens zu verlassen, hielt die Amme sie auf.

»Hier! Im Voraus für Eure Mühen«, murmelte sie und machte Anstalten, der Apothekerin eine schwere Geldbörse in die Hand zu drücken.

»Ihr müsst mich nicht bestechen!«, wehrte Magdalena ab. »Habt keine Angst! Erstens ist es nicht meine Art, über Patienten jemals auch nur ein einziges Wort zu verlieren. Zweitens nehme ich niemals im Voraus Geld an. Erst die Leistung, dann die Entlohnung, sage ich. Warum sollte ich es in diesem Fall anders handhaben? Behaltet die Börse. Wenn die Behandlung gewirkt hat, reden wir über das Entgelt – nicht vorher.«

Damit stieg Magdalena gewaltig in der Achtung der älteren Frau, die für ihr »Lämmchen«, wie sie die Tochter ihres Herrn nannte, ihr Herzblut gegeben hätte.

Am 8. November 1417 zogen die vierundfünfzig Wahlberechtigten in das zweckentfremdete Warenlager ein. Tausende von Gaffern säumten den Weg, boten die Herren doch wahrlich einen pittoresken Anblick in ihren goldverzierten, buntseidenen Umhängen und den eleganten Ziegenlederschuhen, mit Mitra und vergoldetem Hirtenstab mit Krümme die einen, mit eleganten, mit Reiherfedern und Perlenschnüren geschmückten Hüten oder Ballonmützen und schwarzen Mänteln die anderen.

Wer sonst noch mit dem Konzil in irgendeiner Weise zu tun hatte – und das waren Hunderte, unter ihnen auch Julius Zängle –, umrundete feierlichen Schrittes das am Ufer stehende Gebäude.

Die Männer sangen dabei das bekannte Kirchenlied *Veni creator spiritus*, um den Heiligen Geist zu bitten, er möge die in Kürze im Konklave eingeschlossenen Männer erleuchten, wer am besten für das Amt des Papstes geeignet sei.

Magdalena und Betz hatten sich zusammen mit Berta und der Magd Änneli rechtzeitig einen günstigen Platz zum Zuschauen gesucht. Beim Anblick Kardinal Emilio Sabattinis huschte unwillkürlich ein Schmunzeln über Magdalenas Gesicht. Trotz einiger kleiner Pflaster auf Stirn und Kinn war der hochgewachsene, schlanke Geistliche, dessen Gesundheit wiederhergestellt schien, eine imposante Erscheinung.

Hoheitsvoll schritt er in der Reihe seiner Mitkandidaten in das Gebäude und lächelte dabei huldvoll den zahlreichen Vivat-Rufern – vor allem weiblichen Geschlechtes – zu. Segnend hob er die Rechte, ehe er im Eingang des »Konzils« verschwand.

Zu Magdalenas Genugtuung waren die Narben in seinem Antlitz zwar noch sichtbar und würden es wahrscheinlich in geringem Maße auch bleiben, aber sie störten keineswegs die Harmonie seiner männlich-markanten Gesichtszüge. Im Gegenteil, auf seltsame Weise machten sie ihn noch interessanter und ließen ihn verwegener erscheinen.

Die Apothekerin beglückwünschte sich im Stillen, sich an die alte Rezeptur des zerriebenen und erhitzten Wurzelstocks der Weißwurz erinnert zu haben, den man als Breiumschlag auf die verletzte Haut auflegte und damit zwar nicht die Narben selbst, aber hässliche Wucherungen verhinderte.

Die Konstanzer Bürger und das einfache Volk sowie zahlreiche Schaulustige von außerhalb harrten trotz des spätherbstlich kühlen Wetters stundenlang vor dem »Konzil« hinter den vorsichtshalber errichteten Absperrungen aus und besahen sich den noblen Aufmarsch.

Berta, die keine Menschenansammlungen mochte, klammerte sich an Ännelis Arm fest, da sie Angst hatte, von Fremden angerempelt zu werden. Aber entgehen lassen wollte sie sich das Spektakel auf gar keinen Fall – ebenso wenig wie Betz und Magdalena.

Die Magd Änneli reagierte auf die Distanzlosigkeit der Haushälterin ein wenig verdrießlich: Hatte sie doch darauf gehofft, sich selbst schutzsuchend bei Betz einhängen zu können. Stattdessen hing ihr nun Berta wie ein Klotz am Arm …

Betz indes stand dicht neben einer ganz anderen, einer hübschen schwarzäugigen Dienerin aus einem Nachbarhaus in der Prozessionsgasse.

Mit giftigen Blicken bedachte Änneli das Paar, das sich offenbar glänzend unterhielt. Bei jedem Lacher, den Betz oder das attraktive Frauenzimmer ausstießen, zuckte sie schmerzlich zusammen. Magdalena, die das Ganze beobachtete, tat Änneli leid. Es war ihr nicht entgangen, dass Betz sich neuerdings mit der Kleinen intensiver beschäftigte als früher und das Mädchen sich deshalb Hoffnungen machte. Aber die Apothekerin sah auch, dass die Magd die Sache viel ernster nahm als der junge Luftikus. Sie beschloss, einzugreifen.

Ein paar Umstehende energisch beiseite schiebend, drängte sie sich an Bertas andere Seite, wobei sie deren Arm ergriff und verkündete, sie würde ab jetzt die Haushälterin stützen. Falls ihr übel würde, wüsste sie schließlich sofort, was zu tun sei.

Zu Änneli sagte sie wie nebenbei: »Du kannst Berta jetzt loslassen! Ich übernehme das.«

Und um das Ganze »effektiv« – im Sinne ihrer Magd – zu gestalten, rief sie nach Betz, und zwar so laut, dass er sie in der unruhig wie Bienen im Stock summenden und immer wieder in Hochrufe ausbrechenden Menge auch hören musste:

»Betz, seid doch so liebenswürdig und kümmert Euch um Änneli, damit sie in der Menge nicht umgestoßen wird!«

Und der junge Bursche, gewohnt, »seiner Herrin« aufs Wort zu gehorchen, ließ die Kleine mit den schwarzen Augen stehen und quetschte sich die wenigen Schritte seitwärts, bis er neben Änneli zu stehen kam. Galant bot er ihr seinen Arm, und das Mädchen ergriff ihn sofort, wobei sie strahlend zu ihm aufblickte. Dass sie sich dann enger an ihn schmiegte als nötig, amüsierte Magdalena sehr.

Sie stellte sich auf die Zehenspitzen, und die enttäuschte Miene der anderen Magd, die sich zu diesem feierlichen Anlass mächtig herausgeputzt hatte, ging ihr beinahe zu Herzen. Wie es schien, hatte auch sie sich in den jungen Apothekersgehilfen verliebt.

Würde auch Magdalena sich irgendwann wieder in einen Mann verlieben? Oder war es ihr tatsächlich bestimmt, eine alte Jungfer zu werden – ohne noch Jungfrau zu sein?

Dabei fiel ihr ihre letzte Patientin ein. Dem schönen Kind hatte sie tatsächlich mit einem ganz speziellen Sitzbad helfen können. Der Heirat mit einem Bräutigam aus edlem Hause stand nun nichts mehr im Weg. Die junge Dame, die so leichtfertig ihre Jungfräulichkeit verschenkt hatte, konnte ohne Furcht ihrer Hochzeitsnacht entgegensehen und sich ihrem ahnungslosen Gemahl als Unberührte präsentieren.

Magdalena empfand über diesen offensichtlichen Betrug noch immer keinerlei Reue. Was sie vielmehr ärgerlich stimmte, war die stillschweigende und selbstverständliche Übereinkunft aller Autoritäten, sich niemals um die Jungfräulichkeit des künftigen Gatten Gedanken zu machen. Stattdessen tat man so, als nütze ausschließlich die Frau sich ab, sobald sie sich einem Mann in Liebe hingab.

Magdalenas Blick ruhte nach wie vor auf dem Mädchen mit den auffallend dunklen Augen, während sie ihren Gedanken nachhing. Auf einmal geriet ihr eine Person ins Blickfeld, deren Anblick sie schlagartig aus ihren Betrachtungen riss und ihr förmlich den Atem stocken ließ. Nein, das konnte doch nicht sein! Die junge Frau erschrak so sehr, dass sie sich von plötzlichem Schwindel ergriffen fühlte. Unwillkürlich drängte sie sich näher an Berta heran – so, als suche sie Schutz vor einer drohenden Gefahr. Die Haushälterin sah sie kurz von der Seite her an, achtete dann aber nicht weiter auf sie, zu gebannt verfolgte sie das Geschehen.

Magdalena hatte mittlerweile den Mann, den sie glaubte, vorhin erkannt zu haben, aus ihrem Blickfeld verloren. Sie ließ Bertas Arm abrupt los und drängte sich durch die Menschenansammlung, um nach ihm zu suchen. Niemals in ihrem ganzen Leben könnte sie dieses rohe Gesicht vergessen … Aber wie ein Spuk schien der Mensch verschwunden. Magdalena erntete allenthalben unwilliges Murren, hatte sie sich doch reichlich ungestüm an den Zuschauern vorbeigedrückt. Mit rotem Kopf und sehr verlegen murmelte sie eine lahme Entschuldigung und kehrte zu Berta und den Übrigen zurück.

Erneut versuchte sie, ihre Aufmerksamkeit auf die Schar der Honoratioren zu richten, die immer noch feierlich das »Konzil« umkreisten und zum wiederholten Male *Veni creator spiritus* weithin über den See erschallen ließen. Doch Magdalena vermochte sich nicht mehr zu konzentrieren, sie bekam das schemenhafte Bild ihres schlimmsten Alptraumes einfach nicht mehr aus dem Kopf.

Das vermeintliche Wiedersehen mit dem Mann, dessen gemeine Gesichtszüge sie niemals vergessen würde, bescherte ihr eine durchwachte Nacht. Urplötzlich kehrten all die furchtbaren Ängste wieder, unter denen sie so lange Zeit gelitten hatte und die sie doch eigentlich schon besiegt glaubte.

Als ihr gegen Morgen endlich ein unruhiger Schlaf vergönnt war, fuhr sie, von grausigen Alpträumen gepeinigt, immer wieder schweißgebadet auf. Balzer – denn um niemand anderen handelte es sich bei dem Mann, den sie so flüchtig gesehen hatte – und seine Satansbrut Ludwig und Simon würden ihr bis zum letzten Atemzug so gegenwärtig sein wie das Bild jenes unseligen Hohlwegs auf dem Weg zum Comersee. Für immer hatten sich die Ereignisse jenes Tages in ihrer Erinnerung eingebrannt.

All das Entsetzliche, das Magdalena in ihrem Herzen für alle Ewigkeit begraben wähnte, war wieder zum Leben erwacht – und es tat noch genauso weh. Aber gleichzeitig empfand sie den ungeheuer starken Wunsch nach Vergeltung.

KAPITEL 48

Als der Morgen grau und kalt heraufdämmerte, war Magdalena sich sicher, keiner Täuschung erlegen zu sein: Sie hatte diesen Teufel namens Balzer leibhaftig gesehen in der Zuschauermenge am See!

Sie nahm allerdings nicht an, dass er sie ebenfalls erkannt hatte, sein Verschwinden mochte Zufall sein.

»Aber womöglich hat er mich doch erspäht?«, schoss es ihr durch den Kopf, und ihre Eingeweide krampften sich angstvoll zusammen. Wo Balzer war, würden Ludwig und Simon auch nicht allzu weit sein …

Die Apothekerin nahm all ihre Willenskraft zusammen, um sich zur Ruhe zu zwingen und genau zu überlegen, was sie als Nächstes unternehmen konnte. Zuerst musste sie Betz von der Entdeckung berichten. Auch er war schließlich ein Betroffener, ihn hatten die Kerle schwer misshandelt und wie ein totes Stück Vieh am Wegesrand liegenlassen.

Vetter Julius musste ebenfalls davon erfahren, dass sich diese Verbrecher in der Stadt aufhielten. Womöglich planten sie Schlimmes, und es wäre gut, ihrer habhaft zu werden, ehe sie noch andere Menschen unglücklich machten. Außerdem wünschte Magdalena sich nichts sehnlicher, als dass die Männer für ihre Untaten büßten.

Berta und Änneli wollte sie allerdings fürs Erste nicht beunruhigen. Die ältere Frau und das junge Ding wären womöglich so verängstigt, dass sie nicht mehr wagten, auf die Gasse zu gehen. Oder sie würden in ihrer Furchtsamkeit aus Versehen die Falschen beschuldigen …

In der Küche traf Magdalena neben Betz auch Zängle an, der ausnahmsweise noch daheim war. Das traf sich gut, und sie musste nicht alles zweimal erzählen. Als sie zu dritt vor ihren Schüsseln mit dem üblichen Haferbrei mit zerlassener Butter saßen, während die Magd das Treppenhaus säuberte und die Haushälterin zu ihren gewohnten Einkäufen das Haus verlassen hatte, erwähnte die junge Frau so gefasst wie möglich ihre gestrige Beobachtung.

Beide Männer reagierten höchst alarmiert.

»Ihr solltet nicht mehr außer Haus gehen«, schlug Betz aufgeregt vor. »Wer weiß, wie die gemeinen Strolche reagieren, wenn sie Euch entdecken!«

»Tagsüber sehe ich diese Gefahr weniger, aber dennoch solltest du dich nicht ohne Begleitung auf der Gasse sehen lassen; zumindest so lange nicht, bis die schrecklichen Kerle eingefangen sind.«

Auch Julius machte sich Sorgen um seine Base. Aber er

hatte sogleich einen Vorschlag parat, wie man dieser Brut habhaft werden konnte:

»Ich werde mit Ritter Bodman sprechen, ihm eine möglichst genaue Beschreibung – die du mir geben wirst – liefern, und ihn bitten, seine Männer anzuhalten, nach den Verbrechern Ausschau zu halten. Und auch sonst werde ich mit allen möglichen Herren, die Soldaten befehligen, ein offenes Wort sprechen. Gut, dass du die Namen der Männer kennst!«

Betz schlug vor, auch die Franziskanermönche in die Suche nach den Übeltätern einzubinden. Der Doktor und Magdalena schauten etwas skeptisch drein. Aber der junge Mann hatte sich das gut überlegt.

»Die Fratres sind kein kontemplativer Orden, der still und zurückgezogen in seinen Zellen meditiert und nur betet. Sie sind im Gegenteil weltoffen und den ganzen Tag über in der Stadt und ihrer Umgebung unterwegs, teils um zu predigen, teils um Spenden zu sammeln oder Armen und Kranken Hilfe zu bringen. Die Brüder sehen und erfahren dabei allerlei, was anderen entgeht.«

»Da hast du allerdings Recht, eine ausgezeichnete Idee, Betz«, lobte der Notar ihn, nachdem er kurz über den Vorschlag nachgedacht hatte. »Natürlich versichern wir uns der Mithilfe der Mönche! Am besten wäre es, wir könnten über der ganzen Stadt ein unsichtbares Netz spannen, in dessen Maschen sich die Bösewichter verfangen müssten.«

»Die drei Fratres Johannes, Andreas und Jakobus aus dem Monastero di San Francesco, die stellvertretend für ihren Abt immer noch im Konstanzer Kloster weilen, wissen ja ebenfalls Bescheid über das Unglück, das uns damals widerfuhr«, warf Magdalena ein. »Sie werden sich bestimmt auch gerne an der Suche nach Balzer, Simon und Ludwig beteiligen.«

»Vor allem Bruder Johannes wäre sofort dazu bereit«, dachte sie gerührt. War doch die Zuneigung des Mönches zu ihr noch immer sehr offensichtlich. Manchmal ging ihr durch den Kopf, was wohl geschehen wäre, wenn sie ihn in irgendeiner Weise ermutigt hätte. Doch sie verdrängte den Gedanken jedes Mal sofort, Bruder Johannes war und blieb ein Mann Gottes – und sie wollte um nichts in der Welt die zweite Wahl sein, die er eines Tages bereuen würde.

»Hoffentlich sind die Schweine überhaupt noch in Konstanz!« Betz sprach aus, was Julius und Magdalena nur dachten. »Es wäre jammerschade, falls dieser Balzer dich gesehen, Lunte gerochen und sich heimlich wieder verdrückt hätte!«

Magdalena standen einige schlaflose Nächte bevor, die Angst und die Anspannung hatten Besitz von ihr ergriffen und zerrten an ihren Nerven. Auf ihren täglichen Wegen durch die Stadt ertappte sie sich dabei, dass sie noch schneller als üblich dahineilte und des Öfteren einen gehetzten Blick über die Schulter warf – vor allem, wenn sie in eine menschenleere Gasse einbog. Dass die Tage nun bereits sehr kurz waren und die Dunkelheit schon am späten Nachmittag hereinbrach, machte es nicht gerade besser.

Obwohl nichts, was im Konklave angesprochen oder verhandelt wurde, jemals an die Öffentlichkeit gelangen sollte, liefen erwartungsgemäß die nächsten Tage wilde Gerüchte um in der Stadt. Wie vorhergesehen waren sich die Italiener anscheinend einig, wen sie als Papst haben wollten, aber Franzosen und Spanier hegten andere Vorstellungen. Sie dachten nicht daran, einem Italiener ihre Stimme zu geben. Das ging so lange, bis ihre Gegner drohten, sie vor aller Welt als Feinde der kirchlichen Einheit zu brandmarken.

Die zähen Verhandlungen dauerten an, kaum nahmen sich

die Herren Zeit, um zu essen; länger ausruhen wollte sich ebenfalls kaum einer. Alle hofften auf ein rasches Ende des Konklaves. Die winzigen Abteile im Obergeschoss des Kaufhauses ließen jeglichen Komfort vermissen, waren ungenügend geheizt und kümmerlich möbliert – von der Qualität der paar »heimlichen Gemächer« ganz zu schweigen …

Und siehe da, Zängles Rechnung schien aufzugehen: Nach drei Tagen unermüdlichen und unerbittlichen Ringens waren die hart geführten Debatten in unerwartet kurzer Zeit von Erfolg gekrönt. Der Heilige Geist schien ein Einsehen gehabt zu haben: Das Konklave war zu einem Ergebnis gekommen. Gewählt wurde der Italiener Oddo Colonna, ein Mann, mit dem nun wirklich niemand gerechnet hatte.

Der neue Heilige Vater war noch keine fünfzig Jahre alt und entstammte einem berühmten römischen Geschlecht, das seine Wurzeln bis auf die alten Römer zurückführte.

Der einstimmige Wunsch war, dass er seinem Namen alle Ehren machen möge und sich zu einer wahren Säule der Kirche und des Glaubens erwiese.

Nachdem das Wahlergebnis, das erstaunlicherweise sogar einstimmig erfolgt war, mit den traditionellen Worten »habemus papam!« verkündet war, kannte der Jubel beim Volk keine Grenzen: Außerordentliche Festivitäten standen bevor, an denen alle Bürger teilnehmen durften und bei denen an die Armen Geschenke verteilt wurden.

Oddo Colonna ließ seinen Entschluss verkünden, sich künftig Papst Martin V. zu nennen. Kaiser Sigismund erschien als Erster, um Seine Heiligkeit mit demütigem Fußkuss zu ehren und mit Glückwünschen zu überhäufen.

Auch im Haus zum Goldenen Bracken war man zufrieden über das kurze Konklave – hatte man doch mit wochenlangen Verhandlungen gerechnet. Julius Zängle durfte endlich darauf hoffen, sich bald wieder nur seinen Klienten widmen zu können. Die Aufregung der letzten Zeit und die mit dem Konzil verbundenen Mühen gehörten hoffentlich bald der Vergangenheit an.

Vorsichtig atmete der Notar auf. Noch war er seines Dienstes keineswegs ledig, aber immerhin war das Ende dieses Ehrenamtes absehbar.

Sich ganz ungeniert der Freude über den Ausgang der Papstwahl hinzugeben, wie andere das taten, vermochte er allerdings nicht. Dazu beschäftigte ihn allzu sehr die Jagd nach den drei Verbrechern, die Magdalenas Leben einst zerstört hatten.

Auch Betz und die junge Apothekerin hatten nur noch ihre Verfolgung im Kopf. Ehe die Täter nicht dingfest gemacht und ihrer gerechten Strafe zugeführt waren, würden beide keine ruhige Stunde mehr haben. Wildes Jagdfieber hatte den Apothekergesellen gepackt, er gönnte sich keinen Augenblick Ruhe und mobilisierte Freunde und Bekannte, die für ihn in der Stadt die Augen offen hielten – auch an Orten, die ein ehrenwerter Bürger nicht unbedingt aufsuchte.

Das und die Anstrengungen, zu denen Julius Zängle Ritter Bodman und seine Mannen anhielt, sollten sich in der Tat auszahlen.

Bereits Mitte November war es Bodman möglich, den Haupttäter Balthasar Fröhlich, wie Balzer mit vollem Namen hieß, in einer anrüchigen Schänke festzunehmen, wo dieser, nichts Böses ahnend, beim Wein saß und gerade dabei war, etliche Mitspieler mit einem präparierten Würfel um ihr Geld zu prellen.

Trotz zahlreicher Gaunereien, die er ungeniert zugab, schien es ihm in den vergangenen Monaten nicht allzu gut ergangen zu sein. Er wirkte reichlich heruntergekommen und über seine Jahre hinaus stark gealtert. Aber sein unverschämtes Benehmen hatte ihm auch die Zeit nicht zu rauben vermocht.

»Was wollt Ihr denn überhaupt von mir?«

Großmäulig versuchte er sich vor den Soldaten, die ihn gefesselt abführten, aufzuspielen.

»Was ist denn schon dabei, wenn ein unschuldig in Not geratener Ehrenmann sich hin und wieder bei denen bedient, die es doch im Überfluss haben? Soll ich vielleicht verhungern?«

»Das verlangt niemand«, ließ sich einer der Männer zu einer Antwort herab. »Aber wie wär's denn gewesen, wenn du es einmal mit ehrlicher Arbeit versucht hättest, Kerl? Wir haben gehört, dass du ein Leben lang um jede Tätigkeit einen weiten Bogen gemacht und lieber von gemeinem Diebstahl, Straßenraub und Mord profitiert hast – von den Dingen, die du mit jungen Frauenzimmern angestellt hast, ganz zu schweigen.«

»So ein Blödsinn! Alles nur hinterhältige Lügen!«, wehrte der Gefesselte laut ab. Er wollte sich weiter verteidigen, und schon war es ihm gelungen, dass sich eine kleine Menschenansammlung formierte, die sich auf seine Seite stellte und seine Freilassung forderte.

»Die Kleinen hängt man und die großen Gauner lässt man laufen!«, hörten die Soldaten einen aus der Schar rufen. Da hatte der Anführer des Trupps genug. Barsch gebot er dem Gefangenen, sein Schandmaul zu halten, sonst müssten sie ihm ordentlich eins draufgeben, damit er endlich still sei. Das wirkte, Balzer machte keinen Mucks mehr, und seine Anhängerschaft zerstreute sich so schnell, wie sie sich zusammengefunden hatte.

Balzer Fröhlich saß im Kerker und wartete vor Angst zitternd auf seine Gerichtsverhandlung. Er hatte inzwischen gemerkt, woher der Wind wehte und dass seine Aussichten, sich herauszuwinden, denkbar schlecht waren. Gleich zwei direkt Betroffene sagten gegen ihn aus: Ein junges Weibsbild, mit dem er nach eigener Aussage »nur ein bisschen einvernehmlichen Spaß gehabt hatte«, und ein windiges Bürschchen, das er dazumal leider nicht ernstgenommen hatte – sonst hätte er es wohl kaltgemacht.

Dazu gesellten sich die Erinnerungen der drei Franziskanerfratres, die die Überlebenden des brutalen Überfalls gefunden hatten und außerdem über die beiden Ermordeten Bescheid wussten.

Ein Leugnen der Taten nützte Balzer also nichts. So verlegte er sich vor dem Richter darauf, die Morde seinen beiden Kumpanen anzulasten; nur dass er sich mit dem Mädchen »vergnügt« habe, wollte er jetzt eingestehen.

»Sie hat gern und durchaus freiwillig mitgemacht!«, behauptete er dreist. »Ja, ich war damals noch ein schmucker Kerl! Direkt an den Hals hat sie sich mir geworfen.«

Und dass das Frauenzimmer hochschwanger gewesen sei, habe er nicht bemerkt. »Sonst – das schwör' ich bei meiner ewigen Seligkeit – hätt' ich das Mensch doch nie und nimmer angerührt!«

Um von seinen Schandtaten abzulenken, verriet er der Obrigkeit den Aufenthaltsort von Ludwig Fehrenbach. Simon Klein hingegen war laut seinen Angaben bereits tot. »Den hat einer in Altstätten, wo wir Arbeit gesucht haben, hinterrücks erschlagen«, behauptete er.

Nachforschungen des Gerichts ergaben, dass Balzers Angaben bezüglich Simons stimmten. Allerdings mit dem kleinen Unterschied, dass die Strolche keine Arbeit gesucht hatten, sondern nachts in ein Gehöft eingebrochen und vom Bauern und seinem Sohn überrascht worden waren. Im letzten Augenblick war es Ludwig und Balzer gelungen, durch ein Stallfenster zu entkommen. Aber Simon Klein hatten die Bauersleute erwischt.

Tatsächlich wurde Ludwig Fehrenbach dank Balzers Angaben kurz darauf auch noch geschnappt. Im letzten Augenblick, ehe er sich in Münsterlingen aus dem Staub machen konnte, griffen Bodmans Soldaten zu und brachten ihn nach Konstanz.

Dass beide Kerle sich gegenseitig ihre Verbrechen in die Schuhe schoben, änderte nichts am Urteil: »Ihnen soll auf dem Hinrichtungsplatz vor der Stadt vom Henker der Kopf abgeschlagen werden, nachdem man sie erst mit Ruten gepeitscht, ihnen die Knochen zerschlagen und sie aufs Rad geflochten hat«, verkündete Julius beim Abendbrot den Richterspruch.

Zängle hatte dafür gesorgt, dass seine Base nur ein einziges Mal vor dem Richter erscheinen musste – und dies auch nicht bei der öffentlichen Verhandlung, sondern sozusagen privatim. Er legte keinen Wert darauf, Magdalenas Unglück in der ganzen Stadt publik zu machen, worüber seine Verwandte sehr froh war.

Die feige Ermordung des Schmiedemeisters Rudolf Reichle und seines Knechts Ulrich Wegener, genannt Utz, hatten völlig ausgereicht, um die härtesten Strafen gegen beide Missetäter zu verhängen.

Nur einer aus der Familie war bei der grausigen Vollstreckung des Urteils, die unverzüglich nach Beendigung des Prozesses stattfand, zugegen: Vetter Albrecht von Meinrad. Magdalena verbrachte etliche Stunden in der Stadtpfarrkirche Sankt Stephan im Gebet, Julius Zängle war unterwegs –

und Betz, der mittlerweile zur Familie zählte, musste in der Klosterapotheke sein.

Albrecht war es auch, der den Ferngebliebenen von den Pannen bei der Hinrichtung berichtete.

»Beinahe hätte Balzer es noch geschafft, sich von den Stadtwachen loszureißen, aber Vinzenz, einer der Wachmannschaft, hat das kommen sehen. Er war schneller, stellte ihm ein Bein und fesselte den Gestrauchelten so schnell, dass man mit dem Zuschauen kaum hinterher kam. Der Henker vergalt Balzer die versuchte Flucht mit doppelter Wucht bei den Rutenhieben. Sein Rücken war am Ende so zerschunden, dass er beim Zertrümmern seiner Knochen bereits ohnmächtig war und auch beim Flechten aufs Rad keinen Pieps mehr von sich gab. Sie nahmen ihn auch bald wieder herunter, um ihm den Kopf abzuschlagen. Ich weiß nicht, ob er da überhaupt noch am Leben war. Ludwig hingegen hat alle drei Strafen bei vollem Bewusstsein miterlebt. Bei seiner Enthauptung hat der Henker allerdings gepfuscht: Er brauchte nicht weniger als drei Axthiebe, um ihm den Schädel vom Rumpf zu trennen. Das gab allerhand Murren bei den Zuschauern.«

»Das kann ich mir vorstellen! Die Leute reagieren in aller Regel sehr empfindlich, wenn ein Nachrichter sein Handwerk nicht versteht.« Julius Zängle kannte sich in diesen Dingen aus.

»Die Untaten sind endlich gesühnt«, stellte Magdalena ruhig, aber mit verweinten Augen fest. Bei der Vorstellung, Balzer sei fast entkommen, lief es ihr noch nachträglich eiskalt über den Rücken. »Dass die Mörder ihre gerechte Strafe erhalten haben, genügt mir. Ich hoffe, dass ich nie mehr gezwungen sein werde, über das Schreckliche zu sprechen.«

Dass die erneut aufgerissenen Wunden in ihrem Inneren

eine gute Weile brauchen würden, bis sie wieder verheilt wären, behielt sie für sich.

Auch Betz zeigte sich befriedigt über den Ausgang. »Ich bedauere es nur, dass der dritte im Bunde, der Schurke Simon, sich der irdischen Gerechtigkeit durch einen zu frühen Tod entzogen hat«, sagte er leise. »Aber mich tröstet immerhin, dass sein Sterben auch nicht unbedingt das Angenehmste war. Er rechnete sicher nicht damit, so bald abtreten zu müssen, und immerhin wurde ihm der Schädel eingeschlagen …«

KAPITEL 49

Die Krönung Martins V. wurde am 21. November 1417 feierlich im Münster zu Konstanz begangen. Dem neuen Papst musste vorher noch gemäß des kanonischen Rechts die fehlende Bischofsweihe erteilt werden. In aller Eile holte man das nach.

Ehe man Seiner Heiligkeit die Papstkrone aufsetzte, trat nach altem Brauch einer der Kardinäle mit einem mit Werg oder Hede umwickelten langen Stab vor. Hede war der Abfall, der beim Hecheln von Bastfasern übrigblieb.

Die Benützung eines Abfallproduktes war symbolisch. Der Kardinal – es handelte sich um keinen anderen als Seine wiedergenesene Eminenz Emilio Sabattini – entzündete die Hede und sprach dabei die Worte: »Heiliger Vater, so wie diese Materie in Rauch aufgeht, so vergeht die Herrlichkeit der Welt!«

Danach erfolgte die Krönung des Papstes, und daran schloss sich ein feierlicher Umzug durch die Stadt an. Doktor Zängle und die Seinen standen wiederum mit Hunderten von Schaulustigen auf dem Münsterplatz, um den prunkvollen Zug zu beobachten.

Voraus zogen die Kardinäle, dann folgte Papst Martin V. auf einem prächtig aufgezäumten Schimmel. Der Kaiser jedoch war, wie die Sitte es gebot, zu Fuß an seiner Seite und führte wie ein Knecht das Pferd des Papstes am Zügel.

»Es ist genau das gleiche Bild wie beim Einzug Papst Johannes' XXIII.«, stellte Magdalena fest. »Die übrigen Geistlichen und zuletzt die weltlichen Fürsten und Honoratioren schließen sich an.«

Dass alle Teilnehmer des grandiosen Spektakels noch einmal ihre prunkvollsten Kleider aus den Truhen hervorgeholt hatten, verstand sich von selbst, und das tausendfältige »Ah!« und »Oh!« der Konstanzer entlang der Gassen, die der feierliche Zug nahm, war noch in einiger Entfernung zu hören.

Als Kardinal Sabattini stolz an Magdalena vorüberritt, konnte sie es sich nicht verkneifen, ihn auf sich aufmerksam zu machen: »Gott segne Eure Eminenz!«, rief sie ihm laut zu, worauf der hohe Geistliche den Kopf halb umwandte. Magdalena winkte ihm übermütig zu, und er dankte ihr gnädig für den Gruß, indem er lächelte und segnend die Hand in ihre Richtung hob.

»Er ist bestimmt froh, dass ich keine Plaudertasche bin«, dachte die junge Apothekerin und freute sich, dass beide Duellanten sich so gut erholt hatten. Die zwei hatten es auch an Dankbarkeit – in Form zweier wohlgefüllter Geldkatzen – nicht fehlen lassen.

Vetter Julius dirigierte seine Mitbewohner unauffällig ein Stück abseits, weg von den Menschenmassen, wollte er ihnen doch ein weiteres Schauspiel bieten. Über etliche Umwege durch kaum belebte Gassen und Hausdurchgänge gelangten sie zu einem Platz, den die feierliche Prozession erst viel später erreichen würde.

Auch hier harrte schon eine Menge von Zuschauern aus, aber der Notar und sein Anhang fanden noch Stehplätze mit guter Sicht. Einem weiteren alten Brauch sollte hier Genüge getan werden: An dieser Stelle würden die Konstanzer Juden dem Heiligen Vater die Thorarolle überreichen und zugleich um Bestätigung der Schutzbestimmungen bitten, die frühere Päpste erlassen hatten.

Aus Respekt vor den hohen Herren hatten sich die jüdischen Mitbürger zwar gebührend herausgeputzt, aber mit ihren typischen Hüten, dem gelben Ring auf der Kleidung, den langen Bärten und den Peies, den gedrehten Schläfenlocken der Männer, waren sie sofort als Hebräer zu erkennen.

Allerdings nahm diesmal nicht der Papst die Rolle entgegen, sondern Kaiser Sigismund. Ein wenig von oben herab sagte er: »Die Gesetze Moses' sind ja recht gut; keiner von uns sollte sie verachten. Ihr aber«, wandte er sich jetzt direkt an die Juden, »Ihr wollt sie nicht verstehen und wollt sie auch nicht befolgen, wie es sich gebührt.«

Magdalena und den anderen Zuschauern entging nicht, dass der Heilige Vater es peinlichst vermied, die Thora zu berühren. Kurz bemerkte Martin V. nur: »Möge Gott, der Herr, die Binde von Euren Augen nehmen, damit sie endlich das Licht erfahren. Gehet hin in Frieden.«

Dankbar und demütig zugleich verneigten sich die Konstanzer Juden. Es wäre blauäugig gewesen, mehr zu erwarten.

Auf dem Heimweg überlegte Magdalena, woran es wohl lag, dass ihr der neue Papst so viel weniger gefiel als der »Seeräuber«. Oddo Colonna war ein hochgewachsener, aristokratisch erscheinender und gut aussehender Mann – und dennoch! Die junge Apothekerin empfand den kleinen, dicken, wenig attraktiven Baldassare Cossa mit seinem oftmals vulgären Auftreten als den menschlicheren der beiden. Warum dem so war, wusste sie nicht genau.

Ein paar Tage später begegnete Magdalena bei ihrer Rückkehr aus dem Kloster Ser Ernesto Cavallo, dem Sekretär Kardinal Sabattinis.

»Gott zum Gruß, Donna Maddalena!«

Tief zog der italienische Kavalier seinen breitkrempigen Hut vor ihr.

»Auch Euch einen wunderschönen guten Abend«, dankte die junge Frau. »Wie ich sehe, fühlt Ihr Euch wohl. Ich hoffe, dass dies auch auf Euren Herrn, den Kardinal, zutrifft.«

»Leider nein, Donna«, verneinte der Ritter und stieg vom Pferd. »Allerdings kann ich Euch beruhigen. Dieses Mal ist es nur ein hartnäckiger Husten, der Seine Eminenz quält, sowie ein lästiger Katarrh, der nicht verschwinden will.«

»Da hilft am besten ein Aufguss aus getrockneter Flechte. Im Herbst habe ich in der Umgebung von Konstanz, im Wollmatinger Moos, eine Menge davon gesammelt. Ich kann Euch gleich ein Säckchen voll mitgeben, wenn Ihr wollt«, bot Magdalena an.

Aber Ser Ernesto winkte ab.

»Es wäre besser, Ihr würdet gleich zu meinem Herrn mitkommen und ihm persönlich die Arznei bringen. Dann könntet Ihr Euch auch gleich die verheilten Wunden ansehen. Ein paar der Narben haben sich wohl nicht so ganz nach seinem Geschmack entwickelt. Vielleicht wisst Ihr ein Mittel, wie man sie noch unsichtbarer machen könnte? Mein Herr ist sehr eitel, Ihr versteht?«

Und ob sie das tat! Magdalena überlegte kurz. Wegen des Hustens lohnte sich der Aufwand wohl nicht. Aber die Sache mit den Narben reizte sie. Gut möglich, dass sich da einiges machen ließe. Der Weg war allerdings ziemlich weit – selbst zu Pferd. Andererseits war Seine Eminenz nicht knauserig, wenn es sich darum handelte, für gute Arbeit guten Lohn zu bezahlen.

»Einverstanden, ich komme mit«, entschied sie. »Aber erst muss ich meiner Familie Nachricht geben lassen.«

Dieses Mal kam Magdalena der Weg nicht mehr so lang vor, da sie ihn bereits kannte. Außerdem wusste sie, was sie heute erwartete.

Auch an diesem Abend waren im Innenhof des Guts Knechte und Mägde zugange. Aber die Anspannung und schlecht verhohlene Aufregung, die sie bei ihrer letzten Ankunft gespürt hatte, fehlten zum Glück. Noble Gäste waren augenscheinlich angekommen, deren Reittiere die Dienerschaft versorgte.

»Seine Eminenz erwartet Euch bereits, Donna Maddalena.«

Ohne Umschweife führte der Sekretär die junge Frau zu seinem Herrn, dem Kardinal. Dieses Mal jedoch nicht ins Schlafgemach im Oberstock, sondern in eine ebenerdige riesige Wohnhalle, in der ein gewaltiger Kamin eine angenehme Wärme verbreitete.

Wohlwollend blickte Don Emilio ihr entgegen. Für hübsche Frauen hatte Seine Eminenz zweifelsohne etwas übrig … Sie knickste ehrfurchtsvoll vor ihm und küsste den Ring, den er ihr huldvoll entgegenstreckte. Als sie sich wieder aufrichtete, blickte sie ihm fest in die Augen.

»Wie ich sehe und wie ich anlässlich des feierlichen Umzugs in der Stadt bereits feststellen konnte, habt Ihr Euch prächtig erholt, Eminenz. Gegen Eure anderen Beschwerden habe ich eine Medizin mitgebracht, die Euch von Husten und Katarrh befreien wird. Was die Narben angeht, die Euch stören, muss ich sie mir erst ansehen, um das richtige Mittel zu finden.«

»Dazu werden wir das Schlafzimmer aufsuchen müssen«, erwiderte der Kardinal. »Denn ich werde dazu einen Teil der Kleidung ablegen müssen. Aber das kann warten. Wie Ihr sehen könnt, Donna Maddalena, habe ich Gäste. Und alle sind hungrig und wollen zu Tisch. Und ich auch«, lachte er. »Darf ich Euch dazu bitten? Ich benötige eine Tischdame.«

»Oh! Welch überaus große Ehre, Eminenz!« Magdalena errötete. Ihrer einfachen Kleidung wegen war sie etwas verlegen. Hätte sie davon gewusst, hätte sie sich entsprechend gekleidet.

»Leider bin ich überhaupt nicht passend angezogen«, stammelte sie und fühlte sich unbehaglich.

Aber der hohe Geistliche wehrte ab: »Ihr seid sehr gut gekleidet, Donna Maddalena. Dieser Empfang ist vollkommen zwanglos, nur ein bescheidenes Essen unter guten Freunden. Man wird Euch einen Raum zeigen, in dem Ihr Euch ein bisschen frischmachen könnt.«

Der Kardinal winkte eine Dienerin herbei, die vor der schönen Apothekerin knickste, einen Gruß murmelte und sie hinausgeleitete.

Als Magdalena ihre Haube abgenommen, sich die blonden Haare gekämmt sowie Gesicht und Hände gewaschen hatte, besah sie sich in einem Spiegel, den das Mädchen ihr vorhielt.

Gar nicht so übel, befand sie. Beim Verlassen des Salons hatte sie einen unauffälligen Blick auf die Ankömmlinge geworfen – besonders auf die weiblichen. Im Vergleich zu den anderen schnitt sie in der Tat nicht schlecht ab. Seine Eminenz hatte außerdem wirklich nicht untertrieben: Es schien kein großes Fest, das er da geplant hatte. Vermutlich würde sie nicht allzu unpassend auffallen.

Magdalena zählte sechs Personen, die bereits um den Tisch saßen und ihr voller Neugier entgegenblickten: Zwei Prälaten und ein weltlicher Edelmann, in dem Magdalena Ritter Bodman erkannte, mit ihren jeweiligen Begleiterinnen. Die männlichen Gäste waren alle im Alter des Kardinals, die Damen allesamt erheblich jünger. Sofort beschlichen sie Zweifel, ob es sich tatsächlich um ehrenwerte »Damen« handelte …

Aber das sollte ihre Sorge nicht sein. Der Kardinal hatte ihr galant seinen Arm gereicht und führte sie zu ihrem Stuhl. Dann stellte er seine Gäste einander vor. Als er ihre Tätigkeit erwähnte, erlebte die junge Frau die angenehme Überraschung, dass sich keiner der Tischgemeinschaft erstaunt zeigte. Jeder hatte schon auf die eine oder andere Weise von ihr gehört oder sogar Arzneien von ihr erhalten.

Einer der Geistlichen, der Abt eines benachbarten Klosters, erlaubte sich den Scherz zu fragen, ob der Koch Seiner Eminenz etwa dafür bekannt sei, die Gäste seines Herrn zu vergiften, und der Kardinal deshalb eine Heilerin an seine Tafel gebeten habe, um die Erkrankten gleich medizinisch versorgen zu lassen.

Das und ein Gläschen köstlichen Weins bewirkten sogleich eine gelöste Stimmung. Magdalena, normalerweise etwas schüchtern in so vornehmer Umgebung, konnte dieses Mal der Versuchung nicht widerstehen und ergriff die Gelegenheit, um die Geschichte zum Besten zu geben, wie sie einst die Bekanntschaft von Papst Johannes XXIII. gemacht hatte. Die pikanten Details ließ sie allerdings weg.

Der darauffolgende Ausbruch von Gelächter bei den Herren wollte schier nicht enden, und »Donna Maddalena« war endgültig von allen akzeptiert. Den dicken Cossa und seine Verlegenheit, als er bemerkte, dass ihm sein Diener die falsche Frau gebracht hatte, vermochte sich ein jeder überaus gut vorzustellen.

Das angeblich bescheidene Essen war köstlich. Es gab geräucherte Forellen aus der Argen als Vorspeise, danach ein Ingwersüppchen, gefolgt von mit Hasenleber und frischen Feigen gefüllten Wachteln, von denen manche der Herren ein halbes Dutzend und mehr verspeisten – der Hausherr selbst schaffte fünf der leckeren Vögel.

Der Nachtisch war ebenfalls ein echter Gaumenschmaus: Warme braune Törtchen aus saftigem Honigkuchenteig, überzogen mit weißem, mit Zitronensaft versetztem Zuckerguss, gefüllt mit einer Creme aus in Alkohol eingelegten Waldbeeren und steif geschlagener Sahne.

Vier verschiedene Sorten von Weinen hatte der Kardinal dazu servieren lassen, und als Abschluss gab es im Wasserbad erhitzten Branntwein für jeden – zur besseren Verdauung. Auf letzteren verzichtete die Apothekerin. Sie hatte schließlich noch zu tun: Sie musste die Narben ihres Gastgebers inspizieren. An der Tafel war inzwischen etwas Ruhe eingekehrt. Alle waren satt, zufrieden und entsprechend träge.

Nach einer Weile wandten sich die Tischgespräche dem neuen Pontifex Maximus zu, und jedermann tat erstaunlich ungeniert seine Meinung kund.

»Kaum sind die Feierlichkeiten abgeschlossen, zeigt sich, dass unser neues Oberhaupt der Kirche durchaus kein Anhänger von Reformen ist. Die Änderungen, die Martin V.

wichtig sind, scheinen rein äußerlicher Natur und beschränken sich im Wesentlichen auf den Lebenswandel der Geistlichen, der in der Tat bei vielen skandalös ist.«

Diese Bemerkung stammte tatsächlich von Kardinal Sabattini. Er äußerte den Tadel, ohne rot zu werden. Hielt er sich etwa für einen Heiligen? Beinahe hätte Magdalena laut aufgelacht.

»Dazu macht der Papst sich Gedanken über die Tonsur bei den Mönchen und über das Benehmen der Prälaten in der Öffentlichkeit«, äußerte einer der beiden Geistlichen, der auffallend eifrig dem Wein zusprach. Er erregte damit große Heiterkeit. Es klang aber auch nach einem schlechten Scherz, wenn die geforderte »Reform der Kirche an Haupt und Gliedern« sich in Wahrheit auf die Haarschöpfe von Klosterbrüdern und den Gebrauch von Schimpfwörtern bei Geistlichen reduzieren sollte.

»Aber das Verbot der Simonie, also des Ämterkaufs, will er zumindest erneuern«, warf Ritter Bodman ein.

Auch er erntete bloß Gelächter. »Reine Augenwischerei«, war die einhellige Meinung. Das zu fordern, klang nur gut und würde den Papst nichts kosten.

Wer sollte die Einhaltung des Verbots schon überwachen?

Magdalena erinnerte sich unwillkürlich an Zängles prophetisch klingende Worte, nachdem klar war, dass die Konzilsväter mehr oder weniger nur eitle Karrieristen waren. Resigniert hatte er bereits zu Beginn vorhergesagt, dass letztlich alles beim Alten bliebe.

In seinen Augen war lediglich eines der drei hehren Ziele des Konzils erreicht worden, nämlich die Wahl eines einzigen Papstes und die Absetzung der Gegenpäpste, womit die Causa Unionis beigelegt war.

Bereits in der zweiten Frage, der Causa Reformationis,

war jedoch außer vagen Absichtserklärungen, fromm klingenden Ermahnungen und etlichen Denkschriften verschiedener Kommissionen wenig herausgekommen.

Und was erst die Causa Fidei, die Glaubensfrage, anlangte, so schien sich in diesem Punkt nicht einmal der kleinste Ansatz zu einer gemeinsamen Lösung zu finden. Die Konzilsväter begnügten sich damit, die Lehren Wyclifs zu verdammen und den Magister Jan Hus zu verbrennen.

Der alte Schlendrian und die schlimmen Unsitten in der Kirche würden weiter um sich greifen, die Gläubigen würden der Kirche in Scharen davonlaufen und sich Männern anschließen, die ihnen als fromm, gerecht und als wahre Nachfolger Christi dünkten, prophezeite Zängle, und Magdalena musste seine pessimistische Ansicht leider teilen.

Bald darauf hob Kardinal Sabattini die Tafel auf, und seine Gäste begannen, sich zu verabschieden. Als deutlich wurde, dass Magdalena noch beim Kardinal verweilen würde, war einer der Geistlichen in Versuchung, darüber eine scherzhaft gemeinte Bemerkung fallenzulassen. Aber Seine Eminenz schnitt ihm das Wort ab und sah ihn warnend an, und der Mann begriff, dass es besser war, den Mund zu halten.

Die Narben auf Brust, Oberarmen und Schenkeln des Kirchenmannes erwiesen sich als nicht so schlimm, wie Magdalena befürchtet hatte. Um der Schamhaftigkeit Genüge zu tun, hatte Don Emilio seinen Sekretär Cavallo ebenfalls in sein Schlafzimmer rufen lassen, sowie seinen Leibdiener Daniele, der ihm beim Aus- und Ankleiden half.

Die Apothekerin amüsierte sich im Nachhinein im Stillen über die Aussage Ser Ernestos, die Narben seines Herrn befänden sich »an gut sichtbarer Stelle«. Sie hatte da eigentlich eher an sein Gesicht gedacht. Aber sie wollte nicht die

Schuld daran tragen, wenn der hohe Herr zukünftig nicht mehr so gut bei der edlen Damenwelt ankommen sollte.

Sie verordnete ihrem Patienten den regen Gebrauch von Umschlägen mit dem Aufguss der Blüten vom Wundklee, einem sehr guten Heilmittel, das man nicht umsonst auch »Apothekerklee« nannte. Ferner versprach sie, ihm am nächsten Tag eine Salbe schicken zu lassen, deren Inhaltsstoff sich aus den gelben Blüten der Ringelblume zusammensetzte, einem Gewächs, das bei verhärteten Narben sehr wirkungsvoll war, das aber leider nur in Mittelmeerländern vorkam und von dort bezogen werden musste. Zum Glück besaß das Kloster einen ordentlichen Vorrat dieser Heilpflanze.

Der Kardinal zeigte sich auch heute wieder sehr großzügig, ganze drei Goldgulden war ihr Besuch ihm wert. Anschließend brachte sein Sekretär sie wieder nach Konstanz zurück.

KAPITEL 50

DIE NÄCHSTEN TAGE und vor allem Nächte verliefen für Magdalena sehr unruhig. Das gemeinsame Essen bei Kardinal Sabattini, wo sie Zeugin des ungenierten Miteinanders von Männern und Frauen geworden war – auch von Männern, die eigentlich die Sünde des Fleisches besonders meiden sollten –, hatte ihr wieder einmal deutlich gemacht, was ihr fehlte.

Sie ließ wohl zum hundertsten Male ihr bisheriges Leben im Geiste an sich vorüberziehen. Die große Frage war, weshalb eine gesunde, junge und sehr hübsche Frau (letzteres behaupteten eigentlich alle, die sie kannten) keinen Mann fand, der sie heiraten wollte. Eine Antwort darauf hatte sie lange nicht zu finden vermocht.

Doch auf einmal wusste sie, woran es krankte. Die Schuld, falls man es so nennen wollte, lag eindeutig bei ihr. Sie selbst war es, die zu verhindern schien, dass sich ihr jemand mit ernsthafteren Absichten näherte. Es war, als habe sie gleichsam einen hohen Zaun um sich gezogen, den niemand zu überwinden wagte.

»Warum bin ich nicht endlich ehrlich zu mir selbst und gestehe mir den wahren Grund ein?«, fragte sie sich. »Ich liebe Konrad immer noch, und solange das so ist, wird kein anderer Mann eine Chance bei mir haben.«

So einfach war das – und doch so unendlich tragisch. Der junge Kaufmann war für sie nun einmal verloren – für immer. Ihr einstiger Bräutigam hatte eine andere zur Frau genommen, war womöglich inzwischen Vater und dachte ganz gewiss nicht mehr an sie, das unzuverlässige Frauenzimmer, das ihn vermeintlich im Stich gelassen hatte.

»Liebe heilige Muttergottes«, betete sie verzweifelt, »hilf mir, endlich darüber hinwegzukommen. Ich muss mir diese Liebe zu Konrad aus dem Herzen reißen. Sie macht mich nur unglücklich – und ganz nebenbei auch unfähig, mich in einen anderen zu verlieben. Ich wünsche mir doch so sehr eine eigene Familie mit vielen Kindern.«

Denn dies entsprach der Wahrheit, wie sie sich eingestehen musste: So sehr sie sich mit ihrem Leben als alleinstehende Frau arrangiert hatte und so stolz sie bisweilen immer noch war, dass sie ohne einen Mann über die Runden kam, so sehr sehnte sie sich doch auch nach einer Familie. Schließlich war sie noch jung, und die langen Jahre, die wohl vor ihr lagen, dauerhaft in Einsamkeit zu verbringen, erschien ihr keine erstrebenswerte Aussicht.

Entschlossen nahm sie sich vor, darauf zu achten, dass ja keiner jemals ihre wahren Gefühle für den Ravensburger Kaufmannssohn entdeckte: Kein Sterbenswörtchen durfte ihr entschlüpfen. Und vielleicht würde es ihr ja wirklich gelingen, Konrad bald zu vergessen, wenn sie nur einen anderen Mann kennenlernte …

Wenn die Vertreter der Kirche geglaubt hatten, mit der Verbrennung des Jan Hus sei Ruhe in Böhmen eingekehrt, irrten sie gewaltig. Die Auseinandersetzungen begannen noch während des Konzils, wie Papst Martin zu seinem Missvergnügen feststellte. Mit einem Machtwort seinerseits war der Friede keineswegs herbeizuzwingen.

»Die Böhmen denken gar nicht daran, sich als Ketzerland verleumden zu lassen.«

Julius Zängle musste zwar nicht mehr jeden Tag im Münster zum Dienst antreten, aber er erfuhr immer noch das meiste von den Geistlichen, denen er als unermüdlicher und loyaler Helfer im Gedächtnis blieb. »Die Böhmen schicken Tag für Tag neue Protestschreiben nach Konstanz. Unterschrieben sind sie von Herren des hohen und niederen Adels und von Professoren der Prager Universität«, berichtete er seiner Base beim gemeinsamen Frühstück.

»Und wie reagieren die hohen geistlichen Herren hierzulande auf diese Provokation?«, erkundigte sich Magdalena interessiert, während sie noch einen kräftigen Schluck des erwärmten Bieres zu sich nahm. »Ich könnte mir vorstellen, dass die Konzilsherren den böhmischen Edelleuten nachsagen, sie wollten sich nur am Besitz der Kirche bereichern.«

»So ist es, liebe Base. Bei manch einem mag das auch durchaus ein Grund sein. Aber man darf nicht übersehen, dass der Kirche gut die Hälfte des gesamten böhmischen Grundbesitzes gehört. Und dass das manche der Adligen nicht so gut finden – wen wundert's? Die antiklerikale Stimmung im Lande des Jan Hus steigt jedenfalls rapide an – sehr zum Missvergnügen des Heiligen Vaters.«

»Im Kloster diskutieren die Brüder gleichfalls über die Böhmen. Dabei höre ich immer wieder von den Calixtinern, kann damit aber nichts anfangen. Weißt du darüber Bescheid, Vetter?«

»Das ist ein ganz heißes Eisen, meine Liebe. Es geht dabei um die Forderung, dass nicht nur die Priester, sondern auch die Laien Christi Fleisch und Blut in der Messe zu sich nehmen dürfen. Die Kirche will ihnen aber nur die Hostie, also den Leib Jesu, zugestehen.

In der Heiligen Schrift steht darüber nichts, aber die Kirche will an dieser Tradition festhalten, um damit den Priester höherzustellen als das einfache Kirchenvolk. Bischof Johann von Leitomischl, den sie den ›Eisernen‹ nennen, berichtete Papst Martin gleich nach seiner Krönung von der Verbreitung dieses ketzerischen Gedankengutes in Böhmen.

Jetzt geht es bereits um die Existenz der Prager Universität. Das Konzil hat zuletzt beschlossen, dass kein Gläubiger in dieser Hochburg des Ketzertums studieren dürfe! Das beleidigt das Selbstbewusstsein dieser Hochschule, die Kaiser Karl IV. nach dem Vorbild der Sorbonne gegründet hat. Ich sehe jedenfalls keinen Frieden, sondern große Verwicklungen auf uns alle zukommen.«

»Geb' es Gott, dass du dieses Mal Unrecht hast, Vetter.«

Magdalena seufzte und legte ihren Löffel nieder. Julius Zängle war bereits aufgestanden, und gleich darauf hörte sie die Tür schlagen. Wie immer verließ der Notar in blitzartiger

Geschwindigkeit das Haus. Auch für sie war es höchste Zeit, sich auf den Weg zu den Franziskanern zu machen. Aber aus irgendeinem Grunde trödelte sie heute herum. Betz hatte längst das Haus verlassen, aber die junge Frau fand immer wieder etwas, das sie noch unbedingt erledigen musste. Sogar Berta fiel das ungewöhnliche Verhalten der Apothekerin auf.

»Habt Ihr Euch heute bei den Fratres einen freien Tag ausbedungen, Frau Lena?«, fragte sie, die Jüngere neugierig musternd. »Lasst das ruhig liegen; es ist schließlich meine Aufgabe, diese Dinge aufzuräumen.«

Die Haushälterin deutete mit dem Finger auf den Wäschestapel, dessen einzelne Teile sie bereits geplättet und zusammengelegt hatte. »Vertraut mir getrost! Ich werde die Bettlaken wie gewohnt ordentlich im Schlafgemach des Herrn in der Truhe verstauen.«

»Aber, liebe Berta, das weiß ich doch! Niemand kann die Wäschestücke so akkurat aufeinanderlegen, wie Ihr das zu tun pflegt. Ich will Euch keineswegs um Eure Arbeit bringen. Es ist nur so, dass es mir heute irgendwie davor graut, aus dem Haus zu gehen.

Ich kann mir nicht helfen, ich habe ein ungutes Gefühl – weiß jedoch nicht, weshalb.«

Die Haushälterin sah betroffen drein.

»Fühlt Ihr Euch irgendwie krank, meine Liebe?«, erkundigte sie sich besorgt.

»Das nicht; aber in mir ist eine Unruhe, die ich nicht erklären kann. Wahrscheinlich liegt es daran, dass ich letzte Nacht schlecht geschlafen habe. Macht Euch um Himmelswillen keine Gedanken, Berta. Und vor allem: Kein Sterbenswörtchen zu Herrn Julius!«

Gleich darauf verließ Magdalena endlich das Haus und lief

doppelt so schnell wie sonst, um ihre Verspätung wenigstens etwas wettzumachen. Sie würde sich für ihre Säumigkeit bei Frater Gregor entschuldigen müssen …

In der Klosterapotheke herrschte Hochbetrieb. Viele durchlitten im Augenblick die übliche witterungsbedingte Erkältung, da ein eiskalter Wind durch die Gassen fegte, vor dem man selbst in mancher schlecht beheizten Amtsstube oder Herberge nicht sicher war.

»Das beste Wetter, um sich einen ordentlichen Schnupfen und Husten einzufangen«, brummte Frater Gregor und wies auf die Menschentraube. Bis auf die Straße hinaus standen die Leute an, um sich entsprechende Heilmittel verabreichen zu lassen.

In den nächsten Stunden kam Magdalena nicht mehr zur Ruhe. Beständig war sie am Abwiegen, Mischen und Abfüllen der Teesorten, die am besten bei Erkältung helfen sollten. Das hatte immerhin den Vorteil, dass sie keine Zeit mehr fand, sich um ihre eigene Befindlichkeit zu kümmern.

Erst in der Mittagspause, die sie und Betz wie so häufig in der Klosterküche verbrachten, um dort zusammen mit frommen Pilgern und alten Bettlern eine warme Suppe und ein Stück Brot zu verzehren, fiel Magdalena das merkwürdig ungute Gefühl wieder ein, das sie am Morgen geplagt hatte. Beruhigt stellte sie fest, dass nichts davon übrig geblieben war.

Arbeit war einfach die beste Ablenkung von trüben Gedanken, stellte die junge Frau nicht zum ersten Male fest. Als sie in den Verkaufsraum zurückkehrte, sah sie, dass bloß noch ein einziger Kunde da war. Allerdings einer, auf den sie gut und gerne hätte verzichten können.

Obwohl ihr Hannes Schwertle, der wichtigste und reichste

Hurenwirt von Konstanz, stets mit Achtung begegnet war, kannte sie seine wahre Einstellung zu Frauen. Was er sich als Gewerbe ausgesucht hatte, mochte ja von Kirche und weltlicher Obrigkeit nicht nur geduldet, sondern sogar begrüßt werden – sie selbst fand es schändlich von einem Mann, sich am »Sündengeld« gefallener Mädchen zu bereichern.

»Was heißt das schon, dass er die Frauen angeblich beschützt?«, dachte sie abfällig. »Genauso wahr ist auch, dass er streng darauf achtet, dass ihm ja keine Dirne, die noch ansehnlich genug ist, um Freier anzulocken, davonläuft. Er beutet die Huren schamlos aus, solange noch ein Mann bereit ist, für sie zu bezahlen. Und will ein Mädchen gar heiraten, verlangt er von ihrem Bräutigam eine solch horrende Summe als Entschädigung, dass es eine Schande ist.«

Magdalena hatte überdies nicht nur einmal Klagen der Betroffenen gehört, dass Schwertle – der bekanntlich beim Kaiser in hohem Ansehen stand – sich keineswegs schämte, Hübschlerinnen, die seiner Ansicht nach faul waren, gnadenlos zu verprügeln …

Irgendwann würde sie dem sauberen Herrn noch ihre Meinung sagen, nahm sie sich vor. Da Frater Gregor und die anderen beiden Klosterbrüder mit Betz im angrenzenden Laboratorium beschäftigt waren, blieb ihr für heute jedoch nichts anderes übrig, als den widerlichen Kunden zu bedienen.

»Guten Tag wünsche ich Euch, schöne Rose von Konstanz«, begrüßte der Hurenwirt sie galant. Magdalena musste an sich halten, um ihren Unwillen nicht zu sehr zur Schau zu stellen.

»Womit kann ich Euch dienen, Hannes Schwertle?«, fragte sie ihn kurzangebunden. Er sollte ruhig merken, dass ihr an seinem Süßholzraspeln nichts lag.

»Oho! So förmlich, schöne Frau?«

»Dies ist eine Apotheke, wie Ihr sicherlich wisst! Und meine Aufgabe ist es, Euch zu beraten, Euch Arzneien zu empfehlen und gegebenenfalls zu verkaufen. Dafür bezahlen mich die Fratres – und nicht für leeres Geschwätz«, konnte Magdalena sich nicht verkneifen, ihm zu entgegnen.

Das saß. Schwertle schluckte. Sein Gesicht lief rot an, und der Blick seiner wässerigen Augen wurde tückisch. Instinktiv fühlte Magdalena seine Wut, und es überlief sie ein Frösteln. Womöglich war sie zu harsch gewesen. Sie musste sich beherrschen, denn Schwertle war ein einflussreicher Mann, dem alles zuzutrauen war ...

Es stellte sich heraus, dass zwei seiner »Mannsräuschlein« – eine ganz junge und eine etwas ältere – an einer merkwürdigen Hautkrankheit litten, die tiefrote Flecken und enormen Juckreiz verursachte.

»Am schlimmsten, sagen die Mädchen, sei es an den Händen und Armen, an den Füßen und Schienbeinen – sowie an einer Stelle, die man vor einer anständigen Frau nicht nennen sollte, wenn Ihr versteht, was ich meine. Aber Ihr seid medizinisch geschult und nicht erst seit heute im Geschäft. Also nehme ich an, dass Ihr nicht zimperlich seid. Ich darf also sagen ...«

»Ihr braucht mir gar nichts zu sagen, Schwertle! Ich habe schon verstanden. Ihr könnt es Euch sparen, den Körperteil, womit Eure Huren ihr und Euer Geld verdienen, laut zu benennen. Ich werde Euch wieder einmal eine Salbe mischen, die Ihr Euren Mädchen zum Einreiben gebt. In drei Tagen sollte der Ausschlag weg sein.«

»Es wäre mir lieber, Ihr würdet Euch die Frauen persönlich ansehen. Ich bin mir nicht sicher, ob es dieses Mal mit einer einfachen Salbe getan sein wird. Jeder Tag, den die

Mädchen ausfallen, kostet mich schließlich ein Vermögen! Den Freiern kann ich sie so nicht präsentieren – aber essen wollen die Frauenzimmer doch!«

Magdalena hatte überhaupt keine Lust, Schwertles Bordell aufzusuchen. »Es ist mir schon klar, dass Ihr kein Wohltäter, sondern ein beinharter Geschäftsmann seid, Schwertle.«

Die Apothekerin verzog spöttisch ihren Mund.

»Dennoch bin ich der Meinung, dass meine Salbenmischung den Ausschlag schnell beheben wird, sofern die Mädchen sie stündlich auftragen und gut in die Haut einreiben. Meiner Anwesenheit bedürfen sie dabei sicher nicht.«

Hannes Schwertle wand sich wie ein Wurm. Er schnitt eine Grimasse, näherte sich Magdalena so weit, dass sie seinen weinsauren Atem riechen konnte, und begann schließlich zu flüstern: »Es verhält sich so, dass ein sehr edler, hochberühmter Herr unter meinem bescheidenen Dach weilt.« Der Bordellwirt hüstelte.

»Ja und?« Die junge Frau wartete auf eine nähere Erklärung und machte es Schwertle absichtlich schwer. »Was habe ich mit diesem Mann zu schaffen?«

»Er hat ein schmerzhaftes Augenleiden.«

»Ich bin kein Arzt für Augenheilkunde.«

»Der Herr kann fast nichts mehr sehen.«

»Das tut mir leid für ihn. Aber muss er die Hübschlerin, deren Gunst er genießt, unbedingt sehen?«, fragte sie spöttisch. Schwertle tat, als überhöre er diesen bösen Scherz.

»Es handelt sich um einen sehr edlen, ja, um einen hochedlen Herrn«, wiederholte er fast hilflos sein Anliegen, das er sich offensichtlich nicht zu konkretisieren getraute.

Magdalena hätte das Spielchen gerne noch länger getrieben. Es bereitete ihr ein diebisches Vergnügen, Schwertle zu ärgern. Aber in diesem Augenblick betrat Frater Gregor die

Apotheke, und sie musste freundlich auf die Wünsche dieses guten Kunden eingehen.

»Meinetwegen«, gab sie nach. »Ich komme mit Euch, sobald ich die Salbe für Eure Mädchen angerührt habe, und sehe mir die Augen dieses überaus wichtigen Herrn an.«

KAPITEL 51

MAGDALENA BETRAT NICHT zum ersten Mal die »Liebeslaube« genannte Unterkunft der Konstanzer Venusdienerinnen. Immer mal wieder bedurften die Insassinnen ihrer Heilkünste. Die Mädchen konnten sie gut leiden, und auch an diesem Tag wurde sie von ihnen freudig begrüßt. Die vom Ausschlag Befallenen rissen ihr die Heilsalbe förmlich aus den Händen. Jede war bestrebt, möglichst bald wieder ihrem Gewerbe nachgehen zu können: Schwertle war kein sehr geduldiger Herr, und Faulenzerinnen konnte er nicht leiden.

Der Hurenwirt verschwand irgendwo in dem pompös ausstaffierten Gebäude, und einer seiner Diener, ein schleimiger Geselle, der Magdalena von Herzen zuwider war, führte sie in einen Raum mit einem breiten Bett und bat sie, auf den »hochedlen Herrn« zu warten.

Die Apothekerin setzte sich auf die mit zahlreichen Kissen bestückte Bettstatt und bereitete sich innerlich auf den ominösen Patienten vor. Von Augenkrankheiten verstand sie eigentlich nicht allzu viel.

»Wenn ich mir nicht sicher bin, mache ich gar nichts, sondern verweise ihn an einen Medicus«, nahm sie sich vor, während sie das Mobiliar des Zimmers genauer betrachtete. Die Einrichtung schien auf den ersten Blick eines Schlosses würdig zu sein. Aber Magdalena war sich sicher, dass die angeblich goldenen Lampen, Kerzenständer, Schalen und Weinpokale nur aus Katzengold oder glänzend polierter Bronze bestanden.

Selbst die erotischen Gemälde an den Wänden, die nackte Frauen und Männer in intimen Situationen und Stellungen zeigten, die die Kirche als Todsünde anprangerte, waren keineswegs von Meistern der Malkunst angefertigt worden, sondern von kümmerlichen Dilettanten. Das Kostbarste daran waren vermutlich noch die vergoldeten Rahmen.

Diese Gestalt gewordene Illusion erschien ihr irgendwie passend. In einem Hurenhaus war alles Talmi: Genauso wenig wie die Gefühle der Huren für ihre Freier echt waren, war es die Ausstattung des Bordells.

Allmählich wurde die junge Frau von Unruhe erfasst. Wo blieb denn der Edle mit den schmerzenden Augen? Vermutlich war das Ganze gar nicht so schlimm, und der Herr wollte zuerst in aller Ruhe für den Obolus, den er entrichtet hatte, von einer der willigen Dirnen bedient werden …

»Wenn er nicht bald auftaucht, gehe ich«, nahm Magdalena sich vor. Da näherten sich schwere Männerschritte auf dem Flur, und gleich darauf wurde die Tür mit Schwung geöffnet.

»Ah! Da seid Ihr ja schon, meine Schöne!«

Mit bemerkenswerter Eleganz riss der Eintretende sich seinen breitkrempigen Hut vom Kopf, warf ihn achtlos in eine Ecke und machte Anstalten, sein Wams abzulegen.

Magdalena verschlug es die Sprache.

»Dich habe ich hier noch nie angetroffen, mein hübsches Kind. Du bist wohl ein Neuzugang Schwertles? Sehr schön! Falls ich mit dir zufrieden bin, werde ich dich ab sofort immer verlangen. Das heißt, für die kurze Zeit, die ich noch in dieser Stadt verbringen werde. Lass dich einmal genauer betrachten, Liebchen.«

Der Herr warf sich neben sie auf das Bett und griff nach ihr. Magdalena aber entwand sich flink den zupackenden Händen Sigismunds – denn es handelte sich tatsächlich um keinen Geringeren als den Kaiser.

Ihr kam die Situation recht vertraut vor, hatte sie Ähnliches doch mit dem ehemaligen Papst Johannes erlebt. Aber dieses Mal war sie älter – und gelassener. Außerdem musste sie in einem Bordell immer damit rechnen, dass man auch sie für eine Hure hielt.

Die Apothekerin brachte sich geschwind in Türnähe in Sicherheit. Offen sah sie dem kaiserlichen Freier, der hier wie üblich sein kostenfreies Vergnügen suchte, ins Gesicht und machte dem Herrscher deutlich, wer und vor allem was sie war:

»Hannes Schwertle hat mich, die Jungfer Magdalena Scheitlin, gebeten, mir die entzündeten Augen eines Herrn anzusehen. Ich nehme an, dieser Herr seid Ihr, Majestät. An der starken Rötung kann ich selbst auf diese Entfernung hin erkennen, dass Ihr Eure Augen durch irgendeinen Gegenstand verletzt haben müsst.«

»Ach, Ihr seid eine Medica?«

Verblüfft musterte der Herrscher die junge Frau von oben bis unten. Inzwischen hatte er sich von dem mit Spitzenkissen überfrachteten Lotterbett erhoben und starrte sie neugierig an. Besonders verlegen schien er Magdalena nicht zu sein …

»Ich bin Apothekerin im Kloster der Franziskaner«, stellte sie sich vor und knickste dabei vor dem Kaiser.

»Ach? Seid Ihr gar die berühmte Rose von Konstanz?«

»Ja, Herr! So belieben mich die Leute zu nennen. Aber

nun lasst mich nach Euren Augen sehen, Herr Sigismund. Wenn Ihr die Güte hättet, Euch zum Fenster zu begeben? Dann kann ich besser erkennen, wie schlimm es wirklich ist, Eure Hoheit.«

Als sie dicht vor dem Kaiser stand, klopfte ihr Herz gewaltig. Er war in der Tat ein ausnehmend gut aussehender Mann. Nicht mehr jung, aber sehr angenehm anzusehen, trotz seiner grauen Haare und des graublond gesprenkelten Bartes. Für den Bruchteil eines Augenblicks ging ihr der sündhafte Gedanke durch den Kopf, was wohl geschehen wäre, wenn sie den Irrtum nicht aufgeklärt hätte …

Rasch schob sie diese gedankliche Verirrung beiseite und stellte sich auf die Zehenspitzen, um dem Herrscher in die blauen Augen sehen zu können, die jetzt allerdings entzündet und feuerrot waren.

»Ich glaube Euch, dass Ihr starke Schmerzen habt, Majestät. Wie ging es zu, dass beide Augen gleichermaßen betroffen sind?«

»Ich war unvorsichtig und habe mich meinem Gaul von hinten genähert, ohne auf seinen Schwanz zu achten. Das Biest hat den Schweif hoch in die Luft geschleudert, und dabei trafen mich die harten Rosshaare im Gesicht und in den Augen. Im ersten Augenblick dachte ich, ich erblinde.«

»Das wird mit Sicherheit nicht geschehen, Herr! Das Ganze wird noch eine Weile wehtun, aber soweit ich es beurteilen kann, habt Ihr Glück gehabt. Ein spitzer, harter Gegenstand im Auge wäre weitaus schlimmer. Ich habe eine Tinktur aus Augentrostblättern dabei, mit der Ihr dreimal am Tag Augenbäder von der Dauer von fünf Vaterunsern vornehmen müsst. In drei Tagen seid Ihr das Übel los, Majestät.«

Um ihren Worten mehr Gewicht zu verleihen, fügte sie

noch hinzu: »Bereits die heilige Hildegard von Bingen hat den Augentrost, ein schwach würziges Kraut, das auf Wiesen und an Wegrainen wächst, in ihrem Werk als schmerzlindernd und heilend empfohlen.«

Der Kaiser musterte die junge Frau sehr genau und was er sah, gefiel ihm außerordentlich. Klug und schön – das war bei Frauen eine Mischung, die ihn faszinierte. Im Stillen überlegte Sigismund, welch einen Gewinn dieses aparte Geschöpf für das Haus des Hannes Schwertle darstellen könnte.

»Schade, mein schönes Kind, dass Ihr Eure Begabung an die Franziskaner verschwendet«, begann er schmeichelnd, um die Lage zu sondieren. Magdalena jedoch war nicht in der Stimmung, mit irgendjemandem, der einen Ort wie diesen aufsuchte, über ihre Berufswahl zu debattieren. Und für ein Getändel war sie sich auch zu schade – selbst wenn es sich um den Kaiser handelte.

»Ich werde nicht mehr lange in Konstanz bleiben, Herr Sigismund«, wehrte sie ab. »Mein Vater hat mir in meiner Geburtsstadt Ravensburg eine Apotheke hinterlassen, und diese werde ich, so Gott will, bald übernehmen.«

»Ach so?«

Der Kaiser schluckte. Dann konnte er sich seine Worte ja sparen. »Na, wenn das so ist …«

Mit einem Mal sah der Herrscher etwas ungnädig drein. Er hatte sich in Gedanken schon einiges ausgemalt … Mit einer fordernden Geste deutete er auf die Flasche, die Magdalena in der Hand hielt.

»Ist das jene Medizin, von der Ihr gesprochen habt, Jungfer? So gebt sie her! Mein Leibdiener wird mir die Augenbäder dreimal am Tag bereiten.«

»Wie Ihr wollt, Majestät! Ich hätte es auch gerne selbst unternommen, Euch – in diesem Falle – zu Diensten zu sein.« Er sollte ruhig merken, dass sie ihn durchschaut hatte … »Sagt Eurem Diener, er soll für jedes Bad dreißig Tropfen in eine kleine Schüssel mit lauwarmem Wasser geben. Nicht mehr, sonst werden die Bindehäute noch mehr gereizt, und nicht weniger, weil das Mittel sonst nicht zu wirken vermag.«

»Ich danke Euch, Jungfer Apothekerin, aber ich bin mir sicher, mein Diener bekommt das hin«, spöttelte er. Frauenkenner, der er war, hatte der Kaiser in der Tat begriffen, dass er bei ihr kein Glück hätte. Infolgedessen schwand sein Interesse an ihrer Person rapide.

Sigismund schwenkte seinen Hut vor ihr, und ein leicht ironisches Lächeln umspielte dabei seinen kleinen, roten Mund. Ehe Magdalena sich's versah, hatte der Kaiser den intimen Raum verlassen. Durch die offene Tür drangen Gläserklirren, Gelächter und die laute Musik mehrerer Fiedeln, eines Dudelsacks und gar einer Trommel herein.

Das Haus schien voll zahlungskräftiger Gäste zu sein, denn für gewöhnliche Freier ließ Schwertle keine Spielleute in seinem Bordell auftreten. Als die Tür ins Schloss fiel, hörte der Lärm schlagartig auf.

Davon, dass der Kaiser die Absicht habe, die Arznei zu bezahlen, war keine Rede gewesen … Magdalena wusste von Vetter Julius, dass der Herrscher überall nur offene Rechnungen hinterließ. Wie es aussah, würde er aus Konstanz verschwinden, und ein Berg von Schulden, die sich niemand einzufordern getraute, würde zurückbleiben.

Sie war gerade dabei, mit dem Rücken zur Tür ihren Arzneikorb aufzuheben, um das Schlafzimmer in diesem Haus des Lasters umgehend zu verlassen, als diese erneut mit Elan geöffnet wurde. Sie beeilte sich nicht mit dem Umdrehen, sondern breitete erst sorgfältig ein Tuch über den Inhalt des Korbes.

Danach richtete sie sich auf und wandte sich dem Ankömmling zu, damit rechnend, erneut dem Kaiser gegenüberzustehen. Womöglich war Seiner Majestät doch noch eingefallen, dass die Medizin nicht umsonst zu haben war.

Wie erstaunt war sie allerdings, als ein untersetzter, sichtlich angetrunkener und vornehm gekleideter Herr lallend auf sie zu stolperte.

»Schö schö schönes Kind«, stotterte er und fiel beinahe hin, als sie zurückwich. Sein ekliger Weinatem drang bis in die hinterste Ecke des Gemachs. »Hahaltet mimich doch!«, krähte der Eindringling empört und klammerte sich im letzten Augenblick an den Bettpfosten. Ein tadelnder Blick aus kleinen, dunklen Triefaugen traf die Apothekerin.

»Klopft Ihr nie vorher an, ehe Ihr einen Raum betretet, mein Herr?«, herrschte ihn die junge Frau an. Da der Beschwipste vergessen hatte, die Tür hinter sich zu schließen, drangen die Geräusche aus dem im Erdgeschoß liegenden Salon des Bordells in voller Lautstärke herein. Allmählich hatte Magdalena genug von dieser Umgebung! Den Henkel ihres Korbes fest umfassend, machte sie Anstalten, sich an dem Mann vorbeizuquetschen und aus dem Zimmer zu flüchten.

»Halt! Wowo willst du denn hihin, Kleine?«

Dem Freier entfuhr ein lauter Rülpser. Es gelang ihm dieses Mal, sich in ihrem Rock festzukrallen, ehe er der Länge nach hinschlug.

»Was fällt Euch eigentlich ein? Ich bin nicht Eure Kleine!«, fauchte Magdalena und schlug dem zudringlichen Kerl auf die Finger, damit er ihr Kleid losließ. Der dachte jedoch gar nicht daran.

»Aua!«, schrie er wehleidig, um gleich darauf zornig zu protestieren: »Iich hab' dafür bebezahlt, du Weibsbild. Und ninicht zu knapp!«

»Das kümmert mich nicht! Ich bin keine von Schwertles Hübschlerinnen, zum Donnerwetter! Wollt Ihr jetzt wohl mein Gewand loslassen?«

»Du du bist keikeine vovon den Huhuren?«

»Himmel noch mal, nein! Ich bin Apothekerin und habe einem Besucher etwas gegen seine Augenschmerzen gebracht. Lasst mich endlich gehen!«

Aber der Herr hatte offenbar Angst hinzufallen, sobald er seinen Griff lockerte. »Hehelft mir, mimich auf das Bett zu setzen, Jungfer«, bat er. »Ich dedenke, ich sollte mich auausruhen.«

Die junge Frau sah keinen Grund, ihm diesen Gefallen zu verweigern. Sie ließ ihren Korb los und fasste den Herrn, der nur um ein Weniges größer war als sie, um die Schultern, welche eine dunkelblaue, mit silbernen Ornamenten bestickte Samtjacke umspannte.

Dass der Mensch offenbar anderes im Sinn hatte, als sich friedlich auf dem Lager niederzulassen und seinen Rausch auszuschlafen, erkannte Magdalena erst, als der Unbekannte sie mit erstaunlicher Gewalt aufs Bett warf und sich regelrecht auf sie stürzte.

»Ha! Schönste aller Schönen, jetzt gehörst du mir!«

Auf einmal stotterte er gar nicht mehr. Zielbewusst wollte er beginnen, ihr die Kleider vom Leib zu reißen. Magdalenas Lage war denkbar schlecht. Die Türen der einzelnen Gemächer waren aus dicken Bohlen gefertigt, um kein Geräusch nach draußen dringen zu lassen. Schwertles Freudenhaus war bekannt für seine Diskretion – nicht umsonst war er der Hurenwirt für die vornehme und edle Kundschaft.

Unten im Saal fand noch immer ein Tanzvergnügen mit lauter Musik statt, und ob man hören konnte, wenn im Oberstock jemand um Hilfe rief, war sehr zweifelhaft. Dennoch beschloss die junge Frau, einen Versuch zu wagen. Immerhin stand die Tür des Zimmers, in dem sie der Freier jetzt massiv bedrängte, noch offen. Außerdem hatte sie keine Wahl: Der Mann war viel stärker als er aussah und ihr drohte ernsthaft Gefahr.

Zumindest gelang es ihr, ihm mit ihren Fingernägeln durchs Gesicht zu fahren und ihm die Haut auf der Nase und an der Stirn böse zu zerkratzen. Dabei schrie sie aus Leibeskräften um Hilfe.

»Heilige Muttergottes«, flehte sie dabei stumm, »mach, dass jemand mich rechtzeitig hört und von diesem Untier befreit. Der Schurke versucht tatsächlich, mich zu erwürgen!« In der Tat hatte der Freier ihr seine sehnigen Hände um den Hals gelegt und drückte fest zu. Schreien konnte sie so kaum noch.

Von unten drangen weiterhin die Musik und das Gekreische und Gelächter der Huren und ihrer Galane herauf. Magdalena glaubte, im Gewirr der Stimmen diejenige des Hurenwirts zu erkennen, der seine Gäste aufforderte, sich ja gut zu amüsieren.

Auch der Mann, der beabsichtigte, ihr Gewalt anzutun, hatte offenbar Schwertles Stimme gehört.

»Jawohl, Hannes! Amüsieren will ich mich auch«, grunzte er und ohrfeigte brutal die hilflos unter ihm Liegende. Magdalena drohten die Sinne zu schwinden.

»Nein! Nein!«, dachte sie panisch. »Ich darf das Bewusstsein nicht verlieren, sonst hat das Schwein leichtes Spiel.«

Wenigstens würgte er sie jetzt nicht mehr, presste ihr jedoch eine Hand auf den Mund, um sie am Schreien zu hindern. Instinktiv nutzte Magdalena die Gelegenheit und ließ ihre Zähne um einen seiner Finger an der rechten Hand zuschnappen. Mit aller Kraft biss sie zu. Gleich darauf schmeckte sie Blut.

»Verfluchtes Biest!«, heulte ihr Peiniger auf und holte aus, um ihr mit der linken Faust einen Schlag zu verpassen, der sie wohl endgültig außer Gefecht setzen sollte.

Magdalena schloss die Augen in angstvoller Erwartung dieses Hiebs, der ihr die Besinnung rauben würde. Ihre Kiefer öffnete sie dennoch nicht. Sie spürte, wie ihre Zähne auf harten Widerstand trafen: Bis auf den Knochen hatte sie den Finger durchgebissen.

Voll Entsetzen erwartete sie das Kommende – es kam jedoch nicht. Im Gegenteil! Sie fühlte, wie sich das Gewicht des schweren Körpers, der sie auf das Bett gedrückt hatte, von ihr hob. Auch der Schlag blieb aus. Überrascht holte Magdalena Luft. Weil ihre Nase allein nicht genügte, um die Lungen wieder mit Atem zu füllen, öffnete sie ihren Mund und ließ dabei den schlimm zugerichteten Finger ihres Angreifers los.

Die Augen allerdings hielt sie immer noch krampfhaft geschlossen. So hörte sie nur einen dumpfen Schlag und ein verdächtiges Knacken.

»Verschwinde, du Schwein! Sonst mach' ich dich kalt und solltest du der Kaiser persönlich sein!«, hörte sie eine männliche Stimme knurren.

Diese Stimme! Unter Tausenden hätte sie sie wieder erkannt! Aber das konnte nicht sein! Gewiss war es ein Irrtum, tiefe Männerstimmen ähnelten sich oft.

Vorsichtig – insgeheim mit einer riesigen Enttäuschung rechnend – öffnete sie ihre Augen einen Spalt weit. Und beinahe blieb ihr vor freudigem Schreck das Herz stehen. Mit einem leisen Schrei fuhr sie hoch und starrte ihren Retter mit weit aufgerissenen Augen an.

»Konrad?!« Sie schluchzte beinahe.

»Magdalena! Du? Was machst du hier in aller Heiligen Namen? Seit wann bist du in einem Hurenhaus zu finden?«

»Seit wann hast du es nötig, zu Hübschlerinnen zu gehen?«, konterte die junge Frau ebenso entsetzt wie erschrocken. »Genügt dir dein Eheweib nicht mehr?«

»Ich bin seit einiger Zeit Witwer«, lautete die knappe Antwort des jungen Kaufherrn. »Aber was ist mit dir?«

Beide hatten sich um den anderen Mann, der Magdalena um ein Haar halbtot geschlagen und geschändet hätte, nicht mehr gekümmert. Er selbst war es, der sich beiden unangenehm in Erinnerung brachte, indem er sich lauthals beschwerte.

Konrad Griesshaber machte ihm allerdings schnell klar, dass es besser für ihn war, ohne Aufsehen zu verschwinden, sonst würde er ihn sich vornehmen – und das wünsche er ihm bei Gott nicht! Dabei baute er sich in voller Größe und Breite drohend vor dem um einiges kleineren Samtwamsträger auf.

»Wenn Ihr es darauf ankommen lassen wollt, Herr, dann würdet Ihr Euch wünschen, es bei dem halb abgebissenen Finger belassen zu haben. Glaubt mir!«

Der andere war kein Dummkopf und wusste, wann es klüger war, aufzugeben. Er trollte sich fluchend. Dieses Mal schloss er sogar die Zimmertür.

»Was denkst du denn von mir? Ich bin Apothekerin bei den Mönchen des heiligen Franziskus.« Magdalena war sichtlich empört. »Man hat mich gebeten, den Kaiser, der beinahe jeden Tag in dem Bordell zu finden ist, von einer kleinen Augenverletzung, hervorgerufen durch einen peitschenden

Pferdeschweif, zu kurieren. Ich wollte gerade wieder gehen, als dieser Kerl hereinkam und ...«

»Mein Gott! Demnach bist du die legendäre Rose von Konstanz, die am ganzen Bodensee bekannte Apothekerin, die schon den früheren Papst behandelt hat? Und jetzt ist auch noch Sigismund dein Patient! Du bist wahrlich berühmt, meine Liebe!«

Der junge Kaufmann betrachtete sie ehrfürchtig.

»Was ist mit Renata geschehen, Konrad? Woran ist sie verstorben?«

Konrads Gesicht verdüsterte sich schlagartig. Die Erinnerung an ihren Tod bereitete ihm immer noch Kummer. Er hatte sich an Renata gewöhnt und sich mit ihren manchmal seltsamen Angewohnheiten abgefunden; so war die ältliche Frau beispielsweise von einem geradezu übertriebenen Aberglauben erfüllt gewesen ...

Sie lebten friedlich nebeneinander her. Ohne Leidenschaft zwar und ohne diese ganz besondere Empfindung, die man gemeinhin »Liebe« nannte, aber mit dem Gefühl gegenseitigen Respekts und absoluten Vertrauens. Als sicher war, dass seine Ehefrau kein Kind mehr empfangen würde, hatte Renata Konrad sogar den Vorschlag gemacht, eine junge, kräftige Magd zu schwängern und deren Sohn als den ihren auszugeben. Sie wollte das Kind einer anderen als den wahren Erben des Handelsunternehmens aufziehen, wollte den Knaben umhegen und umsorgen, als wäre sie dessen leibliche Mutter.

»Aber das habe ich abgelehnt«, murmelte Konrad, der Magdalena so schonend wie möglich die kurze Geschichte seiner Ehe erzählte. »Dass Renata allerdings bereit war, mir dieses Opfer zu bringen, hat mich ihr nähergebracht. Aber es erschien mir nicht rechtens zu sein. Gott hat es offenbar nicht gewollt, dass wir Nachwuchs bekamen.«

»Aber woran ist Renata gestorben, Konrad? Zum Sterben war sie doch noch viel zu jung. Gewiss erlag sie einer Seuche?«

»Nein, Lena. Der Anlass war ein ganz banaler: Ein Wespenstich im Mund hat sie getötet. Gaumen, Zunge und Luftröhre schwollen in kürzester Zeit an, und sie bekam keine Luft mehr.«

»Oh mein Gott! Dann ist deine arme Frau elend erstickt! Wie furchtbar!« Magdalena bekreuzigte sich instinktiv.

»Ja! Friede ihrer armen Seele. Möge sie in der Ewigkeit das Glück erleben, das sie auf Erden so verzweifelt suchte. Bei mir konnte sie es leider nicht finden.«

Beschämt senkte Konrad sein Haupt. Gleich darauf richtete er sich auf und nahm die junge Frau an der Hand.

»Lass uns rasch dieses Haus verlassen, Lena. Ich denke, wir haben einander viel zu erzählen.«

KAPITEL 52

KONRAD FÜHRTE SEINE ehemalige Braut hinaus aus der Stadt, in die Nähe des »Konzils«. Hier am Ufer des Kostritzer Sees fanden sie zwischen dem niedrigen Weidengebüsch ein stilles Plätzchen, fern von allen Menschen. Die letzten Strahlen der Abendsonne spendeten ein wenig Wärme, und Konrad zog seinen Umhang aus und breitete ihn auf dem Sandboden aus, damit Magdalena sich das Kleid nicht beschmutzte.

»Setz dich ruhig neben mich«, bat die junge Frau. »Dein Mantel ist groß genug für zwei. Und dann lass uns endlich miteinander reden.«

Sie wusste allerdings selbst nicht so recht, wie sie das Gespräch beginnen sollte, war sie doch viel zu aufgewühlt und von ihren Gefühlen überwältigt.

»Ja! Allerdings hätten wir das wohl besser bereits damals getan«, stellte Konrad grimmig fest. »Die dazwischenliegende Zeit hätten wir uns wahrlich ersparen können.«

Die Apothekerin entnahm diesen Worten mit freudigem Erschauern, dass ihr ehemaliger Bräutigam auch sein Versagen einsah und nicht nur bei ihr die Schuld suchte. Und dass er offenbar gewillt war, da wieder anzuknüpfen, wo ihre Verbindung einst zerbrochen war … Ihr Herz klopfte zum Zerspringen. Hoffentlich täuschte sie sich nicht! Hatte sie doch niemals aufgehört, ihn zu lieben.

Wie im Traum kam es ihr vor, als Konrad sie in die Arme nahm, eng an seine Brust zog und sie endlich – nachdem er ihr erst eine Weile ganz tief und forschend in die Augen gesehen hatte – küsste. Erst war es nur wie ein zärtliches Erkunden ihrer Lippen durch seinen Mund, ehe sein Kuss leidenschaftlich wurde, bis ihr vor Lust beinahe die Sinne schwanden.

Eine kleine Ewigkeit danach löste sich Konrad von ihr. Er atmete tief ein. »Wie oft habe ich das während meiner Ehe in meinen Träumen erlebt, meine Geliebte! Und beim Erwachen hatte ich Renata gegenüber jedes Mal ein schlechtes Gewissen.«

»Ich denke, dass sie sich freuen würde, wenn sie wüsste, dass du jetzt deine wahre Liebe wiedergefunden hast, Konrad.«

»Habe ich das wirklich, mein Schatz?«

Es klang ängstlich. So, als könne er noch gar nicht wirklich an sein Glück glauben.

»Ja, das hast du, Liebster!«, erklärte Magdalena bestimmt,

und sie wusste plötzlich, dass es richtig war, was sie taten.

»Ich habe beinahe jeden Tag mit großer Sehnsucht an dich gedacht. Als dein Vater mir von deiner Heirat erzählte, war ich todtraurig und zutiefst unglücklich. Mein Oheim Mauritz …«

»Ich weiß«, unterbrach Konrad sie. »Nach Renatas Tod hat mein Vater Albrecht mir endlich die Wahrheit gesagt. Ich weiß inzwischen von der infamen Intrige deines Vormunds und von deiner Suche nach mir, bei der dir dein Vetter Rolf Reichle zu helfen bestrebt war. Und von Gertrude ist mir bekannt, auf welche Weise dieser wackere Mann ums Leben kam! Du hast Schreckliches durchgemacht, meine Liebste.«

Erneut küssten sie einander.

»Aber das Unglück hat nun ein Ende für uns beide.« Konrad Grießhaber sagte dies ganz bestimmt. »Nie mehr werde ich meinen Fuß in Schwertles Haus setzen, sondern meine geliebte Braut – wenn auch mit einiger Verspätung – endlich heimführen! Und du, Geliebte, wirst die Apotheke und das Haus deines Vaters in Besitz nehmen, in dem sich Mauritz breitgemacht hat. Margret hat ihn übrigens verlassen. Sie ist zu ihrer Schwester nach Aulendorf geflohen, nachdem ihr Ehemann sie wieder einmal geschlagen hatte. Bertwin, sein Sohn, ist ebenfalls schon längere Zeit fort aus Ravensburg. Er hat sich angeblich den aufständischen schweizerischen Eidgenossen angeschlossen und gilt als verschollen.«

Das musste Magdalena erst einmal verdauen. Die liebe Tante Margret würde sie womöglich nie mehr wiedersehen …

Ängstlich sah Magdalena zu Konrad auf.

»Ich muss dir auch noch etwas sagen, Geliebter.«

Es fiel der jungen Frau nicht leicht, all das Entsetzliche erneut auszugraben. Aber sie wusste: Der Mann, den sie liebte und der sie zur Ehefrau nehmen würde, hatte ein Recht darauf, alles zu erfahren – auch die schmerzliche Tatsache, dass sie sein Kind verloren hatte.

Unterdessen brach das Jahr 1418 an, und ehe Magdalena auch nur einmal zur Ruhe kam, ging der ungewöhnlich milde Winter bereits in einen warmen Frühling über. Ganz Konstanz fieberte mittlerweile der feierlichen Abschlussversammlung des Konzils entgegen, die für den 22. April anberaumt war. Noch einmal vereinbarten die Konzilsväter – soweit sie sich noch in Konstanz aufhielten – den Beschlüssen gemäß in fünf Jahren wieder zusammenzukommen.

Magdalena, Doktor Julius Zängle und sein gesamter Hausstand sowie Konrad Grießhaber standen vor dem Münster, um den feierlichen Abzug der Honoratioren aus der Stadt zu beobachten.

Der Ravensburger Kaufmann hatte Absprachen mit einem Konstanzer Handelspartner getroffen und würde bald die Heimreise antreten – dieses Mal allerdings in Begleitung seiner Braut Magdalena. Die vergangenen Wochen über hatten die beiden viel Zeit miteinander verbracht, und schon bald war es ihnen so vorgekommen, als seien sie nie getrennt gewesen. Feierlich hatten sie beschlossen, von nun an die Vergangenheit ruhen zu lassen und nicht mehr über Renata sowie Magdalenas unglückselige Reise nach Italien zu sprechen.

Zuerst kamen zwölf Ritter, deren Pferde mit scharlachrotem Tuch bedeckt waren, dahinter vier Ritter mit Kardinalshüten, die ihre Reittiere jedoch am Zügel führten. Als Nächstes folgte Seine Heiligkeit, Martin V., hoch zu Ross, an seiner Seite Kaiser Sigismund, den Zaum des päpstlichen Reittieres haltend.

Daneben marschierte mit stolzer Miene der Hohenzoller Friedrich, der einstige Burggraf von Nürnberg.

Sämtliche Glocken der Konstanzer Kirchen läuteten ohrenbetäubend laut, als der imposante Zug sich in Richtung Gottlieben bewegte.

»Wo wird der Heilige Vater in Zukunft Quartier nehmen?«, erkundigte sich Konrad bei seinem künftigen Verwandten Julius. »Nach Rom kann er doch nicht, der vielen Condottieri wegen, die sich dort täglich heiße Straßenkämpfe liefern und die Stadt restlos ausplündern.«

»So ist es, da habt Ihr Recht, Konrad. Avignon ist ihm auch verwehrt, diese Stadt ist viel zu sehr mit dem leidigen Schisma verbunden. So hat sich der Papst dazu entschlossen, über Schaffhausen und Genf zunächst Mailand anzusteuern. Er muss sich darüber im Klaren sein, dass er ein Kirchenfürst ohne Land ist. Vom Kirchenstaat gehört ihm im Augenblick nicht das kleinste Stück.«

»Wird der Kaiser sich ebenfalls von Konstanz verabschieden?«, wollte Magdalena wissen. Auch sie wandte sich ganz selbstverständlich an den Notar Zängle, war er doch der Mann, der immer noch gute Kontakte zu allen Konzilsteilnehmern besaß.

»Herr Sigismund will noch hier in der Stadt verweilen«, sagte er, während er den davonreitenden Herren nachschaute. »Der Kaiser will Konstanz noch ein Geschenk machen. Aus Dankbarkeit dafür, dass die Stadt so mustergültig all die Gäste bewirtet hat – was bekanntlich nicht immer ganz leicht war.«

»Bei der andauernden Geldknappheit des Kaisers kann

dieses Dankesgeschenk nicht besonders groß sein.« Magdalena verbiss sich das Lachen.

»Wie wahr! Kosten darf es den Kaiser nichts. Aber er zeigt sich trotzdem ziemlich großzügig. So erhält Konstanz von ihm die Landschaft Thurgau samt dem Wildbann – also den Jagdrechten – und der Vogtei Frauenfeld mit sämtlichen Rechten – allerdings um die Zahlung der Kleinigkeit von dreitausendeinhundert Gulden! Eigentlich hatte sich Sigismund sogar vierhundert Gulden mehr erhofft, aber da blieben die Ratsherren der Stadt eisern. Aber das ist noch nicht alles. Den schwäbischen Bürgermeister Hans von Ulm will er für seine besonderen Dienste zum Ritter schlagen. Konstanz erhält außerdem den Blutbann sowie das Recht verliehen, in Petershausen Todesurteile auszusprechen und zu vollziehen. Dazu bewilligt uns der Herrscher eine Handelsmesse, was für Konstanz von großer Bedeutung ist. Dass die Stadt in Zukunft mit rotem Wachs siegeln wird statt mit weißem und zum Zeichen der Blutgerichtsbarkeit einen roten Wimpel über ihrem Wappenschild führen darf, sind dagegen nur Kleinigkeiten.«

Zängles Mühen, alles für das Konzil zu koordinieren und organisatorisch möglichst reibungslos am Laufen zu halten, blieben für den Rechtsgelehrten indes auch nicht ohne Lohn: Immerhin verlieh ihm der Kaiser vor seinem Auszug aus Konstanz noch einen Adelstitel.

Die Beförderung zum »Freiherrn von Zängle« war Anlass für eine ganz besondere Feier im Haus zum Goldenen Bracken.

Seine erheblichen Schulden beglich Kaiser Sigismund in der Tat nicht. Nach seiner Gewohnheit vergaß er sie schlichtweg, und keiner der Stadtväter hatte das Herz, den Herrscher daran zu erinnern. Im Gegensatz zu Papst Martin verließ der Kaiser die Stadt Konstanz ohne jegliches Spektakel. Beinahe lautlos ritt er mit seinem Gefolge, unter dem sich auch Magdalenas Vetter Albrecht von Meinrad befand, in Richtung Ungarn davon; ein Land, dessen Königstitel Sigismund ja gleichfalls trug. Dort gab es wieder einmal Ärger mit den Osmanen.

Die Brüder Jakobus, Andreas und Johannes hatten der Konzilsstadt gleich nach der Wahl des neuen Papstes Lebewohl gesagt und den langen Weg zurück in ihr Alpenkloster angetreten – Johannes mit einer gewissen Wehmut im Herzen: Musste er doch seine heimlich angebetete Donna Lena zurücklassen …

Auch Vetter Julius Zängle fiel der Abschied von der jungen Apothekerin nicht gerade leicht. Nicht selten hatte er mit dem Gedanken gespielt, wie es wohl wäre, sich aus einem ältlichen Hagestolz in einen jungen Ehemann zu verwandeln.

Betz hingegen, seit kurzem frischgebackener Pharmazeut, ließ seine ehemalige Herrin und Lehrmeisterin leichteren Herzens ziehen, hatte der Jüngling sich doch im Laufe der Zeit tatsächlich der Dienstmagd Änneli zugewandt. Beide waren sehr verliebt ineinander und beabsichtigten zu heiraten, sobald Julius sein Einverständnis erteilte.

Der Notar vermochte seiner scheidenden Base noch ein ganz besonderes Abschiedsgeschenk zu machen: Das städtische Gericht von Konstanz hatte entschieden, dass Magdalena Scheitlin die rechtmäßige Erbin ihres Vaters Georg war und ihr die Apotheke samt dem Wohnhaus mit allem Inventar fraglos zustand. Die Richter in Ravensburg schlossen sich dem Urteil einstimmig an.

»Deinem Oheim wurde eine Frist eingeräumt, binnen derer er dein Elternhaus zu verlassen hat. Das müsste inzwischen geschehen sein. Viel hat der Mann ja nicht mitzunehmen, außer den paar Sachen, womit er eingezogen ist«.

Vetter Julius klang sehr zufrieden. Die leuchtenden Augen Magdalenas entschädigten ihn tausend Mal für seine Anstrengungen, derer es bedurft hatte, die Richter in Konstanz zu überzeugen. Vaterlose, alleinstehende Jungfern hatten es im Allgemeinen nicht so leicht, vor Gericht zu ihrem Recht zu kommen.

»Woher kommt eigentlich der Hausname ›Zum Goldenen Bracken‹?«, erkundigte sich Konrad bei Magdalena, als beide an einem ihrer letzten Tage in Konstanz durchs Wollmatinger Moos schlenderten und die junge Apothekerin nebenbei Heilkräuter pflückte.

»Der erste Eigentümer des Hauses an der Prozessionsgasse vor gut einhundert Jahren war der damalige bischöfliche Leibjäger. Bekannt war dieser Vorfahr meines Vetters Julius nicht nur für seine Treffsicherheit beim Wildbretschießen, sondern auch für die Zucht einer besonderen rotbraunen Spürhundrasse, den Bracken. Der Name des Wohngebäudes hat sich bis heute erhalten.«

»Weil wir gerade von Häusern sprechen, mein Schatz!«

Konrad verhielt seinen Schritt, fasste Magdalena am Oberarm und drehte sie zu sich.

»Ich nehme doch an, dass du mit mir ins Haus meines Vaters Albrecht ziehst? Oder störst du dich an der Tatsache, dass vor dir eine andere Hausfrau dort das Regiment geführt hat?«

»Natürlich nicht, Liebster! Es ist doch guter alter Brauch, dass die Söhne eines Mannes unter dem ehemaligen Dach seines Vaters aufwachsen.«

»Es freut mich, Liebste, dass du so denkst!«

Sie küssten sich innig. Zeugen hatten sie nicht zu befürchten. Außer einigen Enten und Moorhühnchen war hier niemand.

Ehe sie ihren Weg durchs Moor fortsetzten, brachte Konrad noch etwas zur Sprache, das ihm am Herzen lag: »Was hast du eigentlich mit deinem Vaterhaus vor? Dein Oheim ist fort, seine Ehefrau hat das Weite gesucht, ihr Sohn ist irgendwo in der Schweiz verschollen, und deine Großmutter lebt längst nicht mehr. Willst du es etwa leerstehen lassen? Du solltest einmal ernsthaft darüber nachdenken, Liebste. «

»Das habe ich bereits, mein Schatz! Ich fände es am besten, die Stadtapotheke in das Untergeschoss des Gebäudes zu verlegen. Das bedeutet gleichzeitig eine größere Wohnung für Wenz Traugott, den Apotheker. Er verrichtet seit Jahren gute Arbeit und er soll mich auch weiterhin unterstützen. Vielleicht findet er eine Ehefrau und wird in Ravensburg dauerhaft ansässig.

Das Wichtigste aber scheint mir, dass ganz oben eine Bleibe für Muhme Margret sein soll. Sie könnte doch die Räume von Großmutter Elise beziehen. Entweder sie bewohnt das zweite Geschoß allein – oder doch vielleicht irgendwann zusammen mit ihrem Sohn Bertwin, sobald dieser genug vom Herumstreunen hat!«

»Du bist nicht nur eine sehr schöne und außergewöhnlich kluge Frau, meine geliebte Rose, sondern auch eine mit einem goldenen Herzen.«

Konrad strahlte und schloss seine Liebste erneut in die Arme. »Was kann mir Besseres widerfahren, als zusammen mit dir alt zu werden, Röschen?«

»Das wollen wir hoffen, mein Liebster. Aber jetzt sind wir

beide noch herrlich jung, nicht wahr? Und diese Jugend wollen wir endlich gemeinsam genießen.«

Dagegen ließ sich nun nichts Vernünftiges einwenden. Das Alter würde noch früh genug auch zu ihnen kommen …

Trotz der langen Abwesenheit fühlte Magdalena sich bald wieder heimisch in ihrer Vaterstadt Ravensburg. Ruhig und beschaulich kam es ihr vor und längst nicht so hektisch, wie es im wirbeligen Konstanz gewesen war. Sie vermisste die Konzilsstadt keineswegs, auch die berühmten und bedeutenden Männer, deren Weg sie gekreuzt hatte, waren bald nur noch eine blasse Erinnerung für sie.

Beim ersten Gang durch die Stadt stellte sie erstaunt fest, dass sich nahezu nichts verändert hatte. Ein paar neue Häuser waren anstelle der alten, die vermutlich einem Brand zum Opfer gefallen waren, errichtet worden. Das Mauerwerk der Stadttürme und -mauern hatte man ausgebessert, und wieder einmal unternahm man einen halbherzigen Anlauf, die Privilegienbestätigung König Wenzels bezüglich der Schiffbarmachung der Schussen bis zum Bodensee in Angriff zu nehmen.

Laut Konrad Griesshaber zeugte das zwar vom Unternehmergeist der Ravensburger, aber seiner Meinung nach würde der Plan aus politischen und technischen Gründen wohl niemals verwirklicht werden.

»Die Reichsstände zwischen unserer Stadt und dem Bodensee haben das notwendige Gelände immer noch nicht zur Verfügung gestellt. Und selbst wenn! Wie sollte die Bürgerschaft die ungeheuren Summen zur Durchführung des Projekts jemals aufbringen? Als man die Sache vor gut zwanzig Jahren erstmals ins Auge fasste, schwebte den Ravensburger Großkaufleuten das Beispiel der niederländischen Handelsstadt Brügge vor, die durch einen Kanal mit der Nordsee verbunden ist. Was man bei uns nicht bedachte, war die Tatsache, dass die Brüggener infolge ihrer geringen Höhe über dem Meer und infolge des sehr flachen Landes keine allzu großen baulichen Schwierigkeiten zu überwinden hatten …«

Eine geringfügige Neuerung bestand in dem Verbot der Behörden, in der Stadt Tauben zu halten. Das hatte die Obrigkeit vor vierzig Jahren und zwischendurch immer wieder durchzusetzen versucht, bislang allerdings ohne Erfolg. Für die Bürgerschaft war die Nutztierhaltung innerhalb der Stadtmauern unerlässlich, und Tauben gehörten, wie anderes Federvieh, einfach dazu. Als Magdalena aus ihrer Vaterstadt geflohen war, hatte der Rat der Stadt zwar ein Auge zugedrückt, jedoch als Kompromiss verlangt, dass vor den Taubenschlägen nirgendwo Futterbretter über Hauswand und -dach hinausragten. So sollten Spaziergänger auf der Gasse vom Kot dieser Vögel verschont bleiben.

Alles in allem war jedoch, wie Magdalena mit Genugtuung feststellte, beinahe alles beim Alten geblieben.

KAPITEL 53

Es war überstanden. Mit Muttergottes und Muhme Gertrudes Hilfe schenkte Magdalena im Sommer 1420 einem gesunden Kind das Leben.

Der Vater des Kleinen – und mehr noch der Großvater – waren vom langen Warten, den gelegentlichen, durchdringenden Schreien der Kreißenden und dem geschäftigen Treppauf, Treppab der Dienerschaft ganz benommen. Endlich, nach achtzehn Stunden Wehen, vernahmen beide einen seltsam hohen Schrei, vergleichbar dem Krähen eines heiseren, jungen Hahnes.

Wie von einer wilden Hornisse gestochen, stürzten die zwei Kaufleute aus Albrechts Gemach, wo sie die letzten Stunden verbracht und versucht hatten, ihre ungeduldige Sorge mittels mehrerer Partien Schach zu verdrängen.

Eine ältere Magd kam ihnen entgegen. »Es ist ein Büble!«, rief sie, »Ihr habt einen Erben, Herr Konrad!«

Konrad überholte auf den Stiegen seinen etwas behäbig gewordenen Vater und riss die Tür des Schlafzimmers auf, wo Magdalena blass und erschöpft, aber zufrieden lächelnd in den verschwitzten Kissen lag.

»Wie geht es dir, meine herzallerliebste Lena?«, fragte er, fiel an der Seite des Bettes auf die Knie und ergriff ihre beiden Hände. Dann küsste er sie voll Dankbarkeit und legte ihr eine goldene Kette um, die einst seiner eigenen Mutter gehört hatte.

»Mir geht es sehr gut, dank Muhme Gertrude«, antwortete Magdalena leise mit leuchtenden Augen. »Schau, sie bringt dir unseren Sohn!«

Konrad stand auf und wandte sich der stadtbekannten Wehmutter und Heilerin zu.

»Hier nehmt, Herr Konrad! Ihr seid jetzt der glückliche Vater eines prachtvollen Knaben«, sagte sie und reichte ihm den sauber gewaschenen und in eine weiche Windel gebetteten Säugling. Als der Vater sein Kind auf den Armen trug, schlug Gertrude den Stoff auseinander. »Seht selbst, Herr, und überzeugt Euch vom Geschlecht Eures Nachwuchses«, lachte sie. Dann bedeckte sie erneut den winzigen Körper des bereits kräftig brüllenden Säuglings.

»Und Ihr, Herr Albrecht«, wandte sie sich an den inzwischen ebenfalls eingetroffenen ältlichen Kaufmann, »Ihr seid nun stolzer Großvater und habt die Gewissheit, dass Euer Handelshaus die Zeit überdauern wird – zumindest die, die Euch und Eurem Sohn auf unserer Erde zugemessen ist.«

»So Gott, der Herr, es will«, gab Albrecht zur Antwort und wischte sich heimlich eine Träne aus dem Augenwinkel.

Konrad übergab, wie es der Brauch verlangte, seinem Vater das Bündel mit dem kleinen Menschlein, damit er es als Erben des Hauses und Mitglied der Familie Grießhaber begrüßte. Der nahm vorsichtig das Kind in den Arm und betrachtete aufmerksam den Kleinen, der zu schreien aufgehört hatte.

»Du bist also mein Enkelsohn«, brachte der Senior des Hauses mit rauer Stimme hervor. »Nach altem Brauch soll der Erstgeborene in unserer Familie immer wie der Vater seines Vaters heißen, also Albrecht. So sei es auch dieses Mal.«

Konrad beugte sich zu seiner Frau nieder und küsste sie liebevoll.

»Ich danke dir von ganzem Herzen, du, meine Rose von Konstanz«, sagte er leise, so dass nur die am nächsten stehenden Verwandten Gertrude und Margret ihn verstehen konnten.

»Ich habe auch noch eine Überraschung für dich«, flüsterte er ihr ins Ohr und grinste breit.

»Was ist es denn? Bitte, Konrad, spann mich nicht auf die Folter! Du weißt, wie neugierig ich bin.«

»Oh ja, das weiß ich«, lachte der frischgebackene Kindsvater und sah sich nach seinem eigenen Vorfahren um, der gerade mit zittrigem Finger über das Näschen seines Enkels strich, ehe er das Kind Gertrude zurückgab.

»Jemand lässt dich, mein Schatz, ganz herzlich grüßen und dir ausrichten, dass ihre innigen Gebete für dich, das Kind und eine glücklich verlaufende Geburt zur Mutter Gottes in den Himmel aufsteigen werden. Offenbar hat es geholfen! Und dieser Jemand – wie du bemerkt hast, handelt es sich um eine Frau – bittet dich ernsthaft, sie, so bald es dir möglich ist, mit deinem Sohn aufzusuchen.«

»Wie lieb von der Dame«, antwortete Magdalena erfreut. »Aber ich weiß immer noch nicht, um wen es sich dabei handelt, Konrad.«

»Warte! Ich gebe dir eine Hilfe: Auch alle anderen Damen, die mit ihr zusammen in Gemeinschaft leben, dachten an dich in deiner schweren Stunde, haben dich in ihre Gebete eingeschlossen und wünschen sich, dich recht bald wiederzusehen. Na?«

»Nein! Das kann doch nicht sein! Du sprichst doch nicht etwa von der Mutter Oberin, von der Ehrwürdigen Mutter Notburga, und ihren Mitschwestern?«

»Genau so ist es, mein Liebes! Die Leiterin von Sankt Marien am See hat dir längst alles verziehen. Die Ehrwürdige Mutter bedauert zutiefst den Betrug durch deinen Oheim, und sie wünscht sich nichts mehr, als dass du ihr vergeben mögest, dass sie so nachlässig war und sich nicht genauer über deinen Vormund erkundigt hat.«

»Amen.«

Das kam von Großvater Albrecht. Mit energischem Schritt, aber großer Verlegenheit im Gesicht, näherte sich der alte Kaufherr dem Lager seiner Schwiegertochter.

»Auch ich habe dir Abbitte zu leisten, meine Tochter«, begann er und ließ sich neben ihr am Rand des Bettes nieder, wo Konrad ihm jetzt bereitwillig Platz machte.

»Ich habe allerhand Schuld auf mich geladen, Magdalena, indem ich an Mauritz Scheitlins Angaben nicht gezweifelt habe, obwohl er mir als unglaubwürdiger Mensch bekannt war. Niemals hätte ich seinen Lügen Glauben schenken dürfen. Ich hätte dich wahrlich besser kennen müssen, als dir zuzutrauen, deinen Bräutigam auf solche Weise im Stich zu lassen. Ich war einfach dumm! Kannst du einem alten Esel, der dich inständig darum bittet, verzeihen, mein liebes Kind?«

»Herr Albrecht! Stellt Euch nicht schlimmer dar als Ihr es seid! Die meisten wären vermutlich auf meinen gewitzten Oheim hereingefallen! Das beste Beispiel sind die Räte von Ravensburg, die ausgerechnet ihn als meinen Vormund bestellt haben. Und wie ihr wisst, ist auch Mutter Notburga von Mauritz hereingelegt worden. Also, ich bitte Euch: Nehmt es Euch nicht mehr zu Herzen! Es ist doch alles gut geworden. Freut Euch lieber an Eurem Enkelsohn, lieber Großvater!«

Die Hebamme Gertrude und alle anderen im Gebärzimmer konnten sehen, wie der angesehene Kaufmann mit dem Silberhaar sich über die Hand Magdalenas beugte, die langsam ihre gesunde Farbe zurückgewann und mehr denn je einer voll erblühten Rose glich, und sie ehrfurchtsvoll küsste.

»Du machst mich sehr glücklich, Tochter«, flüsterte er dabei. Erneut wurden seine Augen nass. Dann erhob er sich, blieb jedoch vor dem Bett noch stehen, als schwere Schritte sich auf dem Flur näherten. Es hörte sich nach den Stiefeln mehrerer Männer an.

»Auch ich habe eine kleine Überraschung für dich, mein Kind«, verkündete der alte Mann strahlend und strich sich das schwarze Seidenwams glatt. Alle blickten gespannt auf ihn, als er aus der Tasche seines Überrocks ein zusammengefaltetes Schriftstück zog.

»Die Herren, welche dir jetzt gleich ihre Aufwartung machen werden, haben es ermöglicht und möchten sicher Zeugen davon sein, wie du dich darüber freust.«

Gertrude, die den jüngsten Spross des Hauses in seine

Wiege gelegt hatte, in der seit hundert Jahren jeder Sohn des Kaufmannsgeschlechts Grießhaber schlummerte, trat ebenfalls näher, um zu erfahren, was Albrecht für Magdalena vorbereitet hatte. Es klopfte, und eine Magd ging, um zu öffnen.

Vier Honoratioren der Stadt Ravensburg waren es, die der jungen Mutter die Ehre erweisen wollten, sie zur Geburt eines gesunden Sohnes im Namen der Gemeinde zu beglückwünschen. Es handelte sich um den ehemaligen Bürgermeister Jodok Finsterwald – der »nur« noch Ratsherr war, weil das Stadtrecht eine nochmalige Kandidatur als Schultheiß nicht erlaubte – und um den Stadtpfarrer Simon Auersberg sowie die beiden Ratsherren Burkhard Scheuringer und Karl Meusle.

An dem stolzen Großvater war es nun, allen die große Überraschung zu verkünden, dass die Räte der Stadt einstimmig beschlossen hatten, Magdalena Maria Elisabeth Grießhaber, geborene Scheitlin, zur alleinigen Inhaberin der väterlichen Apotheke zu ernennen und zugleich – als erste Frau – zum ordentlichen Mitglied in der Großen Handelsgesellschaft Ravensburg.

Selbst ihrem Ehemann Konrad hatten die Herren vorher nichts von dieser außergewöhnlichen Ehre verraten. Der junge Kaufmann war perplex, aber sobald er sich gefangen hatte, war er beinahe außer sich vor Freude und Stolz.

Magdalena indes war einfach sprachlos. Beinahe zu vieles stürmte an diesem Tag auf sie ein. Erst die schwere, aber glücklich verlaufene Geburt, dann die öffentliche Versöhnung mit ihrem Schwiegervater – und nun diese Ehrung durch die angesehene Kaufmannsgilde!

Spontan beschloss die junge Ehefrau und Mutter, sowohl der Stadtpfarrkirche als auch dem Gildehaus der Ravensburger Kaufleute ein buntes Glasfenster zu stiften, das jeweils das Zeichen ihres Berufsstandes abbilden sollte: Mörser und Stößel sowie eine Apothekerwaage inmitten eines Kranzes von Heilkräutern.

Das löste wiederum große Befriedigung bei den Ratsherren und dem Geistlichen der Stadt aus. Sie ließen »die Rose von Konstanz, die sich offenbar anschickte, die Rose von Ravensburg zu werden«, wie der einstige Schultheiß sich unerwartet galant ausdrückte, hochleben, und Pfarrer Simon traf mit dem Kindsvater eine Absprache bezüglich der Taufe des neuen Erdenbürgers, der mittlerweile friedlich in seiner Wiege schlief.

Als sie jedoch sahen, dass die Wöchnerin völlig erschöpft war und auch Gertrude von Reuchlin ihre Autorität als Wehmutter ins Spiel brachte, brachen die Gratulanten auf. Die Geburtshelferinnen und Mägde sowie die Familienangehörigen verließen gar auf Zehenspitzen den Raum.

Nur Konrad verweilte noch am Bett seiner Ehefrau. Er hielt ihre Hände, schaute in ihr zwar müdes, aber glückliches Gesicht, das seine gewohnte rosige Färbung wiedererlangt hatte, strich ihr sacht über die Stirn und küsste sie noch einmal innig. Dann schmunzelte er.

»Ob nun von Konstanz oder von Ravensburg – mir ist das einerlei, Liebste! Ich weiß, dass du meine Rose bist – und zwar für immer.«

FINIS

EPILOG

Das grosse Konzil war nach vier Jahren einigermaßen glücklich zu Ende gegangen. Alle Teilnehmer waren sich darüber einig, dass es die bisher bedeutendste aller Kirchenversammlungen war. Nicht allen am Konzil aktiv Beteiligten war es vergönnt, nach dieser ereignisreichen Zeit in ihr Heimatland zurückzukehren.

Jean le Charlier de Gerson etwa, dem Kanzler der Sorbonne, war die Heimkehr nach Paris verwehrt. Der Grund lag in den Spannungen zwischen ihm und dem herzoglichen Hof in Burgund. Die Burgunder waren nämlich mittlerweile die Herren von Paris. Gerson zog sich zurück ins Kloster Melk – in der Hoffnung, irgendwann in sein Vaterland zurückkehren zu dürfen. Das geschah in der Tat; im Jahre 1429 starb Jean Gerson in Dijon.

Ähnlich erging es Stephan Paletsch, dem früheren Bundesgenossen und späteren Gegner und Hauptankläger vor Gericht von Johannes Hus, dem böhmischen Reformator und Märtyrer. Paletsch ging nach Polen, wo ihm eine Professur an der Universität in Krakau versprochen war. Dort verlor sich seine Spur.

Was war aus Johannes XXIII. geworden? Bis zum Januar 1418 befand er sich in Heidelberg unter der strengen Aufsicht des Pfalzgrafen Ludwig. Ein Versuch des Mainzer Kurfürsten, der immer noch sein treuer Anhänger war, ihn aus der Haft zu befreien, war gescheitert. Kaiser Sigismund befahl stattdessen, Baldassare Cossa dem neu gewählten Papst zu überstellen. Cossa bezahlte dem Pfalzgrafen Ludwig die stolze Summe von 30000 Gulden »Verpflegungsgeld«. Man darf annehmen, dass es die Florentiner Kaufmannsfamilie Medici war, die ihm diesen enormen Betrag vorstreckte. Mitte Juni 1418 fiel Cossa Papst Martin V. zu Füßen.

Nach einigem Überlegen, was mit diesem anrüchigen Vorgänger zu tun sei, entschied der neue Pontifex, ihn zum Kardinalbischof von Tusculum zu ernennen. Bereits im Dezember des darauffolgenden Jahres verstarb der einstige Pirat. Es waren wiederum die Medici, die sein Grabmal stifteten; sie ließen es von Donatello höchst kunstvoll gestalten.

Der einstige Gegenpapst Benedikt XIII. dachte nicht daran, als Oberhirte zurückzutreten. Er lebte ungestört in seinem uneinnehmbaren Felsennest Peñiscola im Norden des Königreichs Valencia noch bis zum Jahre 1424.

Die Abdankung des dritten Schisma-Papstes, Gregor XII., hingegen verlief ohne Komplikationen. Der fast neunzig Jahre alte Herr hatte bereits am 15. Juni 1415 seinen Protektor Carlo Malatesta, Signore di Rimini, nach Konstanz entsandt. Am 4. Juli 1415 hatte dieser eine viel beachtete Rede im Münster gehalten und zugleich die Abdankung Gregors feierlich bekanntgegeben.

Gregor XII., mit bürgerlichem Namen Angelo Correr, überlebte seine Abdankung noch zwei Jahre. Am 18. Oktober 1417 starb er als Kardinalbischof von Porto in Recanati, wo er im Dom begraben wurde.

Am 16. August 1419 starb König Wenzel von Böhmen kinderlos an einem Schlaganfall. Eigentlich wäre sein Bruder Sigismund sein Nachfolger gewesen. Aber die Böhmen hassten ihn wegen seines Wortbruchs Jan Hus gegenüber. Es kam zu blutigen Kämpfen und in der reichen Silberstadt Kuttenberg gar zu Massakern an den Hussiten. Sigismund aber triumphierte zu früh. Der Krieg ging weiter. In einer Reihe von Bischofsstädten außerhalb Böhmens brachen Aufstände aus. In Brandenburg, Thüringen und Bayern gewannen die Hussiten immer mehr Anhänger.

Der päpstliche Legat rief zum Kreuzzug auf. Das Erscheinen der Kreuzfahrer bewirkte vor allem den Schulterschluss von Radikalen und Gemäßigten unter den Hussiten. Sigismund ließ sich unterdessen auf dem Hradschin zum König von Böhmen krönen. Als er Prag wieder verließ, blieb ihm nicht viel mehr als der Titel …

Die Auseinandersetzungen gingen weiter – mit wechselndem Kriegsglück. Beim dritten Kreuzzug, in der bis dahin blutigsten Schlacht bei Aussig an der Elbe, wurde das Kreuzzugsheer praktisch vernichtet. Die Hussiten trugen jetzt den Krieg nach außen und wandten dabei die Methode der verbrannten Erde an.

»Die Hussiten kommen!«, wurde zum Schreckensruf in allen Ländern, die an Böhmen angrenzten. Insgesamt fünf Kreuzzüge wurden unternommen, um der Hussiten Herr zu werden. Aber es schien kein Kraut gegen sie gewachsen. Wo immer Städte ihnen Widerstand leisteten, machten sie die Gegner nieder bis zum letzten Mann. Auf eines jedoch achteten die Hussiten immer: Frauen und Kinder wurden verschont.

Schließlich war man gezwungen, die gefürchteten Ketzer zum Konzil in Basel einzuladen. Im Dezember 1432 zogen sie in die Konzilsstadt ein, samt gemäßigten Vertretern des böhmischen Adels. Inmitten des Konzilssaales erhielten die Böhmen ihre Plätze und konnten ihre Forderungen vortragen – etwas, das man 1415 Magister Jan Hus noch vehement verweigert hatte. Am 30. November 1433 kam ein Kompromiss zustande. Die Böhmen wurden als die »ersten Söhne der katholischen Kirche« bezeichnet.

In Böhmen selbst hatten sich die Truppen der Hussiten inzwischen in einzelne Banden aufgesplittert. Die Lage wurde zusehends unübersichtlicher. Die Katholiken gewannen an Boden. Am 30. Mai 1434 schließlich erfolgte die totale Niederlage der Anhänger des Jan Hus. Es war der Tag, an dem die hussitische Revolution durch einen tragischen Bruderkampf zu Ende ging.

Papst Martin V. traf im Oktober 1418 in Mailand ein. Das politische Geschehen in Italien wurde damals bestimmt von Profi-Söldnern, den Condottieri. Ohne einen namhaften Condottiere konnte sich kein Adliger an der Macht halten, und auch der Papst durfte ohne einen solchen nicht daran denken, jemals in Rom einzuziehen. Martin V. wählte sich den Condottiere Andrea Braccio da Montone aus Perugia aus, dem das Volk frenetisch zujubelte. Diese Stimmung unterstreicht ein Liedchen, das die Gassenjungen in Florenz sangen:

Braccio, der starke Held, der besiegt die ganze Welt;
für den Papst Martin daneben, würd' man keinen Heller geben.

Der Heilige Vater war über die Missachtung seiner Person zwar zutiefst gekränkt, aber er brauchte den Kriegsmann. Am 29. September 1420, einem Sonntag, hielt Martin seinen Einzug in der Ewigen Stadt. Allerdings war Rom zu dieser Zeit ein einziger Trümmerhaufen, und es wimmelte von Dieben und Räubern. Die Einwohner der Stadt erhofften sich durch die Anwesenheit des kirchlichen Oberhaupts ein Aufblühen des Handels und einen gesellschaftlichen und politischen Wandel.

Eines der obersten Ziele Martins V. war es jedoch, seiner Familie, den Colonna, wieder zu Besitz, Ansehen und Macht zu verhelfen. Die Zeit seiner päpstlichen Regierung war geprägt von rücksichtsloser Vetternwirtschaft. Etwas, das ihm die strikte Gegnerschaft einer anderen großen römischen Familie einbrachte, der Orsini.

Der Papst rückte seinem Ziel, den Kirchenstaat in seinem Sinne zu restaurieren, ein gutes Stück näher. Da erreichte ihn die nächste Hiobsbotschaft: Er, der nie ein Befürworter einer Kirchenreform »an Haupt und Gliedern« war, musste widerwillig das nächste Konzil einberufen, und zwar nach Pavia. Man schrieb das Jahr 1423, und die vorgesehenen fünf Jahre seit Konstanz waren vergangen.

Das Jahr 1423 bescherte Martin noch weiteres Ungemach. Es erwuchs der Kirche ein zweiter Pontifex, nämlich Clemens VIII. Und zwei Jahre später gar ein dritter: Benedikt XIV. Das Schisma wiederholte sich. War Konstanz vollkommen vergebens gewesen?

Als absehbar war, dass auch das Konzil von Pavia seinen Vorrang vor dem neuen Papst bestätigen würde, löste Martin V. es am 19. Februar 1424 kurzerhand auf. Erst in sieben Jahren war wiederum ein Konzil vorgesehen, diesmal in Basel.

Papst Martin unternahm alles, um das Zustandekommen eines Reformkonzils scheitern zu lassen. Die bereits in Konstanz angeprangerten Missstände in der kirchlichen Hierarchie nahmen unter seiner Herrschaft noch zu. Aber am Ende blieb er in seinen Bemühungen zur Sabotage erfolglos. Im November 1430 hing ein Anschlag am päpstlichen Palast, der Papst und Kardinäle als Ketzer mit der Absetzung bedrohte, falls sie sich dem Konzil verweigerten.

Am 20. Februar 1431 erlag Seine Heiligkeit einem Schlaganfall. Sein Tod hat ihn vermutlich vor der schmachvollen Absetzung durch das Konzil bewahrt.

Am 31. Mai 1433 wurde schließlich König Sigismund durch Papst Eugen IV. in Rom endlich zum Kaiser gekrönt. Seinen Titel trug er nun zu Recht. Der Letzte aus dem Hause der Luxemburger starb fast siebzigjährig am 9. Dezember 1437 im südmährischen Znaim.

Ob ihm in seiner Todesstunde die Schreie hunderttausender in den Hussitenkriegen Niedergemetzelter im Ohr nachhallten – wer weiß das schon? Vieles war geschehen in den Schreckensjahren seit dem Konzil zu Konstanz, und er trug die Schuld daran. Auslöser all dessen, was in der Zeit danach geschah, war der Bruch seines Versprechens des freien Geleits, das er Magister Hus einst gegeben hatte.

Am 25. April 1449 lösten sich die kümmerlichen Reste des sich mittlerweile in Lausanne befindlichen Konzils selbst auf. Alle Hoffnungen, alle Anstrengungen, alle feierlichen Beschlüsse und Abkommen waren letztlich das Pergament nicht wert, worauf sie geschrieben standen. Das Papsttum hatte auf ganzer Linie gesiegt. Bis heute hat kein Konzil es mehr gewagt, erneut die Lehre vom Supremat des Konzils über den Heiligen Stuhl zu verfechten.

Auch die immer wieder angemahnte längst überfällige Reform der Kirche an Haupt und Gliedern unterblieb.

Allerdings hat die römische Kirche dies einige Jahrzehnte später gebüßt, als ein Mönch zu Wittenberg durch seine Thesen von sich reden machte …

ENDE

GLOSSAR

CHIRURG: Begriff aus dem Griechischen für »Wundarzt«; Mönche und Nonnen durften im Mittelalter zwar als Heiler tätig sein, aber nicht als Chirurgen. Der Schnitt ins offene Fleisch war ihnen nicht gestattet, weil dabei Blut vergossen wurde. Das war im Übrigen auch der Grund, weshalb die Kirche Prozesse, die mit der Hinrichtung eines Delinquenten enden konnten, an die weltlichen Behörden übergab: *Ecclesia abhorret a sanguine (= Die Kirche schreckt vor Blut zurück).*

CONDOTTIERE: Begriff aus dem Italienischen für einen Söldnerführer, der häufig aus dem verarmten Adel stammte, entsprechende Mitstreiter um sich scharte und sich mit seiner Truppe an wechselnde Kriegsparteien anschloss bzw. den italienischen Stadtstaaten diente. Manche häuften dabei ein großes Vermögen an.

DORMITORIUM: Schlafsaal von Mönchen oder Nonnen im Kloster

GEMEINER ERDRAUCH: Heilpflanze mit gefiederten, zarten Blättern, traubenartig angeordneten, roten Blüten und kugeligen Nüsschenfrüchten, die auf Äckern und in Gärten wächst; ihr Saft soll gegen Schuppenflechte helfen.

INFIRMARIUM: Krankenstation eines Klosters, von lat. *infirmus (= krank)*

GRAN: Apothekergewicht, entspricht dem Gewicht eines Pfefferkorns, von lat. *granum* (= *Korn, Kern, Beere*); etwa 0,0625 Gramm

KÜFER: 1. Bezeichnung für den Kellermeister, der sich um die richtige Lagerung der Weine und um die Qualität der Holzfässer kümmert; 2. Handwerker, der Behältnisse aus Holz, vor allem Fässer, herstellt

MÄHRE: Mittelalterlicher Begriff für »Stute«, der erst seit dem 17. Jahrhundert abwertend gebraucht wird, da Stuten schneller ermüden als Hengste

MARSTALL: bezeichnet zunächst allgemein einen Pferdestall, später dann bezogen auf den Pferdestall eines Monarchen oder Adligen (in dem Begriff steckt die »Mähre«)

MEMENTO HOMO QUIA ES EX PULVERE ET IN PULVEREM REVERTERIS: lat. für: *Bedenke, Mensch, dass du aus Staub bist und wieder zu Staub werden wirst.*

MIESELSUCHT: Bezeichnung für Lepra oder Aussatz

MUNT: Vormundschaft des Vaters über einen Minderjährigen, einen geistig Zurückgebliebenen und über Töchter, selbst wenn sie schon erwachsen waren. Heiratete eine junge Frau, ging die Vormundschaft des Vaters auf den Ehemann über.

MUTTERKORN: Giftiger Pilz, der sich in Getreideähren, vornehmlich im Roggen, ansiedelt, besonders in nasskalten Sommern. Im Mittelalter kam es beim Verzehr von verseuchten Mehlprodukten (z.B. in Form von Brot) zu lebensgefährlichen Vergiftungen, die man auch »Antoniusfeuer« oder »Ignis sacer« (»Heiliges Feuer«) nannte. Die Befallenen litten dabei an einem Kribbeln und brennender Rötung der Glieder, gefolgt von Blasenbildung der Haut und dem Absterben der betroffenen Gliedmaßen, mitunter auch von Nase und Ohren. Hauptsächlich die ärmeren Bevölkerungsschichten waren davon betroffen. Der 1095 gegründete Antoniterorden nahm sich der Heimgesuchten an. Man sprach von Wunderheilungen, es war aber das von den klösterlichen Gütern stammende, mutterkornfreie Antoniterbrot, das Abhilfe schuf.

NACHRICHTER: anderer Ausdruck für Scharfrichter, Henker

PHYSICUS: Arzt, Mediziner, von gr. *physis* (= *Körper, Beschaffenheit des Leibes*)

PLATTNER: Handwerker, der an Ritterrüstungen und Panzerungen von Streitrössern Verzierungen aus Silber und Gold anbringt (von *plattieren = mit edlem Metall überziehen*)

REICHSERBKÄMMERER: einer der höchsten Beamten im Reich, der hauptsächlich für die Belange und die Wohlfahrt des Königs zuständig war. Sobald dieser sich auf Reisen begab, kümmerte der Reichserbkämmerer sich um den Pferdewechsel, um geeignete Quartiere, Mahlzeiten, Jagden und Turniere. Er war für Planung, Organisation und Bezahlung verantwortlich.

WATSCHENMANN: ursprünglich menschliche Figur aus Holz oder Leder, die, auf einem Pfahl befestigt, von herangaloppierenden Reitern mit einer Keule oder Lanze geschlagen wurde, worauf sie sich um den Pfahl drehte, jedoch nicht umfiel, egal, wie viele Schläge sie einsteckte. Im übertragenen Sinne bezeichnet der Begriff eine Person, die sich alles gefallen lässt.